Tendres mensonges

Pour te séduire

Célibataire à la carte

MICHELLE CELMER

Tendres mensonges

Passions

éditions HARLEQUIN

Collection : PASSIONS

Titre original : A CLANDESTINE CORPORATE AFFAIR

Traduction française de FLORENCE MOREAU

Photo de couverture
Enfant : © JERZYWORKS/RADIUS IMAGES/MASTERFILE

83-85, boulevard Vincent-Auriol, 75646 PARIS CEDEX 13.
Service Lectrices — Tél. : 01 45 82 47 47
www.harlequin.fr
ISBN 978-2-2802-4470-1 — ISSN 1950-2761

- 1 -

Ana Birch lança subrepticement un regard vers la terrasse du country club où se déroulait la fête, tout en priant pour que, un instant auparavant, son imagination lui ait joué un tour… L'homme à la veste en cuir dont la brève vision l'avait si vivement troublée ne pouvait pas être Nathan Everette, c'était simplement quelqu'un qui lui ressemblait !

Cela faisait des mois que Nathan et elle avaient rompu, et pourtant elle continuait à voir ses traits dans chaque inconnu ayant le même type que lui. Ses yeux sombres et langoureux, ainsi que sa bouche sensuelle, la hantaient. Parfois, quand elle apercevait des hommes à la large carrure et à la silhouette élancée, dans la rue, elle en avait le souffle coupé, et son cœur se mettait soudain à battre plus fort… Et puis l'illusion se dissipait pour laisser place à la déception et l'amertume.

Depuis qu'il avait mis fin à leur relation, dix-huit mois plus tôt, il n'avait même pas pris la peine de décrocher son téléphone pour l'appeler.

Cette fois pourtant, c'était bien lui ! constata-t-elle, pétrifiée. Il était assis au bar, un verre à la main, en train de discuter avec un autre convive.

Elle se mit à trembler de tout son corps… Ce n'était pas une hallucination, mais bien la réalité. *Nathan avait été invité à la fête d'anniversaire !* Comment sa cousine avait-elle eu le culot de lui jouer un tel tour ?

Son fils de neuf mois bien calé sur la hanche, elle entreprit de traverser la pelouse, pour aller dire sa façon de penser à Beth. Ses talons s'enfonçaient dans le gazon tendre et spongieux, l'obligeant à négocier chaque pas. La mine dégagée, elle se jura de ne plus jamais porter de talons hauts pour un anniversaire d'enfants organisé à l'extérieur. Pas plus d'ailleurs qu'une veste de soie, pensa-t-elle tandis que Max, qui s'agitait sur sa hanche, était de nouveau en train de glisser.

En jean moulant et boots à talons aiguilles, les cheveux fraîchement teints et aussi auburn que ceux d'une sirène, elle n'avait pas l'allure guindée qu'affectionnaient les mères de la haute société texane, comme en témoignaient les regards curieux qu'elle soulevait dans son sillage. Mais personne ne se serait permis le moindre commentaire sur l'héritière de l'empire Birch Energy, du moins pas devant elle. Elle en était tout à fait consciente, et elle en éprouvait à la fois du soulagement et de l'agacement.

Elle repéra sa cousine près d'une énorme structure gonflable remplie de ballons. Beth était en train d'y admirer sa fille de six ans, Piper, dont on fêtait précisément l'anniversaire : celle-ci battait l'air en poussant des cris ravis, à l'instar d'une douzaine d'autres enfants.

Elle aimait Beth comme une sœur, mais cette fois, elle avait passé les bornes.

Lorsque cette dernière remarqua sa présence, elle lui adressa un sourire tranquille, sans afficher la moindre culpabilité. Il était vrai que la vie de sa cousine était si profondément ennuyeuse qu'elle avait tendance à se mêler de celle des autres.

— Maxie ! s'écria-t-elle en tendant les bras.

L'enfant poussa un cri perçant, manifestement heureux de la voir.

Ana le lui tendit avant de passer à l'attaque.

— Pourquoi est-ce que tu l'as invité ? demanda-t-elle, le souffle court.

— De qui parles-tu ? répliqua à son tour Beth, jouant la carte de l'innocence, alors qu'elle savait parfaitement de qui il s'agissait.

— De *Nathan* !

Sur ces paroles, elle jeta de nouveau un coup d'œil vers le directeur marketing de la Western Oil.

Il se tenait près de la balustrade, son verre toujours à la main. Sa beauté classique et sa savante décontraction étaient les mêmes que le jour où Beth les avait présentés l'un à l'autre. En réalité, il n'était pas du tout son type, dans la mesure où il ne portait aucun tatouage et n'avait pas de casier judiciaire. Mais comme il occupait un poste important à la Western Oil, elle avait accepté de prendre un verre avec lui, juste pour faire enrager son père, le concurrent direct de sa société. Puis ils avaient pris un deuxième verre, un troisième, et quand il lui avait proposé de la raccompagner chez elle, elle n'avait pas refusé. Pourquoi aurait-elle eu des scrupules ? Il avait l'air si inoffensif.

Elle avait commis là sa première erreur de jugement, car dès qu'il l'avait embrassée devant sa porte, elle avait senti un véritable feu se déclencher en elle. En dépit de ce qu'elle aimait faire croire aux autres, elle n'était pas la jeune femme aux mœurs légères que l'on décrivait dans les chroniques people. Elle était très exigeante en ce qui concernait les hommes avec qui elle couchait, et cela ne se produisait jamais lors d'un premier rendez-vous. En l'occurrence, elle n'avait pas respecté ses propres règles puisque c'était elle qui avait entraîné Nathan chez elle…

En dépit de ses airs guindés, il savait assurément comment combler une femme. Avec lui, le sexe avait pris une toute nouvelle envergure… Il n'avait plus été question de défier son père, mais de se laisser porter par le désir intense que Nathan lui inspirait.

Au départ, ils s'étaient mis d'accord pour ne coucher qu'une fois ensemble, mais il l'avait rappelée et elle avait été incapable de lui résister. Lorsqu'il l'avait laissée tomber, le mal était déjà fait : elle était éperdument amoureuse de lui. Et surtout, elle était enceinte…

Nathan regarda soudain dans sa direction. Leurs regards se croisèrent et elle se retrouva prise au piège de ses yeux perçants. Un frisson lui parcourut la nuque. Un frisson qui n'avait rien à voir avec le vent frais de décembre. Son cœur se mit alors à battre plus fort, tandis qu'une sensation familière s'emparait de son corps… Se sentant brusquement rougir, elle détourna les yeux.

— Il a partagé la même chambre que Leo, à la faculté, commença Beth en chatouillant Max sous le menton. Je ne pouvais pas ne pas l'inviter, ç'aurait été grossier de ma part.

— Tu aurais au moins pu m'avertir !

— Si je l'avais fait, est-ce que tu serais venue ?

— Bien sûr que non !

Elle n'avait pas ménagé ses efforts pour l'éviter, durant ces dix-huit derniers mois. Elle ne pouvait pas prendre le risque qu'il croise Max. Et Beth savait pourtant ce qu'il en était, puisqu'elle était sa première confidente.

Fronçant légèrement les sourcils, sa cousine chuchota d'un ton sévère :

— J'ai sans doute pensé qu'il était temps que tu cesses de te cacher de lui. Un jour ou l'autre, la vérité va éclater, et si tu veux mon avis, le plus tôt sera le mieux. Tu ne penses pas qu'il a le droit de savoir ?

S'il n'en avait tenu qu'à elle, Nathan n'aurait jamais rien su. En outre, ce dernier lui avait clairement exprimé sa position : bien qu'elle lui plaise beaucoup, il n'avait pas l'intention de s'engager de manière sérieuse avec une femme. Il n'en avait concrètement pas le temps. Et quand bien même, il n'aurait pas choisi la fille de son premier rival en affaires, car cela aurait signé la fin de sa carrière.

Décidément, dans sa vie tout n'était jamais question que de réputation. Pour son père, Walter Birch, propriétaire de la Birch Energy, c'était primordial, et passait bien avant le bonheur de sa fille. S'il avait appris qu'elle avait eu une liaison avec le directeur marketing de la Western Oil, et que cet homme était le père de son petit-fils, il aurait estimé être victime d'une trahison majeure. Il avait déjà pris la naissance d'un enfant hors des liens du mariage comme une véritable honte, et il avait été si furieux qu'elle refuse de lui livrer le nom du père qu'ils ne s'étaient pas adressé la parole jusqu'à ce que Max ait environ deux mois. Sans l'héritage considérable que sa mère lui avait laissé, elle et son fils se seraient retrouvés à la rue.

Pendant des années, elle avait accepté les règles de son père. Elle s'était conformée à toutes ses exigences, espérant qu'enfin il lui témoigne son approbation. Elle avait porté les vêtements qu'il estimait convenables et décents, et avait toujours eu une moyenne scolaire fort honorable, qui aurait fait la fierté de nombreux autres parents. Mais elle avait eu beau faire, rien n'avait jamais été assez bien pour lui. Quand elle s'était rendu compte que le rôle de gentille fille soumise ne la mènerait nulle part, elle était devenue sciemment une « mauvaise fille » et s'était attiré les foudres de son père, ce qu'elle avait estimé préférable à son indifférence habituelle. Toutefois, elle s'était rapidement lassée du petit jeu. Quand elle avait découvert qu'elle était enceinte, elle avait instinctivement compris que, pour le salut de son enfant, il était temps qu'elle se comporte en adulte.

Bien qu'enfant illégitime, Max était devenu la prunelle des yeux de son grand-père, à l'instant même où il avait fait sa connaissance. Ce dernier concevait déjà des plans pour son petit-fils quand il serait en mesure de reprendre la Birch Energy. Cependant, si Walter Birch apprenait *qui* était le père de Max, par pur dépit, il les déshériterait tous les deux, de cela, elle ne doutait pas. Comment pouvait-elle, en toute conscience, priver son fils de l'héritage paternel ?

C'était en partie pour cette raison qu'elle préférait cacher la vérité à Nathan. De toute façon, il n'avait jamais tenté par le moindre biais — ne serait-ce qu'un misérable SMS — de prendre de ses nouvelles ! C'était comme si elle n'avait jamais existé.

— Je veux juste que tu sois heureuse, lui dit Beth en lui rendant son fils, qui commençait à s'impatienter dans ses bras.

— Je vais ramener Max à la maison, décréta-t-elle. Je t'appelle plus tard.

Puis elle replaça son petit garçon sur sa hanche.

Elle allait se retourner lorsque la voix profonde, et reconnaissable entre toute, de Nathan s'éleva juste derrière elle.

— Bonjour, mesdames.

Elle eut l'impression que le sol s'ouvrait sous ses pieds…

Toujours de dos, elle se figea, hésitante. Devait-elle fuir à toutes jambes, ou au contraire lui faire face ? Dans cette dernière hypothèse, elle prenait le risque que Nathan comprenne tout de suite que Max était son fils…

— Tiens, salut Nathan ! lança Beth en lui faisant la bise. Je suis si heureuse que tu aies finalement pu venir. Tu te souviens de ma cousine, Ana Birch ?

En prononçant ces paroles, Beth lui prit fermement le bras comme si elle avait deviné ses projets de fuite.

La gorge nouée, Ana se retourna, enfonçant le bonnet en laine de Max sur sa tête afin de masquer la marque de naissance brun clair derrière son oreille, la signature des Everette… Sa chevelure, épaisse et noire, comme celle de son père, sa fossette sur la joue gauche quand il souriait, et ses yeux noisette, clairs et expressifs, ne suffisaient-ils pas déjà à trahir la filiation ?

— Bonjour, Nathan, dit-elle en ravalant sa culpabilité et ses craintes.

Il n'avait pas voulu d'elle, et il n'aurait pas davantage souhaité la naissance du bébé, se rappela-t-elle alors. Elle avait pris la bonne décision en la lui cachant. Il avait forcément entendu parler de sa grossesse puisqu'elle avait fait les gorges chaudes de la haute société d'El Paso pendant des mois. Le fait qu'il n'ait jamais demandé s'il était le père était tout à fait révélateur de son état d'esprit.

Il ne voulait pas savoir.

Rassérénée par ces pensées, elle se força à croiser son regard. Il était exactement le même, il n'avait pas pris une ride. Mais il était vrai qu'elle ne s'attendait pas à ce qu'il ait changé, après un an et demi. A la façon dont il la dévisagea, d'un air indifférent, sans la moindre lueur d'affection ou de tendresse dans le regard, elle comprit qu'elle n'avait été rien d'autre qu'une distraction passagère, pour lui. Une relation vite consommée et oublié.

Elle aurait aimé pouvoir en dire autant, mais c'était impossible : il lui avait tellement manqué… Il avait éveillé en elle une émotion qui avait touché jusqu'à son âme et qu'elle n'avait jamais connue avec un autre. Chaque fois qu'il apparaissait sur le seuil de sa porte, les sentiments qu'elle ressentait pour lui étaient comme renforcés. Toutes les fibres de son corps lui criaient qu'il était l'homme qu'elle attendait et elle aurait tout sacrifié pour être avec lui : son héritage, l'amour de son père — encore qu'elle doutait que Walter Birch soit capable d'aimer une autre personne que lui-même.

Il ne se passait pas un jour sans qu'elle ne regarde son fils et que son cœur ne se serre de douleur à l'idée que Nathan l'avait rejetée…

Et maintenant, elle se sentait pathétique avec l'envie folle qu'elle avait de se jeter dans ses bras et de le supplier de l'aimer ! Il n'y avait pas d'autres termes pour qualifier sa conduite.

— Comment vas-tu, depuis ? s'enquit-il d'un ton poli et distant.

Puis il jeta un vague coup d'œil à Max. Elle se souvint alors qu'il lui avait expressément dit qu'en l'état actuel de sa carrière, il n'avait pas de temps à consacrer à une femme et des enfants. Mais elle n'avait pas voulu l'entendre. Elle était tellement certaine de pouvoir le changer, et de faire en sorte qu'un jour il l'aime ! Elle en avait été convaincue jusqu'à ce qu'il franchisse le seuil de la porte pour ne plus jamais revenir…

— Très bien, répondit-elle en adoptant le même ton neutre, même si, au fond d'elle-même, elle était à la torture. Et toi ?

— Toujours très occupé, répondit-il, laconique.

Elle n'en doutait pas. L'explosion qui avait eu lieu dernièrement à la Western Oil avait fait la une de tous les journaux. A cette occasion d'ailleurs, sous la pression de son père, certains médias avaient donné de sa société une image fort peu honorable. En tant que responsable marketing, c'était à Nathan qu'il incombait de redorer le blason de la Western Oil.

— Si vous voulez bien m'excuser, déclara Beth, je dois voir le traiteur, au sujet du gâteau.

Sur ces paroles, elle adressa un bref sourire plein de compassion à Ana, la laissant tomber au moment où elle avait le plus besoin de son soutien !

Celle-ci espéra que Nathan allait lui aussi s'en aller. Mais il choisit précisément ce moment pour s'intéresser à Max qui s'agitait sur sa hanche, en quête d'attention.

— C'est ton fils ? questionna-t-il.

Elle hocha la tête en guise d'acquiescement.

— Oui, c'est Max.

Elle crut voir un vague sourire adoucir l'expression de Nathan.

— Il est mignon. Il a tes yeux, dit-il.

Ravi d'être de nouveau le centre d'intérêt, Max battit l'air de ses mains. Nathan attrapa alors son petit poing et Ana eut la sensation d'avoir les jambes comme du coton : c'était le premier contact entre le père et le fils… Et le dernier ! pensa-t-elle en se ressaisissant. Des larmes lui brûlèrent soudain les yeux et un sentiment de perte immense l'envahit, tout comme l'impression d'être soudain sans défense… Elle devait partir d'ici au plus vite avant de faire des choses qu'elle regretterait, comme lui avouer la vérité et transformer cette rencontre un peu délicate en une véritable catastrophe.

A cet instant, elle serra Max un peu plus étroitement contre elle, ce que le bébé ne parut pas apprécier. Il poussa un petit cri, se tortilla contre elle et finit par faire tomber son bonnet par terre.

S'efforçant de ne pas céder à la panique, elle se pencha pour le ramasser, mais Nathan l'avait devancée. Elle posa alors la main sur la tête de son fils pour cacher la marque de naissance. Cependant, quand Nathan lui tendit le bonnet, elle fut bien obligée de le prendre, et la petite tête de Max se retrouva dénudée. Elle se tourna alors légèrement pour lui mettre le bonnet sans que Nathan ne voie son crâne, mais Max étant un peu énervé, il se mit à hurler et glissa sur sa veste de soie. Elle était elle aussi tellement agitée qu'elle manqua presque le lâcher. Ce fut grâce à l'intervention de Nathan qu'elle parvint à le reprendre en main.

Le cœur battant, elle pressa son fils contre elle.

— C'est un petit garçon robuste, observa Nathan.

— Et déjà fort spirituel, ajouta-t-elle.

Ce fut alors qu'elle se rendit compte que l'oreille gauche de Max était bien en vue. Priant pour que Nathan n'ait rien remarqué, elle fit prestement passer son fils sur la hanche opposée.

— J'ai été ravie de te voir, Nathan, continua-t-elle d'un ton aussi naturel que possible, mais je m'apprêtais à partir.

Et sans attendre sa réponse, elle lui tourna les talons. Malheureusement, elle n'eut pas le temps de faire un pas qu'elle sentit sa poigne de fer se poser sur son bras… Cela lui fit l'effet d'une décharge électrique.

— Ana ?

Retenant son souffle, elle se retourna avec lenteur. Quand elle croisa le regard de Nathan, elle comprit tout de suite qu'il savait. Et elle aurait beau se maudire, rien n'y changerait.

Elle fut un instant tentée de tout nier. Mais il y avait une différence de taille entre taire la vérité et mentir effrontément. En outre, la marque de naissance allait être difficile à expliquer…

Elle retint un soupir. Après tout, quelle différence cela faisait qu'il soit au courant ou non ? Il lui avait répété à maintes reprises qu'il ne voulait pas d'enfant. Il n'en aurait sans doute rien à faire que Max soit le sien, si elle lui promettait de ne dévoiler ses origines à personne et de ne jamais lui demander de soutien financier. D'ailleurs, pourquoi lui aurait-elle demandé de l'aide ? Elle vivait fort confortablement avec l'héritage de sa mère. Nathan pouvait tout à fait continuer à mener sa petite vie de son côté et à faire comme si cette rencontre n'avait jamais eu lieu.

Avec douceur, ce dernier prit le menton de Max, puis il lui tourna légèrement la tête afin d'examiner de plus près son crâne. Pensant qu'il s'agissait d'un jeu, son petit garçon se mit à battre des mains et à se tortiller dans ses bras.

Puis elle vit clairement Nathan devenir livide. Il était manifeste qu'il n'avait plus aucun doute sur sa paternité, et qu'il ne s'attendait vraiment pas à une telle découverte.

— Je peux te parler ? demanda-t-il d'un ton tendu.

— Où ?

Il y avait environ deux cents personnes à la fête, et beaucoup savaient que Nathan et elle n'avaient rien à faire ensemble, compte tenu de leurs patronymes.

— Tu ne voudrais tout de même pas qu'on te voie avec la fille de ton principal concurrent, ajouta-t-elle d'une voix où perçait un lourd ressentiment dont elle fut la première étonnée. Que penseraient les gens ?

Nathan serra les dents.

— Dis-moi juste une chose : est-ce que cet enfant est le mien ? demanda-t-il dans un souffle.

Combien de fois n'avait-elle pas imaginé cette scène et ce qu'elle lui dirait si elle se trouvait confrontée à une telle situation ! Elle avait répété la conversation un millier de fois, mais maintenant que le moment était arrivé, c'était le blanc total…

— Réponds-moi, Ana !

Au prix d'un gros effort, elle parvint à acquiescer de la tête.

Alors il poussa un juron et se mit à lui serrer le bras si fort qu'elle eut l'impression que son sang ne pouvait plus circuler dans ses veines… C'était un visage de Nathan qu'elle ne connaissait pas. Tout le temps qu'avait duré leur relation, elle ne l'avait jamais entendu élever la voix.

Il serait peut-être vite soulagé d'apprendre qu'elle n'attendait absolument rien de lui, que ce soit d'ordre financier ou parental. Il la remercierait même de respecter à ce point ses vœux. Puis il partirait et, avec un peu de chance, elle ne recroiserait jamais son chemin. En même temps que cette pensée l'effleura, elle sut que ce ne serait pas aussi simple.

Evidemment, il y avait une autre éventualité. Mais elle la perturbait tellement qu'elle n'avait même pas osé l'envisager… Que se passerait-il en effet si Nathan voulait faire partie de la vie de Max ? S'il exigeait un droit de visite et voulait avoir son mot à dire sur les décisions concernant l'enfant ? Soudain, elle fut en proie à la panique la plus vive : il était exclu qu'il tente de lui prendre son fils !

A cette pensée, elle serra convulsivement son petit garçon, lui arrachant un cri plaintif. Depuis neuf mois, il avait été sa seule préoccupation, le seul être qu'elle avait chéri et dont elle avait besoin. Il n'était pas question que quiconque le lui retire, et certainement pas un homme comme Nathan qui n'avait même pas de temps à consacrer à une petite amie.

— Est-ce que je dois conclure que tu n'avais pas l'intention de me le dire un jour ? demanda-t-il, mâchoires serrées.

— Pour être honnête, répondit-elle en relevant le menton d'un air de défiance afin de masquer la peur panique qui l'avait envahie, je ne pensais même pas que la nouvelle t'intéresserait.

- 2 -

Il avait un fils.

Nathan n'arrivait pas à le croire. Et Ana avait tort : cela l'intéressait, et probablement bien plus que de raison. Dès l'instant où il l'avait repérée en train de discuter avec Beth, son cœur s'était mis à cogner si violemment qu'il en avait eu du mal à respirer. Et quand leurs regards s'étaient croisés, il avait ressenti un besoin impérieux d'aller vers elle. Il avait dégringolé les marches pour la rejoindre, sans calculer les conséquences de son acte irréfléchi.

Après avoir rompu avec elle, il lui était arrivé de décrocher le téléphone une bonne dizaine de fois, la semaine qui avait suivi. Il était prêt à reconnaître qu'il avait commis une grave erreur, qu'il voulait qu'elle revienne, même si cela signifiait la fin de sa carrière à la Western Oil. Mais il avait travaillé si dur pour arriver là où il se trouvait qu'il ne pouvait pas sacrifier sa position à une relation qui, depuis le départ, était inévitablement vouée à l'échec. Aussi avait-il pris sur lui et tenté de l'oublier. Il pensait y être parvenu, mais aujourd'hui, il n'était plus sûr de rien…

Ana essaya de se dégager de son étreinte et, à la grimace qu'elle fit, il comprit qu'il lui faisait mal. Aussitôt, il la relâcha, s'efforçant de se dominer. Il avait fait un gros travail sur lui-même pour garder le contrôle de ses nerfs en toute circonstance. Pourquoi Ana avait-elle le pouvoir de réduire à néant ses efforts et de lui faire perdre tout bon sens ?

— Il faut absolument que nous parlions, murmura-t-il d'un ton dur. Maintenant !

— Ce n'est pas l'endroit approprié, répondit-elle.

Il devait bien reconnaître qu'elle avait raison. S'ils disparaissaient tous les deux, les gens le remarqueraient immédiatement et les spéculations iraient bon train.

— Très bien, concéda-t-il, voilà ce que nous allons faire. Tu vas dire au revoir à Beth, regagner ta voiture et rentrer. Quelques minutes après, je prendrai à mon tour congé, et je te rejoindrai chez toi.

Il la vit relever le menton dans ce geste qu'il connaissait si bien.

— Et si je ne suis pas d'accord ?

— Je te le déconseille, répondit-il. En outre, tu me dois au moins une explication.

Elle soupira et finit par lui donner son accord.

— Entendu.

Elle n'avait guère le choix. Elle avait beau être entêtée, et même se conduire parfois comme une jeune femme un peu gâtée, elle était avant tout intelligente.

Il la regarda tandis qu'elle s'éloignait d'un pas peu assuré, son fils — ou plus exactement *leur* fils — collé à la hanche. Il fallait dire qu'elle portait des boots aux talons incroyablement hauts. Des bottes de traînée, aurait estimé son frère Jordan. Pas les atours classiques d'une riche héritière, et encore moins ceux d'une mère, mais Ana avait une âme rebelle, elle ne se conformait jamais aux règles ou à ce qu'on attendait d'elle. C'était d'ailleurs ce qui l'avait d'emblée attiré, chez elle. Son assurance et son cran l'avaient terriblement excité, d'autant qu'il avait l'habitude de sortir avec des femmes bon chic bon genre, susceptibles de lui apporter l'équilibre dont il avait si grand besoin, et de préserver le nid douillet qu'il s'était construit, sans jamais l'entraîner vers des régions plus sombres de lui-même… Toutefois, Ana n'était pas aussi mauvaise fille qu'elle voulait le laisser croire. De fait, elle l'avait tiré vers la lumière comme aucune autre n'en avait été capable.

Repérant Beth, il fonça sur elle. Il ne faisait aucun doute qu'elle savait que l'enfant était le sien. Et, à l'expression qu'elle afficha quand il s'approcha d'elle, il déduisit qu'elle avait compris ce qui venait de se passer.

— Elle nous avait fait jurer de garder le secret, se défendit-elle avant qu'il n'ait le temps de dire quoi que ce soit.

— Tu aurais dû malgré tout me le dire.

— Comme si tu n'étais pas au courant !

— Comment aurais-je pu l'être ?

— Allez, Nathan, arrête ! Tu romps avec une femme, un mois plus tard, elle se retrouve enceinte, et tu veux me faire croire que tu n'as même pas soupçonné que tu pouvais être le père ?

Evidemment, c'était ce qu'il avait pensé ! Et puis il avait attendu un appel d'Ana, certain que si l'enfant était le sien, elle respecterait les règles de la bienséance et le mettrait au courant. Mais comme elle n'avait pas donné de ses nouvelles, il en avait conclu que l'enfant n'était pas le sien et qu'il lui avait fallu bien peu de temps pour se trouver un nouveau partenaire. Il en avait terriblement souffert, il ne pouvait pas le nier.

Toutefois, il ne semblait pas qu'Ana lui ait finalement trouvé un remplaçant puisqu'elle élevait seule son fils, d'après ce qu'on lui avait rapporté. Encore que cela ne lui était d'aucune consolation…

— Elle a eu tort de me le cacher, insista-t-il.

— Oui, tu as raison. Mais tu sais, tu lui as brisé le cœur. Et si elle m'entendait te faire une telle confession, elle ne m'adresserait plus jamais la parole ! Elle était anéantie quand tu as rompu. Alors, s'il te plaît, ne sois pas trop dur avec elle.

Il ne voyait pas en quoi cela justifiait son silence. Mais il préféra ne pas épiloguer.

— Je dois m'en aller, déclara-t-il. Embrasse bien fort ta petite fille pour moi.

Beth fronça les sourcils, inquiète.

— Je te le répète, Nathan, ne sois pas virulent avec Ana. Tu n'imagines pas les bouleversements qu'elle a connus pendant ces dix-huit mois. Une grossesse, une naissance… Elle a tout assumé seule.

— Parce qu'elle l'a choisi. Au moins, elle avait le choix !

Il avait du mal à contenir sa fureur et se sentait trahi par tous les gens à qui il avait fait confiance. Sans ajouter un mot, il se dirigea vers le parking, tout en tentant de se raisonner… Comment aurait-il pu en aller autrement ? Il n'était plus très proche de Leo, même s'ils avaient étudié ensemble, et Beth était la cousine d'Ana. Pouvait-il lui reprocher d'avoir été loyale envers sa famille ? Qui plus est, si elle lui avait fait un tel aveu, il aurait été obligé de lui raconter qu'il avait plus d'une fois trouvé Leo, alors son petit ami, en compagnie d'une autre femme, dans leur chambre d'étudiants…

En outre, pensa-t-il une fois derrière le volant de sa Porsche, s'il n'avait pas cherché à éclaircir la situation concernant le fils d'Ana, c'était sans doute par peur de la vérité. Il tenait trop à sa tranquillité d'esprit… Comment aurait-il pu annoncer au président-directeur général de la Western Oil que son enfant était le petit-fils de leur premier concurrent ? Neuf mois plus tard, le problème était encore plus aigu : depuis l'explosion qui s'était produite à la raffinerie, de lourds soupçons planaient sur la Birch Energy… S'il lui prenait l'envie d'annoncer l'existence de son fils aujourd'hui, il pouvait faire une croix sur le poste de P.-D.G. qui allait bientôt se libérer, comme d'ailleurs sur n'importe quel autre poste qu'il était susceptible d'occuper…

Et puis, il ne connaissait rien au rôle de père, à part le fait qu'il ne voulait pour rien au monde ressembler au sien. Mais en serait-il capable ?

Il était si souvent allé chez Ana, à Raven Hill, qu'il conduisait presque en pilote automatique. Quand il s'engagea dans l'allée, il remarqua qu'un SUV de luxe y était déjà garé. Elle avait dû troquer sa décapotable contre un véhicule plus pratique, depuis qu'elle était mère. C'était le réflexe de tout parent responsable. Et il ne doutait pas un instant qu'elle était une bonne mère. Elle lui avait souvent parlé du chagrin profond qu'elle avait éprouvé en perdant sa propre mère et combien elle avait ensuite souffert de l'indifférence de son père. Elle lui avait affirmé que, quand elle aurait des enfants, elle leur donnerait toujours la priorité.

Lui et son frère Jordan avaient souffert du problème inverse.

Leur père avait constamment été derrière leur dos, à leur asséner ses principes, à les rudoyer pour qu'ils agissent selon sa volonté. Eux n'avaient jamais accepté cet asservissement, et il avait grandi en s'opposant continuellement à son père. Jusqu'à ce que sa rage et son indignation atteignent des degrés tels qu'il s'était lui-même perdu dans la bataille.

Il se gara derrière le SUV, lâcha le volant et remua ses doigts. Il l'avait serré si fort que ses bras étaient douloureux. Il avait besoin de se détendre. Il avait l'impression d'avoir été le dindon de la farce, mais s'il entrait chez Ana dans cet état de colère, il finirait de perdre ses moyens, et la situation ne pourrait que déraper.

Il s'efforça de respirer régulièrement. Une fois qu'il se sentit plus calme, il sortit de sa Porsche et se rendit sous la véranda. Ana se tenait sur le seuil. Elle l'attendait, comme autrefois. Leur relation devant demeurer secrète, c'était chez elle qu'ils se retrouvaient, à l'époque. Mais les temps avaient changé : cette fois, quand elle s'effaça pour le laisser entrer et referma la porte derrière eux, elle ne se jeta pas dans ses bras pour lui donner le long baiser langoureux qui le délivrait en une seconde du stress de la journée…

Il se demanda soudain comment elle réagirait s'il l'attirait à lui et pressait ses lèvres contre les siennes.

Selon toute vraisemblance, elle le repousserait sans ménagement et il le mériterait. Pourtant, cela valait presque la peine d'essayer… En dépit de l'année et demie qui s'était écoulée, il la désirait autant qu'au premier jour. Autant que le soir où il avait franchi le seuil de sa porte pour la première fois. Rompre définitivement avant que leur relation ne devienne trop sérieuse lui avait paru la meilleure chose à faire, pour tous les deux.

Ana avait enlevé ses boots et sa veste de soie. Elle portait toujours son jean moulant, mais on voyait à présent sa tunique ample. Elle était nu-pieds. Elle ressemblait davantage à une étudiante qu'à une mère. Comme toujours, elle était à l'opposé de lui, qui quittait rarement son costume et sa chemise fermée jusqu'au dernier bouton. C'était un uniforme qui cachait l'homme réel qui sommeillait en lui. Il n'avait jamais avoué à personne, pas même à Ana, combien il lui était difficile parfois de maîtriser ses démons.

Il retira sa veste et l'accrocha au portemanteau, près de l'entrée.

— Où est l'enfant ?

— Au lit.

— Je veux le voir.

Il fit mine de se diriger vers le corridor, mais elle lui barra le chemin.

— Plus tard, peut-être.

Il sentit la colère sourdre en lui, puis se répandre dans tout son être, tandis que son pouls s'accélérait.

— Est-ce que tu es en train de me dire que tu refuses de me montrer mon propre fils ? questionna-t-il, le souffle court.

— Il dort, répliqua-t-elle d'un ton tranquille. Et puis, je pense qu'il vaut mieux que nous parlions *d'abord*.

L'envie le démangeait de passer outre ses recommandations. Ne l'avait-elle pas fait suffisamment attendre ? Mais elle se tenait devant lui, bras croisés, comme une maman ourse prête à tout pour protéger son bébé. Quand il s'agissait de son fils, il était manifeste qu'elle ne transigerait pas.

— Très bien ! fit-il en laissant échapper un large soupir, pour évacuer sa colère. Parlons, alors.

Elle fit un geste en direction du spacieux salon.

— Assieds-toi, dit-elle.

Son intérieur n'avait jamais été apprêté, et même si une femme de ménage passait toutes les semaines, il y régnait toujours un désordre bohème. Mais aujourd'hui, avec tous les jouets disséminés un peu partout, il lui sembla aussi délicat de s'approcher du sofa que de se déplacer sur un champ de mines. Quand il prit enfin place sur le canapé, une image s'imposa immédiatement à lui : celle de leurs corps entremêlés sur ce même sofa… Elle le chevauchait, tête en arrière, yeux fermés, jusqu'à ce que l'extase les saisisse…

Les souvenirs firent battre son pouls soudain très fort.

— Tu veux boire quelque chose ? lui demanda-t-elle.

Pourquoi ne lui proposait-elle pas plutôt une douche bien froide ? Il aurait tout de suite été partant.

— Non, merci, répondit-il en fronçant les sourcils.

Il l'observa tandis qu'elle se tenait face à lui, jambes croisées, dans une attitude raide qui traduisait son inquiétude.

Comme il ne voyait aucune raison de différer le sujet qui lui brûlait les lèvres, il déclara :

— Tu as donc estimé normal d'accoucher de *mon* enfant et de ne pas m'en informer ?

— Quand tu as appris que j'étais enceinte, tu aurais pu m'appeler pour te renseigner.

— Ce n'était pas à moi de le faire.

Elle haussa les épaules comme si elle ne voyait pas où était le problème, dans son comportement.

— Comme je te l'ai dit, je ne croyais pas que cela t'intéresserait. En fait, j'ai pensé que tu préférerais ne pas savoir. Tu m'avais suffisamment répété que tu ne voulais pas avoir de famille ! Qu'est-ce que tu aurais fait, si je te l'avais dit ? Tu aurais risqué ta carrière pour reconnaître Max ?

En toute honnêteté, il ignorait quelle aurait été sa réaction. D'ailleurs, il ne s'agissait pas uniquement de sa carrière. D'autres facteurs étaient à prendre en considération, des choses très personnelles dont elle n'avait pas connaissance. Il n'en restait pas moins qu'il aurait dû être averti de sa paternité.

— C'était à moi d'en décider. Pas à toi.

— Puisque tu n'avais pas de temps à me consacrer, comment aurais-tu pu en avoir pour un enfant ?

Ce n'était pas simplement un manque de temps. Elle ne l'avait pas compris et ne le comprendrait certainement jamais, mais il lui avait fait une faveur en mettant un terme à leur relation. Elle avait le pouvoir de le pousser à bout. Or, étant donné son tempérament impétueux, un trait de caractère contre lequel il luttait en permanence, cela ne pouvait, à terme, que les exposer à des ennuis. En outre, il n'était pas un homme destiné à vivre en couple, il ne pouvait lui donner la relation dont elle rêvait, *et qu'elle méritait.* Elle était à la fois douce et passionnée, débordante de vie. Il redoutait plus que tout de la blesser.

— Si je comprends bien, je t'ai blessée, et ton silence au sujet de ta grossesse était ta façon à toi de me rendre la pareille ? fit-il alors.

— Je n'ai jamais dit ça.

Sans doute, mais il constatait aussi qu'il avait visé juste.

— Cette discussion ne va nous mener nulle part, Nathan, le prévint-elle. Si tu veux parler de Max, parfait. Mais si tu es venu ici pour régler des comptes, tu peux tout de suite t'en aller.

Il se pencha en avant.

— Tu pourrais au moins avoir le courage d'admettre que tu as commis une erreur.

— J'ai agi en mon âme et conscience, dans l'intérêt de mon bébé. *Dans l'intérêt de tout le monde.*

Elle fit une pause, avant d'ajouter, comme à contrecœur :

— Mais j'avoue qu'à l'époque j'étais meurtrie et désorientée… Peut-être que je n'ai pas pris en compte les sentiments de tout le monde.

Il s'adoucit en constatant qu'elle faisait là quasiment un aveu de culpabilité. En outre, elle avait raison : désigner un fautif ne les conduirait nulle part, et ne réglerait certainement pas le problème. Le seul moyen de s'en sortir, c'était de discuter calmement et de façon rationnelle. Et, eu égard au penchant d'Ana à se tenir sur la défensive, il devrait se montrer le plus raisonnable des deux. En gros, il devait penser à la façon dont son père aurait réagi en pareille situation, et faire l'exact opposé.

Il ravala son amertume — et une bonne partie de sa fierté — avant de déclarer :

— Oublions qui a tort, qui a raison, qui a porté préjudice à l'autre, et parlons plutôt de mon fils.

— Pour commencer, dis-moi ce que tu comptes faire, maintenant que tu es au courant, lui dit Ana.

Il semblait avoir réussi à lui faire comprendre qu'il désirait désormais aborder la question de manière civilisée et de ne pas poursuivre la querelle.

— En toute sincérité, je ne sais pas encore ce que je vais faire, répondit-il. Je n'ai pas encore assimilé le choc de la nouvelle.

— Tu redoutes les conséquences que cela pourrait avoir sur ta carrière ?

— Bien sûr, c'est un gros problème.

— Max est ton fils. Tu devrais l'accepter et l'aimer de manière inconditionnelle. Si tu n'en es pas capable, il n'y a pas de place pour toi dans sa vie, lui asséna-t-elle.

— Tu es un peu dure avec moi, tu ne trouves pas ?

— Max relève de *ma* responsabilité, renchérit-elle. Je suis sa mère et je sais ce qui est le mieux pour lui. Si tu n'es pas prêt à le reconnaître et à lui faire une place dans ta vie, ce qui veut dire lui rendre des visites régulières à des dates que nous déterminerions ensemble, tu peux tout de suite l'oublier. Il a besoin de stabilité, pas d'un père qui jouerait au Yo-Yo avec lui, entrerait et sortirait de sa vie quand bon lui semblerait.

Il serra les dents sous l'affront.

— Et j'imagine que tu attends aussi de moi un support financier, dit-il d'un ton crispé.

— Tu peux garder ton argent, répondit-elle, nous n'en avons pas besoin.

— Max est aussi mon enfant, et je tiens à participer financièrement à son éducation.

— Tu ne peux pas utiliser *ton* argent pour t'incruster dans sa vie, Nathan. Il n'est pas à vendre. Si tu ne peux pas être présent pour lui sur le plan affectif, et sur le long terme, alors tu es hors jeu. Et cela, ce n'est pas négociable.

Il n'aimait pas du tout sa façon directe d'aborder le sujet, pas plus que ses exigences, mais il l'avait toujours connue ainsi, peu soucieuse de ménager sa susceptibilité. De plus, il savait qu'elle avait raison sur le point qu'il n'était pas facile d'être parent : soit on l'était, soit on ne l'était pas. En la matière, la demi-mesure n'existait pas.

— Très bien, il va falloir que je réfléchisse, déclara-t-il.

— Moi aussi, répondit-elle.

Puis elle se leva, l'invitant ostensiblement à l'imiter. Elle remarqua au passage son expression contrariée et un peu choquée, mais elle n'avait pas d'autre choix que de lui imposer un tel effort.

Elle voulait à tout prix qu'il comprenne combien être responsable d'un enfant et de l'adulte qu'il deviendrait était une tâche aussi terrifiante qu'épuisante, même si elle n'aurait jamais imaginé que cela puisse être aussi gratifiant.

Et elle était fermement décidée à faire valoir que tant qu'il n'aurait pas compris ni accepté cette réalité-là, il ne pourrait pas s'approcher de Max.

— Quelle que soit ta décision, je l'accepterai, reprit-elle. Evidemment, j'adorerais que Max connaisse son père, mais je ne veux pas t'imposer une responsabilité que tu n'es pas prêt à assumer.

Elle le vit se diriger vers la porte sans un mot. Il s'empara de sa veste et jeta un dernier regard vers le corridor qui menait aux chambres... L'espace d'une seconde, elle crut qu'il allait lui demander une nouvelle fois de voir Max, mais il n'en fit rien.

— Est-ce que je peux t'appeler ? demanda-t-il.

— Mon numéro n'a pas changé.

Et il aurait pu le constater par lui-même s'il avait pris la peine de lui téléphoner au cours des dix-huit derniers mois, ne put-elle s'empêcher d'ajouter mentalement.

Il posa la main sur la poignée de la porte, puis se tourna vers elle.

— Je suis désolé pour la façon dont les choses se sont passées entre nous, lui dit-il.

Mais il ne l'était pas au point de lui demander de revenir dans sa vie, pensa-t-elle tout en le regardant s'éloigner.

Elle ne doutait pas que la nuit allait être longue, pour lui. Peut-être même que la semaine entière le serait, en fonction du temps qu'il lui faudrait pour prendre une décision. Il n'était pas le genre d'homme à agir sur une impulsion. Il méditait toujours prudemment avant de prendre une décision. Un jour, il lui avait avoué que leur relation était la première chose spontanée à laquelle il avait cédé, dans sa vie d'adulte. Elle s'était trouvée tout émoustillée à l'idée qu'elle détenait un tel pouvoir sur lui, tout en regrettant que, malgré cet ascendant, elle n'ait pas réussi à faire en sorte qu'il l'aime.

Elle resta sur le seuil jusqu'à ce que la Porsche disparaisse, puis elle traversa la pelouse et se dirigea vers la porte en face de chez elle, se frottant les bras pour se protéger de l'air frais de la soirée. Elle frappa. Immédiatement, Jenny Sorenson, sa voisine et amie, lui ouvrit.

— Tout va bien ? s'enquit cette dernière d'un ton soucieux, en s'effaçant pour la laisser passer.

Max était assis sur le tapis du salon en compagnie de Portia, la fille de Jenny, âgée de quinze mois. Elle s'était trouvée incapable d'anticiper sur la réaction de Nathan et avait jugé plus prudent que son fils ne se trouve pas à la maison lorsqu'il viendrait discuter.

— Oui, tout va bien, répondit-elle. Je suis désolée d'avoir déposé Max chez toi sans un mot d'explication, mais le temps m'était compté.

Lorsque son fils entendit sa voix, il poussa un petit cri et se mit à ramper dans sa direction. Mais en chemin, il fut distrait par le jouet que Portia cognait contre la table basse du salon, et changea d'avis.

— Tu avais l'air vraiment bouleversée quand tu m'as laissé Max, et je me suis inquiétée pour toi, reprit Jenny.

— J'ai croisé le père de Max, aujourd'hui, expliqua-t-elle. Il voulait que nous parlions et j'ai jugé préférable que notre fils ne soit pas à la maison.

Elle n'avait pas confié à Jenny les détails de sa relation avec Nathan. De fait, jusqu'à ce qu'elle accouche, elle et sa voisine se saluaient à peine. Cette dernière était femme de médecin et avait un mode de vie très conservateur. Un après-midi, alors que Max pleurait parce qu'il souffrait de coliques, Jenny avait entendu ses cris par la fenêtre ouverte et avait demandé si elle pouvait lui être utile. Elle aussi avait fait le choix d'élever sa fille sans nourrice ni fille au pair, et Ana ne passait pas un jour sans se féliciter de l'avoir rencontrée. Elle lui avait appris quelques astuces pour soulager les coliques de Max, ayant elle-même eu un bébé sujet à ce genre de petits maux. Depuis, elles étaient de très bonnes amies. Elle ne lui avait pas pour autant raconté toute sa vie.

— Et toi, qu'est-ce que tu penses de tout cela ? demanda Jenny.

— Je suis partagée. J'aimerais vraiment que Max connaisse son père, mais en même temps, je crains de l'exposer à un abandon.

— A mon avis, il faut lui donner une chance, dit Jenny avec fermeté, tout en jetant un coup d'œil à Max et Portia qui se chamaillaient pour un ours en peluche. Un enfant a besoin d'un père.

Même si sa fille voyait à peine le sien, pensa alors Ana.

Chirurgien réputé, Brice Sorenson avait un emploi du temps surchargé. Il partait souvent avant que sa fille ne soit réveillée, et rentrait bien après qu'elle soit au lit. Avec un peu de chance, il la voyait quelques heures le dimanche, entre ses heures de garde et le golf. Et même si Jenny ne l'avait jamais formulé clairement, elle avait l'impression que, même lorsque Brice était à la maison, il ne s'occupait pas vraiment de Portia. Il était plus âgé que Jenny, et avait déjà de grands enfants d'un premier mariage. Il ne changeait jamais les couches de Portia, ni ne lui donnait à manger. Elle connaissait bien ce genre de situation, pour l'avoir vécue enfant, et elle refusait que Max subisse le même sort.

— La balle est dans son camp, répondit-elle à Jenny.

Et si Nathan ne voulait pas le meilleur pour Max, alors elle le bannirait pour toujours de la vie de son fils sans l'ombre d'un remords.

- 3 -

Même si Nathan n'avait pas apprécié ce qu'Ana lui avait dit, il devait admettre, après quelques jours de réflexion, que ses remarques étaient tout à fait sensées et que celle-ci avait raison. Soit il faisait partie de la vie de Max, soit il n'en faisait pas partie, la demi-mesure étant exclue. Toutefois, il devait évaluer les conséquences sur sa carrière du fait qu'il reconnaisse Max. Il était certain que si la nouvelle venait à s'ébruiter, il pourrait dire adieu à son rêve de devenir président-directeur général de la Western Oil. Le conseil d'administration estimerait qu'il y avait un conflit d'intérêts direct. Depuis qu'ils savaient que l'explosion à la raffinerie était le résultat d'un sabotage, les membres avaient été prompts à accuser la Birch Energy, même si jusque-là aucune preuve n'avait pu être apportée à leurs allégations.

Mais il y avait un point encore plus important à déterminer : en quoi sa présence dans la vie de Max aurait-elle une bonne influence sur l'enfant ? Il ignorait comment un père se comportait, du moins un bon père. La seule certitude qu'il avait en la matière, c'était qu'il ne voulait à aucun prix ressembler à son propre père, qui exigeait la perfection en toute chose, et s'emportait verbalement — parfois même physiquement — si quelqu'un avait l'impudence de ne pas être à la hauteur de ses exigences irréalistes.

Il avait conscience de n'avoir pas totalement échappé aux lois de la génétique, et d'avoir hérité des accès de colère de son père. Même s'il s'efforçait toujours de les maîtriser, il ne pouvait pas exclure l'éventualité qu'il serait peut-être un père épouvantable. Cependant, il se devait au moins d'essayer. Et s'il échouait, il veillerait à ce que son fils soit à l'abri du besoin pour le restant de ses jours, même si Ana lui avait assuré qu'elle n'avait pas besoin de son argent.

Le mercredi après-midi, il appela cette dernière et lui demanda s'il pouvait passer chez elle pour discuter.

— 20 h 30, cela te convient-il ? proposa-t-elle. Après que j'aurai mis Max au lit.

— Tu refuses toujours que je le voie ?

— Je veux d'abord entendre ce que tu as à me dire.

Il comprenait sa position.

— Entendu pour 20 h 30, trancha-t-il.

— A tout à l'heure.

Il raccrocha juste au moment où Emilio, le directeur financier de l'entreprise, frappait à la porte vitrée de son bureau.

Il lui fit signe d'entrer, pensant que sa visite était liée au nouveau budget marketing que son service avait proposé le lundi matin. Si la Western Oil souhaitait réellement rétablir sa réputation auprès de ses clients, l'opération allait être onéreuse.

Mais Emilio déclara :

— Désolé de te déranger, je voulais juste te donner ça.

Et il lui tendit une petite enveloppe blanche.

— Qu'est-ce que c'est ?

— Une invitation.

— A… ?

— A mon mariage.

Nathan se mit à rire, pensant qu'il s'agissait d'une blague, ou qu'il avait mal compris.

— Ton *quoi* ?

Mais il vit le visage d'Emilio s'éclairer d'un franc sourire.

— Tu as bien compris, lui dit-il.

Il ne connaissait pas un homme plus opposé au mariage qu'Emilio. Qu'est-ce qui avait bien pu lui arriver ?

Poussé par la curiosité, il ouvrit l'enveloppe et en sortit l'invitation. Il resta bouche bée en lisant le nom de la future mariée.

— Isabelle Winthrop ? Ce n'est quand même pas celle qui a été mise en examen pour fraude financière ? s'exclama-t-il.

— Apparemment, tu n'as pas regardé les infos, ces derniers temps. Les charges qui pesaient contre elle ont été abandonnées vendredi dernier.

Voilà qui expliquait tout ! Il avait travaillé tard, ce vendredi-là, puis, le samedi, il était allé à la fête d'anniversaire organisée par Beth, et depuis il n'avait plus pensé qu'à Ana et son fils. Il ne se rappelait pas avoir allumé la télévision ou acheté un journal.

— Et maintenant, tu vas l'épouser ?

— Absolument.

Il secoua la tête.

— Son mari est mort il y a quelques mois, non ?

— C'est une longue histoire, dit Emilio.

Il n'en doutait pas, même s'il était étonné de n'avoir rien appris plus tôt. Il était vrai qu'Emilio était un homme aussi réservé que lui, et il se réjouissait sincèrement que son collègue ait trouvé une personne avec qui partager sa vie.

— J'ai hâte que tu me la racontes, cette histoire, lui dit-il.

Emilio sourit.

— A propos, j'ai étudié ta proposition, et je te suggère qu'on en discute avec Adam et qu'on regarde les chiffres de plus près, déclara-t-il. En début de semaine prochaine, si c'est possible.

— Demande à ta secrétaire d'appeler la mienne pour convenir du rendez-vous.

Il passa le reste de l'après-midi en réunions diverses. Durant la dernière, les participants commandèrent à manger, ce qui lui épargna la peine d'aller au restaurant ou de passer chez le traiteur pour manger chez lui, avant de se changer et de se rendre chez Ana.

Il arriva chez elle à 20 h 30 pile. Depuis le samedi précédent, elle avait pris le temps de décorer la façade de sa maison : les vacances de Noël arrivaient à grands pas. Des branches de sapins piqués de petites lumières blanches encadraient ses fenêtres, et une couronne composée de houx frais et de boules de Noël ornait la porte d'entrée. Il songea que, pour sa part, il n'avait pas accroché la moindre décoration dans son appartement. A quoi bon, puisqu'il ne serait pratiquement jamais chez lui, pendant les vacances ? S'il avait dû décorer un endroit, en toute logique, ç'aurait été son bureau, dans la mesure où c'était là qu'il passait l'essentiel de son temps.

Comme il s'apprêtait à frapper, la porte s'ouvrit.

— Quelle ponctualité ! observa Ana.

Elle portait un legging violet, et un sweat-shirt à fermeture Eclair assorti, avec en dessous un T-shirt au motif à moitié effacé. Elle avait attaché ses cheveux à la va-vite avec une pince et ne portait pas la moindre trace de maquillage. Et pourtant, elle était aussi sexy qu'il était possible de l'être.

La maternité lui allait sacrément bien.

Elle l'invita à entrer.

— Désolée pour le désordre, mais je viens juste de mettre Max au lit et je n'ai pas eu le temps de ranger.

Le salon donnait effectivement l'impression qu'une bombe y avait explosé. Il ignorait jusqu'alors qu'un enfant puisse avoir besoin d'autant de jouets.

— On dirait qu'il y a eu une dizaine d'enfants, dans cette pièce, dit-il en retirant sa veste qu'il accrocha au portemanteau.

— En fait, il y en avait cinq. Aujourd'hui, c'était mon jour de garde.

— Ton jour de garde ?

— Avec d'autres parents, on se relaie pour garder les enfants, afin qu'ils puissent jouer ensemble. Même si en fait, Jenny, ma voisine d'en face, et moi sommes les seules véritables mères. Deux autres sont des nourrices, et une est fille au pair. D'ailleurs, Jenny et moi sommes à peu près certaines que la fille au pair couche avec le père du bébé. Et une des nourrices nous a confié que le couple pour lequel elle travaille est sur le point de divorcer. Ils font chambre à part, et lui dort dans la chambre d'amis.

Il était loin d'imaginer que de tels scandales sourdaient dans de simples réunions enfantines.

— Max n'est-il pas un peu jeune pour jouer avec d'autres enfants ? questionna-t-il.

— Il n'est jamais trop tôt pour socialiser les enfants.

— Tu n'as pas de nourrice ? s'étonna-t-il.

— J'adore passer du temps avec Max, et grâce à l'héritage de ma mère, je n'ai pas besoin de travailler. Mon rôle de mère au foyer me comble parfaitement. Cela n'a pas toujours été facile, mais je ne regrette rien, l'expérience en vaut la peine.

Il songea alors à sa propre mère : elle avait toujours été bien trop accaparée par ses associations caritatives et les différentes organisations auxquelles elle adhérait pour s'occuper personnellement de ses fils.

Ana lui désigna le salon.

— Entre et prends un siège, dit-elle. Est-ce que tu veux boire quelque chose ?

Il aurait eu besoin d'un bon whisky, voire de plusieurs. Mais quelle que soit la quantité d'alcool qu'il avalerait, elle ne suffirait pas à rendre les choses plus aisées.

— Non merci, répondit-il.

Elle attendit qu'il s'assoie, puis elle prit place sur le rebord du fauteuil, en face de lui.

— Est-ce que tu as pris une décision ? questionna-t-elle.

— Oui, annonça-t-il.

Puis il posa ses coudes sur ses genoux et se frotta nerveusement les mains. Elle le regardait, rivée à sa réponse. Il n'était pas certain qu'elle allait apprécier ce qu'il avait à lui dire. Elle attendait vraisemblablement une décision définitive, mais il n'était pas en mesure de lui en offrir une. Pas encore.

— Je voudrais une période d'essai, dit-il alors.

Elle leva les sourcils.

— Une période d'essai ? répéta-t-elle. On ne parle pas d'une inscription à un club de gym, Nathan ! Il s'agit d'un bébé. D'un être humain.

— C'est précisément pour cette raison que ce serait une mauvaise idée de foncer tête baissée. Je ne connais rien au fait d'être parent. Comme tu l'as souligné, je n'ai jamais imaginé fonder une famille. Et je crains d'être un très mauvais père. J'aimerais passer du temps avec Max, pendant quelques semaines, et voir s'il m'apprécie.

— Max a neuf mois, il aime tout le monde.

— Très bien. Mais cela me permettra de voir si moi, je l'apprécie.

— Et si ce n'est pas le cas ? Qu'est-ce qui se passera ?

— Je me conformerai à tes vœux et je me retirerai de la vie de Max.

Elle secoua la tête.

— Franchement, Nathan, je ne sais pas quoi te dire…

— Je suis bien conscient que tu t'attendais à une réponse plus tranchée, mais en toute honnêteté, je pense que c'est la meilleure solution. Et ce n'est pas une décision que j'ai prise le cœur léger. Simplement…

Il soupira et secoua la tête.

— J'ai fait beaucoup d'erreurs dans ma vie, Ana, et la paternité est une affaire bien trop sérieuse pour que l'on prenne le risque de tout compromettre.

— Je suppose que la question des répercussions sur ton travail entre aussi en jeu.

— Je ne nie pas que ce soit un facteur important dans ma décision. Notre actuel P.-D.G. va bientôt quitter ses fonctions, et je figure sur la liste des remplaçants potentiels triés sur le volet. Je ne veux pas laisser passer ma chance.

— Donc, il s'agit de travail, déclara Ana sans cacher son amertume.

— Je dois tout prendre en compte, lui dit-il. Mais ce dont il est avant tout question, c'est de l'intérêt de notre fils.

« Notre fils »… Ana sentit son cœur se serrer. Pendant longtemps, il avait été juste son fils à elle. Elle n'était pas certaine d'être prête à le partager.

Sa première impulsion fut de répondre par la négative à la proposition de Nathan. Cette position intermédiaire la révoltait. Et pourtant, elle ne devait pas être injuste envers lui… Elle avait eu neuf mois pour s'habituer à l'idée qu'elle allait être mère. De son côté, il se retrouvait père d'un seul coup, sans préavis, et maintenant, on attendait de lui qu'il prenne une décision qui aurait des répercussions définitives sur sa vie et celle de son fils. Pouvait-elle réellement lui reprocher de vouloir se montrer prudent ? Il était manifeste qu'il avait mûrement réfléchi et privilégié avant tout les intérêts de Max. N'était-ce pas le principal ? Sans compter qu'elle avait découvert un Nathan vulnérable, ce qui n'allait vraiment pas de soi pour cet homme à qui tout réussissait et que tout le monde respectait. Admettre qu'il n'était peut-être pas capable d'être un père digne de ce nom n'avait pas dû être facile. Il convenait de saluer son honnêteté.

— Très bien, finit-elle par dire, cette période d'essai me semble raisonnable. Mais il s'agira de visites encadrées, bien entendu.

— Bien entendu, approuva-t-il.

Elle venait donc de s'engager à passer du temps avec lui, ce qui allait sans nul doute la mettre au supplice. Le seul fait de le recevoir chez elle réveillait de nombreux souvenirs, et soulignait le désert que sa vie était devenue, sa solitude. Depuis leur rupture, elle n'avait même pas regardé un autre homme. Il était vrai qu'elle n'avait guère eu le temps de se distraire, mais elle était tout de même sortie à plusieurs reprises avec des amies et était allée à des réceptions mondaines avec son père. Elle avait bien été abordée par quelques hommes qui avaient été tentés de lier conversation avec elle, et certains étaient allés jusqu'à l'inviter à danser : elle n'y avait trouvé aucun intérêt.

Si, au bout d'un an et demi, les sentiments qu'elle éprouvait pour Nathan n'avaient pas disparu, cela signifiait peut-être qu'elle était destinée à l'aimer pour toujours, à moins que le fait de le côtoyer de nouveau ne lui fasse comprendre qu'il n'était pas aussi merveilleux qu'elle l'avait cru. Il avait forcément des défauts ! Des petits traits de caractère qu'elle finirait par trouver insupportables, à la longue. Elle l'avait sans doute placé sur un piédestal, et s'était construit une image erronée de lui.

Un regain d'espoir la saisit soudain : cette « période d'essai » serait sans doute une expérience fort positive, à condition qu'ils restent circonspects.

— Je pense qu'il est préférable que personne ne soit au courant de tes visites, reprit-elle.

Il parut soulagé. Sans doute s'inquiétait-il pour sa promotion à la Western Oil, même si elle soupçonnait que ce n'était pas la seule raison.

— C'est une très bonne idée, approuva-t-il.

— Il faut que nous soyons vraiment prudents, renchérit-elle. L'expérience risque d'être dévastatrice pour Max si elle vient à se savoir.

— C'est un bébé, Ana. Il ne peut pas lire les journaux.

— Pas encore. Mais un jour, il en sera capable. Si tu décides, pour une raison ou une autre, que tu ne peux pas faire partie de sa vie, je ne veux pas qu'il sache quoi que ce soit sur toi. Or, si la nouvelle que tu es son père s'ébruite, je peux t'assurer qu'on se chargera de la lui rapporter plus tard. Qui plus est, mon père adore Max. Mais s'il apprenait que tu es son père, il penserait que j'ai cherché à le défier, et il nous renierait, Max et moi.

— Tu cherches toujours à gagner son affection ?

— Je me fiche pas mal de ce que mon père pense de moi, mais le futur de Max, c'est la Birch Energy, si tant est qu'il choisisse cette voie une fois adulte. En tout état de cause, c'est son héritage. Je ne veux pas l'en priver pour des raisons égoïstes.

— Mais si je décide de faire partie de sa vie, c'est ce qui se passera, argua-t-il.

— En l'occurrence, connaître son propre père est plus important que tout. Il a besoin d'une présence masculine dans sa vie et, pour l'instant, ce que j'ai de mieux à lui proposer, c'est mon père. Qui sait ? Peut-être que Max le comblera et qu'il surmontera enfin le fait que je n'étais pas le fils dont il avait toujours rêvé.

— Dis-moi, Ana… Pour toi, je n'étais qu'un moyen comme un autre de défier ton père ? Rien de plus ? demanda-t-il brusquement.

Au début, oui, elle le reconnaissait. Jusqu'à ce qu'elle tombe éperdument amoureuse de lui. Mais cela, elle ne lui avouerait jamais. C'était son petit secret, sa fierté en dépendait.

— Cela te choque ? fit-elle d'un ton détaché.

— Pas vraiment, dans la mesure où toi et moi savons que ce n'est pas la vérité.

Dans ces conditions, pourquoi lui avait-il posé la question ? Elle aussi aurait pu lui demander s'il avait pour habitude de séduire les femmes puis de leur briser le cœur. Elle soupira. Il était vain de chercher à polémiquer. Elle ne le suivrait pas sur ce terrain-là.

— Quels jours pourras-tu voir Max ? demanda-t-elle d'un ton calme. Je le couche à 20 heures. Si tu veux le voir en semaine, il faut venir avant. Tu peux aussi passer le dimanche après-midi.

— En semaine, cela va être difficile, commença-t-il. Je suis débordé de travail. Je peux m'estimer heureux quand je sors à 21 heures.

— Personne n'a dit que l'expérience allait être facile, décréta-t-elle. Il faut savoir établir des priorités.

La première impulsion de Nathan fut manifestement de répondre du tac au tac mais, à la place, elle le vit prendre une large respiration, comme s'il se ravisait.

— Si je me rends plus tôt au bureau, je pourrai sortir à 18 h 30, et être ici un peu avant 19 heures.

— C'est un bon début, reconnut-elle.

— On commence demain !

Un long silence inconfortable s'ensuivit, chacun ne sachant plus que dire. Mais peut-être s'étaient-ils tout dit ?

— Bon, fit enfin Max en se levant, puisque nous avons trouvé un accord…

— La journée a été longue, je ne sais pas toi, mais moi, je prendrais volontiers un verre de vin…

A peine ces paroles eurent-elles franchi ses lèvres qu'elle comprit que c'était une très mauvaise idée. Mais elle avait tellement envie de le retenir ! Pourtant, elle avait bien conscience qu'elle ne pouvait pas le forcer à l'aimer. D'ailleurs, elle n'essaierait même pas. Ce qu'elle recherchait, c'était un homme qui l'aimerait de façon inconditionnelle, ce dont Nathan n'était pas capable.

Lui-même parut surpris car il fronça les sourcils.

— Es-tu en train de me demander de rester ?

A ces mots, elle comprit que son initiative était vraiment très déplacée.

— Oublie ce que je viens de dire, dit-elle précipitamment.

— Rouge ou blanc ?

— Pardon ? fit-elle d'un air confus.

— Qu'est-ce que tu as à m'offrir comme vin ? Du rouge ou du blanc ? demanda-t-il, un sourire aux lèvres. Car je ne bois que du vin rouge.

Elle avait eu tort de proposer ce verre, étant donné qu'elle était encore bien vulnérable, le concernant. Elle était tout simplement en train de se préparer une nouvelle peine de cœur ! Il était fort probable qu'il ait une petite amie. Peut-être était-ce d'ailleurs pour cette raison qu'il lui avait demandé une « période d'essai ».

Elle s'enjoignit néanmoins de voir les bons côtés de la situation, car il était trop tard pour se lamenter. Passer un peu de temps en sa compagnie lui permettrait de repérer les défauts qu'il avait forcément, se répéta-t-elle, et cela contribuerait à le démythifier, à ses yeux.

De toute façon, après cette soirée, elle ne le verrait qu'en compagnie de Max.

— Tu as de la chance, lui dit-elle, j'ai les deux.

- 4 -

Lorsque Ana se dirigea vers la cuisine, Nathan se rassit, tout en se demandant s'il avait eu raison de rester. Il était venu chez elle pour discuter de leur fils, et maintenant qu'ils avaient trouvé un accord, il n'y avait plus matière à s'attarder. Le seul problème, c'était qu'il n'avait pas envie de partir.

Peut-être était-il temps qu'il admette à quel point cette relation l'avait touché. Il éprouvait encore des sentiments pour Ana, c'était incontestable. En dépit de ce qu'elle pouvait croire, il n'avait pas été aisé pour lui de rompre avec elle. Elle était la seule femme en compagnie de qui il avait pu être lui-même. Mais il savait qu'à la longue, ses démons auraient fini par reprendre le dessus et qu'elle aurait découvert son véritable visage. La connaissant, il était certain qu'elle aurait essayé de trouver une solution. L'ennui, c'était qu'il n'y en avait pas. Il ne pourrait jamais changer. Il était préférable qu'il passe le moins de temps possible avec elle quand Max n'était pas là pour faire office de tampon.

Il aurait dû enfiler son manteau et fuir sans demander son reste. Malheureusement, il en était incapable.

— Tu as donc postulé pour la fonction de président-directeur général ? dit-elle en revenant de la cuisine.

Il tourna la tête vers elle. Elle était en train d'ouvrir une bouteille de vin rouge, au comptoir du bar.

— Nous sommes trois en lice : moi, le directeur financier, Emilio Suarez, et mon frère Jordan.

— Ton frère ? s'étonna-t-elle. C'est une affaire à haut risque, alors.

Le bruit du bouchon résonna dans le salon et elle servit le vin dans des verres à pied.

— Si je me souviens bien, votre relation a toujours été compliquée, ajouta-t-elle.

— C'est le moins que l'on puisse dire. Il est d'une arrogance sans borne.

— Je l'ai rencontré, l'année dernière, à un dîner organisé pour collecter des fonds, lui apprit-elle en apportant les verres.

— Je parie qu'il a essayé de te draguer !

— Pourquoi ? Tu es jaloux ?

Elle lui tendit son verre, et leurs doigts se touchèrent quand il le prit. C'était un effleurement innocent, sans importance, mais qui suffit à lui faire de l'effet ! Bien plus qu'il n'aurait dû. Il espéra qu'elle n'avait rien remarqué. Reprenant place dans son fauteuil, elle ramena ses jambes sous elle. Ce qu'elle avait l'air jeune et sexy ! Et un peu fatiguée, aussi, ce qui rajoutait à son charme.

— J'ai fait cette remarque parce que Jordan ne peut pas s'empêcher de séduire les belles femmes. C'est plus fort que lui.

— Il me semble qu'il était accompagné.

Il haussa les épaules.

— Ce n'est pas ce qui l'arrête.

— Non, il ne m'a pas draguée, lui assura-t-elle alors. Mais il faut dire que j'étais enceinte de huit mois et aussi énorme qu'une baleine.

— Oh ! tu sais ! Je ne pense pas que cela ait été un problème pour lui.

Elle se mit à rire.

— Arrête ! Il n'est pas si mauvais que ça, tout de même !

Autrefois, non, il ne l'était pas…

Lorsque lui-même était enfant, il avait joué un rôle protecteur auprès de Jordan. Que de fois ne s'était-il pas accusé des fautes de son jeune frère afin de le soustraire à la colère de leur père ! Combien de fois ne s'était-il pas interposé entre eux, quand ce dernier voulait le frapper ! En tant que frère aîné, il estimait qu'il avait pour devoir de le protéger. Il était si calme et si sensible. « Une vraie chochotte », estimait leur père. En retour, il n'avait reçu ni loyauté ni gratitude de la part de Jordan. Au cours des années, celui-ci s'était révélé un véritable manipulateur, et il s'était mis à dénoncer son aîné pour ses propres méfaits, à la maison comme à l'école. Jordan était devenu l'enfant parfait, incapable de faire le mal, tandis que lui-même était désormais systématiquement montré du doigt comme le fauteur de troubles. Il était vrai qu'il avait fait les quatre cents coups. Après toutes ces années, cela le tourmentait toujours.

— Jordan est Jordan, dit-il, on ne pourra pas le refaire.

— Quand est-ce que le nouveau P.-D.G. sera nommé ? demanda-t-elle.

Pas avant que l'enquête liée à l'explosion ne soit terminée, mais cela, il ne pouvait pas le lui dire. Seul un tout petit cercle d'initiés savait qu'il y avait une enquête en cours. L'explosion avait eu lieu en raison d'un matériel défectueux, qui venait pourtant d'être vérifié et correspondait aux normes de sécurité. Treize hommes avaient été blessés. Le conseil d'administration était convaincu que le coupable était un employé de la Western Oil, et il suspectait que la Birch Energy — et plus particulièrement le père d'Ana — était derrière cette sombre affaire. Le but de l'enquête consistait à démasquer le responsable. Mais c'était un processus lent, ardu et frustrant.

— La date n'a pas encore été arrêtée, dit-il. Dans quelques mois, sans doute.

— Et comment est-ce que tu le prendras, si c'est Jordan qui est nommé directeur ?

— Ce ne sera pas lui.

Sur les trois candidats, son frère était le moins qualifié, et il était certain que le conseil d'administration en avait conscience. Jordan avait usé de son charisme pour obtenir la fonction qu'il occupait actuellement, mais il ne pourrait pas aller au-delà.

— Tu as l'air bien sûr de toi, observa-t-elle.

— Je le suis, effectivement. Bon, ne le prends pas mal, mais je n'ai pas envie de parler de mon frère.

— Comme tu voudras. Dans ces conditions, de quoi veux-tu que nous discutions ?

— Et si tu me parlais de notre fils ?

— C'est dans le domaine du possible, dit-elle.

Sur ces mots, elle se leva, traversant le salon pour ouvrir un tiroir de la bibliothèque d'où elle sortit un énorme album. Il pensait qu'elle allait le lui tendre, mais elle prit place à son côté, sur le canapé. Elle était si proche de lui que leurs jambes se touchaient.

A tout prendre, il préférait quand elle se tenait à distance.

— Qu'est-ce que c'est ? demanda-t-il.

Posant l'album sur ses genoux, elle l'ouvrit à la première page.

— C'est l'album de Max. Il y a des photos et des commentaires sur tous les événements déterminants de sa petite vie. Je l'ai commencé avant sa naissance.

De fait, il vit sur la première page des photos d'elle enceinte. Il y en avait même une à la maternité. Elle avait exagéré, tout à l'heure, en se qualifiant de « baleine » à huit mois ! A part son ventre proéminent qui donnait à penser qu'elle avait avalé un ballon de basket, le reste de son corps était demeuré inchangé.

— Tu avais l'air en forme, dit-il.

— J'ai été malade tout le premier trimestre de ma grossesse, mais après je me suis sentie vraiment bien.

Les pages suivantes montraient des échographies — sur l'une d'entre elles, on voyait clairement que le bébé était un petit garçon — puis figuraient des notes relatives aux visites chez le médecin. Toutes les autres pages étaient consacrées à Nathan. C'était incontestablement un charmant bambin ! Mais tandis qu'Ana tournait les pages de l'album, il sentit son intérêt passer des photos à la mère… Son profil délicat et familier, sa bouche sensuelle le troublaient, tout comme les quelques mèches qui s'étaient échappées de la pince et effleuraient ses joues. Dix-huit mois plus tôt, il n'aurait pas hésité à les caler derrière son oreille. Puis il aurait caressé sa joue, sa nuque, et aurait pressé sa bouche contre sa gorge délicate…

C'était tout de même incroyable qu'au bout de tout ce temps son désir pour elle soit demeuré intact ! Il devait impérativement se contrôler, pour leur intérêt à tous deux.

— C'est un adorable enfant, dit-il quand elle eut atteint la fin de l'album. Je trouve qu'il ressemble beaucoup à Jordan bébé.

Elle se leva et remit l'album à sa place. Il espéra qu'elle reviendrait s'asseoir à côté de lui et fut un peu dépité qu'elle n'en fasse rien. Cela lui permit aussi de comprendre qu'il devait s'en aller au plus vite.

Finissant son verre, il se leva.

— Il est tard, dit-il, même s'il était à peine 21 heures. Demain, je me lève de bonne heure. Il faut que je m'en aille.

Si elle fut déçue par son départ, elle n'en laissa en tout cas rien paraître et le raccompagna à la porte.

— A demain, vers 19 heures ? fit-elle.

— Ou un peu plus tôt, si je peux.

Il enfila sa veste et elle ouvrit la porte.

C'était normalement le moment où elle nouait ses bras autour de son cou et lui donnait un long baiser en guise d'au revoir. En général, elle essayait de le convaincre de passer la nuit avec elle. Il était chaque fois très difficile de résister à la tentation, mais coucher chez elle aurait établi un degré d'intimité entre eux qu'il n'avait jamais osé franchir. Il ne voulait pas qu'elle se fasse des illusions. Surtout elle, qui avait tendance à s'enflammer.

— Je suis heureuse que tu sois venu, ce soir, dit-elle.

— Moi aussi, répondit-il.

— Comme je te l'ai dit, je respecterai ton choix, Nathan. Si tu estimes que c'est au-dessus de tes forces, je ne t'en voudrai pas. Je reconnais qu'il n'est pas facile d'être parent, cela implique de si nombreux sacrifices !

— On dirait presque que tu essaies de me dissuader.

— C'est aussi une expérience très enrichissante, la plus gratifiante que je n'ai jamais faite, renchérit-elle. Elle transforme radicalement une personne, d'une façon qu'on ne peut pas imaginer quand on n'a pas d'enfant. Des choses qui autrefois étaient pour moi primordiales me semblent aujourd'hui bien dérisoires. Maintenant, c'est Max qui compte, et c'est tout.

— Ton enthousiasme me fait peur, dit-il alors.

Elle lui sourit.

— Je sais, c'est un peu intimidant, mais une fois qu'on est parent, soit on s'engage à fond, soit… Personnellement, je ne sais pas comment il est possible de faire autrement, mais je conçois que tous les parents ne sont pas comme moi. Ce doit être une question de feeling : soit tu le sens, soit tu ne le sens pas.

— Je suppose que le mieux à faire, c'est d'attendre et de voir, dit-il, philosophe.

— Sans doute.

Il eut l'impression qu'elle voulait ajouter quelque chose. Il attendit quelques secondes, mais comme elle se taisait, il s'éloigna. Il avait déjà descendu une marche quand elle le rattrapa et posa la main sur son bras.

— Nathan, attends…

Il se tourna vers elle.

Elle l'avait touché bien imprudemment, et le dommage était fait. Maintenant, il n'avait plus qu'une idée : la prendre dans ses bras et l'embrasser à pleine bouche…

— Pendant que nous regardions l'album de Max, dit-elle, je me suis rendu compte à quel point il avait changé, en neuf mois.

Il ne comprenait pas très bien où elle voulait en venir…

— N'est-ce pas ce que les enfants sont censés faire ?

— Si, bien sûr, seulement… En fait, ce que tu as manqué m'a frappé. Et ce que je voulais te dire… Enfin, ce que je voulais que tu saches…

Reprenant son souffle, elle bredouilla alors :

— Je suis désolée, Nathan.

Il fut bouleversé par sa vulnérabilité qu'elle ne cherchait même pas à cacher, tout comme la façon dont elle lui tenait le bras. Elle était si proche de lui, si émouvante…

Il se pencha vers elle, juste pour tester le terrain. Elle ouvrit de grands yeux, comme pétrifiée. Contrairement à ce qu'il aurait parié, elle ne s'écarta pas, mais passa sa langue sur ses lèvres pour les humecter…

Il déglutit avec difficulté. Il était si tentant de capturer cette bouche appétissante. Il était certain qu'elle ne protesterait pas. Et de fil en aiguille, ils finiraient dans son lit…

Tout cela était parfaitement déraisonnable ! décida-t-il dans un sursaut de lucidité, avant de marmonner bien vite :

— Je dois partir.

Elle acquiesça d'un mouvement de tête, comme abasourdie.

— Très bien…

Il posa ses yeux sur la main d'Ana qui lui tenait toujours le bras.

— A moins que tu n'aies l'intention de venir avec moi, il va falloir que tu me lâches, dit-il.

— Désolée, murmura-t-elle.

Et elle retira vivement sa main.

A la lumière de la terrasse, il crut la voir rougir. Voilà qui ne lui ressemblait pas. Ana était une femme sûre d'elle-même, et sans fausse pudeur. Du moins était-ce l'image qu'elle aimait donner d'elle. Au fond, il ne savait pas comment il la préférait : en imperturbable femme à poigne, ou en jeune fille vulnérable.

Il recula de quelques pas.

— A demain, dit-il.

— A demain.

Il commença à descendre les marches, mais s'arrêta soudain au moment où elle allait refermer la porte.

— Ana !

— Quoi ?

— Excuses acceptées, dit-il.

Ce fut leur ultime échange avant qu'il ne s'engouffre dans sa Porsche.

Ana referma la porte et s'y adossa. Elle était bouleversée… Il s'en était fallu de peu pour qu'il l'embrasse. Il s'était approché tout près d'elle, ses yeux rivés à sa bouche…

A l'idée du contact de ses lèvres sur les siennes, elle sentit son cœur s'accélérer. Elle ne l'aurait pas repoussé, elle le savait, et elle aurait eu tort, parce qu'elle était déjà suffisamment paumée…

A feuilleter son album en compagnie de Nathan, elle avait compris combien chaque minute passée en compagnie de son fils avait été précieuse. L'idée qu'elle avait privé Nathan de ce bonheur, et pire encore, Max de la présence de son père, suscitait en elle un sentiment de culpabilité. Elle se sentait si égoïste ! Et si elle n'avait pas fait le bon choix, pour son enfant ? Elle ne voulait pas avoir créé un vide en lui…

Soudain, elle éprouva de la colère envers Nathan pour avoir éveillé en elle de telles pensées, d'autant qu'elle ne savait plus très bien à quoi s'en tenir avec lui. Et puis il avait accepté ses excuses si facilement. Etait-ce par indifférence, ou par calcul ?

Elle poussa un soupir. Elle lui accordait trop d'importance. En outre, qu'est-ce qui lui avait pris de lui toucher le bras ? Bien sûr, elle avait cédé à une impulsion, elle ne s'en était même pas rendu compte jusqu'à ce qu'il la prie de le lâcher. Leur contact physique lui manquait tant ! C'était si merveilleux, quand ils faisaient l'amour… C'était d'ailleurs si fantastique qu'elle n'avait pas du tout compris ce qui lui arrivait quand il lui avait annoncé qu'entre eux, c'était fini. Le ciel lui était tombé sur la tête. Apparemment, il y avait eu un problème qu'elle n'avait pas vu.

N'était-ce pas une raison supplémentaire pour ne pas recoucher avec lui ?

A cet instant, son téléphone portable sonna. Elle le sortit avec fébrilité de sa poche pour vérifier qui l'appelait, espérant presque que c'était Nathan pour annuler leur rendez-vous du lendemain. C'était Beth ! Elle était censée lui téléphoner dès que Nathan s'en irait, et visiblement sa cousine s'impatientait.

— Il est parti ? s'enquit-elle.

— Oui, il y a quelques minutes.

— Alors, qu'est-ce qu'il a décidé ? Est-ce qu'il veut être le papa de Max ?

Beth était convaincue depuis le début que Nathan voudrait faire partie de la vie du bébé et qu'il endosserait sans hésitation son rôle de père. De toute évidence, elle ne le connaissait pas aussi bien qu'elle le pensait.

— Il veut une période d'essai.

— Quoi ? s'écria-t-elle. Et pourquoi donc ?

— Pour de nombreuses raisons, mais la principale, c’est qu’il veut le meilleur pour Max.

— Max a besoin d’un père ! C’est ce qui est le mieux pour lui.

— Nathan ne voit pas les choses de la même façon. Il n’est pas convaincu d’être un bon père et il a peur de la réaction, au travail.

— Et donc tu vas accepter ?

— Qu’est-ce que je peux faire d’autre ? Je ne peux pas le forcer à être le père de Max.

— Mais, qu’il le veuille ou non, il l’est ! Il faut qu’il soit présent pour son fils.

— Ecoute, Beth, je pense qu’il ne m’a pas tout dit et qu’il y a des raisons très personnelles qui expliquent sa réserve. Il a vaguement mentionné des erreurs commises dans le passé.

— Quel genre d’erreurs ?

— Je ne sais pas, il était très sibyllin. Je pensais que tu étais peut-être au courant, étant donné que Leo le connaît depuis la faculté.

— Rien ne me vient à l’esprit… La seule erreur majeure qu’il ait commise, c’est d’avoir rompu avec toi.

Tout en continuant à parler, elle verrouilla sa porte, puis éteignit la lumière de la véranda.

— Il a failli m’embrasser, tu sais…

Beth poussa un cri indigné.

— Tu plaisantes ?

— Non.

Elle se rendit dans le salon et prit les deux verres vides.

— On était sur la terrasse, et on se disait au revoir. Alors il m’a regardée pendant de longues secondes, puis il s’est légèrement penché vers moi…

— Il ne manque pas d’air ! Est-ce qu’il pense que le fait que vous ayez un enfant ensemble lui donne tous les droits ?

S’emparant de la bouteille de vin, elle se servit finalement un deuxième verre.

— En fait, c’est moi qui ai commencé.

De nouveau, Beth manqua s’étrangler.

— Je lui ai touché le bras, enfin juste la manche de sa veste…

— Oh ! fit Beth un rien déçue.

Elle s'attendait sans doute à une révélation plus scandaleuse.

Ana avala un peu de vin, notant distraitement l'empreinte de rouge à lèvres sur le verre vide posé sur le comptoir, avant de comprendre tout à coup qu'elle était en train de boire dans celui de Nathan. L'idée de placer ses lèvres là où il avait mis les siennes quelques minutes auparavant la fit frissonner…

Décidément, elle était un cas désespéré ! Elle reposa son verre.

— Ma question va peut-être te paraître stupide, mais est-ce que toi tu avais envie qu'il t'embrasse ? reprit Beth.

— Non… Enfin, si.

Elle poussa un soupir d'impuissance et poursuivit :

— J'ai encore des sentiments pour lui… Pourtant, il m'a brisé le cœur, et je serais complètement folle de renouer avec lui.

— Tu sais que je te soutiendrai quel que soit ton choix, mais un conseil, sois prudente. Ne prends pas de décision qui ne soit pas mûrement réfléchie. Promis ?

— Promis ! assura-t-elle avant de reprendre d'un ton hésitant. Le problème, c'est que, quand il s'approche de moi, j'ai l'impression que mon cerveau cesse de fonctionner. C'est comme une sorte de magnétisme animal. Et c'est ainsi depuis notre première rencontre.

— Quand est-ce que vous devez vous revoir ?

— Demain, à 19 heures.

— Max va au lit à 20 h 30. Donc, s'il se passe quelque chose, ce serait après ?

— J'imagine.

— Dans ces conditions, je t'appellerai à 20 h 45 ! décréta Beth. Ainsi, si tu as besoin d'un soutien moral, je te ramènerai à la raison.

L'idée d'être si faible l'irritait, mais pourquoi tenter le diable ?

— C'est une très bonne idée, approuva-t-elle alors.

— Tu es forte, Ana, insista Beth. Et tu en as vu d'autres.

Sa cousine avait raison. Elle était passée par des épreuves bien plus dures que celle-ci. Aussi pourquoi avait-elle la sensation de ne pas être aussi « forte » que Beth l'affirmait ?

- 5 -

Ana avait eu tort de craindre que Max et Nathan ne parviennent pas à nouer une relation.

Max adorait Nathan. Il avait été fasciné par lui dès l'instant où celui-ci avait franchi le seuil de la porte. Les deux heures qu'elle venait de passer à les regarder jouer avaient été l'expérience la plus réconfortante, la plus troublante mais aussi la plus éprouvante de sa vie.

Pour quelqu'un qui avait si peu l'habitude des bébés, Nathan n'avait pas commis une seule erreur. Il était doux et patient, et n'était pas intimidé par Max qui avait tendance à toujours chercher la bagarre.

— C'est vraiment un garçon, hein ? dit Nathan en riant.

Puis il plaça l'enfant sur sa tête, et ce dernier se mit à pousser des petits cris de joie. Il ne parut pas le moins du monde agacé quand Max colla sur son T-shirt de marque des bouts de biscotte mâchés, ou qu'il renversa du jus de fruits sur son pantalon.

Il était tout à fait spontané avec Max, à tel point qu'elle avait l'impression d'être le trouble-fête de leur tête-à-tête ! Son fils n'avait d'yeux que pour Nathan, comme si elle avait cessé d'exister. Elle fut presque soulagée lorsqu'il fut l'heure de le mettre au lit. Au moins, elle allait pouvoir passer un petit moment d'intimité avec lui. C'était sans compter sur le zèle de Nathan qui lui demanda alors s'il pouvait l'aider à coucher Max. Depuis qu'elle était revenue de l'hôpital, le coucher de son bébé était un rituel qu'elle n'avait jamais partagé… Cependant, elle était consciente que la demande de Nathan était tout à fait légitime. Le but de cette visite n'était-il pas de faire en sorte que père et fils se connaissent mieux ? A contrecœur, elle accepta, mais éprouva un pincement de jalousie quand, une fois en pyjama, Max tendit les bras vers Nathan.

— Qu'est-ce que je dois faire, maintenant ? demanda ce dernier.

— Couche-le tout simplement dans son lit et couvre-le, répondit-elle.

Elle donna un baiser à Max, et recula de quelques pas pour laisser Nathan le mettre au lit. Il le déposa sur son matelas de façon un peu maladroite, puis il remonta la couverture.

— Bonne nuit, Max, dit-il en lui souriant.

La même fossette que celle qui creusait la joue de son fils éclaira alors son visage. Elle mourait d'envie de se pencher sur le berceau pour s'assurer que Max était bien couvert et bordé, et pour lui donner un dernier baiser, mais elle se retint d'interférer entre le père et le fils. Ils avaient le droit de passer quelques minutes ensemble sans qu'elle ne s'en mêle.

Seulement, elle n'avait pas imaginé que ce serait si difficile.

— C'est bien comme ça ? demanda Nathan.

Elle hocha la tête et éteignit la lampe, sur la commode.

— Il va tout de suite s'endormir, prédit-elle.

Sur ces paroles, elle sortit de la chambre. Il l'imita, et la suivit jusque dans le salon. Tout s'était réellement bien passé, ce soir, aussi pourquoi sentait-elle qu'elle était sur le point de s'effondrer ? Les larmes lui brûlaient les yeux…

Elle était vraiment stupide ! Max était encore son fils, il dépendait d'elle pour tout et personne ne pourrait le lui prendre. Ce n'était pas parce qu'il aurait un père qu'il l'aimerait moins.

— C'est vraiment un enfant extraordinaire, déclara Nathan.

— C'est vrai, approuva-t-elle, priant pour qu'il n'entende pas l'émotion dans sa voix.

Elle se rendit dans la cuisine pour remplir le lave-vaisselle, et espéra que Nathan comprendrait qu'elle avait à faire et s'en irait. Mais il lui emboîta le pas.

— Tout s'est bien passé, dit-il en s'appuyant contre le comptoir, tandis qu'elle était devant l'évier, dos tourné.

— Oui, très bien, approuva-t-elle.

Elle cligna plusieurs fois des paupières pour retenir ses larmes. Pourquoi se montrait-elle si sentimentale, ce soir ? Elle ne pouvait absolument pas se permettre de se laisser aller devant Nathan. D'ailleurs, elle n'avait pas l'habitude d'être submergée par ses émotions, en général, elle savait les gérer.

Nathan demeura silencieux quelques instants, mais il finit par demander :

— Ana, quelque chose ne va pas ?

— Non, bien sûr que non, se défendit-elle.

Mais sa voix enrouée la trahissait, tout comme la larme qui venait de rouler sur sa joue. Elle n'arrivait pas à croire qu'elle se comportait comme une enfant. Il y avait pourtant longtemps qu'elle avait compris que pleurer ne menait à rien. Son père détestait de telles démonstrations de sensiblerie, comme il les appelait.

Lorsque Nathan posa une main sur son épaule, elle sentit son désespoir monter d'un cran.

— Est-ce que j'ai fait quelque chose de répréhensible ? s'enquit-il.

Elle secoua la tête en signe de négation. L'appréhension qu'elle entendait dans la voix de Nathan renforçait son sentiment d'être une véritable idiote. Il se faisait réellement du souci, et méritait une explication. Mais elle ne savait tout simplement pas quoi lui dire, et redoutait de perdre la face.

— Ana, parle-moi…

Il la fit gentiment pivoter pour voir son visage.

— Tu pleures ?

— Non, dit-elle en essuyant ses larmes à ses manches.

— Je ne comprends pas, reprit-il. J'ai eu l'impression que tout s'était bien passé, ce soir.

— Oui, bien sûr.

— Alors pourquoi est-ce que tu pleures ? Tu regrettes d'avoir accepté que je rencontre Max ?

De nouveau, elle fit non de la tête.

— Ce n'est pas ça.

— Alors c'est quoi ? Pourquoi est-ce que tu es aussi bouleversée ?

Elle se mordit la lèvre, puis baissa les yeux.

— Ana, il faut que tu me dises ce qui ne va pas, insista-t-il.

Elle aurait voulu lui crier d'enlever sa main de son épaule, de ne surtout pas la toucher, car cela la rendait encore plus nerveuse.

— Si j'ai fait quelque chose qui t'a déplu…

— Non, tu as été parfait, coupa-t-elle. Max t'adore…

— Et toi, cela te chiffonne, c'est ça ?

— Non ! Enfin, si, un peu…

Il fronça les sourcils. Visiblement, il ne comprenait plus rien. Et c'était logique : elle était tellement troublée que ses paroles n'avaient ni queue ni tête.

Elle devait se ressaisir !

— Depuis la naissance de Max, nous vivons en symbiose, lui et moi, commença-t-elle. Il dépend de moi pour toute chose. Mais ce soir, en vous voyant tous les deux…

Sa voix se brisa.

Dans un suprême effort, elle reprit :

— J'imagine que je suis jalouse. Je ne sais pas ce que je deviendrais si Max n'avait plus besoin de moi.

— Mais il est évident qu'il a besoin de toi !

Elle haussa les épaules, sentit le poids de ses mains dessus, et de nouvelles larmes coulèrent sur ses joues.

Ce fut alors qu'il la prit dans ses bras et la serra tout contre lui. Comme le réconfort était doux ! Au fond, à quoi bon toujours chercher à être forte ? Il y avait si longtemps qu'elle attendait ce moment… Sans hésitation, elle noua ses bras autour de son cou et l'étreignit avec ferveur, tout en souhaitant que l'instant dure toujours. Elle ferma alors les yeux, et respira profondément, pour s'imprégner de son odeur, avant de frotter ses joues contre son torse… Il lui était si familier, et la sensation était tellement parfaite…

— Je suis juste une nouveauté, dit-il. Un nouveau jouet avec lequel on peut jouer.

Il lui fallut quelques secondes pour comprendre qu'il parlait de Max.

— Non, il t'aime vraiment, dit-elle en reniflant. C'est comme s'il sentait qui tu es.

Elle leva les yeux vers lui.

— Et c'est très bien ainsi ! ajouta-t-elle. Tout est parfait, c'est ce que je voulais. Je ne sais pas pourquoi je pleure. C'est idiot.

— Je suis certain que ta réaction est tout à fait normale, lui assura-t-il.

Elle aurait préféré qu'il soit moins correct et qu'il lui dise sans ménagement qu'elle était irrationnelle et stupide. Cela lui aurait permis de le détester. Où étaient donc ces défauts qu'elle était censée trouver chez lui ?

— Arrête d'être aussi gentil avec moi, lui dit-elle.

Un petit sourire éclaira son visage.

— Pourquoi ?

— Parce qu'il m'est impossible de te haïr.

— Peut-être que je n'ai pas envie que tu me haïsses.

A cet instant, le téléphone fixe se mit à sonner. Elle comprit que c'était Beth qui l'appelait avant qu'elle ne commette l'irréparable.

Mais n'était-il pas déjà trop tard ?

Sur une impulsion, elle se hissa à la hauteur de Nathan et l'embrassa sur la bouche… Sans attendre, il lui rendit son baiser. Alors elle oublia les sonneries insistantes du téléphone, le murmure de ses propres doutes, pour se concentrer sur la douceur de ses lèvres, le goût de sa bouche, le frottement de sa barbe contre son menton… Il embrassait comme un dieu, à la fois tendre et exigeant. Il lui faisait l'effet d'une drogue : elle en réclamait déjà davantage, tout son corps était avide de ses caresses.

Il l'agrippa soudain par la taille et la souleva du sol. En un rien de temps, elle se retrouva sur le comptoir et l'entoura de ses jambes… Elle sentit alors son érection contre son ventre, ses mains chaudes et vigoureuses sur sa peau nue…

Et tout à coup, on sonna à la porte. La sonnerie fut suivie par une série de coups frénétiques. Qui cela pouvait-il bien être ? se demanda-t-elle, aussi stupéfaite que contrariée.

Nathan détacha sa bouche de la sienne.

— Je crois que tu as de la visite, dit-il.

Elle fut submergée par une immense impression d'injustice. Pourquoi fallait-il qu'on vienne sonner chez elle à cet instant précis ? S'ils ne répondaient pas, peut-être que le visiteur repartirait. Ils restèrent un moment sans bouger... Mais la sonnette retentit de nouveau, puis des coups plus forts encore se firent entendre. Qui que ce soit, elle devait ouvrir : le manège allait finir par réveiller Max.

— Je vais voir qui c'est, dit-elle enfin, folle de rage.

Rajustant son pull, elle se dirigea vers la porte... au moment même où le téléphone se remettait à sonner ! Cela avait intérêt à être important, sans quoi... Elle ouvrit la porte avec brusquerie pour découvrir Beth sur le seuil de sa porte. Main levée, celle-ci s'apprêtait encore à sonner, tout en tenant son portable contre son oreille. Dès qu'elle le referma, le fixe cessa de sonner.

— Salut ! dit-elle un grand sourire aux lèvres.

Puis elle bouscula légèrement Ana pour entrer dans le vestibule.

— J'étais dans le quartier, et j'ai pensé que je pouvais te rendre une petite visite.

Dans le quartier ? A cette heure-ci ? Beth habitait à vingt minutes. A la façon dont elle avait frappé et sonné, c'était une femme en mission.

Beth la scruta et ses yeux s'élargirent imperceptiblement.

Quand Ana se retourna, elle vit Nathan, juste derrière elle. Lui aussi avait rajusté ses vêtements. Rien ne pouvait les trahir.

— Bonjour, Beth, dit-il.

— Salut, Nathan. Je ne savais pas que tu étais là.

— Tu n'as pas vu ma voiture, garée dans l'allée ? répliqua-t-il sur un ton légèrement ironique.

— Ah ! C'est donc ta voiture !

Beth adressa un regard en biais à Ana avant d'ajouter d'un air hypocrite :

— J'espère que je n'arrive pas au mauvais moment.

— Je m'apprêtais à partir, répondit Nathan en prenant sa veste sur le portemanteau.

Ana décida qu'il était temps d'intervenir.

— Beth, tu veux bien nous excuser deux minutes ?

— Bien sûr, répondit cette dernière, sans manquer d'adresser un regard menaçant à sa cousine, au cas où elle chercherait à l'embrouiller.

Elle suivit alors Nathan à l'extérieur, et referma la porte derrière eux.

— Tu n'es pas obligé de partir, tu sais. Je peux tout à fait me débarrasser d'elle.

— C'est vraiment ce que tu veux ?

Elle allait lui assurer que oui, lorsqu'elle se ravisa et prit le temps de considérer sa question. Trente secondes auparavant, elle était sûre à cent pour cent de ses désirs, mais maintenant qu'elle avait le temps d'y réfléchir plus calmement, elle se demandait si elle n'avait pas été sur le point de commettre une erreur. Elle aurait couché avec lui, et ensuite, que se serait-il passé ? Ils auraient eu une nouvelle liaison qui aurait duré un mois et lui aurait brisé le cœur… Est-ce que quelques semaines de relation torride en valaient vraiment la peine, eu égard aux souffrances qui l'attendaient ? D'autant que s'il décidait de faire partie de la vie de Max, elle aurait affaire à lui pendant au moins dix-huit ans ! Il n'était peut-être pas franchement nécessaire de rendre la situation encore plus délicate qu'elle ne l'était…

— Ana, nous savons tous les deux que tout cela compliquerait les choses, déclara-t-il soudain.

Elle crut que son cœur allait flancher…

Ce qu'il tentait de lui faire comprendre avec tact, c'était qu'il ne la désirait pas. D'ailleurs, tout à l'heure, c'était elle qui avait initié le baiser. Il l'avait prise dans ses bras pour la consoler, pas pour la séduire. Mais elle s'était méprise sur ses intentions. Evidemment, il aurait pu l'arrêter, mais après le déballage d'émotions qu'elle lui avait fait subir, il avait dû craindre de blesser ses sentiments.

Elle prit une profonde inspiration.

— Tu as raison, décréta-t-elle en croisant les bras.

Et elle eut l'impression que le vent était soudain plus froid.

— Pour dimanche, ça tient toujours ? demanda-t-il.

— Bien sûr, répondit-elle, s'efforçant de paraître naturelle. Quelle heure te convient ?

— Vers midi ? J'apporterai le repas.

Et ainsi, ils formeraient une bien gentille petite famille, pensa-t-elle avec amertume. Mais elle ne devait pas le décourager, lui et Max s'étaient tellement bien entendus, ce soir. Car il s'agissait avant tout de son fils, et non de ce qu'elle pouvait bien ressentir.

— D'accord. Avec plaisir, répondit-elle de façon machinale.

— Parfait. A dimanche, alors.

Il descendit les marches de la terrasse et se fondit dans la nuit. Bien qu'elle fût tentée d'attendre qu'il monte dans sa Porsche pour le regarder s'éloigner, elle savait qu'elle devait rentrer et affronter Beth.

Elle fut surprise de ne pas la trouver derrière la porte mais dans la cuisine où elle se servait un verre de vin.

— Dure journée ? demanda-t-elle en entrant.

— Ce n'est pas pour moi, précisa Beth, en rebouchant la bouteille.

Puis elle lui tendit le verre.

— C'est pour toi, ajouta-t-elle. Je pense que tu en as besoin.

Elle prit le verre.

— J'imagine que tu n'es pas passée par hasard, dit-elle à sa cousine.

— Disons que j'ai eu l'intuition qu'un coup de téléphone ne suffirait pas. C'est très facile à ignorer quand on est occupé, n'est-ce pas ? Et puis, de toute façon, je préfère l'approche directe.

Elle avala un peu de vin et posa son verre sur le comptoir.

— Bonne idée.

— Si je n'étais pas arrivée, tu aurais couché avec lui. Je me trompe ?

Avant le coup de sonnette, elle avait été à deux doigts de l'entraîner dans sa chambre. Encore qu'ils auraient parfaitement pu faire l'amour sur le comptoir de la cuisine. Ce n'aurait pas été la première fois.

Son regard avait dû la trahir car, croisant les bras, Beth se planta devant elle.

— C'est toi qui as besoin d'être surveillée pendant ces visites, pas Max ! lui asséna-t-elle.

— Je t'assure, Beth, que cela ne se reproduira plus. Nous avons compris que nous ne ferions que compliquer les choses.

— Il dit ça maintenant, mais…

— Non, il le pense vraiment. Je crois que c'était une façon polie de me dire que je ne l'intéressais plus.

Beth fronça les sourcils.

— Alors pourquoi t'a-t-il fait des avances ?

— Il ne m'a pas fait d'avances…

Sa cousine la considéra, perplexe, avant d'écarquiller les yeux…

— Tu veux dire que c'est toi qui l'as séduit ?

— J'ai essayé, avoua-t-elle en haussant les épaules. Je crois que la dernière fois je me suis fait des idées en pensant qu'il avait failli m'embrasser.

Et s'il l'avait prise dans ses bras ce soir, c'était uniquement pour la consoler. Dix-huit mois auparavant, il n'avait plus voulu d'elle, et c'était toujours le cas aujourd'hui.

— Oh ! ma chérie ! s'exclama Beth en la serrant contre elle.

Décidément, elle inspirait la compassion de tout le monde, aujourd'hui !

— Je suis si bête, soupira-t-elle.

— Mais non, ne dis pas ça !

Beth s'écarta d'elle, tout en lui tenant les bras.

— C'est lui qui est stupide de t'avoir laissée tomber. Il ne te mérite pas.

— Je l'aime encore, Beth…

Elle aurait tant voulu refermer la porte sur ses sentiments, comme son père était capable de le faire. Elle aurait surtout aimé être plus forte, ne pas se retrouver toujours meurtrie.

— Je suis pathétique, ajouta-t-elle encore dans un murmure.

— Tu cherches juste à être heureuse, et tu veux offrir à ton fils ce qui t'a manqué : une famille unie. Il n'y a rien de pathétique là-dedans.

Max n'aurait jamais un père et une mère qui s'aimaient mais il était au moins possible que ses deux parents l'aiment, pensa-t-elle alors. Si c'était le mieux qu'elle pouvait obtenir pour son fils, elle s'en contenterait.

- 6 -

Ce mardi-là, dans son bureau, Nathan regardait les photos qu'Ana lui avait envoyées par courrier électronique. C'étaient celles de sa visite du dimanche. Il n'avait pas encore vraiment réalisé combien il était attaché à Max, et vice versa, jusqu'à ce qu'il reçoive ces photos. Il n'avait pas non plus saisi leur ressemblance, pas simplement dans les traits, mais aussi dans les expressions et les gestes. Et il découvrait juste dans les yeux de son fils, sur les clichés, l'adoration qu'il lui vouait. Il l'avait réellement adopté, et lui-même ne pouvait nier la fibre paternelle que Max faisait vibrer en lui.

Ana, pour sa part, semblait sur ses gardes. Il avait espéré qu'ils pourraient discuter de ce qui s'était passé entre eux, le fameux jeudi soir, avant l'arrivée de Beth, mais elle s'était faite particulièrement discrète, le dimanche. A part les quelques photos qu'elle avait prises, elle avait passé le plus clair de l'après-midi dans son bureau, à mettre à jour l'album de Max. A plusieurs reprises, il avait essayé d'engager la conversation, mais elle lui avait battu froid. Apparemment, elle n'avait eu aucun mal à oublier le baiser qu'ils avaient échangé.

Il s'était bien dit que la prendre dans ses bras n'était pas une bonne idée, mais elle semblait tellement désorientée et malheureuse qu'il n'avait pas pu s'en empêcher. Et, dès l'instant où il l'avait enlacée, il avait compris qu'il allait l'embrasser. Finalement, c'était elle qui avait noué ses bras autour de son cou et pressé sa bouche contre la sienne… Si Beth n'était pas arrivée, il ne doutait pas un instant qu'ils auraient fini dans son lit. Et ç'aurait été une grave erreur, car Ana avait agi sous le coup d'une grosse émotion. Quand il lui avait proposé d'en rester là, elle avait sauté sur l'occasion, sans la moindre hésitation.

Il soupira. Les sentiments d'Ana semblaient fluctuants. Il ne savait pas trop quel jeu elle jouait avec lui, mais il aurait aimé avoir sa légèreté.

Il avait essayé de se faire inviter à dîner, le dimanche soir, mais Ana n'avait pas marché. Elle avait affirmé avoir des projets pour la soirée, sans lui dire lesquels. Il avait espéré dîner tranquillement en famille, puis mettre Max au lit et discuter ensuite avec elle autour d'un verre de vin. Leurs retrouvailles lui avaient fait comprendre à quel point il aimait passer du temps en sa compagnie. Il était parti de chez elle à 5 heures en se demandant ce qui était le plus douloureux : se séparer de Max, ou d'Ana.

Depuis le jour où Beth les avait présentés l'un à l'autre, il avait été attiré par Ana. Et même s'il était vrai que leur relation avait d'abord été physique, et qu'ils s'entendaient merveilleusement bien sur ce plan-là, il s'était rendu compte, après leur rupture, combien il regrettait leurs discussions. Elle avait une façon bien à elle d'analyser le monde, une vision originale et décalée. En dépit de sa position dans la société texane, elle n'était pas du tout prétentieuse. Elle était nature et, sous son influence, il avait l'impression qu'il pouvait l'être lui aussi. C'était le genre de femme qui pourrait l'accepter tel qu'il était. Mais elle était malheureusement trop bien pour lui, trop honnête. Ce qu'elle avait pu lui manquer, quand il avait rompu…

Pourtant, il était conscient que cela ne pourrait jamais fonctionner entre eux, aussi pourquoi fixait-il l'écran en formant des plans pour passer plus du temps avec elle ? Comme quitter le travail plus tôt et venir sonner à sa porte pour le dîner sans s'être annoncé…

On frappa soudain à la porte de son bureau. Levant la tête, il aperçut son frère. Il lui fit signe d'entrer.

— Bonjour. Qu'est-ce qui se passe ?

— Maman ne t'a pas appelé ?

— Si, quand j'étais en réunion. Et j'avoue que je n'ai pas eu le temps de la rappeler. Quelque chose ne va pas ?

— Non, non. Elle veut juste que tu apportes le vin, cette année.

— Le vin ?

Jordan éclata de rire.

— Pour le repas de Noël. C'est samedi en huit.

— Tu plaisantes ?

Nathan regarda aussitôt son calendrier. Il avait l'impression que Thanksgiving remontait à une semaine ! Un dîner par an avec sa mère lui aurait largement suffi.

— Qui sait ? J'aurai peut-être la grippe, cette année, ajouta-t-il.

— Si j'y vais, je ne vois pas pourquoi tu en serais dispensé, grogna Jordan.

— Et si aucun de nous d'eux n'y allait ?

— C'est notre mère, tout de même.

— Elle nous a mis au monde. Notre mère, c'était la nourrice. Peut-être que c'est avec elle que nous devrions passer Noël.

— Je te rappelle que Noël est le temps du pardon, lui dit Jordan.

Il soupira et s'appuya contre son dossier.

— Très bien. Je l'appellerai.

— Et pour le cadeau, comment fait-on ?

— Si on lui achetait une plaque avec, gravé en lettres d'or : « Meilleure mère de l'année » ?

— Très drôle !

Quand il s'agissait d'offrir un cadeau à sa mère, il n'avait jamais d'idée. Il fallait dire que lorsqu'un enfant de douze ans offrait à sa mère un collier qu'il avait acheté en vidant sa tirelire et que, le lendemain, il le retrouvait à la poubelle, il était marqué pour la vie.

— Cela ne suffit-il pas que je passe toute une soirée avec elle ? C'est déjà un beau cadeau, non ?

— Bon, cela ne te gêne pas si moi je lui offre quelque chose ? trancha Jordan.

— Pas du tout.

— Très bien, fit son frère. Sinon, du nouveau du côté de l'enquête ?

Rien qu'il ne puisse lui confier. Bien qu'Adam et le conseil d'administration aient promis de mettre Jordan au courant de l'évolution de l'enquête, tous demeuraient circonspects. Jordan était le directeur d'exploitation et il travaillait en étroite collaboration avec les hommes de la raffinerie. Ils le respectaient et lui faisaient confiance. S'ils apprenaient qu'il y avait des traîtres parmi eux, et pensaient que Jordan était de mèche avec ceux-ci, il perdrait toute sa crédibilité auprès des employés. Aussi la plus grande prudence s'imposait-elle.

En outre, les enquêteurs n'avaient pas véritablement progressé, eu égard au dernier rapport qu'on lui avait remis, et ne détenaient aucune piste leur permettant de démasquer l'auteur du sabotage. Pour sa part, il refusait de croire qu'une personne de confiance soit responsable de l'explosion.

— Non, ça piétine, dit-il.

— S'il y avait du nouveau, tu me le dirais, n'est-ce pas ?

Il ne répondit pas.

Jordan secoua la tête.

— C'est bien ce qui me semblait.

Son jeune frère était en permanence sur la défensive, et cherchait toujours à entrer en compétition avec lui. C'était pour cette raison qu'il avait présenté sa candidature pour le poste de directeur de la Western Oil. Rien d'autre n'expliquait cette candidature, et certainement pas ses compétences.

— Tu avais autre chose à me dire ? demanda-t-il comme Jordan s'attardait.

— Non, c'était tout, répondit ce dernier en se dirigeant vers la porte. N'oublie pas d'appeler maman.

Il allait s'acquitter de cette tâche avant d'oublier, décida Nathan, en priant pour que la conversation soit rapide. Puis il décrocha le téléphone et composa le numéro de sa mère. Ce fut la gouvernante qui répondit.

— Votre mère est à son club de bridge, monsieur Everette. Essayez de la joindre sur son portable.

— Pouvez-vous simplement lui dire qu'on m'a bien transmis le message et que j'apporterai du vin, à Noël ?

— Bien sûr, monsieur.

Après avoir raccroché, il s'appuya contre le dossier de son

fauteuil et considéra tout le travail qu'il lui restait à faire. Puis il pensa à Max et Ana… Et ce fut l'envie qu'il avait de passer du temps avec eux qui l'emporta.

En un rien de temps, il éteignit son ordinateur et attrapa son manteau. Lynn, sa secrétaire, leva les yeux de son écran et lui lança un regard surpris.

— Je dois partir plus tôt, aujourd'hui, dit-il. Est-ce que vous pouvez annuler mes derniers rendez-vous ?

Elle sourcilla, inquiète.

— Tout va bien ?

Il trouvait fort triste d'être tellement esclave du travail qu'il ne pouvait pas partir tôt sans que sa secrétaire ne pense qu'un malheur était arrivé.

— Oui, oui. Je dois simplement régler certaines affaires personnelles. Je commencerai de très bonne heure demain matin. Appelez-moi s'il y a des urgences.

Alors qu'il se dirigeait vers l'ascenseur, il croisa Adam qui eut l'air surpris en le voyant sur le départ, et consulta sa montre pour être sûr de ne pas se tromper.

— Est-ce que je me suis endormi derrière mon bureau ? Il est déjà 20 heures ?

Il eut un sourire entendu.

— Je pars plus tôt pour des raisons personnelles.

— Tout va bien ?

— Oui, oui, ne t'en fais pas. Et comment va Katie ?

La femme d'Adam vivait à Peckins, sur une exploitation agricole bio et communautaire. La bourgade se trouvait au Texas, mais à deux heures d'ici. Adam et elle étaient en train de s'y faire construire une maison et attendaient leur premier enfant.

— Elle est en forme. Son ventre grossit chaque jour un peu plus.

Leur relation à distance ne devait pas être évidente, pensa-t-il, mais à en juger par la bonne humeur d'Adam, ils le vivaient plutôt bien. L'espace d'un instant, il s'imagina à sa place, en père de famille heureux…

— Cette semaine, elle est en ville pour le travail, dit Adam.

Elle organise une petite fête, samedi soir. Il y aura quelques collègues proches et des amis. Si tu veux te joindre à nous, tu es le bienvenu.

A vrai dire, il espérait passer le samedi soir avec Ana et Max, mais étant donné le poste qu'il visait, ce n'était pas vraiment le moment de refuser une invitation de la part de son directeur.

— Je vais vérifier mon emploi du temps et je te donne une réponse.

— J'ai bien conscience que je te préviens au dernier moment, et je ne t'en voudrai pas si tu ne viens pas. Mais si tu as le temps, passe.

— Entendu.

Nathan fut encore interpellé à deux reprises sur son chemin vers l'ascenseur, puis il dut prendre un café dans le hall avec un collègue, avant de pouvoir enfin regagner sa voiture. Il passa chez lui pour se changer et, pour la première fois, fut frappé par la tristesse de son appartement. Aucune décoration ! Il n'avait même pas mis en évidence, sur sa table, les cartes de Noël qu'il avait reçues. S'il avait si peu de goût pour cette fête, c'était sans doute parce qu'elle n'était pas liée à de bons souvenirs.

Quand il avait acheté sa maison, cinq ans auparavant, il avait engagé un décorateur parce qu'il n'avait pas le temps de s'occuper de l'aménagement intérieur. C'était esthétiquement plaisant, mais cela n'avait pas d'âme. Il n'y avait jamais mis sa touche personnelle. Il passait si peu de temps ici qu'il aurait pu vivre à l'hôtel, cela aurait fait le même effet. Par contraste, l'appartement d'Ana, en dépit du désordre ambiant, ressemblait à un véritable foyer. Quand ils sortaient ensemble, c'était chez elle qu'ils passaient la majeure partie de leur temps. Et pour tout avouer, il n'avait jamais amené de femme ici.

Se rappelant les taches que Max avait faites sur ses pantalons lors de ses précédentes visites, il opta pour un jean et un polo. A 16 h 10, il arrivait chez Ana et se gara à côté de son SUV. Une bourrasque de vent frais s'engouffra sous sa veste quand il se dirigea vers la terrasse. Il frappa à la porte, priant pour qu'elle ne l'accueille pas trop froidement.

Elle ouvrit la porte, Max sur la hanche. Elle était de toute évidence surprise de le trouver sur son perron.

— Nathan, qu'est-ce que tu…

Elle s'interrompit pour le détailler de la tête aux pieds, notant ses cheveux ébouriffés, ses vêtements décontractés.

— C'est bien toi ? fit-elle.

Si elle avait l'air désorientée, Max lui ne l'était pas. Il poussait des petits cris de plaisir, et tendait les bras vers lui. Ana n'eut pas d'autre choix que de le lui donner.

— Bonjour, petit bonhomme, dit-il en le cajolant.

Se tournant vers Ana, il ajouta :

— Je suis sorti plus tôt, aujourd'hui, et je me suis dit que j'allais venir vous rendre une petite visite.

Elle recula pour le laisser entrer et referma la porte derrière eux. Elle portait un jean et un sweat-shirt. Elle avait une queue-de-cheval et les pieds nus. Ce qu'elle pouvait être belle ! L'envie de l'attirer à lui et de capturer sa bouche était aussi forte qu'un an et demi auparavant…

— Je pensais que tu étais débordé de travail, observa-t-elle.

Il haussa les épaules.

— Je commencerai plus tôt demain, voilà tout. J'avais envie de voir Max. Il me manquait. J'ai décidé de tenter ma chance…

— Oh… !

Elle semblait hésitante.

— En fait, nous avions un programme pour la soirée. Nous devions dîner de bonne heure et aller acheter un sapin de Noël.

— Beau programme ! dit-il, cherchant à s'inviter.

— Je pensais que ce genre de choses t'ennuyait.

— Qui t'a dit ça ?

— Toi.

Lui ? Il ne s'en souvenait plus.

— Eh bien, il est peut-être temps que je change d'avis… Dis-moi, ce traiteur thaï que tu aimais tant, il existe toujours ?

Elle croisa les bras, et le regarda d'un air sceptique.

— Dans ces conditions, on pourrait commander notre dîner chez lui, ajouta-t-il. Je vous invite, bien sûr !

Elle eut un vague sourire amusé.

— Si tu m'invites, difficile de refuser…

Il lui adressa un beau sourire et lui rendit Max pour enlever son manteau.

Assise sur le canapé, Ana écoutait de la musique de Noël à la radio, tout en regardant Nathan installer le sapin.

Cette soirée était sans doute une très mauvaise idée. Elle n'aurait pas dû l'inviter à venir choisir l'arbre avec elle. Plus elle le voyait, plus il lui était difficile de contrôler ses sentiments, mais Max avait paru si ravi de le voir, et Nathan semblait lui aussi tellement heureux… Elle n'avait pas eu le cœur de le renvoyer. Qui plus est, la période de Noël était censée favoriser les rapprochements familiaux. Non qu'ils formaient une famille, Nathan, Max et elle ! Du moins pas au sens conventionnel du terme… De toute façon, Max était si petit qu'il n'en aurait aucun souvenir.

Et brusquement, elle se demandait si elle faisait tout cela pour Max, ou pour elle…

Son fils s'était endormi dans la voiture, sur le chemin du retour, et elle l'avait directement mis au lit en arrivant. Nathan n'avait donc aucune raison de s'attarder. Elle était parfaitement capable d'installer le sapin. Aussi pourquoi avait-elle accepté, quand il lui avait proposé de le faire à sa place ?

Elle était faible, voilà pourquoi Nathan était toujours là ! Elle avait adoré l'après-midi qu'ils avaient passé ensemble, tout comme choisir l'arbre de Noël en sa compagnie. Elle voulait qu'ils forment une famille. Elle le souhaitait si fort qu'elle n'était plus en mesure de penser de façon rationnelle.

Elle avait fait de son mieux pour se mettre en retrait et pour que Nathan profite pleinement de Max. Cependant, moins elle était disposée à lui parler, plus il insistait. Elle aussi aurait aimé qu'ils soient amis, mais ce qu'elle ressentait pour lui n'avait rien à voir avec de l'amitié. A l'avenir, il ne devrait plus passer chez elle à l'improviste, surtout s'il décidait de faire vraiment partie de la vie de Max, ce qui semblait le plus probable. Elle n'avait pas encore soulevé le sujet, attendant qu'il l'aborde quand il serait prêt.

— Qu'est-ce que tu en penses ? demanda-t-il en s'éloignant du sapin pour le contempler. Est-ce qu'il est droit ?

— C'est parfait, dit-elle.

Le sapin était plus grand que ceux qu'elle achetait habituellement, mais cette année, au diable l'avarice ! Max serait si content quand il se réveillerait, le lendemain, de découvrir ce géant vert. Demain soir, quand les branches se seraient assouplies et adaptées à leur nouvel environnement, ils le décoreraient. Tout serait spécial, pour ce Noël-là, car c'était le premier de Max.

Nathan saisit le mug de chocolat chaud sur la commode, là où il l'avait posé, puis il prit place près d'elle, sur le canapé, posant son bras sur le dossier, derrière elle. Leurs jambes se touchaient presque. Elle se demanda alors ce que signifiait ce petit jeu. Pourquoi s'était-il assis tout contre elle ? D'ailleurs, il n'avait pas à s'installer, mais à partir ! Toutefois, il aurait probablement été grossier de sa part de lui suggérer qu'il était temps qu'il s'en aille.

Avec les flammes qui crépitaient dans l'âtre et une seule lampe allumée, près du canapé, l'atmosphère qui régnait dans le salon était indéniablement romantique…

— J'ai passé une soirée très agréable, dit-il.

Il paraissait presque surpris par ses propres paroles.

— Tu as donc changé d'avis au sujet des fêtes de Noël ?

— Peut-être. Du moins, c'est un début.

— Dans ces conditions, tu devrais venir nous aider à décorer le sapin, demain.

Aussitôt, elle se mordit la langue. Comment avait-elle pu prononcer de telles paroles ? Son cerveau ne tournait plus très rond !

Nathan lui sourit.

— Et si je te prenais au mot ?

Elle s'était promis de l'éviter, et voilà qu'elle favorisait les activités familiales alors que Max était bien trop petit pour s'en souvenir un jour. Elle se compliquait inutilement la vie, sans bénéfice pour son fils.

— Pourquoi est-ce que tu détestais tellement les fêtes de Noël ? lui demanda-t-elle pour faire diversion.

— Je n'ai pas des souvenirs chaleureux de ces fêtes.

Elle le considéra un instant avant d'enchaîner :

— En fait, tu ne m'as jamais parlé de tes parents. J'imagine qu'il y a une raison. En tout cas, s'ils avaient été épouvantables, tu te serais forcément confié.

— Sans doute, fit-il vaguement.

Elle comprit que si elle voulait en apprendre davantage, elle n'aurait pas d'autre choix que de se livrer à un petit interrogatoire.

— Sont-ils toujours ensemble ?

— Non. Ils sont divorcés.

Il se pencha alors vers la table basse pour y poser son mug.

— Pourquoi cet intérêt subit ? ajouta-t-il.

Elle haussa les épaules.

— Je ne sais pas… J'imagine que j'ai envie d'en savoir plus sur la famille paternelle de mon enfant. Surtout s'il fait leur connaissance et passe du temps avec eux.

— Ça ne risque pas.

— Pourquoi ?

— Ma mère est une snob de première catégorie et mon père est un insupportable tyran. Je la vois au plus trois fois par an, et avec lui, j'ai coupé les ponts. Cela fait au moins dix ans que je ne l'ai pas vu.

Son propre père n'était pas vraiment un modèle, mais elle ne pouvait pas imaginer le bannir de sa vie.

— Ce ne sont pas des gens spécialement gentils, tu sais. Jordan et moi avons été élevés par notre nourrice.

— Si ma mère avait vécu, je pense que mes parents seraient toujours ensemble, dit-elle alors. Je me rappelle qu'ils formaient un couple uni et heureux.

Son père avait tant aimé sa mère qu'il n'avait jamais pu surmonter sa disparition.

— Je ne pense pas que les miens aient connu le bonheur ensemble.

— Pourquoi se sont-ils mariés, alors ?

— Ma mère recherchait un mari fortuné et mon père appartenait à une vieille famille très huppée. Je suis né sept mois après leur mariage.

— Tu penses qu'elle a fait exprès de tomber enceinte ?

— C'est ce qu'a toujours prétendu ma grand-mère. Quand on est enfant, on entend bien plus de choses que ne le croient les adultes.

Elle ne savait pas quoi lui répondre. Il avait dû être horrible pour Nathan de grandir avec l'idée qu'il avait été conçu dans un objectif bien précis : servir de piège.

Max saurait qu'il avait été désiré et aimé dès l'instant où il avait été conçu, même si ses parents ne vivaient pas ensemble, se promit-elle. Et soudain, une idée lui traversa l'esprit. Une idée qui la bouleversa…

— Est-ce pour cette raison que tu avais peur de ne pas être un bon père ? lui demanda-t-elle à brûle-pourpoint.

— Je n'ai pas à proprement parler eu les meilleurs exemples en la matière.

Elle se demanda alors pourquoi elle ne l'avait pas questionné au sujet de sa famille quand ils sortaient ensemble. Elle n'avait pas cherché à mieux le connaître…

Elle pensait l'aimer, mais en vérité, elle ne le connaissait pas. Pendant le temps qu'avait duré leur relation, elle n'avait pensé qu'à elle. Aussi ne devait-elle pas s'étonner qu'il l'ait laissée tomber…

— Je suis affreuse, murmura-t-elle alors.

Il la regarda d'un air profondément étonné.

— De quoi est-ce que tu parles ?

— Pourquoi est-ce que je ne t'ai jamais interrogé sur ta famille ? Pourquoi est-ce que j'ignorais tout de ce que tu viens de m'apprendre ?

Il se mit à rire.

— Franchement, Ana, cela n'a aucune importance.

— Si ! Je ne suis pas fière de moi, tu sais. Quand nous sortions ensemble, je ne parlais que de moi. Ma vie n'a pratiquement pas de secret pour toi. Et toi, tu avais tous ces… ces bagages encombrants à porter et je n'en avais pas la moindre idée. On aurait pu en discuter ensemble.

— Peut-être que je n'avais pas envie d'en parler.

— Quoi de plus normal ? Tu es un homme ! C'était à moi de t'arracher des confidences. Et je ne t'ai jamais posé la moindre question ! J'étais vraiment nulle, comme petite amie.

— Mais qu'est-ce que tu racontes ? Tu n'étais pas nulle du tout.

— D'ailleurs, poursuivit-elle sans l'entendre, je n'étais même pas ta petite amie.

Elle se leva et prit les mugs vides, sur la table.

— J'étais juste une femme avec qui tu couchais, et qui n'arrêtait pas de parler d'elle.

Elle se rendit dans la cuisine et posa les tasses dans l'évier.

Nathan l'y suivit.

— Tu ne parlais pas tant que ça de toi, tu sais, dit-il. Et puis, nous nous entendions formidablement bien au lit, toi et moi.

- 7 -

Ana pivota brusquement sur ses talons pour faire face à Nathan, ne sachant trop s'il plaisantait ou s'il était sérieux, si elle devait en rire ou le gifler.

Quelle qu'ait été son intention, sa remarque l'avait blessée.

— C'est vraiment tout ce que c'était pour toi ? demanda-t-elle. Juste une histoire de sexe ?

Ces mots à peine prononcés, elle se rendit compte à quel point elle devait lui paraître vulnérable. N'était-ce pas le moment de jouer cartes sur table ? Elle eut vraiment envie de lui avouer combien elle l'avait aimé et combien elle avait souffert de la rupture. Au point où elle en était, il était sans doute préférable de tout dire, et de lui montrer enfin son vrai visage : celui d'une femme complètement déraisonnable.

— Quelle importance, puisque tu n'es sortie avec moi que pour défier ton père ? rétorqua-t-il, les yeux sombres.

Elle aurait dû prévoir le coup !

— Mais pour que les choses soient claires, continua-t-il en s'approchant pour la bloquer contre le comptoir, sache que ce n'était pas juste une affaire de sexe, entre nous. Tu me plaisais beaucoup.

— Et c'est pour cela que tu m'as laissée tomber, ironisa-t-elle durement.

— Si j'ai rompu, c'est à cause des sentiments que j'éprouvais pour toi.

Elle sursauta.

— Cela n'a aucun sens… Quand quelqu'un vous plaît, on ne rompt pas avec lui. On ne traite pas une personne pour qui on éprouve des sentiments comme une princesse… pour lui dire du jour au lendemain de partir.

— Je sais que ça paraît insensé, mais sache que j'ai agi en fonction de tes intérêts.

Il n'était pas sérieux ! Comment cette rupture aurait-elle pu lui être bénéfique ?

— Comment pouvais-tu savoir ce qui était le mieux pour moi ? répliqua-t-elle, soufflée.

— Il y a des choses que tu ne connais pas sur moi, et que tu ne comprendrais pas.

Elle en avait assez de cette vieille litanie dont les hommes aimaient décidément user avec elle : « Ce n'est pas ta faute, c'est la mienne. » Elle avait entendu ce discours des dizaines de fois. Si ce n'était pas sa faute, alors pourquoi la laissait-on tomber ? Elle était toujours celle à qui on brisait le cœur.

— Ecoute, cela fait dix-huit mois maintenant, donc n'en parlons plus, trancha-t-elle. C'est fini.

Elle voulut passer devant lui, mais il la retint par le bras.

— Non, ce n'est pas fini !

— Pour moi, si ! mentit-elle.

Puis elle chercha à se dégager.

— Tu n'as pas été la seule à souffrir, tu sais, lui dit-il alors.

Elle poussa un petit cri d'indignation.

— Je suis sûre que tu étais anéanti, répliqua-t-elle sur le ton de la dérision.

Un éclair de colère passa dans les yeux de Nathan.

— Non, ne me parle pas comme ça, Ana ! Tu ne sais pas à quel point il a été dur pour moi de te quitter. Combien de fois j'ai voulu décrocher mon téléphone pour t'appeler.

Il s'approcha un peu plus près d'elle, de sorte que ses lèvres étaient à quelques millimètres des siennes.

— Combien il m'est difficile de te revoir aujourd'hui, alors que je te désire toujours autant…

Son cœur se mit à battre la chamade. Elle avait du mal à respirer. Il venait de lui dire ce qu'elle rêvait d'entendre de sa bouche : *il éprouvait toujours du désir pour elle.* Alors, sur une folle impulsion, elle se hissa sur ses talons et l'embrassa.

Pendant quelques secondes, elle craignit qu'il ne la repousse, mais quand il l'enlaça, glissant ses doigts dans ses cheveux et mêlant sa langue à la sienne, toute angoisse disparut et elle se sentit vaciller de bonheur…

Elle avait peine à le croire, elle en aurait hurlé de joie : elle était *enfin* dans ses bras, ils s'embrassaient avec passion, sans se soucier des conséquences…

Quand il détacha sa bouche de la sienne, ce fut pour chercher son regard. Aussitôt, son cœur se serra.

— Des remords ? fit-elle d'une voix tremblante.

Il lui sourit et secoua la tête.

— Non, je savoure juste l'instant.

Car ce serait leur dernier, elle le savait, elle pouvait le lire dans ses yeux. Ils passeraient cette nuit ensemble, et puis les choses devraient reprendre leur cours normal. Il n'y avait pas d'autre solution. Ils redeviendraient simplement les parents de Max. L'idée était douloureuse, et elle n'aurait pas dû accepter ce qui était en train de se passer, mais le désir qu'elle éprouvait pour lui avait raison de tout.

— Tu es certaine que tu es d'accord ? demanda-t-il en gentleman qu'il avait toujours été.

Elle s'écarta de lui, prit une plume sur le coussin du canapé, et la jeta au feu. Ses yeux sombres rivés à elle, il ne la lâcha pas une seconde du regard quand elle se déshabilla. Une fois en soutien-gorge et en culotte, elle s'allongea sur la couverture. Elle avait la sensation qu'il voulait la dévorer sur place, et cette sensation la grisait. Sa peau était chaude et moite d'anticipation.

A son tour, il enleva son polo, fit glisser son jean à terre avant de le rejeter, du pied, un peu plus loin…

Il était mince, fort, et beau. La perfection incarnée. Le reflet des flammes dansait sur sa peau quand il s'étendit à côté d'elle. Se redressant sur le côté, il se mit à la dévisager.

— Mon corps a un peu changé, dit-elle alors.

Il lui toucha le ventre, puis le caressa du dos de la main. Elle frissonna.

— Pour ma part, dit-il en se penchant sur elle pour déposer

un baiser entre ses seins, juste au-dessus de la dentelle de son soutien-gorge, je pense que tu es encore plus sexy qu'avant.

Puis il repoussa un bonnet de son soutien-gorge pour dévoiler un de ses seins. La pointe se hérissa immédiatement et il commença à la titiller du bout de sa langue, avant de l'aspirer… Elle poussa un léger gémissement et ferma les yeux. Il dégrafa alors d'un geste adroit son soutien-gorge. Un grognement de satisfaction lui échappa devant le spectacle de ses seins, et elle fut rassurée de constater qu'il la voyait toujours avec les mêmes yeux qu'autrefois, sans remarquer les légères traces que la grossesse avait laissées dans son sillage.

Pendant quelques instants, il se contenta de caresser le haut de son corps, de l'embrasser, de l'explorer avec ses doigts magiques, et sa bouche qui faisait des merveilles… Elle mourait d'envie qu'il franchisse la ligne de sa taille, son entrecuisse était brûlant, mais il ne paraissait pas pressé !

Evidemment, elle appréciait les préliminaires, toutefois ils ne devaient pas non plus durer trop longtemps.

— Tu me rends folle, murmura-t-elle.

— Je vais trop vite ?

— Ce serait plutôt le contraire…

— Je n'ai pas envie que tu jouisses trop tôt…

Et, sur ces mots, il passa la main sous l'élastique de sa culotte. Elle se mordit la lèvre et retint un petit cri, enfonçant ses ongles dans ses épaules. Il lui jeta un regard à la fois tendre et ironique.

— Tu vois, qu'est-ce que je disais ?

— Si tu ne m'avais pas excitée à ce point, avec tes préliminaires ! fit-elle le souffle court.

— J'aime quand ça dure.

— Et moi, je crois que j'ai attendu assez longtemps ! Dix-huit mois, cela commence à compter !

Il plongea alors son regard dans le sien puis glissa la main entre ses cuisses. Dès l'instant où ses doigts touchèrent les plis humides de sa chair brûlante, elle se sentit au bord de l'orgasme…

— Pas encore, lui chuchota-t-il.

Il retira sa main et elle poussa un petit gémissement de regret. Il fit rouler sa culotte sur ses cuisses et, s'agenouillant devant elle, il enfouit sa tête entre ses jambes…

La chaleur de son souffle, l'agilité de sa langue lui procurèrent un plaisir si intense, si parfait, si beau qu'un long cri de volupté lui échappa… Ce ne fut que lorsqu'il se redressa devant elle, l'air inquiet, qu'elle se rendit compte qu'elle pleurait.

— Je t'ai fait mal ? demanda-t-il alors.

— Non, parvint-elle à articuler, c'était parfait.

— Pourquoi est-ce que tu pleures, alors ? demanda-t-il avec douceur.

Elle renifla et s'essuya les yeux.

— La sensation était trop forte. C'est l'émotion, après tout ce temps. Ce n'est rien…

Il la regarda, sceptique.

— Nous devrions peut-être en rester là…

Il reculait ? Elle n'arrivait pas à le croire.

— Non, je ne veux pas ! s'écria-t-elle.

— Tu n'as pas l'air bien du tout, Ana.

Elle se redressa sur les coudes, et le regarda droit dans les yeux.

— Ecoute-moi, bien, Nathan. Si tu ne me fais pas l'amour maintenant, je suis capable de commettre un crime !

Ana était si vulnérable qu'il hésitait à aller plus loin. De grosses larmes coulaient de ses yeux, il se faisait l'effet d'une brute ! Ils avaient connu des nuits d'amour intenses, par le passé, mais jamais elle n'avait éclaté en sanglots sous le coup de l'émotion. Il aurait été bien plus raisonnable d'en rester là, mais elle avait déjà coulé les mains dans son caleçon, et il avait une folle envie d'elle…

— Viens, Nathan, murmura-t-elle.

Quand elle l'embrassa, il sentit le sel de ses larmes, mais ne chercha pas à les arrêter. Après tout, pourquoi aurait-il été plus royaliste que le roi ? Lui aussi avait envie de se laisser aller. C'était d'ailleurs toujours le sentiment qu'elle lui avait inspiré. Un sentiment de liberté…

Quand elle prit son sexe dans sa main, il eut la sensation d'entrer dans une autre dimension… Elle planta sur lui un regard liquide, le regard d'une magicienne consciente de ses pouvoirs et qui n'avait pas peur de montrer ses désirs. Il retrouvait ce qu'il avait toujours aimé en elle, sa spontanéité, son authenticité. Elle ne cherchait pas à le manipuler, mais elle savait exactement ce qu'elle voulait.

Tendant la main vers son jean, il sortit son portefeuille, dans lequel se trouvait un préservatif. Elle le lui prit prestement des mains et ouvrit l'étui avec ses dents.

— Tu es vraiment pressée, hein ? dit-il d'un air ironique.

— Tu n'as pas encore compris que cela fait dix-huit mois que je suis en manque ? rétorqua-t-elle.

Elle aurait sans doute été surprise d'apprendre que depuis leur rupture il avait couché avec une seule femme — une ancienne maîtresse — et que la liaison avait été aussi brève que peu excitante. Mais comparée à Ana, quelle femme l'était ? Elle avait détruit ses capacités à s'intéresser à d'autres partenaires, celles qui avaient sa préférence autrefois, des femmes sages et soumises. Tout le contraire de celle qu'il tenait actuellement dans ses bras…

Soudain, elle prit les choses en main et s'assit sur lui. Il comprit que l'heure des palabres était vraiment terminée. S'emparant du préservatif, elle le glissa sur son sexe dur, et il agrippa la couverture pour garder le contrôle de lui-même. Elle lui adressa alors un sourire suggestif, puis se plaça au-dessus de lui… Son corps était moins fluet, ses seins plus pleins et ses hanches plus douces qu'avant, et il n'avait jamais vu une femme aussi belle.

— Prêt ? lui dit-elle.

Et elle se laissa doucement glisser sur lui…

Il crut qu'il allait en perdre le souffle lorsque ses parois chaudes se refermèrent sur lui… Quelle ironie du sort, après la façon dont il l'avait fait languir !

— Oh ! Nathan ! fit-elle, yeux fermés, en chaloupant lentement au-dessus de lui. C'est merveilleux…

Il n'osa pas prononcer le moindre mot. Il devait se concentrer, il ne devait pas jouir avant elle. Et pour cela, il lui fallait reprendre la main.

Sans prévenir, il se redressa et la fit basculer sous lui. Elle poussa un cri de surprise et voulut protester. Mais il plongea en elle sans lui en laisser le temps, et ce fut un gémissement de plaisir qu'elle poussa finalement. Se cambrant contre lui, elle enroula ses jambes autour de ses hanches, tel un délicieux étau… Alors il entra dans un océan de plaisir…

Quand il prit de nouveau conscience du temps, il ouvrit les yeux et la regarda, sous lui. Yeux fermés, elle respirait lourdement, ses cheveux formant un éventail de feu sur la couverture. Cette femme était la tentation à l'état pur.

— Ça va ? demanda-t-il.

Elle ouvrit les paupières et il fut soulagé de ne pas y voir de larmes, cette fois, mais un air satisfait, le même qu'elle devait voir dans ses yeux.

Le souffle court, elle déclara alors :

— Je sais que nous n'avons pas été raisonnables, et que cela va compliquer les choses, mais je ne regrette rien.

Faire l'amour avec Nathan avait toujours été une expérience extraordinaire. Mais ce soir, il l'avait envoyée dans une autre galaxie…

Etait-ce parce qu'il y avait un an et demi qu'elle en rêvait, ou bien parce que c'était son premier rapport sexuel depuis la naissance de Max ? En réalité, Nathan était avant tout un amant surdoué… Il la rendait complètement ivre de plaisir. Elle regrettait déjà que ce soit l'ultime fois, entre eux, cette nuit.

Roulant sur le dos, il soupira profondément et déclara :

— Et à présent, j'imagine que nous devons parler.

Elle mit sa main en visière et fit la moue.

— Est-ce vraiment nécessaire *maintenant* ? Est-ce que

nous ne pouvons pas profiter tranquillement de notre sensation de bien-être ?

Elle lui jeta un coup d'œil en biais avant d'ajouter :

— Tu es sûr que nous allons pouvoir parler ?

Il se tourna vers elle, s'appuyant sur un coude. Avait-il la moindre idée de l'effet qu'il lui faisait, dans cette position ? Il était tellement sexy…

— Tu veux qu'on remette la discussion à plus tard ?

— A quoi bon parler ? Toi et moi savions que c'était une unique fois, ce soir. C'est arrivé, c'est terminé, fin de l'histoire. Ne gâchons pas tout en en discutant.

Il lui adressa un regard à la fois soulagé et étonné, comme s'il n'en croyait pas ses oreilles, ce qui la fit sourire.

— Tu es sûre ? demanda-t-il.

— Pourquoi toujours tout analyser ?

Ce qu'elle aurait voulu, c'étaient des sentiments, et elle n'aurait évidemment pas repoussé une demande en mariage. Mais cela, c'était un rêve inaccessible. Elle retint un soupir. Avec lui, elle se serait contentée d'une liaison purement sexuelle. Seulement, maintenant qu'elle était mère, elle ne pouvait pas agir à la légère. Un jour ou l'autre, leur histoire finirait, et elle ne voulait pas de nouveau vivre un affreux chagrin d'amour. Une mère dépressive était préjudiciable à son enfant. Aussi, au nom de Max, devait-elle s'épargner.

Il devait bien y avoir un autre homme fait pour elle sur cette terre. Il ne serait sans doute pas aussi merveilleux que Nathan, ni aussi prodigieux au lit. Et elle ne l'aimerait sûrement jamais autant qu'elle avait aimé le père de son enfant, mais il était peut-être préférable de renoncer à la passion pour vivre en paix avec soi-même.

Elle reprit alors :

— Nous avions besoin de faire l'amour pour exorciser tout ce qui existait entre nous. Maintenant c'est fait, tu comprends ?

— Ah bon ? Dans ces conditions, il y a un problème.

Elle sourcilla.

— Quel problème ?

Il baissa les yeux et elle suivit son regard. Il était encore en érection ! Il était manifeste qu'il n'avait rien exorcisé du tout.

Au fond, puisqu'ils étaient encore au lit tous les deux, ils pouvaient tout à fait refaire l'amour. Deux fois, trois fois, même, toute la nuit s'il le fallait, étant donné l'énergie de Nathan…

Mais après, ce serait définitivement terminé.

- 8 -

Le matin suivant, assis à son bureau, Nathan se sentait détendu et heureux comme jamais depuis longtemps. Depuis dix-huit mois, exactement.

Le seul problème, c'était que ce bonheur ne durerait pas…

Pendant un certain temps il pourrait caresser l'illusion que la vie était belle et qu'il pouvait envisager les choses sous un jour différent, il se dirait que l'amour d'Ana l'avait changé, et puis un incident se produirait, qui le mettrait hors de lui et il se rendrait compte que rien n'avait changé. Ne valait-il pas mieux en rester là, tant qu'il en était encore temps ? Car la dernière chose qu'il voulait, c'était blesser Anna. S'ils s'étaient revus, c'était avant tout dans l'intérêt de Max, et maintenant, tout donnait à penser que leur relation à eux avait repris le dessus. Continuer aurait été une erreur. Aussi, la prochaine fois qu'elle lui ferait des avances, il était fermement décidé à prendre ses jambes à son cou. C'est lui qui se montrerait le plus raisonnable des deux. Qu'elle le croie ou non, il savait ce qui était le mieux pour elle.

L'Interphone sonna soudain.

— M. Blair voudrait que vous passiez dans son bureau, lui annonça sa secrétaire.

Il se leva aussitôt pour se rendre d'un pas preste dans le bureau d'Adam.

— Ils vous attendent, lui annonça la secrétaire de ce dernier en lui ouvrant la porte.

Ils ? Avait-il oublié un rendez-vous ? Il n'avait pas vraiment eu l'esprit à travailler, ces derniers temps, mais sa propre secrétaire n'était-elle pas là pour lui rappeler ses obligations ? Pourquoi ne lui avait-elle rien dit ?

Il découvrit Adam assis à son bureau, et mais fut surpris de constater qu'Emilio était également présent, qui se tenait près de la fenêtre. Il ne manquait plus que Jordan…

— Ferme la porte, lui ordonna Adam.

— Et Jordan ?

— Je l'ai envoyé à la raffinerie.

Il n'y avait qu'une raison qui pouvait expliquer qu'il soit exclu de la réunion : il y avait du nouveau concernant l'explosion.

Obtempérant, il prit un siège en face d'Adam.

— Je suppose qu'il y a des progrès, avança-t-il.

Adam et Emilio échangèrent un regard.

— En quelque sorte, répondit ce dernier.

Nathan s'interrogea sur le fait qu'Adam ait eu une discussion avec Emilio avant de le convoquer et décida sur-le-champ que cela ne lui plaisait guère. N'étaient-ils pas censés être au même niveau, Emilio et lui, et ce, jusqu'à ce que le nouveau directeur soit nommé ?

Il se redressa sur sa chaise.

— Je ne sais pas de quoi il s'agit, mais il est évident que vous en avez déjà parlé sans moi.

— Nous avons quelques questions à te poser, commença Adam d'un ton solennel.

Etait-il possible qu'ils sachent à propos de Max et d'Ana ? Il retint son souffle.

— Je vous écoute.

— Je sais que Jordan et toi n'êtes pas très proches, commença Emilio. Mais est-ce que tu es un peu au courant de ses finances personnelles ?

— Nous n'échangeons pas vraiment d'astuces pour augmenter nos stock-options, répondit-il. Pourquoi ?

— Est-ce que tu aurais la moindre idée de ce qui l'aurait poussé à déposer ou retirer de grosses sommes de son compte, ces derniers temps ?

Ainsi, l'enquête les avait amenés à fouiller dans les comptes de Jordan ? Avaient-ils aussi vérifié les siens ? En dépit de tous les sentiments ambigus que son frère lui inspirait, son vieil instinct protecteur resurgit soudain.

— Est-ce que vous accusez mon frère de quelque chose ?

— Une semaine avant l'accident, quelqu'un a déposé deux cent mille dollars sur le compte de Jordan, et quelques jours plus tard, il a lui-même effectué un virement de trente mille dollars.

— A qui ?

— Nous n'avons malheureusement pas accès à cette information, répondit Emilio.

— En d'autres termes, vous le soupçonnez d'être responsable du sabotage ?

— Toi-même ne peux nier que ces mouvements d'argent sont suspects.

Il regarda tour à tour Adam et Emilio.

— Vous pensez que quelqu'un l'a suborné, et qu'il a lui-même soudoyé une autre personne pour saboter le matériel ?

— C'est une possibilité, répondit Adam.

— Pourquoi aurait-il fait une chose pareille ?

— Jordan est ambitieux, intervint Emilio. L'explosion est arrivée avant que nous n'apprenions que le poste de directeur se libérait. Peut-être qu'il n'en pouvait plus d'attendre.

— Son dévouement, tant pour la société que pour les employés de la raffinerie, a toujours été exemplaire, leur rappela Nathan.

De fait, en dépit des différences sociales qui existaient entre Jordan et les ouvriers, ce dernier avait toujours eu un contact remarquable avec eux. Et ces derniers le lui rendaient bien, ils respectaient son frère et lui faisaient confiance. Ils le considéraient à la fois comme un chef et l'un des leurs.

— Il se peut qu'on lui ait fait une offre impossible à refuser, argua Emilio. En contrepartie du sabotage.

— Il a beau être ambitieux, je ne l'imagine pas un instant mettre des vies en danger pour faire avancer sa carrière.

— Peut-être que personne ne devait être blessé, mais que les choses ne se sont pas déroulées comme prévu, suggéra Adam. C'était lui le plus bouleversé d'entre nous, rappelle-toi. Peut-être qu'il avait des remords.

— S'il a obtenu une meilleure offre, pourquoi travaille-t-il encore à la Western Oil, alors ?

— Pour ne pas éveiller les soupçons. A moins qu'il ne reste parce que le poste de P.-D.G. s'est depuis libéré et qu'il le convoite.

— Il se peut aussi que, dans la mesure où il y a eu des blessés, le contrat ne tienne plus, intervint Emilio.

— Ecoutez, fit Nathan, vous savez que mon frère et moi ne sommes pas les meilleurs amis du monde, mais j'ai du mal à encaisser vos suspicions.

— Cela nous déplaît tout autant qu'à toi, lui assura Adam. Mais nous ne pouvons pas ignorer cette éventualité. S'il était vraiment impliqué dans l'explosion, et qu'il venait plus tard à se savoir que nous avions des soupçons et que nous n'avons rien…

— Pourquoi ne l'interrogez-vous pas directement ?

Emilio se mit à rire.

— C'est de Jordan que nous parlons, Nathan ! Tu penses honnêtement que, s'il est coupable, il l'admettra ?

Bien vu ! Son frère ne reconnaissait jamais ses erreurs.

— Sa secrétaire part en congés maternité dans quelques semaines, et les enquêteurs nous ont suggéré d'employer une personne de leur service pour la remplacer, l'informa alors Emilio.

— Si Jordan s'en aperçoit, il sera fou furieux, s'exclama-t-il.

— Nous devons donc faire en sorte qu'il ne se rende compte de rien, dit Adam. De toute façon, nous avons encore quelques semaines devant nous. Essaie de discuter avec lui ! Il pourrait laisser échapper quelques informations.

— Franchement, je suis bien la dernière personne à qui il se confierait. Non, une telle discussion ne conduirait qu'à éveiller ses soupçons.

— Nous ne sommes sûrs de rien, mais s'il est innocent, nous ne pouvons pas prendre le risque de le perdre, souligna Adam. Il s'est beaucoup investi dans l'entreprise.

— Nous avons fait le pari de te faire confiance en te livrant nos soupçons, déclara Emilio. J'ai des frères, moi aussi, je sais que c'est beaucoup exiger de toi. Mais nous avons besoin de ton soutien à cent pour cent.

Il reconnaissait qu'ils avaient raison, même si les soupçons qui pesaient sur son frère lui étaient intolérables.

— Je suis avec vous, bien sûr, marmonna-t-il.

Et, en prononçant ces paroles, même s'il était convaincu d'agir comme il le fallait, il eut la sensation de trahir son frère.

De retour à son bureau, il se redemanda s'ils n'enquêtaient pas aussi sur lui. S'ils apprenaient sa relation avec Ana, et l'existence de Max, non seulement ses chances de devenir président-directeur général seraient compromises, mais les soupçons se porteraient sur lui.

Or, s'il avait de plus en plus envie de faire partie intégrante de la vie de son fils, est-ce que cela n'allait pas précisément compliquer les choses ? Ana ne l'avait pas encore interrogé sur sa décision, mais ce n'était qu'une question de temps. Ils ne pouvaient continuer à vivre dans l'impasse qui était la leur, notamment après ce qui s'était passé la nuit précédente. Plus il y réfléchissait, et plus il se disait qu'il avait eu tort de se laisser tenter, car cela altérait son jugement, lui faisait oublier les autres éléments à prendre en compte.

Cela l'empêchait notamment de réfléchir à la question de savoir s'il était capable ou non d'être un bon père. Qu'adviendrait-il s'il répétait les erreurs de ses parents, s'il était un père aussi sévère que le sien, toujours prompt à émettre des jugements catégoriques, ou pire, s'il était comme sa mère, trop accaparée par sa propre vie pour se rendre compte qu'un petit être vulnérable avait besoin de lui ? Et si, à cause de Max, il n'était pas nommé directeur, voire s'il perdait son poste actuel, aurait-il du ressentiment envers lui ?

Si seulement il pouvait faire perdurer la situation actuelle quelques mois encore, au moins le temps que le conseil d'administration prenne sa décision…

Il avait laissé son portable dans son bureau, et on l'avait appelé deux fois en son absence. Le premier numéro lui était inconnu, mais le deuxième, c'était celui d'Ana. Peut-être avait-elle estimé qu'ils avaient finalement besoin de discuter. Il fut tenté de la rappeler un peu plus tard, mais il pensa soudain qu'elle l'avait peut-être appelé au sujet de Max. Etait-il malade, ou blessé ? Il sentit son pouls s'accélérer à cette pensée…

Il la rappela sur-le-champ et elle décrocha aussitôt. En arrière-fond, il perçut alors le babillement joyeux de Max et en ressentit un tel soulagement qu'il se laissa tomber sur son siège. En à peine une semaine, le petit bonhomme était parvenu à se faire une place dans son cœur.

— Tu as cherché à me joindre ? fit-il.

— Désolée de te déranger au travail, mais je voulais te demander quelque chose. Tu as une minute ?

— Bien sûr.

— Il s'agit d'une faveur, mais tu es tout à fait en droit de refuser, et alors je m'adresserai à Jenny. Mais je me suis dit que tu aurais envie de le faire.

— Faire quoi ?

— Garder Max samedi soir. J'ai été invitée à une fête entre filles, par Beth.

— Garder Max ? Euh… Tu veux dire qu'il n'y aurait que lui et moi ?

— Oui, c'est ça. J'ai pensé que tu aimerais passer un peu de temps en tête à tête avec ton fils. Je partirai vers 19 h 30 et il faut le mettre au lit à 20 h 30. Tu n'auras à t'occuper de lui qu'une heure.

Il resta quelques secondes sans voix à l'idée qu'elle lui faisait assez confiance pour le laisser seul avec Max.

— Si tu ne veux pas…

— Non, ce n'est pas ça ! coupa-t-il. Seulement, je suis juste un peu surpris que tu me demandes de le garder, étant donné mon manque d'expérience en la matière.

— Max t'adore et tu connais la routine du coucher. Et puis c'est un bébé assez facile. Je ne vois pas quel problème il pourrait y avoir. Si tu décides de faire partie de sa vie, tu ne vas pas te contenter de venir chez moi lui rendre des visites. Il faut que tu t'habitues à être seul avec lui. Parfois même la nuit.

Il devait reconnaître que l'idée l'excitait et l'effrayait à la fois. Il décida sur-le-champ de s'adresser à un spécialiste pour que ce dernier vérifie que son appartement ne présentait pas de danger pour Max. Il achèterait aussi des jouets et des meubles pour enfant. Avec ses deux chambres d'amis, il avait largement la place de l'accueillir chez lui. Simplement, il n'y avait jamais pensé jusque-là.

— Encore une fois, si tu ne sens pas à l'aise à l'idée de le garder, je ne t'en voudrai pas. Je ne veux pas que tu croies que j'essaie de te forcer la main alors que tu n'es pas prêt.

— Non, au contraire, j'en ai envie, dit-il en toute sincérité.

— Parfait. Tu pourras venir chez moi à 19 h 30 ? Comme ça, je te montrerai où sont les choses dont tu auras besoin avant que Beth n'arrive.

— Pas de problème.

— Je ne sais pas ce que tu fais ce soir, dit-elle alors, mais Max et moi, nous allons décorer le sapin vers 19 heures.

Il avait un dîner de travail prévu à 18 h 30 avec son équipe, et il était peu probable qu'il soit libre avant 20 heures. Ce qui voulait dire que, le temps d'arriver chez Ana, il verrait Max à peine dix minutes. De sorte qu'il serait venu pour elle, pas pour son fils, ce qui n'était pas forcément une bonne idée.

— Ce soir, je ne peux pas, mais demain, à l'heure du déjeuner ?

— Entendu !

Elle fit une pause, et ajouta :

— A propos, tu n'as rien reçu au courrier de la part de Beth et Leo ?

— Je ne sais pas, je vais vérifier…

Et il prit sa pile de courrier qu'il n'avait pas encore eu le temps de parcourir.

Ce fut alors qu'il aperçut une enveloppe petit format de couleur grise. S'en emparant, il vit qu'elle portait au dos l'adresse de Beth et de Leo. Il l'ouvrit. C'était une invitation à leur fête de nouvel an. Il y allait tous les ans, mais l'année précédente, il s'était abstenu par crainte de croiser Ana enceinte de l'enfant d'un autre et au bras du futur père… S'il avait su que c'était le sien, il aurait sans doute réagi différemment.

— J'imagine que toi aussi tu es invitée, dit-il alors.

— Oui, et je me demandais si tu avais l'intention d'y aller, parce que moi, j'en avais envie, mais ce serait un peu bizarre d'y être tous les deux, et de faire comme si on ne se connaissait pas.

— Nous ne pouvons pas non plus arrêter de sortir sous prétexte qu'il ne faut pas que nous nous rencontrions.

— Non, tu as raison. Donc, tu iras ?

— Oui, répondit-il.

Ne serait-ce que pour prouver que ce qu'il y avait entre eux n'avait pas à être monté en épingle.

— Bien, moi aussi.

Ils parlèrent encore un peu de Max et, même si Ana ne fit aucune allusion à ce qui s'était passé la veille, les faits flottaient comme un non-dit entre eux. Au fond, ils avaient peut-être eu tort de ne pas en discuter à chaud, pensa-t-il à contrecœur. Mais il redoutait tellement de la blesser !

Etait-ce aussi pour épargner sa susceptibilité qu'il avait couché avec elle ? Comme c'était généreux de sa part ! Pourquoi ne pas être honnête et admettre qu'il lui avait fait l'amour parce qu'il en avait extrêmement envie ? Et que le désir qu'elle lui inspirait continuait à le hanter. Il lui faudrait plus d'une nuit pour « l'exorciser ». Peut-être toutes les nuits qu'il lui restait à vivre… Et si elle revenait vers lui, il ne pourrait pas la repousser.

Il n'avait plus qu'à prier pour qu'elle n'en fasse rien.

Juste après avoir raccroché, il voulut noter le rendez-vous dans son agenda… et se rendit compte qu'il avait accepté avec un peu trop d'empressement la proposition d'Ana : ce samedi-là, il était censé aller à la fête d'Adam et de Katie. Il avait été tellement enthousiasmé à l'idée de passer un peu de temps seul avec son fils qu'il en avait oublié de consulter son agenda.

Comme il regrettait son manque de discipline ! Emilio et sa fiancée y assisteraient, bien sûr, tout comme Jordan qui ne manquait jamais une occasion de marquer des points. Il aurait pu rappeler Ana, et lui expliquer la situation, mais il avait l'intuition qu'elle se vexerait.

Il poussa un soupir. Etre parent requérait des sacrifices. Par ailleurs, Adam lui avait bien précisé qu'il ne lui en voudrait pas s'il n'était pas libre puisqu'il s'agissait d'une invitation de dernière minute. Il espérait qu'il était sincère. Il était bien trop proche du but pour tout compromettre.

Tout allait bien se passer, se dit Ana.

Assise sur le canapé, elle avait un œil rivé sur Max, dans son trotteur, et l'autre sur la pendule. Nathan devait arriver d'une minute à l'autre. Si elle était aussi nerveuse, ce n'était pas tant parce qu'elle laissait son fils tout seul avec son père, qu'à l'idée de revoir Nathan. Elle ne l'avait pas revu depuis qu'ils avaient couché ensemble, puisqu'il n'était finalement pas venu le jeudi, pour déjeuner. Ils avaient parlé au téléphone, mais ce n'était pas pareil.

Elle avait été bien naïve de croire que coucher avec Nathan lui permettrait de mieux l'oublier. Tout ce qu'elle avait réussi à faire, c'était à attiser le désir qu'elle éprouvait pour lui, à l'aimer encore un peu plus. Mais quel intérêt y avait-il à être amoureuse d'un homme qui ne vous aimait pas ?

Elle avait sûrement cru qu'en couchant avec elle, il se rendrait compte, comme par miracle, qu'il l'aimait et qu'il ne pouvait pas vivre sans elle. Elle rêvait ! Elle ne doutait pas qu'il ait de l'affection pour elle, du désir aussi, mais pas assez pour avoir envie de passer le reste de sa vie avec elle. Elle représentait pour lui une distraction passagère, il ne verrait jamais en elle une femme qu'on épousait.

Et quand bien même serait-il poussé de par son tempérament responsable et sérieux à s'installer avec la mère de son enfant, elle ne pourrait pas s'en satisfaire. Elle avait besoin d'absolu, d'un homme qui l'adorerait, qui sacrifierait tout pour elle.

Nathan ne serait jamais cet homme-là. Ni pour elle, ni pour aucune autre d'ailleurs, il était bien trop indépendant, trop concentré sur sa propre vie.

La seule exception à la règle semblait être Max.

La sonnette retentit soudain, et elle bondit du canapé comme un ressort. Prenant une profonde inspiration, elle s'enjoignit de se calmer. Elle s'efforça de marcher lentement jusqu'à la porte, vérifiant au passage son reflet dans le miroir. Elle avait mis un bon moment à se préparer, et elle était assez satisfaite du résultat. Qui sait ? Elle rencontrerait peut-être un homme, ce soir, au pub… Si tant est qu'elle parvienne à sortir Nathan de ses pensées !

Gorge nouée, elle lui ouvrit. Avec ses cheveux légèrement ébouriffés et son regard bien vif, il avait l'air plus sexy que jamais. En général, il portait des vêtements décontractés quand il venait voir Max, mais aujourd'hui il avait un costume.

Il la considéra longuement, caressant du regard son pull en cashmere noir, ses leggings de même couleur et ses cuissardes à très hauts talons. Puis il écarquilla les yeux.

— Tu es très belle, lui dit-il.

Elle rougit du compliment… et ressentit un flot d'émotions mêlées. Devait-elle se réjouir de l'éloge ou s'en agacer ? Elle ne savait plus.

— Merci, dit-elle.

Puis elle le laissa entrer. Ce fut alors qu'elle se rendit compte qu'il avait l'air épuisé.

— Désolé pour mon retard, dit-il. Ma réunion n'en finissait pas. Je n'ai même pas eu le temps de repasser chez moi pour me changer.

— Tu as l'air fatigué.

Il enleva son manteau.

— La semaine a été longue. Nous allons lancer une nouvelle campagne, et aucune difficulté ne nous a été épargnée ! Heureusement que la société ferme quelques jours à Noël. J'ai vraiment besoin de vacances.

Du salon, Max poussa un petit cri, et s'agita dans son trotteur dans l'espoir de rejoindre Nathan.

— Salut, bonhomme ! dit ce dernier en se dirigeant vers lui.

Il le prit alors dans ses bras et le serra contre lui.

— Tu m'as manqué, ajouta-t-il.

Elle sentit son cœur fondre.

— Il a fait une très longue sieste, dit-elle. Il est probable qu'il ne s'endorme pas aussi tôt que d'habitude. Fais quand même en sorte qu'il soit au lit à 21 heures. Nous devons nous lever tôt demain car nous prenons le petit déjeuner chez mon père.

— Vous y allez souvent ?

— Environ deux fois par mois. Mon père est très occupé, mais il aime voir son petit-fils.

— Et sa fille aussi, j'imagine.

— Non, surtout Max. Mon père et moi n'avons pas grand-chose à nous dire, tu sais. Sauf quand il me fait la leçon sur la façon dont je dois élever Max, là, il est prolixe. Mais c'est un monologue.

— Un peu comme ma mère, observa Nathan. Elle adore s'écouter parler. Est-ce que ton père est célibataire ? On pourrait arranger une rencontre.

— Ce qui ferait de toi mon demi-frère ? Ce serait facile à expliquer à Max, ça !

Il éclata de rire, puis montra le sapin.

— Il est beau.

— Nous l'avons décoré mercredi soir.

— Nous ?

— Max et moi, même si j'admets que j'ai fait le plus gros du travail.

Bon, les retrouvailles n'étaient pas aussi désastreuses qu'elle le redoutait. Il fallait dire que tous deux restaient sur leurs gardes.

Elle regarda la pendule.

— Beth ne va pas tarder à arriver. Je vais te montrer tout ce que tu dois savoir.

A vrai dire, elle aurait préféré passer la soirée à la maison, avec Nathan et Max, mais Beth l'avait suppliée au téléphone de sortir et de s'amuser un peu. Elle devait donc se plier à cet effort de sociabilisation.

Nathan avait déjà assisté au coucher de Max, mais elle lui montra où se trouvaient les couches et les pyjamas, au cas où il salirait celui qu'il portait.

— Je t'ai écrit sur un Post-it, dans la cuisine, comment on faisait un biberon, mais tu m'as déjà vue faire plusieurs fois, lui dit-elle. En tout cas, n'hésite pas à m'appeler sur mon portable.

— Je suis certain que je vais m'en sortir. Dernièrement,

j'ai compris quelle responsabilité c'était d'avoir des enfants. Et quand je pense que, toi, tu t'en occupes toute seule !

— Oui, c'est deux fois plus difficile pour les mères seules, approuva-t-elle comme ils revenaient dans le salon. Et encore, j'ai de la chance car, moi, je n'ai pas de problèmes financiers et j'ai choisi de ne pas travailler. Il y a tant de mères qui font une double journée, entre le travail et les enfants, et qui en plus ne s'en sortent pas. J'envisage sérieusement de créer une fondation pour mères isolées.

— Pour les aider financièrement ?

— Oui, mais aussi sur le plan affectif et psychologique. Il faudrait donner des cours de puériculture et également de droit pour qu'elles sachent comment se défendre face aux pères qui refusent leur responsabilité.

— C'est un projet ambitieux !

— Je sais, et c'est pourquoi je dois bien l'étudier avant de me lancer dans l'aventure. J'attendrai que Max soit un peu plus grand.

Dehors, quelqu'un actionna un Klaxon. Beth.

— C'est mon chauffeur, dit-elle d'un ton léger.

Elle enfila son manteau, prit son sac. Elle hésita au moment de faire la bise à son fils, car celui-ci était encore dans les bras de Nathan… Elle choisit alors de lui envoyer un baiser.

— Au revoir, mon bébé. Sois sage. Maman t'aime.

— Amuse-toi bien, lui dit Nathan.

— Toi aussi !

Prenant sur elle, elle ouvrit la porte et sortit.

— C'est la première fois que tu les laisses tous les deux ? dit Beth quand elle monta dans la voiture.

— Mouais, répondit-elle en attachant sa ceinture.

— Nerveuse ?

— Un peu, oui. Mais je suis sûre qu'ils vont passer une bonne soirée.

— Et toi ? demanda Beth dans un sourire malicieux. Tu es prête aussi à prendre du bon temps ?

Elle ? Il y avait longtemps que son heure était passée.

- 9 -

En dépit de la musique, de la danse et des délicieux margaritas, sans compter les hommes qui l'avaient invitée à danser, Ana n'arrivait pas à se détendre. Elle ne pensait qu'à Nathan et Max, avec qui elle aurait préféré rester plutôt que dans ce pub branché. Mais la simple idée de devoir affronter Beth si elle appelait un taxi pour rentrer plus tôt la décourageait.

Qu'était-il arrivé à la jeune fille insouciante qui adorait faire la fête ? Celle qui était complètement déprimée quand elle passait une soirée seule chez elle. Celle qui avait toujours été en mouvement, pleine d'énergie, toujours en quête d'une nouvelle aventure. Il fallait croire que la maternité l'avait bien changée. A moins que l'explication ne soit à chercher du côté de Nathan…

— Je suppose que cette soirée n'était pas une très bonne idée, lui dit Beth sur le chemin du retour, dans la voiture.

Laissait-elle à ce point transparaître ses sentiments ?

Beth semblait si déçue ! Elle se sentit submergée par la culpabilité.

— Je suis désolée, marmonna-t-elle. J'imagine que c'est à cause de Max. Il me manque quand je le quitte quelques heures.

— Nous sommes déjà sorties plusieurs fois ensemble depuis la naissance de Max, et même s'il te manquait, cela ne t'a pas empêchée de t'amuser.

Beth lui jeta un regard en biais.

— Lorsque tu as lancé un regard indifférent au type hypersexy qui est venu t'inviter à danser et que toutes les filles convoitaient, ce n'est pas à Max que tu pensais, mais à son baby-sitter !

— Beth, j'ai couché avec Nathan.

Elle n'avait pas eu l'intention de lui faire cette confidence, mais les mots étaient sortis malgré elle.

Beth fit la grimace.

— Je l'avais senti venir…

— Je te jure que ça ne se reproduira pas, se défendit-elle aussitôt.

— Bien sûr, fit Beth d'un ton sceptique.

— C'est vrai, je suis sérieuse. J'avais besoin de l'exorciser et vice versa. Nous l'avons reconnu tous les deux, et maintenant, c'est fini.

— C'est la pire idiotie de l'année ! L'exorciser ? En couchant avec lui ? Mais tu l'aimes ! Si tu couches avec lui, tu ne fais que cultiver ton désir.

— Malheureusement, je m'en suis rendu compte *après* avoir couché avec lui. Et ce qui est le plus humiliant, c'est que c'est moi qui l'ai séduit. Pourquoi est-ce que je me fais tant de mal ?

Beth tendit le bras et lui serra la main.

— Je suis désolée, ma chérie. Les hommes sont tous des s…

— Non, pas Nathan ! C'est ce qui est le plus insupportable, dans toute cette affaire. C'est un type bien. Seulement, il n'est pas celui qu'il me faut.

Beth s'arrêta devant chez elle.

— Tu ne vas pas recoucher avec lui, c'est sûr ? demanda-t-elle.

— Sûr et certain.

— Tu veux que j'entre et que je reste avec toi jusqu'à ce qu'il parte ? Juste au cas où ?

— Il est plus de minuit, je ne veux pas te retenir.

Prenant son sac, elle ajouta :

— Ne t'inquiète pas, j'ai compris la leçon.

Beth lui fit la bise.

— Je t'aime, ma chérie. On s'appelle demain.

Elle sortit de la voiture et fit au revoir à sa cousine de la main tandis que celle-ci s'éloignait. Puis elle s'avança vers la porte d'entrée, d'un pas presque hésitant. Avant, elle pouvait boire toute la nuit, et garder la tête froide. Ce soir, deux margaritas avaient suffi à lui brouiller l'esprit.

Quand elle entra dans la maison, elle fut étonnée de la trouver plongée dans le noir. La télévision aussi était éteinte. A la lueur du feu, elle discerna la silhouette de Nathan, sur le canapé. Il avait l'air épuisé quand il était arrivé, il avait dû s'endormir.

Elle enleva ses bottes, et s'approcha de lui, pour le réveiller. Ce fut alors qu'elle se rendit compte qu'il n'était pas seul. Max était recroquevillé sur son torse, la tête sous le menton de Nathan. Lui aussi dormait, dans le creux protecteur des bras de son père. Des larmes lui montèrent spontanément aux yeux…

C'était le plus beau tableau qu'elle n'avait jamais contemplé de sa vie. Il en émanait une telle douceur !

Elle s'assit sur le rebord du canapé, et caressa gentiment la joue de son fils. Elle constata qu'il avait la peau un peu fraîche. Il devait regagner son lit. Elle frotta le bras de Nathan. Lui aussi aurait eu besoin d'une couverture.

Il cligna des paupières, et la regarda d'un air endormi.

— Quelle heure est-il ? demanda-t-il.

— Minuit passé. J'imagine que Max n'arrivait pas à trouver le sommeil.

Nathan frictionna doucement le dos de son fils.

— Il s'est réveillé vers 22 heures, dit-il à voix basse. Je crois qu'il était perturbé de ne pas te voir. Alors, comme il n'arrivait pas à se rendormir, je l'ai pris avec moi, et apparemment je me suis moi aussi endormi.

— J'espère qu'il n'a pas été trop pénible.

— Pas du tout. Et toi, tu t'es bien amusée ?

— Oui, c'était super, mentit-elle. C'est toujours sympa de passer des soirées entre filles.

— Je vais le ramener dans sa chambre, décréta Nathan.

Elle se leva.

— Tu veux que je le prenne ?

— Non, puisque je le tiens.

Il se redressa délicatement, maintenant Max contre lui.

Ana le suivit jusque dans la chambre et la regarda poser son fils dans son lit, puis le couvrir. Max dormait si profondément qu'il ne se rendit compte de rien. Alors elle le borda avant de repousser les quelques mèches fines qui lui tombaient sur le front.

— Bonne nuit, mon cœur. Fais de beaux rêves.

Ils sortirent de la chambre, puis regagnèrent le salon.

— Merci de l'avoir gardé.

— Je t'en prie, c'était un plaisir.

— Tout s'est bien passé, à part le fait qu'il se soit réveillé ?

— Oui, nous nous sommes bien amusés, tous les deux.

Nathan regarda sa montre.

— Il est tard, je dois rentrer, ajouta-t-il. Et toi, demain, tu te lèves de bonne heure pour aller chez ton père.

Elle aurait aimé lui dire de rester, lui offrir un dernier verre, et peut-être même se jeter dans ses bras et le supplier de lui faire l'amour, en dépit des promesses faites à Beth.

Pour toutes ces raisons, elle devait le laisser partir.

— Tu as raison, il faut que j'aille me coucher.

Elle le raccompagna dans le vestibule.

— Je pourrais peut-être passer demain dans l'après-midi, pour voir Max ? suggéra-t-il. On pourrait dîner ensemble.

Le voir deux jours consécutifs n'était pas une bonne idée, et pourtant elle s'entendit répondre :

— Bien sûr. Nous reviendrons de chez mon père vers 13 heures.

— Je t'appellerai vers cette heure-ci, alors.

Il enfila son manteau, et fit mine d'ouvrir la porte. Puis, se ravisant, il s'immobilisa brusquement.

Elle sentit son cœur s'emballer, comme si un grand événement était sur le point de se produire. Ce fut alors que Nathan lâcha la poignée et se retourna vers elle.

— Je n'ai pas envie de partir, déclara-t-il.

D'abord abasourdie, elle s'enjoignit de lui dire de partir, qu'elle était fatiguée, qu'il ne fallait pas tenter le diable. Mais à la place, elle répondit :

— J'allais me faire une tasse de thé. Tu en veux une ?

— Avec grand plaisir.

*
* *

Nathan regardait Ana préparer le thé. En vérité, il détestait cette boisson, mais si cela lui permettait de passer un peu plus de temps avec elle, il voulait bien faire le sacrifice de quelques gorgées.

Il avait pensé qu'en rentrant elle lui proposerait spontanément de prendre un verre, et quand elle n'en avait rien fait, il s'était presque senti blessé.

Tout cela était déraisonnable, il le savait bien, mais Ana était si sexy ! Tout en elle était excitant et irrésistible. Il voulait croire que c'était pour lui qu'elle était si glamour ce soir, et non pour un homme qu'elle avait rejoint au pub. Après tout, c'était comme ça qu'il l'avait rencontrée. Ils étaient dans le même bar, ce soir-là, et Beth les avait présentés l'un à l'autre.

Il ne savait pas précisément où elle était allée, ce soir. Elle lui avait juste indiqué qu'il s'agissait d'une soirée entre filles. A la façon dont elle était habillée, c'était la conclusion qui s'était imposée à lui. Encore qu'elle portait des talons vertigineux à l'anniversaire de la fille de Beth. Il se pouvait tout à fait qu'elle ait assisté à une réunion Tupperware !

— Qu'est-ce que vous avez fait, ce soir, Beth et toi ? demanda-t-il d'un ton naturel.

— Nous avons rejoint deux autres amies dans un endroit branché, en ville.

Un pub, donc, pensa-t-il, contrarié.

— C'était bien ?

Elle haussa les épaules.

— C'est toujours un peu la même chose, tu sais. Mais la musique était sympa, et les cocktails réussis.

— Tu t'es bien amusée, alors ?

— Mouais.

Pourquoi restait-elle si vague ? Evidemment, ce n'étaient pas ses affaires… Cela signifiait-il qu'elle avait rencontré un autre homme ?

La bouilloire se mit à siffler et elle versa le thé dans les mugs, sur les sachets.

— Qu'est-ce que tu mets dans ton thé ? questionna-t-elle.

— Du sucre, répondit-il d'un ton machinal avant de poursuivre. Tu sors souvent avec tes amies ?

Elle posa son mug devant lui, ainsi que le sucrier et une petite cuillère.

— Dernièrement non, mais je pense qu'il est temps que je m'y remette.

— Te remettre à quoi ?

— Rencontrer des hommes, et sortir avec eux.

Cherchait-elle à le rendre jaloux ? A moins qu'elle n'ait pas la moindre idée des sentiments qu'il éprouvait pour elle et qu'elle ne voie en lui qu'un simple confident.

— Et tu crois que c'est dans un pub que tu vas rencontrer l'homme qu'il te faut ?

— J'imagine que non. C'est là que nous nous sommes rencontrés, tous les deux, et regarde où cela m'a menée.

Elle savait le piquer, c'était indéniable.

— Note bien que je ne regrette rien, ajouta-t-elle. Je suis si heureuse d'être la mère de Max.

— C'est juste moi que tu voudrais retirer de l'équation, rétorqua-t-il alors.

— Je n'ai pas dit ça, je pense seulement que les hommes qui fréquentent les bars ne recherchent pas de relations sérieuses. Lorsque je mentionne que j'ai un fils, en général, ils ne s'attardent pas.

Elle fit légèrement tourner son mug entre ses paumes, et continua :

— Evidemment, il y a aussi ceux qui me jurent qu'ils pourraient être le meilleur ami de Max parce qu'ils en ont après mon argent. Il m'est très difficile de faire confiance à un homme.

— Tu devrais peut-être attendre que Max soit un peu plus grand pour sortir.

Elle se mit à rire, un rire froid et amer.

— C'est facile à dire, pour toi.

— Ah bon ? Tu crois vraiment que c'est facile, pour moi ?

Elle leva les yeux vers lui, remarquant sans doute qu'elle avait touché une corde sensible. Pourtant, elle renchérit :

— Toi, tu peux faire tout ce qui te plaît, quand tu veux, et avec qui tu veux. Quand on doit s'occuper d'un bébé vingt-quatre heures sur vingt-quatre, on ne peut pas se permettre ce luxe.

Il s'approcha subrepticement d'elle, yeux plissés.

— Pour info, il n'y a qu'une femme avec qui j'ai envie d'être. Mais cette femme pense que ce serait trop compliqué.

Elle détourna le regard vers la fenêtre.

— Je t'en prie, ne dis pas des choses pareilles, murmura-t-elle. Tu sais bien que c'est impossible, entre nous.

Il posa les mains sur ses épaules et elle sursauta. Il ne pouvait supporter l'idée qu'elle sorte avec un autre homme que lui.

— Tu ne veux plus de moi, alors ?

Il savait qu'il était égoïste, mais peut-être que cette fois, cela marcherait. Peut-être qu'il avait vraiment changé.

— Tu sais bien que si ! répliqua-t-elle. Mais je n'ai pas envie de souffrir une nouvelle fois.

— Tu admets enfin que je t'ai fait souffrir.

— Ecoute, Nathan, reprit-elle, je pense qu'il vaut mieux que tu partes.

— Et moi je ne veux pas partir.

Repoussant ses longs cheveux sur le côté, il pressa ses lèvres contre sa nuque délicate. Elle poussa un léger soupir, visiblement partagée entre différents élans.

— Je ne peux pas coucher avec toi, Nathan.

Il fit légèrement glisser son pull à col échancré sur son épaule pour déposer un baiser sur sa peau nue. Il la sentait sur le point de flancher.

— Qui a parlé de coucher ensemble ?

— Arrête ! dit-elle.

Mais son ton était si peu convaincant qu'il était presque certain d'emporter la bataille.

— Et si, cette fois, les choses étaient différentes ? Si moi j'étais différent ?

Elle le regarda, pensive.

— Que veux-tu dire, au juste ?

Il plongea alors ses yeux dans les siens.

— Je veux être avec toi, Ana. Avec toi et Max.

Après un premier instant où elle parut stupéfaite, il put lire dans ses prunelles à la fois une lueur d'espoir et de la peur.

— Mais ton travail ? Ta carrière ?

Elle venait de mettre le doigt sur le nœud de la guerre…

— Il faudra que notre relation reste clandestine pendant quelque temps, jusqu'à ce que je sois nommé P.-D.G. Une fois que je serai en poste, ils auront du mal à me déloger. De toute façon, ils constateront vite que ma loyauté leur est acquise.

— Dans combien de temps seras-tu nommé directeur ?

— Adam partira au printemps, avant la naissance de son enfant. Je pense que le conseil d'administration annoncera la nomination du nouveau directeur un mois avant.

— Ce qui veut dire que nous devrons nous cacher pendant encore trois ou quatre mois ?

— Dans le pire des cas. Ce pourrait être plus tôt.

Il lui effleura la joue.

— Après ça, nous serons libres de nous montrer au grand jour.

Devant son expression toujours sceptique, il n'hésita pas à recourir à un argument de poids.

— Je pense que, pour Max, nous devons au moins essayer. Tu ne crois pas ?

L'argument parut faire mouche.

— Si c'est pour Max, commença-t-elle en lui enlaçant le cou. Et tant que tu me promets que tu ne me feras pas de nouveau souffrir…

— Je te le jure, ma chérie.

Sur cette promesse, il captura sa bouche et la prit dans ses bras pour l'emmener dans sa chambre, bien décidé à ne pas se renier.

- 10 -

Ce fut son téléphone portable qui réveilla Ana, le lendemain. Il était posé sur la table de nuit et elle reconnut instantanément la sonnerie qu'elle avait attribuée à son père. Elle ouvrit les yeux et vérifia l'heure : 9 h 05 !

La panique la saisit : elle était censée être chez lui cinq minutes plus tôt ! La veille, elle avait complètement oublié de régler son réveil.

S'emparant du téléphone, elle s'empressa de répondre :

— Bonjour, papa.

— Où es-tu ? s'écria-t-il. Tu as oublié que nous devions nous voir, ce matin ?

— Je suis désolée. Je n'ai pas fait sonner mon réveil et je ne me suis pas réveillée.

— En d'autres termes, tu es sortie, hier soir, et tu n'avais pas envie de te lever à une heure raisonnable ce matin pour que je puisse voir mon petit-fils.

A l'entendre, on avait l'impression qu'elle avait dormi la moitié de la journée. Il n'était que 9 heures du matin ! Mais il s'entêtait à ne voir en elle que la jeune fille irresponsable qu'elle était avant la naissance de Max. Et puis, comment savait-il qu'elle était sortie ? Elle refusait de croire que des photos d'elle circulaient déjà sur internet, ce matin. Mais il était fort probable que son père suppose qu'elle était sortie parce que c'était le week-end.

— Je peux être chez toi dans une heure, proposa-t-elle sans chercher à se justifier inutilement.

— Ne prends pas cette peine, il est clair que tu as d'autres priorités. Et moi qui commençais à croire que tu avais enfin grandi. Heureusement que ta mère n'est plus là pour voir ça !

Elle s'abstint de répliquer que si sa mère avait encore été en vie, son existence aurait été complètement différente. Leur existence à tous les deux, d'ailleurs.

Comme elle s'apprêtait de nouveau à s'excuser platement, il raccrocha sans lui en laisser le temps.

Elle se demanda alors lequel des deux avait besoin de grandir. Mais elle n'aurait jamais le cran de l'affronter et de lui dire sa façon de penser… Elle laissa retomber le téléphone sur la table de chevet.

— J'image que c'était ton père et qu'il était furieux.

Ana faillit bondir de peur en entendant la voix mal réveillée de Nathan, à côté d'elle. Elle avait cru qu'elle était seule.

Elle se tourna de son côté. Il était étendu sur le dos, les yeux encore fermés, le torse nu, et merveilleusement beau. Un mélange d'excitation, de joie et d'espoir la submergea. Jamais il n'avait passé la nuit avec elle, quand ils sortaient ensemble. Même s'ils faisaient l'amour jusqu'à 4 heures du matin, il rentrait toujours chez lui. S'il était resté, cela ne pouvait signifier qu'une chose : qu'il pensait vraiment ce qu'il lui avait dit, la veille. Il voulait que ça marche, entre eux.

Elle n'en avait pas été certaine à cent pour cent, jusqu'à maintenant. Ce n'aurait pas été la première fois qu'un homme lui mentait pour obtenir d'elle ce qu'il attendait. Mais il était vrai qu'aussi loin qu'elle se souvenait, jamais Nathan ne lui avait menti. Et même s'il ne lui avait pas dit qu'il l'aimait, ni évoqué quoi que ce soit qui aurait pu ressembler à une proposition de mariage, peut-être que ce n'était plus qu'une question de temps.

— Il était tellement en colère qu'il m'a raccroché au nez, dit-elle.

— Pourquoi est-ce que tu insistes ?

— Si j'essaie d'avoir une relation civilisée avec lui, c'est à cause de Max. Et peut-être aussi parce que j'ai un peu pitié de lui. C'est pathétique, vraiment, cette façon de se mettre tout le monde à dos. Il est comme ça depuis la mort de ma mère.

Nathan ouvrit les yeux et les riva à elle.

— Ce n'est pas une excuse, décréta-t-il.

Sans doute, mais il n'en demeurait pas moins son père… Toutefois, si Nathan était décidé à jouer son rôle dans la vie de Max, la figure du grand-père devenait moins indispensable. Elle devrait peut-être couper les ponts avec lui pendant quelque temps afin qu'il prenne conscience que sa conduite n'était plus acceptable.

— Tu as raison, et il est temps qu'il le comprenne, approuva-t-elle.

Encore que l'époque de l'année était mal choisie. Il aurait été cruel de refuser qu'il voie son petit-fils à Noël.

Nathan leva le bras pour qu'elle vienne se blottir contre lui, et elle posa la tête sur son torse chaud. Elle entendit alors le battement régulier de son cœur. Il l'embrassa sur le front, puis déclara :

— Puisque tu ne vas pas chez ton père, nous pourrions aller prendre notre petit déjeuner tous les trois à l'extérieur.

— Et si on nous voit ensemble ?

— Je connais un restaurant agréable, pas loin du campus. Il y a vraiment peu de chance pour que nous y croisions des gens que nous connaissons.

— Dans ces conditions, pourquoi pas ?

— A quelle heure est-ce que Max se réveille ?

— Il devrait déjà être debout.

Sous la couette, elle sentit soudain la main de Nathan agripper sa hanche.

— Tu crois qu'on a le temps de prendre une douche ?

Repoussant la couverture, elle exposa alors son érection au grand jour et répondit, dans un sourire :

— Je pense que ça ne coûte rien d'essayer.

Nathan, qui aurait dû se rendre au bureau pour travailler quelques heures, passa finalement toute la journée et la soirée avec Ana et Nathan. Ils étaient d'abord allés prendre un brunch dans le restaurant qu'il avait suggéré et personne ne les avait apparemment reconnus, puis ils avaient fait un peu de shopping pour Max. Comme il faisait doux, ils étaient ensuite allés se promener au parc. En fin d'après-midi, ils avaient acheté de la nourriture chez le traiteur thaï pour le dîner. Après le repas, bien qu'il ait la nette sensation qu'Ana avait envie qu'il reste pour la nuit, il avait décidé de rentrer, car le lendemain il devait se lever tôt pour aller au bureau.

Quand il était arrivé chez lui, son appartement lui avait semblé encore plus impersonnel que d'ordinaire. Si les choses se déroulaient comme prévu avec Ana et Max — et il espérait de tout cœur que ce serait le cas — ils devraient songer à emménager dans une maison commune, une villa spacieuse dotée d'un grand jardin où Max pourrait jouer et d'un environnement convivial, non loin d'un parc. Il était certain qu'ils pourraient dénicher sans mal une telle perle, mais il ne voulait rien entreprendre pour l'instant. Il devait attendre d'être nommé président-directeur général.

Il passa le reste de la soirée à surfer sur internet, et fit notamment des achats en ligne pour Max. Il dut s'acquitter de prix de port exorbitants pour être bien certain que les jouets seraient livrés avant Noël. Il s'était déjà engagé à passer le soir du 24 décembre chez sa mère, avec son frère, mais le jour de Noël, il espérait bien être chez Ana à la première heure, quand Max ouvrirait ses cadeaux. Il avait du mal à croire que c'était dans six jours. Et puis, il avait un léger problème : il ne savait pas quoi offrir à Ana. Elle n'aimait pas vraiment les bijoux, et c'était d'ailleurs un cadeau bien peu original. Quel présent un homme pouvait-il faire à une femme qui avait tout ce qu'elle désirait ?

Il devait se creuser les méninges pour trouver une surprise qui lui plairait vraiment, et à laquelle elle n'aurait jamais pensé. Il y réfléchissait encore, le lundi matin, tout en cherchant des idées sur internet, quand sa mère l'appela.

— Un ami vient de m'inviter à une croisière pour les vacances de Noël, lui apprit-elle. Je ne pourrai donc pas passer les fêtes avec toi et ton frère.

Elle n'avait même pas la décence de paraître désolée ! Il ne doutait pas un instant que l'idée de cette croisière l'enchantait, et que son « ami » était sans doute bien plus âgé qu'elle et très fortuné.

— Très bien, dit-il. Amuse-toi bien.

Elle ne suggéra pas qu'ils remettent le traditionnel repas à plus tard, pas plus qu'elle ne lui présenta des excuses. Elle se contenta de lui souhaiter de belles fêtes et raccrocha, fidèle à son image de reine des glaces qu'elle avait toujours eue. Mais le coup de téléphone lui donna une idée de cadeau pour Ana...

Il lança tout de suite une rapide recherche sur internet, et trouva du premier coup ce qu'il voulait !

Il s'apprêtait à prendre contact avec l'agence pour les ultimes détails lorsqu'il se rappela que, par souci d'anonymat, il était préférable de tout régler par internet. Il imprima alors l'e-mail de confirmation pour les billets et termina la commande cinq minutes avant la réunion prévue avec les membres de son équipe, dans le salon de café, au rez-de-chaussée de l'immeuble.

La réunion dura jusqu'à l'heure du déjeuner et, alors qu'ils s'apprêtaient à rassembler leurs affaires pour remonter dans leurs bureaux respectifs, sa secrétaire l'appela.

— Votre frère est dans votre bureau, et il se demande s'il doit attendre ou revenir plus tard.

— Je prends l'ascenseur et j'arrive.

— Très bien, je l'en informe.

Dans l'ascenseur, il repensa à son cadeau. Il était décidément très fier de sa trouvaille. C'était un présent idéal pour Ana, auquel elle ne s'attendrait vraiment pas. Il s'acheminait vers son bureau, lorsqu'il se rappela subitement qu'il avait laissé l'e-mail de confirmation sur sa table de travail ! Le nom des passagers n'y figurait pas, il y avait juste l'itinéraire, mais Jordan se douterait qu'il ne partait pas tout seul ! Il pria pour avoir de la chance et que ce dernier n'ait rien remarqué, même s'il n'y croyait guère.

Il fit un signe de la tête à sa secrétaire quand il passa devant elle et entra dans son bureau. Jordan se trouvait près de la fenêtre, en train d'admirer le paysage à ses pieds. Il se retourna en l'entendant.

— Que se passe-t-il ? demanda Nathan sans ambages.

L'e-mail se trouvait exactement là où il l'avait laissé, sur le sous-main, près de son ordinateur. Il posa dessus le dossier qu'il avait à la main et s'assit.

— Je présume qu'elle t'a appelé, fit Jordan.

— Apparemment le Père Noël existe, et cette année, il m'a fait le cadeau que j'attendais, répliqua-t-il avec humour.

— Est-ce qu'elle t'a dit qui était ce nouvel « ami » ?

— Non, et je ne l'ai pas questionnée.

— C'est un baron. Elle l'a rencontré lors de son dernier voyage en Europe. Il a vingt ans de plus qu'elle, mais appartient à une vieille famille d'aristocrates.

— Un vieux décrépit, en somme.

— Je suppose que tu n'as toujours pas repris contact avec papa, enchaîna Jordan.

Il jeta un bref regard à son frère. Bien sûr que non, et ce n'était pas demain la veille qu'il le ferait. Il ne comprenait d'ailleurs pas pourquoi Jordan entretenait toujours des liens avec lui.

— Il va se remarier.

— Ce sera son mariage numéro combien ?

— 5. C'est une hôtesse de l'air de vingt-huit ans. Il l'a rencontrée lors d'un voyage d'affaires à New York. Elle habite à Seattle, mais elle va venir s'installer ici, au Texas.

— Je leur donne six mois.

— Je sais que tu ne veux pas en entendre parler, mais il s'est beaucoup radouci, depuis notre enfance. Il me demande de tes nouvelles, chaque fois que nous nous téléphonons. Il aimerait bien que tu l'appelles.

— Qu'il ne compte pas là-dessus !

— Parfois, Nathan, j'ai l'impression que tu es encore plus entêté que lui !

Sur ces paroles, Jordan se dirigea vers la porte, mais s'immobilisa soudain et se retourna.

— A propos, je voulais te demander... Pourquoi est-ce qu'un célibataire achète une croisière Disney pour trois personnes ?

Jordan était décidément impossible ! Nathan s'efforça de ne rien laisser paraître de son agacement.

— Même si cela ne te regarde pas, sache que ce n'est pas pour moi que j'ai effectué cette réservation, mais pour un ami. Il avait peur que sa femme ne tombe dessus, il veut lui faire une surprise pour Noël.

Il n'aurait su dire si son frère le crut ou pas. Peut-être n'était-ce pas la meilleure excuse, mais c'était la première qui lui était venue à l'esprit.

Au bout de quelques secondes, Jordan haussa les épaules, et déclara :

— Je retourne travailler.

Il le regarda sortir, espérant que la catastrophe avait été évitée.

Quelques minutes plus tard, Ana l'appela.

— Est-ce que tu penses pouvoir passer avant que je mette Max au lit, ce soir ? demanda-t-elle.

— Je vais faire mon possible, répondit-il.

Comme il avait beaucoup musardé sur internet, il n'avait guère travaillé depuis ce matin. Il se rattraperait pendant les vacances de Noël, quand tout le monde se détendrait en famille.

— Quand tu sauras à quelle heure tu peux te libérer, appelle-moi, comme ça, je retarderai le coucher de Max.

— D'accord. A propos, j'ai acheté ton cadeau de Noël.

Il entendit le sourire dans sa voix quand elle répondit :

— Tiens, quelle coïncidence ! Moi aussi.

— Si ça se trouve, on s'est acheté la même chose.

Elle se mit à rire.

— Il y a peu de risque, et si tu m'as acheté ce que j'ai choisi pour toi, alors il va falloir que je reconsidère sérieusement notre relation.

— Dans ce cas, nous n'avons pas à nous inquiéter. J'ai aussi fait quelques cadeaux à Max, ils devraient être livrés avant Noël.

— J'ai oublié de te demander… A quelle heure comptes-tu sortir de chez ta mère, le soir de Noël ? Je pensais que tu pourrais ensuite passer à la maison.

— Je ne vois pas ma mère, à Noël.

— Je croyais que ton frère et toi réveillonniez avec elle.

— Il y a eu du changement. Elle a décidé, à la place, de partir en croisière avec un « ami ».

— Tu es sérieux ?

— Elle l'a rencontré en Europe, le mois dernier. C'est un baron.

— Quoi ? Elle laisse tomber ses fils pour un homme qu'elle connaît à peine ? Mais c'est affreux.

— C'est tout ma mère, que veux-tu…

— Qu'est-ce que tu as prévu, en remplacement ?

— Rien. Comme Jordan ne m'a pas demandé ce que j'allais faire, j'en déduis qu'il a d'autres plans. Je resterai sans doute chez moi jusqu'à ce que tu reviennes de chez ton père. A quelle heure tu rentres, en général ?

— Aussi tôt qu'il est décemment possible. En général, il n'y a que nous deux, et ce n'est pas très joyeux. Heureusement, maintenant, il y a Max. Enfin, pour tout dire, je ne sais pas grand-chose sur ses intentions, cette année, car cela fait deux fois que je l'appelle en vain, aujourd'hui. Une fois sur son portable, une fois au bureau. Sa secrétaire m'a dit qu'il était en réunion, mais en général, ça veut dire qu'il ne veut pas me parler. Il m'en veut pour le rendez-vous manqué, sans compter qu'il y avait une photo de moi, dans le journal local, dimanche. On m'y voyait au pub, un verre à la main. Je n'ai même pas vu le paparazzi qui a pris la photo.

— Comment ne peut-il pas voir que tu as changé ? Que tu es plus mûre, responsable et que tu es une formidable mère.

— S'il s'en apercevait, il préférerait mourir plutôt que le reconnaître.

— Comment va-t-il réagir quand il apprendra notre relation ?

— Pour tout te dire, cela m'est égal. J'en ai assez de son petit jeu. Si ce n'était pas pour Max, je passerais le réveillon de Noël avec toi. Près du feu, en pyjama.

— C'est ce que nous ferons, l'année prochaine, promit-il, se rendant compte qu'il anticipait déjà ce que serait leur Noël suivant.

— Oui. Mais cette année, nous devrons réveillonner séparément, je suppose. Je te tiens au courant dès que j'ai des nouvelles de mon père.

A cet instant, Adam passa la tête dans l'entrebâillement de sa porte de bureau.

— Désolé de te déranger. Est-ce que tu as une seconde ?

Question purement formelle, puisque tout le monde avait toujours « une seconde » pour le P.-D.G. Il lui fit signe d'entrer.

— Mademoiselle Maxwell, est-ce que je peux vous rappeler un peu plus tard ? dit-il alors dans le combiné.

Il savait qu'Ana comprendrait qu'une personne venait d'entrer dans son bureau.

— Bien sûr, dit-elle. On se rappelle.

Refermant son portable, il demanda à Adam :

— Qu'est-ce qui se passe ?

— Je voulais savoir si tu avais eu l'occasion de discuter avec Jordan.

— A propos de quoi ?

Adam parut un peu étonné.

— Des découvertes suspectes que nous avons faites sur ses comptes. !

— Désolé… Non, pas encore.

Il venait de se couvrir de ridicule. Il fallait dire que, dernièrement, il avait été trop préoccupé par sa propre vie pour se pencher sur la question.

— Comme je te l'ai dit la dernière fois, Jordan et moi ne communiquons pas beaucoup, ajouta-t-il. Nous étions censés dîner ensemble pour Noël, et je pensais aborder le sujet avec lui, mais finalement le repas vient d'être annulé. En fait, je ne sais pas comment m'y prendre sans éveiller sa suspicion.

— Je comprends. De toute façon, nous en saurons plus quand sa secrétaire sera en congé et que nous la remplacerons par une personne au service des enquêteurs.

— Oui, je pense que c'est la meilleure solution pour obtenir les informations dont nous avons besoin, même si, encore une fois, je crois en son innocence.

— J'espère que c'est le cas.

Adam s'apprêtait à partir quand, la main sur la poignée, il se ravisa et pivota sur ses talons.

— Nathan, tout va bien ?

— Bien sûr ! Pourquoi me poses-tu une telle question ?

— Ces derniers temps, je te trouve un peu distrait. Et puis tu sors plus tôt, depuis quelques jours.

— Tu trouves que je suis moins performant ?

— Non, non, absolument pas. Et au cas où cela t'inquiéterait, mes observations n'auront aucun impact négatif concernant ta candidature au poste de P.-D.G. C'est l'ami qui se fait du souci…

Il comprit qu'Adam, sans le demander clairement, attendait des explications, ce qui était tout à fait légitime.

— Pour tout avouer, j'ai rencontré quelqu'un, répondit-il. Pour l'instant, il n'y a rien d'officiel, mais les choses pourraient le devenir.

— J'aimerais faire sa connaissance. Tu pourrais venir avec elle au mariage d'Emilio.

— Malheureusement, je ne pense pas qu'elle soit disponible, dit-il en s'efforçant de paraître naturel.

— C'est moi qui me suis marié le premier, puis Emilio s'est laissé passer la bague au doigt, déclara Adam en souriant. Le prochain sur la liste sera peut-être toi.

— Il ne faut pas préjuger de ses forces, répondit-il en riant.

— S'installer, fonder une famille, ce n'est pas si mal que ça, tu sais, déclara Adam.

Puis il sortit du bureau.

Il aurait aimé pouvoir dire à son ami qu'il avait déjà une famille, lui parler fièrement de son fils, exhiber des photos de lui…

Mais il devait tenir quelques mois encore. Alors Ana et lui pourraient s'exposer au grand jour.

- 11 -

La situation devenait ridicule.

Il était 16 heures, la veille du réveillon, et le père d'Ana ne s'était toujours pas manifesté. Elle lui avait téléphoné une dizaine de fois dans la semaine, lui laissant des messages où elle le priait de la rappeler. Elle lui avait même renouvelé ses excuses pour son oubli du dimanche.

Mais rien n'y avait fait, elle demeurait sans nouvelles.

Elle regarda la pendule, sachant que Nathan allait arriver d'une minute à l'autre, puis son regard tomba de nouveau sur le téléphone. Elle se demanda si elle aurait le temps de donner rapidement un nouveau coup de fil.

Elle poussa un soupir. Pourquoi insistait-elle ? Elle avait fait son possible, présenté des excuses, l'avait prié de lui pardonner. Il pensait peut-être la punir en la laissant passer Noël toute seule ? Cependant, elle le voyait mal manquer une occasion de couvrir Max de cadeaux. Le connaissant, il attendait la dernière minute pour décrocher son téléphone et comptait qu'elle obéisse au doigt et à l'œil quand il lui indiquerait ses dispositions pour la fête. Il était incroyable qu'un homme à la tête d'une société de plusieurs milliards de dollars se comporte de façon aussi puérile. Elle en avait assez d'être à son entière disposition, et il était temps qu'il le comprenne. Nathan n'ayant rien prévu pour le lendemain à l'occasion du réveillon, c'était avec lui qu'elle avait envie de passer la soirée.

Si son père n'appelait pas avant qu'il n'arrive, alors il manquerait son premier noël avec Max. Sa décision était prise. Abandonnant l'idée de lui téléphoner, elle voulut se servir un verre de vin pour surmonter son léger sentiment de culpabilité quand la sonnette retentit.

Elle se précipita pour ouvrir.

— Joyeux Noël ! dit Nathan en entrant.

Avant qu'il n'ait le temps de retirer son manteau, elle jeta ses bras autour de son cou et l'embrassa. Ce ne fut que lorsqu'elle s'écarta de lui qu'elle remarqua la boîte ornée d'un joli nœud qu'il portait à la main.

Il la lui tendit.

— Tu as encore de la place, sous ton sapin ? demanda-t-il.

— A peine, dit-elle, en lui montrant la dizaine de paquets qui avaient été livrés en son nom, le matin même et qu'elle avait déposés au pied du sapin. Tu as acheté tout le magasin ?

— Presque, répondit-il en riant.

Il enleva son manteau et la suivit dans le salon, où elle plaça le présent avec les autres.

— Où est Max ? questionna-t-il.

— Il fait la sieste. Il ne devrait pas tarder à se réveiller. Tu veux un verre de vin ?

— Volontiers.

— La Western Oil vient de fermer ses portes pour la trêve des confiseurs ? demanda-t-elle en se dirigeant vers la cuisine avec lui.

— Tout à fait. Je devrai passer au bureau entre Noël et le nouvel an pour boucler quelques dossiers, mais toute mon équipe est effectivement en vacances. Sinon, j'ai l'intention de passer le plus de temps possible avec toi et Max.

Elle remplit deux verres de vin et lui en tendit un.

— J'ai une proposition à te faire, déclara-t-elle alors.

— Je t'écoute.

— Est-ce que tu aimerais passer le réveillon de Noël avec ton fils, cette année ?

Il sourcilla.

— Que se passe-t-il ? Tu t'es disputée avec ton père ?

— Pas du tout, puisque je n'ai pas pu lui parler. Il ne m'a pas rappelée et j'en ai assez de ses petits jeux. Alors j'ai décidé de faire d'autres plans.

— Et s'il appelle à la dernière minute, en espérant que tu viennes ?

— Je serai au regret de décliner.

— Tu es certaine ?

— Tout à fait.

Elle se hissa sur la pointe des pieds pour l'embrasser.

— C'est avec toi que Max et moi avons le plus envie de passer Noël.

Il lui sourit et l'enlaça par la taille.

— Dans ce cas, j'accepte.

— Il faudra que j'aille au supermarché tout à l'heure, pour acheter la dinde de Noël et tout ce qui va avec. En fait, je n'en ai jamais préparé, mais je suis sûre de trouver une recette sur internet.

— S'il y a encore des dindes ! Les supermarchés ont dû être dévalisés.

— Eh bien, nous devrons nous contenter de pâtes ! Mon père me donne tellement de nourriture à rapporter chez moi, au réveillon, que je ne fais jamais les courses avant Noël.

Il lui sourit, passa sa main dans ses cheveux et l'embrassa gentiment.

— Tant que je suis avec Max et toi, je me fiche bien de ce qu'il y a dans mon assiette.

Ces paroles lui mirent évidemment du baume au cœur, mais, comme ce serait leur premier Noël ensemble, elle avait envie de faire les choses en bonne et due forme.

L'Interphone relié à la chambre d'enfant émit quelques crépitements, ce qui signifiait que Max commençait à se réveiller.

— Tu veux bien aller le prendre pendant que je cherche des recettes ? demanda-t-elle.

Il lui donna un très tendre baiser qui la laissa toute frissonnante, puis se rendit dans la chambre de leur fils.

Elle passa l'heure suivante sur internet, découvrant qu'il n'y avait pas une recette pour farcir la dinde, mais des milliers ! Elle choisit celle qui lui semblait la meilleure, puis établit la liste de tout ce dont elle avait besoin, espérant que les supermarchés ne seraient pas dévalisés, comme Nathan l'avait prédit. Ils décidèrent d'aller au restaurant et de faire les courses après. Le petit supermarché bio où elle s'approvisionnait régulièrement n'avait presque plus rien en rayon. Ils se rendirent dans un autre supermarché bio, plus commercial. En vain.

Sans se laisser décourager, ils essayèrent une chaîne de supermarchés généraliste. L'endroit était bondé, mais ils trouvèrent au moins ce qu'ils convoitaient avant tout : des dindes. Le seul problème, c'était qu'elles étaient énormes.

— Nous allons manger de la dinde pendant un mois, observa Nathan en la mettant dans le chariot.

Elle se contenta de sourire. Cela lui était complètement égal, dès l'instant où il était avec elle.

Ils passèrent dans les autres rayons, et elle fut ravie de constater qu'il y avait là aussi la plupart des produits bio qu'elle achetait habituellement. Au rayon pâtisserie, ils achetèrent trois gros gâteaux, ne cherchant même pas à commander chez un pâtissier de renom, certains qu'ils se heurteraient à un refus, eu égard à la date… Ils durent faire la queue pendant un bon moment à la caisse, le chariot étant finalement plein à craquer, et ils en profitèrent pour discuter du programme du lendemain. Quand ils eurent chargé le tout dans la voiture, l'heure du coucher pour Nathan était largement passée. Le petit garçon s'endormit dans la voiture et, à leur arrivée, elle le mit au lit pendant que Nathan déchargeait les courses.

Il voulut ensuite l'aider à ranger, mais elle le renvoya de la cuisine, en lui donnant la télécommande de la télévision. Quand il y revint une demi-heure plus tard pour demander une bière, il portait un pantalon de pyjama, et rien d'autre.

Elle noua ses bras autour de son cou.

— C'est un piège pour m'attirer hors de la cuisine ? demanda-t-elle en souriant.

Il lui rendit son sourire.

— Ça marche ?

Elle humecta ses lèvres avec sa langue.

— Si je n'avais pas un millier de choses à faire…

Il lui donna un rapide baiser.

— Je t'accorde un petit répit, mais si tu ne te dépêches pas, je t'arracherai à ta cuisine, que tu le veuilles ou non.

Quand il retourna devant la télévision, elle commença à préparer certaines petites choses pour le lendemain, tout en pensant que la soirée avait été parfaite. Un peu trop parfaite pour durer, sans doute…

Tout n'allait-il pas très bien entre eux, avant qu'il ne la laisse tomber, dix-huit mois plus tôt ? Si elle avait su ce qui avait motivé son geste, sans doute aurait-elle été moins inquiète. Mais peut-être devait-elle cesser d'être paranoïaque et être reconnaissante de cette deuxième chance.

Il était 23 heures passées quand elle éteignit la lumière de la cuisine. Dans le salon, la télévision marchait toujours, mais Nathan s'était endormi. Elle s'empara de la télécommande et l'éteignit. Et puis, bien que consciente qu'ils devaient se lever tôt le lendemain, elle eut le besoin urgent de se blottir contre lui.

Elle se déshabilla et laissa tomber ses vêtements en pile sur le sol, avant de se glisser contre lui et de se mettre à lui caresser les cuisses. Il ne fit pas un geste. Elle allait devoir recourir à des méthodes plus efficaces. Posant la main sur son estomac, elle la fit lentement, très lentement glisser sous l'élastique du pyjama… S'il fermait toujours les yeux, elle put constater que d'autres parties de son corps ne dormaient pas vraiment… Il poussa un petit grognement quand elle prit son sexe dans sa main. Alors elle le regarda et il lui sourit.

— D'abord, j'ai cru que je rêvais, dit-il. Ce n'est pas tous les jours qu'un homme se réveille sous les caresses d'une belle femme nue…

Elle lui rendit son sourire.

— Je devrais sans doute le faire plus souvent.

— C'est une habitude que je prendrais volontiers moi aussi.

Enserrant son visage, il l'attira à lui pour lui donner un lent et profond baiser… Puis il caressa ses épaules, son dos, avant de frotter son érection à son corps. Elle s'agrippa à lui et laissa échapper un gémissement, sa bouche contre la sienne. L'instant suivant, il la pénétrait.

Elle avait enfin obtenu de ce qu'elle voulait, constata-t-elle, aux anges… avant de se rendre compte, paniquée, qu'ils avaient oublié un « détail » : un préservatif !

Et pourtant, l'idée qu'il n'y ait pas de barrière entre eux, qu'elle soit totalement à lui la bouleversait… Elle n'avait pas envie qu'il arrête ses délicieux va-et-vient. Mais elle avait bien conscience que, sans préservatif, elle jouait à la roulette russe. La preuve dormait quelques portes plus loin… Elle se dit aussi qu'elle aurait ses règles dans deux jours, de sorte que les risques de conception étaient fort minimes.

Estimant toutefois que ce n'était pas une décision qu'elle pouvait prendre seule, elle se redressa et posa les mains sur le torse de Nathan.

Il lui lança un regard interrogateur.

— Nous devons arrêter, décréta-t-elle.

— Nous ne « devons » rien du tout ! répondit-il d'un air désapprobateur.

— Nous avons oublié d'utiliser un préservatif.

— Je sais.

— *Quoi ?*

Il sourit légèrement, puis lui caressa les hanches.

— Tu penses sincèrement que je n'en étais pas conscient ?

— Et tu t'en fiches ?

— Non, mais je ne voulais pas être impoli, ma première envie étant de te satisfaire.

— Je suis sûre que c'est comme ça que je suis tombée enceinte de Max.

— Tu veux dire que c'est trop tard ? Que le dommage est déjà fait ? Mais il ne s'est rien passé, tu sais.

Il s'exprimait avec une grande légèreté — comme s'ils avaient discuté du temps qu'il faisait — tout en continuant à aller et venir doucement en elle.

— J'aurai mes règles dans deux jours, il y a peu de risque pour que je sois fertile, mais devons-nous tenter le diable ?

— Tu es contre l'idée d'un deuxième enfant ?

— Non, mais…

— Alors ne t'inquiète pas.

Parfait, s'il n'avait pas peur des conséquences…

Il embrassa sa nuque et, avec ses mains et sa bouche, dissipa ses ultimes doutes…

Tout à coup, il prit son visage entre ses mains, et la regarda bien droit dans les yeux.

— Je t'aime, Ana.

Ces quatre mots suffirent à la faire jouir, et il ne fut pas long à la rejoindre… Après quoi, elle blottit sa tête sous son menton, complètement détendue, tandis qu'il la tenait serrée contre lui.

Ce que les choses avaient pu changer, en quelques semaines ! Cela semblait presque trop beau pour être vrai. En un sens, elle aurait aimé être tombée enceinte, car Nathan serait forcément resté avec elle…

Aussitôt, elle regretta sa pensée. Elle savait combien ce petit jeu-là était dangereux. Et puis, pourquoi aurait-elle eu besoin d'un piège ? Il avait dit qu'il l'aimait, et qu'il n'avait rien contre le fait qu'elle retombe enceinte. Tout était parfait.

Dans ces conditions, pourquoi ressentait-elle cette sorte de malaise, tout au fond de son âme ?

Ce fut l'odeur du café qui réveilla Nathan.

Il était à peine 8 heures, mais la place à côté de lui était vide. Il roula sur le dos, et se frotta les yeux. La veille au soir, sur le canapé, ç'avait été grandiose. Il avait toujours eu peur qu'Ana soit trop amoureuse et lui fasse perdre tout contrôle, mais il comprenait à présent qu'elle était exactement la femme dont il avait besoin. La passion qu'il ressentait pour elle était comme un exutoire à toute l'énergie négative qui pouvait parfois se former en lui. Grâce à elle, il se sentait équilibré.

Elle était la seule à pouvoir le sauver, et à le maintenir sur le bon chemin. Elle lui apprendrait à être un bon père. Envers Max, et envers les autres enfants qu'ils auraient peut-être ensemble. Il avait envie d'évoluer, les possibilités qui s'offraient à lui étaient infinies.

Fort de cette pensée, il se mit debout, tout en se demandant si Max était déjà réveillé. Il était impatient de voir la tête qu'il ferait en découvrant tous ses cadeaux.

Enfilant le bas de son pyjama et un T-shirt, il se mit en quête d'Ana. Les lumières du sapin étaient allumées et de la musique de Noël emplissait le salon. Elle était déjà dans la cuisine, dans un pantalon de pyjama en flanelle rose. La dinde était sur une plaque, prête à être enfournée.

Elle lui sourit en l'apercevant.

— Joyeux Noël ! lança-t-elle.

— Bonjour. Quelle bonne odeur de café !

— Je viens juste d'en faire, dit-elle en lui montrant la cafetière.

Il passa derrière elle, l'enlaça par la taille, et lui donna un baiser sur la joue.

— Tu es levée depuis quelle heure ?

— 6 heures. Je voulais farcir la dinde avant que Max ne se réveille.

— Et moi, je peux faire quelque chose ? demanda-t-il.

— Oui, tu peux me servir du café, à moi aussi, pendant que je finis cette petite vaisselle. J'ai entendu Max remuer, et je pense qu'il ne devrait pas tarder à se manifester.

Ce fut alors qu'un cri perçant retentit dans l'Interphone.

— Finalement, dit Ana, tu pourrais peut-être aller le chercher dans son lit pendant que je nous sers du café.

Quand il arriva dans la chambre, le petit Max était debout, accroché aux barreaux de son lit. Il poussa un cri de joie en le voyant.

— Joyeux Noël, Max ! Tu es prêt à ouvrir tes cadeaux ?

Il le prit dans ses bras, changea rapidement sa couche — il avait fait de grands progrès, en la matière — puis l'emmena dans le salon. Elle les attendait avec du café pour lui, et du lait pour Max. Il s'assit sur le canapé et son fils se blottit contre lui pour boire son lait.

Ce fut alors que le téléphone d'Ana sonna. Elle roula les yeux au ciel.

— C'est mon père, déclara-t-elle d'un ton affligé.

— Tu n'es pas obligée de répondre.

— Non, je refuse de jouer le même jeu que lui.

Et elle s'empara de son portable.

— Bonjour, papa, dit-elle.

Elle l'écouta quelques secondes, avant de répondre :

— J'ai cherché à te joindre toute la semaine. Comme tu ne m'as pas rappelée, j'en ai déduit que tu avais d'autres projets pour Noël, et j'ai moi-même prévu autre chose.

Une pause s'ensuivit, et elle reprit :

— Non, je ne changerai pas mes plans. J'ai une dinde farcie au four.

Il perçut alors les éclats de voix de son père qui fulminait à l'autre bout du fil.

— Je suis désolée que la nourriture que tu as achetée soit perdue, mais si tu m'avais rappelée et m'avais dit que…

De nouveau, elle fut interrompue par une salve de colère, mais elle reprit bien vite :

— Non, je ne cherche pas à compliquer la situation. Seulement, je ne peux pas…

Elle écarta le portable de son oreille, puis secoua la tête en le refermant.

— Il a raccroché. Apparemment, il nous attendait pour 17 heures.

— Ça va, Ana ? s'enquit-il, inquiet.

Elle haussa les épaules et posa son portable sur la table basse.

— C'est tant pis pour lui. Il a plus besoin de nous que nous de lui.

Elle avait raison. Maintenant, ils formaient une famille, elle, Max et lui. Il ne put s'empêcher de ressentir une petite satisfaction : son père était le premier dans son domaine, mais sur le plan personnel, c'était un bien piètre individu.

— Bon, reprit Ana, qui veut ouvrir ses cadeaux ?

- 12 -

Lovée sur le canapé, en face du feu, Ana sirotait son café tout en regardant son fils ouvrir ses cadeaux, même s'il semblait davantage s'amuser avec les boîtes et le papier qu'avec les jouets eux-mêmes. Nathan était assis par terre, près du sapin, en train de monter les jeux en kit. Il avait apparemment adoré la chope de bière qu'elle avait choisie pour que son fils lui offre, avec comme inscription « Le meilleur papa du monde », et la carte d'abonnement pour assister aux matchs de basket-ball des San Antonio Spurs qu'elle lui avait offerte. Et elle ne pouvait toujours pas croire qu'il avait réservé une semaine de croisière Disney ! Elle ne s'était pas attendue à un cadeau aussi original. Un voyage à trois, où ils ne connaîtraient personne et où personne ne se mêlerait de leurs affaires, c'était fantastique.

Ce Noël était décidément merveilleux, et même le coup de téléphone de son père n'était pas parvenu à le gâcher. Elle n'était pas en colère contre lui, juste désolée pour lui : il ne la connaissait pas, et peut-être ne l'avait-il jamais connue. Le pire, c'était qu'il n'avait jamais fait le moindre effort en ce sens.

Mais c'était tant pis pour lui. Si elle arrivait à lui tenir tête, et refusait désormais de se laisser manipuler, peut-être finirait-il par se remettre en question.

Enfin, rien n'était moins sûr… Elle avait toujours supposé que c'était la disparition de sa mère qui l'avait aigri, mais il lui arrivait parfois d'en douter. Elle avait juste six ans quand sa mère était décédée. Peut-être que ses souvenirs de la famille heureuse qu'ils avaient formée, tous les trois, n'étaient-ils rien d'autres que le fruit d'une imagination enfantine.

— Ça y est ! s'exclama Nathan d'un ton triomphant.

Il venait de finir de monter les jouets de Max.

— Cela ne t'a pris qu'une heure, le taquina-t-elle.

Il se leva et vint s'asseoir à côté d'elle.

— Je dois admettre que je vois à présent sous un autre jour les nombreuses séances de montage de jeux de mon enfance. Même si elles auraient pu avoir lieu sans énervement ni juron.

— Chez nous, c'était le majordome qui s'en chargeait, observa-t-elle.

Il passa son bras autour de ses épaules, et l'attira vers lui :

— Les choses seront différentes pour Max.

Elle posa la tête sur son épaule.

— Je sais, dit-elle en souriant.

Ils restèrent un bon moment l'un contre l'autre, à écouter de la musique de Noël, et à regarder Max jouer. Elle finit par se lever pour mettre la dinde au four et préparer le repas de fête. Quand elle coucha Max pour sa sieste de l'après-midi, elle et Nathan se précipitèrent dans le lit pour faire l'amour. Après quoi, Nathan s'endormit. Elle se doucha, s'habilla et vérifia la cuisson de la dinde. Elle devait encore cuire une heure, mais elle avait pris une belle teinte dorée. Jusque-là tout allait bien.

Elle avait laissé son portable sur le comptoir, en mode silence, et quand elle vérifia l'écran, elle se rendit compte qu'elle avait manqué un appel de son père, à 15 h 15. Peut-être avait-il pensé qu'elle bluffait, et qu'il appelait pour vérifier si elle était en route. Elle aurait aimé qu'il tire une leçon de toute cette histoire, mais elle craignait qu'il ne l'accuse simplement d'être égoïste.

C'était sans doute triste, mais elle ne pouvait rien y changer. En revanche, elle devait se protéger. Et c'était la position qu'elle entendait désormais adopter.

Elle rassembla les jouets de Max au pied du sapin et, vers 16 heures, elle l'entendit remuer, dans son lit. Elle s'apprêtait à aller le prendre lorsqu'on sonna à la porte, ce qui la surprit. Elle n'attendait personne et, en général, les gens ne rendaient pas des visites impromptues le jour du réveillon de Noël.

Intriguée, elle alla ouvrir. Elle resta bouche bée en découvrant la personne qui se tenait sur le seuil de la porte.

— Papa ? Qu'est-ce que tu fais ici ?

— Comme tu t'entêtais, je n'avais pas d'autre choix que venir chez toi remettre ses cadeaux à Max.

C'était elle l'entêtée ? Il ne pouvait pas être sérieux.

— Ce n'est pas le bon moment, répondit-elle.

— Qui est-ce, Ana ? demanda Nathan juste derrière elle.

Il portait son fils dans les bras. Tous les deux étaient en pyjama et légèrement ébouriffés. Son père entra sans être invité et, quand il vit Nathan, la plus grande surprise se peignit sur son visage.

— Qui c'est, celui-là ? s'exclama son père.

Il les regarda tous tour à tour et finit par plisser les yeux, comme s'il venait de comprendre. Il se tourna alors vers elle, mâchoires serrées.

— J'aurais dû m'en douter, marmonna-t-il.

— Ce n'est pas ce que tu crois !

— C'est comme ça que tu cherches à me punir ? En frayant avec l'ennemi ?

Si ses paroles la blessèrent, elle s'efforça de ne pas le montrer. Ce fut alors que son père se tourna vers Nathan.

— Quand vous aurez eu l'obligeance de me donner mon petit-fils, vous pourrez vous habiller et partir au plus vite de chez ma fille !

Sans ciller, Nathan plongea son regard dans celui du père d'Ana, puis serra son fils d'un bras protecteur contre lui.

— Il est hors de question que je vous donne *mon* fils, s'exclama-t-il.

— Max est le fils de cet homme ? s'étrangla son père.

Nathan eut la sensation qu'il venait d'ouvrir une boîte de Pandore, mais ç'avait été plus fort que lui, il n'avait pas été capable de se taire. Il n'allait certainement pas se laisser impressionner par cet homme arrogant. Son rôle de père l'emportait largement sur celui de grand-père, c'était un fait indéniable !

— Oui, Nathan est le père de Max, confirma Ana sans l'ombre d'une excuse ni d'un regret dans la voix.

— Mais enfin, Ana, ma pauvre fille, où avais-tu la tête ?

— Cela ne te regarde pas, papa.

— Tu peux me dire où était cet homme pendant ta grossesse ? Pendant les neuf premiers mois de la vie de Max ? A moins que tu ne l'aies vu en secret, et que tu m'aies menti pendant tout ce temps !

— Nathan a appris la naissance de Max il y a quelques semaines, mais maintenant il est présent.

— Peut-être pas pour très longtemps…

Se tournant vers lui, Birch poursuivit :

— J'ai cru comprendre que vous convoitiez le poste de directeur, à la Western Oil. Je ne pense pas que le conseil d'administration soit ravi d'apprendre que vous êtes lié à ma famille.

— Je saurai faire face, assura-t-il, tendu.

— Non, ce ne sera pas la peine, trancha alors Ana. Parce que mon père ne va le dire à personne. Sinon, il ne reverra jamais son petit-fils.

Walter Birch eut un rire méprisant.

— Maxwell m'adore. Tu n'oserais pas le priver de son grand-père.

— Si tu ruines la carrière de l'homme que j'aime, je n'hésiterai pas un seul instant à le faire.

Il cligna des yeux, apparemment stupéfait qu'elle lui tienne tête.

— Tu n'es pas sérieuse.

— Essaie, tu verras bien.

— Dans ces conditions, j'exige un test de paternité ! Je veux la preuve que c'est bien lui le père biologique de Maxwell.

Il voulut l'envoyer promener, mais Ana le devança.

— *Tu exiges ?* Et tu peux me dire de quel droit ? Cette histoire ne concerne que moi et Nathan qui, pour information, ne m'a rien demandé. Il m'a fait confiance, contrairement à mon propre père, qui pense que je suis capable d'avoir des partenaires multiples.

Son père leva les yeux vers elle.

— Cela t'est déjà arrivé, non ?

Nathan la vit blêmir sous le choc et il sentit la colère gronder en lui. Par chance, il tenait son fils dans ses bras, sans quoi il était probable que Birch aurait déjà reçu son poing sur la figure. Pour le bien de son fils, il choisit la tempérance. Et fut tout étonné d'en être capable, sans que cela ne lui coûte un effort surhumain.

Se postant près d'elle, il déclara alors avec calme :

— Vous parlez de la femme que j'aime. C'est la dernière fois que vous vous adressez à elle de cette façon, vu ?

Etait-il possible que Birch se soit rendu compte qu'il était allé trop loin ? Toujours est-il qu'au grand étonnement général, il déclara :

— Vous avez absolument raison, c'était déplacé de ma part. Je suis désolé.

— Je vais habiller Nathan, déclara Ana avec douceur.

Puis elle prit son fils des bras de Nathan et s'éclipsa, laissant les deux hommes en tête à tête.

Même s'il estimait que Birch l'avait bien cherché, il ne pouvait s'empêcher d'éprouver de la compassion pour lui. Il savait ce que c'était que de perdre son sang-froid et de regretter par la suite ses gestes inconsidérés. Peut-être que cette scène permettrait au père d'Ana de se remettre en cause, et qu'il entamerait une nouvelle relation avec sa fille.

Au bout d'un long moment de silence, Birch reprit :

— J'ai des cadeaux pour Max. Je peux aller les chercher ?

Il lui demandait la permission ? C'était proprement incroyable. Il jugea qu'il n'avait nul droit d'entraver la relation entre Max et son grand-père.

— Bien sûr, répondit-il.

Walter Birch ouvrit alors la porte et fit signe d'entrer à l'homme qui se tenait sur la terrasse. Ce devait être son chauffeur, pensa-t-il en apercevant la Rolls Royce. Il avait les bras chargés de cadeaux.

Tandis que le chauffeur faisait trois allers-retours entre la voiture et la maison pour vider le coffre, Nathan observait

Birch en silence. Ce n'était pas du tout la façon dont il avait cru passer Noël. La famille avait toujours le don de tout gâcher.

— Bien, fit Birch une fois que le chauffeur eut terminé et refermé la porte derrière lui, avez-vous l'intention d'épouser ma fille ?

Il aurait dû s'attendre à la question. Elle le prit pourtant de court.

— La pensée m'a traversé l'esprit, concéda-t-il.

— Je pense qu'il est inutile de croire que vous me demanderez la permission.

— Bien vu, fit-il en pensant que Birch devrait déjà s'estimer heureux s'il recevait une invitation à leur éventuel mariage.

— J'imagine que vous espérez un poste dans ma société, avec un grand bureau panoramique ?

— J'ai déjà un travail, répondit-il, écœuré par tant d'arrogance.

Walter Birch fronça les sourcils.

— L'idée que mon gendre travaille pour la concurrence me déplaît.

Pour sa part, il s'en fichait éperdument. En revanche, il aurait de sérieuses difficultés à travailler avec un homme comme le père d'Ana, surtout si c'était lui, l'auteur du sabotage…

Ana fit enfin son apparition avec Max, à qui elle avait mis sa tenue de Noël.

— Tu veux rester dîner ? demanda-t-elle à son père.

Birch jeta un coup d'œil vers Nathan.

— Si personne ne s'y oppose…

— Et si tu t'occupais de Max pendant que je finis de préparer le repas et que Nathan se douche ? suggéra-t-elle.

Son père enleva alors son manteau et, prenant Max dans ses bras, se dirigea vers le salon. Ana fit signe à Nathan de la suivre dans sa chambre. Elle referma la porte derrière eux et se pressa contre lui, l'enlaçant par la taille et posant sa tête sur sa poitrine.

— Ça va ? demanda-t-il en lui caressant le dos.

— Tu penses qu'après tout ce qu'il m'a dit, j'ai eu tort de l'inviter à rester ?

— Je ne crois pas qu'il pensait ce qu'il a dit. Il a parlé sous le coup de la colère.

— Tu as sans doute raison, merci de le défendre.

— C'est toi qui m'as défendu en premier, dit-il alors. Tu le pensais vraiment, quand tu as dit que tu m'aimais ?

— Bien sûr, dit-elle en se hissant sur la pointe des pieds. Je t'aime, Nathan.

Ces quatre mots furent son plus beau cadeau de Noël. Des femmes le lui avaient déjà fait cet aveu, mais c'était la première fois qu'une déclaration d'amour le touchait à ce point. Personne ne le comprenait, ni ne le connaissait comme Ana.

— Moi aussi, je t'aime, murmura-t-il.

Un sourire éclaira les traits d'Ana.

— Il faut que je retourne en cuisine avant que tout brûle.

— Je viens t'aider dès que je suis prêt.

Sur un dernier baiser, elle le laissa seul.

Alors qu'il était sous la douche, il eut la sensation d'entendre la sonnette. Peut-être était-ce le chauffeur, pensa-t-il, ou bien un ultime livreur pour les jouets de Max.

Mais, une fois douché, rasé et habillé, quelle ne fut pas sa surprise de découvrir que l'homme en train de jouer par terre avec son fils n'était personne d'autre que son propre frère, Jordan !

Le meilleur Noël de sa vie venait définitivement de virer au cauchemar.

Jordan bondit sur ses pieds dès qu'il l'aperçut.

— Salut, grand frère ! Joyeux Noël !

— Tu peux me dire ce que tu fais là ? s'étrangla-t-il.

— Il a sonné quand tu étais sous la douche, expliqua Ana en entrant dans le salon.

Birch était assis sur le canapé, et regardait la scène d'un air amusé.

— Quel mal y a-t-il à vouloir passer Noël avec mon frère et mon neveu ? demanda alors Jordan.

Il jeta un bref coup d'œil à Ana.

— Je t'assure que je n'ai rien dit, se défendit cette dernière. Il était déjà au courant.

— Tu te comportes curieusement depuis des semaines, expliqua alors Jordan. Et puis ton excuse bidon au sujet de la croisière. Franchement, Nathan, c'était une insulte à mon intelligence.

Nathan s'efforçait de garder la tête froide. Il n'allait pas s'expliquer avec son frère devant Ana et son père. Et certainement pas devant Max.

— Et si nous allions discuter dehors ? proposa-t-il.

— Il pleut et il fait froid, objecta Jordan.

— Tu ne vas quand même pas jouer les mauviettes, répliqua-t-il, s'apercevant trop tard que c'était exactement ce qu'aurait dit son père.

Mais l'argument avait fait mouche. Jordan avait déjà mis son manteau et se dirigeait vers la porte. Il l'imita. L'air était humide et glacé.

— Comme c'est mignon ! commença Jordan d'un ton qui lui était plus naturel. Tu passes Noël avec Ana Birch et son père. Je pense que maintenant personne n'aura plus aucun doute sur l'auteur du sabotage.

— Jordan ! Comment peux-tu me soupçonner ?

— Tu ne peux nier qu'il y a matière à soupçon !

— Ecoute, je n'ai pas besoin de me justifier, et d'ailleurs cela ne te regarde même pas, mais il n'était pas prévu que Walter Birch passe Noël avec nous. Il s'est incrusté. En outre, je ne voyais plus Ana quand l'explosion a eu lieu. Je ne savais même pas que j'avais un fils. J'ai rompu avec elle avant qu'elle ne comprenne qu'elle était enceinte.

— Pourquoi n'a-t-elle rien dit plus tôt ? Est-ce qu'elle avait des doutes sur le père ?

Nathan serra les poings, et Jordan comprit qu'il était allé trop loin.

— Désolé, je ne pensais pas ce que je viens de dire.

— Elle avait l'intention d'élever Max toute seule.

— Et si c'est elle la responsable du sabotage ?

— Ana ? C'est ridicule !

— Pas complètement. Elle voulait peut-être se venger parce que tu l'avais laissée tomber.

— Ce n'est pas du tout son genre. Et puis, elle n'est pas en meilleurs termes avec son père.

— C'est tout de même la main qui la nourrit.

— Tu n'es pas bien informé. Ana a hérité une immense fortune de sa mère, et elle ne touche pas un dollar de la Birch Energy.

Jordan cherchait-il à se dédouaner d'une éventuelle responsabilité dans l'explosion, en faisant porter les soupçons sur Ana ? se demanda-t-il. Il n'était pas exclu qu'il ait appris qu'on enquêtait sur lui. Il avait promptement pris sa défense, devant Adam et Emilio, mais il n'avait aucune idée de ce dont son frère était capable.

— Comment as-tu découvert que c'était Ana que je fréquentais ? demanda-t-il.

— Je t'ai tout simplement suivi, mon vieux. Tu n'es pas exactement l'agent 007, tu sais.

— Et comment as-tu appris que Max était mon fils ?

— Je l'ignorai, jusqu'à ce que je le vois de près. C'est ton portrait craché, et puis la marque de naissance a fini par m'en persuader.

Il enfouit les mains dans ses poches et ajouta :

— Tu vas l'épouser ?

C'était la deuxième fois qu'on lui posait la question aujourd'hui.

— Il y a de fortes chances que oui.

— Le vieux Birch va te proposer un poste.

— Pourquoi est-ce que je voudrais quitter la Western Oil, si j'en suis le P.-D.G. ?

— Le P.-D.G. ? Il faudra d'abord me passer sur le corps.

— C'est bien mon intention.

Jordan eut un frisson.

— Il fait froid, dit-il. On rentre ?

— Qui a dit que tu étais invité ? fit Max en croisant les bras.

— Tu laisserais ton petit frère passer Noël tout seul ?

— Un petit frère qui m'accuse de sabotage ! Et comment est-ce que je peux avoir la certitude que tu ne vas pas t'empresser d'annoncer la nouvelle à Adam et au conseil d'administration ?

— Ce serait trop facile, je préfère une bataille franche.

Et puis, je te suis redevable pour ce que tu as fait pour moi, dans notre enfance.

C'était la première fois que Jordan l'admettait. Pour la première fois depuis longtemps, il sentait naître un réel espoir d'entente…

A cet instant, la porte s'ouvrit et Ana passa la tête par l'entrebâillement.

— Désolée de vous interrompre, mais tout est prêt. Il me faut quelqu'un pour découper la dinde.

— Est-ce que mon frère peut rester dîner ?

— Il y a suffisamment de nourriture pour nous tous, mais attention : je ne veux pas que le premier Noël de mon fils se transforme en Troisième Guerre mondiale ! Si tout le monde reste courtois, pas de problème.

Jordan lui adressa son plus beau sourire de séducteur.

— Je suis toujours courtois, dit-il.

C'était vrai, pensa Nathan, jusqu'à ce qu'il vous poignarde dans le dos. Mais c'était Noël, la saison du pardon, et au nom de son fils, il voulait bien faire taire les conflits et jouer à la famille unie.

- 13 -

Quand ils prirent place autour de la table, Ana prévint ses convives qu'elle n'était pas un cordon-bleu. Mais peut-être était-ce la chance du débutant ou avait-elle des talents cachés, car le repas fut le meilleur réveillon de Noël que Nathan n'avait jamais connu. Même Birch, qu'il soupçonnait d'être plutôt avare en compliments, la félicita. Il espérait que désormais ce dernier se rendrait compte que sa fille avait de nombreuses ressources. Elle était toujours la femme qu'il avait rencontrée un an et demi plus tôt, et bien plus encore, et il était fier de celle qu'elle était devenue.

Son frère qui, au contraire, aimait complimenter les autres, qu'il le pense ou non, était sincèrement impressionné.

En dépit de la tablée fort contrastée, la soirée ne fut pas aussi pénible qu'il le redoutait. Cela tenait sans doute au fait que chacun évita soigneusement de parler affaires. Même Birch père semblait s'être rendu compte qu'il avançait sur des sables mouvants et il avait opté pour l'humilité.

Ce fut lui qui partit de bonne heure, dès le repas terminé, et l'oncle joua encore un peu avec son neveu avant qu'il ne soit l'heure pour Max de regagner son lit. Au moins, constata-t-il, Jordan avait l'étoffe d'un bon oncle.

— C'est un enfant formidable, lui dit son frère au moment de prendre congé. Tout le monde se met à en faire, en ce moment. D'abord toi, puis Adam, maintenant Emilio.

— Emilio ?

— Tout à fait, confirma Jordan. Tu as quitté la soirée l'autre soir avant qu'il ne nous annonce que sa fiancée était enceinte.

Ils venaient juste de le découvrir. Et je peux t'assurer qu'Emilio avait la larme à l'œil en nous faisant part de la nouvelle. Un gars aussi solide que lui, qui l'aurait cru ? En tout cas, il avait l'air très heureux.

— Peut-être seras-tu le prochain sur la liste. Il suffit de trouver la femme idéale.

— Mon problème, c'est que je trouve trop de femmes idéales, et je ne sais pas laquelle choisir.

Nathan lui sourit.

— Cela viendra sans doute au moment où tu t'y attendras le moins. Tu rencontreras une femme et tu comprendras que c'est la bonne.

— Est-ce que ça s'est passé comme ça, avec Ana ? demanda Jordan. Parce que je me souviens que tu m'avais dit que c'était fini, entre vous.

— Cette rupture, c'était la pire erreur de ma vie, dit-il. Je suis vraiment heureux qu'elle ait accepté de me donner une deuxième chance.

— Tu deviens sentimental, mon vieux, tu as trop bu, le prévint Jordan.

Il était tout à fait sobre, mais il préféra ne pas protester.

Jordan lui serra le bras.

— Bonne nuit. Et encore joyeux Noël.

— A toi aussi. Rentre bien.

Il regarda son frère se fondre dans la nuit, puis il referma la porte et régla l'alarme.

Il retrouva Ana dans la cuisine, en train de faire la vaisselle.

— Le lave-vaisselle est en panne ? s'enquit-il.

— Non, il est déjà plein et en marche. C'est ce qui ne rentrait pas.

Il se posta derrière elle et l'enlaça par la taille, avant de lui mordiller l'oreille.

— Tu ne veux pas plutôt qu'on le fasse demain ?

— Je déteste trouver une cuisine sale en me levant. Mais si tu m'aides, ça prendra deux fois moins de temps.

Quand ils eurent fini, ils réchauffèrent du cidre épicé au four micro-ondes et allèrent déguster leur breuvage devant le feu, blottis l'un contre l'autre sur le canapé. Ana n'avait guère été bavarde depuis le départ des invités, et il commençait à se demander si quelque chose ne l'avait pas chiffonnée.

— Tout va bien, Ana ? questionna-t-il. Tu es bien taciturne.

Elle soupira et posa sa tête contre son épaule.

— Je suis fatiguée. La journée a été longue et elle ne s'est pas vraiment déroulée comme prévu. Mais malgré tout, ça s'est bien passé.

— Mieux que je ne l'aurais cru, étant donné la liste des invités.

— J'ai vraiment eu un choc en découvrant mon père sur le perron. Et un encore plus grand quand j'ai ouvert à ton frère.

— Oui, c'était un visiteur complètement inattendu.

— Il a été adorable avec Max. Je ne m'attendais pas à ça.

— Tant qu'il s'agit des enfants des autres, ça va, mais je ne crois pas qu'il ait l'intention de fonder une famille. Remarque, moi non plus, avant, je n'y pensais pas.

— Nathan, je vais te poser une question un peu délicate… Est-ce que tu es sûr qu'il ne va pas parler de nous au conseil d'administration ? Je me souviens que tu ne voulais pas qu'il le sache.

— Il m'a assuré qu'il se tairait, qu'il voulait une compétition équitable.

— Et tu lui fais confiance ?

— Pas toi ?

Elle haussa les épaules.

— Je ne sais pas si c'est à cause de tout ce que tu m'as raconté sur lui, mais j'ai l'impression qu'il t'en veut.

— Il n'a aucune raison de m'en vouloir. Grâce à moi, il a été épargné plus de fois que je ne peux les compter. Il me doit beaucoup.

Se redressant, elle le regarda.

— Epargné par qui ?

— Notre père. C'était un dur, qui n'hésitait pas à défaire son ceinturon pour nous corriger. Parfois, il utilisait même son poing.

Elle ouvrit de grands yeux.

— Ton père vous frappait ?

— Je te l'ai déjà dit, c'est une brute.

— Je pensais qu'il se contentait de vous donner des ordres, je n'imaginais pas qu'il vous maltraitait physiquement. Et tu as protégé Jordan de ses coups ?

— C'est le plus jeune, et, jusqu'au bac, il était petit pour son âge. Très calme et timide. J'étais bien plus fort et je préférais prendre les coups à sa place.

Elle le regarda, bouche bée.

— Quoi ? s'exclama-t-elle, sans en croire ses oreilles.

— C'était moi le plus âgé, je me devais de veiller sur Jordan.

— C'était à ton père de trouver une façon plus constructive d'imposer sa discipline à ses enfants. Et il relevait de la responsabilité de ta mère de vous protéger tous les deux. Pourquoi laissait-elle faire ?

— Elle ne voulait pas perdre celui qui la nourrissait.

— Elle laissait son mari maltraiter ses enfants ? Tu sais que les gens vont en prison pour de telles complicités !

Elle paraissait plus que perturbée d'apprendre quelle avait été sa vie : furieuse était le mot qui convenait. Peut-être parce qu'elle considérait ses révélations en tant que mère.

— Ce n'est pas la peine de te mettre dans cet état, Ana, c'était il y a longtemps.

— C'est injuste, insista-t-elle. Tu méritais de meilleurs parents.

— Sans doute, mais les choses ne se passent pas toujours comme on le souhaiterait.

— Tu es l'homme le plus méritant que je connaisse. Nombre d'adolescents auraient mal tourné et toi, tu es devenu le directeur marketing d'une société qui vaut des milliards.

— Merci, dit-il, ému, avant d'ajouter : Tu veux connaître la dernière ? Ton père m'a quasiment proposé un poste à la Birch Energy.

Elle éclata de rire.

— Tu es sérieux ?

— Il a dit qu'il n'aimait pas l'idée que son gendre travaille pour une société concurrente.

— Est-ce que tu lui as rappelé que tu n'étais pas son gendre ?

— Je ne le suis pas encore, mais il parlait d'un futur proche.

Elle fronça les sourcils.

— Est-ce que nous avons prévu de nous marier dans un « futur proche » ? Si oui, j'ai dû manquer un épisode, dit-elle.

— A moins que tu ne veuilles pas m'épouser.

Elle se redressa et posa sa tasse sur la table basse.

— Je n'ai pas dit ça. Seulement, j'ignorais que c'était ton intention. A vrai dire, nous n'avons jamais abordé le sujet.

Avait-elle mauvaise mémoire ou bien prenait-elle un malin plaisir à lui faire répéter ses intentions les concernant ?

— Je t'ai dit que je voulais que cette relation fonctionne, que je voulais vivre avec toi. Après cet aveu, le mariage allait de soi, non ?

— Pour une femme célibataire, rien n'est jamais acquis. Autrefois aussi, tu disais être heureux avec moi. Et puis, tout à coup, tu m'as laissée tomber.

Il l'attira à lui et l'étreignit. Elle se lova contre lui, telle une boule toute chaude et douce. Elle semblait toujours si forte, si résistante qu'il oubliait parfois son côté vulnérable. Elle n'avait pas eu une enfance facile : elle avait dû se sentir abandonnée par sa mère, puis rejetée par son père. Quand il était entré dans sa vie, il l'avait séduite et délaissée à son tour… Mais cela ne se reproduirait plus jamais. Il allait lui montrer qu'il serait fidèle à sa parole, que désormais tout était différent.

— Je voulais te faire part d'une idée, commença-t-il.

— Je t'écoute.

— Je me suis dit que nous allions avoir besoin d'un plus grand espace tous les trois, une maison avec un jardin, pour Max. A cause du travail, je pensais qu'il valait mieux attendre, mais à la réflexion, nous pourrions peut-être commencer à chercher, car cela prend toujours un certain temps pour trouver le nid idéal.

Elle se redressa, comme si elle se retenait de laisser exploser sa joie, et qu'elle préférait rester encore sur ses gardes.

— Tu es sûr ? Et si nous trouvons tout de suite ?

— Dans ces conditions, nous emménagerons et je garderai

mon appartement un certain temps pour conserver la même adresse.

Elle le regardait toujours d'un air hésitant.

— Si tu n'en as pas envie, nous pouvons attendre, précisa-t-il.

— Oh, si ! J'en ai envie. Seulement, tout va si vite… Je ne veux pas te forcer la main, je veux que tu sois sûr de toi.

— Je le suis, Ana.

Il n'avait jamais encore été aussi sûr de lui de toute sa vie. Ana lui apportait l'équilibre dont il avait besoin. Il aurait été bien fou de la laisser lui échapper.

Elle lui sourit.

— Alors, c'est d'accord. Nous allons nous mettre en quête d'une maison.

— J'appellerai un agent immobilier en début d'année.

Elle s'adossa au dossier.

— Je suis épuisée, dit-elle.

— Va te mettre au lit ! Je vais éteindre les lumières et vérifier que Max dort bien.

— Entendu, fit-elle en bâillant.

Elle se leva et se dirigea vers sa chambre, tandis qu'il débranchait la guirlande électrique du sapin. Puis il alla contempler Max qui dormait sur le ventre. Comme d'habitude, il avait repoussé sa couverture.

Il le borda, puis lui donna un baiser.

Quand ils vivraient tous les trois ensemble, il pourrait faire ça tous les soirs, pensa-t-il.

Il referma la porte et, tout en regagnant la chambre d'Ana, retira sa chemise. Serait-elle trop fatiguée pour faire l'amour ? se demanda-t-il. Il eut la réponse quand il entra dans la chambre : à sa respiration régulière, il était clair qu'elle dormait.

Il se mit en pyjama et se glissa à côté d'elle. Dans son sommeil, elle vint machinalement se coller contre lui. Le réveil indiquait minuit. Quoi de plus merveilleux que de finir cette journée de Noël en tenant dans ses bras la femme qu'il aimait ?

Et pourtant, au fond de lui-même, il avait un curieux pressentiment. Tout était si parfait… N'était-ce pas trop beau pour durer ?

- 14 -

— Tout va bien entre Nathan et toi ? murmura Beth en prenant la coupe de champagne vide d'Ana pour lui en donner une autre. Vous vous êtes à peine regardés.

— C'est une stratégie, répondit-elle.

Nathan et elle étaient convenus de se retrouver dans la chambre d'amis, à l'étage, juste avant les douze coups de minuit pour se souhaiter une bonne année à l'abri des regards.

A peine s'était-elle glissée dans sa robe de cocktail rouge carmin, plus tôt dans la soirée, qu'il avait tenté de la lui enlever. Et il était vrai que, si son smoking lui allait à ravir, elle le préférait en tenue d'Adam.

Depuis Noël, il avait dormi chez elle toutes les nuits. Chaque jour, il apportait des choses supplémentaires de chez lui, et faisait livrer les vêtements qu'il donnait à laver et à repasser chez elle.

Si, un mois plus tôt, quelqu'un lui avait dit que Nathan, Max et elle vivraient plus ou moins ensemble à Noël, elle l'aurait traité de fou.

— Ce soir, vous êtes donc des rivaux, toi et lui ? fit Beth en posant la coupe vide sur le plateau d'un serveur qui passait à côté d'elle.

— Non, répondit Ana.

Puis elle jeta un coup d'œil à Nathan qui discutait avec deux couples fort élégants. Comme s'il avait senti son regard, il leva les yeux dans sa direction. A part un léger frémissement des lèvres, il ne lui envoya aucun signe.

— Juste indifférents.

Une serveuse s'approcha soudain de Beth.

— Nous commençons à manquer de serviettes en papier, dit-elle.

— Les autres paquets sont dans le garde-manger, je vais vous montrer, répondit Beth en soupirant.

Elle s'éloigna et Ana s'approcha alors de l'immense arbre de Noël. Le sien paraissait bien misérable, en comparaison. Celui-ci était si haut qu'il atteignait le plafond voûté. Il y en avait un deuxième dans le hall, au pied de l'escalier. Beth recourait toujours aux services d'un décorateur, pour Noël : il s'occupait aussi bien de l'intérieur que de l'extérieur. De nombreuses lumières blanches décoraient la maison, ainsi que les arbres et les arbustes du jardin. Nul doute que toutes ces décorations étaient visibles depuis l'espace.

— Quel sapin ! dit Nathan en se matérialisant à son côté, comme s'il faisait poliment la conversation à une invitée.

— N'est-ce pas ? approuva-t-elle.

Il ajouta alors plus bas :

— Le nôtre a l'air ridicule, à côté.

Elle lui sourit et répondit sur le même ton.

— C'était justement ce que j'étais en train de penser.

— L'année prochaine, nous ferons mieux.

— Si nous en voulons un aussi grand, il nous faudra un plafond en voûte.

— Faut-il mettre cette condition sur la liste ?

En vue de l'achat de leur maison, ils avaient commencé à établir la liste des caractéristiques qu'elle devrait présenter. Nathan avait même effectué des recherches en ligne et il avait repéré plusieurs propriétés susceptibles de correspondre à leurs souhaits.

Elle aurait aimé se défaire de l'impression que tout allait trop vite…

Etait-ce parce qu'elle avait été trop souvent blessée par le passé, ou bien était-ce son instinct qui lui disait que quelque chose allait déraper. Elle ne savait pas très bien.

— Ana Birch ? fit une voix juste derrière elle.

Elle se retourna pour découvrir une femme rondelette, de

petite taille et au visage vaguement familier. Sa coupe courte accentuait ses rondeurs et elle portait une robe qui aurait mérité une taille de plus.

— Oui ?

— C'est moi, Wendy Morris ! s'exclama la femme avec grand enthousiasme. Nous étions ensemble à St. Mary's School.

Il lui fallut quelques secondes pour faire le rapprochement avec la jeune fille pétillante qui cherchait toujours à se faire apprécier par les élèves les plus populaires et qui en devenait pénible.

— Wendy ! Comment vas-tu ? Cela fait une éternité ! s'exclama-t-elle à son tour.

— Je m'appelle Wendy Morris-Brickman, maintenant, dit-elle fièrement en brandissant son alliance juste sous son nez.

Puis elle tournoya sur elle-même et s'écria :

— Chéri, viens par ici !

Un homme de l'âge de Nathan, le cheveu rare et portant des lunettes rondes, dans un smoking légèrement trop étroit pour sa silhouette enrobée, traversa la pièce. Wendy s'empressa de le prendre par le bras, d'un air satisfait.

— Je te présente David Brickman, mon mari. David, voici Ana Birch, une amie du lycée.

« Amie » était sans doute un terme exagéré, mais elle ne la corrigea pas. Elle serra la main que lui tendait son mari, une main molle et moite.

— Ravi de vous rencontrer, dit-il.

Elle constata alors qu'il ne la regardait pas, mais qu'il avait le regard fixé sur Nathan, qui se trouvait toujours à côté d'elle.

Ce fut alors que Wendy demanda :

— Et c'est ton…

— Nathan Everette ! coupa Nathan, en lui serrant la main.

Puis il voulut saluer David qui le regarda d'un air hésitant, le visage soudain rouge de colère.

— Vous ne savez pas qui je suis, n'est-ce pas ? demanda-t-il.

Nathan cligna des paupières et elle vit clairement qu'il faisait des efforts pour fouiller sa mémoire.

— Nous étions à Trinity Prep, ensemble, précisa David d'un ton hautain.

Ana fut choquée par son dédain, et se demanda qui pouvait bien être cet homme, et pourquoi il était si ouvertement hostile. Nathan avait dû le reconnaître, car il devint soudain livide.

— David, bien sûr, dit-il du bout des lèvres.

Elle eut l'impression qu'il allait se sentir mal.

— Allons-y, ma chérie, décréta David.

Et il entraîna sa femme dans une direction opposée, celle-ci ne comprenant visiblement pas ce qui se passait.

— Qu'est-ce que tout ça veut dire ? murmura Ana.

— Je t'expliquerai plus tard, répondit Nathan.

Et il s'éloigna.

Elle ne pouvait malheureusement pas lui courir après sans éveiller des soupçons, mais elle voulait savoir ce qui se passait. Peut-être que Beth aurait une petite idée.

Elle avala d'une traite le reste de son champagne, puis se rendit dans la cuisine. Sa cousine ne s'y trouvait pas… et n'était nulle part en vue. Elle s'en étonna. Beth était l'hôtesse parfaite qui ne disparaissait pas au beau milieu de la fête qu'elle donnait.

Elle trouva Leo dans son bureau, en train de montrer ses coupes de football à ses amis.

— Tu n'aurais pas vu Beth ? questionna-t-elle.

— Elle doit être allée se remettre du rouge à lèvres, dit-il.

Sans attendre, elle monta à l'étage et tomba sur la porte fermée de la chambre. Elle frappa doucement.

— Je descends dans une minute, répondit Beth à travers la porte.

— C'est Ana. Tout va bien ?

Un silence s'ensuivit, puis la porte s'ouvrit. Beth avait les yeux rouges comme si elle avait pleuré et son maquillage avait coulé.

— Beth, qu'est-ce qui ne va pas ?

Celle-ci l'attira dans sa chambre et referma derrière elles.

— Rien, je me suis un peu effondrée. Je vais me remettre.

— Qu'est-ce qui s'est passé ?

Beth s'assit sur le rebord de son lit.

— Rien, ce n'est rien.

— Non, ce n'est pas *rien* puisque tu pleures.

— C'est Leo, finit par dire Beth. Tu sais comment sont les hommes.

— Qu'est-ce qu'il t'a fait ?

— Je suis allée chercher les serviettes, dans le garde-manger, et il s'y trouvait…

Devant le regard interrogateur d'Ana, elle ajouta d'une voix tremblante :

— En compagnie d'une secrétaire juridique de sa société.

— Et j'imagine que ce n'était pas pour les serviettes !

Beth eut un éclat de rire entre deux sanglots.

— Elle était en soutien-gorge !

— Oh ! le s… ! s'exclama Ana, furieuse.

Elle l'avait vu deux minutes plus tôt, et il ne paraissait pas avoir le moindre remords. Elle avait toujours cru que Leo était un père et un mari parfaits, et que Beth et lui formaient un couple idéal. Quelle désillusion !

— Tu penses que c'était un égarement passager, ou qu'il a une liaison ?

— Il est rentré très tard du bureau, le mois dernier, et il allait toujours prendre ses appels sur son portable dans le bureau. Pour tout te dire, nous n'avons plus de vie sexuelle. J'imagine qu'elle est la nouvelle saveur du mois.

— Du mois ? Tu veux dire que ce n'est pas la première ?

— En général, il est plus discret, il ne les ramène jamais à la maison. Il dit toujours qu'il est sincèrement désolé, et que ça ne se reproduira plus. Mais cela ne l'empêche pas de recommencer ! Je pensais que quand nous serions mariés, il cesserait, que je lui suffirais.

Ana en resta bouche bée. Leo trompait déjà Beth à l'université et elle l'avait quand même épousé !

— Beth, pourquoi est-ce que tu acceptes qu'il te traite comme ça ?

— Je l'aime, et puis est-ce que j'ai le choix ? Je ne veux pas être une mère divorcée. Mes parents adorent Leo. Il vient d'une bonne famille et il a une carrière de rêve. Ils seraient horrifiés.

Ana aimait beaucoup sa tante et son oncle, mais elle les jugeait bien trop attachés aux apparences.

— Envoie tes parents promener ! s'écria-t-elle. Tu dois agir en fonction de tes intérêts à toi.

Beth se tamponna les yeux.

— Je ne suis pas comme toi, Ana. Je n'ai pas ta force et je déteste être seule.

— Tu me crois forte ? Je t'assure que j'ai toujours besoin d'être rassurée. Mais je préfère être seule et malheureuse, que vivre avec un homme qui n'a aucun respect pour moi. Tu mérites bien mieux que lui. Et pense à l'image que tu renvoies à ta fille !

— Elle ne sait rien, elle est trop petite.

— Aujourd'hui peut-être, mais elle finira par comprendre, si rien ne change. Tu veux qu'elle croie que ce n'est pas grave, quand un mari trompe sa femme ? Tu veux qu'elle endure ce que toi tu vis actuellement ?

Beth se mordit la langue et secoua la tête.

— Je te déçois, Ana ?

— Bien sûr que non ! Je t'aime et je serai toujours de ton côté. Je veux juste que tu sois heureuse.

— Il avait vraiment l'air désolé, il m'a dit qu'il allait tout de suite mettre un terme à cette liaison, et que cela ne se reproduirait plus jamais. Peut-être que cette fois, il était sincère.

Ana retint un soupir. Pourquoi Leo changerait-il, puisque les seules répercussions de ses actions, c'était de faire le malheur de sa femme toute dévouée.

— Beth, il faut que tu réagisses. Si tu ne veux pas le quitter, dis-lui que vous devez consulter un psy, tous les deux.

— Mais mes parents…

— Oublie tes parents, d'accord ? Fais ce qui est le mieux pour toi et Piper.

Elle prit la main de Beth et la serra tendrement.

— Je te soutiendrai, et je t'aiderai, lui dit-elle.

— Je vais y réfléchir, promit Beth.

Redressant les épaules, elle ajouta :

— Il faut que je me remaquille, les invités m'attendent. Il va bientôt être minuit.

A contrecœur, Ana quitta la chambre de son amie pour se diriger vers l'escalier, espérant qu'elle finirait par la convaincre qu'elle n'avait pas à subir un tel traitement. Surtout de la part d'un homme qui était censé l'aimer.

Elle faillit se heurter à Nathan qui arrivait à cet instant-là sur le palier.

— Où est-ce que tu vas ? lui demanda-t-il à voix basse, même s'il n'y avait personne susceptible de les entendre.

— Allons au deuxième ! déclara-t-elle. Il faut que nous parlions. Tu n'imagines pas ce qui s'est passé.

— J'allais partir, lui annonça-t-il alors.

— Partir ? Mais Jenny garde Max pour la nuit. Nous pouvons rentrer aussi tard que nous voulons.

— Je n'ai plus le cœur à m'amuser.

Que s'était-il encore passé ? Comment une soirée qui avait si bien commencé pouvait-elle brusquement dégénérer ?

— C'est à cause de David Brickman ? questionna-t-elle. Pourquoi a-t-il été aussi odieux avec toi ?

— C'est une longue histoire.

— Raconte-la-moi, dit-elle.

Et, l'attrapant par le bras, elle l'entraîna au deuxième étage, dans la chambre d'amis où ils s'étaient donné rendez-vous.

Une fois à l'intérieur, il lui demanda :

— Et toi, qu'est-ce qui t'est arrivé ?

— A moi, rien, c'est Beth… Elle a surpris Leo en fâcheuse posture dans l'arrière-cuisine avec une de ses collègues. Elle m'a dit qu'il la trompait depuis des années. Même à l'université, quand ils n'étaient pas encore mariés.

— Je sais.

Elle en demeura stupéfaite.

— Tu savais ?

— J'ai été son colocataire pendant deux ans, et il n'était pas vraiment discret.

— Pourquoi est-ce que tu n'as jamais rien dit ?

\— Qu'est-ce que je pouvais dire ? Qui suis-je pour juger les autres ?

\— Tu cautionnes ce genre de comportement ?

Il poussa un soupir.

\— Bien sûr que non.

\— Comment peux-tu être ami avec un homme comme lui ?

\— Ce n'est pas moi qu'il trompe. La vie sexuelle de Leo ne me regarde pas.

A son tour, elle exhala un long soupir.

\— Tu as raison, je ne voulais pas m'en prendre à toi. Seulement, je suis en colère ! Contre Leo parce qu'il a blessé Beth, et contre Beth parce qu'elle accepte une telle situation.

\— Je sais.

Soudain, il l'attira à lui, et elle se sentit tout de suite mieux. C'était exactement ce dont elle avait besoin.

Elle posa la tête sur le revers de sa veste, inhala l'odeur de son après-rasage. Il avait le don de l'apaiser et elle savait qu'il ne la tromperait jamais.

\— Alors, c'est quoi cette histoire avec David Brickman ? A propos, je n'étais pas « amie » avec sa femme, on fréquentait le même lycée, c'est tout. Je la connais à peine, mais visiblement elle a très mauvais goût en matière d'hommes.

\— Le comportement de Brickman était totalement justifié, déclara Nathan contre toute attente.

\— Pardon ? Mais qu'est-ce que tu as bien pu lui faire ?

\— Il y a des aspects de ma vie que je ne t'ai jamais révélés, Ana. Des choses que j'aurais préféré oublier…

\— C'est-à-dire ?

\— Tu sais, à l'école, il y a les faibles et ceux qui profitent de leur faiblesse, qui cherchent la bagarre.

\— Et ce David, c'était ce qu'il faisait ? Vu sa taille, je me demande comment il pouvait impressionner les autres.

\— Ce n'était pas lui, mais moi.

Incrédule, elle se mit à rire. C'était complètement ridicule !

\— Nathan, tu es l'homme le plus charmant et le plus patient que j'aie jamais rencontré.

\— Ça n'a pas toujours été le cas. Mon père me rudoyait à

la maison, et moi je malmenais mes camarades à l'école, les plus faibles, les plus petits. Mon thérapeute m'a dit que je me sentais puissant, en agissant ainsi.

— Tu as fait une thérapie ?

— Au lycée… Cela faisait partie de ma mise en liberté surveillée.

Elle crut défaillir… De quoi lui parlait-il ?

— Pardon ? parvint-elle à articuler.

— Après que j'ai envoyé mon père à l'hôpital, continua-t-il.

Le souffle coupé par une telle révélation dont elle avait du mal à évaluer la portée, elle demanda :

— Que s'était-il passé ?

Il s'assit sur le bord du lit et elle l'imita.

— J'avais été exclu du lycée pour quelques jours parce que je m'étais bagarré. Ce n'était pas une première, et comme toutes les autres fois, cela m'avait valu une correction de la part de mon père. Mais ce jour-là, je ne sais pas ce qui m'a pris, j'ai craqué et je lui ai rendu les coups. Au premier coup de poing qui l'a atteint, il s'est effondré sur la commode et il s'est ouvert le crâne. J'ai été arrêté pour coups et blessures volontaires.

— C'était plutôt un cas de légitime défense.

— Ce n'est pas ce qu'ont estimé les policiers. Evidemment, ils ne connaissaient pas toute l'histoire, mais ma mère a pris le parti de mon père.

C'était affreux…

— Ce fut la dernière fois qu'il a levé la main sur moi, et puis la thérapie m'a fait le plus grand bien, continua-t-il. Cela m'a appris à gérer mes colères. Même si, aujourd'hui encore, je dois parfois lutter pour me contrôler.

Elle-même avait plusieurs motifs de colère, à cet instant précis. Entre le mari de Beth et les parents de Nathan, elle commençait à croire qu'il n'y avait pas de justice dans ce monde. Mais le pire, c'était qu'elle avait la sensation qu'en dépit de tout ce qu'il avait surmonté et accompli, Nathan avait toujours une très mauvaise image de lui.

Et elle doutait d'être capable de le faire changer d'avis.

- 15 -

En salle de conférences avec son équipe, Nathan finalisait le spot publicitaire de la Western Oil destiné à la télévision, quand Adam l'appela.

— Il faut que je te parle, lui dit-il, sur un ton qui ne laissait rien présager de bon.

— Cela ne peut-il pas attendre ? demanda-t-il. Nous avons presque terminé.

— Non, je veux te voir tout de suite.

— Très bien, j'arrive.

Il pria son équipe de terminer sans lui, puis regagna le bureau d'Adam, inquiet. Il espérait que les enquêteurs n'avaient pas trouvé de nouvelles preuves accablant Jordan. Après avoir passé Noël avec lui et l'avoir vu jouer avec Max, il espérait que son frère et lui pourraient renouer et arriveraient à entretenir une bonne relation.

— Entrez tout de suite, lui dit la secrétaire d'Adam.

Ce dernier était assis derrière son bureau, fauteuil tourné vers la fenêtre. Il l'avait cependant entendu entrer car, sans bouger, il déclara :

— Ferme la porte.

Il s'exécuta.

— Assieds-toi, ajouta Adam.

Il prit un siège, un peu surpris qu'Emilio n'ait pas été lui aussi convoqué, et se demandant bien pourquoi Adam était aussi laconique. Au bout d'une minute de silence, il n'y tint plus.

— Est-ce que je suis censé deviner pourquoi tu m'as fait appeler ? questionna-t-il.

Adam daigna enfin se tourner vers lui, le visage de marbre.

— J'ai reçu des nouvelles perturbantes, annonça-t-il alors.

— Des enquêteurs ?

— Elles émanent d'une autre source. Mais elles sont en relation avec l'enquête.

— C'est au sujet de Jordan ?

— Non, c'est à *ton* sujet.

Il sentit son pouls s'accélérer brusquement.

— Il s'agit de moi ?

— On m'a dit que tu avais des liens avec la Birch Energy, lui apprit Adam. Que tu avais une relation avec la fille du directeur et que tu avais récemment eu un rendez-vous avec Walter Birch en personne. Est-ce que c'est vrai ?

Et dire qu'il espérait encore, il y avait quelques minutes, que sa relation avec son frère allait se pacifier. Quel traître, ce Jordan ! Car, la « source », ce ne pouvait être personne d'autre que lui.

Il serra les poings de rage. Il ne pouvait se permettre de laisser éclater sa colère dans le bureau d'Adam.

— Je n'ai pas eu de rendez avec Walter Birch, déclara-t-il. Nous avons passé Noël ensemble, chez sa fille.

Adam fronça les sourcils.

— Pourquoi ?

— Parce que je sors avec Ana Birch, dit-il. Et que nous avons un fils.

Il avait dit ces mots sur un ton très plat, et Adam parut sincèrement stupéfait.

— Depuis quand ?

— Je l'ai découvert il y a peu, dit-il. Cela remonte à un mois. Je n'avais pas vu Ana Birch depuis un an et demi.

— Donc, tu n'étais pas en contact avec elle au moment de l'explosion.

— Non.

Adam parut soulagé.

— Cette source ne m'a pas dit de façon explicite que tu étais le saboteur, mais elle le sous-entendait fortement.

— Je sais qui est cette « source », déclara-t-il alors. A

part Walter Birch, mon frère est la seule personne qui soit au courant de ma relation avec Ana. Il était là, lui aussi, pour Noël, lors de ce qu'il appelle mon « rendez-vous » avec Birch.

— Il semblait réellement inquiet, Nathan.

— Dis plutôt qu'il ne pense qu'à gagner en me mettant hors jeu. Et il est prêt à tout pour y arriver, y compris à faire de fausses déclarations contre son propre frère.

La mesure était comble. Dès qu'il sortirait du bureau d'Adam, il irait lui dire sa façon de penser. Et ce serait sans doute la dernière fois qu'ils se verraient.

— Ta relation avec la fille de Birch est-elle sérieuse ? reprit Adam.

— Nous avons l'intention de nous marier. Mais cela n'affectera nullement ma loyauté envers la Western Oil.

— Pour ma part, je te crois, mais il ne va pas être aisé de convaincre le reste du conseil d'administration. Tu ne peux nier qu'il y a un conflit d'intérêts.

— Est-ce que tu veux dire que mon poste est en jeu ?

— Tant que je suis P.-D.G., tu n'as rien à craindre. Mais si le conseil d'administration a vent de cette liaison, tu peux dire adieu au poste que tu convoites.

— En d'autres termes, je suis hors course ?

— *Si* le conseil l'apprend. Je ne vais rien leur dire, mais il se peut malgré tout que l'information finisse par se savoir, et que le conseil en conçoive une inquiétude légitime, dans le contexte de l'explosion. Notre première réunion de l'année aura lieu mercredi prochain. Si le sujet est à l'ordre du jour, je ferai tout pour minimiser l'affaire, mais je ne peux rien te promettre quant à leur réaction pour le poste de directeur.

Et dire qu'il avait mené une si longue bataille pour voir ses espoirs anéantis comme un rien par son propre frère…

Il prit congé d'Adam et fila droit dans le bureau de Jordan, en proie à une colère grandissante.

— Est-ce que mon frère est dans son bureau ? demanda-t-il à sa secrétaire.

— Oui, mais il a demandé qu'on ne le dérange pas.

Le contraire l'aurait étonné ! pensa-t-il en se dirigeant droit vers son bureau, malgré les protestations de la secrétaire. Il en ouvrit brutalement la porte. Jordan était assis dans son fauteuil, téléphone à la main, dans une position décontractée. Il bondit sur ses pieds en voyant son frère.

— Est-ce que je peux te rappeler ? dit-il à son interlocuteur.

Puis il raccrocha.

— Eh bien, Nathan, tu ne sais pas qu'on doit frapper avant d'entrer ? enchaîna-t-il.

Il referma la porte derrière lui.

— Espèce de sale traître !

Jordan leva un sourcil.

— Il y a un souci ?

— Ne fais pas insulte à mon intelligence, s'il te plaît ! le prévint-il. Tu penses vraiment que je ne sais pas que c'est toi qui m'as dénoncé ? C'est ça, ta conception d'une bataille équitable ?

Jordan haussa les épaules.

— Je ne vois pas où est le problème.

— Ah bon ? Cela ne te pose aucun problème d'avoir trahi ton propre frère ?

Jordan contourna son bureau, l'air flegmatique.

— Cela n'a rien à voir avec le fait que nous soyons frères, ce sont les affaires, c'est tout. Je pensais que tu faisais la différence.

Nathan se planta devant son frère.

— Tu m'as menti en me regardant droit dans les yeux, Jordan. Après tout ce que j'ai fait pour toi quand nous étions enfants. Dire que je t'ai toujours protégé et que…

— Qui t'avait demandé de le faire ? l'interrompit Jordan avec une brusquerie qui le surprit. Je n'avais pas besoin de ton aide, d'ailleurs, je ne te l'ai jamais demandée.

— Il n'y a que toi qui compte, n'est-ce pas ? Les autres n'existent donc pas, à tes yeux ?

— Je vais te battre, Nathan. Et cela n'a rien à voir avec l'expérience, l'éducation ou la force. Le fait est que ce n'est pas moi qui couche avec la fille de notre principal concurrent.

Il s'approcha un peu plus de son frère et ajouta :

— Et d'après ce que j'ai lu, tu n'es probablement pas le seul.

Avant qu'il ne puisse se contrôler, Nathan envoya à Jordan son poing sur la figure…

Finalement, il en était toujours au même stade, incapable de contrôler la colère qui sans prévenir le submergeait. Après avoir passé toute son enfance à protéger son petit frère des coups, il n'aurait jamais cru qu'un jour il en viendrait à le frapper.

Jordan sortit un mouchoir de la poche de sa veste et tamponna sa bouche qui saignait un peu. Un sourire éclairait malgré tout son visage.

— Après tout ce temps passé en thérapie, je vois que tu en es toujours au même point que *lui*.

Il avait su trouver les paroles précises qui s'enfoncèrent comme un poignard dans son cœur. Son frère avait raison… Après toutes ces années, n'avait-il pas encore compris que l'on ne résolvait rien par la violence ?

Et si un jour Ana, ou Max, le mettaient hors de lui, perdrait-il son sang-froid et les frapperait-il eux aussi ? Il pensait que le contact d'Ana l'avait transformé, avait fait de lui un homme meilleur, mais il s'était sacrément trompé !

Il sortit précipitamment du bureau de Jordan et se dirigea vers l'ascenseur, aveugle aux personnes qu'il croisait sur son passage. Quel genre d'homme serait-il s'il mettait son propre enfant et la mère de celui-ci en danger ?

La réponse était simple : un monstre.

Il appuya sur le bouton qui menait au parking et se rendit chez Ana en mode automatique. Par chance, ni elle ni Max n'étaient à la maison.

Il alla directement dans la chambre et commença à rassembler ses affaires, tout en se demandant comment il avait pu en apporter autant en si peu de temps.

Il était dans la salle de bains, en train de prendre sa brosse à dents et son rasoir, lorsque Ana se dessina sur le seuil.

— Qu'est-ce que ton sac fait…

Apercevant son visage, elle sursauta littéralement.

— Nathan ! Pourquoi es-tu si blanc ? Qu'est-ce qui s'est passé ?

Ana était certaine qu'il allait lui annoncer le décès d'un proche.

— Je dois partir, articula-t-il.

— Pourquoi ? Où est-ce que tu vas ?

— Je retourne chez moi. De façon permanente, précisa-t-il.

A ces mots, elle sentit le sang refluer de son visage, et son cœur se mit soudain à cogner comme un fou dans sa poitrine.

— Tu me laisses tomber ?

— Il faut que tu me croies quand je te dis que tu seras plus heureuse sans moi. Et Max aussi.

Passant devant elle, il revint dans la chambre et jeta ses affaires de toilette dans son sac.

Ce n'était pas possible... Elle était en train de vivre un véritable cauchemar... Il ne pouvait pas la quitter une deuxième fois !

— Nathan, je t'en prie, dis-moi ce qui s'est passé, l'implora-t-elle en déglutissant avec difficulté. J'ai fait quelque chose de mal ?

— Tu n'as rien fait, dit-il en fermant son sac. Jordan m'a dénoncé.

Elle s'en doutait. Elle avait toujours su qu'on ne pouvait pas faire confiance à son frère.

— Alors tu me quittes pour pouvoir rester en lice au poste de directeur ?

— Mon départ n'a rien à voir avec le travail. C'est moi. Je me suis expliqué avec Jordan, nous nous sommes disputés, et je l'ai frappé.

— Il n'a eu que ce qu'il méritait ! s'exclama-t-elle.

— Il ne faut jamais répliquer par la violence. Tu n'es pas en sécurité, avec moi dans les parages. Et Max encore moins.

— Nathan, c'est ridicule ! C'est une chose de se battre alors qu'il n'y avait pas provocation, de rudoyer quelqu'un. En l'occurrence, Jordan t'a trahi et tu as perdu ton sang-froid. Tu serais incapable de nous faire le moindre mal, à Max ou à moi.

— Comment peux-tu en être certaine ? Est-il prudent de courir le risque ?

— J'en suis sûre à cent pour cent.

— Eh bien, pas moi !

Prenant son sac de voyage, il se dirigea vers la porte.

Elle le suivit.

— Non ! s'écria-t-elle, au désespoir. Tu ne vas pas recommencer ! Tu ne peux pas me faire ça une deuxième fois.

Il ouvrit la porte d'entrée. Elle se précipita pour la refermer.

— Il faut que nous parlions de tout ça, Nathan, dit-elle d'un ton haletant.

Lorsqu'il baissa les yeux vers elle, elle fut frappée par son air fatigué. Fatigué et résigné. La même expression que la dernière fois, quand il avait rompu. Elle comprit qu'il ne changerait pas d'avis.

— Il n'y a rien à dire, répondit-il.

La douleur qu'elle ressentit fut si intense qu'elle manqua s'écrouler à terre.

— Tu avais dit que tu ne me ferais pas souffrir, lui rappela-t-elle dans un murmure.

— Je pensais avoir changé, mais je me suis trompé.

— Et Max ? Il a besoin de toi, plaida-t-elle.

Il secoua la tête.

— Il s'en sortira mieux sans moi.

Il posa la main sur la poignée, sans la regarder. Elle aurait pu continuer à lui bloquer le passage, mais où cela les aurait-il menés ? Dans sa tête, il était déjà parti. Franchir le seuil n'était qu'une pure formalité.

Elle s'écarta et il rouvrit la porte. Il avait posé un pied sur la terrasse quand elle lui cria :

— Si tu pars, c'est fini pour toujours. Je ne te donnerai pas une autre chance. Ni avec moi ni avec Max. Si tu t'en vas aujourd'hui, tu sors définitivement de sa vie.

Il s'immobilisa, un pied encore à l'intérieur, et contre toute attente, elle sentit l'espoir renaître. Peut-être que ses paroles l'avaient fait réagir, lui avaient redonné un semblant de raison.

Il se retourna, la regarda dans les yeux, et elle sentit son pouls battre plus fort…

— Je suis désolé, Ana, dit-il.

Et il franchit le seuil de sa maison.

*
* *

Après avoir quitté Ana, ce soir-là, Nathan avait roulé pendant des heures. Incapable de revenir à son domicile, il avait fini par louer une chambre d'hôtel, et c'était là qu'il vivait depuis une semaine. Au travail, il fonctionnait en pilotage automatique.

Ana et Max lui manquaient. Il ignorait qu'il était possible d'éprouver une telle douleur dans la poitrine. C'était comme s'il y avait un immense trou dans son cœur, dans son âme… Sans Ana et Max, la vie n'avait plus aucun sens.

Il n'avait pas reparlé à son frère depuis qu'ils s'étaient affrontés, mais le mercredi matin, Jordan frappa à la porte de son bureau. Il fut tenté de lui dire d'aller au diable. Toutefois, comme son frère l'avait souligné, il ne fallait pas mélanger travail et vie privée. Au bureau, il n'avait pas d'autre choix que de lui parler.

— Tu as une minute ? demanda Jordan.

Il lui fit signe d'entrer.

— Le conseil se réunit cet après-midi, dit-il.

— Je sais.

— Tu crois sans doute que j'ai l'intention de le mettre au courant de ta relation avec Ana.

— Exact.

— Sache que j'ai changé d'avis. Je ne le ferai pas.

— Et je suis censé te remercier ?

— Non. Je voulais juste t'en informer.

— De toute façon, ça n'a plus d'importance. Nous avons rompu la semaine dernière.

Jordan parut sincèrement interloqué.

— Vous avez rompu ? Pourquoi ?

— Qu'est-ce que ça peut te faire ?

— Nathan, si c'est à cause de ce que j'ai dit…

— Quand tu as insinué que la femme que j'aimais était une traînée ?

Jordan hocha la tête, il paraissait rongé par le remords.

— Je cherchais juste à te blesser, avoua-t-il alors. Je ne pensais pas que tu prendrais mes paroles au sérieux.

— Alors tu seras soulagé d'apprendre que notre rupture n'a rien à voir avec tes allégations.

— Je suis désolé que ça n'ait pas marché, entre vous. Et Max, dans tout ça ?

— Je ne le vois plus non plus.

— Quoi ? Elle t'empêche de voir ton fils ?

— C'est moi qui ai fait ce choix.

— Tu es devenu fou ? Tu aimes cet enfant, et il t'adore. Je ne t'ai jamais vu aussi heureux qu'en sa compagnie.

— C'est le seul moyen pour qu'ils soient en sécurité.

— En sécurité ? Par rapport à qui ?

— A moi. Comme tu l'as dit, je suis comme *lui*.

Jordan roula les yeux au ciel.

— Nathan, ce n'étaient que des paroles en l'air. Je voulais te faire du mal, te provoquer pour que tu me frappes.

— Quoi ? Tu voulais que je te frappe ?

— Parce que je savais qu'après, tu te sentirais misérable. Parce que…

Il reprit sa respiration, puis poussa un long soupir.

— En fait, je ne sais pas… C'est comme si je portais un fardeau sur mes épaules depuis des années.

— Je sais que tu m'en veux, Jordan. Pourtant, j'ai pris…

— Tu as pris soin de moi, bien sûr. Tu me défendais contre le monde entier. Mais est-ce qu'il ne t'est jamais venu à l'idée de m'apprendre à me battre, au lieu de le faire à ma place ? Je n'avais peut-être pas envie que tu sois mon sauveur !

Il fut sidéré par de telles paroles. Pendant toutes ces années, il avait eu l'impression de rendre service à son frère en le protégeant. En réalité, avait-il fait plus de mal que de bien ?

— Comme j'étais ton aîné, j'imaginais qu'il relevait de ma responsabilité de prendre soin de toi…

— Est-ce que tu as la moindre idée de la culpabilité que je ressentais quand papa se défoulait sur toi pour une bêtise que j'avais commise ? Au bout d'un moment, je me suis mis à t'en vouloir de penser que j'étais trop faible pour me défendre. J'en suis arrivé au point où cela me faisait plaisir de te voir prendre les coups pour moi. Je voulais que tu te sentes aussi faible et petit que moi.

— Jordan, je cherchais juste à t'aider… Je n'avais aucune idée que tu éprouvais de tels sentiments.

Jordan haussa les épaules.

— Eh bien, maintenant, tu le sais ! Et puis, tu ne dois pas gâcher ta relation avec Ana et Max. Tu le regretterais pour le reste de ta vie.

— Je le regretterais bien plus si je leur faisais du mal.

— Mais tu ne vas pas leur faire de mal ! Pas physiquement, du moins. Il y a des années que je te provoque, depuis que nous sommes adultes, et regarde combien de temps il t'a fallu pour me donner un coup de poing ! Et si tu avais vu ta tête, après…

Jordan eut un petit rire.

— On aurait dit que tu venais d'écraser un chiot avec ta voiture. Ce seul spectacle valait d'avoir un peu mal à la mâchoire.

Alors, pour la première fois depuis une semaine, il sourit.

— J'avais vraiment l'air si dépité ?

— Oui, et je suis étonné qu'après tout ce que je t'ai fait endurer, tu ne me détestes pas, et que tu sois encore là pour moi. Si je t'appelle à 3 heures du matin, d'un bar, pour te dire que je suis trop ivre pour rentrer, tu accours… A bien y réfléchir, cela fait de toi le plus faible d'entre nous.

— Parce que moi, si je t'appelais d'un bar à 3 heures du matin…

— Je te dirais de prendre un taxi pour rentrer et je me rendormirais !

Jordan fanfaronnait, il viendrait le provoquer, il en était sûr. S'il se fichait de lui, ils n'auraient pas eu cette conversation. Peut-être que tout n'était pas perdu entre eux.

— Cela ne change rien à notre bataille pour le poste de directeur, poursuivit Jordan. C'est moi qui vais gagner, et ensuite je serai ton patron. Tu vas voir comme tu vas bien t'amuser.

— Il faudra d'abord me passer sur le corps.

Jordan lui adressa un petit sourire narquois, puis sortit de son bureau.

Il resta à fixer le vide pendant quelques instants, essayant d'analyser ce qui venait de se passer, ce qui avait été réglé, mais il avait l'impression que les murs se refermaient sur lui… Il avait besoin de sortir d'ici, de prendre l'air, de se rafraîchir les idées et de vraiment réfléchir.

S'emparant de son manteau, il sortit de son bureau et ordonna à sa secrétaire d'annuler tous ses rendez-vous. Il reviendrait le lendemain, lui assura-t-il.

En réalité, rien n'était moins sûr. Il se pouvait tout à fait qu'il se mette au volant de sa voiture, choisisse une direction au hasard et ne revienne jamais.

Après avoir tourné en rond pendant un bon moment avec sa Porsche, il se retrouva à l'endroit auquel il s'attendait le moins au monde : la demeure de son père.

- 16 -

La propriété de la famille Everette avait exactement le même aspect que dix ans plus tôt, c'est-à-dire la dernière fois que Nathan l'avait vue. Et pourtant, cette constatation ne le consolait pas.

Il ignorait pourquoi ses pas l'avaient guidé ici, et ce qu'il allait faire, mais soudain il se retrouva hors de la voiture, en train de se diriger vers la porte d'entrée. C'était comme s'il poursuivait une trajectoire sur laquelle il n'avait aucun contrôle.

Il grimpa les marches de la terrasse, leva la main pour frapper, mais laissa retomber son bras.

Qu'était-il en train de faire ? S'il avait soigneusement évité cette maison depuis dix ans, s'il avait soigneusement évité son père, c'était pour une bonne raison. Cette visite inopinée ne résoudrait rien.

Dans un sursaut de lucidité, il pivota sur ses talons, fit mine de partir… Mais il n'alla pas plus loin que la première marche. Au fond de lui-même, il savait que tant qu'il ne se serait pas expliqué avec son père, il ne pourrait pas aller de l'avant. Il douterait toujours de lui-même. Il devait affronter son père, pour lui-même et pour Max.

Alors, avant de changer d'avis, il fit demi-tour, et cette fois, frappa à la porte.

La gouvernante vint ouvrir. Quand elle le vit, elle plaqua la main sur sa poitrine, interdite. Elle avait pris quelques kilos et sa chevelure avait blanchi, se fit-il la réflexion.

— Nathan ! Cela fait des années…

— Bonjour, Sylvia. Est-ce que mon père serait ici, par hasard ?

— Vous avez de la chance, il se remet d'un rhume et il travaille à la maison.

— Est-ce que vous pouvez m'annoncer ?

— Bien sûr ! Entrez, et donnez-moi votre manteau.

— Je ne vais pas rester longtemps, prévint-il.

Elle se dirigea vers le bureau tandis qu'il regardait autour de lui. Contrairement à l'extérieur, l'intérieur avait été entièrement réaménagé : les couleurs tapageuses dont sa mère raffolait avaient disparu et l'ensemble correspondait plus au style du Texas. Sans doute l'une des multiples femmes de son père avait-elle des talents de décoratrice.

— Nathan ! Quelle surprise !

Réprimant un sursaut, il se tourna vers son père qui s'avançait vers lui, l'air stupéfait.

Il s'attendait à le retrouver tel qu'il l'avait laissé, dix ans plus tôt, aussi fut-il étonné de constater qu'il avait sacrément vieilli. Il avait désormais les cheveux plus sel que poivre, et son visage était sillonné de rides. Il semblait aussi avoir perdu quelques centimètres. Il présentait une version amoindrie de lui-même et ne ressemblait plus guère au monstre qu'il avait gardé en mémoire.

— Bonjour, papa.

— Je ne t'embrasse pas, car je suis enrhumé et je ne voudrais pas te donner mes microbes, dit-il.

— Merci.

— Allons dans mon bureau, proposa son père. Tu veux boire quelque chose ?

— Je ne peux pas rester longtemps.

— Ton frère m'a dit que vous briguiez tous deux le poste de président-directeur général, à la Western Oil.

— Je ne suis pas venu te voir pour parler de Jordan, s'empressa-t-il de préciser.

Son père hocha la tête et mit ses mains dans ses poches.

— Très bien. Pourquoi es-tu venu, au juste ?

— C'était une mauvaise idée ! déclara-t-il soudain. Je suis désolé de t'avoir dérangé.

Sur ces paroles, il fit volte-face et se dirigea vers la porte, avant de se rendre compte qu'il ne pouvait repartir sans avoir obtenu certaines réponses.

De nouveau, il se tourna vers son père.

— J'ai un fils, annonça-t-il.

Son père cligna les yeux de surprise.

— Je l'ignorais… Quel âge a-t-il ?

— Neuf mois, et il s'appelle Max.

— Félicitations !

— C'est un enfant adorable. Il me ressemble beaucoup physiquement, mais il a les yeux de sa mère. Il a la marque de naissance des Everette.

Il sentit un nœud d'émotion lui serrer la gorge quand il ajouta :

— Je l'aime plus que tout au monde, mais il est probable que je ne le revoie jamais.

— Pourquoi ?

— Parce que j'ai peur de lui infliger ce que toi tu m'as fait subir, enfant.

Il n'avait pas prévu de vider son sac de façon aussi brutale, et visiblement son père ne s'y était pas non plus attendu.

— Allez, viens t'asseoir, nous allons discuter un peu, fit ce dernier.

— Non, je ne veux pas m'asseoir, je veux juste savoir pourquoi… Pourquoi est-ce que tu as agi comme ça ? Si je comprends pourquoi, je pourrai peut-être être différent.

— Il ne passe pas un jour sans que je regrette la façon dont je vous ai traités, ton frère et toi. J'ai bien conscience que je n'ai pas été un père formidable.

— Tes regrets ne me sont d'aucun secours.

Son père haussa les épaules.

— C'est la façon dont j'ai moi-même été élevé. C'était tout ce que je connaissais.

C'était donc une *tradition* familiale. Il ne manquait plus que ça !

— En d'autres termes, c'est une fatalité à laquelle moi non plus je ne peux pas échapper.

Son père soupira.

— Non, Nathan, j'avais le choix, seulement, j'ai choisi de ne rien changer. J'ai souffert pendant vingt ans aux côtés d'une femme que j'aimais par-dessus tout, mais qui de son côté ne s'intéressait qu'à mon argent et à mon nom. J'étais amer, j'avais le cœur brisé, et je me suis vengé sur mes enfants…

— Tu l'aimais vraiment ?

Il n'arrivait pas à le croire. Sa mère était incontestablement très belle, mais elle était froide et égoïste.

— Bien sûr que je l'aimais. Pourquoi est-ce que je l'aurais épousée, sinon ?

— Parce qu'elle était enceinte.

— Elle ne s'en est rendu compte qu'une fois que nous avons été mariés. Près de deux mois après, si ma mémoire est bonne.

— Non, c'est impossible. J'ai entendu grand-mère et tante Caroline discuter, quand j'étais enfant. Elles disaient que tu avais été *obligé* de l'épouser.

— Ta grand-mère n'a jamais aimé ta mère. Elle pensait qu'elle n'était pas digne de porter le nom des Everette. Elle était furieuse quand elle a appris que je lui avais demandé sa main. Jusqu'au dernier moment, elle a espéré que le mariage ne se ferait pas, et quand ta mère est tombée enceinte, elle a voulu croire qu'elle l'était avant le mariage, mais c'est faux.

Il commençait à penser que tout ce qu'il connaissait de sa vie était également faux, ou du moins très mal interprété. Il n'y avait qu'un seul point qui demeurait totalement incompréhensible…

— Tu as dit que c'était la façon dont tu avais été élevé, mais ton père n'est-il pas mort quand tu avais quatre ans ?

— Je ne me souviens plus réellement de lui, mais je ne me rappelle pas qu'il ait jamais levé la main sur moi. Ta grand-mère, en revanche…

Nathan pâlit. C'était déjà affreux d'être frappé par un père, mais par une mère, ce devait être encore plus traumatisant. Puis se marier à une femme que l'on aimait mais qui ne vous aimait pas… Il était logique, en un sens, qu'il ait cherché à exercer une forme de toute-puissance sur ses enfants…

— Mon fils, reprit son père, ta grand-mère était très malheureuse, et moi aussi. J'ai été un père épouvantable. Mais il n'est écrit nulle part que tu es destiné à être comme moi. C'est toi qui choisiras d'être le père que tu *veux* être.

Si c'était une question de choix, et non de fatalité, alors tout était bien plus simple… S'il faisait des erreurs, il pourrait rajuster le tir.

— Il faut que j'y aille, marmonna-t-il, comme en apnée.

Il leva les yeux vers son père, et lui trouva un air si triste que, pendant quelques secondes, il fut vraiment désolé pour lui. Brusquement, il eut la sensation de ne plus le détester.

— Peut-être que tu pourrais repasser, un de ces jours, dit son père. Je ne sais pas si ton frère te l'a dit, mais je vais me remarier.

— Il l'a mentionné.

— Qui sait ? Cette fois, ce pourrait être la bonne.

— Je pourrais peut-être venir avec Max…

— Ce qui veut dire que tu vas le revoir ?

Si Ana acceptait… Et si elle était contre, il se battrait pour obtenir gain de cause et pour que Max fasse pour toujours partie de son existence.

Mais avant de se lancer dans la bataille, il devait assister à une réunion déterminante.

— Entendu, dit Beth, et elle raccrocha.

Elle posa son agenda sur la table basse et ajouta :

— J'ai rendez-vous avec un psychologue lundi prochain à 19 heures. Je l'ai pris tard pour que Leo puisse venir, au cas où il se déciderait.

Ana, tout comme sa cousine, savait qu'il n'y irait pas. Du moins pas encore. Beth s'était enfin décidée à agir, mais il refusait toujours de venir consulter avec elle. Cependant, si cette dernière était résolue à faire quelque chose, c'était un début.

— Je suis fière de toi, dit-elle en lui pressant le bras. Tu as franchi un grand pas.

— Un pas que j'aurais aimé franchir avec mon mari. S'il ne m'aime pas assez pour vouloir sauver notre mariage, je me demande si tout cela en vaut la peine.

Des larmes lui montèrent aux yeux, mais elle poursuivit :

— Je vais néanmoins essayer. Je m'en sortirai… Et toi, aussi, Ana.

Sauf que, dans son cas, Nathan l'aimait, qu'il aimait Max et aurait voulu vivre avec eux, mais qu'il était un idiot de première catégorie ! D'ailleurs, elle aussi était stupide d'avoir cru qu'il ne lui ferait plus jamais de mal. Elle lui avait donné une deuxième chance et il n'avait pas su la saisir. Après qu'elle eut pleuré toutes les larmes de son corps, sa tristesse s'était muée en colère. Nathan n'avait pas intérêt à se présenter à sa porte, sinon, il aurait affaire à elle !

— Bon, il faut que j'aille chercher Piper chez la baby-sitter, déclara Beth. Et que je passe chez le traiteur.

A cet instant, la sonnette retentit et Ana sentit son cœur s'emballer, comme chaque fois qu'on avait sonné à sa porte la semaine passée. Mais ce ne serait pas Nathan, pas plus aujourd'hui qu'hier. D'ailleurs, elle ne voulait pas le voir, c'était juste un réflexe pavlovien.

— J'y vais, fit-elle.

Ouvrant la porte, elle poussa un petit cri de surprise. *C'était bel et bien Nathan.* Elle s'enjoignit de rester calme…

— Bonjour, dit-il.

Elle sentit toute sa volonté l'abandonner et manqua se jeter dans ses bras. Il était si beau…

Se ressaisissant, elle parvint pourtant à articuler :

— Je suis très en colère contre toi.

— Je voulais juste discuter…

Sa voix profonde et rauque vint vibrer jusqu'au plus profond de son être. Elle frissonna. Encore une fois, elle se rappela qu'elle ne devait pas mettre de côté sa colère.

— J'ai de la visite, lui dit-elle.

— J'allais justement partir, prétendit Beth.

Elle pivota sur ses talons et foudroya sa cousine du regard. Quelle traîtresse ! Mais celle-ci, imperturbable, enfila son manteau et lui fit la bise.

— Je t'appelle demain, ajouta-t-elle.

Arrivée à la hauteur de Nathan, elle s'arrêta.

— Si tu lui fais encore du mal, tu auras affaire à moi, le prévint-elle.

Nathan leva les sourcils et Ana crut voir un vague sourire trembler sur ses lèvres. Il avait envie de sourire ? La situation ne s'y prêtait pourtant pas ! S'il espérait qu'elle allait lui pardonner et qu'il allait revenir, il se trompait !

Il entra et enleva son manteau. Il était en costume.

— Max est là ? demanda-t-il.

— Non, il est chez Jenny.

— Parfait, nous pourrons discuter tranquillement.

— Est-ce que j'ai dit que j'avais envie de « discuter » ?

— Tu m'as laissé entrer, non ?

Elle ne pouvait le nier. Ce n'était sans doute pas très intelligent de sa part, étant donné que sa colère n'était pas aussi grande qu'elle le pensait…

— On peut s'asseoir ? continua-t-il.

— Nous sommes très bien ici.

Elle voulait pouvoir le mettre à la porte, si elle sentait qu'elle ne pouvait plus se faire confiance.

— Comme tu voudras.

— De quoi veux-tu parler ? questionna-t-elle.

— J'ai eu une journée très constructive.

— Ah bon ? Et en quoi cela me concerne-t-il ?

— Mon frère et moi avons eu une conversation à cœur ouvert, et puis je suis allé rendre une visite à mon père.

Elle poussa une exclamation de stupeur.

— Pourquoi ?

— Je ne sais pas très bien… J'ai fait un tour en voiture, et je me suis retrouvé devant chez lui. Sans doute mon inconscient. J'imagine que lorsqu'on a un problème à régler, il vaut mieux remonter à la source. Et la source, c'était lui !

Elle croisa les bras et, malgré elle, demanda :

— Comment est-ce que les retrouvailles se sont passées ?

— C'était édifiant ! J'ai découvert que mon père aimait ma mère et qu'elle n'était pas enceinte quand il lui avait proposé de l'épouser.

— Ah bon ?

— Il l'aimait tellement qu'il est resté vingt ans avec elle, même s'il savait qu'elle s'était mariée avec lui par pur intérêt, et qu'il en était très malheureux.

— C'est triste, effectivement.

— C'est la différence entre lui et moi. Moi, je n'étais pas malheureux. J'étais heureux, très heureux avec toi…

Elle aussi l'était, pensa-t-elle, nostalgique…

Mais c'était fini !

Elle se rapprocha de la porte, prête à prendre la fuite s'il continuait à l'attendrir.

— J'ai enfin compris quel était mon problème, Ana. Je ne dis pas que tout est résolu, mais je suis un homme en cours de reconstruction. Seulement, il reste un petit obstacle…

Elle retint son souffle, bien décidée à s'en tenir à sa décision de l'éconduire.

— Je suis amoureux de toi, et mon fils me manque. Une vie sans vous serait inconcevable.

Elle ne céderait pas, se redit-elle, la main tout près de la poignée.

— Je suis allé voir le conseil d'administration, aujourd'hui.

— Pour quoi faire ?

— Pour tout leur avouer à ton sujet et celui de Max. Je leur ai assuré que le fait d'être marié à une Birch ne changerait rien par rapport à ma loyauté envers la Western Oil. Je ne sais pas s'ils m'ont cru, mais ils m'ont maintenu sur leur liste.

— Pourquoi est-ce que tu as fait ça, Nathan ?

— Parce que j'ai eu tort de vous cacher. Max est mon fils. Garder son existence secrète équivaut à avoir honte de lui. Or, ce n'est pas le cas. Je l'aime et je suis fier de lui. J'aime aussi sa mère et je veux passer le reste de ma vie à l'aimer.

A ces mots, il lui toucha la joue et ajouta :

— Et elle est bien plus importante à mes yeux que mon travail.

Elle se sentit brusquement désarmée. Il venait de prononcer des mots qu'elle attendait depuis si longtemps…

— Je voulais rester en colère contre toi, commença-t-elle, émue. Mais tu me rends la tâche bien difficile.

Il sourit.

— C'était le but de ma démarche. Ma dernière chance…

Alors, incapable de résister plus longtemps, elle se jeta dans ses bras et l'étreignit très fort.

— Je te l'accorde, mais cette fois-ci, c'est la dernière, sinon, Beth te découpera en morceaux.

— Nous sommes désormais liés pour la vie, Ana. Tu m'as tant manqué. Et Max aussi. Cette semaine a été la pire de ma vie.

— Pareil pour moi…

— Je t'aime, Ana.

— Je t'aime, moi aussi. Et si j'allais chercher Max pour qu'il partage notre bonheur ?

— Une seconde… Je voudrais encore aborder un dernier sujet avec toi.

Il était soudain devenu très sérieux.

— Quoi ? demanda-t-elle d'une voix presque haletante.

Il enfouit sa main dans la poche de sa veste… et en ressortit une petite boîte en velours. *Une bague.* Puis il tomba à ses genoux.

Son cœur se mit à battre à cent à l'heure.

Il ouvrit la boîte. A l'intérieur, un diamant solitaire brillait tranquillement. Il était si beau qu'elle en eut le souffle coupé.

— Ana, me feras-tu l'honneur de devenir ma femme ?

Elle avait rêvé de cet instant depuis toujours, mais elle n'imaginait pas qu'il serait si merveilleux. Elle avait désormais tout ce qu'elle désirait. Et bien plus encore.

— Oui, Nathan, dit-elle à travers un écran de larmes.

Un sourire aux lèvres, il lui glissa la bague au doigt…

KATE CARLISLE

Pour te séduire

Passions

éditions HARLEQUIN

Titre original : HOW TO SEDUCE A BILLIONAIRE

Traduction française de MARION BOCLET

83-85, boulevard Vincent-Auriol, 75646 PARIS CEDEX 13.
Service Lectrices — Tél. : 01 45 82 47 47
www.harlequin.fr

- 1 -

— Note pour plus tard : interdire aux employés de partir en vacances.

Marmonnant, Brandon Duke prit sa tasse et s'aperçut qu'elle était vide. Il n'avait pas besoin de cela pour se rappeler que Kelly Meredith, sa secrétaire, qui lui était d'une aide inestimable, n'était pas encore rentrée de vacances. Cela faisait maintenant deux semaines qu'elle était partie, et c'était quatorze jours de trop.

Il pouvait très bien aller se chercher un café lui-même, bien sûr. Il n'était pas aussi empoté que cela… Seulement, Kelly était toujours plus rapide que lui. Elle arrivait systématiquement avec une tasse de café bien chaud au moment précis où il en avait envie.

Elle était parfaite : elle débordait d'énergie, les clients l'adoraient, les feuilles de calcul n'avaient pas de secrets pour elle, et elle avait le chic pour estimer les gens à leur juste valeur. Il s'était aperçu très tôt de cette dernière qualité, la plus précieuse, et il en faisait souvent usage. Kelly l'accompagnait régulièrement en réunions d'affaires à travers le pays.

Lui-même avait d'assez bonnes intuitions lorsqu'il s'agissait d'évaluer un collaborateur potentiel, ou de deviner les intentions d'un concurrent, mais Kelly lui était d'un grand secours.

Même ses frères avaient pris l'habitude de lui soumettre les candidatures qu'ils recevaient, et ils lui demandaient souvent de régler des problèmes dans d'autres services que le sien. Ils disaient qu'elle faisait des miracles, et à juste titre. Elle gérait à merveille les situations délicates, et grâce à elle tout se passait bien.

Profitant du calme matinal qui régnait dans les bureaux encore vides, il prit un bloc et commença à griffonner quelques notes pour la réunion prévue plus tard dans la journée avec ses frères. Le Château de Silverado Trail, dernier établissement viticole fondé par les Duke, allait bientôt ouvrir ses portes au public dans la Napa Valley. Il était temps qu'il s'attelle à de nouveaux défis, qu'il travaille à de nouvelles propriétés.

Alors qu'il se relisait, il repensa à une autre raison pour laquelle il avait besoin de sa secrétaire : elle était capable de déchiffrer son écriture. Il nota la possibilité de rachat d'une petite chaîne d'hôtels de luxe dans l'Oregon, et jeta un coup d'œil à son agenda. Tout au long de la journée, il avait des rendez-vous et des audioconférences, la plupart liées à la cérémonie d'inauguration. Heureusement qu'elle revenait aujourd'hui ! L'intérimaire qui l'avait remplacée était compétente, mais Kelly était la seule à pouvoir supporter la pression et gérer l'agenda chargé des réjouissances qui se préparaient.

A ce moment-là, il entendit des pas de l'autre côté de la porte entrebâillée, et le bruit d'un tiroir que l'on ouvrait et refermait.

— Bonjour, Brandon ! fit une voix enjouée.

— Bonjour, Kelly… Il était temps que tu reviennes, dit-il, soulagé. Viens me voir dès que tu te seras installée.

— D'accord ! Je commence par faire du café.

Il jeta un coup d'œil à sa montre. Comme il s'y était attendu, elle avait un quart d'heure d'avance, énième preuve qu'elle était l'employée idéale et méritait tous les avantages liés à son poste.

Il ne lui en interdirait pas moins de prendre des vacances, à l'avenir.

— Ah ! Cela fait du bien d'être rentrée, dit Kelly pour elle-même en allumant son ordinateur.

C'était difficile à croire, mais Brandon Duke lui avait manqué. En entendant sa voix grave, elle avait été parcourue d'un frisson. Décidément, c'était bien la preuve qu'elle aimait son travail !

Elle rangea son sac à main sous le bureau et s'empressa

d'aller faire du café. Elle remplit la cafetière d'eau à l'évier du coin-cuisine et s'aperçut que ses mains tremblaient légèrement. Elle devait se détendre. Elle était vraiment heureuse d'être de retour au travail, alors pourquoi était-elle aussi nerveuse ?

D'accord, elle avait changé deux ou trois choses pendant ses vacances, mais personne n'allait s'en rendre compte, n'est-ce pas ? Personne ne remarquait jamais rien chez elle, mis à part son dynamisme et son sens affûté des affaires. Et cela lui convenait parfaitement. Qui pourrait bien se soucier qu'elle ait troqué son habituel tailleur-pantalon pour une robe ? Personne ne relèverait que c'était la première fois qu'elle portait une telle tenue au bureau, même s'il s'agissait d'une belle robe anthracite en lainage, boutonnée sur le devant, qui mettait en valeur ses formes généreuses.

Elle s'était enfin décidée à mettre des lentilles de contact. Et alors ? Après tout, cela faisait cinq ans qu'elle avait les mêmes lunettes passe-partout, un peu de changement ne faisait de mal à personne.

— Kelly, dit Brandon depuis son bureau, tu m'apporteras le dossier Dream Coast quand tu viendras me voir, s'il te plaît.

— J'arrive tout de suite !

Sa voix, qu'elle connaissait si bien, la fit sourire. Il aurait dû l'intimider : il mesurait un peu plus d'un mètre quatre-vingt-dix, et elle savait que des muscles puissants se cachaient sous ses costumes sur mesure, car elle l'avait croisé plusieurs fois à la salle de gym de l'hôtel, en short et T-shirt. C'était impressionnant de voir un ancien quarter-back de la NFL soulever des haltères incroyablement lourds. Parfois, lorsqu'elle le regardait, elle avait du mal à respirer normalement. Un rappel qu'elle ne devait pas passer trop de temps sur le tapis de course.

Elle eut un petit rire en pensant à certaines de ses amies qui prétendaient être prêtes à tout pour voir le beau Brandon Duke faire de la musculation en short.

Heureusement, elle n'avait jamais été attirée par son patron.

Bien sûr, il était incroyablement beau, mais avoir un travail merveilleux était bien plus important qu'une brève aventure sans lendemain avec un athlète mondialement connu. Or, une histoire avec Brandon Duke était forcément brève et sans lendemain… Elle avait vu les femmes attendre leur tour pour sortir avec lui, et la manière dont il les quittait sans un regard en arrière au bout de quelques semaines. Ce n'était pas beau à voir, et elle ne voulait surtout pas se retrouver dans cette situation, mais…

Qu'est-ce qui lui arrivait ?

Elle n'avait jamais songé à son patron en ces termes, elle n'allait pas commencer maintenant. Elle secoua la tête, agacée. Peut-être avait-elle pris des vacances un peu trop longues.

En attendant que le café passe, elle regarda le paysage à travers la baie vitrée. Elle se sentait à la fois fière et chanceuse de travailler là. Qui n'aurait pas aimé être en plein cœur de la Napa Valley, au sommet d'une colline offrant une vue imprenable sur des vignes luxuriantes ?

Brandon et quelques employés choisis travaillaient là, sur le site du Château de Silverado Trail, depuis maintenant quatre mois. Ils resteraient encore un mois environ, jusqu'à ce que l'établissement soit parfaitement opérationnel et que les vendanges soient terminées, puis ils retourneraient tous au siège de la société des Duke, à Dunsmuir Bay.

D'ici là, elle aurait mis son plan à exécution, et sa vie reprendrait son cours normal. Pour l'instant, cependant, elle devait simplement essayer de se détendre.

C'est compris ? Détends-toi ! se dit-elle en lissant le devant de sa robe.

Elle remplit deux grandes tasses de café, alla en poser une à côté de son ordinateur, prit une pile de lettres, et entra dans le bureau de son patron.

— Bonjour, Brandon, dit-elle d'un ton jovial en déposant le courrier à portée de sa main.

— Bonjour, Kelly, répondit-il sans lever les yeux du bloc-notes sur lequel il écrivait. Je suis content que tu sois de retour.

— Merci, moi aussi je suis contente d'être rentrée. Tiens, ton café…

Elle le posa sur son sous-main.

— Merci, dit-il distraitement sans cesser d'écrire.

Au bout de quelques secondes, il tendit la main pour prendre son café et détacha enfin son regard du bloc-notes.

En l'apercevant, il écarquilla les yeux et reposa lentement sa tasse.

— Kelly ?

— Oui ?

Elle le regarda fixement, perplexe, puis cligna des yeux.

— Oh ! désolée ! Tu voulais le dossier Dream Coast. Je te l'apporte tout de suite…

— Kelly ? répéta-t-il d'une voix tendue alors qu'elle s'apprêtait à sortir.

Elle s'arrêta net et se tourna de nouveau vers lui.

— Oui, Brandon ?

Il la regardait fixement, d'un air…

Incrédule ? Choqué ? Horrifié ? Oh ! non… Ce n'était pas bon signe. Et plus il la regardait, plus elle était mal à l'aise.

— Oh ! je t'en prie… Je ne suis quand même pas hideuse au point de te laisser sans voix !

Sentant le rouge lui monter aux joues, elle tripota nerveusement le col de sa robe. Il n'y avait pourtant pas de quoi être embarrassée !

— Mais qu'as-tu fait… ?

Il ne termina pas sa phrase, et continua à la regarder fixement.

— Oh ! tu veux parler de mes lunettes ? Oui, j'ai opté pour des lentilles de contact. J'avais besoin de changement… Je vais chercher le dossier, je reviens tout de suite.

— Kelly, dit-il encore, d'un ton autoritaire.

Elle se tourna de nouveau vers lui. Cette fois, ses yeux étaient rivés sur ses cheveux. Avec un soupir, elle écarta une mèche de son visage.

— Je les ai fait couper et éclaircir un peu. Il n'y a pas de quoi en faire toute une histoire.

Là-dessus, elle agita la main et se hâta de sortir pour aller chercher le dossier.

*Merveilleux !*Si tout le monde réagissait comme lui, on allait la regarder toute la journée avec des yeux ronds. Comment était-elle censée se détendre et mettre son plan à exécution dans ces circonstances ?

Alors qu'elle fouillait fébrilement dans le classeur à tiroirs, elle entendit le bruit des roulettes du fauteuil de Brandon. Quelques secondes plus tard, il se tenait dans l'embrasure de la porte et la regardait avec le même air ébahi.

— Kelly ?

Elle leva les yeux vers lui.

— Pourquoi répètes-tu mon prénom comme cela ?

— J'essaie juste de m'assurer que c'est bien toi.

— Oui, eh bien, c'est moi, alors ça suffit !

Elle finit par trouver ce qu'elle cherchait.

— Ah, voilà le dossier !

— Qu'as-tu fait ?

— Tu me l'as déjà demandé.

— J'attends toujours une réponse.

L'espace d'un instant, ses épaules s'affaissèrent malgré elle, mais elle se reprit aussitôt. Après tout, elle n'avait aucune raison d'être gênée, surtout face à lui. Il faisait souvent l'éloge de son travail et lui avait déjà accordé plusieurs augmentations généreuses. Il avait du respect et de l'admiration pour sa capacité à travailler dur et à régler toutes sortes de problèmes… Bon sang ! Il n'était que son patron, pas son conseiller vestimentaire.

— J'ai eu envie d'un petit changement de look.

— Petit ?

Elle haussa les épaules d'un air faussement désinvolte.

— Oui. J'ai perdu quelques kilos, je suis allée chez le coiffeur, j'ai troqué mes lunettes pour des lentilles de contact… C'est trois fois rien.

— Pas d'après ce que je vois ! Je te reconnais à peine…

— Bien sûr que tu me reconnais !

Elle n'avait pas l'intention de lui dire qu'elle avait passé une semaine dans un centre de thalassothérapie du dernier chic : il croirait qu'elle était devenue folle.

Après tout, peut-être avait-elle perdu la tête… Elle avait toujours été calme et posée, tellement raisonnable que lorsqu'elle était à l'université, on la surnommait *l'intello*. Comment la surnommerait-on aujourd'hui ?

— Mais tu portes une robe ! dit-il d'un ton accusateur.

Elle baissa les yeux pour regarder sa tenue, puis reporta son attention sur lui.

— Eh bien, oui, je porte une robe. Cela pose-t-il un problème ?

Visiblement décontenancé, il fit un pas en arrière.

— Non, bien sûr que non… Aucun problème. Cela te va très bien, c'est juste que…

Il chercha ses mots, se frottant le menton d'un air perplexe.

— … tu ne mets jamais de robe, d'habitude.

Il l'avait remarqué ? Voilà qui était surprenant ! Avec un sourire résolu, elle répondit :

— Eh bien, j'en mets, maintenant.

— Je vois ça, dit-il, l'air ailleurs, sans cesser de la dévisager. Eh bien, comme je te le disais, cela te va bien, *très* bien.

— Merci, répondit-elle sans se départir de son sourire. Je me *sens* bien.

Il hocha la tête. Sa mâchoire se contracta, et il expira bruyamment.

— Bien… C'est très bien.

Si tout était si *bien* que cela, pourquoi avait-il un air aussi renfrogné ?

— Oh ! dit-elle en lui tendant brusquement le dossier, se sentant aussitôt ridicule. Voilà le dossier Dream Coast…

Sa main effleura la sienne, et un frisson la parcourut. Il fronça les sourcils.

— Merci.

— Je t'en prie.

Alors qu'il s'apprêtait à rentrer dans son bureau, il se retourna vers elle.

— Je suis content que tu sois là.

— Merci. Je t'apporte les chiffres des ventes dans une vingtaine de minutes.

Dès qu'il eut refermé la porte derrière lui, elle se laissa tomber lourdement dans son fauteuil et but une gorgée de café.

Oh oui, moi aussi je suis contente d'être là…

*
* *

Brandon jeta le dossier sur son bureau et se dirigea vers la baie vitrée. Il avait installé son équipe dans la suite du propriétaire du Château de Silverado Trail, et il ne se lassait pas de la vue panoramique que lui offrait son bureau. En temps normal, lorsqu'il contemplait les collines couvertes de vignes, symbole de la réussite de sa famille, il éprouvait un profond sentiment de fierté.

Au loin, une montgolfière passa silencieusement dans le ciel, et des oiseaux voletaient d'arbre en arbre, mais ce spectacle le laissa indifférent tant il était troublé par le délicat mélange de fleurs et d'épices qui flottait dans l'air. Sa secrétaire ne mettait pas de parfum, d'habitude, ou si elle en mettait, il ne l'avait jamais remarqué. Pourtant, pour la première fois, les effluves enivrants qui lui parvenaient lui évoquèrent les visions d'une chambre d'hôtel fraîche et d'une blonde torride, nue, sous les draps avec lui…

Kelly… Son parfum embaumait l'air jusque dans son bureau.

Bon sang ! Il s'était vraiment ridiculisé en la regardant d'un air ébahi, la bave aux lèvres. Il n'avait même pas réussi à parler normalement, il s'était contenté de répéter son nom comme un perroquet. Cependant, elle était entièrement responsable de son état de choc. Elle l'avait pris au dépourvu.

Un *changement de look* ? Il secoua la tête, incrédule, et se mit à faire les cent pas, sans cesser de longer la baie vitrée. Décidément, il ne comprenait rien aux femmes.

Kelly n'avait pas besoin de changer de style, elle était très bien telle qu'elle était jusque-là : professionnelle, intelligente, discrète… Sa présence ne le déconcentrait jamais.

Il n'aimait pas être distrait sur son lieu de travail. Au bureau, il tenait à rester professionnel en toutes circonstances. Après avoir passé dix ans sous le feu des projecteurs de la NFL, il était bien placé pour savoir que l'on pouvait perdre gros à la moindre faute d'inattention. Il suffisait de quitter une seconde le ballon des yeux pour se retrouver sous une montagne de défenseurs féroces.

Il s'arrêta et posa une main à plat sur la vitre. Qui aurait cru que sa merveilleuse secrétaire cachait de sensationnelles courbes et des jambes magnifiques sous les tailleurs-pantalons trop larges qu'elle portait d'ordinaire ? Quant à ses yeux, il n'avait jamais remarqué qu'ils étaient si grands, ni d'un bleu si profond.

Le plus troublant était qu'elle avait mis du rouge à lèvres brillant. C'était la première fois, sinon il se serait aperçu depuis longtemps que ses lèvres étaient aussi pulpeuses, et si parfaitement dessinées…

Quoi qu'il en soit, il s'en était aperçu, maintenant. Il avait même failli en renverser son café.

Sa nouvelle robe épousait ses formes généreuses, des formes dont il n'avait jamais soupçonné l'existence. Il la croisait régulièrement à la salle de gym, mais elle portait toujours un jogging et un grand T-shirt. Qui aurait pu deviner qu'elle avait un corps comme le sien sous sa tenue de sport ? De toute évidence, elle travaillait pour lui sous une apparence trompeuse, depuis tout ce temps…

— C'est ridicule, dit-il entre ses dents.

Pourtant, qui aurait pu lui reprocher sa réaction ? Sa secrétaire sérieuse et travailleuse s'avérait être une femme sublime. Quelle trahison !

Et que s'était-il passé quand il lui avait accidentellement effleuré la main ? Il avait cru sentir une bouffée de désir l'envahir, mais ce ne pouvait être que le fruit de son imagination… Pourtant, en y repensant, il était de nouveau troublé.

Profondément contrarié, il frappa le mur du plat de la main.

— Besoin de changement, dit-il, ronchon, d'un ton sarcastique en s'asseyant à son bureau.

Non, le changement n'était pas une bonne chose, du moins pas quand il s'agissait de Kelly. Avant, ses cheveux étaient d'une couleur indéfinissable et relevés en un chignon sage. Maintenant, ils étaient d'un blond miel, brillants, et retombaient en cascade sur ses épaules, comme pour donner envie aux hommes de les caresser…

Il s'efforça de chasser ces pensées de son esprit et ouvrit

le dossier posé sur son bureau d'un geste brusque. Il chercha les documents dont il avait besoin, mais c'était peine perdue.

— C'est inadmissible !

Il refusait de renoncer au calme qui régnait jusque-là dans son entreprise. Son travail était trop exigeant, et Kelly était une employée trop importante pour qu'il la laisse subitement devenir une source de distraction ou, plus précisément, une source de désir.

Il fallait qu'il étouffe cette affaire dans l'œuf. Il décrocha le téléphone et composa le numéro de son poste.

— Kelly, viens me voir, s'il te plaît.

— J'arrive tout de suite.

Quelques secondes plus tard, elle entra dans son bureau, un bloc-notes à la main.

— Assieds-toi.

Lui-même se leva et se remit à arpenter la pièce, évitant soigneusement de regarder ses jambes, qu'elle avait croisées.

Bon sang ! Il n'allait pas s'en sortir…

— Il faut qu'on parle.

— Quelque chose ne va pas ? demanda-t-elle, aussitôt alarmée.

— Ecoute, nous avons toujours été honnêtes l'un avec l'autre, n'est-ce pas ?

— Oui, répondit-elle prudemment.

— Comme tu le sais, j'ai une totale confiance en toi.

— Je le sais, et c'est réciproque, Brandon.

— Bien, dit-il, sans trop savoir par où commencer. Bien…

Et maintenant ? Il n'avait jamais eu de mal à trouver ses mots auparavant.

Il la regarda furtivement et détourna aussitôt les yeux. Quand et comment était-elle devenue aussi belle ? Il connaissait les femmes, il aimait les femmes, et elles le lui rendaient bien. Certains disaient même qu'il avait un sixième sens, avec les dames. Alors pourquoi n'avait-il pas vu à quel point elle était attirante ? Etait-il aveugle ?

— Brandon, dit-elle lentement, es-tu mécontent de mon travail ?

— Quoi ? Non !

— Jane a-t-elle su se débrouiller en mon absence ?

— Oui, très bien… Ce n'est pas le problème.

— Tant mieux, parce que je n'aimerais pas…

— Ecoute, Kelly, dit-il, las de jouer au chat et à la souris avec elle, t'est-il arrivé quelque chose quand tu étais en vacances ?

Elle parut décontenancée.

— Non, qu'est-ce qui te fait dire…

— Alors pourquoi ce changement de look ? demanda-t-il de façon abrupte. Pourquoi ?

— Est-ce pour *ça* que tu m'as fait venir dans ton bureau ?

— Oui…

Il se sentait totalement ridicule, mais il était hors de question qu'il le reconnaisse.

— Qu'est-ce qui te fait croire que tu as besoin de te mettre sur ton trente et un pour…

Elle plissa les yeux d'un air indigné et l'interrompit :

— Sur mon trente et un ?

— Eh bien, oui. Tu sais, toute maquillée et… Bon sang !

— Je n'ai pas le droit d'essayer d'être à mon avantage ?

— Je n'ai pas dit cela.

— Est-ce que j'ai abusé du maquillage ? L'esthéticienne m'a montré comment faire, mais c'est nouveau, pour moi… Je manque encore d'entraînement.

Elle leva les yeux vers lui et ses lèvres scintillèrent à la lumière.

— Dis-moi la vérité… Je suis trop maquillée ?

— Mon Dieu, non, c'est parfait !

C'est bien là le problème : c'est parfait.

— Je ne te crois pas, tu dis ça pour être gentil. Quand je pense à la façon dont tu m'as regardée quand je suis arrivée, tout à l'heure…

— Quoi ? Non !

Oh ! non ! Elle n'allait tout de même pas se mettre à pleurer, n'est-ce pas ? Il ne l'avait jamais vue pleurer…

— Je pensais être capable de me maquiller. Presque toutes les femmes le font, pour l'amour du ciel ! Pourquoi pas moi ?

Elle se leva d'un bond et, à son tour, se mit à faire les cent pas.

— Je croyais avoir eu la main légère. Est-ce que j'ai l'air d'une idiote ?

— Non, tu...

— Tu peux me parler honnêtement.

— Je suis...

— C'était une mauvaise idée, de toute façon, dit-elle comme pour elle en s'adossant au mur. Je ne connais rien à l'art de la séduction.

L'art de la séduction ? Ne voyant pas où elle voulait en venir, il ne sut pas quoi répondre à cela.

— C'est tellement embarrassant, dit-elle d'une voix plaintive.

— Mais non, dit-il, espérant trouver quelque chose de profond à ajouter.

Cependant, rien ne lui vint à l'esprit.

— Que suis-je censée faire, maintenant ? Il ne me reste qu'une semaine pour... Oh ! mon Dieu !

Elle se couvrit le visage des mains, puis elle croisa les bras sur sa poitrine et tapa doucement du pied sur le tapis avec ses nouvelles chaussures à talons.

— Comment ai-je pu être aussi bête ?

Il s'approcha d'elle et l'attrapa par les épaules.

— Arrête ça tout de suite. Tu es l'une des personnes les plus intelligentes que je connaisse.

Elle lui lança un regard furibond en faisant la moue.

— En affaires, peut-être, mais certainement pas en amour.

D'accord... Décidément, la séduction et l'amour la préoccupaient. Il se rendit soudain compte qu'il avait les mêmes sujets en tête. La question était : pourquoi ? Cela faisait des années qu'il la connaissait, et il ne l'avait jamais entendue parler d'amour. Pourtant, tout à coup, elle changeait radicalement pour plaire à un homme...

Qui cherchait-elle à séduire ? Etait-ce quelqu'un qu'il connaissait ? L'homme en question était-il assez bien pour elle ?

Il choisit soigneusement ses mots et lui demanda enfin :

— Qui essaies-tu de séduire ?

Elle fronça les sourcils et regarda fixement ses ongles.

— Roger, mon ancien petit ami. J'aurais dû me douter que cela ne marcherait jamais.

Roger ? Qui était ce Roger ? Alors qu'il aurait dû en être soulagé, il était étrangement déçu d'apprendre que ce n'était pas *lui* qu'elle voulait séduire.

Il n'aurait jamais laissé quoi que ce soit arriver entre eux, bien sûr, mais tout de même… de qui pouvait-elle bien parler ?

— Qui est Roger ? demanda-t-il d'une voix trop forte.

— Je viens de te le dire, c'est mon ex-petit ami. Roger Hempstead.

Elle s'écarta de lui et retourna s'asseoir.

— Je ne l'ai pas revu depuis que nous nous sommes séparés, il y a quelques années.

— Quand avez-vous rompu ?

— Il y a près de cinq ans.

Il réfléchit quelques instants.

— Cela fait près de cinq ans que tu travailles pour moi.

— C'est exact.

Elle posa son bras sur l'accoudoir du fauteuil et le regarda avec un sourire courageux.

— Après notre rupture, je ne pouvais plus supporter de vivre dans une petite ville, où tout le monde analysait le moindre de mes gestes. C'est pour cela que j'ai décidé d'aller m'installer ailleurs, le plus loin possible… J'ai cherché du travail en Californie, et j'ai trouvé celui-ci.

— Je suis content que tu l'aies fait, mais cela a dû être dur pour toi…

— Cela n'a pas été facile, répondit-elle prudemment, mais j'ai tourné la page.

— Vraiment ?

Elle hocha énergiquement la tête.

— Oui, bien sûr… mais le mois dernier, j'ai découvert que l'entreprise de Roger avait réservé des salles au Château pour un séminaire. Il sera là la semaine prochaine…

Elle se massa les tempes.

— … et je voulais lui en mettre plein la vue.

— Ah, je vois…

Il s'appuya au bord de son bureau et ajouta :

— Si cela peut te consoler, je peux te garantir que tu vas lui en mettre plein la vue.

Elle le regarda d'un air sceptique.

— Tu dis cela pour être gentil.

— Je ne suis pas *si* gentil que cela, crois-moi.

Elle fronça les sourcils, visiblement perplexe.

— Je te crois, d'habitude.

— Je ne mens jamais, tu te souviens ?

— C'est vrai, tu ne mens pas, généralement… Du moins, pas à moi.

Il eut un petit rire.

— Alors, cela fait cinq ans que tu as rompu avec ce Roger, et tu veux faire bonne impression.

Elle hocha de nouveau la tête résolument.

— Oui, vraiment.

— Tu *feras* bonne impression, je te le promets.

— Merci…

Son sourire s'évanouit.

— … mais je ne sais pas ce que je fais. Je suis douée en affaires, mais je ne connais rien aux marivaudages.

— Dis-moi ce que je peux faire pour t'aider.

Une lueur d'intérêt passa dans ses beaux yeux bleus.

— Tu es sérieux ?

— Bien sûr.

Il était prêt à tout pour que la situation redevienne normale. Si elle se sentait bien, elle arrêterait de s'inquiéter de cet imbécile de Roger, et elle serait en mesure de faire son travail correctement. Enfin, quand Roger serait reparti, elle se comporterait de nouveau comme la Kelly qu'il connaissait et avec laquelle il se sentait à l'aise, et tout rentrerait dans l'ordre.

— Ce serait merveilleux, dit-elle avec enthousiasme. J'aurais bien besoin des conseils de quelqu'un comme toi.

— Quelqu'un comme moi ?

Elle sourit, et il fut de nouveau stupéfait de constater comme elle était belle.

Bon sang ! Comment avait-il pu être aveugle pendant toutes ces années ?

— C'est juste que vous vous ressemblez tellement, tous les deux… Toi et Roger, je veux dire. Cela m'aiderait vraiment d'avoir ton point de vue.

— Comment ça, *nous nous ressemblons* ?

— Eh bien, vous êtes tous les deux forts, beaux, arrogants, sans pitié, vous avez tous les deux une forte personnalité…

Eh bien ! C'était une description assez juste, pour ce qui était du caractère, même s'il se trouvait plutôt décontracté, comparé à ses frères. Et il appréciait le *fort et beau.*

Elle s'était arrêtée, réfléchissant manifestement à ce qu'elle venait de dire. Elle ajouta à voix basse :

— Eh bien ! Ce n'est pas étonnant que Roger ait trouvé que je n'étais pas assez bien pour lui.

Il se hérissa.

— Pas *assez bien* pour lui ?

Elle soupira.

— Tu vois ce que je veux dire… Je n'étais pas assez séduisante pour lui.

— Qu'est-ce qui te fait dire cela ?

— Il me l'a dit quand il m'a quittée.

Pour une raison obscure, il éprouva soudain le besoin impérieux d'écraser son poing dans la figure de ce misérable Roger.

— Tu plaisantes…

— Non, pas du tout. Tu m'as vue avant que je ne change de look, Brandon… Je suis ordinaire, quelconque, on ne me remarquait pas.

Un sentiment de culpabilité l'envahit. C'était exactement ce qu'il avait pensé d'elle, même s'il avait toujours considéré cela comme une bonne chose. Maintenant, il était heureux de ne le lui avoir jamais dit.

— En fait, je le comprends, disait-elle. Après tout, Roger est quelqu'un d'exceptionnel…

— Exceptionnel ? Il m'a surtout l'air d'être un sombre crétin.

Elle ne put retenir un petit rire.

— Oh ! absolument, mais il n'y peut rien ! Sa famille a une

grande influence sur lui. Les ancêtres de sa mère sont arrivés aux Etats-Unis sur le *Mayflower*, tu sais…

— Ils étaient membres de l'équipage ? demanda-t-il avec ironie.

Il secoua la tête et ajouta :

— Ecoute, Kelly, tu veux que je le fasse disparaître ? Parce que je connais quelqu'un qui connaît quelqu'un qui pourrait…

Elle rit aux éclats et l'interrompit :

— C'est très gentil de me le proposer, mais non, merci. Je veux seulement lui faire regretter ce qu'il m'a dit quand il m'a quittée.

Il l'observa attentivement pendant quelques instants.

— Il t'a fait du mal.

Elle secoua la tête.

— Non, non, il n'a fait que me dire la vérité, et je lui en suis reconnaissante.

— *Reconnaissante ?* Pourquoi ?

Elle eut un sourire un peu pincé.

— Parce que cela m'a aidée à voir les choses en face.

— Quel genre de choses ? demanda-t-il avec méfiance.

— Mes défauts.

Une fois de plus, l'envie lui prit de corriger ce Roger pour de bon.

Elle lui adressa un sourire éclatant.

— C'est pour cela que j'ai décidé de le reconquérir !

— Quoi ? Le reconquérir ?

Comment peut-elle avoir envie de reconquérir ce sale type ? Il ne connaissait même pas Roger, mais il le détestait déjà.

— Oui, d'où le changement de look ! répondit-elle en levant les mains en l'air comme si cela tombait sous le sens.

Là-dessus, elle regarda ostensiblement sa montre, de toute évidence pour mettre un terme à la conversation. C'était probablement une bonne idée…

— Bon ! dit-elle, visiblement bien décidée à changer de sujet. Veux-tu que je commande le déjeuner ?

Pour lui, le chapitre n'était pas clos, mais elle avait manifestement besoin d'une pause. Il n'insisterait donc pas, du moins pas pour le moment.

— Oui, répondit-il en allant s'asseoir à son bureau, bonne idée ! Je prendrai le sandwich à la viande de bœuf.

— Je m'en occupe.

Il se pencha légèrement en avant.

— Ecoute, Kelly… Si tu as besoin de quoi que ce soit, d'aide ou de conseils, n'hésite pas à venir me voir. D'accord ?

— Vraiment ? Tu es sérieux ?

— Absolument.

Elle le dévisagea comme pour s'assurer qu'il était sincère.

— Tu es sûr ?

— Je ne te l'aurais pas proposé si je ne le pensais pas.

Elle sembla hésiter quelques instants, puis elle dit :

— D'accord. Il y a bien une chose pour laquelle j'aurais besoin de ton aide, si cela ne te dérange pas.

— Je t'écoute, dit-il en prenant sa tasse de café sur son bureau.

— Je reviens tout de suite.

Elle sortit précipitamment de la pièce et réapparut quelques secondes plus tard avec un sac provenant d'une célèbre boutique de lingerie fine. Elle prit une profonde inspiration, comme pour se donner du courage, et en sortit des dessous en dentelle, qu'elle lui agita sous le nez.

— Que préfères-tu, le string noir ou la petite culotte rouge ?

- 2 -

Brandon s'étrangla sur son café. Visiblement consternée, Kelly contourna le bureau pour aller lui donner une grande tape dans le dos.

— Ça va ?

— Oui, répondit-il d'une voix étranglée. Ça va…

Cela irait encore mieux quand elle aurait reculé et que sa poitrine généreuse ne frôlerait plus son bras. Ce contact inattendu le troublait profondément. Il n'était qu'un homme, après tout !

Il avait été plaqué par les plus puissants défenseurs de l'histoire du football américain, mais il n'avait jamais eu le souffle aussi coupé que maintenant. Il respira lentement, pour se calmer. L'idée que Kelly essayait peut-être de le tuer lui traversa l'esprit. Roger l'aurait-il tellement mal traitée qu'elle avait entrepris de se venger sur tous les hommes qu'elle connaissait ?

Changer les règles du jeu en devenant brusquement sexy en diable ne lui suffisait, il fallait qu'elle lui mette de la lingerie sous le nez. Ne savait-elle donc pas que ces petits sous-vêtements de soie et de dentelle resteraient à jamais gravés dans sa mémoire d'homme impressionnable ?

Il serait maintenant obligé de passer le restant de ses jours à l'imaginer avec ce string noir. Pouvait-elle vraiment être à ce point innocente ?

— Je ne voulais pas te choquer… Tu étais d'accord pour m'aider.

— Tu ne m'as pas choqué, fit-il de la même voix étranglée, j'ai avalé de travers, c'est tout. Donne-moi juste une minute…

Elle retourna enfin de l'autre côté du bureau et remit fébrilement la lingerie dans le sac.

— Les deux sont parfaits, dit-il finalement sur un ton encore mal assuré.

Une lueur d'espoir brilla dans ses yeux bleus.

— C'est vrai ?

Il hocha la tête.

— Crois-moi, n'importe quel homme normalement constitué serait ravi de te voir avec l'un ou l'autre.

— Tu le penses vraiment ? demanda-t-elle en souriant. Merci, Brandon ! Oh ! et je suis désolée de t'avoir pris au dépourvu…

— Je t'en prie, ce n'est pas grave.

— Pour que mon plan fonctionne, il faut vraiment que je sache ce qui plaît aux hommes, ce qu'ils trouvent séduisant.

Elle fronça les sourcils et ajouta sur le ton de la confidence :

— Roger n'a jamais trouvé que je l'étais.

— Que tu étais quoi ?

— Séduisante.

Il se pencha en avant dans son fauteuil.

— Roger n'aurait pas un genre de sérieux problème psychologique, par hasard ?

Elle rit.

— C'est gentil, merci… Bon, je vais aller nous chercher à manger, maintenant.

— Bonne idée, dit-il, soulagé de constater qu'il avait retrouvé sa voix normale. Au fait, Kelly… ?

— Oui ?

— Choisis plutôt le string noir.

Plus tard cet après-midi-là, après une audioconférence de deux heures avec ses frères et l'avocat de la famille, Brandon raccrocha et secoua la tête, perplexe, en repensant aux phrases alambiquées du juriste.

— Ce type ne s'arrête jamais de parler…

— Je me disais qu'il devait être payé au mot ! dit Kelly en agitant la main.

Elle avait pris des notes pendant toute la conférence, et elle se leva pour s'étirer. Sa robe se souleva légèrement, glissant sur ses seins ronds et fermes, et il s'empressa de détourner les yeux pour éviter d'être submergé par une autre vague de désir.

— Je vais me chercher une autre tasse de café, dit-elle. Tu en veux ?

— Non, merci. Penses-tu avoir le temps de taper tes notes et ton analyse cet après-midi ?

— Bien sûr. Je m'y mets tout de suite.

— Merci.

Elle referma la porte derrière elle et il leva les yeux au plafond. Elle avait intérêt à reconsidérer sa nouvelle garde-robe si elle voulait qu'il passe la semaine.

Seigneur ! Même ses chevilles lui donnaient des palpitations. Ses talons hauts mettaient en valeur chaque centimètre de ses jambes.

Une heure plus tard, après le départ du reste de son équipe, il sortit de son bureau pour aller chercher un dossier, et la surprit qui se regardait dans un petit miroir de poche en faisant la moue.

— Oh !

Elle cligna des yeux, referma précipitamment le miroir et le jeta dans le tiroir de son bureau.

Il s'appuya au chambranle de la porte.

— Je suis sûr que je vais regretter de t'avoir posé la question, mais que fais-tu ?

— Rien. De quoi as-tu besoin ? D'un dossier ? Lequel ? Je vais te le chercher.

Elle se leva d'un bond et alla ouvrir le premier tiroir du classeur.

— Tu ne fais qu'éveiller encore davantage ma curiosité, dit-il, alors autant tout me dire…

Il vit sa mâchoire se contracter, comme si elle était agacée.

— Très bien. Roger prétendait que j'embrassais mal, alors je m'entraînais devant un miroir. Voilà, tu es content ?

Il secoua la tête, incrédule.

— Roger est un parfait imbécile, pourquoi te soucies-tu de ce qu'il pense ?

Elle lui lança un regard furibond.

— Je te l'ai déjà dit, parce que je veux le reconquérir.

— Oui, eh bien c'est justement ce que je ne comprends pas.

Ecœuré, il se dirigea vers le classeur et se mit à chercher lui-même le dossier dont il avait besoin.

— Où est le dossier Montclair Pavilion ?

— Ici !

Elle prit le dossier et le lui tendit. Elle semblait tellement abattue qu'il s'en voulait de l'avoir taquinée.

— Ecoute, je suis sûr que tu embrasses comme une déesse, alors arrête de t'inquiéter de ce que pense Roger.

— Je voudrais seulement pouvoir m'entraîner sur autre chose qu'un miroir, dit-elle d'un air sombre.

— Oui, répondit-il distraitement en feuilletant le dossier, en général, cela marche mieux avec un sujet vivant. Quelqu'un susceptible de rendre le baiser par exemple.

Elle lui lança un regard plein d'espoir.

— Tu ne voudrais pas m'aider…

Il la regarda d'un œil noir.

— Redescends sur terre, Kelly.

— Comment ça ? demanda-t-elle, l'air perplexe.

Soudain, son expression changea, et elle sembla comprendre.

— Oh ! s'écria-t-elle. Non, non ! Je ne te demandais pas de m'embrasser… Oh ! mon Dieu ! Je ne voudrais jamais que tu… Enfin, quoi que je dise, je risque de mal me faire comprendre.

— Essaie quand même.

Elle s'assit sur le bord du bureau.

— Bien. Je ne voulais pas que *toi*, tu m'embrasses. J'ai fait une liste de, euh… de participants potentiels, et je pensais que tu pourrais peut-être y jeter un coup d'œil et me faire quelques suggestions.

— Tu as une *liste* ?

Pourquoi cela l'étonnait-il ? Après tout, elle faisait des listes pour tout. C'était d'ailleurs comme cela qu'elle restait parfaitement organisée.

— Bien sûr que j'ai une liste…

Elle alla chercher un bloc-notes et un stylo dans le tiroir de son bureau.

— Si j'ai bien compris, dit-il en se tapotant distraitement la jambe avec le dossier Montclair Pavilion, tu as dressé une liste des hommes auxquels tu envisages de demander de l'aide pour… Quoi ? Apprendre à embrasser ?

Elle tourna la première page de son bloc et observa attentivement la suivante.

— Exactement.

— Mais je ne suis pas sur cette liste ? demanda-t-il avec méfiance.

— Quoi ? Non, bien sûr que non ! Tu es mon patron.

— Bien. Du moment que nous sommes d'accord là-dessus…

Il aurait dû se sentir soulagé ; alors pourquoi était-il de plus en plus contrarié ? Il pouvait l'aider à choisir ses sous-vêtements, mais il n'était pas assez bien pour l'embrasser ?

D'accord… C'était probablement l'idée la plus ridicule qu'il avait eue de toute la journée.

Il poussa un profond soupir et chassa ces pensées insensées de son esprit pour essayer de comprendre son point de vue.

— Alors, qui est sur la liste ? demanda-t-il, redoutant sa réponse.

Elle leva les yeux vers lui.

— Que penses-tu de Jean-Pierre ?

— Le chef de l'hôtel ?

Elle ne peut pas être sérieuse…

— Il est français, expliqua-t-elle. Après tout, ce sont les Français qui ont inventé l'art du baiser, non ?

— Certainement pas, pas Jean-Pierre. Tu provoquerais probablement un incident diplomatique. C'est hors de question.

— D'accord, d'accord…

Elle raya le nom de sa liste.

— Et Jeremy ?

— Le gars qui tond la pelouse ?

— Il est paysagiste, répondit-elle en détachant les syllabes.

C'est pour ainsi dire un artiste… Il connaît peut-être deux ou trois choses sur *l'amour*…

— Il est homosexuel.

— C'est vrai ? Pourquoi est-ce que je ne me rends jamais compte de ce genre de choses ?

Elle soupira, visiblement contrariée, et raya Jeremy.

— Pourquoi pas Nicholas, le viticulteur ? Il est allemand, non ? Il est peut-être…

— Fais-moi voir ça, dit-il en lui arrachant le bloc des mains.

Il parcourut la liste des yeux.

— Paulo, le maître nageur ?

— Il est plutôt mignon…

— Oublie. Qui est Rocco ?

— Un des chauffeurs de limousine.

— Lequel ?

— Le grand qui a…

— Peu importe, l'interrompit-il de nouveau. Non.

— Mais…

— Non, dit-il d'un ton ferme en lui rendant le bloc-notes. Jette-moi cette liste à la poubelle, je ne veux pas que tu embrasses le personnel, pour l'amour du ciel !

— Très bien.

Elle lui lança un regard furibond et arracha la page, qu'elle jeta en boule dans la corbeille à papier.

— Tu as probablement raison, les gens risqueraient de se tromper sur mes intentions.

— Tu crois ? demanda-t-il d'une voix pleine d'ironie.

Elle posa son bloc sur le bureau et croisa les bras, ce qui eut pour seul effet de mettre encore plus sa poitrine en valeur.

— Alors, à qui puis-je demander de l'aide ? J'ai toute une semaine avant que Roger n'arrive, cela me laisse le temps de m'entraîner… Aurais-tu un ami à me recommander ?

— Non.

— Dommage !

Elle fit la moue, l'air pensive.

— Je peux peut-être trouver quelqu'un en ville qui…

— Ce n'est pas une bonne idée, dit-il d'un ton catégorique.

Pas une bonne idée ? C'était peu dire ! C'était l'une des plus mauvaises qu'il avait entendues. Il ne voulait pas qu'elle embrasse le personnel, ni les habitants du coin. Il n'était pas question qu'elle devienne « la jeune folle du Château de Silverado Trail qui embrassait tout le monde ».

Pourtant, à en juger par son expression résolue, elle était bien décidée à mettre son plan insensé à exécution. Et si elle s'assurait le concours de l'un des maîtres nageurs dans son dos…

Il observa sa moue boudeuse, regarda fixement ses lèvres pulpeuses. Il était le seul homme à pouvoir l'aider à améliorer sa technique en matière de baisers, principalement parce que l'idée qu'elle embrasse quelqu'un d'autre lui était soudain intolérable.

— Très bien, dit-il avec brusquerie, je vais t'aider.

Elle s'écarta du bureau sur lequel elle s'était appuyée.

— Mais tu n'es pas sur la liste…

— Ce n'est pas grave. Je vais t'aider moi-même, je ne veux pas que tu effraies le personnel.

Elle posa ses mains sur ses hanches et le regarda, la tête légèrement inclinée sur le côté.

— J'imagine que je ne dois pas me sentir insultée.

— Non, bien sûr… Je suis désolé. Tu sais ce que j'ai voulu dire.

Elle continuait à le dévisager.

— Je ne crois pas que ce soit une bonne idée.

— C'est la seule façon que j'aie de m'assurer que tu ne t'attireras pas d'ennuis.

— Je ne m'attirerai pas d'ennuis.

— Je sais, parce que c'est moi qui vais t'aider.

Elle se mit à respirer lentement, comme pour se préparer psychologiquement.

— D'accord. C'est très gentil de ta part, Brandon.

Elle s'approcha de lui d'un pas hésitant, mais il leva une main pour l'arrêter.

— Attends. Il faut d'abord que nous posions quelques règles.

— Des règles ? Pourquoi ?

— Parce que je ne veux pas que tu tombes amoureuse de moi.

— Que je tombe amoureuse de toi ?

Elle cligna des yeux, l'air perplexe, puis éclata de rire.

— Tu plaisantes ?

— Il y a quelque chose de drôle ? demanda-t-il, vexé.

— Oui, répondit-elle en continuant à glousser comme une collégienne. L'idée que je puisse être assez bête pour tomber amoureuse de toi est assez amusante !

— Assez *bête* ?

— Oui, assez bête ! Voyons voir…

Elle se mit à compter sur ses doigts :

— Tu es grognon le matin, tu laisses traîner tes journaux partout, tu ne rappelles jamais les femmes avec lesquelles tu sors, tu es un vrai bébé quand tu es malade…

— Attends un peu ! protesta-t-il.

Mais elle était sur sa lancée et rien ne pouvait l'arrêter :

— … et toutes ces superstitions qui te restent du temps où tu jouais pour la NFL… Seigneur ! Comme si porter les mêmes chaussettes à chaque match ne suffisait pas, il paraît que tu ne mangeais que des sardines et des myrtilles la veille d'un match ! Le fais-tu encore avant d'importantes négociations ? Qui ferait une chose pareille ?

Il en avait entendu assez. Il posa le dossier sur le bureau et s'approcha d'elle, un peu raide.

— Je lavais mes chaussettes entre chaque match.

— Ah oui, vraiment ?

— Oui, vraiment…

Il lui posa une main sur la nuque et l'attira vers lui.

— … et les sardines et les myrtilles sont riches en acides gras oméga-3.

— C'est fascinant, dit-elle d'une voix faible en le regardant fixement, les yeux écarquillés.

— C'est excellent pour le cerveau, dit-il en lui caressant la joue.

— C'est… bon à savoir.

Elle semblait sur ses gardes, ce qui était probablement sage de sa part. Il se pencha et lui déposa un baiser dans le cou, puis lui murmura à l'oreille :

— Le quarter-back est le cerveau de l'équipe… Tu le savais ?

Elle poussa un petit gémissement plaintif.

— Qu'est-ce que tu fais ?

— A ton avis ?

— Je ne sais pas…

— Moi, je sais.

Là-dessus, il l'embrassa. Ses lèvres étaient douces et chaudes, comme il s'y était attendu. Il s'efforça de ne pas l'embrasser trop fougueusement, il ne pouvait pas se permettre de se laisser emporter. Cependant, cela ne l'empêcha pas d'avoir envie de la serrer dans ses bras et de l'allonger sur le bureau pour la prendre sauvagement.

Il devait absolument s'arrêter, se ressaisir. Cela n'avait aucun sens… S'il s'éloignait d'elle *maintenant*, ils pourraient tous les deux oublier ce baiser.

Soudain, elle gémit, et il comprit qu'elle voulait exactement la même chose que lui. Incapable de résister, il glissa sa langue dans sa bouche sensuelle.

Il avait envie de prendre ses seins au creux de ses mains, de caresser leurs pointes, mais il savait que c'était complètement insensé…

Il rassembla tout son courage et, à contrecœur, se força enfin à détacher ses lèvres des siennes.

— Oh…, murmura-t-elle en rouvrant lentement les yeux. Oh ! c'était bien. *Très* bien…

Son ton était empreint d'étonnement.

— Oui, dit-il, songeur.

— J'ai beaucoup aimé…

Lui aussi, mais il se garda bien de le dire. Il faisait tout pour réprimer son désir de la déshabiller et de lui faire l'amour. Cela n'arriverait jamais… Il devait maîtriser les émotions étranges qui l'assaillaient.

Elle le regarda d'un air pensif.

— Roger ne m'a jamais embrassée comme cela…

— Roger est un idiot, je te l'ai déjà dit, dit-il entre ses dents.

— Ce n'est pas étonnant qu'il ne m'ait jamais trouvée séduisante, il ne m'a jamais fait me *sentir* séduisante.

— CQFD !

— Tandis que *toi*, tu m'as donné l'impression de l'être, dit-elle en souriant. Eh bien, ça alors ! Tu sais, finalement, je crois vraiment que le problème venait de Roger et non pas de moi. Enfin, je n'en suis pas sûre, mais…

— Tu peux en être sûre, l'interrompit-il d'un ton bourru. Le problème venait de Roger, point final.

Elle lui posa la main sur le bras.

— Merci, Brandon.

— Je t'en prie.

Il reprit le dossier qu'il était initialement venu chercher et se dirigea vers son bureau, s'efforçant de se calmer.

— Attends ! s'écria-t-elle.

Il se tourna vers elle. Ses sourcils étaient froncés et ses lèvres roses et pulpeuses légèrement entrouvertes. S'apercevant qu'il avait encore envie de l'embrasser, il se hâta de reprendre la direction de son bureau.

— Je crois que je pourrais devenir assez douée et en mettre plein la vue à Roger, mais j'ai besoin de m'entraîner, dit-elle en le suivant.

Elle avait repris son bloc, probablement pour dresser une autre de ses satanées listes et énumérer toutes les façons dont ils pourraient s'embrasser.

— Ce n'est pas une bonne idée, dit-il en glissant le dossier Montclair dans son porte-documents.

— Tu as déjà dit cela tout à l'heure, et finalement, c'était une très bonne idée !

Il lui lança un regard perçant.

— C'est fini, plus d'entraînement. N'oublie pas les règles de base…

— Ne t'inquiète pas, je ne les oublie pas.

Elle le dévisagea un moment, puis hocha lentement la tête.

— D'accord… Je suppose que tu as raison.

— J'ai raison, dit-il d'un ton sec en refermant son porte-documents.

— Merci de ton aide. C'était merveilleux… d'un point de vue strictement pédagogique, je veux dire.

— Je t'en prie, répondit-il en sortant de son bureau. Allez, ça suffit pour aujourd'hui.

— Oh ! je vais rester encore un peu, dit-elle avec sérieux en tournant une page de son bloc. Il faut que je prenne quelques notes tant que tout est encore frais dans mon esprit, pour ne rien oublier.

— Tu vas prendre des notes sur ce baiser ?

— Oui, pour référence ultérieure.

Elle avait déjà commencé à griffonner.

— Si je mets tout par écrit, ce que tu as fait, ce que j'ai ressenti, je serai capable de me souvenir de chaque sensation la prochaine fois, et je serai sûre de ne pas faire d'impair.

— La prochaine fois, fit-il machinalement.

— Oui. J'ai tendance à me souvenir plus distinctement des expériences tactiles si je les consigne tout de suite par écrit. De cette façon, je peux ensuite étudier mes notes en prévision de la prochaine fois.

Elle leva vers lui un visage rayonnant.

— Je suis sûre que mes capacités peuvent s'accroître de manière exponentielle.

— Vraiment ?

— Cela se tient parfaitement, sur le papier.

— Sur le papier. Bien.

Elle tapota le bloc-notes avec son stylo et murmura, comme pour elle-même :

— Bien sûr, un vrai baiser m'éclairerait davantage…

Elle leva les yeux vers lui et l'observa attentivement. Il n'aimait pas du tout la lueur qui brillait dans ses yeux.

— N'y pense même pas.

— Penser à quoi ? demanda-t-elle en battant des cils d'un air innocent.

S'il s'était agi de n'importe quelle autre femme, il aurait été convaincu qu'elle jouait à un dangereux petit jeu de séduction, mais il s'agissait de Kelly… Elle semblait ne rien connaître aux ruses généralement employées par les femmes, et toutes ses émotions se lisaient sur son visage.

C'était donc à lui de l'éclairer.

— Oublie ça, Kelly. Je ne t'embrasserai pas une deuxième fois.

— Oh ! je sais, murmura-t-elle.

Elle fit la moue, pensive. Il oublia aussitôt tout ce dont ils étaient en train de parler, submergé par l'envie de poser ses lèvres sur les siennes, de l'embrasser fougueusement, de s'abandonner à ses désirs…

Incapable de poursuivre la conversation tant il était troublé, il la quitta rapidement.

- 3 -

« Je ne t'embrasserai pas une deuxième fois. »

Chaque fois que Kelly repensait à ce que Brandon lui avait dit, elle sentait le rouge lui monter aux joues tant elle était embarrassée.

— Alors *arrête* d'y penser, dit-elle tout haut en mettant un plat préparé dans le micro-ondes.

Attendant que son repas soit chaud, elle jeta un coup d'œil autour d'elle. Son petit appartement confortable était bien rangé, comme d'habitude. La cuisine américaine était irréprochable de propreté.

Le service de ménage du Château était excellent, et même si elle faisait partie du personnel, les femmes de ménage avaient la gentillesse de passer tous les jours pour faire un peu de rangement, nettoyer et vérifier qu'il ne lui manquait rien.

Elle n'avait donc rien à faire, et avait tout le temps de ressasser les satanées pensées qui se bousculaient dans sa tête.

Non seulement avait-elle pratiquement supplié son patron de l'embrasser, mais en plus elle lui avait agité de la lingerie sous le nez. Quelle classe ! Et *pourquoi* lui avoir montré cette stupide liste ?

S'asseyant lourdement sur un tabouret devant le plan de travail, elle prit la bouteille d'eau pétillante qu'elle venait d'ouvrir, s'en servit un verre et en but une gorgée.

Elle s'était mise dans une situation délicate. Comment s'en sortir ? Il y avait plusieurs solutions…

Premièrement, elle pouvait présenter ses excuses à Brandon dès son arrivée au bureau le lendemain matin. Elle lui expliquerait, en toute honnêteté, qu'elle n'avait presque rien mangé pendant dix jours et que son cerveau ne fonctionnait plus correctement.

Mais il ne la croirait probablement pas… Tout le monde savait qu'elle était inébranlable. Il ne croirait jamais qu'elle avait brusquement le cerveau embrouillé.

La seule solution qu'il lui restait était tout simplement de s'en aller sans laisser d'adresse, d'aller s'installer le plus loin possible, à Duluth par exemple.

Brandon finirait, c'était certain, par oublier cette histoire saugrenue de baiser et de lingerie. D'ici quelques mois, un an, peut-être…

Oh ! mon Dieu… Elle posa les coudes sur le plan de travail et s'enfouit le visage dans les mains.

Le fait qu'il lui ait gentiment conseillé de choisir le string noir ne l'aidait vraiment pas…

La sonnerie du micro-ondes retentit, et elle en sortit le petit plat. Elle était fière d'avoir réussi à continuer à manger léger depuis qu'elle était rentrée de vacances, mais elle commençait à éprouver une folle envie de crème glacée.

C'était à cause du baiser… Elle s'était juré de ne plus y penser et avait plus ou moins réussi, se forçant à se concentrer sur autre chose chaque fois que ses pensées se tournaient de nouveau vers Brandon, sa main sur sa nuque, la sensation de ses lèvres sur les siennes… Pourtant, elle se laissa un peu aller et s'autorisa à y repenser.

Elle n'avait jamais rien connu de tel. Ce n'était qu'un baiser, bien sûr, mais elle avait éprouvé plus de passion en l'espace de quelques secondes qu'au cours des deux années pendant lesquelles elle était sortie avec Roger.

Elle ferma les yeux. Il lui semblait sentir encore la délicieuse pression de la main de Brandon sur sa peau brûlante, l'exquise douceur de sa bouche…

Elle finit par rouvrir les yeux et regarda fixement son dîner, qui refroidissait rapidement. Elle avait complètement perdu l'appétit.

Elle devait se ressaisir !

Brandon Duke était son patron. Elle accordait une grande importance à son travail, et ne pouvait pas se permettre de rêvasser et de fantasmer.

Quelques années plus tôt, elle s'était imaginé vivre une merveilleuse histoire d'amour avec Roger. Il était alors son preux chevalier, et elle pensait être la jeune femme la plus heureuse du monde. Cependant, son prince charmant s'était avéré être un crapaud. Il lui avait fait des promesses qu'il n'avait jamais eu l'intention de tenir, et avait réduit à néant son rêve d'amour et de mariage. La rupture ne s'était pas bien passée du tout, et elle avait eu du mal à s'en remettre, elle devait bien le reconnaître.

Avant de rencontrer Roger, elle était optimiste et ouverte à toutes les possibilités. Elle avait conscience d'être intelligente et plutôt jolie, et elle savait qu'elle voulait tomber amoureuse d'un homme, se marier et avoir des enfants. Cependant, quand il l'avait cruellement abandonnée, elle avait eu le cœur brisé. Elle était devenue cynique, timide, et mal assurée avec les hommes. Elle avait perdu toute confiance en elle et était longtemps restée incapable d'envisager de ressortir un jour avec qui que ce soit.

Par une curieuse ironie du sort, c'était précisément le fait de travailler avec Brandon qui l'avait guérie de ses peurs et du sentiment d'insécurité qui l'habitait. Il lui avait tout de suite fait comprendre qu'il la considérait comme un membre indispensable de l'équipe et comptait sur son intelligence et son organisation irréprochable.

Peu à peu, elle avait retrouvé son assurance et, un beau jour, elle s'était de nouveau sentie prête à sortir. Elle avait toujours envie de tomber amoureuse, de se marier et de fonder une famille, et la seule façon d'y parvenir était de rencontrer l'homme idéal.

Etant d'une nature particulièrement organisée, elle avait appelé ses amies pour leur demander conseil et avait dressé une liste de sites de rencontres et d'activités qu'elle aurait pu faire dans l'espoir de rencontrer des hommes intéressants.

Elle était persuadée d'être prête mais, quand elle avait vu

le nom de Roger sur la liste des personnes qui assisteraient aux conférences prévues à l'hôtel, elle avait senti son estomac se nouer. Le sentiment d'insécurité dont elle avait cru s'être débarrassée l'avait de nouveau envahie. Elle ne serait pas capable d'aimer un autre homme tant qu'elle n'aurait pas dit à Roger le tort qu'il lui avait fait, tant qu'elle ne lui aurait pas dit ce qu'elle avait sur le cœur.

Si cela signifiait qu'elle devait le défier, elle était prête à le faire ! Le seul problème était qu'il avait un ego surdimensionné, et qu'il risquait d'être sur la défensive. Il s'en prendrait probablement violemment à elle, verbalement du moins. Elle n'était pas sûre de pouvoir de nouveau endurer ses insultes…

Comment l'amadouer ?

Elle avait donc imaginé un plan diabolique.

Si elle parvenait, d'une façon ou d'une autre, à l'attirer dans ses filets pour mieux le repousser, elle retrouverait son optimisme d'antan et pourrait enfin tourner la page et profiter de la vie. Elle serait libre d'aller de l'avant, d'aimer de nouveau.

Par ailleurs, elle était persuadée qu'il ne souffrirait pas *réellement* de cette rebuffade. Heureusement ! Elle aurait été incapable de lui nuire sciemment, en dépit de tout le mal qu'il lui avait fait. En fait, il était bien trop arrogant pour permettre à une femme de le blesser. Il s'en remettrait très facilement, cela ne faisait aucun doute.

En ce qui la concernait, elle se moquait de ce qu'il inventerait pour expliquer pourquoi elle n'avait pas voulu de lui. Tout ce qui lui importait était de se sentir mieux, d'être prête à ouvrir son cœur à un autre homme, à envisager de nouveau la possibilité de trouver l'amour et le bonheur.

Son changement radical de look allait indéniablement lui être d'une grande utilité. Apprendre à embrasser correctement ne lui aurait pas nui non plus, surtout si c'était un expert en la matière qui lui donnait des leçons…

Cette pensée la ramena aussitôt à la situation fâcheuse dans laquelle elle se trouvait.

Brandon…

Elle repoussa sa nourriture du bout de sa fourchette.

Hélas, elle n'était pas sûre d'avoir assez d'expérience pour séduire Roger après avoir embrassé Brandon une seule fois, même si ce baiser avait été époustouflant.

Cela ne lui aurait pas déplu de continuer à s'entraîner, mais Brandon était son *patron* ! Combien de fois devrait-elle se le répéter ? Pire encore : il aurait pu compromettre son plan de vengeance. Après tout, s'il continuait à l'embrasser, cela risquait de déboucher sur autre chose…

C'était possible, et le nier n'aurait servi à rien. S'il avait voulu aller plus loin quand ils s'étaient embrassés, elle aurait accepté, tant son baiser avait été enivrant.

— Bon d'accord, il embrasse divinement ! dit-elle tout haut.

Elle reposa sa fourchette dans son assiette et se leva, trop agitée pour manger.

Même si cela allait plus loin, entre eux, elle n'était pas assez bête pour tomber un jour amoureuse de Brandon Duke.

Elle traversa la pièce, prit sa veste sur la chaise, et alla la pendre dans le petit placard, puis elle passa ses vêtements en revue pour choisir une tenue pour le lendemain.

Elle avait ri des règles de Brandon, mais maintenant qu'elle l'avait embrassé, était-elle toujours aussi sûre de pouvoir résister à ses charmes ?

— Oui, s'écria-t-elle d'un ton assuré en refermant brusquement la porte du placard.

Après tout, elle n'était pas stupide. Elle connaissait sa réputation, et savait pertinemment qu'il allait de femme en femme. Il aurait fallu qu'elle soit folle pour s'imaginer qu'il pourrait rendre à une femme l'affection qu'elle avait pour lui. Alors, pourquoi tomber amoureuse de lui ?

Cela ne lui arriverait jamais. Il n'était pas le genre d'homme à s'assagir et à se marier, il ne correspondait pas du tout à l'idée qu'elle se faisait de l'homme idéal.

C'est précisément pour cette raison qu'il peut m'aider ! Comme elle ne tomberait jamais amoureuse de lui, il était tout désigné pour lui enseigner l'art du baiser.

Il ne lui restait plus qu'à l'en persuader. Après tout, elle avait déjà beaucoup appris, notamment en se rendant compte que le problème était toujours venu de Roger. Il ne l'avait jamais embrassée comme Brandon. Elle s'en serait souvenue…

Oh ! oui… Elle soupira.

Comment pouvait-elle convaincre son patron de l'aider ? Elle n'avait pas beaucoup de temps devant elle, Roger serait là quelques jours plus tard. Elle devait faire comprendre à Brandon qu'elle avait seulement besoin d'une leçon de séduction.

Elle alla se rasseoir et se força à prendre une bouchée de poulet.

Soudain, une idée lui traversa l'esprit : il devait bien y avoir un site internet donnant des leçons de séduction.

Bien sûr, elle aurait préféré tout apprendre d'un véritable expert, et Brandon en était indubitablement un.

Etant donné l'effet que lui avait fait un seul de ses baisers, elle imaginait à peine ce qu'elle ressentirait si elle faisait l'amour avec lui…

Quoi ? Elle se leva d'un bond. D'où cette idée lui était-elle venue ?

Elle devait s'ôter cela de la tête tout de suite. Elle prit son assiette et ses couverts et alla les mettre dans l'évier.

Cependant, maintenant que cette pensée s'était imposée à elle, elle n'arriverait pas à la chasser de son esprit. Que se passerait-il s'ils couchaient ensemble ?

Et si elle découvrait qu'elle n'était *vraiment* pas douée pour cela ?

Oh ! non… Elle ne pourrait plus jamais le regarder en face. Elle serait obligée de démissionner…

Et si, au contraire, elle *était* douée ? S'imaginerait-il qu'elle avait menti au sujet de son inexpérience ? Là encore, elle ne pourrait plus jamais le regarder en face. Elle serait obligée de démissionner…

Elle poussa un gémissement plaintif et se mit à tapoter nerveusement le plan de travail du bout des doigts.

Bon, très bien… Il fallait qu'elle trouve une autre solution. Dès le lendemain matin, elle lui présenterait ses excuses. Il les accepterait forcément : après tout, c'était la première fois qu'elle faisait quelque chose d'aussi consternant.

Elle s'expliquerait, et tout rentrerait dans l'ordre. Elle lui promettrait qu'elle n'aurait plus jamais de comportement déplacé, et dans quelque temps, elle sourirait en repensant à ce moment d'égarement.

Soudain, la sonnette de la porte d'entrée retentit, l'arrachant à ses pensées.

Elle jeta un coup d'œil à sa montre. Pouvait-il s'agir d'une femme de ménage ? Elle avait demandé qu'on ne lui apporte plus les délicieux chocolats, mais ce soir, elle en prendrait peut-être un, exceptionnellement.

Elle ouvrit la porte et, aussitôt, toutes ses bonnes résolutions s'évaporèrent.

— Brandon, murmura-t-elle.

— Il faut qu'on parle.

Brandon regarda fixement Kelly, brusquement incapable de se rappeler pourquoi il s'était dit qu'aller la voir serait une bonne idée.

Après avoir quitté son bureau, il était allé faire un jogging, puis il avait appelé ses frères pour mettre au point les derniers détails du séjour imminent de sa famille.

Il s'était ensuite retiré dans sa chambre pour regarder un match de foot, mais il n'avait pas réussi à se concentrer. Et il la considérait comme responsable de son état.

Il n'arrivait pas à la chasser de son esprit, ne pouvait s'empêcher de repenser à ses lèvres pulpeuses, à sa langue, à ce qu'il avait envie de lui faire…

Non, c'était impossible, il ne *pouvait* pas s'engager dans cette voie, pas avec elle.

Elle travaillait pour lui. Il faudrait vraiment être stupide pour mettre en péril leurs excellentes relations de travail…

D'ailleurs, même s'il était prêt à ignorer ce point, Kelly n'était pas son type. Elle n'était pas aussi sophistiquée que les femmes qu'il fréquentait d'habitude. Il ne l'aurait jamais appelée sur un coup de tête dans l'idée de passer une nuit torride sans aucune intention de la recontacter ensuite.

Non, Kelly était une femme plus simple, qui méritait de rencontrer un homme bien, avec lequel elle se marierait. Il valait vraiment mieux qu'il la laisse tranquille.

Il avait eu quelques très mauvais modèles quand il était petit, avant d'être adopté par Sally Duke. Il avait vu toutes les façons dont les gens pouvaient se faire du mal au nom de l'amour et du mariage, et il n'avait pas l'intention de suivre cet exemple. Il avait donc décidé de ne plus jamais approcher Kelly.

Pourtant, elle lui avait paru tellement pensive, tellement hésitante, quand il avait quitté le bureau. Il ne l'avait jamais vue douter d'elle-même auparavant, et ce changement d'attitude l'inquiétait.

Et puis, il y avait eu ce baiser…

Bon sang ! Il était pourtant bien décidé à ne plus y penser.

Alors, que faisait-il sur le pas de sa porte, une bouteille de vin à la main ?

Ah, oui, c'est vrai…

— Il faut qu'on parle, dit-il de nouveau.

Il avait dit exactement la même chose lorsqu'il l'avait convoquée dans son bureau. Et cela lui paraissait encore plus pathétique maintenant.

Elle s'écarta pour le laisser passer, et il entra dans le petit appartement.

— J'espère que je ne te dérange pas pendant le repas…

— Non, j'ai fini de manger.

Il lui tendit la bouteille de vin, un pinot noir du vignoble des Duke.

— En prendras-tu un verre si je l'ouvre ?

Elle regarda fixement la bouteille, puis leva les yeux vers lui.

— Bien sûr. Je vais chercher un tire-bouchon.

Elle fouilla dans un tiroir de la cuisine. Il voyait bien qu'elle était nerveuse… C'était bien normal : combien de femmes embrassaient leur employeur ? Combien d'employeurs passaient voir leur secrétaire avec une bouteille de vin ?

En revanche, il espérait qu'elle ne se trompait pas sur ses intentions. Il voulait seulement mettre les choses au clair pour que leurs relations professionnelles redeviennent aussi exceptionnelles qu'elles l'avaient été avant ce malheureux baiser…

C'était un problème simple, et il ne lui faudrait pas longtemps pour dire à Kelly ce qu'il avait sur le cœur, mais il devait bien admettre qu'un petit verre de vin les aiderait quand même tous les deux à se détendre.

— Tiens, dit-elle en lui tendant le tire-bouchon.

Elle lui jeta un regard anxieux.

— Tu as des verres ?

— Bien sûr, dit-elle, troublée.

Tout en débouchant la bouteille, il l'observait discrètement. Comment avait-il pu croire qu'il serait capable de se détendre en sa présence dans une chambre d'hôtel ?

Elle portait un jean coupé en petit short et un T-shirt, tenue parfaitement appropriée pour une jeune femme qui avait prévu de passer la soirée seule dans sa chambre. Cependant, alors qu'elle se mettait sur la pointe des pieds et tendait le bras pour attraper les verres dans le placard de la cuisine, son T-shirt se releva légèrement, révélant son ventre parfaitement plat, et son petit short glissa sur ses cuisses fuselées, laissant entrapercevoir la courbe de ses fesses.

— Voilà, dit-elle en posant les deux verres sur le plan de travail.

Prenant soudain conscience qu'il avait retenu son souffle, il se relâcha.

— Merci.

Il servit le vin et lui tendit un verre.

— Kelly, je…

— Ecoute, Brandon…

— Désolé. Qu'allais-tu dire ?

Elle cligna des yeux, puis s'empressa de répondre :

— Non, non, toi d'abord.

— Très bien. Je crois que…

— D'accord, je commence !

Sa poitrine se soulevait sur un rythme désordonné. De toute évidence, elle était passablement agitée… Elle but une gorgée de vin, fit quelques pas dans la cuisine, puis s'arrêta net et le regarda droit dans les yeux avec une expression pleine de regret.

— Je voulais m'excuser de la façon dont je me suis comportée aujourd'hui, dit-elle enfin. Je ne sais pas ce qui m'a pris. Je ne suis plus moi-même depuis que j'ai découvert que Roger allait venir ici, et je crois que j'ai un peu… perdu la tête, tout à l'heure… Je suis morte de honte quand je repense à ce qui s'est passé, et je peux t'assurer que cela ne se reproduira pas. J'espère sincèrement que tu accepteras mes excuses.

Elle se tut. Elle semblait épuisée, et il eut un élan de compassion pour elle.

— Pourquoi ne pas nous asseoir ? dit-il.

Il se dirigea vers le confortable coin-salon et elle le suivit. Ils s'assirent, chacun à une extrémité du petit canapé, séparés par une cinquantaine de centimètres seulement.

Il aurait dû être soulagé qu'elle se soit excusée, et pourtant, pour une raison obscure, cela le contrariait.

— Qu'est-ce qui ne se reproduira pas, au juste ? demanda-t-il.

Elle ouvrit la bouche, s'apprêtant à répondre, mais la referma sans rien dire. Les sourcils froncés, elle posa son verre sur la table basse et se tourna légèrement pour être face à lui.

— Tu vois très bien de quoi je parle.

— Dis-le-moi.

— D'accord…

Elle poussa un profond soupir et, cette fois encore, il fut hypnotisé par le mouvement de sa poitrine.

— Je t'ai mis dans une position délicate, je t'ai fait des propositions malhonnêtes…

Elle poussa un gémissement plaintif et leva les bras dans un geste d'impuissance.

— Je me suis jetée à ta tête ! Au sens figuré, bien sûr…

— Bien sûr, répondit-il prudemment.

— Je ne t'ai pas laissé le choix, je t'ai pratiquement forcé à m'embrasser, Brandon. C'était horrible de ma part.

Elle reprit son verre de vin et continua :

— Comprends-moi bien, j'apprécie vraiment ce que tu as fait pour moi. C'était merveilleux, c'était… Enfin, bref, j'étais un peu perdue et tu m'as aidée à y voir plus clair, mais ce n'était vraiment pas correct de ma part de te demander cela, et j'en suis sincèrement désolée. J'ai abusé de toi, purement et simplement.

Il réprima un sourire. Elle ne croyait tout de même pas *réellement* qu'une femme pouvait *abuser* de lui ?

— Vraiment ?

Elle pressa sur ses tempes comme si elle avait mal à la tête.

— Oui. Je t'ai quasiment supplié de m'embrasser.

Cette fois, il ne put s'empêcher de sourire. Il commençait à s'amuser.

— Tu ne m'as pas vraiment *supplié*, mais continue…

— Je comprendrais que tu m'en veuilles, mais j'espère que tu me pardonneras. Je peux te promettre que cela ne se reproduira jamais.

— Jamais ?

— Jamais, je te le jure. D'ailleurs, si tu pouvais tout oublier, cela m'arrangerait.

— Tu essaies de me dire que je devrais oublier tout ce qui s'est passé ?

— Exactement ! Je t'en serais très reconnaissante. Tu sais que je n'ai jamais été une employée à problèmes, et si tu voulais bien fermer les yeux pour cette fois, je te promets que tu n'auras pas à le regretter.

Il se frotta la mâchoire d'un air faussement pensif.

— Je dois reconnaître que tu as toujours été irréprochable.

— J'aime à le croire, répondit-elle, visiblement soulagée. Je t'assure que ce n'était qu'un moment d'égarement.

— Bien sûr.

— Tu es très compréhensif, dit-elle, rayonnante. Je te remercie…

Elle but une gorgée de vin.

— Je suis contente que nous ayons cette conversation, je me sens beaucoup mieux.

— Je suis là pour ça.

Un sourire timide se dessina sur ses lèvres.

— J'avais peur que tu sois venu pour me renvoyer.

Stupéfait, il répondit :

— Je ne te renverrais jamais pour ce qui s'est passé aujourd'hui ! Je passais seulement pour te dire de ne pas t'en faire. Je savais que tu serais trop dure avec toi-même.

— Eh bien, le fait est que j'ai eu un comportement tout à fait déplacé, et je le regrette sincèrement.

— J'ai bien compris.

C'était exactement ce qu'il avait espéré entendre, et pourtant, il restait contrarié.

— Il y a tout de même une chose qui m'inquiète, Kelly.

— Quoi donc ?

— *Pourquoi* veux-tu reconquérir cet imbécile de Roger ?

— J'ai besoin de le faire, et je *vais* le faire, dit-elle avec détermination. Mais vraiment, Brandon, n'y pense plus, je t'en prie… Je n'aurais jamais dû te mêler à cela.

— Arrête de t'excuser, Kelly ! C'est moi qui ai insisté pour savoir ce qui te tracassait, et si tu veux tout savoir, je suis content que tu te sois confiée à moi.

— C'est vrai ? Pourquoi ?

— Parce que cela signifie que tu me fais confiance, et cela me fait très plaisir. Je t'apprécie beaucoup.

Son regard se fit plus doux.

— Merci, Brandon. Cela me touche beaucoup.

— Je présume que je ne te le dis pas assez souvent.

Il fronça les sourcils et ajouta :

— C'est pour cela que je ne comprends pas pourquoi tu veux reprendre ton ex-petit ami… Il t'a fait du mal.

— Il ne m'en fera plus jamais.

— Tant mieux, je suis ravi de l'entendre.

Cependant, il n'y croyait pas. Elle était trop naïve pour comprendre comment fonctionnait un sale type comme Roger. Il savait sans doute exactement comment la blesser de nouveau.

Il but une gorgée de vin et réfléchit.

— Alors, quand est-ce qu'il arrive ?

— Lundi. Il sera là la semaine entière.

— Il va assister à tous les événements organisés pour l'inauguration ?

— Oui.

Il se renfrogna. Etrangement, l'idée de la voir flirter avec un homme pendant toute une semaine le mettait hors de lui. Il s'efforça de se calmer et demanda :

— Veux-tu que je lui parle ?

— Non !

Elle se redressa brusquement.

— Je te remercie de me le proposer, mais non. Tu ne le ferais pas, n'est-ce pas ?

— Si, si je pensais que cela pouvait t'aider, je le ferais, mais manifestement tu préfères que je ne le fasse pas, alors je respecterai ton souhait. Par contre, je te préviens, s'il fait le moindre faux pas…

Elle leva une main pour l'interrompre.

— Cela n'arrivera pas, je ne le laisserai pas faire.

— Tant mieux.

Il regarda fixement son verre de vin et, avec une désinvolture feinte, lui demanda :

— Tu comptes toujours l'embrasser ?

Elle s'immobilisa.

— Euh…

Il posa les coudes sur ses genoux et se pencha vers elle.

— Je ne veux pas être indiscret, Kelly, mais nous avons une semaine chargée devant nous, et je vais avoir besoin de toute ta concentration. Alors si tu prévois de ressortir avec lui, cela risque de poser un problème.

— Brandon, quoi que je fasse avec Roger, cela n'affectera pas mon travail.

— Je ne suis pas sûr de vouloir courir ce risque…

Elle semblait un peu embarrassée.

— Il ne s'agit que d'un ou deux baisers, il n'y a pas de quoi en faire tout une histoire.

— Il y a de quoi, si l'on s'y prend bien.

— Oh…

Elle se mordit la lèvre inférieure d'un air songeur.

— Bien sûr, mais Roger ne va pas… Enfin…

Il l'observa attentivement.

— *Roger ne va pas bien s'y prendre*, c'est ce que tu allais dire, n'est-ce pas ?

— Oui, mais je voulais simplement dire que…

Visiblement nerveuse, elle se leva et croisa les bras sur sa poitrine.

— … que ça va aller.

— Tu crois ?

Elle eut un sourire crispé.

— Oui, j'en suis sûre. Je sais ce que je fais, maintenant.

— Ah, je vois… Maintenant que je t'ai embrassée, tu te crois capable de montrer à Roger comment l'on s'y prend !

Elle contracta la mâchoire et lui lança un regard de défi.

— Peut-être bien.

— Il ne sera là que dans une semaine… Ne risques-tu pas d'avoir tout oublié, d'ici là ?

— Bien sûr que non.

Elle se passa la langue sur les lèvres avec nervosité, ce qui le troubla profondément. Pourquoi restait-il assis là alors qu'elle était debout au milieu de la pièce, plus belle, plus désirable que jamais ?

Bon sang ! Il avait envie d'elle. Peu lui importait que ce soit une très mauvaise idée… Il savait ce qu'il voulait, et il cherchait toujours à obtenir ce qu'il voulait.

Cédant à l'inévitable, il se leva et s'approcha d'elle.

— Tu ne songeais tout de même pas à t'entraîner avec quelqu'un d'autre que moi, n'est-ce pas ?

Ses épaules s'affaissèrent légèrement, comme si elle avait été prise la main dans le sac.

— Non, bien sûr que non.

— Tant mieux…

Il continua à s'approcher lentement, sans jamais la quitter des yeux.

— … parce que je ne voudrais pas que le bruit coure que tu embrasses fougueusement tous les hommes qui passent…

— Je n'embrasserai personne, je te le promets, dit-elle tout bas en faisant un pas en arrière.

— J'espère bien…

— Pas fougueusement, en tout cas, ajouta-t-elle en s'efforçant de réprimer un sourire.

— Tu trouves ça drôle ? Il n'y a rien de drôle à embrasser quelqu'un fougueusement…

— Tu as sûrement raison, dit-elle, hochant lentement la tête.

— Oh ! crois-moi, *j'ai raison.*

Maintenant qu'il était tout près d'elle, il voyait sur son nez et ses joues des taches de rousseur qu'il n'avait encore jamais remarquées.

Elle se mordit de nouveau la lèvre.

— Brandon… ? Qu'est-ce que tu… ?

— Chut…

Il regarda fixement sa bouche pulpeuse et, quand un sourire se dessina sur ses lèvres, il sut qu'il ne pourrait pas résister à la tentation plus longtemps. Il la serra alors contre lui et l'embrassa.

Il n'avait jamais rien goûté d'aussi délicieux… Il posa une main sur sa nuque pour lui faire incliner la tête en arrière et leur baiser se fit aussitôt plus profond. Il éprouvait le besoin irrésistible de la toucher, de poser ses mains partout sur son corps, de lui faire l'amour sauvagement…

L'enveloppant dans ses bras, il respira son parfum enivrant et l'embrassa dans le cou, se forçant à prendre son temps.

— Brandon, je sais que tu n'avais pas envie de…

— Chut…

Il écarta le col de son T-shirt et lui déposa un baiser sur l'épaule.

— J'en ai envie.

— Tu en es sûr ? demanda-t-elle dans un murmure.

— Ce serait plutôt à moi de te poser cette question, chérie.

Elle le regarda fixement, les yeux brillants.

— Oh… Eh bien, j'en suis sûre, vraiment sûre.

— C'est tout ce que je voulais entendre.

Il fit glisser ses mains sur sa taille et les referma sur ses seins gonflés de désir. Puis, du bout des doigts, il lui caressa les pointes comme il en avait eu envie toute la journée.

— Je t'en prie, dit-elle dans un souffle, ne t'arrête pas…

— Ce n'était pas mon intention…

Il posa ses lèvres tout contre les siennes et l'embrassa de nouveau, submergé de désir. Comment avait-il pu attendre toute la journée ?

Elle lui rendit son baiser avec ardeur, lui passant les bras autour du cou pour l'attirer le plus possible vers elle.

— J'ai envie de toi, Kelly, murmura-t-il.

— Moi aussi…

Il n'eut pas besoin de plus d'encouragements. Il la prit dans ses bras, la souleva sans effort, et se dirigea vers la chambre.

— Oh ! j'adore, dit-elle avec un petit sourire coquin.

— Tu n'as encore rien vu, bébé…

Elle se blottit contre lui et l'embrassa dans le cou. Quand il arriva au pied du lit, il la déposa délicatement sur les draps, puis vint se placer au-dessus d'elle et lui retira son T-shirt d'un mouvement rapide.

Elle était magnifique, les bras levés au-dessus de sa tête avec une élégance langoureuse, ses cheveux brillants étalés sur l'oreiller. Il dut prendre sur lui pour ne pas aller trop vite, ne pas précipiter les choses…

Il lui glissa une main dans le dos et dégrafa son soutien-gorge avec douceur.

— Tu es sublime, dit-il doucement d'un ton admiratif.

Elle sourit et lui caressa la joue, comme si elle aussi avait peine à croire qu'il était vraiment là, que tout ceci était bien réel.

Il se pencha pour prendre dans sa bouche l'une des pointes de ses seins, puis l'autre. Haletante, elle se cambra et gémit de plaisir.

Il n'avait jamais connu de femme aussi sensible, aussi réceptive à ses caresses…

Empoignant fermement ses seins, il descendit sur son ventre, déposant une ligne de baisers sur sa peau brûlante. Elle frémit d'impatience, se cambra de plus belle… Il posa alors la bouche sur son sexe et le caressa avec sa langue.

Il perdit alors toute notion du temps, conscient seulement des petits gémissements de Kelly, de la sensation grisante qu'il éprouvait en lui donnant du plaisir.

— Je t'en prie, Brandon, dit-elle dans un souffle. Je veux te sentir en moi…

Aussitôt, il se leva, finit de se déshabiller, prit un préservatif dans la poche de son jean et l'enfila. Elle le regardait intensément en se passant lentement la langue sur les lèvres.

Il n'avait jamais désiré aucune femme à ce point. Il s'allongea à côté d'elle et l'attira vers lui pour la faire asseoir à califourchon au-dessus de lui, puis il agrippa ses fesses des deux mains et la guida sur son sexe en érection. Il la serra alors contre lui et, sans cesser de l'embrasser, il la pénétra, plongeant profondément dans la chaleur de son intimité.

Ils se mirent à bouger en rythme, parfaitement synchronisés, comme si leurs deux corps avaient été créés l'un pour l'autre. La passion qui les animait était explosive. Il ne s'était jamais senti aussi bien, n'avait jamais éprouvé autant de plaisir, n'avait jamais eu à ce point envie d'en donner…

Elle se pressa contre lui de toutes ses forces et l'embrassa avec une telle tendresse qu'il fut parcourut d'un frisson. Avec une ferveur telle qu'il n'en avait jamais connue, il la pénétra encore et encore. Soudain, elle cria son nom, et tout son corps fut secoué d'un tremblement délicieux et incontrôlable. Il resserra alors son étreinte et, poussant un gémissement rauque, jouit avec elle.

- 4 -

— C'est donc pour *ça* que tout le monde accorde tant d'importance au sexe, dit finalement Kelly d'une voix émerveillée.

Cela avait pris un moment, mais la respiration de Brandon était redevenue normale, et il avait à peu près retrouvé ses esprits.

Plus ébranlé qu'il n'était prêt à l'admettre, il se tourna vers elle et lui sourit d'un air assuré.

— Oui, c'est pour ça. Pourquoi prends-tu cet air étonné ? Ce n'est pas la première fois que tu fais l'amour…

— Pas comme ça, dit-elle d'une voix tremblante.

Elle détourna les yeux et tripota nerveusement la taie de son oreiller.

Il lui prit le menton avec douceur et lui fit relever la tête, la forçant à le regarder.

— Es-tu en train de me dire que ton idiot d'ex-petit ami ne t'a jamais satisfaite ?

Elle le regarda d'un air méfiant.

— Roger me disait que je n'étais pas très douée au lit.

Il était stupéfait. Il devait avoir mal entendu…

— Pardon ?

— Il disait *nulle*, répondit-elle d'une petite voix. D'après lui, je suis nulle au lit.

Elle poussa un profond soupir et continua :

— Quand il m'a quittée, j'ai fait l'erreur de lui demander pourquoi, et c'est ce qu'il m'a répondu.

Il était tellement en colère qu'il aurait pu tuer ce maudit Roger s'il l'avait eu en face de lui.

Il se redressa, s'appuyant sur un coude, et la regarda intensément.

— Il a tout faux, chérie. Tu le sais, n'est-ce pas ?

— Maintenant, oui, mais à l'époque, je n'en étais pas si sûre.

Il secoua la tête, incrédule.

— Eh bien, *à l'époque*, c'était à l'époque, et *maintenant*, c'est maintenant, et moi, j'en suis sûr.

— C'est vrai ?

Son sourire timide lui serra le cœur. Il lui caressa tendrement l'épaule et dit :

— Bon sang, Kelly, tu ne vois pas à quel point tu es attirante ? Oublie tout ce que cet abruti t'a dit. De toute évidence, il te faisait passer pour responsable de ses propres insuffisances.

Il s'assit, s'adossa à la tête de lit et la serra contre lui.

— Il avait tort, tu m'entends ? Tu es merveilleuse, extrêmement séduisante. Je n'ai jamais…

Il s'interrompit et prit une profonde inspiration pour se ressaisir.

— Disons simplement que tu es tellement torride que je n'en suis pas encore remis.

Elle lui adressa un sourire éclatant, et il fut de nouveau fasciné par sa bouche.

— D'accord, dit-elle en hochant lentement la tête, je te crois.

— Tant mieux. Tu devrais aussi me croire quand je te dis que ce type mériterait qu'on lui donne une bonne leçon.

Son sourire s'évanouit.

— C'est exactement ce que j'ai l'intention de faire.

Elle lui posa une main sur le torse avec douceur et leva les yeux vers lui.

— Peux-tu me faire une faveur ?

— Encore une ?

Elle lui donna une petite tape d'un air faussement indigné. Il rit et lui prit la main avant qu'elle n'ait le temps de la retirer, pour la maintenir sur son torse.

— Bien sûr, chérie, dit-il. De quoi s'agit-il ?

— Je ne veux pas que tu aies de remords, demain, ni que tu sois gêné. Je t'en prie, Brandon… C'était merveilleux, et je ne regrette rien. Je ne veux pas que quelque chose vienne salir ce qui s'est passé ce soir.

Il la regarda fixement quelques instants, puis acquiesça d'un hochement de tête.

— D'accord. Ni remords, ni embarras.

— Merci, dit-elle en souriant.

Il lui écarta une mèche de cheveux du visage.

— Maintenant, c'est à toi de me faire une faveur. Je ne veux plus t'entendre me dire merci, c'est compris ?

— Mais…

Il l'interrompit en lui posant un doigt sur les lèvres.

— Non. Je ne t'ai fait aucune *faveur*, crois-moi. Nous avions tous les deux envie de faire ce que nous avons fait, et nous avons tous les deux passé un très bon moment.

— Tu as raison. D'accord, très bien, plus de *mercis*.

— Merci.

Ils rirent, et il se pencha pour l'embrasser. Aussitôt, il eut une nouvelle bouffée de désir.

— J'adore tes baisers, chuchota-t-elle sur le ton de la confidence.

— Au cas où tu ne le saurais pas, j'adore *tout* chez toi…

Là-dessus, il s'employa à le lui prouver.

Beaucoup plus tard cette nuit-là, après avoir fait l'amour avec Kelly pour la troisième fois, Brandon la serra dans ses bras, plaquant ses fesses rebondies contre son corps brûlant.

— Hmm… C'est tellement bon, dit-elle.

— Oui…

Pourtant, une petite partie de lui doutait de ce qu'il était en train de faire.

Avec elle, tout était bien trop bon… Cela risquait de poser un problème.

Il devait être plus de minuit. Il aurait peut-être mieux fait de retourner dans sa propre chambre… Il pouvait encore avoir une bonne nuit de sommeil.

A ce moment-là, elle s'étira, se collant encore davantage contre lui. Puis, avec un soupir de contentement, elle murmura :

— Oh… Je me sens tellement bien !

Songeait-il vraiment à s'en aller *maintenant* ? Avait-il perdu la tête ?

Cependant, s'il décidait de s'attarder, il fallait qu'ils parlent.

Il lui passa un bras autour de la taille et, rassemblant ce qui lui restait d'énergie, lui murmura à l'oreille :

— Tu n'es pas en train de tomber amoureuse de moi, n'est-ce pas ?

— Quoi ?

Elle se retourna complètement, et il fut soulagé de constater qu'elle souriait de bon cœur.

— Je pourrais te poser la même question.

— Tu veux savoir si je suis en train de tomber amoureux de toi ? demanda-t-il avec un grand sourire.

— Oui, exactement !

Il rit.

— Hé, je connais les règles !

— Tant mieux, dit-elle en prenant un air faussement sérieux, parce que je suis une femme très occupée, et je ne veux pas t'entendre soupirer après moi au bureau.

— J'essayerai de me maîtriser, répondit-il avec un petit sourire narquois.

Elle rit.

— J'espère bien…

Son sourire s'évanouit, et elle ajouta :

— … mais, puisque nous en parlons, nous devrions peut-être mettre deux ou trois choses au clair.

— Comme quoi, par exemple ?

— Comme le fait que je ne veux vraiment pas que le personnel soit au courant de notre liaison.

— Je ne veux pas cela non plus. Alors nous serons discrets.

— D'accord, parfait.

Elle fit la grimace.

— Oh non… Et ta famille ? Ils seront là dans quelques

jours, et je préférerais qu'ils n'apprennent pas que je couche avec mon patron !

Il lui caressa la joue.

— Je comprends…

C'était vrai, il la comprenait ; car même s'il avait le plus profond respect pour elle, il savait que certains considéreraient leur relation comme inopportune.

— Alors nous ferions mieux d'arrêter de nous voir quand ta famille arrivera…

— Cela m'embête beaucoup de l'admettre, dit-il à contrecœur, mais tu as probablement raison.

Il lui caressa la cuisse et ajouta :

— En attendant, par contre…

Les yeux pétillants, elle sourit et se serra contre lui.

— Hmm… Oui, en attendant, tu pourrais peut-être me réexpliquer pourquoi on accorde tant d'importance au sexe.

— Où étais-tu passé, hier soir ? demanda sans préambule Cameron Duke à Brandon quand celui-ci décrocha le téléphone le lendemain matin. J'ai essayé de t'appeler plusieurs fois, mais j'ai fini par abandonner.

Il essaya de trouver une excuse le plus vite possible.

— Je devais être parti courir. A quelle heure as-tu appelé ?

— Une première fois à 19 heures, puis deux fois vers 20 heures.

— Désolé, frangin… J'avais mis mon portable à charger et je l'ai oublié. Que voulais-tu me dire ?

— Maman voulait absolument que je confirme avec toi nos réservations pour la semaine. J'ai fini par appeler Kelly, mais elle n'a pas décroché non plus.

— Tiens ! Elle a dû aller dîner en ville.

— Sans son téléphone ? Pas la Kelly que je connais !

— C'est vrai que c'est bizarre…

Il leva les yeux au ciel. Il détestait mentir à ses frères, mais il ne pouvait vraiment pas leur dire qu'il avait couché avec sa secrétaire. Il n'avait pas envie d'entendre leurs plaisanteries.

Ils étaient restés enlacés jusqu'au petit matin, et le simple fait d'y repenser lui donnait envie d'être de nouveau dans un lit avec elle, de sentir sa peau douce contre la sienne, son corps nu blotti contre lui…

— Alors, tu nous réserves deux voiturettes de golf pour la visite du vignoble ? demanda Cameron.

— Quoi ?

Il secoua la tête pour s'arracher à ses pensées. *Bon sang !*

— Euh, oui, répondit-il enfin.

— Tout va bien, frangin ? J'ai l'impression que quelque chose te tracasse.

— Oui, tu sais ce que c'est… J'ai plein de choses à faire avant l'ouverture.

Il se gratta pensivement le menton. Qu'est-ce qui lui prenait ? Il ne s'était jamais laissé distraire par une femme, surtout pas pendant une période de grande activité.

— Effectivement, je sais ce que c'est, répondit Cameron. J'espère que tu es prêt pour le grand débarquement !

Il se passa une main dans les cheveux et s'efforça de chasser de son esprit une autre image de la belle Kelly nue et alanguie. Cela ne lui ressemblait vraiment pas d'être préoccupé comme cela quand il travaillait.

Comme ses frères, il ne laissait rien au hasard, en affaires. Il avait organisé un nombre incalculable de réunions avec les directeurs de ses hôtels et de ses restaurants, et il avait fait travailler tous ses employés à plein régime au cours des dernières semaines, en prévision de l'ouverture officielle. Tous les jours, les directeurs désignaient des membres du personnel pour jouer le rôle de clients. Les autres employés pouvaient ainsi s'entraîner à servir les repas, nettoyer les chambres, organiser des visites ou des dégustations de vins, avec le même professionnalisme que s'ils avaient affaire à un véritable client. La direction faisait ensuite le point sur les difficultés qu'ils avaient pu rencontrer, et l'opération se répétait le lendemain. C'était la meilleure façon de résoudre tous les problèmes avant de se lancer pour de bon.

Le chef et le personnel en cuisine avaient élaboré un nouveau menu, et Brandon savait que les critiques seraient excellentes. Bientôt, le Château de Silverado Trail serait la destination viticole la plus prisée de la région.

Ses frères et leurs épouses respectives arriveraient le jeudi pour la dernière réunion avant l'ouverture officielle, tandis que leur mère et ses amies arriveraient le vendredi matin.

Etait-il prêt ?

— Oui, répondit-il enfin, je crois que je suis prêt.

— Tant mieux, je suis ravi de l'entendre ! dit Cameron.

Son frère prit ensuite un moment pour lui donner les dernières nouvelles du petit Jake.

Quand ils eurent raccroché, il pensa à sa famille, à ses frères. Ils avaient tellement changé, en un an... Qui aurait pu deviner que les fils de Sally Duke seraient si prompts à laisser derrière eux leurs vies de célibataires endurcis pour devenir d'heureux pères de famille ? Enfin... deux des trois fils de Sally Duke.

Cameron et Adam avaient tous les deux succombé aux charmes de deux belles jeunes femmes, mais lui n'avait pas l'intention de marcher sur leurs traces.

Non, certainement pas... Il sourit et se jura, pour la énième fois, qu'il ne serait jamais la victime des manigances de sa mère. Elle adorait jouer les entremetteuses.

Sally prétendait qu'elle n'était pour rien dans la rencontre de Cameron et Adam avec leurs épouses respectives, mais tout le monde savait que c'était faux.

Cependant, elle n'arriverait pas à ses fins avec lui. Elle pouvait essayer si elle voulait. D'ailleurs, il ne doutait pas qu'elle le ferait... Maintenant qu'il y pensait, il se rendait compte qu'il devrait redoubler de vigilance dans les jours suivants.

Il l'adorait, bien sûr. D'ailleurs, il lui devait tout. Il lui vouait une reconnaissance éternelle depuis le jour où elle lui avait évité la maison de correction. Sally avait couru un risque en l'adoptant, mais cela ne l'avait pas empêchée d'avoir foi en lui.

Sally Duke était alors une jeune veuve, riche et généreuse. Son défunt et bien-aimé mari, William, avait lui aussi été adopté, et elle avait eu envie de faire un geste à sa mémoire en adoptant trois garçons du même âge : Adam, Cameron et Brandon.

Les trois garçons âgés de huit ans, après avoir appris à se connaître et à se faire confiance, avaient fait le serment d'être toujours là pour Sally, et les uns pour les autres. Ils étaient devenus frères de sang, et rien ne pourrait les séparer. Ils avaient juré de ne jamais se marier, et de ne jamais mettre d'enfants au monde, car ils étaient bien placés pour savoir que les gens qui étaient mariés se déchiraient, et que les parents, à l'exception de Sally, faisaient du mal à leurs enfants.

Sally leur avait donné une bonne éducation, et ils étaient devenus des hommes honnêtes, forts et intelligents.

Enfin, intelligents la plupart du temps… Il avait mis ses frères en garde, Sally faisait tout pour les marier, mais ils ne l'avaient pas écouté ! Adam avait rencontré Trish et était tombé amoureux d'elle. Quelques mois plus tard, Cameron avait retrouvé son ancienne petite amie, Julia, et découvert qu'elle avait eu un enfant de lui, le petit Jake. Les deux couples s'étaient récemment mariés et nageaient dans le bonheur.

Adam et Cameron avaient donc tous les deux rompu le pacte fraternel, mais ce n'était pas grave. Il leur avait dit qu'ils étaient faibles, mais que lui respecterait l'engagement. Ses frères avaient ri et l'avaient taquiné, mais il avait décidé bien avant de rencontrer ses deux frères adoptifs de ne jamais se marier. Il ne voulait pas devenir comme son père biologique, qui s'était mis à le battre quand sa mère l'avait quitté. Il n'oublierait pas la leçon que ces coups lui avaient enseignée.

Bien sûr, il était content que ses frères soient heureux, et il aimait beaucoup Trish et Julia, mais il ne voulait pas prendre le risque de tomber dans les mêmes travers que ses parents.

Il s'arrangeait pour que toutes ses relations amoureuses soient superficielles. Il ne restait jamais avec une même femme au-delà de quelques semaines, quelques mois tout au plus. Il ne s'autorisait jamais non plus à passer une nuit entière avec une femme. Il ne voulait pas leur donner de faux espoirs, leur faire croire qu'une aventure avec lui déboucherait sur quoi que ce soit de sérieux.

Cependant, il avait fait une entorse à la règle la nuit précédente, avec Kelly. Il avait prévu de retourner dormir dans sa propre chambre, mais il n'avait pas pu se résigner à s'arracher à sa douceur. Il s'était réveillé plusieurs fois dans la nuit avec le besoin viscéral d'être en elle, et ce matin ils avaient pris leur douche ensemble et avaient de nouveau fait l'amour.

L'image de Kelly, de son corps couvert d'eau et de mousse, le troubla tellement qu'il dut réprimer un gémissement.

Il avait bel et bien fait l'amour avec elle, il n'en revenait pas. C'était une femme fascinante, il le savait depuis des années, mais il avait découvert une tout autre facette de sa personnalité. Douce et passionnée à la fois, elle n'avait montré aucune inhibition. Elle ne ressemblait à aucune des femmes qu'il avait fréquentées jusque-là.

Ils avaient bien fait de se rappeler les règles de leur relation, la veille au soir. Il était très content d'en avoir discuté avec elle, car il ne voulait surtout pas finir par lui faire du mal. Cela lui avait fait plaisir de la voir sourire, de l'entendre dire qu'elle avait envie qu'ils continuent à se voir. Elle était heureuse de passer simplement de bons moments avec lui, et elle lui avait bien précisé qu'elle ne serait jamais assez bête pour tomber amoureuse de lui.

Plongé dans ses pensées, il ne la vit pas entrer dans le bureau. Quand elle posa une tasse de café bien chaud sur son sous-main, il leva les yeux et murmura :

— Salut, toi !

Il était sur le point de lui prendre la main pour l'attirer sur ses genoux, mais le regard d'avertissement qu'elle lui lança l'arrêta net.

— Bonjour, Brandon, dit-elle d'une voix forte en levant légèrement le menton, faisant les gros yeux alors que le concierge entrait derrière elle. Serge aimerait discuter avec toi d'une affaire urgente.

Serge vint se placer devant le bureau.

— As-tu un moment, Brandon ? Il y a un problème pour la visite du vignoble…

— Bien sûr…

Brandon adressa à Kelly un hochement de tête bref mais éloquent, puis reporta son attention sur Serge.

— Que puis-je faire pour toi ?

Kelly remplit la cafetière, réprimant une envie de bâiller. Il n'y avait rien d'étonnant à ce qu'elle soit fatiguée : non seulement elle devait faire face aux préparatifs de l'ouverture officielle de l'hôtel et aux urgences de dernière minute, mais en plus elle avait passé la nuit à faire l'amour avec Brandon. Elle n'avait donc presque pas dormi, et tous ses muscles étaient endoloris. Elle ne se plaignait pas, bien évidemment, et refusait de se sentir coupable. En fait, elle se sentait merveilleusement bien.

Elle n'arrivait toujours pas à croire qu'il avait surgi sur le pas de sa porte, et n'en revenait pas d'avoir passé des heures à faire l'amour avec lui. Cela avait été extraordinaire…

Pourtant, ce matin, alors qu'elle s'habillait, elle avait commencé à s'inquiéter. Comment réagirait-il quand ils se verraient au bureau ? Même s'ils s'étaient juré de ne pas éprouver de remords ni d'embarras, elle ne savait pas à quoi s'attendre. Peut-être avait-elle fait une grossière erreur en couchant avec lui…

… mais peut-être pas. Après tout, il ne s'agissait que de sexe, rien de plus. Il n'était pas question de sentiments. Elle avait tout simplement une aventure avec un homme que des milliers d'autres femmes rêveraient d'avoir.

Le temps d'arriver au travail, elle était dans un état avancé d'anxiété. Où avait-elle eu la tête ? Etait-elle devenue folle ? *Pourquoi* avait-elle couché avec lui ?

Cependant, dès qu'elle était entrée dans son bureau, dès qu'elle l'avait vu sourire et lui tendre la main, elle s'était rappelé *pourquoi*. Cela avait été merveilleux, et elle ne regrettait rien.

Elle aurait dû deviner qu'il était un amant extraordinaire. En plus d'être grand, beau, plein de charisme et extrêmement séduisant, tout lui réussissait depuis que Sally Duke l'avait adopté.

Sally lui avait fait un jour un résumé de la vie de Brandon :

il avait fait partie des meilleurs élèves quand il était au lycée, et des meilleurs joueurs de football américain à l'université. Il avait ensuite rejoint la NFL, pour laquelle il avait été quarter-back pendant des années, avant de devenir commentateur sportif pour la plus importante chaîne sportive du pays. Cependant, il s'était lassé d'être sous le feu des projecteurs et, quelques années plus tôt, il avait rejoint l'entreprise de ses frères.

Sally lui avait également confié que Brandon plaisait beaucoup aux femmes, mais elle s'en était déjà rendu compte par elle-même. Cela faisait plus de quatre ans qu'elle était chargée de filtrer les appels de celles qui cherchaient à le contacter, ou de laisser ou non entrer celles qui venaient le voir.

Même dans ses rêves les plus fous, elle n'avait jamais imaginé être un jour l'une d'entre elles. L'idée ne lui plaisait pas particulièrement…

Elle s'assit à son bureau et alluma son ordinateur.

— Je ne suis pas comme ces femmes-là, dit-elle pour elle-même en repensant à leur conversation nocturne. Nous avons passé un accord, cette situation n'est que temporaire.

Pourtant, maintenant, elle comprenait mieux pourquoi ces femmes étaient naïvement pleines d'espoir. Passer la nuit avec lui l'avait changée, elle aussi…

Cette pensée la fit sourire, tandis qu'elle commençait à ouvrir le courrier du jour, triant les lettres en fonction de leur importance.

Soudain, elle se surprit à chantonner, et un petit rire bête lui échappa.

Aussitôt, elle se figea.

Elle ne riait jamais bêtement. Que lui arrivait-il ?

Il n'y avait qu'une réponse possible à cette question : elle était… *heureuse* ? Oui, le mot *heureuse* décrivait bien ce qu'elle ressentait.

Elle avait peine à le croire ! Il lui avait demandé de ne plus le remercier, mais elle ne pouvait s'empêcher d'éprouver de la reconnaissance…

— Pour ses compétences, dit-elle tout haut.

— Kelly, sais-tu où est le dossier Redmond ? lui demanda soudain Brandon, l'arrachant à ses pensées.

— Oui, il est ici…

Elle étouffa un autre petit rire.

— Pourquoi ce sourire ? lui demanda-t-il d'un ton enjoué.

— Pour rien, je suis de bonne humeur, c'est tout. Le café sera prêt dans quelques minutes.

— Merci, dit-il avant de retourner dans son bureau, refermant la porte derrière lui.

Il n'allait pas tarder à avoir une audioconférence qui durerait au moins une heure et elle avait prévu d'en profiter pour jeter un coup d'œil au planning de Roger. Il devait arriver le lundi avec les employés de sa société d'investissement. Ils avaient réservé deux salles de conférences de taille moyenne, ainsi qu'une petite salle de banquet pour les dîners et des billets pour certains événements. Cependant, le planning indiquait que Roger avait quartier libre le jeudi soir.

Elle avait l'intention de l'attirer dans sa chambre, de l'aguicher le plus possible, puis de le mettre dehors. Cela lui servirait de leçon. Grâce à Brandon, elle se sentait déjà plus sûre d'elle, de son pouvoir de séduction et de sa sensualité. Depuis qu'il était resté muet d'admiration en la voyant la veille, lorsqu'elle était rentrée de vacances, elle sentait sa confiance en elle monter en flèche.

Soudain, le téléphone sonna. Elle sursauta et décrocha le plus rapidement possible pour que la sonnerie ne dérange pas Brandon.

— Bureau de M. Duke, Kelly Meredith, j'écoute.

— Ici Bianca Stephens, dit une voix un peu fébrile. Je veux parler à Brandon immédiatement.

— Je suis désolée, Mlle Stephens, M. Duke est en audioconférence et ne veut pas être interrompu.

— Quoi ? fit la jeune femme d'un ton indigné. Eh bien, interrompez-le quand même et dites-lui que j'attends, je suis sûre qu'il voudra me parler.

Kelly leva les yeux au ciel mais s'efforça de rester calme :

— Je n'en doute pas, mais il s'agit d'un appel longue distance avec plusieurs de ses clients. Je vais être obligée de prendre un message et de lui demander de vous rappeler.

— Avez-vous la moindre idée de qui je suis, Kathy ?

— Oui, Mlle Stephens, et mon prénom est Kelly.

— Peu importe ! Ecoutez, glissez-lui un petit mot sous le nez, je suis sûre qu'il prendra mon appel.

— M. Duke m'a donné ordre de ne pas le déranger. Comme c'est mon patron, je fais généralement ce qu'il me demande. Je suis sincèrement désolée, mais je lui dirai que vous avez appelé.

— Comment avez-vous dit que vous vous appeliez ?

— Kelly, répondit elle sans hésiter, Kelly Meredith.

— Eh bien, Kelly, dit Bianca d'un ton méprisant, comme si elle s'adressait à quelqu'un de particulièrement stupide, je n'hésiterai pas à dire à Brandon que vous avez refusé de coopérer.

— Très bien, mademoiselle. Quant à moi, je n'hésiterai pas à lui dire que vous avez appelé.

— Vous avez intérêt ! Il ne sera pas content d'avoir raté mon appel.

— Certainement. Je…

Elle ne termina pas sa phrase, car la jeune femme lui avait raccroché au nez.

Abasourdie, elle regarda fixement le téléphone.

— Eh bien, j'espère que je n'oublierai pas de dire à Brandon qu'elle a appelé !

Elle reposa le combiné sur son socle et se leva pour faire quelques pas. Elle s'étirera dans l'espoir de se débarrasser de la colère qui était montée en elle.

Elle savait très bien qui était Bianca Stephens… C'était la fille de l'ancien ministre de la Défense, et l'animatrice d'un débat télévisé. Elle avait la taille mannequin, était superbe, et probablement très intelligente, aussi. *Qu'elle aille au diable !*

Elle alla dans le coin-cuisine se servir un verre d'eau et se sermonna. Il y avait toujours eu des femmes comme Bianca Stephens dans la vie de Brandon, et il y en aurait toujours. Elles étaient mannequins, héritières, actrices, stylistes. Certaines étaient gentilles, d'autres, comme Bianca Stephens, étaient insupportables. Cela ne dérangeait pas Brandon. Il sortait avec elles parce qu'il aimait les avoir à son bras, et probablement aussi dans son lit, même si elle n'avait pas particulièrement envie de s'attarder sur cette éventualité. En fait, elle était déçue. Comment pouvait-il avoir envie de fréquenter quelqu'un d'aussi grossier que Bianca Stephens ?

Heureusement, elle n'avait pas de sentiments pour lui et n'avait donc pas à se soucier de tout cela. Mais tout de même, elle devait bien reconnaître qu'il lui était pénible d'être traitée comme une simple employée.

Cette pensée la coupa dans son élan. Elle prit une profonde inspiration pour se calmer, fit rouler plusieurs fois ses épaules en arrière, puis retourna s'asseoir dans son fauteuil, toujours aussi agitée.

Pour être franche, c'est exactement ce que tu es : une simple employée. Soit, mais cela ne signifiait pas qu'elle devait s'attarder là-dessus.

Elle prit un coupe-papier et se remit à ouvrir le courrier. Ce n'était pas le fait d'être *une simple employée* qui la dérangeait, c'était le fait d'avoir affaire à des gens grossiers, qui la regardaient de haut. En fait, Bianca ne se croyait pas seulement supérieure à elle, elle se croyait supérieure à *tout le monde*.

Cependant, le problème n'était pas là. Elle avait déjà eu affaire à des gens désagréables par le passé, et ne s'en était jamais souciée. Alors, pourquoi ce coup de téléphone la contrariait-il à ce point ?

Elle n'en aurait rien à faire si elle n'avait pas couché avec lui, se dit-elle en empilant plusieurs lettres.

Elle fronça les sourcils, s'efforçant de nier l'évidence, et ouvrit un petit colis.

Etait-ce pour cela qu'elle était aussi perturbée ? Tenait-elle soudain un peu *trop* à Brandon. Elle n'en avait pas l'impression. Elle avait de l'affection pour lui, bien sûr, mais elle ne l'*aimait* pas. Encore heureux ! Cela n'arriverait jamais, d'ailleurs. Ils en avaient parlé, et elle lui avait juré qu'elle ne tomberait pas amoureuse de lui.

Cependant, en y réfléchissant bien, elle devait admettre qu'elle était assez émotive aujourd'hui. Après tout, ils avaient passé la nuit à faire l'amour : il était bien normal qu'elle soit perturbée. N'importe qui l'aurait été, à sa place. Il fallait pourtant qu'elle se ressaisisse, et vite. Elle ne pouvait pas se permettre de se laisser aller comme cela.

Elle sursauta quand le téléphone sonna de nouveau, l'arrachant à ses pensées. Espérant que ce n'était pas Bianca qui rappelait, elle décrocha et dit de la voix la plus professionnelle possible :

— Bureau de M. Duke, Kelly Meredith, j'écoute.

— Kelly, bonjour ! C'est Sally.

— Oh ! bonjour, madame Duke !

Elle se détendit instantanément. La mère de Brandon était toujours adorable avec elle.

— Comment allez-vous ?

— Très bien, mon chou, répondit Sally. J'ai hâte de te voir, ce week-end.

— Moi aussi !

Elle ouvrit une chemise posée sur son bureau.

— J'ai votre planning sous les yeux, et je vois que vous arriverez vers 14 heures, vendredi après-midi. La limousine vous attendra à l'aéroport. Brandon vous a-t-il réservé une table au restaurant ?

— Je l'espère ! Pourrais-tu vérifier cela pour moi, s'il te plaît ?

— Bien sûr. Je le demanderai à Brandon dès que son audioconférence sera terminée, tout sera prêt pour votre arrivée.

— Je n'en doute pas, et j'avoue que j'ai hâte d'y être ! Il y a tellement de restaurants à Napa qui ont l'air fabuleux et que j'adorerais essayer.

— Oh ! moi aussi…

Il y eut un bref silence, puis Sally lui demanda :

— Tout va bien, Kelly ? Tu n'as pas l'air d'être dans ton assiette, aujourd'hui.

Que la mère de son patron se rende compte qu'elle avait du vague à l'âme n'était pas une bonne chose.

— Si, si, ça va… Enfin, ça va aller, en tout cas. Je viens juste de m'occuper de quelque chose de désagréable, c'est tout.

— *Quelque chose*, ou *quelqu'un* ?

Elle soupira, consciente qu'elle en avait déjà trop dit.

— Je vous assure, ce n'est rien…

— Ah ! Quelqu'un, alors.

Elle eut un petit rire gêné.

— Vous êtes très forte.

— J'ai élevé trois garçons, je sais quand quelque chose ne va pas.

Kelly rit, mais, ne voulant pas mêler Mme Duke à ses problèmes, elle changea de sujet :

— Je vois que Brandon a réservé une visite privée du vignoble pour vous et vos amies. Cela va vous plaire !

— Oh ! cela va être formidable ! dit Sally d'un ton enjoué. Au fait, Kelly, nous dînons en famille au restaurant de l'hôtel, samedi soir… Adam et Cameron seront là avec leurs épouses, ce serait merveilleux si tu pouvais te joindre à nous, si tu es libre, bien sûr. Tu fais tellement de choses pour nous ! Tu fais un peu partie de la famille, maintenant…

Elle sentit les larmes lui monter aux yeux. Sa propre mère était morte quand elle avait douze ans, et il ne se passait pas un jour sans qu'elle lui manque. Le reste de sa famille habitait dans le Vermont, et elle se sentait parfois bien seule.

— A priori, répondit-elle, je devrais être libre, et je serais ravie de me joindre à vous, madame Duke. C'est très gentil de votre part de m'inviter.

L'idée que Brandon viendrait peut-être accompagné lui traversa soudain l'esprit, mais ce n'était pas grave. L'invitation venait de sa mère, pas de lui.

— Merveilleux ! dit Sally, enthousiaste. Oh ! au fait, comment s'est passé ton séjour en thalassothérapie ? As-tu eu droit à tout ce que l'on t'avait promis ?

— Oui, c'était extraordinaire… Merci beaucoup de m'avoir conseillé cet établissement.

— J'y ai passé d'excellents moments lorsque j'y suis allée, l'année dernière, alors, quand tu m'as dit que tu voulais changer de look, j'ai pensé que ce serait l'endroit idéal.

— Eh bien, vous aviez raison, c'était une très bonne idée.

— Tant mieux ! J'ai hâte de voir ce que tu as changé chez toi…

Après avoir raccroché, Kelly passa le reste de la matinée à répondre à des e-mails et à prévoir des rendez-vous pour de futurs projets. Elle regrettait presque d'être aussi organisée : être obligée de se concentrer sur autre chose que sur ses pensées lui aurait fait du bien.

Elle était complètement absorbée par le souvenir de ce qu'ils avaient passé la nuit à faire, de ses caresses, de son souffle brûlant au creux de son cou.

Elle ne put s'empêcher de repenser aux mots qu'il lui avait murmurés à l'oreille, au plaisir qu'ils avaient éprouvé ensemble, à la violence de leur désir…

Elle réprima un gémissement.

Seigneur… Elle prit une profonde inspiration pour se ressaisir et but une gorgée d'eau.

Il aurait vraiment fallu qu'elle se concentre sur son travail, mais elle n'y parvenait pas. Elle continua presque malgré elle à rêvasser, les yeux rivés sur le voyant lumineux du téléphone.

Heureusement que Brandon était toujours en conférence, car s'il était brusquement sorti de son bureau, il lui aurait suffi d'un regard pour deviner à quoi elle pensait. Et s'il savait que leur nuit torride l'obsédait, il l'accuserait probablement d'être en train de tomber amoureuse de lui. Pourtant, rien n'était plus éloigné de la vérité.

S'efforçant de nouveau d'être efficace, elle travailla d'arrache-pied pendant encore une heure. Cependant, toutes les cinq minutes, elle se surprenait à s'imaginer dans ses bras. Il avait un don, c'était indéniable…

Elle passa une bonne partie de la pause de midi derrière son bureau, mangeant un sandwich tout en s'occupant de quelques factures. Brandon était parti à une réunion à l'extérieur. Elle alla donc poser ses messages, y compris celui de Bianca, sur son bureau et en profita pour faire un petit tour parmi les vignes. C'était une belle journée d'automne, les feuilles avaient des couleurs magnifiques, ocre, rouges et orange. Elle fit signe de la main aux employés viticoles qui s'assuraient de la maturité du raisin.

Elle leva alors les yeux vers les six étages de suites avec balcons, avec leurs portes-fenêtres et leurs élégants meubles d'extérieur, puis elle regarda les nombreuses maisonnettes sophistiquées à flanc de coteau. Elle ne pouvait s'empêcher d'éprouver un sentiment de fierté quand elle pensait au rôle qu'elle avait joué dans la mise en valeur de ce somptueux Château.

Avec ses murs en stuc couverts de lierre et son style méditerranéen, l'établissement alliait le charme de l'ancien à l'élégance de la modernité. Un guide touristique de renommée internationale avait déjà accordé trois étoiles au restaurant.

Il n'y avait rien d'étonnant à ce qu'elle soit fière de l'entreprise pour laquelle elle travaillait !

Les premiers clients arriveraient trois jours plus tard, impatients de participer à la semaine d'inauguration, aux vendanges pour ceux qui le souhaitaient, et au festival d'automne qui s'ensuivrait. Il y aurait de grands dîners, des dégustations de vins, et une grande réception le samedi soir.

Cela faisait des mois qu'elle travaillait sur ces événements inauguraux, ce projet lui tenait à cœur. Elle en avait organisé jusqu'aux moindres détails. La semaine s'annonçait chargée, et elle allait avoir besoin de toute son énergie et de tout son pouvoir de concentration.

Cependant, beaucoup de choses avaient changé depuis le début de ce projet. Tout d'abord, elle ne s'était pas attendue à revoir Roger. Il serait là d'ici quelques jours, et elle pourrait enfin mettre son plan à exécution.

La deuxième chose qui avait évolué, et qui était plus importante encore, était sa relation avec Brandon. Elle n'aurait jamais imaginé avoir un jour une aventure avec lui… C'était une source de distraction considérable pour elle, et elle savait qu'elle aurait besoin de tout son bon sens et de beaucoup de discrétion pour tenir une semaine en travaillant si étroitement avec lui. Elle devrait faire d'autant plus attention que le reste du personnel et la famille de Brandon ne devaient surtout pas soupçonner quoi que ce soit.

Cependant, elle était persuadée que cela ne poserait aucun problème, puisqu'ils avaient déjà décidé de mettre un terme à leur liaison dès que sa famille serait là. Il faudrait alors qu'elle s'occupe de Roger.

Elle prit une bouffée d'air frais et admira la beauté du paysage qui l'entourait. Elle avait grandi dans le Vermont et avait toujours aimé les couleurs de l'automne là-bas. En Californie, les collines étaient toujours vertes, il faisait doux même en hiver, un parfum de mimosa embaumait l'air, l'ombre et la lumière jouaient sur les montagnes au coucher du soleil…

Elle adorait cette région, mais elle serait heureuse de retrouver Dunsmuir Bay, elle le savait. Elle y avait un bel appartement en duplex, qui offrait une vue magnifique sur la baie. Il lui tardait de revoir ses amis et de retrouver son bureau spacieux au siège de la société.

Quand elle serait rentrée, sa vengeance sur Roger serait loin derrière elle. Sa vie pourrait reprendre son cours normal, elle redeviendrait la secrétaire pragmatique, bien organisée et très professionnelle que Brandon méritait.

Elle ne coucherait donc plus *jamais* avec lui. Il fallait qu'elle se mette cela dans la tête une bonne fois pour toutes car, dans quelques jours, cela deviendrait une réalité.

Je ne coucherai plus jamais avec lui.

Avec un hochement de tête énergique, elle tourna les talons pour regagner son bureau.

- 5 -

Le déjeuner d'affaires de Brandon avait duré plus longtemps qu'il ne s'y était attendu, et il allait devoir mettre les bouchées doubles pour rattraper le temps perdu. Il remonta le couloir qui conduisait aux bureaux et se prépara psychologiquement à la multitude de messages que Kelly ne manquerait pas de lui donner dès qu'il passerait la porte. Il s'imaginait presque les jetant dans la corbeille à papier pour la prendre par la main et l'emmener faire un tour dans les collines, où ils pourraient se cacher pour le reste de la journée.

Il repensa à ce qu'ils avaient fait toute la nuit, et des images érotiques de son sublime corps nu s'imposèrent à lui. Il serra les dents et s'efforça aussitôt de chasser cette pensée de son esprit.

Bon sang ! Si cela ne suffisait pas à le rendre fou, son projet de passer la nuit suivante avec elle n'allait pas tarder à avoir raison de lui.

Une fois dans son bureau, il tria ses messages, envoyant directement dans la corbeille celui de Bianca, une femme avec laquelle il était sorti de temps à autre.

Il essaya de se concentrer sur son travail, mais Kelly continuait à hanter ses pensées. Il fallait *vraiment* qu'il recentre son attention sur ce qu'il avait à faire... et il avait *beaucoup* à faire.

Ses frères devaient arriver deux jours plus tard, et les choses commenceraient alors à se bousculer. A n'en pas douter, il y aurait plusieurs réunions de dernière minute, des audioconférences urgentes, il devrait inspecter différents services avant le début des réjouissances, le vendredi. Ce seraient alors sa mère et ses amies qui arriveraient, ainsi que les premiers clients du Château.

Il y aurait parmi eux de nombreux amateurs de vin, quelques-uns très riches, le critique d'une prestigieuse revue, plusieurs vieux amis de la famille, un fonctionnaire d'Etat nanti avec lequel ils avaient fait des affaires, et bien sûr, cet imbécile de Roger, l'ex-petit ami de Kelly. Roger et ses collègues n'arriveraient que le lundi, mais c'était encore bien trop tôt à son goût.

Il n'arrivait pas à croire qu'il avait fini par accepter de l'aider à séduire ce sale type. Si elle avait vraiment l'intention de coucher avec Roger, il n'hésiterait pas à faire tout ce qui était en son pouvoir pour l'en empêcher.

Bon sang ! Il aurait mieux fait de renoncer à passer une nuit de plus avec elle et de considérer leurs ébats torrides comme une expérience unique. Il savait aussi que c'était *lui* qui aurait dû mettre un terme à leur liaison, tout de suite, avant que cela n'aille plus loin. Elle comprendrait, ils en avaient déjà parlé…

Pourtant, chaque fois qu'il envisageait d'en rester là, il changeait d'avis. Il ne pouvait s'y résoudre. Il avait tellement envie d'elle… Bien sûr, ces émotions finiraient par passer, comme toujours, et quand cela arriverait, ils retrouveraient la complicité qu'ils avaient au travail.

Le lendemain soir, Brandon persuada Kelly de dîner avec lui dans un petit restaurant italien sans prétention, dans le centre-ville de Napa. Ils s'habillèrent de façon décontractée, heureux de fuir l'hôtel pendant quelques heures, et passèrent un très bon moment à discuter de leur travail et de leurs familles respectives. Elle lui parla de ses sœurs, et il lui raconta que sa mère essayait depuis peu de retrouver le frère de son défunt mari.

— William Duke, le mari de Sally, avait un frère, Tom, dit-il alors qu'ils partageaient un antipasto. Quand leurs parents sont morts, ils ont tous les deux été placés dans un orphelinat, à San Francisco.

Elle hocha la tête, remplissant sa petite assiette de cœurs d'artichauts, de courgettes et de poivrons grillés.

— Sally m'a dit qu'elle avait réalisé le rêve de son mari en vous adoptant, tes frères et toi.

— C'est vrai. William rêvait d'adopter des enfants, mais il est mort avant d'avoir pu le faire.

— C'était généreux de la part de Sally.

Il but une gorgée de vin et sourit.

— Oui, et je remercie tous les jours le ciel de ce qu'elle a fait.

— A-t-elle déjà des pistes pour retrouver le frère de William ?

— Pas encore. Apparemment, l'orphelinat était assez sinistre, et William et son frère s'en étaient enfuis plusieurs fois. William avait fini par être adopté, mais Tom est resté là-bas. Des années plus tard, dès qu'il a été assez grand pour rechercher son frère, William a découvert que l'orphelinat avait été détruit dans un incendie. Toutes les archives ont été réduites en cendres.

— Oh ! c'est horrible ! Sally sait-elle si Tom a survécu ?

— Tom devait avoir dans les dix-huit ans quand c'est arrivé, il avait forcément déjà quitté l'orphelinat. William a essayé de le retrouver, mais il n'a jamais réussi. Son plus grand espoir était que Tom ait été adopté, et qu'il ait pris le nom de ses parents adoptifs.

— J'espère aussi que c'est ce qui s'est passé… Cet endroit était vraiment affreux, non ?

— Oui… Sally a du pain sur la planche si elle veut retrouver Tom.

— Dis-lui que je serais ravie de l'aider si elle a besoin de quelqu'un pour faire des recherches. Tu sais que j'aime relever les défis.

Il lui sourit.

— Merci, Kelly, c'est très gentil de ta part. Je le lui dirai.

— J'ai passé une excellente soirée ! dit Kelly alors qu'ils se dirigeaient sans se presser vers l'hôtel. Le dîner était délicieux, j'ai trop mangé !

— Moi aussi, répondit Brandon. Je suis content que nous ayons pu nous octroyer un moment en tête à tête. Nous n'aurons plus beaucoup d'occasions de nous reposer, à partir de maintenant…

— Je sais…

Elle leva les yeux vers le ciel sans nuages. Une multitude d'étoiles brillaient, et la pleine lune projetait sa lueur argentée sur le chemin qui conduisait à l'hôtel.

— Quelle belle soirée !

— Il fait très doux. C'est une nuit idéale pour se baigner…

Elle haussa les sourcils d'un air interrogateur.

— Je ne suis pas sûre qu'il fasse assez chaud pour cela.

— Il fait bien assez chaud pour ce que j'ai en tête, dit-il en la prenant par la main. Viens, suis-moi…

Perplexe mais ravie, elle le suivit jusqu'à la maison du propriétaire où il résidait. Le petit pavillon, construit à flanc de coteau de l'autre côté du bâtiment principal, était spacieux. Il y avait deux chambres, les plafonds étaient voûtés, et une grande cheminée ornait le salon. Il ouvrit la porte-fenêtre et l'entraîna dans un magnifique patio, entouré d'arbustes, de fleurs et d'oliviers. Un petit Jacuzzi pour deux personnes était encastré dans le sol et entouré de dalles à l'aspect rustique.

Elle regarda autour d'elle, intriguée. La végétation luxuriante leur assurait une parfaite intimité.

— C'est de toute beauté, dit-elle dans un murmure.

— Je trouve aussi.

Il appuya sur un interrupteur, à côté de la porte-fenêtre, et des bulles commencèrent à se former dans l'eau. Ils se déshabillèrent rapidement et entrèrent dans l'eau bouillonnante.

— Oh ! c'est merveilleux, dit-elle en se laissant glisser jusqu'aux épaules.

Il s'assit sur la marche du Jacuzzi et l'attira sur ses genoux, face à lui.

— Oui, vraiment, dit-il d'un ton lourd de sous-entendus.

Il lui caressa la joue et se pencha vers elle pour l'embrasser. Dès que ses lèvres touchèrent les siennes, elle oublia tout pour ne plus penser qu'à lui, à ses baisers grisants.

Il prit son temps, laissant sa langue jouer avec la sienne.

Ivre de plaisir, elle avait l'impression de flotter. Il prit ses seins au creux de ses mains et se pencha pour goûter leurs pointes.

— Tu es tellement belle…

— Brandon…

— J'ai envie de toi.

— Moi aussi.

La tenant toujours dans ses bras, il se leva dans l'eau chaude. Elle enroula ses jambes autour de sa taille, et il la fit lentement glisser sur son sexe en érection. Il la pénétra profondément et elle se demanda si elle éprouverait de nouveau un jour une telle sensation de plénitude. Puis il posa ses deux mains à plat sur ses fesses, les pressa doucement vers lui et commença à bouger en elle. Elle poussa un gémissement de plaisir alors qu'il accélérait la cadence et elle fit langoureusement onduler son bassin tandis que la douce chaleur qui l'envahissait se répandait dans tout son corps.

Elle passa les mains sur les muscles puissants de son dos, savourant chaque mouvement de hanches qu'il faisait pour la pénétrer de nouveau. Brusquement submergée de plaisir, elle renversa la tête en arrière alors que tout son corps était secoué de frissons. Il poussa un cri guttural et jouit avec elle, l'entraînant vers l'extase.

Le lendemain, Kelly s'aperçut enfin des défauts de son plan pour reconquérir Roger. A mesure que les jours passaient et que le week-end approchait, sa soif de vengeance lui semblait de plus en plus futile. C'était une bonne chose, bien sûr : il fallait vraiment qu'elle tourne la page une bonne fois pour toutes.

Cependant, elle n'arrivait plus vraiment à se rappeler la douleur, le sentiment de vide qu'elle avait éprouvés. Depuis quelques jours, quand elle sondait son cœur et son esprit, elle ne trouvait aucune trace de la tristesse qui s'était abattue sur elle quand Roger l'avait quittée. C'était véritablement incroyable, et elle savait que Brandon était responsable de cet heureux changement.

Il l'avait aidée à prendre conscience que Roger avait tort :

elle était tout à fait capable d'attirer un homme, et elle n'était pas *nulle* au lit. Cette pensée la fit sourire. Au contraire : elle était plutôt douée, et elle embrassait très bien. Brandon ne s'était pas plaint, et il s'y connaissait…

Maintenant qu'il était dans son lit chaque soir, il lui apparaissait de plus en plus souvent quand elle rêvait éveillée, au travail. Si elle n'y prenait pas garde, elle ne tarderait pas à soupirer comme une adolescente enamourée chaque fois qu'il passerait devant son bureau.

A vrai dire, cela s'était déjà produit plusieurs fois, mais elle avait jusque-là réussi à cacher son trouble. Il fallait vraiment qu'elle se ressaisisse.

Où était passée la jeune femme sérieuse, qui n'aurait jamais gloussé ni rêvassé ? Il ne devait surtout pas la surprendre en train de se languir de lui.

Elle allait devenir folle si elle n'étouffait pas ces sentiments absurdes dans l'œuf. Ils s'étaient fixé des règles… Les avait-elle oubliées ? Elle n'avait absolument pas le droit de s'amouracher de Brandon Duke. Non seulement cela ne marcherait jamais, entre eux, mais en plus elle risquait d'y laisser le travail qu'elle aimait tant.

Chaque fois qu'elle se surprenait à regretter que Brandon et elle ne soient pas *réellement* ensemble, elle devait se contraindre à consulter son répertoire et à compter combien de femmes il avait quittées en un an.

Le fait qu'il était venu dans sa chambre tous les soirs de la semaine et qu'il était resté chaque fois jusqu'au lendemain matin ne l'aidait pas…

C'était un amant merveilleux, et ils passaient des nuits fabuleuses à faire l'amour, à discuter et à rire. Il avait pris l'habitude, au bureau, de la transpercer d'un regard intense qui faisait instantanément naître le désir en elle…

Elle secoua la tête pour s'arracher à ses coupables pensées et se remit au travail.

*
* *

— Il est abominable ! s'écria Jean-Pierre, le chef du restaurant, avec une moue écœurée.

— Tu es fou ? C'est le meilleur montepulciano de Toscane depuis cinquante ans ! répondit sèchement Antonio Stellini, le sommelier.

— Un vin italien, dit Jean-Pierre avec dédain, j'aurais dû m'en douter…

— Qu'est-ce que tu sous-entends ? Monsieur le Français, tellement arrogant !

Jean-Pierre se tourna vers Brandon.

— Vous avez entendu cela ?

On était jeudi matin, et cela faisait une heure qu'il faisait le médiateur entre Jean-Pierre, le chef autoritaire, et Antonio, l'excellent sommelier qu'il avait récemment embauché. Ils s'affrontaient sur les vins à servir avec le menu spécial dégustation du samedi soir.

Il finit par trancher et put enfin s'en aller, content d'avoir trouvé une solution raisonnable à un problème apparemment insoluble. Bien sûr, ils avaient ajouté trois vins de qualité supérieure au menu prévu, qu'il fallait donc réimprimer de toute urgence.

Cameron, Adam et leurs épouses respectives arrivèrent un peu plus tard dans l'après-midi. Il avait réservé à chaque couple l'une des petites maisons qui, comme la sienne, offraient une vue magnifique sur la vallée et disposaient d'une cheminée et d'un patio avec Jacuzzi. Trish et Julia se laissèrent tenter par un massage relaxant et un soin du visage pendant que ses frères et lui étaient en réunion.

Ce soir-là, il invita ses frères et ses belles-sœurs à dîner au restaurant de l'hôtel. Il avait essayé de convaincre Kelly de se joindre à eux, mais elle avait refusé, prétextant qu'elle avait des choses à faire. Il n'était pas sûr que ce soit vrai, mais il avait fini par abandonner. Tout au long du repas, il dut lutter pour ne pas trop penser à elle. Il aurait vraiment aimé qu'elle soit là.

Ils venaient juste de commander les desserts quand Trish se tourna vers lui.

— Kelly aurait pu se joindre à nous… Tu ne la fais pas travailler tard le soir, n'est-ce pas ?

— Bien sûr que non. Je l'avais invitée, mais elle avait des choses à faire.

Cameron haussa négligemment les épaules.

— Je la comprends… Après tout, qui aurait envie de dîner avec son patron ?

Il ne répondit pas, prétendant observer attentivement les serveurs.

— Elle est superbe en ce moment, dit Julia après avoir bu sa dernière gorgée de vin. Qu'est-ce qu'elle a fait ?

Déconcerté, il secoua la tête.

— Un changement de look. Ça me dépasse… Qui peut vraiment comprendre ce genre de choses ?

Trish rit.

— Les femmes adorent changer de look ! C'est amusant…

Il la regarda d'un air sceptique.

— Si tu le dis… J'adore les femmes, mais elles seront toujours un mystère, pour moi !

— Tandis que nous, les hommes, dit Adam en riant, nous sommes transparents.

— Exactement ! s'écria Brandon. Pas de petits jeux, pas de subterfuges, pas de transformation radicale…

Julia rit et se tourna vers Trish pour lui demander :

— Kelly est allée chez Orchids, n'est-ce pas ?

— Oui. Il paraît que c'est un endroit fabuleux. N'est-ce pas là que Sally est allée l'année dernière ? Je crois me souvenir qu'elle nous avait parlé du soin aux algues qu'elle avait découvert là-bas…

— Attendez, maman a fait un séjour en thalassothérapie ? demanda-t-il, incrédule.

— Oui, répondit Trish, l'été dernier, avec Bea et Marjorie.

Il eut un frisson d'effroi.

— Là où Kelly vient d'aller ?

— Je crois… Tu n'as qu'à lui demander. Ah là là ! J'aimerais tant passer tout un week-end à me faire masser et dorloter…

— Oui, ce serait merveilleux, dit Julia avec un soupir.

Il travaillait dans les hôtels de luxe depuis assez longtemps pour être au courant des charmes d'une élégante station thermale. Il aimait se détendre dans un bon bain chaud de temps en temps. Bien sûr, ce n'était pas l'aspect thérapeutique de la chose qui l'intéressait. Il repensa au corps nu de Kelly dans le Jacuzzi et une bouffée de désir l'envahit aussitôt.

Il contracta la mâchoire et s'efforça de se concentrer sur la conversation. Ses belles-sœurs ne tarissaient pas d'éloges sur le merveilleux centre de thalassothérapie que sa mère avait recommandé à Kelly.

Il plissa les yeux, soupçonneux.

— Qu'est-ce que cet endroit peut bien avoir de si incroyable ?

— Eh bien, il offre toutes sortes de services extraordinaires, comme les bains de boue et les cours de yoga que vous proposez ici, mais l'endroit est réservé aux femmes. Il paraît que l'on y est bichonnée dès l'instant où l'on franchit le seuil ! Et ce n'est pas tout…

Il échangea un regard avec ses frères, qui semblaient aussi perplexes que lui.

— Oui ?

— Ils osent des changements de look radicaux, dit Trish. Ils proposent à la cliente une nouvelle coiffure, donnent des conseils vestimentaires et de maquillage, en fonction des couleurs de la saison…

— Les *couleurs de la saison* ? répéta-t-il, aussi désorienté que si Trish parlait une langue étrangère.

— Oh ! et n'oublie pas les repas ! dit Julia. Ils servent des portions joliment présentées, mais très peu caloriques.

— C'est pour cela que je ne tiendrais pas plus d'un weekend, dit Trish en riant.

— Moi non plus ! répondit Julia.

Il en avait entendu assez. Pourquoi ne s'était-il pas douté que c'était sa mère qui avait conseillé cet absurde changement de look à Kelly ? Maintenant qu'il était au courant, il n'était pas vraiment surpris que sa mère ait choisi Kelly pour son dernier projet d'entremetteuse.

N'était-ce pas logique ? Sally n'avait jamais caché qu'elle

voulait voir ses trois fils mariés, et elle était arrivée à ses fins avec Adam et Cameron.

Il connaissait bien sa mère, elle pouvait être sournoise, il le savait. Cela faisait donc des mois qu'il était particulièrement vigilant. Cependant, Kelly ne savait rien de ses vils complots, et elle était entrée dans son jeu sans le savoir, en toute innocence.

Elle était une autre femme depuis qu'elle était rentrée de vacances et, comme par hasard, leur liaison avait commencé aussitôt. Pire, il n'avait pas envie d'y mettre un terme, même s'il savait que c'était une erreur.

Il se renfrogna. Si sa mère croyait que Kelly pouvait l'amener au mariage grâce à une nouvelle coiffure et une garde-robe rafraîchie, elle se trompait lourdement.

Que savait vraiment Kelly des intentions de Sally ? Il avait du mal à l'imaginer coupable de quoi que ce soit. D'ailleurs, d'après ce qu'elle en disait, elle avait changé de style pour faire naître des regrets chez Roger.

Lui avait-elle bien dit toute la vérité ?

— Je n'aime pas du tout la tête que tu fais, dit Adam qui l'observait attentivement.

Brandon prit son verre et aéra son vin d'un air pensif.

— Tant pis pour toi.

— Que se passe-t-il dans ton esprit dérangé ? demanda Cameron. Tu as l'air furieux.

— Je *suis* furieux, répondit-il entre ses dents.

On frappa à la porte et, aussitôt, le cœur de Kelly fit un bond dans sa poitrine. Elle avait passé une soirée tranquille, à lire et à regarder la télévision, avec la certitude que, maintenant que sa famille était là, Brandon ne passerait plus ses nuits avec elle. Elle s'était faite à l'idée et avait essayé de se persuader que la seule émotion qu'elle éprouvait était de la gratitude. Elle chérirait toute sa vie le souvenir de ces nuits merveilleuses passées avec lui.

Cependant, maintenant qu'il était là, elle était folle de joie. C'était absurde… D'accord, elle l'aimait bien, mais il fallait vraiment qu'elle se ressaisisse. Elle ne pouvait pas se comporter comme une gamine enamourée chaque fois qu'elle le voyait. D'ailleurs, il n'était probablement là que pour lui rappeler qu'ils ne passeraient plus leurs nuits ensemble.

Elle prit une profonde inspiration pour se calmer et ouvrit la porte.

— Brandon… Je ne m'attendais pas à te voir ce soir.

— J'ai quelque chose à te demander, dit-il en entrant.

Son parfum boisé et épicé, discret mais enivrant, troubla aussitôt ses sens en éveil.

— Bien sûr, je t'écoute… As-tu passé une bonne soirée ?

— Hein ? Ah, oui… Le dîner était délicieux, Jean-Pierre s'était encore surpassé.

— Tant mieux. Cela m'a fait plaisir de revoir Trish et Julia. Tes frères ont l'air tellement heureux !

— Oui, fit-il, l'air soucieux.

— Quelque chose ne va pas ?

Il la regarda fixement, les sourcils froncés.

— Tu es tellement belle…

— Merci… Enfin, je crois.

— Non, je t'assure, dit-il en la dévisageant. Tu as toujours été belle, mais je ne me rendais pas compte à quel point, avant. Tu es superbe, Kelly.

— Brandon, qu'y a-t-il ? Que s'est-il passé ce soir ?

— Rien. J'ai quelque chose à te demander… Est-ce que c'est ma mère qui t'a conseillé de changer de look ?

— Ta *mère* ? Bien sûr que non !

— Ce n'est pas elle qui t'en a donné l'idée ?

— Non, répondit-elle, perplexe. Pourquoi ?

— Tu n'es pas allée là où elle est allée l'année dernière ?

— Eh bien, si…

Elle l'entraîna dans la cuisine.

— … mais elle ne m'a conseillé Orchids que lorsque je lui ai dit que je cherchais un centre de thalassothérapie où je pourrais…

Elle s'interrompit, alertée par son expression.

— Brandon, que se passe-t-il ?

Il la regarda fixement un instant, puis détourna les yeux et se mit à faire les cent pas. Enfin, il s'arrêta et reporta de nouveau son attention sur elle.

— Ma mère n'a pas laissé entendre que tu avais besoin de changer de style, tu en es sûre ?

Elle cligna des yeux, stupéfaite.

— Enfin, Brandon ! Ta mère est l'une des personnes les plus gentilles que je connaisse, elle ne me dirait jamais une chose pareille.

— Tu en es *sûre* ?

— Evidemment que j'en suis sûre ! Elle ne m'a parlé de cet endroit que quand je lui ai demandé conseil.

Les yeux toujours rivés sur elle, il hocha brièvement la tête.

— D'accord.

— Cela m'étonne que tu aies une si mauvaise opinion de ta mère…

— Holà ! dit-il en levant la main. Crois-moi, j'adore ma mère, et j'ai une très haute opinion d'elle. Seulement, je sais qu'elle est capable d'être manipulatrice, parfois, et j'avais peur qu'elle t'ait donné des conseils que tu ne lui avais pas demandés.

— Eh bien, ne t'inquiète pas pour moi, je t'en prie. J'ai dit à Sally que je voulais changer de coupe de cheveux, ce genre de choses, et elle m'a donné le nom de l'établissement où elle était allée, c'est tout.

Il semblait satisfait de ces explications.

— Tant mieux, je suis ravi de l'entendre.

Elle secoua la tête. Il était de mauvaise humeur et elle ne pourrait rien tirer de plus de lui.

— Veux-tu un verre de vin, ou quelque chose ?

— Oui, quelque chose… Viens ici !

Il l'attrapa par la taille, l'attira vers lui et la serra étroitement dans ses bras, puis il lui caressa lentement le dos. Elle posa la joue contre son épaule.

— Nous avions dit que nous n'allions plus faire cela, tu te souviens ?

— Oui, c'est ce que je croyais, dit-il en baissant les yeux vers elle, mais j'ai changé d'avis. Juste une fois… Tu es d'accord ?

— Oh oui, plus que d'accord !

Entre ses bras musclés, elle avait l'impression d'être à sa place.

— Je suis tellement bien…

— Moi aussi.

Il y eut un silence, puis il ajouta :

— Tu m'as manqué, au dîner.

— Oh ! Brandon, dit-elle, émue, je ne voulais pas m'imposer alors que vous étiez en famille.

Il lui prit le menton avec douceur et lui fit lever la tête pour plonger de nouveau ses yeux dans les siens.

— Tu ne te serais pas imposée. J'adore ma famille, mais cela aurait été encore mieux si tu avais été là.

Elle lui sourit, profondément touchée.

— Eh bien, nous sommes ensemble, maintenant, alors profitons-en…

— Chérie, dit-il avec un sourire coquin en l'entraînant vers la chambre, j'ai cru que tu ne me le proposerais jamais !

Le lendemain matin, Kelly et Brandon se mirent au travail de bonne heure. Les premiers clients arrivèrent à midi, tout excités de participer à l'ouverture tant attendue.

La cérémonie inaugurale fut célébrée avec élégance et dans la joie. Le sommelier resta à l'entrée pour servir une coupe de champagne à tous les clients dès qu'ils arrivaient. Tout se passa sans accrocs : les tournées de dégustation de vins furent vite complètes, comme les baptêmes en montgolfière, puis l'on conduisit les clients dans leurs chambres. Brandon suivit le déroulement des opérations avec un regain de fierté pour ses employés, qui semblaient tous être dans une forme olympique. A tel point qu'il commençait lui-même à se sentir inutile… Etrangement, c'était une sensation très agréable.

Il était d'autant plus heureux que le gérant venait de lui annoncer une excellente nouvelle : l'hôtel était déjà complet jusqu'à la fin de la saison. Il savait que le Château serait bientôt reconnu comme la destination la plus appréciée de la Napa Valley, et il allait pouvoir s'en aller d'ici quelques semaines en laissant au personnel expérimenté qu'il avait engagé le soin de diriger ce luxueux complexe hôtelier.

Sa mère et ses deux amies arrivèrent en début d'après-midi. Il alla attendre leur limousine devant l'élégante porte cochère, et les fit entrer dans le hall.

— Oh ! Brandon, c'est magnifique ! dit Sally.

Ses amies et elle regardaient autour d'elles avec admiration. Elles portaient toutes les trois des tenues décontractées et semblaient prêtes à profiter de leur séjour.

— J'adore les couleurs ! dit Marjorie.

Il connaissait les deux meilleures amies de sa mère, Beatrice et Marjorie, depuis plus de vingt ans. Il les aimait beaucoup et les considérait comme ses tantes. Marjorie était directrice des ressources humaines chez Duke Development depuis des années.

Il regarda les trois amies faire le tour du hall et observa leurs réactions. Cette fois encore, il en conclut qu'il pouvait être fier de ce qu'il avait accompli.

Il était responsable du projet depuis le tout début, c'était lui qui avait pris toutes les décisions importantes. Toutes les pièces mêlaient le style californien aux styles toscan et provençal.

Les chambres étaient lumineuses et dotées d'une cheminée à l'ancienne, de carrelage en terre cuite, de meubles rustiques et élégants, et de magnifiques tapisseries. Au bout du hall, des portes-fenêtres ouvraient sur une grande terrasse, sur laquelle des parasols aux couleurs vives abritaient du soleil des meubles de jardin en tek capitonnés de coussins moelleux. Une vue panoramique sur les vignes et les oliveraies qui s'étendaient dans la vallée venait compléter le tableau.

— Il me tarde de faire la visite « De la grappe au tonneau », dit Beatrice d'un ton enjoué. A-t-on le droit de goûter au raisin que l'on cueille ?

— Ne préférerais-tu pas goûter le vin ? lui demanda Sally.

Beatrice lui adressa un large sourire.

— Si, bien sûr !

— Vous pourrez faire les deux, leur dit-il. Allons chercher

vos bagages. Installez-vous confortablement. Ensuite, vous choisirez les activités que vous voulez faire cet après-midi.

— Je veux absolument participer à une dégustation de vins ! dit Sally.

— Oh ! moi aussi, dit Marjorie, tandis que Beatrice hochait énergiquement la tête en signe d'approbation.

Il sourit, charmé de leur enthousiasme.

— Allez, je vous montre vos chambres.

— Je ne veux plus jamais partir d'ici ! s'écria Marjorie en tournant sur elle-même. Nous avons même droit à du champagne ? Brandon, tout est *parfait*… Tu dois être fier de toi !

— Assez, j'avoue, dit-il en riant. C'est joli, n'est-ce pas ?

— Joli ? demanda Beatrice en ouvrant la porte-fenêtre qui donnait sur le patio. C'est splendide, tu veux dire !

— Je suis content que cela vous plaise.

Il leur indiqua comment rejoindre le spa, puis s'apprêta à partir.

— Je vais vous laisser défaire vos valises et vous reposer un peu. Si vous avez besoin de quoi que ce soit, composez le numéro de la réception et demandez à me parler.

Sally le serra dans ses bras.

— Merci, Brandon ! C'est merveilleux…

— De rien, maman. Reposez-vous, prenez une coupe de champagne, amusez-vous !

Elle rit de bon cœur.

— Crois-moi, mon chéri, c'est exactement ce que nous avons l'intention de faire !

Deux heures plus tard, Brandon terminait une courte réunion avec ses frères et le personnel du restaurant.

Adam retourna dans sa chambre voir comment allait Trish, qui avait décidé de faire une sieste. Cameron et Julia, eux, allèrent se promener dans les vignes pour profiter du coucher de soleil, un verre de vin à la main.

Brandon s'apprêtait à retourner dans son bureau mais, en traversant le hall, il aperçut Marjorie et Beatrice dans la boutique de souvenirs. Marjorie avait une boîte de chocolats de luxe à la main, Beatrice une bouteille de vin rouge, et elles étaient en grande conversation avec la vendeuse. Il sourit. Elles voulaient savoir quel vin accompagnerait le mieux leurs chocolats, il en était certain. Apparemment, sa mère n'était pas avec ses amies. Il la chercha du regard, et finit par la découvrir : elle était sur la terrasse et discutait avec Kelly.

Pendant un bref moment, il resta là à observer Kelly, dans sa jolie jupe qui ondulait dans la brise légère, et il laissa son imagination vagabonder, songeant à ce qu'elle portait en dessous…

Un autre string en dentelle, peut-être, épousant parfaitement la courbe de ses…

Il s'arracha à ses pensées et se força à revenir à la réalité.

Connaissant la tendance de sa mère à jouer les marieuses, il sentit soudain le doute l'envahir.

Kelly qui discutait avec Sally ? Cela n'augurait rien de bon. Il se dirigea vers la terrasse à grandes enjambées pour mettre fin aux manigances de sa mère.

— Coucou, maman !

Sally fit volte-face.

— Oh ! Brandon, mon chéri, je ne t'avais pas vu arriver…

Il avait justement eu l'intention de la surprendre, mais il n'allait pas l'avouer.

— De quoi parliez-vous ?

— Je disais à Kelly qu'elle était superbe… C'est vrai, tu ne trouves pas ?

— Si, c'est vrai, répondit-il avec méfiance. Et alors ?

Sally le regarda d'un air perplexe.

— Tout va bien, mon chéri ?

— Brandon se demande probablement pourquoi je ne suis pas dans mon bureau, dit Kelly d'un ton dégagé. Je ferais mieux d'y aller… J'ai été ravie de vous revoir, madame Duke.

— Moi aussi, Kelly, dit Sally en la serrant brièvement dans ses bras. A demain soir, si je ne te revois pas avant !

— A demain ! dit Kelly avant de s'en aller d'un pas rapide en direction des bureaux.

— Que se passe-t-il demain soir ? demanda Brandon avec circonspection dès qu'il fut seul avec sa mère.

— Kelly se joindra à nous pour le dîner.

Il plissa les yeux d'un air soupçonneux.

— Que fais-tu, maman ?

— Je ne suis pas sûre de comprendre la question, dit-elle en se redressant et en soutenant son regard. Kelly fait beaucoup pour nous tous, l'inviter est la moindre des choses. Elle réserve tous mes vols depuis plus d'un an, elle m'a aidée à trouver un cours d'éveil gymnique pour l'anniversaire de Jake… et ce n'est encore rien ! Elle fait des merveilles, mais la question n'est pas là… Kelly est une jeune femme charmante, et je considère qu'elle fait partie de la famille, alors je l'ai invitée à dîner. Franchement, je suis étonnée que tu ne l'aies pas fait de toi-même.

Si elle savait…

— Ecoute, maman, j'apprécie beaucoup Kelly, mais cela ne veut pas dire que j'aie envie que tu joues les entremetteuses.

— Les *entremetteuses* ?

Elle semblait sincèrement perplexe, mais elle était une excellente actrice quand elle le voulait. Il leva les yeux au ciel.

— Tu peux toujours prétendre le contraire, mais je sais que tu veux absolument nous voir mariés, tous les trois…

Il croisa les bras pour lui montrer qu'il ne plaisantait pas, et continua :

— Tu as peut-être réussi avec Adam et Cameron, mais tu n'y arriveras pas avec moi. Je ne demanderai jamais la main de Kelly, alors autant que tu abandonnes tout de suite !

Sally cligna des yeux, visiblement déconcertée.

— Lui *demander sa main* ? A *Kelly* ?

Elle le regarda fixement pendant quelques secondes, puis elle éclata de rire. Finalement, pliée en deux, elle se frappa la poitrine du plat de la main et s'efforça de reprendre son souffle.

— Oh mon Dieu, je n'avais pas ri comme ça depuis des années !

— Et je suis sûr que tu ne riais pas de moi, mais *avec* moi.

De nouveau, elle faillit s'étrangler de rire.

— Bien sûr !

— Qu'y a-t-il de si drôle, maman ?

— Oh ! mon chéri, je t'en prie… *Toi*, te marier avec *Kelly* ? C'est ridicule !

— Ah, oui ? dit-il d'un ton de défi.

Elle se remit à rire.

— Brandon, mon chéri, je t'aime de tout mon cœur, mais je ne souhaiterais jamais une chose pareille à Kelly.

C'était à son tour d'être surpris.

— A *Kelly* ? Et à moi, alors ?

— Je ne m'en fais pas pour toi, répondit-elle d'un ton pince-sans-rire en lui tapotant le bras. Ce que je veux dire, c'est que Kelly et toi, vous seriez très mal assortis !

— Ce n'est pas vrai, dit-il, d'un ton indigné.

Bon sang ! Elle était en train de le piéger. Il secoua la tête et se reprit :

— Enfin, si, c'est vrai, mais… pourquoi dis-tu cela ?

Elle sourit avec patience.

— Kelly est adorable et je serais ravie de l'avoir comme belle-fille, mais cela n'arrivera jamais. Vous n'êtes pas faits l'un pour l'autre, elle est bien trop sentimentale.

— Je n'en suis pas si sûr, répondit-il prudemment.

Sa mère l'avait déjà piégé une fois ; maintenant, il pesait ses mots.

— Si, mon chéri, je t'assure qu'elle l'est. Elle a eu le cœur brisé… Elle ne s'en est pas encore tout à fait remise, mais cela ne veut pas dire qu'elle ne croit plus en l'amour. Elle espère toujours rencontrer un homme qui l'aimera *vraiment*, c'est son rêve, Brandon. Elle veut vivre un conte de fées.

— Je présume que c'est ce que veulent la plupart des femmes, dit-il d'un ton philosophe en haussant négligemment les épaules.

— Oui, et tu as toujours été très clair sur le fait qu'aucune femme ne connaîtrait ce scénario idyllique avec toi.

Il eut un sourire contrit.

— C'est exact.

— Alors, *pourquoi* est-ce que j'essaierais de vous pousser dans les bras l'un de l'autre ?

— Je ne sais pas, répondit-il avec suspicion. Pourquoi le ferais-tu ?

— Exactement, je ne ferais jamais une chose pareille ! dit-elle d'un air triomphant, mettant ainsi un terme à la conversation.

Là-dessus, elle le serra de nouveau dans ses bras et lui tapota le dos avec condescendance.

— Bon ! Les filles et moi allons dîner chez Tra Vigne… A demain matin !

Il la regarda s'éloigner, les bras ballants. Comment faisait-elle pour retourner ainsi les situations ?

- 6 -

Les vendanges commencèrent le lendemain matin. Les clients qui s'étaient inscrits à « De la grappe au tonneau » furent invités à y participer, même si, bien sûr, le plus gros du travail était fait par des vendangeurs professionnels.

— Comment savez-vous que le raisin est mûr ? demanda une cliente.

Brandon se retourna et reconnut Mme Kingsley, qui avait été l'une des premières à réserver une chambre à l'hôtel pour participer aux vendanges. C'était la première fois que son mari et elle venaient à Napa.

Il fit un pas vers elle pour lui répondre, mais se retint quand Kelly prit la parole.

— Les viticulteurs ont chacun leur technique pour juger si le raisin est mûr, dit-elle en coupant une grappe avec ses ciseaux.

Elle détacha quelques grains de raisin, en tendit plusieurs à M. et Mme Kingsley, puis en mit un dans sa bouche.

— En général, reprit-elle, on peut déjà percevoir le goût du vin dans le fruit.

— Il est très sucré, dit Mme Kingsley.

— Oui, répondit Kelly. Personnellement, je ne sens que le sucre, mais un expert percevrait le tanin ou l'acidité de la peau.

Mme Kingsley prit un autre grain de raisin, puis hocha lentement la tête.

— Oui, je vois ce que vous voulez dire.

— Il existe toutes sortes de méthodes pour évaluer la maturité du fruit, mais le savoir-faire compte pour une bonne part. Et il faut de la chance, aussi. Après tout, la météo a une importance énorme, et on ne peut pas savoir à l'avance ce que nous réservent les saisons…

— Vous avez tout à fait raison, mon petit, dit M. Kingsley en prenant le bras de sa femme.

Brandon fut impressionné par Kelly, et ce n'était pas la première fois. Elle avait un sens aigu des affaires et beaucoup de savoir-vivre. Il la regarda passer d'allée en allée, saluer les clients, leur donner des bouteilles d'eau et les aider à cueillir le raisin. Elle sortit de son sac à dos des casquettes bordeaux, sur lesquelles était imprimé le blason du Château, et les offrit à qui en voulait.

Elle était pleine de ressources, et cela l'épatait et l'amusait à la fois. Elle impressionna tout autant le journaliste du célèbre magazine de voyage, à en juger par son enthousiasme. Il sortit son appareil photo numérique et prit des clichés des clients en train de cueillir le raisin.

Les casquettes étaient censées faire partie de la pochette de cadeaux publicitaires que recevrait chaque client à la fin de son séjour, mais personne n'avait pensé à s'en servir dans les vignes pour se protéger du soleil. Kelly méritait une prime pour avoir eu cette bonne idée.

Soudain une voix s'éleva derrière lui :

— Elle est vraiment épatante.

Il se retourna. Son frère Adam, qui se tenait à quelques mètres de là, observait lui aussi Kelly.

— Oui…

— Nous devrions peut-être lui offrir une promotion, au service du marketing ou des relations publiques.

— Certainement pas, répondit aussitôt Brandon, je la garde.

— Tu la *gardes* ? répéta Adam en haussant les sourcils d'un air intrigué.

Brandon minimisa d'un geste la portée de sa remarque.

— Tu vois ce que je veux dire… Je la garde comme secrétaire.

— Oui, dit Adam avec un petit sourire narquois, comme secrétaire, bien sûr…

— Qu'est-ce que tu sous-entends ?

— Je sous-entends que je te comprends, répondit Adam en

regardant Kelly avec intérêt. Si une femme aussi exceptionnelle travaillait pour moi, je ne voudrais pas non plus m'en séparer.

— Sans blague !

Trish avait été la secrétaire d'Adam par intérim. Ils étaient tombés amoureux, et s'étaient mariés un an plus tôt.

— Mais toi, tu es un homme faible, dit Brandon.

Adam rit, la tête renversée en arrière.

— Faible, hein ?

Son regard se posa sur son épouse. Une petite bouteille d'eau à la main, elle était assise sous un parasol, à l'une des tables de jardin que le personnel avait installées un peu plus tôt. Avec un hochement de tête satisfait, Adam se tourna de nouveau vers Brandon et lui jeta un coup d'œil éloquent.

— Il faut être fort pour reconnaître ses faiblesses.

— Quel charabia ! Qu'est-ce que cela signifie ?

— Tu sais parfaitement ce que cela signifie, répondit Adam en regardant Kelly.

— Bien tenté, frangin, mais tu fais fausse route. Cela n'arrivera jamais.

— J'espère que tu te convaincs toi-même, parce que je peux te dire qu'avec moi, ça ne prend pas du tout.

Brandon haussa les épaules avec désinvolture.

— Ce dont je suis convaincu, c'est que tu dis absolument n'importe quoi.

Avec un grand sourire, Adam lui donna une tape amicale dans le dos et s'éloigna pour aller rejoindre Trish. Brandon regarda Kelly, qui riait et s'occupait toujours des clients. Il se renfrogna en repensant à ce que son frère lui avait dit.

Adam pensait donc qu'il était en train de tomber amoureux de Kelly, alors que sa mère lui avait dit que c'était la pire chose qu'il pût faire. *Parfait !*

Qu'est-ce qui clochait, chez ses proches ? Ce n'était pas parce qu'il désirait Kelly de toutes ses forces qu'il serait assez bête pour lui demander sa main. Leur liaison était purement sexuelle, et il n'était pas fait pour se marier, ni maintenant ni jamais.

Apparemment, il devait se méfier non seulement de sa

mère, mais aussi de ses frères. Maintenant qu'ils étaient tous les deux mariés, ils ne supportaient plus qu'il soit libre et qu'il en profite. Il était célibataire, heureux de l'être, et il avait bien l'intention de le rester éternellement. Sa famille serait bien obligée de se faire à l'idée.

En attendant, il ne pouvait détacher ses yeux de Kelly. Elle avait encore mis son rouge à lèvres brillant. Elle en avait la veille au soir quand il était allé la voir après le dîner, et le souvenir de ce qu'elle avait fait avec ces lèvres pulpeuses le troublait profondément.

Son fin chemisier, qui mettait ses formes en valeur, et son jean bleu foncé moulant ses fesses parfaites ne l'aidaient pas. Elle avait attaché ses cheveux épais et brillants en une queue-de-cheval qui se balançait de droite et de gauche à chacun de ses mouvements.

Dans d'autres circonstances, s'ils avaient formé un vrai couple, il n'aurait pas hésité à aller vers elle d'un pas décidé et à l'embrasser. Mais ils n'étaient pas un vrai couple, et plus il restait là à la regarder, plus il se sentait stupide. Il avait beaucoup à faire, et il avait tout intérêt à regagner son bureau le plus rapidement possible s'il voulait se mettre au travail. Pourtant, à ce moment précis, il entendit son rire cristallin, et se sentit incapable de s'en aller.

— Merci de votre aide, dit M. Kingsley. Nous nous verrons à la dégustation de vin !

— Avec plaisir ! répondit Kelly.

Elle fit au revoir de la main à M. Kingsley et à son épouse, les deux derniers clients à s'éloigner des vignes pour regagner l'hôtel. Ils étaient tellement adorables tous les deux, avec leur casquette, main dans la main… Elle ne s'était pas rendu compte à quel point elle aimait se mêler aux clients. Elle ne s'était jamais considérée comme quelqu'un de timide, mais jamais elle n'avait été aussi extravertie qu'aujourd'hui. Elle attribuait cela à l'assurance qu'elle avait acquise au cours de la dernière semaine, depuis que Brandon et elle avaient commencé à passer leurs nuits ensemble. Cela lui fit prendre conscience d'autre chose : elle aurait dû être épuisée, et pourtant elle se sentait pleine d'énergie, euphorique. N'était-ce pas étrange ?

— Ne te pose pas tant de questions, se dit-elle, profites-en tant que ça dure !

La voix de Brandon s'éleva soudain derrière elle :

— Qu'est-ce que tu dis ?

Surprise, elle se tourna lentement vers lui. Il lui semblait encore plus grand et plus puissant que d'habitude, mais c'était peut-être simplement parce qu'elle portait des petites bottes à talons plats au lieu de ses escarpins. Ou peut-être était-ce parce qu'il était tellement beau et séduisant avec son jean usé et sa chemise… Quoi qu'il en soit, il fallait qu'elle arrête de le regarder fixement comme une idiote et qu'elle réponde à la question qu'il lui avait posée.

— Je parlais toute seule…

Elle se força à sourire d'un air faussement désinvolte.

— C'était une bonne journée, n'est-ce pas ? Je crois que tout le monde s'est bien amusé.

— Grâce à toi ! dit-il avec un sourire espiègle. Mes frères veulent te donner une prime et te nommer directrice du marketing. Cette idée que tu as eue de donner les casquettes aux clients !

Elle ne put s'empêcher de sourire, ravie de ce compliment.

— Oh ! cela m'est venu sous l'impulsion du moment… Quand je me suis rendu compte qu'il allait faire très chaud, j'ai pris quelques casquettes en sortant, et comme tout le monde en a voulu, je suis retournée en chercher !

— Eh bien, merci, c'était vraiment une bonne idée, dit-il en lui passant un bras autour des épaules alors qu'ils se dirigeaient vers l'hôtel.

Ses remerciements et son étreinte lui donnèrent un profond sentiment de satisfaction.

— J'ai cru comprendre que tu dînais avec nous, ce soir, dit-il alors qu'ils s'engageaient sur l'allée de brique bordée de fleurs.

Elle tourna la tête vers lui.

— Oui, j'espère que cela ne te dérange pas…

— Bien sûr que non ! Ma mère considère que tu fais partie de la famille. Nous allons passer une très bonne soirée, même si nous allons être obligés de nous tenir convenablement.

— Nous devrions pouvoir y arriver pendant une heure ou deux, répondit-elle en riant. J'aime beaucoup ta mère…

— Moi aussi, dit-il en lui serrant tendrement l'épaule.

Elle se blottit contre lui avec délice.

— Un toast au Château de Silverado Trail ! dit Adam en levant son verre de vin.

Les Duke, Beatrice, Marjorie et Kelly l'imitèrent.

— Au Château ! dit Cameron.

— Qu'il demeure longtemps le plus beau complexe hôtelier des Duke ! dit Brandon en souriant.

Adam rit.

— Le plus beau dans la Napa Valley, en tout cas…

— Oui, dit Cameron, on ne peut pas rivaliser avec Monarch Dunes.

— Ou Fantasy Mountain, fit Adam.

— Ce sont toutes des propriétés magnifiques, dit Marjorie, vous avez fait du bon travail. Je suis tellement fière de vous…

— C'est gentil de dire cela, Marjorie, dit Adam, mais c'est en partie grâce à toi : tu as veillé à ce que nous n'engagions que les meilleurs.

— Comme Kelly et Trish, par exemple, dit Cameron en souriant et en levant son verre à leur intention.

— Ah, oui, c'est exact ! répondit Marjorie en faisant un clin d'œil à Trish. Je suis contente que vous reconnaissiez enfin qui est le véritable génie derrière Duke Development !

— Je ne peux qu'être d'accord, dit Brandon, puisque c'est toi qui as embauché Kelly et Trish…

Il regarda Kelly, qui sentit aussitôt le rouge lui monter aux joues. Pressée de changer de sujet, elle se tourna vers Julia et lui demanda :

— As-tu apprécié ton massage, aujourd'hui ?

— Oh ! oui, c'était divin !

Julia regarda Brandon et ajouta :

— J'espère que la masseuse est grassement payée, parce qu'elle est prodigieuse.

— Je suis ravi de l'entendre, répondit Brandon avec un hochement de tête.

Trish fit la moue, d'un air pensif.

— Ce serait tellement bien de se faire masser tous les jours ! Vous ne trouvez pas ?

— Si, répondit Kelly en riant, je suis tout à fait d'accord !

— Moi aussi, dit Beatrice.

Ils étaient neuf à table, et Brandon avait réservé la petite salle élégante à côté de la cave à vins pour le dîner. Quand ils étaient arrivés, il avait tiré sa chaise pour elle et, alors qu'elle s'asseyait, il lui avait passé la main dans le dos. Ce geste provocant l'avait fait frissonner, et il lui avait adressé un sourire coquin lourd de sous-entendus.

Ils avaient tous choisi le menu dégustation, chaque plat étant accompagné d'un vin différent. Tout était délicieux, et les vins se mariaient à merveille avec la nourriture. Elle en savoura chaque bouchée.

Les conversations étaient très agréables, et intéressantes. Sally et Marjorie taquinèrent Beatrice au sujet des hommes dont elle avait fait la connaissance par le biais de son site de rencontres, insistant pour qu'elle leur raconte quelques anecdotes amusantes.

Julia leur parla de ses aventures pour transformer l'énorme propriété de sa famille en musée d'art et en centre aéré pour enfants. Elle y avait installé un potager et un zoo. Elle les amusa en leur racontant que l'un des singes montait sur le dos des chèvres, et que le gardien qu'elle venait d'embaucher voulait organiser des leçons de fauconnerie.

Tandis que Julia parlait, Cameron lui prit tendrement la main. En observant la façon dont il regardait sa femme, Kelly se sentit soudain mélancolique. Les frères de Brandon étaient tous deux très amoureux, et ils n'avaient pas peur de montrer leurs sentiments. Etait-elle folle d'espérer qu'un jour un homme la regarderait comme cela, elle aussi ?

Quelques minutes plus tard, alors que Brandon éclatait de rire à une remarque d'Adam, elle lui jeta un coup d'œil. Comme s'il sentait ses yeux posés sur lui, il tourna la tête vers elle et leurs regards se croisèrent. Une douce chaleur l'envahit aussitôt, et son cœur fit un bond dans sa poitrine. Le désir qui les animait était puissant, palpable... Le souffle coupé, elle eut soudain l'impression que tout autour d'eux disparaissait. Les bruits et les voix ne furent bientôt plus qu'un bourdonnement à ses oreilles.

Quelques secondes plus tard, elle cligna des yeux, et Brandon reporta son attention sur son frère comme s'il n'avait pas ressenti la même chose qu'elle, comme si quelque chose de prodigieux ne venait pas de se produire entre eux. Pourtant, son cœur battait la chamade, et elle avait soudain perdu l'appétit.

Elle aurait pu jurer qu'il l'avait regardée avec la même intensité, la même affection que celles qu'elle avait vues dans les yeux de ses frères quand ils regardaient leurs femmes. S'était-elle fait des idées ? Perdait-elle la tête ?

Elle jeta un coup d'œil autour d'elle. Quelqu'un s'était-il aperçu de son brusque embarras ? Mais tout le monde discutait et riait.

De toute évidence, elle avait mal interprété le regard qu'ils avaient échangé. Elle était une idiote transie d'amour. Elle s'était probablement fait des illusions parce qu'elle venait juste de se dire qu'elle enviait Trish et Julia.

Elle but une gorgée d'eau, bien décidée à se ressaisir, à oublier ce qu'elle avait cru voir, et qui n'était visiblement que le fruit de son imagination.

— Tu n'as pas mangé grand-chose, au dîner, dit Brandon quelques heures plus tard.

Ils venaient de faire l'amour et étaient allongés sur le lit, face à face. Il lui avait posé une main sur le bras.

— L'entrée était bien plus copieuse que je ne m'y étais attendue, dit-elle pour se justifier, mais tout était absolument délicieux. Jean-Pierre est vraiment un très grand chef.

— Oui, et j'ai reçu beaucoup de compliments à ton sujet aussi, aujourd'hui...

— A mon sujet ?

— Oui, à ton sujet, répondit-il en lui caressant le dos avec sensualité. Les clients ont beaucoup apprécié ton aide dans les vignes, aujourd'hui. Tu as été parfaite ! Tu as veillé à ce que les gens aient tout ce dont ils avaient besoin, tu leur as montré comment cueillir le raisin... Où as-tu appris à faire tout cela ?

Elle poussa un soupir de contentement alors qu'il lui effleurait l'épaule.

— Parfois, je vais me promener dans les vignes pendant ma pause-déjeuner... J'ai fait connaissance avec quelques-uns des ouvriers viticoles, et ils m'ont montré comment faire.

Il lui écarta une mèche de cheveux du front.

— C'est vrai ? Eh bien, on croirait que tu as fait cela toute ta vie. Si un jour tu veux travailler dans les vignes, n'hésite pas à me le dire !

Elle sourit.

— Je suis sûre que le métier a de nombreux avantages... Je pourrai boire du vin ?

— Bien sûr, du moment que tu cueilles le raisin et que tu le presses, tu peux boire tout le vin que tu veux !

— A vrai dire, je ne bois pas beaucoup. Je ne suis pas sûre que tout ce travail vaille le coup.

— Attends, tu pourrais porter cette supercasquette !

Elle rit.

— Ah, voilà qui devient intéressant !

— Ah oui ?

Il l'attira vers lui et roula sur le dos, puis la fit s'asseoir à califourchon sur lui. Elle posa les mains à plat sur son torse puissant.

— Brandon, nous n'avons tenu aucun compte des règles que nous nous étions fixées.

— Tu l'as remarqué, toi aussi ?

— Oui, répondit-elle en se forçant à sourire pour ne rien laisser transparaître de sa tristesse. Je crois qu'il faut que nous acceptions que ce sera notre dernière nuit ensemble.

Il posa ses mains sur les siennes.

— Tu crois ?

— Nous allons tous les deux être très occupés, dit-elle sans conviction, et ta famille est là, maintenant…

— Oui, et n'oublions pas que l'imbécile dont on ne doit pas prononcer le nom sera là d'ici un jour ou deux.

Elle soupira. A une époque, elle avait vraiment eu hâte de se venger de Roger, mais maintenant, elle trouvait l'idée de le revoir très déprimante.

— Ecoute, dit-il en lui soulevant le menton du bout des doigts pour la forcer à le regarder, demain sera un autre jour. Pour l'instant, oublions le monde qui nous entoure.

Là-dessus, il la souleva et la reposa sur son sexe en érection, se glissant lentement en elle. Elle gémit de plaisir.

— C'est tellement bon, dit-il, le souffle court.

Il s'employa alors à la satisfaire de toutes les façons possibles.

Beaucoup plus tard, alors que Brandon la serrait dans ses bras, elle s'efforça de graver dans sa mémoire toutes les sensations qu'elle avait éprouvées cette nuit. Ils ne feraient plus jamais l'amour, et elle voulait se rappeler la chaleur de sa peau contre la sienne, le poids de sa jambe sur sa cuisse, son parfum viril, le goût de ses lèvres quand il l'embrassait…

Elle repensa au dîner avec sa famille, et au délicieux sentiment d'appartenance qu'elle avait eu. Elle repensa au moment où il l'avait regardée avec toute l'intensité d'un homme amoureux. Bien sûr, ce n'était peut-être pas réel, elle s'était sans doute fait des illusions, elle était peut-être bête… Pourtant, elle n'oublierait jamais que, l'espace d'un instant, elle avait eu l'impression d'être la femme que Brandon Duke aimait.

Le lendemain matin, Brandon quitta sa chambre à l'aube. Incapable de se rendormir, elle finit par repousser le drap et s'assit au bord du lit.

C'est le grand jour… Il fallait qu'elle rassemble tout son courage, et qu'elle accepte qu'ils venaient de passer leur dernière nuit ensemble.

Elle se leva et alla prendre une douche.

On était dimanche. Il passerait la journée avec sa famille. Il avait réservé une limousine pour emmener ses proches goûter les champagnes de la région. Ce serait amusant pour tout le monde, même s'il s'agissait aussi d'une excursion de travail, puisque ses frères et lui envisageaient de s'associer à l'un des négociants en vins de la Napa Valley.

Il avait eu la gentillesse de lui proposer de se joindre à eux, mais elle avait refusé. Etant donné qu'ils avaient décidé de mettre un terme à leur délicieuse liaison, elle préférait passer le moins de temps possible en sa présence pour le moment.

Le lendemain, lundi, Roger et ses collègues arriveraient au Château et y resteraient cinq longues journées. Il faudrait donc qu'elle s'occupe de son ex-petit ami en plus de son travail.

Cependant, c'était exactement ce qu'elle voulait. Elle n'avait pas l'intention de renoncer à prendre sa revanche. Elle n'avait pensé qu'à cela au cours des quelques derniers mois… Se venger lui permettrait de tourner la page, d'avancer dans la vie avec un regain de confiance en elle, avec le sentiment d'être une femme forte et indépendante.

Malheureusement, c'était parce qu'elle était bien décidée à réaliser son plan que Brandon et elle avaient dû mettre un terme à leur aventure. Ils s'étaient juré de ne plus coucher ensemble une fois que sa famille serait arrivée, mais ils n'avaient pas réussi à se maîtriser, trop impatients de faire de nouveau l'amour. Cette fois, ils ne *pouvaient* plus se permettre de se laisser aller.

De plus, il n'était pas sain pour elle de continuer à prétendre qu'ils avaient une relation amoureuse. Tout ce qu'il y avait entre eux, c'était une relation basée sur le sexe, quelques nuits très satisfaisantes.

Très satisfaisantes ? Elle ne put s'empêcher de lever les yeux au ciel. *Satisfaisantes* n'était vraiment pas le mot ! Les nuits qu'ils avaient passées ensemble avaient été passionnées, brûlantes, torrides… Le simple fait d'y penser la troublait profondément.

Elle sortit de la douche et se sécha, repensant à la nuit qui venait de s'écouler…

Il s'était montré tour à tour tendre et fougueux, doux et passionné, probablement parce qu'il savait comme elle que ce serait leur dernière nuit ensemble. Pourtant, elle avait l'impression qu'une nouvelle ardeur animait leurs ébats.

La nuit avait été merveilleuse, et elle ne l'oublierait jamais. Quelle femme ayant toute sa raison ne chérirait pas ces souvenirs toute sa vie ?

Mais quelle femme ayant toute sa raison regarderait le sublime corps nu de Brandon Duke et voudrait mettre un terme à la relation qu'elle entretenait avec lui ?

Peut-être était-elle folle d'avoir insisté pour qu'ils ne se voient plus…

Pourtant, si jamais il se présentait à sa porte ce soir dans l'espoir de passer de nouveau la nuit avec elle, elle serait obligée de le repousser. Cela vaudrait mieux, pour elle comme pour lui. Cette fois-ci, il faudrait qu'elle soit ferme. Ils n'avaient aucun avenir ensemble, à part professionnellement. Leur brève aventure était terminée.

— Cela ne lui posera aucun problème, murmura-t-elle.

Alors pourquoi en faisait-elle toute une histoire ? Toutes les femmes étaient folles de lui, elle aurait à peine le temps de lui dire au revoir qu'il en aurait déjà une autre dans son lit.

Tout en se brossant les dents, elle s'efforça de se rappeler combien de femmes il avait fréquentées, puis quittées. Elle repensa à tous les bracelets de diamants qu'il lui avait fait acheter, afin de pouvoir donner un cadeau d'adieu à ses petites amies avant de les embrasser une dernière fois. Elle ne voulait *surtout* pas recevoir à son tour un bracelet de diamants !

Seigneur ! Elle mourrait de honte s'il tentait de lui en offrir un.

C'était décidé : elle n'entretiendrait jamais une relation vouée à se terminer d'une façon aussi pathétique.

Non ! A partir de maintenant, elle devait se concentrer exclusivement sur son envie de tomber amoureuse et de se marier.

— Cette fois, il respectera les règles que nous nous sommes fixées, dit-elle à voix haute en enfilant un caleçon de sport et un T-shirt sans manches.

Cela va être dur, se dit-elle en repensant à sa bouche, à ses mains expertes posées partout sur son corps.

— Oh ! mon Dieu…

Elle secoua la tête, résignée à endurer ces images érotiques toute sa vie. S'efforçant de chasser ces pensées de son esprit, elle mit ses baskets, enfila une veste légère, prit son sac à main et sortit pour aller faire quelques courses.

Le lundi matin, Kelly était assise à son bureau de bonne heure, bien décidée à redevenir la secrétaire compétente que Brandon avait embauchée, et rien d'autre. Pour la première fois depuis une semaine, elle se sentait vraiment reposée, et elle s'étonnait d'avoir réussi à dormir d'une traite toute la nuit. Elle s'était inquiétée de ne plus pouvoir dormir seule après s'être habituée à le faire pelotonnée dans les bras de Brandon, mais dès qu'elle avait posé la tête sur l'oreiller, elle avait sombré dans un profond sommeil et ne s'était réveillée que ce matin.

Qu'il soit sorti tard avec ses frères et un associé potentiel la veille au soir l'avait aidée, car lorsqu'il l'avait appelée en rentrant pour lui souhaiter bonne nuit, elle avait pu écourter la conversation, prétendant être déjà à moitié endormie.

Elle était d'autant plus contente d'avoir eu une bonne nuit de sommeil que Roger allait arriver dans la journée, et qu'elle allait avoir besoin de toute son énergie. Elle avait passé un bon moment à se coiffer, à se maquiller et à choisir ses vêtements, optant finalement pour une élégante robe portefeuille bleu et blanc, qui mettait sa taille et ses formes généreuses en valeur. Elle ne regrettait pas d'avoir pris son temps car, quand Brandon était entré dans son bureau un peu plus tôt, son visage s'était éclairé et il avait souri d'un air vorace. C'était exactement la réaction qu'elle avait espéré susciter. Son regard approbateur lui avait insufflé toute l'assurance dont elle allait avoir besoin pour affronter Roger dans l'après-midi.

Soudain, le téléphone sonna, l'arrachant à ses pensées. Elle décrocha aussitôt.

— Passez-moi Brandon, exigea une voix impérieuse.

Elle fit la grimace. C'était encore Bianca Stephens. Elle avait passé à contrecœur le message de la jeune femme à Brandon la semaine précédente, mais elle ne savait pas s'il l'avait rappelée.

— Un instant, s'il vous plaît, dit-elle d'une voix douce.

Elle la mit en attente et annonça à Brandon que Mlle Stephens était en ligne. Il y eut un bref silence, puis il répondit :

— Peux-tu prendre un message, Kelly, s'il te plaît ? Je n'ai pas le temps de lui parler pour le moment.

— Très bien.

Elle regarda fixement le téléphone, consciente que la jeune femme n'allait pas bien le prendre. Elle rassembla tout son courage et reprit la communication.

— Je suis désolée, Mlle Stephens, mais M. Duke ne peut pas prendre votre appel. Puis-je lui laisser un message ?

— Vous plaisantez ?

— Non, mademoiselle. Il est occupé, je vais devoir prendre un message.

— Très bien, dit Bianca Stephens avec emportement, voilà mon message : dites-lui qu'il faut qu'il renvoie sa secrétaire, parce que vous êtes tout simplement incompétente.

Elle en eut le souffle coupé.

— Pa… Pardon ?

— Vous ne m'avez pas entendue ? Vous êtes sourde, en plus ?

— Non, je ne suis pas sourde, mais…

— Alors passez-moi Brandon immédiatement !

— Non, certainement pas, dit-elle.

Et elle raccrocha brutalement.

Tremblante, elle se leva d'un bond et se mit à arpenter la pièce, pressant ses mains sur ses joues en secouant la tête, incrédule. Avait-elle vraiment raccroché au nez de quelqu'un que son patron considérait comme une amie ? Oui, c'était bien ce qu'elle avait fait ! Cependant, elle n'arrivait pas à croire qu'il puisse être ami avec quelqu'un d'aussi horrible.

Malheureusement, il était trop tôt pour qu'elle puisse repartir en vacances… Elle devait être plus stressée qu'elle ne l'aurait cru pour raccrocher au nez de quelqu'un.

Comment expliquerait-elle son geste à Brandon ? Elle serait bien obligée de lui en parler. Tôt ou tard, l'épouvantable Bianca Stephens elle-même lui en parlerait. Elle se rassit et essaya de trouver une explication raisonnable.

Brandon poussa un soupir de soulagement en voyant la petite lumière rouge du téléphone s'éteindre.

Bianca avait déjà cherché à le joindre quelques jours plus tôt. Il ne l'avait pas rappelée, et venait de nouveau de refuser de lui parler. Il n'était pas du genre à éviter la confrontation, et il avait toujours passé de bons moments avec Bianca. Elle s'était libérée pour lui un nombre incalculable de fois, et avait toujours été partante pour une folle de nuit de sexe lorsqu'ils se trouvaient dans la même région. Alors, pourquoi n'avait-il pas voulu lui parler ?

Il se passa la main dans les cheveux, s'efforçant de comprendre ce qui lui arrivait. Bianca lui demandait rarement de lui accorder du temps, et elle ne l'appelait que lorsqu'elle était sur la côte ouest.

Il se dit que ce n'était tout simplement pas le bon moment. Il devait être disponible pour Kelly et l'aider à traverser cette période difficile avec cet idiot de Roger. Oui, c'était pour cela qu'il ne pouvait pas voir Bianca…

Le téléphone interne sonna et il décrocha.

— Oui, Kelly ?

Elle parla à toute vitesse.

— J'ai accidentellement coupé la communication avec Mlle Stephens, et elle risque d'être un peu en colère contre moi. Je sais que tu n'as pas le temps de lui parler maintenant, mais veux-tu que je la rappelle pour lui expliquer ce qui s'est passé ?

— Non, ce n'est pas la peine… Elle s'en remettra. Je l'appellerai la semaine prochaine.

— D'accord, dit-elle, manifestement soulagée. Merci.

Il raccrocha, se laissa aller en arrière dans son fauteuil

et regarda par la fenêtre. Il n'était pas sûr d'appeler Bianca la semaine prochaine… En fait, il n'avait jamais considéré Bianca comme quelqu'un de *sympathique*. Avec elle, tout tournait toujours autour de son travail, de ses problèmes, de ses victoires, de sa propre importance… En d'autres termes, elle parlait constamment d'elle-même. Elle disait systématiquement du mal des gens qui dirigeaient la chaîne de télévision pour laquelle elle travaillait et de ceux qui assistaient à son émission… Elle se plaignait toujours d'une chose ou d'une autre.

Il n'avait vraiment pas besoin de cela maintenant. Il devait se concentrer sur Kelly, l'aider à mettre à exécution son plan tordu pour récupérer Roger, et s'efforcer de ne pas la toucher. Elle lui avait bien fait comprendre qu'il devait tenir compte des règles qu'ils s'étaient fixées. Il espérait la faire changer d'avis, mais pas avant que Roger ne soit reparti. Cela ne signifiait cependant pas qu'il se désintéresserait d'elle. Il n'avait pas l'intention de la laisser s'attirer des ennuis en mettant son plan insensé en œuvre.

Cet imbécile de Roger allait arriver aujourd'hui même. Il frappa dans ses mains, impatient de rencontrer enfin le sale type qui avait tant fait souffrir Kelly.

La guerre est déclarée !

- 7 -

— Je crois que vous ne comprenez pas bien à qui vous avez affaire, disait froidement la jeune femme blonde qui se tenait à la réception.

A côté d'elle, un homme élégant tapait du pied avec impatience. Kelly aurait reconnu ce mouvement entre mille, même si l'homme en question lui tournait le dos… C'était Roger, bien sûr. En le revoyant, elle se rappela que le moindre désagrément le mettait dans tous ses états, et que ce tic n'était que la première manifestation extérieure de son mécontentement.

Une quinzaine d'hommes et de femmes d'affaires, les collègues de Roger, étaient rassemblés dans le hall.

Sharon, la réceptionniste, affichait un sourire avenant.

— Nous sommes heureux et honorés d'accueillir M. Hempstead au Château de Silverado Trail, et nous sommes ravis que vous ayez choisi notre hôtel. Nous avons préparé la suite Sauvignon pour M. Hempstead. Je termine avec lui, et je m'occupe de vos collègues.

— J'espère bien.

Sans se départir de son sourire, Sharon glissa deux cartes magnétiques dans un étui plastifié, puis elle donna un petit coup rapide sur la cloche de cuivre posée sur le comptoir.

— Un de nos grooms sera là d'un instant à l'autre pour accompagner M. Hempstead dans sa chambre. Si vous le souhaitez, je peux vous montrer où elle se trouve sur le plan de l'hôtel.

— Ce n'est pas la peine, répondit la jeune femme blonde d'un ton glacial.

Kelly l'observa avec curiosité. Il devait s'agir de la secrétaire de Roger, ou de l'une de ses collègues. Elle était séduisante, mais avait une beauté assez froide. Son tailleur noir finement rayé de blanc et son chemisier de soie grise paraissaient beaucoup trop stricts dans ce cadre chaleureux, mais pour être honnête ce style lui allait bien.

Soudain, elle se dit que Roger et elle couchaient peut-être ensemble. Cela poserait un problème auquel elle n'avait même pas songé. Elle reporta son attention sur lui. Il était toujours très beau, bien sûr, mais elle remarqua que ses cheveux blond foncé étaient plus clairsemés, et qu'il était un peu trop bronzé. Faisait-il des UV ? Son costume brun était impeccable, mais légèrement démodé, du moins selon les critères de la côte ouest. Il portait une cravate rouge et or, aux couleurs de son université bien-aimée. Il n'avait pas changé : il avait toujours son air d'enfant gâté d'une riche famille de la côte est.

A ce moment-là, Sharon jeta un coup d'œil autour d'elle d'un air vaguement inquiet, et Kelly sut qu'il était temps pour elle de désamorcer la situation. Pourtant, à l'instant même où elle s'apprêtait à aborder Roger, Brandon entra dans le hall par la porte opposée. Avec horreur et stupéfaction, elle le regarda se diriger droit sur Roger.

— Bonjour, monsieur Hempstead, dit-il d'un ton enjoué en empoignant la main de Roger pour la serrer avec enthousiasme. C'est un plaisir de vous rencontrer, nous attendions votre visite avec impatience. Je suis Brandon Duke… Bienvenu au Château de Silverado Trail !

— Merci, dit Roger, visiblement impressionné que Brandon Duke, ancien quarter-back de la NFL et célèbre milliardaire, l'ait remarqué.

— Nous avons entendu dire beaucoup de bien de cet endroit, mais il doit y avoir une erreur, car nos chambres…

— Non, non, l'interrompit Brandon, ce n'est pas une erreur, mais une amélioration.

Kelly fronça les sourcils, perplexe. Que manigançait-il ?

La différence entre les deux hommes lui paraissait maintenant évidente, et elle n'arrivait pas à croire qu'elle avait dit à Brandon qu'ils se ressemblaient. Bien sûr, ils étaient tous les deux riches, charismatiques et brillants, mais Brandon, lui, n'était pas arrogant. Il était autoritaire et aimait que l'on fasse les choses comme il l'entendait, mais maintenant qu'elle le regardait discuter avec Roger, elle s'apercevait qu'il n'avait pas une once de la morgue de son ancien petit ami.

Tandis qu'ils continuaient à discuter, la jeune femme blonde se tourna vers Brandon et le regarda de la tête aux pieds comme s'il était une proie et elle une lionne affamée.

Kelly en avait assez vu. Elle se redressa, rejeta ses cheveux en arrière, et se dirigea vers la réception d'un pas vif.

— Bonjour, Roger.

Roger lui jeta un rapide coup d'œil d'un air indifférent, puis il tourna de nouveau la tête vers elle, vivement cette fois-ci, les yeux écarquillés.

— Kelly ?

— Oui, Roger, c'est moi.

Elle contourna le comptoir de la réception.

— Alors, nous allons remplir vos fiches et vous indiquer où se trouvent vos chambres…

— Tu travailles ici ? lui demanda-t-il, l'air toujours aussi abasourdi.

— Oui, répondit-elle avec un sourire qu'elle espérait charmant. Bienvenu au Château de Silverado Trail. Voyons voir ce que je peux faire pour accélérer les choses…

Michael, l'autre réceptionniste, arriva à ce moment-là et s'approcha d'elle avec empressement.

— Merci, Kelly, je peux prendre le relais, maintenant…

Il se pencha vers elle et murmura, pour qu'elle seule l'entende :

— J'ai dû modifier toutes leurs réservations au restaurant, ils ont amené deux personnes de plus sans prévenir.

Cela ne l'étonnait pas que Roger ait fait quelque chose d'aussi indélicat, mais elle se garda bien de dire quoi que ce soit. Elle fit de nouveau le tour du comptoir.

Brandon vint se placer à côté d'elle et sourit cordialement à l'assemblée.

— Mesdames et messieurs, Michael et Sharon vont vous aider

à vous installer le plus rapidement possible. Je vous souhaite un agréable séjour, et j'espère que vous aimerez le champagne offert par la maison qui vous attend dans vos chambres.

Tout le monde remercia Brandon en même temps, sauf Roger, qui semblait ne pas prêter attention à ce qui se passait autour de lui.

— Kelly ?

Il lui prit le bras et l'entraîna à l'écart.

— Je t'ai à peine reconnue, ça fait tellement longtemps… Comment vas-tu ?

— Très bien, Roger. Et toi ?

Il ignora la question et continua à la dévisager.

— Tu es superbe… Qu'as-tu fait ?

— Oh ! rien de spécial, répondit-elle avec une nonchalance feinte en faisant bouffer ses cheveux. J'ai changé de coiffure.

— Pas seulement, dit-il d'un air songeur, les sourcils froncés. Il y a autre chose…

— Oh ! tu sais, je fais un peu de sport, je surveille mon alimentation, je bois du vin délicieux…

Elle lui adressa un sourire éclatant, plein d'assurance.

— La vie est belle !

— Eh bien, quoi que tu fasses, je peux te dire que ça marche, répondit-il d'un air émerveillé.

Il se pencha vers elle.

— Ecoute… Es-tu libre ce soir ? Nous pourrions dîner ensemble ?

— Ce soir ? Non, je crains de…

— Kelly est occupée, ce soir, dit Brandon d'un ton abrupt. Elle travaille tard.

Il avait surgi juste derrière elle sans prévenir. Elle se tourna vers lui et le fusilla du regard. Il se mêlait de ce qui ne le regardait pas. Elle reporta son attention sur Roger et lui adressa un sourire crispé.

— Oui, malheureusement, je travaille, ce soir… mais je suis libre jeudi soir. Seras-tu disponible ?

— Oui, répondit-il avec empressement. Nous pourrons dîner ensemble.

— Attendez une minute…, dit Brandon entre ses dents.

Elle lui donna un coup de coude discret.

— Aïe ! dit-il tout bas.

Elle l'ignora et s'efforça de rester concentrée sur son ex-petit ami.

— Il faut que je retourne travailler, Roger, mais je suis sûre que nous nous croiserons d'ici jeudi. Profite bien de ton séjour !

Roger haussa un sourcil d'un air désinvolte.

— Oh ! j'ai bien l'intention de te revoir…

— Alors… C'est donc *lui*, Roger ! dit Brandon en suivant Kelly vers leurs bureaux.

Elle s'arrêta net et mit ses poings sur ses hanches.

— Qu'est-ce qui t'a pris, de t'immiscer dans notre conversation, comme ça ?

— Hé ! Je t'ai rendu service…

— Tu m'avais dit que tu ne lui dirais rien.

— J'ai simplement agi en hôte courtois, tendant une main secourable à un client important.

— Tendant le poing, plutôt !

Il émit un grognement railleur.

— Ne me tente pas… C'est vraiment un sale type, n'est-ce pas ?

Elle secoua la tête alors qu'ils se remettaient à marcher.

— Il n'est pas si terrible…

— Si. Et qui est la Reine des Neiges ?

— La blonde qui était avec lui ? demanda-t-elle, les sourcils froncés. Je me suis dit qu'elle devait être sa secrétaire, mais elle semblait plutôt autoritaire, non ?

Il la regarda du coin de l'œil.

— Oui, un peu comme toi.

— Je ne suis pas autoritaire ! dit-elle d'un ton faussement indigné.

— Si, dit-il alors qu'ils arrivaient à la porte du bureau.

Il s'écarta pour la laisser passer, et verrouilla la porte derrière eux.

— Eh bien, je suis peut-être *un peu* autoritaire de temps en temps, mais certainement pas comme…

Elle s'interrompit quand, brusquement, il lui saisit le poignet et la fit pivoter. Puis il la plaqua contre le mur, et elle poussa un petit cri de surprise.

— Regarde comme tu me malmènes, comme tu me forces à faire *ça*…

Il baissa la tête et l'embrassa dans le cou. Elle fut aussitôt parcourue d'un frisson. Cela ne faisait que deux jours qu'ils n'avaient pas fait l'amour, mais il lui avait déjà tellement manqué…

— … et ça, continua-t-il en faisant glisser sa veste sur ses épaules et en lui maintenant fermement les bras dans le dos, la forçant à projeter ses seins en avant.

Elle poussa un petit gémissement de plaisir.

— Tu es *très* autoritaire…

Il dénoua les liens de sa robe-portefeuille et referma ses mains sur ses seins gonflés de désir.

— Brandon…

Elle gémit de nouveau alors qu'il lui enlevait son soutien-gorge et pinçait doucement les pointes de ses seins entre ses doigts. Cependant, malgré la brume de plaisir qui l'enveloppait, elle se rappela quelque chose d'important et lui saisit la main pour arrêter son geste.

— Brandon, attends… Nous avions dit que nous ne le ferions plus. Nous devrions arrêter, nous devrions…

— Nous nous arrêterons après ça, dit-il, je te le promets, mais je ne peux pas m'arrêter *maintenant*, il *faut* que je te fasse l'amour…

— Oui, dépêche-toi…

Elle se débattit pour finir d'enlever sa veste alors qu'il se penchait pour prendre son sein dans sa bouche.

— Autoritaire, dit-il sans cesser d'agacer ses seins.

— Oh ! tais-toi et embrasse-moi ! dit-elle en commençant à le déshabiller.

Il éclata de rire.

— J'aime ça, une femme autoritaire…

Il l'embrassa alors fougueusement. Sans détacher ses lèvres des siennes, elle lui enleva sa chemise, déboutonna son pantalon et le fit glisser sur son sexe en érection. Les mots qu'il venait de prononcer dansaient dans sa tête : *J'aime ça, une femme autoritaire…* Pourtant, elle savait bien que cela ne voulait rien dire. Il avait dit cela dans le feu de l'action, elle ne devait pas attacher d'importance au mot *aimer.* Elle deviendrait folle si elle cherchait à analyser le moindre de ses mots.

Quelques instants plus tard, il parvint à lui faire tout oublier. Il lui retirera sa robe d'un coup sec et la regarda tomber par terre à ses pieds, puis il dévora des yeux le string noir qu'elle portait.

— Ouah !

Elle prit un air effronté.

— Ça te plaît ?

Il se contenta de la regarder fixement pendant quelques secondes, puis il répondit :

— C'était mon choix personnel, si ma mémoire est bonne…

— Effectivement, c'est celui que tu avais choisi.

Il eut un sourire coquin.

— Les talons hauts ne sont pas mal non plus.

— Merci.

— Bon sang ! Tu es incroyable, dit-il en s'agenouillant devant elle tout en lui caressant les cuisses.

— Brandon, qu'est-ce que…

— Chut… Laisse-moi te faire l'amour, dit-il en lui écartant les jambes avec douceur.

Il déposa un baiser juste au-dessus de son genou, puis remonta lentement sur sa cuisse, jusqu'en haut.

— Magnifique, dit-il dans un murmure.

Incapable de dire quoi que ce soit, elle le laissa refermer ses mains sur ses fesses et la caresser avec sa langue. Elle sentit le plaisir monter rapidement en elle, jusqu'à ce qu'elle ne puisse plus contrôler les sensations qu'elle éprouvait.

— Brandon, je t'en prie…

— Encore un instant.

— Maintenant !

S'il ne la prenait pas immédiatement, elle se consumerait de désir.

Il remonta lentement, déposant une ligne de baisers sur son ventre, sur ses seins… Elle plongea alors son regard dans le sien et vit dans ses yeux le reflet de sa propre tendresse, de son ardeur. En cet instant précis, elle sut qu'il éprouvait la même chose qu'elle. Il ne s'agissait plus seulement de désir, elle le sentait au plus profond d'elle-même, et avait l'intime conviction qu'il le sentait aussi. Cette stupéfiante prise de conscience l'emplit de joie. Il l'embrassa, et elle lui rendit son baiser avec fougue.

Il la souleva alors sans effort et tourna sur lui-même pour s'adosser au mur. Elle enroula ses jambes autour de sa taille et gémit alors qu'il la faisait glisser sur son sexe en érection, la pénétrant lentement.

Ils s'embrassèrent de plus belle et tanguèrent ensemble, submergés de plaisir. Lorsqu'ils arrivèrent à l'extrême limite, ils ralentirent la cadence pour prolonger l'extase. Cependant, la passion qui les animait finit par avoir raison d'eux, et il ne put s'empêcher de la pénétrer de nouveau avec force. Haletante, elle régla ses mouvements sur les siens, et ils jouirent enfin ensemble.

— Que s'est-il passé ? demanda Kelly d'une voix qui trahissait sa confusion.

Brandon s'appuya doucement contre elle.

— Tu m'as forcé à te dire ma façon de penser, tu te souviens ?

Elle essaya de rassembler assez d'énergie pour lui donner une petite tape, mais elle n'avait plus de force et ne parvint qu'à lui effleurer la jambe du bout des doigts.

— Tant pis pour les règles que nous nous étions fixées, dit-elle en regardant autour d'elle.

Leurs vêtements étaient éparpillés par terre. Après avoir fait l'amour, ils s'étaient dirigés vers le canapé d'un pas chancelant et s'y étaient affalés. Elle avait essayé de se couvrir du plaid, mais il ne cachait pas grand-chose. Brandon, quant à lui, était merveilleusement nu. La scène lui faisait penser à un tableau décadent…

— Viens ici, dit-il en l'attirant près de lui.

Elle lui passa un bras autour de la taille et s'autorisa à se pelotonner contre lui et à se laisser dorloter.

— Que disais-tu, à propos des règles que nous nous étions fixées ?

— Oh ! rien…

— Tant mieux, dit-il en lui caressant paresseusement les cheveux. Que dirais-tu de nous habiller et d'aller dîner ?

Elle savait ce qu'elle avait à faire. C'était maintenant ou jamais… Avant d'avoir le temps de changer d'avis, elle dit :

— Brandon, nous devons *vraiment* arrêter.

Il inclina légèrement la tête sur le côté pour la regarder droit dans les yeux.

— De faire quoi ? De manger ?

— Je ne plaisante pas.

— Avec la nourriture ? demanda-t-il en lui caressant le dos. Moi non plus. Je meurs de faim.

— Brandon…

Elle sentit qu'un sourire se dessinait sur ses lèvres alors qu'il déposait un baiser sur sa joue.

— Oui, Kelly ?

— Tu vois très bien de quoi je parle, dit-elle en lui prenant la main. Il faut que nous arrêtions de faire n'importe quoi, de faire l'amour…

— Vraiment ?

— Oui, tu le sais très bien.

Elle le regarda d'un air grave et lui pressa tendrement la main.

— Nous en avons déjà parlé. Nous étions censés arrêter dès que ta famille serait là.

— Ça n'a pas marché.

— Sans blague !

Il rit et lui embrassa l'épaule.

— Ensuite, nous avons dit que nous nous arrêterions quand Roger serait arrivé, dit-elle en inclinant la tête en arrière pour qu'il puisse lui embrasser le cou. Maintenant, il est là, et regarde-nous…

— Oui, regarde-nous, dit-il en lui soulevant les cheveux pour continuer à l'embrasser.

Elle avait peine à parler tant elle était troublée, mais elle savait qu'elle devait lui dire ce qu'elle avait sur le cœur.

— Nous avons passé presque toutes les nuits ensemble depuis une semaine, et cela a été merveilleux, je n'ai jamais été aussi heureuse…

Elle battit des cils et détourna les yeux pour qu'il ne voie pas sa confusion et sa tristesse.

— … mais nous devrions nous arrêter avant de nous…

Il lui prit le menton avec douceur et la força à le regarder.

— *Avant de nous…* quoi, Kelly ?

Avant de nous attacher, avant que tu ne te lasses de moi, mais elle se garda bien de le dire. Elle lui ébouriffa légèrement les cheveux et se contenta de répondre :

— Avant de nous faire surprendre par une femme de ménage.

Brandon savait qu'il aurait dû être soulagé que Kelly lui ait *encore* reproché de s'être moqué des règles qu'ils s'étaient fixées. Ils devaient mettre un terme à leur liaison, il le savait.

Alors, pourquoi avait-il à ce point envie de la faire changer d'avis ?

Elle avait raison. Après tout, il savait depuis le début que leur aventure serait brève, et il ne voulait surtout pas mettre en péril leurs excellentes relations de travail.

Pourtant, quand il la regardait, il savait aussi qu'il y avait autre chose entre eux, une chose à laquelle il n'était pas prêt à renoncer. Il avait du mal à se l'expliquer, mais elle le troublait profondément. Il ne s'agissait pas seulement de sexe, même si faire l'amour avec elle était toujours extraordinaire, tellement délicieux…

Non, il y avait autre chose… Il l'aimait bien, et il avait envie d'être avec elle. Quand elle n'était pas là, elle lui manquait. Ce sentiment lui passerait, bien sûr, mais puisqu'ils passaient de bons moments ensemble, pourquoi mettre un terme à leur relation maintenant et être malheureux, alors qu'ils pouvaient continuer à se voir et être heureux ?

Il savait très bien qu'il ne serait jamais l'homme qu'il lui fallait. Sa mère avait raison, sur ce point. Kelly était faite pour tomber amoureuse, pour se marier, fonder une famille… Lui ne connaissait rien à tout cela.

Oui, Sally l'avait sauvé, quand il était petit, et sa mère, ses frères et lui formaient une famille soudée ; mais avant de connaître Sally, sa famille ne lui avait apporté que souffrance. Cette souffrance l'avait marqué, et le hantait encore aujourd'hui, lui rappelant qu'il ne serait jamais à la hauteur des espérances de Kelly.

Cependant, cela ne signifiait pas pour autant qu'ils ne pouvaient pas passer de bons moments ensemble, le plus longtemps possible.

— Ecoute, dit-il en lui écartant une mèche de cheveux du visage, c'est peut-être insensé, mais je n'ai pas envie de ne plus te voir. Je suis vraiment bien avec toi… Tu es bien avec moi, n'est-ce pas ?

Elle sourit et lui caressa la joue avec tendresse.

— Oui, évidemment, tu le sais bien.

— Alors, pour l'instant, c'est tout ce qui compte.

Là-dessus, comme pour conclure un accord avec elle, il la serra dans ses bras et l'embrassa.

- 8 -

Le lendemain matin, Kelly passa la tête dans l'entrebâillement de la porte du bureau de Brandon et lui dit :

— Je vais porter les factures au concierge, as-tu besoin de quoi que ce soit ?

— Non, merci, articula-t-il en silence, car il était toujours au téléphone avec l'avocat.

Alors qu'elle traversait la terrasse ensoleillée qui longeait le hall, elle repensa à la nuit précédente. Ils avaient discrètement quitté l'hôtel et étaient allés à St. Helena manger un cheeseburger et des frites. Ils avaient passé une excellente soirée, avaient ri et s'étaient raconté toutes sortes de choses, comme un vrai couple. Pourtant, ils ne formaient *pas* un vrai couple. Ils n'étaient que des amants qui dînaient ensemble de temps en temps.

Mais après tout, n'est-ce pas ce que ferait un vrai couple ? Si on les avait observés, on aurait pu croire qu'ils étaient amoureux.

Cependant, ils n'étaient pas amoureux. Loin de là.

La veille au soir, il lui avait dit qu'il était bien avec elle, alors pourquoi ne pas continuer ? Il n'y avait pas de mal à cela.

— Nous passons de bons moments, c'est tout, dit-elle pour elle-même en s'engageant sur l'allée bordée de fleurs qui faisait le tour du bâtiment principal. Alors ça suffit !

— Kelly ?

Elle était tellement absorbée par ses pensées qu'elle n'avait pas vu Roger s'approcher d'elle.

— Bonjour, Roger. Que fais-tu de beau, ce matin ?

Il pointa le doigt dans la direction du spa.

— Nous avons réservé le pavillon pour la journée, nous allons faire quelques exercices pour apprendre à travailler en équipe.

Le pavillon était une grande salle à la charpente apparente qui était utilisée pour les mariages, les dîners, et les petites conférences. Isolé, il se trouvait derrière le spa, au milieu des oliviers et des chênes. C'était l'un de ses endroits préférés.

— Intéressant ! dit-elle poliment. J'espère que ce sera bien.

Il s'approcha encore un peu d'elle et lui posa une main sur le bras dans un geste familier.

— Ecoute, Kelly, j'ai pensé à toi toute la soirée, hier… tu m'as vraiment manqué. Crois-tu que nous pourrions…

— Roger ? appela une voix de femme. Tu viens ?

Kelly se retourna et vit la jeune femme blonde approcher. Elle portait un tailleur noir strict, un chemisier gris impeccable, et des escarpins de cuir verni à talons aiguilles. Tout dans son attitude était autoritaire.

— Bonjour, Ariel, dit Roger.

Il n'avait pas l'air particulièrement content de la voir.

— Nous ne pouvons pas commencer sans toi, dit la jeune femme en mettant sa main en visière pour se protéger les yeux du soleil.

Elle était jolie, malgré les deux rides verticales qui creusaient son front quand elle était contrariée, ce qui semblait lui arriver souvent. Elle haussa les sourcils de façon presque comique, et se mit immédiatement à ressembler à la sorcière d'un dessin animé.

A peine cette pensée eut-elle traversé l'esprit de Kelly qu'elle s'en voulu. Après tout, elle ne connaissait même pas Ariel, et si celle-ci s'intéressait à Roger, elle ne méritait que sa compassion.

— Allez-y, commencez sans moi, dit Roger en agitant la main comme pour la congédier. J'arrive tout de suite.

Il la regarda s'éloigner, puis se tourna de nouveau vers Kelly.

— Ce que j'essaie de dire, Kelly, c'est que toi et moi, nous pourrions vraiment…

— Ah, Kelly, te voilà ! dit gaiement Brandon qui arrivait de la direction opposée. Salut, Hempstead ! J'espère que vous avez passé une bonne nuit.

Sans la quitter des yeux, Roger répondit :

— Je prévois de passer une nuit encore meilleure aujourd'hui…

— Bonne chance ! dit Brandon en lui donnant une grande tape amicale dans le dos. Je vous conseille de boire une bière bien fraîche avant d'aller vous coucher, cela fait des merveilles. Kelly, tu allais voir le concierge, n'est-ce pas ? Je t'accompagne…

Là-dessus, il vint se placer entre Roger et elle, et il lui prit le bras.

— A plus tard, Hempstead !

— Tu es fou ? dit-elle tout bas dès qu'ils se furent un peu éloignés.

— Tu as entendu ce qu'il a dit ? dit-il entre ses dents. Ce type est complètement malade, il s'imagine que tu vas passer la nuit avec lui !

— Oui, je sais, et cela ne me dérange pas de le lui laisser croire.

Il s'arrêta net et lui lança un regard furibond.

— Pourquoi ?

— Parce que je prendrai un malin plaisir à lui dire non ensuite, répondit-elle d'un ton ferme en soutenant son regard.

— A lui dire non ?

— Tu crois vraiment que je coucherai avec lui ?

— Non, répondit-il lentement, comme s'il ne s'était jamais vraiment posé la question, mais *lui* ne le sait pas…

— Exactement, et nous n'allons pas le lui dire, d'accord ?

Il fronça les sourcils, visiblement perplexe, mais elle se contenta de sourire et d'ajouter :

— Ne parlons plus de Roger, s'il te plaît.

Le mercredi soir, Brandon se demanda pour la énième fois pourquoi il n'avait pas mis un coup de poing à Roger la première fois qu'il l'avait vu.

Le barman du bar à vins avait téléphoné pour dire qu'il était malade, et c'était l'un des serveurs du restaurant qui le remplaçait. L'hôtel était complet, et Brandon espérait que tout continuerait à bien se passer. Il avait décidé de vérifier néanmoins que tout se déroulait sans accrocs au bar. Naturellement, Roger le Pauvre Type avait choisi ce soir-là pour se soûler. De toute évidence, c'était un imbécile pontifiant qui ne tenait pas l'alcool, mais comme c'était lui le patron, il n'y avait personne pour lui dire d'arrêter de boire et d'aller se coucher. Comme si cela ne suffisait pas, plus il buvait, plus il était imbu de lui-même. A ce stade, il devait se prendre pour Fred Astaire en personne car il attrapa Sherry par la main et la fit tournoyer. La jeune fille, très professionnelle, réussit de justesse à ne pas faire tomber son plateau.

Brandon aurait adoré la voir renverser tous ces verres sur les pieds de Roger… A contrecœur, il s'interposa malgré tout entre eux, le prit par les épaules et le força à se tourner vers lui.

— Vous avez assez bu, mon vieux.

— Encore vous, fit Roger d'une voix pâteuse. Laissez-moi tranquille, elle a envie de danser avec moi…

— Je n'en doute pas, dit Brandon en passant son bras autour de ses épaules pour l'entraîner dans la direction opposée, mais je fais cela pour votre bien… Elle a un super-crochet du droit, et un mari jaloux qui n'a aucun sens de l'humour. Un grand type très méchant, pas le genre de gars que l'on a envie de mettre en colère…

— Mais je vois bien que je lui plais, et elle est vraiment sexy !

— Oui, mon vieux, je suis sûr qu'elles sont toutes folles de vous, dit Brandon en le conduisant vers la porte. Allez, il est temps d'aller se coucher, maintenant.

A ce moment-là, la jeune femme blonde qui l'accompagnait apparut. Elle passa un bras autour de lui et dit :

— Je m'en occupe.

— Hé ! s'écria Roger. Salut, toi ! Je te connais…

— Oui, répondit-elle en lui tapotant le torse, et je te connais aussi.

— Vous êtes sûre que ça va aller ? demanda Brandon,

craignant que Roger ne fasse tomber la jeune femme, qui paraissait fragile.

— Oui, répondit-elle avec un bref hochement de tête. Ce n'est pas la première fois… Je m'en charge.

Roger lui passa le bras autour des épaules et lui lança un regard lourd de sous-entendus.

— Et si nous allions dans ma chambre ? J'ai un Jacuzzi.

— C'est très tentant, dit-elle en s'éloignant avec lui.

Brandon les regarda passer la porte d'une démarche mal assurée et secoua la tête, écœuré. Ce type était vraiment un imbécile, mais cela ne semblait pas déranger la jeune femme blonde. En voyant ses bouffonneries au bar ce soir, il l'avait mieux cerné : il avait déjà croisé des hommes comme lui, et ne les avait jamais appréciés. Roger était du genre à s'imaginer qu'il pouvait faire tout ce qu'il voulait, avec qui il voulait, quand il voulait. Il buvait avec excès et donnait des ordres à tout le monde, simplement parce qu'il avait de l'argent. Il était né dans une famille riche, ce dont il avait pris conscience en grandissant, et il en jouait maintenant qu'il était adulte.

Il avait connu beaucoup d'hommes comme lui en travaillant pour la NLF, des hommes qui obtenaient toujours ce qu'ils voulaient parce qu'ils étaient riches et puissants.

Son père biologique avait la même tournure d'esprit, même s'il n'avait pas d'argent. C'était un homme grand et massif, et il se servait de sa force pour faire trembler tout le monde. C'était un jeu malsain, et Brandon et sa mère avaient toujours été ses cibles favorites.

Son père biologique devait avoir beaucoup de points communs avec Roger, et il osait à peine imaginer le mal qu'un homme comme lui pouvait faire à une femme aussi douce et aussi tendre que Kelly. Il serra les poings en pensant qu'elle avait rendez-vous avec lui pour dîner le lendemain soir.

Il savait qu'elle faisait attendre Roger depuis quelques jours et que ce dernier n'en était que plus impatient.

Il n'aimait pas Roger, et ne lui faisait absolument pas confiance. Il avait promis à Kelly de ne pas contrecarrer ses projets, mais il n'avait pas l'intention de la laisser véritablement seule avec son ex-petit ami. Il resterait dans les parages, attendant, observant, s'assurant qu'il ne ferait rien qui pût la blesser de nouveau.

Le lendemain, Kelly se prépara pour aller dîner avec Roger. Elle mit une petite robe noire sexy qui lui allait comme un gant. C'était une robe soyeuse, qui épousait ses formes et dont le décolleté en V montrait juste ce qu'il fallait de poitrine.

Elle se regarda dans le miroir en attachant son collier de strass et, satisfaite de son reflet, mit les boucles d'oreille assorties.

Elle avait décidé de rejoindre Roger dans sa suite plutôt que de dîner avec lui au restaurant de l'hôtel. De cette façon, ils pourraient discuter tranquillement… En d'autres termes, Brandon ne risquerait pas de surprendre leur conversation et de les interrompre sans raison valable.

Même si elle connaissait Roger depuis des années et qu'elle ne se sentait pas en danger avec lui, elle était allée en cuisine vérifier qu'il avait bien commandé à dîner. Elle ne voulait pas qu'il pense pouvoir se contenter de l'inviter dans sa chambre et la séduire. Elle avait été soulagée d'apprendre qu'il avait effectivement commandé une bouteille de champagne et un repas fin : un assortiment de hors-d'œuvre, le filet mignon, et le fondant au chocolat en dessert. Elle approuvait d'autant plus que, lorsqu'ils sortaient ensemble, il se montrait souvent pingre quand ils allaient au restaurant. Ce soir, en revanche, il avait fait un effort. Il cherchait probablement à l'impressionner, et c'était exactement ce qu'elle avait espéré.

Il ne restait plus qu'à le pousser à la supplier de ressortir avec lui, et son plan serait un succès. Bien sûr, elle refuserait gentiment, et s'il s'en étonnait, elle lui dirait la vérité. Il protesterait et irait peut-être même jusqu'à l'insulter, mais elle s'en moquait. Tout ce qu'elle voulait, c'était avoir la satisfaction de savoir qu'il la trouvait attirante. Ensuite, elle pourrait sortir de sa vie à jamais et avancer vers un avenir plus prometteur.

Même si c'était un peu mesquin, elle avait besoin de cela pour tourner la page.

*
* *

Elle n'aurait jamais dû accepter de dîner avec Roger. Elle ne rattraperait jamais les trois heures qui venaient de s'écouler. Le filet mignon était excellent, et le fondant au chocolat divin, mais elle avait l'estomac noué.

Roger l'avait accueillie à la porte avec une élégance nonchalante, dans son costume Armani, le col de sa chemise relevé. Il s'était comporté en parfait gentleman toute la soirée. Il l'avait complimentée, et lui avait posé des questions sur sa vie en Californie. Ils avaient parlé d'amis communs, et il lui avait fait des confidences au sujet de gens qui travaillaient pour lui.

Le problème, c'était qu'elle s'ennuyait à mourir.

Ils avaient bu du champagne, grignoté quelques amuse-gueule puis savouré l'entrée, le plat principal et le dessert, et il ne lui avait toujours pas fait de proposition indécente.

Qu'est-ce qui clochait, chez lui ? Il *devait* avoir un problème. Après tout, depuis son arrivée à l'hôtel, il n'avait pas cessé de chercher à la voir. Pourtant, elle avait dû se faire des illusions, car ce soir, il ne manifestait aucun désir, aucune attirance pour elle, aucun intérêt particulier. Il était simplement poli.

C'était peut-être mieux ainsi… Après tout, elle n'avait vraiment plus *aucun* sentiment pour lui, elle s'en rendait *enfin* compte. Et c'était grâce à Brandon…

— Cela m'a fait plaisir de te revoir, Roger, dit-elle en se levant. J'ai passé une très bonne soirée, mais il faut vraiment que j'y aille.

— Kelly, attends !

Il se leva brusquement et lui attrapa la main.

— Ne t'en vas pas. Il faut qu'on parle de nous…

Décontenancée, elle jeta un coup d'œil à sa main sur la sienne, puis le regarda.

— Nous avons parlé toute la soirée, Roger.

Il resserra son étreinte et s'approcha d'elle.

— Je sais, mais je ne t'ai pas encore dit ce que j'avais à te dire. Ecoute, Kelly… Je voulais m'excuser.

— T'excuser ?

— Oui… Seigneur, tu es superbe !

Il caressa son épaule nue. Elle frissonna, mais certainement pas de plaisir.

— Qu'y a-t-il, Roger ?

Il contracta la mâchoire. Les sourcils froncés, il semblait vaguement embarrassé.

— J'ai passé la soirée à essayer de… Eh bien… Ecoute, j'ai dit des choses que je n'aurais pas dû dire, quand nous sortions ensemble. J'ai eu tort, j'ai été… stupide. Mais quand je t'ai revue lundi, je me suis souvenu de ce que nous avions partagé. Cela me manque, *tu* me manques. Je voudrais que tu me donnes une deuxième chance, Kelly…

Elle se contenta de le regarder fixement. Maintenant qu'il lui avait dit tout ce qu'elle avait espéré entendre, elle n'en croyait pas un mot.

— Je… Roger, je ne sais pas quoi dire.

— Dis oui ! Fais tes valises et repars avec moi…

— Roger, je…

— Attends, ne dis rien, pas tout de suite. Concentre-toi sur ce que tu ressens.

Il se pencha pour l'embrasser, plaquant brutalement ses lèvres sur les siennes. Elle n'aurait peut-être pas dû, mais elle le laissa faire. Il l'embrassa alors une deuxième fois, avec un peu plus de délicatesse. Elle s'efforça d'éprouver du désir, quelque chose, n'importe quoi, mais elle ne ressentait *rien*. Elle se rendit soudain compte qu'il en avait toujours été ainsi. Roger ne l'avait jamais attirée.

Où était la fougue, la passion, l'exaltation qui s'emparaient d'elle quand *Brandon* l'embrassait ?

Roger l'attira vers lui et lui embrassa le cou.

— Oh ! Kelly, nous allions tellement bien ensemble…

Elle fronça les sourcils, perplexe.

— Ah bon ?

— Oui, tu le sais bien, lui dit-il à l'oreille. Tu ne t'en souviens pas, quand nous nous touchons ?

Elle se pencha en arrière pour s'écarter de lui.

— Non, pas du tout. Je suis désolée, Roger, mais je ne ressens absolument rien.

Il la serra de nouveau contre lui.

— Mais si, tu ressens quelque chose, je le vois…

— Roger, arrête, s'il te plaît.

— Bon, maintenant, tu fais la difficile, dit-il en essayant de nouveau de l'embrasser alors même qu'elle cherchait à se dégager de son étreinte. Très bien, je suppose que je le mérite, après ce que je t'ai dit il y a cinq ans, mais ça suffit, maintenant… Admets simplement que tu veux recommencer avec moi, et nous laisserons le passé derrière nous.

Là-dessus, il pressa de nouveau ses lèvres sur les siennes. Elle sentit son estomac se soulever. Elle lui donna une tape sur le bras, suffisamment fort pour qu'il la lâche, et elle en profita pour s'écarter de lui.

— Ne me touche plus jamais. Je t'ai dit que je ne ressentais plus rien pour toi. Je m'en vais.

Il se rapprocha d'elle.

— Allez, Kelly… Tu ne vas pas partir alors que j'ai dépensé trois cents dollars pour ce dîner ? Tu es nerveuse parce que tu ne sais toujours pas comment faire l'amour à un homme, mais ne t'inquiète pas, je t'apprendrai, cette fois…

Elle leva une main pour l'arrêter.

— Oh non, certainement pas. C'est toi qui ne sais pas t'y prendre. Je sais ce que c'est qu'un baiser passionné, Roger, et ce n'est pas grâce à toi.

Alors qu'elle prenait sa pochette sur le buffet, il lui saisit de nouveau le poignet. A ce moment précis, quelqu'un se mit à frapper de grands coups à la porte.

Elle sursauta.

— Qu'est-ce que… ?

Roger jura d'une voix forte.

— On ne peut pas avoir la paix cinq minutes, dans cet hôtel ? dit-il, très énervé.

— Cet hôtel est parfait ! dit-elle aussitôt, plus insultée par l'affront fait à l'hôtel que par la goujaterie dont il venait de faire preuve avec elle. Il doit y avoir une urgence…

Elle s'interrompit en entendant crier :

— Ouvrez cette porte tout de suite, Hempstead !

Elle écarquilla les yeux, abasourdie, et courut ouvrir la porte.

— Brandon ?

— Duke ? dit Roger en lui lançant un regard noir. Qu'est-ce que vous voulez ?

Brandon entra et la serra dans ses bras.

— Tout va bien, ma chérie ?

— Lâchez-la, Duke, dit Roger d'un ton menaçant.

— Certainement pas, répondit Brandon en resserrant son étreinte.

Elle prit quelques secondes pour s'imprégner de sa présence, de son parfum, de sa chaleur, puis elle s'écarta légèrement de lui pour le regarder et lui demanda :

— Que fais-tu là, Brandon ?

Il la tint à bout de bras et plongea ses yeux dans les siens.

— Je sais que tu voulais le reconquérir, ma chérie, mais crois-moi, ce n'est pas l'homme qu'il te faut.

Elle le regarda fixement, ahurie.

— Tu crois que je ne le sais pas ?

— Attends, dit Roger, tu veux me reconquérir ? Alors pourquoi n'as-tu pas…

— Non, l'interrompit-elle en se tournant vers lui, je ne voulais pas te reconquérir. Je voulais simplement me venger, c'est différent.

— Effectivement ! dit Brandon en les regardant tour à tour.

Roger secoua la tête, visiblement perplexe.

— Je ne comprends pas…

— Allons-nous-en, Kelly, dit Brandon en lui prenant le bras.

— Attends une minute ! s'écria Roger. Tu pars avec lui ?

— Oui.

Il émit un grognement railleur.

— Tu crois peut-être que ce type veut de toi ? Tu es vraiment idiote.

— Ça suffit, Hempstead, dit calmement Brandon.

Roger eut un rire méprisant.

— Oh ! attends, j'ai compris ! Tu penses être amoureuse de

lui, n'est-ce pas ? C'est vraiment n'importe quoi ! Il veut seulement coucher avec toi, Kelly. Va savoir pourquoi, d'ailleurs… Je suis sûr que tu es toujours aussi nulle qu'avant.

Elle tressaillit, mais continua à s'éloigner sans se retourner. Brandon, en revanche, n'avait manifestement pas l'intention de laisser passer cela. Il se tourna vers Roger et lui dit d'un ton faussement calme :

— Ne m'obligez pas à vous faire taire, Hempstead.

Cependant, Roger insista, une lueur farouche dans les yeux.

— Tu ne penses pas sérieusement qu'il veuille de toi, Kelly… Il sort avec les plus belles femmes du monde ! Tu crois vraiment pouvoir rivaliser ? Tu n'es rien, pour lui !

Elle se cramponna au bras de Brandon et l'entraîna avec elle.

— Je te dis la vérité, Kelly ! dit Roger d'une voix forte. Tu sais très bien que tu serais mieux avec moi…

Cette fois, elle fit volte-face.

— Non, certainement pas. Je ne veux pas être méchante, mais tu ne me fais absolument aucun effet, Roger. Je ne ressens rien quand tu m'embrasses, aucune étincelle, rien… Et tu sais quoi ? Cela ne vient pas de moi ! Tu embrasses très mal, c'est tout.

— C'est ça ! Je n'ai pas besoin de toi, tu peux t'en aller ! cria-t-il.

Il claqua la porte avec violence.

Dehors, l'air était frais et vivifiant. Ils remontèrent l'allée de brique en silence.

— Eh bien, ce n'était pas agréable, dit-elle finalement.

Il s'arrêta et l'observa attentivement à la lueur du clair de lune.

— Comment te sens-tu ? Est-ce qu'il t'a blessée ?

— Ses propos étaient blessants, mais il ne m'a rien dit que je n'aie déjà entendu.

Il lui passa le bras autour des épaules et l'attira contre lui.

— Tu as réussi à lui lancer quelques piques.

Elle hocha la tête.

— Oui, mais ce n'était pas aussi satisfaisant que je l'espérais.

— Je suis désolé pour toi, chérie, dit-il en la serrant tendrement contre lui, mais il ne mérite pas ton attention et, en plus, il se trompe sur toute la ligne…

— Comment ça ?

— Tu es très douée au lit.

Elle éclata de rire.

— C'est vrai !

Alors qu'ils continuaient à marcher, elle lui passa le bras autour de la taille.

— Eh bien, en tout cas, le dîner était excellent.

— Je suis ravi de l'entendre, dit-il en riant.

Au bout de quelques minutes, elle ajouta :

— Roger avait raison sur un point.

Il fronça les sourcils.

— Ça m'étonnerait.

— Si, dit-elle d'un ton grave en levant les yeux vers lui. Tu ne t'intéresses à moi que pour le sexe.

— Tu dis cela comme si ce n'était pas une bonne chose.

Elle eut un petit rire gêné.

— Allez, dit-il en lui pressant doucement l'épaule, rentrons…

Brandon savait qu'il aurait dû laisser Kelly seule un moment. La soirée avait été difficile pour elle, et il voyait bien que Roger lui avait fait de la peine. Cependant, il n'avait pas envie de s'en aller.

— Tu es superbe.

— Merci, dit-elle d'une voix éteinte.

— Ta robe est très belle, mais ta peau l'est encore plus…

Il lui passa les mains dans le dos et ouvrit lentement la fermeture Eclair de sa robe, puis il la fit glisser sur ses épaules pour révéler ses seins nus.

— Magnifique…

Il se pencha et prit l'une de leurs pointes, puis l'autre, dans sa bouche, jusqu'à ce qu'elle gémisse de plaisir et lui glisse les mains dans les cheveux pour le maintenir contre elle.

Quelques minutes plus tard, il finit de lui enlever sa robe, qui tomba à ses pieds dans un bruissement de tissu. Elle était presque nue, vêtue en tout et pour tout d'une petite culotte de dentelle rouge et de ses chaussures noires à talons.

— Je ne me lasse pas de te voir avec tous ses sous-vêtements différents, dit-il en glissant ses doigts sous l'élastique de sa petite culotte.

— Brandon…

— Je veux te sentir t'abandonner.

— Oui…

D'un mouvement vif, il lui retira sa petite culotte, et la caressa. Elle se cambra aussitôt contre lui. Incapable de résister plus longtemps, il déboutonna rapidement sa chemise pour sentir sa peau nue contre la sienne, puis il reporta toute son attention sur elle.

Alors qu'il écoutait ses gémissements et ses soupirs de plaisir, il sentit le désir monter en lui, son érection se durcir encore davantage. Il glissa sa langue dans sa bouche et l'embrassa fougueusement. Quelques instants plus tard, elle poussa un cri et s'effondra contre lui. Il la prit aussitôt dans ses bras et l'allongea sur le lit, puis il finit de se déshabiller et vint se placer au-dessus d'elle. Fébrile, il la pénétra profondément, d'un seul coup. Le souffle coupé, elle enroula ses jambes autour de lui et inclina les hanches pour lui permettre de l'emplir entièrement. Ils se mirent alors à bouger en rythme, en parfaite harmonie, comme s'ils étaient amants depuis des années.

Il se perdit en elle, abandonnant tout contrôle, conscient uniquement de l'union de leurs deux corps.

Au bout de quelques instants, il rouvrit les yeux et les plongea dans les siens. Alors qu'il la pénétrait de plus belle, elle poussa un nouveau gémissement de plaisir. Il l'embrassa, étouffant le cri rauque qui s'échappait de ses lèvres, et jouit avec elle.

- 9 -

Roger et ses collègues quittèrent l'hôtel le lendemain. Kelly était ravie et soulagée de le voir partir. Alors qu'elle retournait vers son bureau, elle repensa à la nuit précédente. Brandon avait raison : Roger était vraiment horrible. Maintenant qu'elle l'avait revu, elle se demandait ce qu'elle avait bien pu lui trouver par le passé, mais cela n'avait plus d'importance.

La seule chose qui importait, c'était qu'avant de l'insulter, il lui avait bien fait comprendre qu'il voulait reprendre une relation avec elle. Et elle l'avait repoussé… Tout s'était déroulé comme prévu. Il lui avait été pénible de le voir sous son vrai jour, mais elle pouvait enfin tourner la page, et elle se sentait beaucoup mieux.

Cependant, maintenant, elle avait un problème bien plus grave à régler.

Brandon… Elle devait être forte et mettre un terme à leur relation une bonne fois pour toutes. Ils ne pouvaient pas continuer à faire éternellement l'amour ensemble, car ce qu'elle lui avait dit d'un ton taquin la veille au soir était vrai : il ne s'intéressait à elle que pour le sexe.

Bien sûr, il voulait aussi la garder comme secrétaire. Il lui avait répété un nombre incalculable de fois qu'elle lui était indispensable… C'était agréable à entendre, et elle ne voulait évidemment pas perdre son travail.

Mais de là à jouer le rôle de l'amante… Non, elle ne pouvait pas se contenter de cela.

Il fallait regarder les choses en face : Brandon ne restait

jamais avec une même femme plus d'un mois ou deux, et cela faisait déjà près de deux semaines qu'ils avaient cette liaison.

Deux merveilleuses semaines... Elle préférait rompre maintenant et garder des souvenirs heureux plutôt que de faire durer leur aventure pour finalement subir une rupture douloureuse, perdre son emploi et avoir des souvenirs entachés de tristesse.

A tous ces soucis s'ajoutait un problème épineux auquel elle n'avait pas voulu faire face jusque-là : elle était amoureuse de Brandon Duke.

— Oh, mon Dieu !, fit-elle dans un soupir.

Comment avait-elle pu être aussi bête ? Elle avait pris définitivement conscience de ses sentiments la veille au soir, quand il était venu tambouriner à la porte de la chambre de Roger pour la protéger. Tel un chevalier servant, il avait été prêt à enfoncer la porte pour lui porter secours, et elle avait cru fondre de tendresse en le voyant. C'était à ce moment précis qu'elle avait enfin compris que son cœur lui appartenait.

Voilà, elle avait perdu la tête. Elle avait fait fi de toutes les règles qu'elle s'était imposées et était tombée amoureuse de lui.

Elle ne pourrait jamais lui dire la vérité, cela le mettrait beaucoup trop mal à l'aise, ce qui signifierait qu'elle devrait quitter son travail et qu'elle ne le verrait plus jamais. Elle avait donc décidé de ne rien dire, de faire face à la situation avec courage. Elle mettrait un terme à leur liaison, et se contenterait dorénavant de faire son travail consciencieusement.

Leurs relations seraient strictement professionnelles, comme avant, et elle trouverait un moyen de chasser Brandon Duke de son cœur.

Kelly s'engagea sur la route nationale en direction du sud. Au lieu de faire face au problème, elle s'était découragée dès que Brandon était entré dans son bureau. Elle avait prétendu être épuisée et l'avait supplié de lui donner le reste de la journée, ainsi que son lundi. Il avait tout de suite accepté, présumant sans doute que sa rencontre avec Roger l'avait anéantie.

Elle détestait lui mentir, mais contrairement à ce qu'elle avait cru, elle n'était pas prête à regarder la vérité en face et à faire ce qu'elle avait à faire. Elle profiterait de ce long week-end pour mettre de l'ordre dans ses pensées.

Elle avait pris un petit sac de voyage et décidé de rentrer à Dunsmuir Bay. Moins de quatre heures après être partie, elle se garait devant chez elle et coupait le contact. Elle descendit de voiture, s'étira et prit une profonde inspiration pour s'imprégner du parfum piquant et salé de l'océan. C'était bon d'être chez soi…

Elle passa le reste de l'après-midi à faire un peu de ménage dans le salon et dans sa chambre, puis elle se servit un verre de vin et alla s'asseoir sur la terrasse. S'efforçant de faire le vide dans son esprit, elle contempla longuement l'eau bleu nuit et les bateaux dans le port.

Le lendemain matin, elle se réveilla de bonne heure et alla faire une longue promenade sur le front de mer. Sur le chemin du retour, elle fit un détour par la Old Town Dunsmuir, un quartier charmant plein de boutiques et de restaurants. Incapable de résister à la délicieuse odeur de pain chaud qui provenait de Cupcake, le salon de thé de Julia Duke, elle y entra.

L'intérieur était charmant, avec son décor bleu et blanc et ses petites tables de bistro disposées devant les grands bow-windows qui encadraient la porte. Elle se dirigea vers le comptoir et regarda avec envie les nombreuses pâtisseries joliment présentées dans la vitrine.

— Kelly ? dit une voix derrière elle.

Elle se retourna et vit Julia, Trish et Sally attablées autour de grands cafés au lait, de thé et de scones.

— Viens t'asseoir avec nous, dit Sally en souriant.

— Oh ! je ne veux pas vous déranger…

— Tu plaisantes ? dit Julia en prenant une chaise à la table d'à côté. Viens, assieds-toi… Que fais-tu ici ?

Elle s'assit avec elles et sourit avec gratitude.

— J'ai pris quelques jours de congé, et j'en ai profité pour venir aérer un peu mon appartement. Nous allons revenir travailler ici dans une semaine ou deux, et je voulais être prête.

— Cela me fera plaisir de vous avoir de nouveau tous les deux ici, dit Sally.

— Merci, c'est gentil.

Julia se leva.

— Je vais te chercher un café au lait.

— Oh ! je t'en prie, ne t'embête pas…

— Cela ne m'embête pas, c'est mon travail, répondit Julia avec un grand sourire.

A ce moment-là, cependant, Lynnie, la jeune fille qui travaillait à la caisse, vint prendre la commande, et Julia se rassit.

— Cela m'a fait plaisir de vous voir tous à Napa, dit Kelly.

— C'était merveilleux ! dit Trish. Je rêve encore des massages que l'on m'a faits là-bas, et je me réveille en gémissant de plaisir !

Elles rirent toutes de bon cœur, puis Kelly dit à Trish et à Julia :

— Vos maris sont vraiment parfaits ! Je ne devrais probablement rien dire, après tout, ce sont mes patrons, mais ils sont très amoureux de vous, et cela se voit… C'est adorable.

— C'est vrai, dit Sally en souriant avec tendresse. Et toi, Kelly ? Ce n'était pas cette semaine que tu devais revoir un ancien petit ami ?

— Hmm, intéressant ! dit Julia en rapprochant sa chaise de la table. Dis-nous tout !

Kelly rit.

— Oh ! je vous assure, il n'y a rien à dire, c'était un véritable fiasco.

— Mais c'était pour lui que tu voulais changer de look, n'est-ce pas ?

— Oui…

Kelly sentit le rouge lui monter aux joues. Par chance, Lynnie arriva juste à ce moment-là avec son café au lait. Elle en but une gorgée pour masquer son embarras.

— Oh ! allez, dis-nous ce qui s'est passé ! insista Trish.

Julia tapota la main de Kelly.

— Si tu as peur que Brandon l'apprenne, nous pouvons te promettre que cela ne sortira pas de cette pièce !

— Non, cela ne m'inquiète pas, répondit Kelly, les sourcils froncés. Brandon était là quand cela s'est passé…

— De plus en plus curieux ! dit Julia.

Elles rirent de nouveau, et Kelly finit par leur raconter toute l'histoire, expliquant que Roger l'avait quittée cinq ans plus tôt et qu'elle avait voulu prendre sa revanche.

— Il a l'air exécrable, dit Julia.

— Je suis contente que tu aies pu finir ton repas avant de t'en aller, dit Trish en passant une main sur son ventre arrondi.

Kelly rit de nouveau.

— Oui, c'était le point positif de la soirée !

Elle but une autre gorgée de café au lait, contente d'avoir accepté leur invitation. Elle s'entendait vraiment bien avec elles, même si elle n'avait pas véritablement sa place au sein de leur petit groupe. Elle aussi avait couché avec un Duke, mais elles n'étaient pas au courant, et de toute façon, c'était fini.

Cette pensée était passablement déprimante, et elle s'efforça de la chasser de son esprit.

— J'ai de plus en plus mal au dos, dit Trish en remuant sur sa chaise dans l'espoir de trouver une position confortable. J'espère que cela va finir par passer…

— Depuis combien de temps as-tu mal ? demanda Sally.

— Depuis que je me suis levée ce matin.

— Tu as des contractions ?

— Oui, mais cela ne veut rien dire… Je ne suis pas censée accoucher avant encore trois jours.

Sally et Julia échangèrent un regard.

— Ne devrions-nous pas appeler Adam ? demanda Kelly.

— Non, non, répondit Trish d'une voix faible. Ils doivent signer un gros contrat, cette semaine…

— Je peux te reconduire chez toi, si tu veux, proposa Sally.

— Ou à l'hôpital, dit Kelly.

Trish refusa d'un geste de la main.

— Non, non, ça ira… Je préfère rester et écouter d'autres ragots sur Roger, cela me fera oublier mes souffrances.

Sally eut un sourire un peu tendu.

— Oui, Kelly, dis-nous comment Brandon a bien pu se retrouver mêlé à tout cela.

Elle leur raconta bien volontiers comment il était intervenu, frappant de grands coups sur la porte, et elles furent toutes les trois impressionnées par son attitude chevaleresque.

— Oh oh ! dit Trish en essayant de se lever. Je suis désolée d'interrompre une histoire aussi captivante, mais je viens de perdre les eaux !

— Ne bouge pas, dit Kelly en la soutenant doucement pour qu'elle s'appuie au dossier de sa chaise.

Puis elle prit son téléphone portable et appela Adam. Elle lui dit de rejoindre Trish directement à l'hôpital et lui proposa de prévenir ses frères, mais elle n'eut pas besoin de le faire, car Adam était justement en audioconférence avec eux.

Sally frottait le dos de Trish.

— Oh ! mon chou, je suis désolée que tu souffres, mais je ne peux pas m'empêcher d'être surexcitée ! Tu vas avoir un bébé…

A l'hôpital, Kelly essaya plusieurs fois de s'en aller, mais Sally ne voulait rien entendre.

— Mais je ne fais pas partie de la famille !

— Si, dit Sally, et tu restes tellement calme, bien plus que nous… J'aimerais vraiment que tu restes, si cela ne te dérange pas.

— D'accord, je vais rester un peu.

Soudain, Adam apparut au bout du couloir et vint vers elles en courant.

— Où est-elle ?

— Dans cette pièce-là, répondit Sally.

Elle lui attrapa le bras pour le retenir et ajouta :

— Essaie de te calmer un peu avant d'aller la voir, et recoiffe-toi, tu as une mine épouvantable.

— D'accord…

Adam prit une profonde inspiration. Ses cheveux étaient

ébouriffés, il passa une main dedans pour les lisser, puis il serra Sally dans ses bras et lui déposa un baiser sur la joue.

— Je t'aime, maman.

Kelly sourit avec tendresse en voyant des larmes de joie briller dans les yeux de Sally.

Quelques minutes plus tard, Cameron remonta le couloir. Il embrassa Julia, puis se tourna vers Sally et Kelly.

— Brandon prend le jet, il devrait être là dans une heure ou deux.

— Tant mieux, dit Sally en serrant Cameron dans ses bras. Je sais qu'Adam sera content que vous soyez tous là.

En entendant que Brandon n'allait pas tarder à arriver, Kelly posa sa main sur le bras de Sally et lui dit :

— Il faut vraiment que j'y aille…

— Mais non, voyons…

Sally s'interrompit et l'observa attentivement.

— Mon chou, est-ce que tu veux t'en aller parce que Brandon va arriver ?

— Non, répondit-elle beaucoup trop précipitamment.

Sally haussa les sourcils.

— Viens, asseyons-nous. J'ai quelque chose à te demander.

Elle n'osa pas refuser, de peur que Sally ne devienne encore plus soupçonneuse, et la suivit donc dans un coin plus tranquille de la pièce.

— Ecoute, Kelly, je ne veux pas être indiscrète, mais je m'inquiète un peu pour toi… As-tu des sentiments pour Brandon ?

— Eh bien, oui, évidemment, répondit-elle d'un ton faussement désinvolte. Nous travaillons ensemble depuis cinq ans, et c'est un homme formidable. J'ai de l'affection pour lui.

Sally croisa les bras sur sa poitrine.

— Je crois que tu vois très bien ce que je veux dire.

Incapable de mentir plus longtemps à la mère de Brandon, elle passa aux aveux :

— Oui, je vois ce que vous voulez dire, et, oui, j'ai des sentiments pour Brandon. Mais je le connais très bien, et je sais qu'une relation entre nous ne marcherait jamais. Toutes les femmes sont à ses pieds, madame Duke.

— Oui, je sais.

— Des femmes superbes et très sophistiquées, dit-elle avec dans la voix une note de résignation qu'elle ne parvint pas à dissimuler. Je ne peux pas rivaliser avec ce genre de femmes.

— Oh ! je crois que si…

Kelly secoua la tête et esquissa un sourire sans joie.

— Merci, c'est gentil, mais ce n'est pas vrai, je ne peux vraiment pas. D'ailleurs, même si je *pouvais* rivaliser, Brandon n'est pas l'homme d'une seule femme… Il change de…

Elle s'interrompit et fronça les sourcils, gênée. Elle ne pouvait décemment pas donner de détails à Sally sur la vie sentimentale de son fils.

— Oh ! ce n'est pas la peine d'essayer d'édulcorer les choses, ma chérie, dit Sally en secouant la tête. Je sais très bien que mes fils ont toujours eu beaucoup de succès auprès des femmes.

— C'est le moins que l'on puisse dire, dit Kelly d'une voix sans force.

Sally lui prit la main.

— Brandon est un homme bien, qui mérite d'être aimé.

— C'est aussi ce que je pense… Je voudrais juste… Eh bien, je voudrais juste être celle qu'il veut.

Sally la serra dans ses bras avec tendresse.

— J'aimerais beaucoup que tu le sois, moi aussi.

Kelly sentit des larmes lui monter aux yeux et s'efforça de les refouler.

— C'est gentil, merci…

Sally plissa les yeux d'un air résolu et murmura quelque chose. Kelly n'était pas sûre d'avoir bien entendu, mais il lui semblait qu'elle avait dit : « Je vais voir ce que je peux faire. »

Brandon remonta à grandes enjambées le couloir de l'hôpital et entra dans la grande salle d'attente. Il jeta un coup d'œil autour de lui et aperçut sa mère assise à côté de Julia et de

Cameron. Le petit Jake dormait paisiblement dans les bras de son frère.

— Que se passe-t-il ? demanda Brandon.

— Oh ! mon chéri, je suis contente que tu sois là !

Sally se leva d'un bond pour l'embrasser, puis elle l'entraîna à l'écart dans le couloir.

Il parcourut de nouveau la pièce des yeux, mais ne vit pas Kelly. Adam lui avait dit que c'était elle qui l'avait prévenu que Trish allait accoucher. Cela faisait donc deux heures qu'il se demandait ce que Kelly faisait à Dunsmuir Bay. Il avait essayé de l'appeler dès que son avion avait atterri, mais elle n'avait pas décroché, ce qui ne lui ressemblait pas. Il savait qu'elle était bouleversée à cause de ce qui s'était passé avec Roger, mais quelque chose d'autre la tracassait-elle ? Si cela n'avait pas été le cas, elle aurait décroché…

Il regarda dans le couloir. Peut-être s'était-elle absentée juste une minute…

— Tu cherches quelqu'un ? lui demanda sa mère.

— Oui, je croyais que Kelly serait là… Adam m'avait dit qu'elle était avec vous quand vous êtes parties pour l'hôpital.

— Elle était là, mais elle est partie.

— Ah, d'accord… Elle va revenir ?

— Je ne sais pas, répondit Sally, l'air un peu perplexe. Elle semblait vouloir s'en aller avant que tu n'arrives.

C'était à son tour de ne pas comprendre.

— Avant que j'arrive ? Pourquoi aurait-elle voulu s'en aller avant que j'arrive ?

— Elle a dit qu'elle ne faisait pas partie de la famille, et qu'il valait mieux qu'elle s'en aille.

— Quoi ? demanda-t-il, incrédule, avant d'ajouter entre ses dents : Eh bien, c'est stupide.

— Vraiment ?

— Bon, maman, où veux-tu en venir ?

— Nous en avons déjà parlé, Brandon. Je croyais que nous étions d'accord, mais il faut que je te pose la question… As-tu une liaison avec Kelly ?

— Pourquoi ? Que t'a-t-elle dit ?

Sally leva les yeux au ciel.

— Elle ne m'a rien dit du tout, mais elle avait l'air mal à l'aise et elle ne voulait pas s'attarder… Tu n'as pas répondu à ma question.

— C'est bon, maman, laisse tomber.

Sa mère lui lança « le regard », et il capitula :

— Bon, très bien : oui, mais ce n'est pas une vraie *liaison*, nous prenons simplement du bon temps.

— Oh ! mon chéri, dit Sally en secouant la tête, je ne crois pas que Kelly soit ce genre de fille…

— Tu me l'as déjà dit, répondit-il, contrarié. Je ne suis pas sûr de savoir ce que cela signifie.

— Si, tu le sais très bien. Kelly n'est pas aussi artificielle que la plupart des femmes avec lesquelles tu sors, elle ne connaît pas les règles du jeu comme ces femmes-là. Elle est douce et sensible, elle espère rencontrer un homme gentil, tomber amoureuse et se marier, et nous savons tous les deux que tu n'es pas cet homme.

— Hé ! Je *suis* gentil…

Elle lui tapota le bras avec tendresse.

— Oui, et je sais que tu ne lui ferais jamais de mal délibérément, mais si tu n'arrêtes pas de la voir, tu vas lui briser le cœur.

A 2 heures du matin, Trish donna naissance à un beau petit garçon de trois kilos six cents grammes, Tyler Jackson. En dépit de l'heure tardive, Adam distribua des cigares à ses frères, et toute la famille réunie célébra l'événement au champagne. Brandon prit une photo du bébé avec son téléphone portable, et l'envoya à Kelly dans un message annonçant la naissance. Quelques heures plus tard, il reçut une réponse de deux mots : « Félicitations, tonton ! »

Au moins, elle lui répondait. Soulagé, il décida de ne pas insister davantage. Il la reverrait de toute façon dans moins de deux jours. D'ici là, elle se serait remise de sa mésaventure avec Roger et serait redevenue elle-même. Tout rentrerait dans l'ordre. Ils pourraient discuter sérieusement de deux ou trois choses. En attendant, il profiterait d'être à Dunsmuir Bay pour gâter son beau neveu qui respirait la santé.

- 10 -

Le mardi matin, alors qu'il se dirigeait vers son bureau, Brandon traversa la terrasse d'un pas allègre. Il savait d'où lui venait son énergie… Kelly serait de retour aujourd'hui, et il avait hâte de la revoir.

Cependant, quand il entra dans son bureau, il fut surpris de constater qu'elle n'était pas là. Un sentiment d'angoisse l'envahit soudain, mais il s'efforça de le réprimer. Il n'y avait pas de quoi s'inquiéter… Il était encore tôt, elle allait arriver d'une minute à l'autre.

Il retira sa veste et l'accrocha à la patère, puis il alla s'asseoir à son bureau et prit son agenda pour voir ce que lui réservait la semaine. Il avait plusieurs réunions, des conférences, et il devait commencer à organiser le retour à Dunsmuir Bay. Le bref séjour qu'il y avait fait ce week-end lui avait rappelé à quel point sa famille lui manquait, et combien il appréciait les avantages qu'il y avait à vivre sur la côte californienne.

Dix minutes plus tard, il entendit enfin la porte du bureau de Kelly s'ouvrir. Il se détendit aussitôt.

— Bonjour, Kelly ! cria-t-il. Viens me voir quand tu te seras installée.

— D'accord.

Quelques minutes plus tard, après avoir fait du café et allumé son ordinateur, elle entra.

Il leva les yeux vers elle en souriant, mais son sourire resta figé sur ses lèvres. Elle portait son vieux tailleur-pantalon gris et triste et un pull-over à col roulé noir. Ses cheveux étaient noués en un catogan sage, et elle avait remis ses lunettes à monture d'écaille.

— Qu'est-ce qui t'est arrivé ? demanda-t-il sans réfléchir.

Aussitôt, il secoua la tête et se reprit :

— Je veux dire… Tu as perdu tes lentilles de contact ?

— Non, les lunettes sont plus pratiques, c'est tout. Maintenant que Roger est parti, je me suis dit que j'allais remettre certaines de mes tenues plus confortables. Cela ne pose pas de problème, n'est-ce pas ?

— Non, non, bien sûr, répondit-il, décontenancé.

— Tant mieux.

Elle sembla hésiter un instant, puis s'assit dans le fauteuil en face de son bureau.

— Il faut qu'on parle, Brandon.

— D'accord, je t'écoute !

Il la regarda retirer ses lunettes et les tripoter nerveusement. Il observa attentivement son visage et se rendit compte qu'elle était encore plus belle sans maquillage. De plus, même si son pantalon était trop large, il savait que des jambes parfaites s'y cachaient… L'image de ses cuisses nues s'imposa aussitôt à lui et une bouffée de désir l'envahit.

Elle prit une profonde inspiration et se lança enfin :

— Ne m'en veux pas, mais je vais encore devoir te remercier.

Il se renfrogna.

— Je croyais que nous étions d'accord…

— Je sais, mais je ne peux pas m'en empêcher. Laisse-moi te dire ce que j'ai à te dire, d'accord ?

— Bien sûr, je t'écoute.

— Alors…

Elle inspira profondément une deuxième fois et reprit :

— Je veux te remercier de m'avoir aidée à prendre confiance en moi avant l'arrivée de Roger, et aussi d'être venu frapper à sa porte quand tu l'as fait. Tu es arrivé juste au bon moment, et cela m'a réconfortée de savoir que tu étais là pour me protéger alors que les choses tournaient mal.

Il sourit.

— Je t'en prie.

— Bien, dit-elle avec un bref hochement de tête. Je suis contente de pouvoir te dire que je ne suis pas tombée amoureuse de toi. Maintenant, je suis prête à redevenir la secrétaire que j'étais.

— Et qu'est-ce que cela signifie, au juste, Kelly ?

Fuyant son regard, elle joignit ses mains sur ses genoux.

— Cela signifie que… que nous n'allons plus coucher ensemble.

— Coucher ensemble.

— Oh ! tu sais bien !

Elle leva les yeux vers lui, et un sourire hésitant se dessina sur ses lèvres.

— J'ai adoré chaque moment passé en ta compagnie, et tu le sais, mais… il est temps de mettre un terme à notre relation une bonne fois pour toutes, Brandon. C'était merveilleux, mais je… je suis désolée.

Là-dessus, elle se leva d'un bond et sortit du bureau d'un pas vif, refermant la porte derrière elle. Regardant fixement devant lui, il réfléchit à ce qu'elle venait de lui dire. Il était extrêmement déçu qu'elle ait décidé de mettre un terme à leur liaison.

Bon sang ! Il avait envie d'elle. Même dans cet affreux tailleur, elle restait la femme la plus séduisant qu'il eût jamais vue !

Il posa les coudes sur le bureau et réfléchit à l'attitude qu'il devait adopter. Peut-être pouvait-il la laisser mijoter quelques heures, puis lui proposer de dîner avec lui. Un bon repas, quelques verres de vin, et ils se retrouveraient de nouveau dans le même lit !

Soudain, les paroles de sa mère lui revinrent à la mémoire. Il savait qu'elle avait raison… Kelly était douce et sensible, et elle méritait de trouver l'amour. S'il parvenait à ses fins et que leur aventure se prolongeait, elle en souffrirait. S'il ne faisait pas attention, elle finirait par avoir le cœur brisé.

Et son cœur à *lui* ?

Il se laissa aller en arrière dans son fauteuil et se frotta pensivement le torse. Pour une raison obscure, il avait justement le cœur gros.

*
* *

En fin d'après-midi, ce jour-là, Brandon proposa à Kelly d'aller dîner avec lui au restaurant, mais elle refusa poliment.

Le lendemain, il l'invita à déjeuner, mais elle répondit qu'elle avait déjà prévu quelque chose.

Enfin, plus tard dans la journée, il lui demanda si elle avait envie de passer le voir dans sa chambre ce soir-là.

— Tu sais très bien que je ne peux pas, Brandon, répondit-elle en se forçant à sourire.

— Je me suis dit que cela ne coûtait rien de tenter le coup !

— Je suis désolée… Je suis responsable de cette situation.

— Comment ça ?

— Je n'aurais jamais dû te mêler à mes problèmes personnels… Ce n'était pas du tout professionnel, mais j'aimerais que tout redevienne comme avant. J'espère que tu es d'accord et que tu y mettras du tien.

— Oui, d'accord, bien sûr, dit-il en bafouillant.

Il hocha la tête et retourna dans son bureau.

La gorge serrée, elle dut se contrôler pour ne pas fondre en larmes.

Elle n'était pas sûre de pouvoir continuer à travailler avec lui jour après jour, mais la solution était de ne plus jamais le voir, et l'idée même lui était insupportable.

Il fallait vraiment qu'elle arrête de repenser à ses baisers, à ses caresses, aux nuits qu'ils avaient passées ensemble, à toutes les conversations qu'ils avaient eues… Il fallait qu'elle arrête de penser *tout court* !

Elle chasserait ces souvenirs de son esprit. Cela lui prendrait peut-être des années, mais elle finirait par l'oublier.

Le téléphone interne sonna et Brandon décrocha.

— C'est ta mère sur la ligne deux, annonça Kelly.

— Merci, Kelly.

Il appuya sur un bouton pour changer de ligne.

— Bonjour, maman.

— Bonjour, mon chéri. Tu ne m'as pas appelée de toute la semaine, je m'inquiétais… Comment vas-tu ?

— Bien… et toi ?

— Très bien ! Le bébé est adorable…

Elle passa cinq minutes à s'extasier sur le petit Tyler, puis lorsqu'elle eut épuisé le sujet, elle lui demanda :

— Comment va Kelly ?

— Bien. Pourquoi ?

— Tu as l'air un peu agacé… Tu es sûr que tout va bien ?

— Oui, pourquoi est-ce que cela n'irait pas ? demanda-t-il d'un ton sec. Kelly semble avoir complètement oublié que nous avons couché ensemble un jour, c'est merveilleux !

— Ah…

Qu'est-ce que… ? Avait-il *vraiment* dit cela à haute voix ?

— Ecoute, maman, je suis désolé, mais je suis occupé…

— Brandon, dit-elle, es-tu amoureux de Kelly ?

— Quoi ? s'écria-t-il, faussement indigné.

— Ce n'est pas la peine de hurler, dit-elle d'une voix douce. Mon chéri, pourquoi est-ce que cela te ferait de la peine qu'elle ne veuille plus coucher avec toi si tu n'étais pas amoureux d'elle ?

— Je n'ai jamais dit que cela me faisait de la peine.

Elle se mit à rire, ce qui l'agaça encore davantage.

— Ecoute, maman, je n'ai vraiment pas le temps de…

— C'est toi qui vas m'écouter, Brandon Duke. Cela se voit comme le nez au milieu de la figure, tu es amoureux de cette fille ! Et je compte sur toi pour te marier avec elle…

— Maman, qu'est-ce que tu as avalé ?

— Très drôle, Brandon, dit-elle d'un ton ironique. Tu peux refuser de l'admettre si tu veux, mais je te connais mieux que toi-même !

Il soupira.

— Il faut vraiment que j'y aille… Je t'aime, maman.

— Moi aussi, mon fils. Appelle-moi d'ici quelque temps pour me dire comment cela s'est passé. Au revoir !

Il raccrocha et se frotta la nuque, perplexe.

Bon sang ! Entre les suppositions insensées de sa mère et

l'attitude froidement professionnelle de Kelly, il n'allait pas tarder à devenir fou.

Depuis trois jours, elle était redevenue la secrétaire idéale. Elle filtrait ses appels, lui faisait du café, prenait ses conférences en note, tapait ses lettres, et était constamment polie et professionnelle.

Il lui avait bien fait comprendre, quand elle était revenue de son week-end à Dunsmuir Bay, qu'il serait ravi de continuer à sortir avec elle, mais elle l'avait repoussé. Il lui avait redemandé une fois ou deux, trois peut-être, dans le courant de la semaine, et tout à coup, elle s'en était prise à lui, l'accusant de n'éprouver de l'attirance pour elle que parce qu'elle avait changé de look.

Il avait refusé de l'admettre, mais elle avait vu clair en lui. Elle lui avait demandé de but en blanc comment elle aurait pu le croire lorsqu'il disait avoir de l'affection pour elle si c'était la seule raison pour laquelle il s'était intéressé à elle au départ.

La question lui avait semblé injuste, étant donné son état constant d'excitation au cours des derniers jours. Car l'ironie de la chose, c'était que même si elle s'était remise à porter des tailleurs-pantalons ternes et sans chic, il était troublé chaque fois qu'elle entrait dans la pièce. Pourtant, maintenant qu'il pouvait lui dire sans hésiter que son changement de look n'avait rien à voir avec le désir qu'elle éveillait chez lui, elle ne voulait pas le croire.

D'ailleurs, il se demandait sérieusement pourquoi il ne s'était pas rendu compte plus tôt qu'elle était tellement séduisante. Cela lui paraissait pourtant évident, maintenant.

C'était une très belle femme, et quand il était dans la même pièce qu'elle, il ne parvenait plus à détacher ses yeux d'elle. Il lui suffisait de sentir son parfum pour être submergé de désir.

Peut-être était-il *vraiment* en train de devenir fou… Il avait peut-être besoin de vacances. Mais où aurait-il bien pu aller ? Il vivait déjà dans une région tellement belle… Il ne savait ni ou aller ni quoi faire, et il s'en moquait. Tout ce qui lui importait, tout ce qu'il savait, c'était qu'il ne pouvait pas passer ses journées avec elle sans avoir le droit de la prendre dans ses bras.

— Je reviens tout de suite, lui dit-il en traversant son bureau et en sortant précipitamment.

Il se dirigea vers son appartement et, une fois là-bas, décida d'aller courir. Cela l'aiderait à dépenser son surplus d'énergie.

Tout en courant, il s'efforça d'envisager la situation objectivement. Il valait mieux, pour elle comme pour lui, qu'ils ne sortent plus ensemble. Après tout, elle était son employée, il n'aurait jamais dû profiter d'elle comme il l'avait fait. Enfin… Leur liaison avait été son idée à *elle*, après tout !

Cette pensée le fit sourire. Bon, d'accord, il l'avait peut-être un peu encouragée, il était prêt à le reconnaître…

Enfin ! Cela ne changeait rien au fait qu'il était préférable qu'ils ne couchent plus jamais ensemble. Pourtant, elle lui manquait terriblement, et pas seulement au lit. Elle était très intelligente, et il aimait échanger des idées avec elle. Elle l'amusait, aussi… Combien de femmes l'avaient déjà fait rire ?

Cependant, rien de tout cela n'avait d'importance, car sa mère avait raison : Kelly méritait un homme bien, qui l'aimerait et lui ferait de beaux enfants.

Il ne s'attarda pas sur le fait qu'il détestait l'imaginer avec un autre homme.

Après avoir couru cinq miles, essoufflé et trempé de sueur, il trouva enfin la solution à son problème. C'était tellement simple… Il fallait qu'il couche avec une autre femme.

Ce soir, il téléphonerait à l'une de ses anciennes conquêtes et lui donnerait rendez-vous pour le week-end, puis il passerait une nuit avec elle. Son désir effréné pour Kelly finirait alors peut-être par se calmer.

Kelly ajusta ses lunettes sur son nez et continua à taper la lettre que Brandon lui avait dictée. Elle détestait ces vieilles lunettes, mais elle devait les porter pour le tenir à distance.

Aujourd'hui, elle portait un tailleur-pantalon violet foncé qu'elle avait depuis des années. Avec ses chaussures plates et ses cheveux attachés en catogan, elle avait l'apparence d'une vieille fille, mais il fallait qu'elle s'y fasse.

Tous les matins, quand elle se regardait dans la glace avant d'aller au travail, elle se répétait qu'elle ne pouvait vraiment pas se permettre de tomber amoureuse de son sublime patron. *Quel cliché !* se disait-elle quotidiennement.

Cependant, elle avait beau se faire des reproches, elle n'arrivait toujours pas à se défaire de ses sentiments. Chaque fois qu'elle le voyait, elle devait lutter contre ce qu'elle ressentait.

Il ne fallait pas qu'elle perde de vue qu'il ne se marierait jamais, ou en tout cas, certainement pas avec elle. Il aurait fallu être stupide pour penser le contraire, et elle n'avait jamais été stupide…

Enfin… Du moins, pas jusqu'à récemment.

Soudain, la porte s'ouvrit à la volée et une femme superbe entra dans le bureau. Elle était grande et svelte, avait de longs cheveux blonds et des yeux bleus absolument magnifiques.

Vaincue, Kelly secoua la tête. Elle avait reconnu la jeune femme : Bianca Stephens en personne, la rivale qui hantait ses cauchemars. C'était aussi la plus belle femme qu'elle eût jamais vue.

— Vous devez être Karen, dit Bianca d'un air hautain. Je viens voir Brandon, il m'attend.

Kelly n'eut pas l'énergie de la reprendre pour corriger encore une fois son prénom. Ni celle d'affronter les regards furibonds que la désagréable Mlle Stephens ne manquerait pas de lui adresser si elle appelait Brandon pour vérifier qu'elle pouvait la laisser entrer.

— Vous pouvez y aller, dit-elle en indiquant la porte d'un geste.

— Je ne vais pas me gêner !

Bianca referma la porte derrière elle. Kelly avait l'impression qu'on lui avait donné un coup de poing dans l'estomac. Elle s'effondra sur son bureau, la tête entre les mains. C'était la goutte d'eau… Elle ne pouvait pas en endurer davantage.

Elle prit soudain conscience que des larmes coulaient sur ses joues. Elle devait agir immédiatement, elle ne pouvait pas continuer à vivre comme cela. Elle était éperdument amoureuse de Brandon, et elle ne pouvait plus rester assise là à le regarder séduire d'autres femmes.

Elle ne voulait plus réserver de tables au restaurant pour des dîners en tête à tête, pour lui et sa petite amie du moment. Elle ne voulait plus acheter de bracelets de diamants pour ses ruptures civilisées. C'était fini.

Elle rassembla le peu d'énergie qui lui restait, se redressa, essuya ses larmes, et tapa rapidement sa lettre de démission qu'elle envoya à Brandon par e-mail. Enfin, elle prit son sac à main dans le tiroir de son bureau, se leva, et s'en alla sans se retourner.

— Brandon, chéri, bonjour ! dit Bianca en refermant la porte derrière elle.

Brandon fut incapable de dissimuler sa surprise.

— Bianca…

— Tu n'es pas heureux de me voir ?

— Euh… Si, bien sûr, répondit-il en se levant pour l'accueillir, mais que fais-tu là ?

Elle l'embrassa, puis essuya avec délicatesse la marque de rouge à lèvres qu'elle lui avait laissée sur la joue. C'était un geste qui se voulait sensuel, et qu'il l'avait vue faire des dizaines de fois.

— J'étais tellement contente que tu m'appelles, l'autre soir, répondit-elle en se dirigeant d'une démarche nonchalante vers la baie vitrée, que je n'ai pas eu envie d'attendre ce week-end pour te voir. J'ai demandé à Gregory de me conduire ici.

— Je vois…

Elle écarta les bras dans un geste d'invitation.

— Et me voilà ! Tu es content de me voir ?

— Content ? Oui, bien sûr…

Il regarda la porte fermée.

— Tu as vu ma secrétaire ?

— Oui, et honnêtement, Brandon, je n'arrive pas à croire que cette malpolie travaille encore pour toi…

— Kelly, *malpolie* ?

— Je ne devrais pas critiquer, dit-elle en regardant ses ongles, mais elle a été très désagréable avec moi au téléphone, l'autre jour.

— Kelly ?

Eberlué, il regarda le téléphone. Il n'y avait aucun voyant lumineux indiquant que sa chère secrétaire était en ligne. Alors pourquoi ne l'avait-elle pas appelé pour lui dire qu'elle faisait entrer Bianca ? Où pouvait-elle bien être ?

— Je suis un peu occupé, aujourd'hui, Bianca…

— Trop occupé pour moi ? demanda-t-elle en faisant la moue.

Bon… Il avait peut-être été un peu dur.

— Euh, non, bien sûr que non. Je suis content de te voir.

— J'espère bien ! J'ai fait toute cette route…

Il la regarda fixement pendant quelques instants. Il avait oublié à quel point elle était belle et à quel point elle était égocentrique.

— Oui… Quelle surprise ! J'ai juste deux ou trois choses à régler…

— Tu vas continuer à travailler ?

— J'en ai pour une minute, répondit-il en rassemblant les dossiers éparpillés sur son bureau. Ensuite, nous pourrons aller prendre un café, si tu veux.

— Bonne idée !

Elle s'assit dans le fauteuil en face de son bureau et sortit son smartphone de son sac à main.

— Je vais relever mes e-mails en attendant que tu sois prêt.

— D'accord…

Son ordinateur émit une petite sonnerie lui indiquant qu'il avait reçu un nouveau message, et il se précipita pour le lire. C'était un e-mail de Kelly.

Ouf ! Elle lui expliquait peut-être pourquoi elle avait laissé entrer Bianca. Il ouvrit le message et le survola rapidement. Il n'en croyait pas ses yeux : « préavis… démission… merci pour ces cinq années… »

— Quoi ? s'écria-t-il en se relevant. Non, non, non !

— Non ? répéta Bianca.

Il la dévisagea de nouveau, se demandant pourquoi elle était là.

Mais il savait pourquoi… C'était lui qui l'avait appelée et qui lui avait dit qu'il voulait la voir. Qu'est-ce qui clochait, chez lui ? Il secoua la tête, incrédule, et murmura :

— Mais quel idiot !

— Brandon ? Tu ne te sens pas bien ?

Il avait fait une énorme erreur.

— Je suis désolé, Bianca, dit-il en lui prenant la main pour l'aider à se lever et en la conduisant vers la porte, mais il va falloir que tu demandes à Gregory de te raccompagner. Il y a un imprévu.

Là-dessus, il s'en alla sans attendre sa réponse.

Kelly venait juste de sortir sa valise du placard quand on frappa à la porte. Elle soupira et alla ouvrir.

Brandon se tenait là. Il avait l'air tellement inquiet…

— Tu ne peux pas partir comme ça.

— Je ne pars pas *comme ça*, répondit-elle en l'entraînant à l'intérieur, je te donne deux semaines de préavis.

Il la suivit dans sa chambre.

— Mais pourquoi ? Bianca t'a dit quelque chose qui t'a mise en colère ? C'est ça ?

— Non, bien sûr que non…

Elle ouvrit un tiroir, en sortit une pile de chemisiers soigneusement pliés et la mit dans sa valise.

— Si, elle t'a dit quelque chose ! J'en étais sûr…

Il se mit à arpenter la pièce.

— Je l'ai renvoyée chez elle. Je ne lui ai pas demandé de venir au bureau, Kelly. Elle est partie, et tu ne le verras plus jamais. Tu ne peux pas démissionner…

— Si, je peux, et cela n'a rien à voir avec Bianca.

Elle secoua la tête, horrifiée à l'idée qu'il puisse avoir envie de passer du temps avec quelqu'un d'aussi détestable que Bianca. Mais cela ne la regardait pas, ne la regardait *plus*.

— Alors, pourquoi pars-tu ? demanda-t-il. Nous faisons du très bon travail ensemble.

— Oui, ou plutôt, nous *faisions* du très bon travail avant que je n'enfreigne les règles.

— Quelles règles ? demanda-t-il en la suivant dans la chambre alors qu'elle continuait à ranger ses vêtements dans sa valise. De quoi parles-tu ?

— Les règles que nous nous étions fixées, tu te souviens ?

Rassemblant tout son courage, elle se tourna vers lui pour le regarder droit dans les yeux.

— Je suis tombée amoureuse de toi, Brandon.

Il resta muet de stupeur.

— Je sais, dit-elle d'un ton faussement dégagé en se retournant pour aller prendre ses sous-vêtements dans la commode. Cela m'a fait un choc, à moi aussi.

— Quoi ?

Il la prit doucement par le bras et la fit pivoter, la forçant à le regarder.

— Non. Non, ce n'est pas vrai. Je suis horrible avec les femmes, tu te souviens ? Un vrai bébé quand je suis malade… Je… Je suis superstitieux. Il faudrait que tu sois folle pour tomber amoureuse de moi, c'est ce que tu as dit, tu te souviens ? Tu avais promis que…

— Je sais ce que j'avais promis, et je suis sincèrement désolée, mais je n'ai pas réussi à tenir parole.

— Je ne te crois pas.

Elle lui tapota le bras.

— C'est pourtant vrai. Je suis désolée.

— Je suis sûr que c'est la faute de Bianca, répondit-il. Quand elle est arrivée, tu t'es mise en colère et tu es partie.

— Je ne suis pas en colère, dit-elle en secouant la tête.

— Alors, pourquoi es-tu partie ? Bianca n'est plus là, et je ne veux plus la voir ! Je m'en suis rendu compte dès que je l'ai vue. A-t-elle été malpolie avec toi ? Elle est un peu agressive, parfois…

Elle eut un sourire sans joie.

— Oh ! Brandon ! Tu ne comprends pas ? Si ce n'est pas

Bianca, ce sera quelqu'un d'autre. Il y aura toujours d'autres femmes dans ta vie.

— Mais je veux que *toi*, tu fasses partie de ma vie.

— Moi aussi, je veux que tu fasses partie de ma vie, mais pas de la même façon. Ecoute… Je sais que tu n'es pas amoureux de moi, et je l'accepte. Tu n'es pas l'homme d'une seule femme, je l'ai toujours su. Ce n'est pas ta faute… C'est moi qui ai enfreint les règles.

— Je te pardonne.

Elle éclata de rire.

— Merci, mais aujourd'hui, je me suis rendu compte que je ne pouvais pas rester assise à la porte de ton bureau à regarder les femmes entrer et sortir. C'est peut-être lâche de ma part, mais je ne veux plus aller acheter des cadeaux d'adieu pour les femmes avec lesquelles tu couches. Je suis désolée.

Il lui prit les mains avec tendresse.

— Tout est ma faute…

— Comment ça ? demanda-t-elle, se forçant à plonger ses yeux dans les siens.

— Nous étions trop bien ensemble… mais ce n'est pas de l'amour, Kelly, dit-il aussitôt. C'était merveilleux, mais ce n'était que du sexe.

Elle tenta de sourire et s'aperçut soudain que des larmes coulaient sur ses joues. Elle les essuya d'un geste de la main.

— Oui, faire l'amour avec toi était merveilleux, mais je sais ce que je ressens, Brandon. Je suis amoureuse de toi, et ce n'est pas réciproque, mais j'ai accepté cette idée.

— Eh bien, pas moi.

— Je suis désolée, mais il faut que tu comprennes que je ne peux plus travailler pour toi.

Il se passa la main dans les cheveux, visiblement contrarié.

— Bon sang, Kelly ! Je ne sais pas quoi faire pour arranger les choses…

— Il n'y a rien à faire. Je vais rester encore deux semaines, je vais chercher quelqu'un pour me remplacer, et ensuite je m'en irai.

*
* *

Les deux semaines passèrent bien trop vite et, avant que Brandon n'ait eu le temps de se faire à l'idée, Kelly était partie. Sarah, sa remplaçante, était une dame d'un certain âge, si bien organisée que cela lui faisait presque peur. Kelly l'avait tellement bien formée que Sarah fut très rapidement capable de faire tout aussi bien qu'elle.

Mais elle n'est pas Kelly…

Elle s'occupa du retour de tout le bureau à Dunsmuir Bay, et l'opération se déroula sans accrocs, du début à la fin. Il retrouva son ancien bureau sans avoir pris le moindre retard dans son travail. Sarah était une vraie professionnelle de l'organisation.

Mais elle n'est pas Kelly…

Il savait qu'il sortirait de sa torpeur d'un jour à l'autre. Après tout, ce n'était pas comme s'il était *amoureux* d'elle… Il n'était amoureux de personne. Elle lui manquait, voilà tout. C'était bien normal, d'ailleurs : ils avaient travaillé ensemble pendant cinq ans. Ils avaient appris à se connaître, et c'était étrange qu'elle ne soit plus là. C'était tout.

Il s'en remettrait. Comme d'habitude, il savait exactement ce qu'il avait à faire pour la chasser de ses pensées. Il devait encore une fois passer quelques coups de téléphone, trouver une femme pour la remplacer. Pas Bianca, bien sûr… Comment avait-il pu avoir envie de passer du temps avec cette femme superficielle et prétentieuse ? Cependant, il y avait de nombreuses autres femmes…

Pourtant, il ne parvenait pas à s'imaginer avoir une conversation intime avec une autre femme que Kelly. Il ne parvenait pas à s'imaginer au restaurant avec une autre femme, lui poser des questions sur sa vie, partager une bouteille de vin avec elle, passer toute une soirée en sa compagnie, qui que ce soit. Il repensa aux femmes avec lesquelles il était sorti, essaya de se souvenir de leurs conversations, mais il n'y parvint pas. Tout ce dont il se rappelait maintenant, c'était les bons moments qu'il avait passés avec Kelly, leurs discussions, leurs éclats de rire, les secrets qu'ils s'étaient confiés.

Il s'efforça de s'arracher à ses pensées pour se plonger dans le travail, persuadé qu'il n'allait plus tarder à se ressaisir.

Le samedi suivant, Adam et Trish invitèrent toute la famille à venir voir le bébé. Brandon se gara devant chez eux et resta assis là quelques instants, les mains posées sur le volant, à se demander s'il allait ou non entrer dans la maison. Le matin même, sortir de son lit lui avait demandé un effort, et il se demandait s'il ne couvait pas quelque chose. Il ne voulait pas approcher le bébé s'il était malade…

Cependant, il n'avait pas mal à la tête, il ne toussait pas… Il n'avait pas non plus mal à l'estomac, même s'il ne s'était pas particulièrement bien nourri ces derniers temps. Il se sentait très abattu, mais il attribua son état à la fatigue, et finit par descendre de la voiture.

Cameron l'accueillit sous le porche.

— Hé ! Tu as oublié la bière ?

— Non, elle est dans le coffre…

Il retourna vers la voiture et prit le pack de bières en secouant la tête. Où avait-il la tête, aujourd'hui ?

Il se posa la même question tout l'après-midi. Chaque fois que sa mère ou l'un de ses frères lui demandaient quelque chose, il prenait conscience, en répondant, qu'il était parti dans une rêverie.

Ils étaient tous rassemblés autour du large comptoir qui séparait la cuisine de la salle à manger quand sa mère lui toucha le front du dos de la main.

— Tu es sûr que ça va, mon chéri ?

— Oui, oui, ça va, répondit-il en prenant quelques chips. Je suis juste un peu ailleurs…

— J'espère que tu n'es pas en train de couver quelque chose.

— Non, je travaille trop, c'est tout… Je crois que j'ai besoin de vacances.

— Oh ! à propos de vacances, j'ai croisé Kelly, hier ! dit Julia en traversant la cuisine avec un bol de sauce. Elle vient de rentrer du Vermont… Elle a une mine superbe.

Il dressa l'oreille.

— Elle est allée dans le Vermont ?

— Oui, répondit Sally, tu sais que sa famille vit là-bas.

— Oui, dit-il en regardant fixement sa bouteille de bière.

Julia but une gorgée de limonade et demanda :

— Roger vit là-bas aussi, non ?

Il sentit aussitôt son estomac se nouer.

— Roger ? Elle a revu Roger ?

Trish referma le réfrigérateur et se tourna vers lui.

— Eh bien, ils sont tous les deux de la même ville…

Il ne *pouvait* pas croire qu'elle soit allée dans le Vermont pour voir Roger. C'était impossible, il en était intimement convaincu. Elle ne perdrait pas une minute de plus avec son ancien petit ami. Cependant, si Roger et elle étaient nés dans la même ville, il connaissait peut-être sa famille… Le père de Kelly était peut-être ami avec celui de Roger… Sa famille voulait-elle qu'elle se marie avec lui ? Il savait qu'il était parfois difficile de résister à la pression de ses proches… *Bon sang !*

La voix de sa mère l'arracha à ses pensées :

— Mon chéri, tu es tout pâle, dit Sally en lui posant une main sur le bras avec tendresse.

Il termina sa bière et répondit, morose :

— J'ai juste besoin de vacances.

Il décida de passer quelques jours au Château de Silverado Trail. Il emporta ses plus vieilles bottes, son jean le plus élimé, quelques chemises râpées, et se mit au travail dans les vignes.

Quand ils étaient adolescents, ses frères et lui avaient passé plusieurs étés à travailler sur des chantiers dans la région de Dunsmuir Bay, et il savait que travailler dur pouvait faire beaucoup de bien. Cela pouvait aider à réfléchir au sens de sa vie, à estimer ce qui était vraiment important et ce qui ne l'était pas. A la fin d'une longue journée de dur labeur, on pouvait regarder autour de soi et voir ce que l'on avait accompli.

Le soir, alors qu'il traversait les vignes fraîchement désherbées et les allées ratissées, il regarda donc autour de lui pour voir ce qu'il avait accompli…

… et vit surtout ce qui manquait.

Cela faisait maintenant plus d'une semaine que Kelly était rentrée du Vermont. Il était temps pour elle de dresser une liste de sites de rencontres. Elle avait un but, elle ne devait pas l'oublier. Il fallait qu'elle se remette à sortir le plus rapidement possible…

Soudain, on frappa à la porte. Son cœur fit un bond dans sa poitrine. Elle se reprit et jeta un coup d'œil à l'horloge accrochée au mur.

Ce devait être le facteur, tout simplement… Brandon ne savait même pas où elle habitait ! D'ailleurs, il n'avait absolument aucune raison de venir la voir. Allait-elle sursauter chaque fois que quelqu'un frapperait à la porte ou que le téléphone sonnerait ?

Elle rangea l'assiette qu'elle venait d'essuyer dans le placard, posa le torchon sur le plan de travail, et alla ouvrir.

Elle en eut le souffle coupé.

— B… Brandon ?

— Salut, Kelly. J'ai besoin de ton aide.

Elle cligna des yeux, stupéfaite. Il était appuyé au chambranle de la porte, encore plus beau que dans son souvenir.

— Tu comptes m'inviter à entrer ? demanda-t-il.

— Oh ! oui, bien sûr.

Elle ouvrit la porte en grand et s'écarta pour le laisser passer.

— Est-ce que Sarah a démissionné ?

— Non, répondit-il en entrant, sa présence emplissant l'espace. Sarah fait du bon travail, et elle va bien…

— Ah, d'accord…

Elle referma la porte derrière lui et le regarda fixement. Cela faisait quatre longues semaines qu'elle ne l'avait pas vu, et qu'elle s'occupait pour ne pas trop penser à lui, s'efforçant d'aller de l'avant. Elle avait passé une semaine dans le Vermont pour voir sa famille. Son séjour avait été très agréable, mais il l'avait aussi confortée dans l'idée que c'était à Dunsmuir Bay qu'elle était vraiment chez elle. Il fallait maintenant qu'elle recolle les morceaux de sa vie… Elle avait passé la journée précédente à chercher un nouvel emploi sur internet. Elle avait listé les offres intéressantes et prévoyait d'envoyer des CV et des lettres de motivation le lendemain.

Cependant, maintenant qu'elle voyait Brandon, elle ne se souvenait d'aucune de ces offres d'emploi…

— C'est très joli, chez toi, dit-il en regardant autour de lui.

Il se dirigea vers la large baie vitrée et ajouta :

— La vue est magnifique.

— Merci…

Se pouvait-il qu'il soit encore plus grand que dans son souvenir ? Peut-être avait-elle cette impression parce qu'elle le voyait chez elle pour la première fois.

Elle se passa nerveusement la langue sur les lèvres.

— Tu as dit que tu avais besoin de mon aide ?

— Oui…

Il sembla hésiter un instant, puis il s'approcha d'elle et prit sa main dans la sienne. Il baissa les yeux sur leurs mains jointes, puis reporta son attention sur elle.

— Tu sais, c'est un peu embarrassant… Pourrions-nous nous asseoir un moment pour discuter ?

— Oui…

Ils allèrent s'asseoir sur le confortable canapé du salon, Brandon un peu trop près d'elle pour sa tranquillité d'esprit.

— Qu'y a-t-il, Brandon ?

— Eh bien, voilà… J'ai besoin de réapprendre à embrasser, je ne suis pas sûr de savoir encore m'y prendre.

Elle sentit sa gorge se serrer.

— Tu plaisantes, n'est-ce pas ?

— Non, je suis désespéré.

Elle secoua la tête.

— Brandon, tu es le dernier homme sur terre qui ait besoin qu'on lui explique comment embrasser une femme.

— Tu te trompes, dit-il en serrant sa main dans la sienne.

— Peut-être, mais tu pourrais demander à n'importe quelle femme de t'aider. Pourquoi es-tu venu me voir, *moi* ?

Il lui toucha la joue avec douceur, puis lui caressa les cheveux.

— Parce que j'ai compris que je n'embrasse convenablement que lorsque j'embrasse la femme que j'aime.

— Oh ! Brandon, dit-elle dans un souffle.

— Je suis amoureux de toi, Kelly.

— Non, dit-elle d'une voix brisée.

— Je comprends que tu doutes de moi, j'ai été tellement stupide… Je me persuadais que tu ne pouvais pas *vraiment* m'aimer.

— Mais c'est…

Il lui posa un doigt sur les lèvres pour l'interrompre.

— Laisse-moi te dire ce que j'ai sur le cœur, s'il te plaît… Ce n'est pas facile pour moi de reconnaître certaines choses.

Elle hocha la tête.

Il prit une profonde inspiration, puis se lança :

— Mes parents étaient des gens horribles, j'ai été à dure école… Je préfère ne pas entrer dans les détails, mais disons que l'un des plus beaux jours de ma vie a été celui où Sally m'a adopté. Pourtant, même si c'est une mère fantastique et que je lui dois tout, je ne me suis jamais débarrassé des souvenirs douloureux de mon enfance…

Elle lui posa la main sur le bras pour l'encourager à continuer.

— A cause de ces vieux souvenirs, je me suis dit il y a très longtemps que jamais personne ne tiendrait *vraiment* à moi… Tu comprends ? Je me suis résolu à ne jamais tomber amoureux, à ne laisser personne être assez proche de moi pour me faire du mal.

— Oh ! Brandon…

— Il a fallu que tu me quittes pour que je me rende compte à quel point j'avais envie que tu tiennes à moi. Quand tu m'as dit que tu étais amoureuse de moi, j'ai été sidéré. Au début, je n'arrivais même pas à le croire. C'était trop… *important*, tu comprends ?

— Oui, je comprends.

Il posa sa main sur la sienne.

— Pour être honnête, j'ai été pris de panique… mais je *veux* être important pour toi, que tu tiennes à moi, Kelly, je veux que tu m'aimes, parce que, *moi*, je t'aime. Je me sens vide quand tu n'es pas là, et je ne peux pas vivre sans toi.

Elle sentit une larme couler sur sa joue, et il lui essuya la joue avec tendresse.

— Je t'en prie, Kelly… Je t'en prie, ne me torture pas et dis-moi que tu m'aimes encore…

— Bien sûr que je t'aime encore, Brandon. Je t'aime de tout mon cœur.

— Veux-tu m'épouser ? demanda-t-il en lui prenant le visage au creux des mains avec douceur. Je veux passer le restant de mes jours à te montrer combien je t'aime…

— Oui, je veux t'épouser !

— Je t'aime tant…

— Alors embrasse-moi.

Il réprima un sourire et dit :

— Je ne suis pas sûr de savoir encore comment faire, il vaudrait peut-être mieux que tu me montres…

Elle rit et lui passa les bras autour du cou.

— C'est en forgeant que l'on devient forgeron !

Le rire de Brandon se mêla au sien.

— Dans ce cas, autant nous y mettre tout de suite !

Une bouffée de joie l'envahit alors qu'il la prenait dans ses bras et l'embrassait, le cœur débordant d'amour pour elle, pour elle seule…

Epilogue

Deux ans plus tard

En été, sur la côte californienne, les journées étaient chaudes et les nuits très douces. Cela aurait déjà été une raison suffisante pour organiser une petite fête, mais c'était, de plus, l'anniversaire de la mère de Brandon.

Elle avait, grâce à sa ténacité, enfin retrouvé le frère de son mari, Tom, et les deux fils jumeaux de celui-ci, Aidan et Logan. Ainsi, toute la famille était rassemblée.

Brandon traversa le jardin, savourant le joyeux brouhaha des conversations. Il ne pouvait s'empêcher de sourire, tant sa vie avait changé, en deux ans seulement.

Il observa sa mère, qui paraissait avoir rajeuni dans son corsaire rose vif. Elle était en grande conversation avec Tom, sous le regard de tous les cousins attendris.

Cameron arriva derrière lui et lui donna une tape dans le dos.

— Supersoirée, frangin ! Je crois que maman était vraiment surprise.

— Oui, elle en a eu le souffle coupé !

— C'était parfait…

Ils se turent et regardèrent Jake, le fils de Cameron, jouer avec sa petite sœur, Samantha. Dans la piscine, leur petit-cousin Tyler barbotait avec beaucoup de plaisir dans les bras de son père, qui rayonnait de fierté.

Le parfum de la brise marine se mêlait agréablement à l'odeur de barbecue qui flottait dans l'air.

Brandon aperçut soudain Kelly, à l'autre bout de la terrasse, et une bouffée de joie l'envahit, comme chaque fois qu'il posait les yeux sur sa belle et jeune épouse. Il la regarda avec amour et avec fierté alors qu'elle posait une main sur son ventre arrondi. Ils allaient avoir un petit garçon, d'un jour à l'autre maintenant… A ses côtés, il avait la certitude de pouvoir dépasser tous les obstacles, surmonter toutes ses peurs. L'avenir se présentait merveilleusement bien pour eux…

Sa mère avait toujours refusé de l'admettre, mais il était persuadé qu'elle les avait poussés dans les bras l'un de l'autre… Un jour, il la remercierait.

SANDRA CHASTAIN

Célibataire à la carte

Passions

éditions HARLEQUIN

Titre original : BEDROOM EYES

83-85, boulevard Vincent-Auriol, 75646 PARIS CEDEX 13.
Service Lectrices — Tél. : 01 45 82 47 47
www.harlequin.fr

Prologue

— Je n'aurais jamais cru qu'il me faudrait l'admettre un jour, mais j'ai désespérément besoin d'un homme, dit Anne Harris en même temps que, lissant les plis de sa jupe, elle s'asseyait et croisait ses longues jambes. A entendre ma mère, vous avez un catalogue des partis disponibles…

— Célibataire à la carte ne fonctionne pas tout à fait de cette façon, expliqua Bettina avec un sourire. La photographie ne constitue qu'une petite partie du service que je dispense. Il nous faut créer un passé romantique et mettre au point un plan d'action. Cet homme sera-t-il pour vous un amant de fraîche date ou un ancien soupirant ?

— Ni l'un ni l'autre, dit Anne. J'ai déjà donné, à cet égard, et j'en paie encore les conséquences. Tout ce dont j'ai besoin, c'est d'un fiancé temporaire.

— Parfait, dit Bettina, se mettant au diapason de cette approche directe. Notre service peut être un arrangement au mois — ou plus si vous le désirez. C'est à vous de voir.

Elle étudia sa cliente et songea à Mitchell, son esprit libre de frère, plus connu en tant que photographe sous le nom de Dane. Bizarrement, elle se dit que cette femme serait parfaite pour lui. Au contraire de Mitchell, Anne Harris était la compétence incarnée, respirant énergie, détermination et dévouement. Elle portait les cheveux tirés en arrière et relevés en un chignon strict, et son tailleur noir à la coupe impeccable annonçait en toutes lettres le pouvoir. Mais, derrière la façade, Bettina percevait autre chose. Même sa voix, grave et rauque, aurait mieux convenu à l'une des beautés insulaires de Mitch qu'aux palabres d'un conseil d'administration. Dommage que Célibataire à la carte ne puisse caser ses clientes avec des hommes de chair et de sang, au lieu de ne fournir qu'un fantasme…

Bettina ignorait à quoi s'attendre lorsque Faylene Harris lui avait annoncé la visite de sa fille Anne, mais le discours sans ambages de la jeune femme ne la surprenait pas. Bettina avait découvert qu'Anne était une jeune femme ambitieuse, qui visait un poste à la direction de la firme qui l'employait. Depuis la disparition de son père, Anne Harris ne vivait que pour son travail. Efficace et dynamique, elle était résolue à être l'« homme d'affaires » que son père n'avait pas été, et à honorer la promesse qu'elle lui avait faite sur son lit de mort de veiller sur sa mère. Bettina comprenait cette disposition d'esprit. Mitchell, son frère aîné, avait agi de même. A la mort de leur père, c'est sur ses épaules qu'était retombée la responsabilité de subvenir aux besoins de ses trois frères et sœur. Lorsqu'elle avait intégré l'université, le Mitchell dynamique de son adolescence avait disparu et Mitchell le rêveur avait pris la route, déterminé à faire sien le monde entier.

— Il y a seulement un mois, je n'aurais pas cru qu'un tel service puisse exister…, dit Anne. On peut faire confiance à ma mère pour être au courant de ce genre de choses, encore que je ne voie pas pourquoi elle serait intéressée, si les hommes de votre agence ne sont pas réels. Il n'est pas possible qu'elle compte au nombre de vos clientes.

Elle se tut brusquement.

— Excusez-moi, reprit-elle au bout de quelques secondes, je n'avais pas l'intention d'être désobligeante…

Bettina ne put réprimer un petit rire.

— Vous n'avez pas à vous excuser. Je connais très bien Faylene. Nous nous sommes rencontrées au club de gymnastique, il y a deux ans, et nous avons tout de suite sympathisé. Après le premier soir, j'ai compris que j'avais affaire à une « mangeuse d'hommes ». Je suis néanmoins étonnée qu'elle ne vous ait pas accompagnée… pour vous aider à choisir votre fiancé.

— C'est précisément parce qu'elle s'est mis en tête de

m'aider que je me retrouve aujourd'hui dans le pétrin. C'est elle qui a dit à mon patron que j'étais fiancée. J'aurais dû démentir immédiatement. Mais il était visible que mon patron avait déjà succombé à son charme, et je n'ai pas voulu la mettre dans l'embarras. A présent, je dois accepter son histoire à dormir debout. C'est juste que…

Elle eut un moment d'hésitation.

— J'ai la tromperie en horreur. Elle peut être source de grandes souffrances.

A l'intonation subitement douce de la jeune femme et à son regard songeur, Bettina comprit qu'elle parlait d'expérience. Elle se découvrit attirée par son interlocutrice. Elle aimait la façon qu'avait Anne de se préoccuper de sa mère. Elle aimait plus encore l'aversion de la jeune femme pour le mensonge.

— Une tasse de thé vous ferait-elle plaisir, Anne ?

— Non, merci.

Anne jeta un rapide coup d'œil à sa montre et, au prix d'un effort visible, recouvra son attitude professionnelle.

— Excusez-moi, je m'aperçois que je ne connais pas votre nom.

— Je m'appelle Bettina. Bettina tout court. J'essaie de vivre le fantasme que je vends.

— Bettina, je n'ai pas beaucoup de temps… Je vous saurais gré de me montrer ce que vous avez « en magasin », afin que je puisse regagner mon bureau au plus vite.

Bettina se renversa dans son fauteuil.

— Au risque de me répéter, mon agence ne fonctionne pas ainsi. Votre dossier d'inscription me renseigne sur vos goûts, sur les fleurs, la musique que vous aimez… Ensuite, nous échafaudons une histoire pour votre fiancé, je vous remets une photographie, et nous entamons la cour imaginaire. Il se peut que votre fiancé ne soit pas réel, mais nous devons faire en sorte que votre entourage le croie. Vous avez des questions ?

— Oui. Où vous procurez-vous vos photographies ?

— Ce sont des mannequins. Mais vous n'avez pas à vous inquiéter. Personne ne reconnaîtra votre fiancé.

Bettina s'empara du dossier d'inscription d'Anne.

— Si vous êtes prête, j'aimerais que vous me parliez de vous. Avec vos propres mots.

Anne poussa un soupir impatient.

— Je travaille pour Bout de chou, une manufacture d'articles pour bébés. L'homme à qui appartient la société — l'homme que ma mère semble considérer comme un excellent parti — est persuadé que la vente de tels produits nécessite que l'on ait soi-même des enfants. Selon lui, il n'y a pas mieux qu'un parent pour savoir ce que pensent d'autres parents. Je croyais avoir le temps de lui prouver qu'il avait tort. Or, l'un des vice-présidents prend sa retraite, et je suis dans la course pour le poste…

— Félicitations, dit Bettina. C'est merveilleux.

— Ce le serait si ma principale rivale n'était pas mariée et mère de deux magnifiques enfants.

— Aimez-vous les enfants ? s'enquit Bettina.

— Je les adore. Je n'envisage simplement pas d'en avoir. Et le seul mari que j'aurai jamais est celui que vous allez me fournir.

La tristesse qui passa brièvement dans les yeux d'Anne était plus éloquente que ses paroles. Bettina avait déjà vu cette désespérance dans les yeux de son frère. Il se montrait très discret sur le sujet, mais lorsqu'il se trouvait à Hawaii, il avait aimé une jeune autochtone. Et puis, à la mort de celle-ci, il était devenu un vagabond résolu à ne plus jamais s'enraciner.

Sous le seul nom de Dane, son frère photographiait toutes les forêts tropicales, tous les sites archéologiques et tous les grands événements de la planète. Il s'était taillé une réputation qui lui permettait de choisir ses reportages, et qui lui assurait les revenus nécessaires à la vie de nomade qu'il avait élue. Si les jeunes beautés indigènes n'apparaissaient plus sur ses photos, les enfants continuaient de l'inspirer ; il rapportait toujours au moins un ou deux clichés de bambins à l'air désespéré. Hormis deux portraits vendus par une galerie d'art, Mitchell rangeait le reste de ses œuvres chez elle, au fond d'une malle entreposée à la cave.

Fonder une famille n'entrait pas dans les projets, pourtant

très différents, de Mitchell et d'Anne. C'est alors que l'idée germa dans l'esprit de Bettina. Dans le tiroir supérieur de son bureau, elle prit le dossier contenant les photographies de mannequins qu'elle avait utilisées pour ouvrir son agence. Elle allait donner à Anne Harris *le* fiancé idéal... Elle allait lui donner Mitchell ! Et, peut-être, si elles unissaient leurs efforts, elle et Faylene parviendraient-elles à faire en sorte que le fiancé imaginaire d'Anne devînt tout ce qu'il y a de plus réel.

— Je pense avoir exactement l'homme qu'il vous faut. Il s'appelle Mitchell Dane...

- 1 -

— C'est encore Anne Harris, murmura la voix grave sur le répondeur. Il faut que je joigne le mannequin qui a posé pour la photo de Mitchell Dane. J'ai désespérément besoin de lui.

Mitchell tendit l'oreille, atterré. Il n'avait pas à prendre les appels destinés à sa sœur : il devait simplement vérifier les messages et la prévenir en cas d'urgence. En l'espace d'une petite demi-heure — le temps pour lui de se doucher et de s'habiller — Anne Harris avait laissé trois messages. Mais ce qui l'ennuyait le plus, c'était que la voix féminine demandait après lui.

— Je sais que c'est contraire à votre politique, Bettina, poursuivait-elle d'un ton cassant, mais je n'ai pas le choix.

Bettina ne perdait rien pour attendre. Il n'était passé que pour prendre son courrier et déposer quelques affaires avant de repartir pour une séance de photos en Caroline du Nord. A la seconde où Bettina avait su qu'il arrivait, elle avait subitement décidé d'aller voir leur frère dans le Wyoming.

D'accord, elle travaillait dur, et il lui était reconnaissant, puisqu'il n'avait pas d'appartement, de l'héberger. Mais un coin de sa cave — il y entreposait photos et papiers — et l'utilisation occasionnelle de sa chambre d'amis ne valaient certainement pas le problème qui semblait se profiler à l'horizon. Quand elle lui avait demandé, le cas échéant, de gérer les urgences, il avait supposé qu'elle parlait fuites d'eau ou coupures d'électricité, et il avait accepté. Quelle urgence pourrait-on avoir avec un soupirant qui n'existait pas ?

Cette idée de petits amis fictifs lui avait toujours parue folle.

Quand, cinq ans plus tôt, Bettina avait annoncé son intention de créer un service offrant des photographies de soupirants aussi imaginaires qu'attentionnés — ses clientes recevraient coups de fil et cadeaux —, lui et ses frères avaient hurlé de rire.

Elle était venue les trouver parce qu'elle avait besoin de photos d'hommes séduisants et sexy. Comme elle débutait et n'avait pas les moyens d'engager des mannequins professionnels, elle avait songé à faire poser ses propres frères. Ils avaient ri plus fort et l'avaient envoyée paître… Mais elle était revenue à la charge et, parce qu'ils vivaient tous loin, ils avaient fini par accepter. A condition que l'objectif fût celui de Mitchell.

Les séances de photos avec Jess et Ran avaient été hilarantes. Forcer ses frères à prendre des poses sexy avait été pour lui l'occasion de se venger de l'époque où, adolescents, ils lui en faisaient voir de toutes les couleurs. Enfin, devant l'insistance de Bettina, il avait ajouté quelques clichés de lui-même à Hawaii. Ces photos ne devaient figurer dans ses dossiers que de façon temporaire, jusqu'à ce qu'elle pût s'offrir de véritables mannequins. Il les croyait depuis longtemps retirées de la circulation.

Mais Anne Harris avait donné son nom…

— Où êtes-vous passée, Bettina ? Rappelez-moi dès que vous rentrerez, ou tout ce pour quoi j'ai travaillé sera réduit à néant ! dit-elle avant de raccrocher.

Vacances ou non, il s'en moquait. Mitchell composa le numéro du ranch de son frère, dans le Wyoming, et tomba sur son répondeur.

— Bettina, c'est Mitch. Je sais que j'avais promis de ne te déranger sous aucun prétexte, mais une femme du nom d'Anne Harris essaie désespérément de te joindre. Et elle semble ne plus savoir à quel saint se vouer. Je crois que tu ferais bien de l'appeler.

Une heure s'écoula sans que Bettina donnât signe de vie. Soixante longues minutes que Mitchell passa à arpenter l'appartement où vivait et travaillait sa sœur. Il réfléchit aux choix qui s'offraient à lui. Il aurait pu rappeler lui-même la correspondante en question, mais elle n'avait pas laissé son numéro. Il feuilleta le carnet d'adresses de Bettina : il n'y avait personne à ce nom.

Soit Anne Harris était cliente de Célibataire à la carte, soit elle allait le devenir… Si elle était déjà inscrite, elle connaissait le règlement. Les contrats qui jonchaient le bureau de Bettina stipulaient clairement : « Aucun contact entre célibataires et clientes. »

Mitchell posa les pieds sur le bureau de sa sœur et tenta de se persuader que cela ne le concernait en rien. Bettina était une grande fille, à présent, et cette agence était la sienne. Mais la voix grave qui avait laissé le message sur le répondeur l'obsédait. Trop énervé pour rester tranquille, Mitchell repassa la bande. Contrarié de se sentir une responsabilité envers cette Anne Harris, il décida finalement que ce n'était pas son problème qui l'émouvait, mais sa voix — fascinante, raffinée, avec une pointe d'accent méridional. Pour lui, le timbre rauque était évocateur de chaudes nuits tropicales, de clairs de lune et d'orchidées sauvages. Il essaya d'imaginer le visage de la femme qui possédait une pareille voix.

Il s'interrogea ensuite sur sa personnalité. C'était probablement une femme timide — dans le cas contraire, elle ne se serait pas adressée à une agence comme celle de Bettina —, une de ces femmes qui vivent par procuration et ont recours à un soupirant imaginaire pour convaincre leurs amies qu'elles sont aimées. Il se surprit à essayer de faire cadrer ce genre de femme avec la voix sensuelle… Ce fut impossible.

Tout photographe est curieux de nature, même si, depuis quelque temps, Mitchell avait l'impression de l'être de moins en moins. Trop de nuits interminables, de vols prolongés et de reportages solitaires avaient émoussé sa curiosité créatrice. Les seuls souvenirs qu'il gardait de ses missions, c'étaient les enfants. Leurs visages le hantaient. Il se sentait responsable de chacun d'eux.

Mais cette femme aiguisait son intérêt. Mitchell se renversa dans son fauteuil, songeur. Qu'est-ce qui avait poussé sa sœur à donner son nom à Anne Harris ?

La sonnerie du téléphone retentit de nouveau, l'arrachant à ses pensées.

— Bettina, c'est toujours Anne. Croyez-moi quand je vous dis que la situation dans laquelle je me trouve est extrêmement grave ! C'est compliqué, mais il faut absolument que mon fiancé imaginaire devienne réel, juste pour quarante-huit petites heures… Il n'en va pas seulement de mon travail, mais de l'avenir de ma mère. Aidez-moi à joindre le mannequin de ma photo. Ces deux jours lui seront payés mille dollars. S'il vous plaît, Bettina, c'est à vous et à ma mère que je dois d'être dans ce pétrin. Vous ne pouvez pas refuser de m'aider !

Bettina avait donc mis cette Mlle Harris dans une situation qui menaçait maintenant la vie de sa mère ? A présent, Mitchell était inquiet. Si Bettina avait une responsabilité dans l'affaire, lui-même n'en était pas exempt. L'idée stupide de sa sœur n'était devenue réalité que grâce à lui.

Et cette femme le cherchait… Pourquoi ?

Pour quelle raison était-elle disposée à payer mille dollars un travail de gigolo ? Il sourit. Il ignorait ce que valait Mitchell, mais les tarifs de Dane, photographe professionnel, étaient autrement plus élevés.

— J'assumerai l'entière responsabilité du week-end, promit-elle.

Encore heureux ! « Assumer » était un verbe qui appartenait depuis longtemps à son vocabulaire. A la mort de son père, survenue alors qu'il était en terminale, il avait transformé son job d'appoint chez un photographe en un poste à plein temps, travaillant sept jours sur sept. Excellent nageur, il nourrissait alors l'espoir d'obtenir une bourse qui lui aurait permis d'intégrer une prestigieuse université. Mais le chef de famille qu'il était devenu avait dû faire une croix sur la natation, les boîtes de nuit et les filles. Plus tard, quand Jess, Ran et Bettina avaient été en âge de voler de leurs propres ailes, il avait accepté un emploi de coursier chez un photographe installé à Hawaii. Il y était resté trois ans, apprenant le métier petit à petit. Un beau jour, il s'était lancé.

Pour Mitchell, Hawaii représentait la liberté. Hawaii, c'était la vie et la beauté à l'état pur. Hawaii, c'était Melia, une splendide indigène aux cheveux de jais qui était devenue son modèle et sa compagne. Ils étaient jeunes et insouciants, grisés par le clair de lune et les étreintes partagées. Puis il avait décroché un contrat pour aller photographier une cascade, dans un coin reculé de l'île où personne ne s'aventurait jamais parce que les superstitions locales le disaient sacré.

Ils étaient allés ensemble des dizaines de fois dans la forêt tropicale, gravissant des sentiers escarpés qui montaient presque à la verticale, se mettant en danger pour capturer la beauté des îles. Mais cette fois, il avait hésité à l'emmener. Elle l'avait supplié, embrassé — tant et si bien qu'il avait fini par céder. Mais ce reportage s'était, dès le début, révélé différent des autres. Il avait d'abord plu sans discontinuer. Et puis les dieux de l'île s'étaient manifestés, se chargeant de rappeler aux intrus qu'ils n'étaient pas les bienvenus.

Melia avait glissé du sommet de la cascade et fait une chute mortelle. Il n'avait appris que plus tard qu'elle portait son enfant. Les îles avaient brusquement perdu leur beauté. Il s'était jeté à corps perdu dans le travail et avait juré que jamais plus il ne serait responsable de quelqu'un. Depuis lors, il menait une vie de nomade. Mais il voyait le visage de l'enfant qu'il avait perdu partout où il allait.

Et aujourd'hui, qu'il le voulût ou non, il était responsable de cette Anne Harris à la voix sensuelle. Mais cela n'avait rien de personnel, se dit-il. Il venait simplement en aide à sa sœur.

— S'il vous plaît…, reprit-elle dans un murmure.

Une vague de désir le submergea et il serra les dents. Non seulement la femme avait la voix la plus sexy qu'il eût jamais entendue, mais elle avait dit : « S'il vous plaît. » Elle avait besoin de lui. Avant qu'il prît la mesure de ce qu'il était en train de faire, il avait décroché le téléphone.

— J'accepte le boulot. Mais je préfère vous prévenir, je voyage en première classe et je ne fais pas les choses à moitié.

Il y eut un long silence.

— Quel est votre numéro ? demanda-t-elle, soudain méfiante.

Il le lui donna, ajoutant :

— Vous avez appelé Bettina, non ? Eh bien, elle n'est pas en ville.

— Evidemment. Après ma mère, c'est au tour de Bettina de disparaître… Qui êtes-vous ?

— Mitchell. N'est-ce pas moi que vous cherchiez ?

— Oui, mais vous ne comprenez pas. Il faut que vous soyez le bon Mitchell. Mes collègues ont vu sa photo. Ils savent à quoi il ressemble. Si j'arrive accompagnée d'un autre, ma carrière est fichue.

— Je suis le bon Mitchell, faites-moi confiance.

— A qui vais-je faire croire ça ? Sans futur mari, je me retrouve à la case départ et je ne peux m'en prendre qu'à moi. Comment ai-je pu permettre ça ? Je ne suis pourtant pas stupide !

— Un futur mari ?

Voilà qui ne faisait pas partie du plan, imaginaire ou non.

— Parlez-moi de Mitchell, dit-il, essayant de gagner du temps. Comment est-il ?

— Sur la photo en ma possession, il est sur une plage à côté d'un gros rocher noir. Il est grand, ses cheveux sont blond cendré, et… il a l'air un peu triste.

Il se rappelait très bien cette plage. Melia et lui y avaient vécu des moments inoubliables. Après la mort de la jeune fille, il y était retourné à plusieurs reprises. La photo, prise par un ami, était l'une de celles qu'il avait données à Bettina. L'évocation de cette plage lui fit l'effet d'un coup de poing dans l'estomac. Il croyait avoir tourné la page, mais à l'évidence, il se trompait.

— Vous voyez de quelle photo je parle, Mitchell ?

— Oh, oui… Ecoutez, je ne sais pas dans quel pétrin vous vous êtes mise, mais je pense que vous devriez attendre le retour de Bettina.

— En temps normal, j'aurais tendance à être d'accord avec vous. Attendre serait le plus judicieux. Seulement, cette fois, je ne peux pas ! Si je peux produire le vrai Mitchell, j'ai une chance d'obtenir une promotion — et le salaire qui me permettra de m'occuper de ma mère.

Sa mère devait être malade… Ce qui expliquait le timbre un peu désespéré de sa voix.

— Je vous assure que je suis bien le bon Mitchell.

— Je l'espère !

Son ton résigné disait clairement qu'elle en doutait.

— Un ami m'a prêté son chalet pour l'après-midi, poursuivit-elle. Il est situé en bordure de lac, tout près de la résidence de M. Jacobs. J'ai pensé qu'il valait mieux que nous soyons tranquilles pour répéter l'histoire de notre relation avant que je ne vous présente à mon patron.

— Répéter ? Voilà qui semble… intéressant.

— Nous parlons travail, Mitchell. C'est sérieux. Ne vous inquiétez pas… Tout ce que vous avez à faire, c'est de garder l'esprit ouvert. Je me charge du reste.

Garder l'esprit ouvert, disait-elle ? Plus facile à dire qu'à faire ! Le sien préférait imaginer ce que sa « fiancée » entendait par « répéter ».

— Je suis plutôt le genre de type à démarrer au quart de tour. Alors… peut-être voudriez-vous réfléchir.

— Il est trop tard pour ça, Mitchell.

Bettina disait toujours qu'il vivait sa vie comme il l'eût fait d'une aventure de James Bond, mais cette fois, il avait l'impression qu'il venait de sauter à pieds joints dans le terrier d'Alice — sauf qu'en l'occurrence, il ne s'agissait pas, comme chez Lewis Carroll, de prendre le thé et de jouer aux échecs. A la seconde où il avait reconnu être Mitchell, il avait scellé son destin. A moins de raccrocher, il devait aller jusqu'au bout. C'était une question d'honneur. Quand il disait qu'il accomplirait quelque chose, il le faisait. Par ailleurs, cela ne durerait que le temps d'un week-end. Et sans doute cette jeune femme serait-elle quelconque et ennuyeuse comme la pluie.

— Prenez une tenue décontractée pour le lac et une autre, habillée, pour le mariage, poursuivit-elle d'un ton plus assuré. J'ignore pourquoi les gens tiennent à tout prix à se marier en juin. Il fait si chaud… A propos, je ne veux pas savoir qui vous êtes en réalité. Bettina vous a appelé Mitchell Dane, et c'est lui que mes collègues attendent. Au moins donne-t-elle un nom à ses protégés, même si elle refuse de dire le sien.

— Mitchell *Dane* ?

Bettina avait donné son nom de famille à Anne Harris mais faisait mystère du sien ? A quoi pensait-elle donc ? Et puis il comprit : l'utilisation de sa photo, son besoin subit de prendre le large… Ce week-end était un traquenard.

« Garde l'agence trois jours, Mitchell, pour le cas où il y aurait une urgence. S'il te plaît… » Les règles strictes qu'il lui avait imposées dans son adolescence lui étaient restées en travers de la gorge, et elle lui rendait la monnaie de sa pièce.

Elle n'avait pas apprécié de devoir rentrer tôt quand ses amies jouissaient d'une plus grande liberté. Avec le recul, il reconnaissait qu'il s'y était mal pris. Il était encore un tout jeune homme aux hormones déchaînées et aux rêves contrariés. Et peut-être était-il allé trop loin en l'obligeant à intégrer une école de commerce plutôt que les Beaux-Arts, mais il avait voulu s'assurer qu'elle serait capable de se débrouiller. Aujourd'hui, soit elle se vengeait, soit elle estimait lui rendre service… Elle devait considérer que le moment était venu pour lui de se fixer. La dernière fois qu'il était en ville et qu'elle avait invité l'une de ses clientes à dîner, il était reparti un jour plus tôt. A l'évidence, elle n'avait pas renoncé. Elle avait fait de lui le futur mari d'Anne Harris. Il se demanda si Anne était même une vraie cliente, et si Jess et Ran étaient au courant de son projet. Dans le cas contraire, ils feraient bien de se tenir prêts ! Leur tour ne tarderait pas à venir…

— Mes bagages sont prêts, reprit Anne, interrompant le cours de ses pensées.

Elle lui donna son adresse, puis ajouta :

— Je vous en prie, Mitchell, dépêchez-vous ! Nous devons prendre la route.

Elle raccrocha sur ces mots, lui ôtant toute possibilité de se rétracter. Et il ne connaissait toujours pas son numéro de téléphone.

Mitchell reposa le combiné et réfléchit à ce qu'il allait faire, à présent.

Il s'était laissé attendrir par une voix rauque et sensuelle, et par une femme dans le pétrin. Bettina avait compté là-dessus : son passé l'avait rendu soucieux des autres. Il était incapable de résister aux appels au secours d'une femme ou d'un enfant en détresse. Jamais il ne l'aurait admis, mais il était incurablement romantique. Il avait vu *Casablanca* sur tous les écrans du monde et dans toutes les langues. Jamais il n'aurait laissé l'avion d'Ingrid Bergman s'envoler sans lui.

Mais tout ça, c'était du cinéma, et il lui fallait supposer qu'Anne Harris était véritablement une cliente de sa sœur. Si c'était un piège, eh bien, peut-être parviendrait-il à le déjouer… Bettina en serait alors pour ses frais. Il avait une quinzaine de jours devant lui avant son prochain reportage. Anne Harris voulait répéter ? L'idée commençait à lui plaire. Elle avait besoin d'un soupirant qui jouerait son rôle avec conviction ? Il allait lui donner ce que Bettina avait promis.

- 2 -

Anne Harris reposa le combiné et, ainsi qu'elle l'avait fait des centaines de fois, contempla la photo en noir et blanc de l'homme censé être son fiancé. Très grand et mince, avec des cheveux blonds un peu trop longs, ébouriffés par le vent, il donnait l'impression d'être perdu dans ses pensées. Et de l'expression de son visage émanait une indéniable nostalgie. Elle n'avait pas besoin qu'on lui dise que Mitchell Dane n'était pas du genre à s'épancher. Elle le savait.

Elle le savait parce qu'elle-même avait appris à être circonspecte. Elle faisait cavalier seul, désormais, peu désireuse de partager ses idées novatrices avec ses collègues. La dernière fois qu'elle l'avait fait, l'homme auquel elle s'était confiée — et qui se trouvait être son compagnon — lui avait volé son idée, l'avait vendue à une autre entreprise, et avait quitté Baltimore. Elle remboursait encore les dettes qu'il avait contractées et l'argent qu'elle avait été obligée d'emprunter au compte maternel. Bout de chou représentait pour elle une deuxième chance, et il n'était pas question de la gâcher.

Pour le mannequin qu'était Mitchell Dane, ce simulacre n'était qu'un travail comme un autre. Anne ne pouvait attendre de lui qu'il comprît la gravité de la situation. Faylene, sa mère, ne l'avait pas davantage comprise le jour où elle avait fait la connaissance d'Alvin Jacobs, le nouveau patron d'Anne. Elle avait vu les yeux de Faylene s'éclairer lorsqu'elle lui avait présenté M. Jacobs, et, pire, elle avait vu la réaction de M. Jacobs. Quand M. Jacobs avait annoncé que sa petite-fille venait de se fiancer, Faylene, prise d'un accès de romantisme, avait parlé avec enthousiasme du mariage de sa fille Anne comme d'un événement imminent.

Anne n'aurait jamais dû laisser passer la remarque de sa mère sans protester. A tout autre moment, elle aurait corrigé la déclaration pleine d'imagination de Faylene. Mais M. Jacobs avait été instantanément rassuré : engager Anne, décidément, lui paraissait avoir été une bonne idée. Anne n'avait rien dit, son intention étant de rompre discrètement ses fiançailles imaginaires sitôt qu'elle aurait prouvé à M. Jacobs qu'elle n'avait pas besoin d'être mariée et mère de famille pour vendre des articles pour bébés. Mais la comédie avait échappé à tout contrôle.

Pour se ménager le temps nécessaire à la résolution de son problème, Anne avait commis une deuxième erreur. Sur les conseils de sa mère, elle s'était inscrite dans l'agence de Bettina. Celle-ci lui avait tendu cette photo, et à la seconde où elle avait posé les yeux sur Mitchell Dane, elle avait eu le sentiment d'entretenir des liens avec lui, comme s'il avait été quelque âme sœur aussi habituée qu'elle à la solitude.

La semaine suivante, Faylene était venue la voir — et était littéralement tombée en arrêt devant la photo de Mitchell.

— Il est parfait, Anne ! s'était-elle exclamée, aux anges. Et il a l'air d'avoir autant besoin que toi d'être aimé, avait-elle ajouté avec une douceur à laquelle Anne ne s'attendait pas. Tout ce que nous avons à faire, c'est de retrouver cet homme.

— Ce n'est qu'un mannequin, maman, avait-elle protesté. Bettina ne le connaît probablement même pas. Il ressemble à tous les célibataires de son agence — il est excitant, dangereux et délicieux parce qu'inaccessible. Par ailleurs, je ne suis pas intéressée. Je me demande comment j'ai pu te laisser m'embringuer dans cette histoire.

— Mais au moins, ce n'est pas l'un de ces jeunes cadres dynamiques avec lesquels tu sors.

— *Sortais*, corrigea Anne avec un petit pincement au cœur.

Elle se considérait comme une femme intelligente, mais sa liaison éclair avec Philip et la façon dont il s'était servi d'elle lui avaient enseigné une chose : que les hommes prêts à tout pour réussir étaient à fuir comme la peste.

— Selon Bettina, reprit sa mère, Mitchell est un homme sans attaches, un vagabond incapable de tenir en place.

— Cela, c'est le passé fictif fourni par Bettina, maman. Mitchell n'existe pas. Si ça se trouve, il est représentant en engrais à Yazoo, Mississippi…

Mais elle ne le croyait guère. Logiquement, elle savait qu'elle était en train de créer un homme à la mesure de son fantasme, un homme qu'elle n'aurait jamais. Son expression était triste, mais la voix au téléphone était enjouée. C'était un homme qui, à l'entendre, « démarrait au quart de tour ». Un homme libre. La liberté était la seule chose après laquelle elle-même soupirait. Ses sœurs étaient heureuses en ménage ; s'occuper de leur nichée était un don qu'elles avaient hérité de Faylene. Pour ce qui était d'Anne, ce qu'elle aurait souhaité n'avait aucune importance. Elle devait être responsable. Mais, à l'inverse de son père, elle avait également l'obligation de réussir.

A travers les persiennes de la chambre, un rayon de soleil accrocha la pierre, fausse, de sa bague de fiançailles — troisième erreur — et, comme pour la narguer, celle-ci scintilla. Elle avait acheté la bague une semaine après que Bettina lui eut envoyé la photo. Bien que discret, le zircon était un rappel constant du mensonge qu'elle était en train de vivre.

Elle portait toujours la bague, mais, devant son incapacité à endiguer les idées folles que l'homme suscitait chez elle, elle avait remisé la photo de Mitchell dans un tiroir. Qui était-il ? Où était-il, et à quoi pensait-il, pour avoir une telle expression ? Même le sourire étrange qui flottait sur ses lèvres ajoutait au mystère. Il y avait de la nostalgie dans ses yeux, certes, mais aussi quelque chose lui indiquait qu'il n'était ni un triste individu, comme l'avait été le premier mari de sa mère, ni un bourreau de travail comme le second, le père d'Anne. Et si, chaque nuit, elle rêvait de Mitchell Dane, elle était la seule à le savoir.

Quand les rêves avaient cédé la place à la rêverie, Anne avait décidé qu'un réel problème se posait. Et, cette fois, la faute n'en incombait pas totalement à Faylene. Mitchell était beaucoup trop imprimé dans ses pensées, à défaut de l'être dans sa vie. Et le défilé incessant des employées qui inventaient des excuses pour venir dans son bureau et admirer sa photo n'était pas fait pour arranger les choses. Aujourd'hui, afin de rester dans les bonnes grâces de M. Jacobs, elle venait de prendre des dispositions pour exposer son fiancé à la curiosité de ses patron et collègues. Elle allait passer tout le week-end avec Mitchell Dane.

Elle n'avait pas le choix, en effet : il lui fallait penser à sa mère. Son père ne lui avait pas seulement laissé une lettre lui demandant de prendre soin de Faylene, il avait également nommé Anne administratrice de ses biens. Hélas, quand les dettes paternelles avaient été réglées, il ne restait quasiment plus rien desdits biens. Pis encore, Anne avait dû faire un emprunt pour payer son déménagement de Baltimore à Atlanta. Si Faylene ne s'en préoccupait pas outre mesure, Anne ne pouvait s'empêcher d'être inquiète.

— Jusqu'ici, je n'ai vécu que pour mes enfants, avait déclaré Faylene. Désormais, je vais prendre du bon temps. Lorsque je n'aurai plus d'argent, je me chercherai un autre mari. Tu devrais faire comme moi — te chercher un mari, je veux dire… Tu as besoin de te détendre, Anne. Cesse de te ronger les sangs pour moi. Amuse-toi ! Tombe amoureuse !

Mais Anne était trop préoccupée pour cela. De tous les jeunes cadres de Bout de chou prétendant à une promotion, elle était la seule à être célibataire, et avait conscience que le moment était mal choisi pour avouer sa supercherie. Si elle n'amenait pas son fiancé, ce week-end sonnerait le glas de sa carrière, et les remboursements du camping-car de sa mère s'arrêteraient. Elle n'avait pas le choix : il *fallait* que ce week-end fût une réussite.

La sonnette de l'entrée l'arracha brusquement à ses pensées.

— Cette fois, ça y est, ma vieille…, marmonna-t-elle entre ses dents, tout en se dirigeant vers la porte. Si ce type n'est pas le bon, tu n'auras plus qu'à aller tout raconter à M. Jacobs !

Elle ouvrit — et se figea. C'était bien l'homme de la photo, celui que Bettina avait appelé Mitchell Dane, le vagabond qui ne tenait pas en place. Et il était… *parfait.*

L'instantané en noir et blanc n'était pas flatteur, loin s'en fallait. Sous le soleil de juin, ses yeux bleus avaient l'éclat et l'intensité du saphir. Comment avait-elle pu se tromper à ce point quant à leur expression ? « Nostalgique » n'était pas le terme qui convenait.

Mitchell Dane avait un regard langoureux.

Il était plus grand qu'elle ne s'y attendait — il devait avoisiner un mètre quatre-vingt-dix — et, bien que svelte, il possédait une carrure d'athlète. Ses cheveux, un peu trop longs à son goût, auraient eu grand besoin d'un coup de peigne, mais elle avait dans l'idée que le négligé de sa coupe était intentionnel. Avec sa peau cuivrée et ses mèches blondes décolorées par le soleil, il avait l'air d'un pirate à qui il suffisait d'un regard pour que fondent les femmes.

Le sentiment qu'elle avait éprouvé, devant la photo, d'avoir des affinités avec lui, était encore plus fort à présent qu'elle le voyait en chair et en os. Elle sentit la chaleur envahir sa gorge, descendre en piqué dans ses poumons, refoulant tout l'air qui s'y trouvait, et terminer sa course au creux de son estomac, telle une coulée de lave incandescente.

Dans l'incapacité totale de prononcer un mot — c'était à peine si elle parvenait à respirer —, elle attendit.

De son côté, Mitchell Dane avait l'impression d'avoir été frappé par un raz de marée. Ou par une tornade. Il connaissait maintenant la raison de la voix rauque d'Anne Harris. Cette femme était sexy en diable, et il la devinait passionnée.

Il dévisagea sa nouvelle « fiancée », muet de stupeur. Ses cheveux mi-longs avaient la couleur d'un bel acajou. Dans le décor adéquat, avec une orchidée derrière l'oreille et les pieds nus, elle aurait pu passer pour une fille des îles. En fait, l'espace de quelques secondes, il crut voir Melia.

— Monsieur Dane…, dit-elle finalement. Je vous remercie d'être venu.

Mitchell hocha la tête. Il avait du mal à parler.

— C'est bien vous, reprit-elle. Vous êtes le Mitchell que j'attendais.

— Je suis effectivement Mitchell.

S'il s'agissait d'une plaisanterie, Bettina avait réussi son coup ! Et, contrairement à ce qu'il avait supposé, Anne Harris n'avait rien de « quelconque ». Bigre ! Cette femme n'aurait qu'à claquer des doigts pour avoir tous les hommes à ses pieds…

Tenue décontractée, avait-elle dit. La sienne l'était certainement, l'élégance en plus. Son short en coton kaki était assorti à un pull-over sans manches d'un joli brun clair et recouvert d'une chemise en gaze aux fleurs imprimées du même bleu turquoise que ses espadrilles. S'il avait eu un grain de jugeote, il se serait enfui, et sur-le-champ. Mais cette option avait disparu dès qu'elle avait ouvert la porte. Lorsqu'il avait entendu sa voix, la première fois, il avait eu la stupéfaction de sentir son bas-ventre s'enflammer, mais ce n'était rien en comparaison de ce qu'il éprouvait maintenant…

Elle-même était sensible à l'électricité qui passait entre eux. Il s'en rendait compte à la façon dont, les lèvres entr'ouvertes et le souffle court, elle s'obstinait à éviter son regard.

— Merci d'être venu…, répéta-t-elle dans un murmure.

Et puis, les yeux de sa fiancée se posèrent sur son jean. Bettina l'accusait d'être trop décontracté, à la limite du négligé. Il n'avait jamais réfléchi à sa mise, jusqu'à ce qu'il se voie à travers les yeux de cette femme élégante. Peut-être un effort vestimentaire s'imposait-il. Mais cela n'avait jamais eu d'importance à ses yeux, et il était trop tard pour s'en soucier.

— Eh bien, dit-il, allez-vous m'inviter à entrer, ou allons-nous rester là à nous regarder pendant des heures ?

Elle tressaillit et s'effaça.

— Excusez-moi. Si vous voulez bien vous donner la peine…

Il la suivit à l'intérieur, posa son sac marin dans l'entrée, et referma la porte derrière lui. Son œil de photographe nota que sa petite maison avait tout du bungalow de plage. Il en fut surpris. Il s'était attendu à ce qu'elle habite une luxueuse copropriété, non une maisonnette de bois donnant sur une ruelle. De l'endroit du salon où il se trouvait, il devina qu'il avait vue sur la quasi-totalité des lieux. Derrière Anne, il y avait une voûte qui menait apparemment au coin repas avec, sur la droite, une cuisine. A sa gauche se trouvait une chambre dotée d'une minuscule bow-window. Le tout était chaleureux et douillet. Les murs étaient jaune crème. A l'autre extrémité de la pièce, de part et d'autre d'une cheminée de pierre, deux confortables canapés semblaient se donner la réplique. Elle les avait recouverts d'un plaid turquoise à l'imprimé corail. Les couleurs des îles…

— Je ne m'attendais pas réellement à ce que vous soyez l'homme de la photo, dit-elle, mais je l'espérais.

— Et moi, je ne m'attendais pas à ce que vous soyez aussi belle. Nous sommes donc tous les deux surpris.

— Vous pensiez que je serais un laideron ?

— Je doute que vous ayez envie de savoir ce que je pensais. Disons simplement que je suis étonné que vous ayez dû avoir recours à une agence pour trouver un fiancé.

— Croyez-moi, je ne le voulais pas. C'était l'idée de ma mère.

— De votre mère ?

— Oui. Ma mère a pris sur elle… Bah, aucune importance ! Je n'aurais jamais dû laisser faire. Si nous allons au bout de ce week-end, je résilierai ce contrat ridicule. J'ai votre argent, ajouta-t-elle en plongeant la main dans sa poche.

Il avança d'un pas.

— Personne ne vous a jamais dit qu'une telle prestation ne se payait pas d'avance ? Après tout, je pourrais ne pas me montrer à la hauteur de vos espérances.

— Mettons tout de suite les choses au point, monsieur Dane. J'ai juste besoin d'un homme qui soit capable de convaincre mon employeur qu'il est mon fiancé. Et ce pendant deux jours. Vous sentez-vous, oui ou non, d'attaque pour le job ?

Pour ce qui était de se sentir d'attaque, il n'aurait pu l'être davantage. Un jean neuf, et surtout moins ajusté, eût simplement été le bienvenu.

Anne ne bougeait pas. Elle avait une façon de demeurer parfaitement immobile et d'attendre, comme si elle le jaugeait… La technique faisait probablement merveille en affaires : cela devait déstabiliser ses adversaires. En tout cas, lui-même se sentait quelque peu perturbé.

— J'ai dit que j'acceptais, répondit-il. Si vous pensez toujours que je suis l'homme qu'il vous faut…

— Ne vous inquiétez pas pour ça. J'ai tout prévu. Nous rallierons le lac Lanier avec ma voiture — mon attaché-case est déjà dans le coffre. Nous passerons l'après-midi au chalet d'un ami, à répéter. Ensuite, nous rejoindrons la résidence de M. Jacobs pour la réception de ce soir et le mariage, demain.

Elle jeta un coup d'œil appuyé à son sac marin.

— Vous avez bien apporté une tenue habillée ?

— Oh, oui. Rassurez-vous, je ne vous ferai pas honte.

— De toute manière, j'imagine que cela n'a pas grande importance. Mes collègues vous croient photographe ; ils s'attendent donc à ce que vous soyez un peu… excentrique.

— Photographe ? répéta Mitchell d'un ton cassant.

Bettina avait non seulement donné son nom, mais aussi sa véritable profession. Que diable manigançait-elle ?

— Qui en a eu l'idée ?

— Bettina. Pour le côté pratique. Cela explique que vous ne soyez jamais là. Et l'idée d'un homme payé pour aller où bon lui semble me plaisait.

Il y avait comme de la nostalgie dans sa voix, et il se demanda s'il lui arrivait jamais de se laisser aller.

— Où étais-je dernièrement ?

— En Afrique du Sud. J'ignore ce que vous y faisiez. Bettina ne m'en a rien dit et personne ne m'a posé la question. Tout ce qui intéressait mes collègues, c'était de connaître la date de notre mariage.

— Qu'avez-vous répondu ?

— J'ai dit que nous ne l'avions pas encore fixée. Que j'attendais votre retour.

— Eh bien, je suis là. Suis-je admis ?

— Admis ?

— Ai-je passé le cap de l'inspection ? Etes-vous contente de votre amant ?

Elle tressaillit et détourna les yeux.

— Pas mon amant, mon *fiancé*.

— Si j'étais réellement votre fiancé, je serais aussi votre amant. Vous et moi ferions des étincelles, Anne Harris.

Anne eut un frisson imperceptible.

— Que les choses soient claires, monsieur Dane. Etre mon amant n'est pas compris dans le job.

Elle secoua la tête.

— Je suis désolée… C'est juste que c'est plus difficile que je ne le croyais. Vous n'êtes plus seulement une photographie ; vous êtes un homme de chair et de sang. J'imagine que je n'y étais pas préparée. Peut-être n'est-il pas trop tard pour tout annuler et avouer la vérité à M. Jacobs.

La sonnerie du téléphone le dispensa de répondre. Anne décrocha.

— Anne Harris à l'appareil… Maman… ? J'ai essayé de te joindre… Te rends-tu compte que le bobard que tu as raconté à M. Jacobs pourrait me coûter une promotion et peut-être même mon emploi ?

Anne Harris était très convaincante. Si l'incorrigible marieuse qu'était Bettina lui avait tendu un piège, il devait reconnaître que la femme qu'elle avait choisie était parfaite. Restait à déterminer si elle était ou non de mèche. Pour l'instant, la meilleure façon d'affronter la situation était peut-être de jouer le jeu. Bettina risquait d'être étonnée… Lui aussi était capable de se montrer convaincant.

Mitchell regrettait de ne pas pouvoir entendre les arguments développés par Mme Harris. Anne semblait reprocher à sa mère d'être à l'origine de son problème. Il comprenait cela. Parfois, l'ingérence de Bettina dans sa vie était tout aussi néfaste. Il avait du mal à croire que le patron d'Anne pût refuser, sous prétexte qu'elle n'était pas mariée, de lui accorder une promotion. Il devait y avoir autre chose.

— Où es-tu, maman ? Je t'ai demandé de ne pas quitter la ville sans me prévenir… Tu es à Key West, avec un homme charmant qui peint des couchers de soleil ? C'est agréable de pouvoir partir comme ça, sur un coup de tête… Non, j'ignorais que les chats Hemingway avaient six doigts… Cesse de jacasser, maman, et écoute-moi. Je dois emmener mon fiancé au mariage de la petite-fille de M. Jacobs ce week-end. Je suppose que, bien entendu, tu n'es au courant de rien ?

Il y eut une pause.

— Excuse-moi, maman. Je sais bien que ce n'est pas toi qui as fixé la date du mariage de la petite-fille de M. Jacobs.

Une autre pause.

— Non, maman, je ne me suis pas brusquement « dégoté » un fiancé… Je suis arrivée à retrouver celui, fictif, que ton amie Bettina m'a fourni.

Mitchell écoutait maintenant ouvertement. Bettina et la mère d'Anne Harris étaient donc amies. Tiens, tiens… L'affaire se corsait.

— Oui, maman, celui-là même. Et… oui, il est… tel que tu l'as dit. Enfin, il ressemble à sa photo. Mais là n'est pas la question.

« Tel que tu l'as dit ? » Leur conversation était assurément des plus intéressantes. Anne se trouvait à présent dans la cuisine. Et il commençait à comprendre. Sa mère avait, pour une raison ou pour une autre, laissé entendre au patron d'Anne qu'elle était fiancée. Quand Anne avait dû produire le fiancé imaginaire, sa mère l'avait adressée à Bettina, laquelle avait envoyé à Anne la photo de Mitchell Dane. Question : à quelle fin ? Elle ne pouvait pas savoir qu'il serait en ville le week-end du mariage. Mais il y était, et Bettina avait profité de la coïncidence. A présent, Anne devait le présenter pour préserver son emploi. Logiquement, il y avait trop de facteurs imprévisibles pour que ce fût un coup monté.

Certes, sa « future épouse » devait jouer franc-jeu. Il allait faire de même — du moins pour l'instant. Il coula un regard à ses longues jambes fuselées et décida de laisser les choses venir. En tout cas, cela pouvait s'avérer amusant. Et il y avait très longtemps qu'il ne s'était pas amusé.

— Non, maman, dit-elle. Il n'est pas nécessaire que tu

viennes au mariage pour arranger les choses. Je m'en chargerai. Tu es déjà en route ? Maman ? Maman... !

Anne exhala un soupir.

— Bon sang ! Elle m'a raccroché au nez.

Mitchell se surprit à sourire.

- 3 -

Anne composa un numéro sur son téléphone cellulaire, laissa sonner quelques secondes, puis secoua la tête.

— Nous ferions aussi bien de partir. Sachant que c'est moi, maman ne répondra pas, expliqua-t-elle. Désolée, Mitchell, à moins que je ne parvienne à la détourner de son chemin, elle assistera au mariage, invitée ou non. Vous découvrirez vite qu'elle est un peu… « indisciplinée ». Elle n'en fait qu'à sa tête.

Indisciplinée ? Ce n'était pas le terme qu'aurait employé Mitchell pour définir une enquiquineuse qui fourrait son nez partout, mais celui d'Anne était plus gentil. Il réprima un sourire. Bettina elle-même le qualifiait souvent d'indiscipliné. Non par rapport à son travail. C'était sa vie privée qui n'était absolument pas structurée… Son père avait épousé une femme qui demandait plus que ce qu'il était capable de donner. Ce n'était pas de sa faute. Elle voulait simplement que la vie de ses enfants fût plus agréable que la sienne. Mais Mitchell avait vu son père renoncer à son rêve de parcourir le monde et s'enliser dans un ennuyeux travail de comptable, jusqu'à ce que son pauvre cœur fatigué finît par lâcher.

Et du jour au lendemain, Mitchell s'était retrouvé chef de famille, héritant de la responsabilité d'une mère qui attendait que l'on s'occupe d'elle et de trois frères et sœur à peine plus jeunes que lui. Il avait assumé, mais s'était promis qu'un jour il serait libre. C'était compter sans Melia. Leur rencontre avait tout changé. Et puis, elle était morte et cela avait été le début de son errance…

— Votre mère semble être mon genre de femme, dit-il finalement, les yeux rivés aux siens.

— Oh, oui, maman dirait que vous êtes parfait.

— Et vous êtes d'accord ?

Elle entr'ouvrit la bouche et s'humecta les lèvres. Entre eux, la tension était toujours palpable.

— Je veux que vous sachiez que jamais je ne tromperais délibérément quelqu'un. Je sais ce qui peut se produire. Mais cette fois, je n'ai pas le choix.

— A cause de votre mère ? Pourquoi ?

Anne fit une petite moue.

— J'imagine que je ferais mieux de tout vous raconter. Ma mère — elle se prénomme Faylene — a eu deux maris. Mon père était le second. Le premier était un raté. Mon père… eh bien, elle tenait mon père pour un homme extraordinaire, capable, si elle le lui avait demandé, de décrocher la lune. Moi aussi.

— Et il ne l'était pas ?

— Disons qu'il a voulu trop en faire. Enseignant de formation, il a ouvert une librairie. Comme elle marchait très bien, il en a acheté une seconde. Toutes deux étaient superbes, pleines de livres merveilleux qu'il adorait. Puis un supermarché s'est implanté à proximité, et vous devinez la suite. La majeure partie de l'héritage de ma mère a servi à rembourser les dettes.

— J'imagine que Faylene n'est pas au courant.

— Elle sait qu'elle a des dettes ; elle ignore simplement l'étendue du désastre.

— Peut-être Faylene en sait-elle plus que vous ne le croyez. Peut-être cherche-t-elle un autre mari.

— J'espère qu'elle en trouvera un. Elle aime être mariée. Ce que je crains, c'est qu'elle n'ait jeté son dévolu sur M. Jacobs. Je vais maintenant avoir deux sujets d'inquiétude, ce week-end… Elle *et* vous. Mener à bien notre plan ne va pas être facile. Bien qu'Alvin Jacobs ait l'air d'un grand-père inoffensif, c'est un homme intelligent et redoutable. Je ne comprends toujours pas comment tout ceci a pu arriver.

— Donc, selon vous, Bettina n'y est pour rien ? Ce n'était pas son idée ?

Elle le regarda, perplexe.

— Certainement pas. Elle n'est même pas au courant. Je ne vous aurais rien dit, mais je tenais à m'assurer que vous ne prendriez pas les choses à la légère.

— Rassurez-vous, je les prends très au sérieux.

Elle ne paraissait pas précisément convaincue.

— J'ai réuni les renseignements qui vous seront nécessaires sous la forme d'une description de poste. Nous aurons tout l'après-midi pour l'étudier. Vous pourrez la feuilleter pendant que nous roulerons, si vous voulez.

Elle lui tendit un mince portfolio de cuir.

— La recherche n'a jamais été mon fort, dit-il. Je préfère que vous me racontiez.

— Très bien. L'auvent est derrière la maison. On y accède par l'extérieur.

Elle coinça le portfolio sous son bras, prit son sac, y fourra clés, lunettes de soleil et téléphone cellulaire, et ouvrit la porte.

— Allons-y.

Mitchell la suivit sous le soleil de plomb. Anne ne portait ni chapeau ni écharpe. Elle devait conduire l'une de ces berlines possédant l'air conditionné et dont les vitres restaient hermétiquement closes. Sans doute n'était-ce pas plus mal, par cette chaleur.

Il se trompait. Sa voiture était une Chrysler blanche décapotable. La capote était baissée.

Mitchell jeta son sac marin sur la banquette arrière. Anne Harris constituait une énigme. A l'en croire, c'était une femme d'affaires ambitieuse qui n'hésitait pas, pour atteindre son objectif, à fournir une description de poste manuscrite. Elle prétendait détester la tromperie, mais elle s'apprêtait à produire un fiancé afin de protéger un être cher.

— Un problème, Mitchell ?

Sous le petit auvent ombragé, l'essence de sa sensualité lui arrivait par vagues.

— Bonne question…

Il fit le tour de la voiture et alla se planter devant elle.

— Supposez que nous ne soyons pas bien assortis — en

tant que couple. Au contraire de vous, qui êtes disciplinée, je suis plutôt du genre rebelle. Nous pourrions connaître des moments difficiles si votre yin est incompatible avec mon yang.

— Je vous demande pardon ?

— Mademoiselle Harris, même un individu comme moi sait que la réussite n'est pas uniquement basée sur une stratégie, mais aussi et surtout sur un bon travail de recherche. Pour mener à bien notre entreprise, nous avons besoin de renseignements auxquels, je serais prêt à le parier, vous n'avez même pas songé…

— Je ne comprends pas, dit-elle en reculant d'un pas.

— Vous ne m'avez même pas demandé si j'étais marié. Je ne le suis pas.

— Pourquoi m'en serais-je inquiétée ? Je vous ai engagé pour un travail précis — comme je l'aurais fait d'un acteur. Votre vie privée n'a aucune importance, que je sache.

— C'est possible, mais nous sommes censés être fiancés. Et donc, amoureux… Si nous voulons être crédibles, je vais devoir vous embrasser, Anne. Juste pour voir. Vous n'êtes même pas obligée de participer. En fait, mieux vaudrait que vous vous en absteniez.

Alors qu'elle allait protester, il posa ses lèvres sur les siennes. Légèrement, d'abord. Puis, convaincu d'avoir son assentiment, avec plus d'insistance.

Ce fut son erreur. Le baiser, en veine d'indépendance, s'anima de lui-même, tout comme ses bras qui l'enlacèrent, la plaquant contre la voiture. Après quelques secondes de résistance, elle capitula et, tremblante, se serra contre lui. Elle avait des lèvres incroyables… Elles étaient pleines et douces, et avaient un goût de fruit, sucré mais teinté d'une saveur acidulée qu'il ne parvenait pas à identifier. Le baiser s'éternisant, il se ferma à toute pensée rationnelle — jusqu'à ce qu'il s'aperçût qu'il n'était plus maître de son corps. Il essaya désespérément de maîtriser la réaction d'une certaine partie de son anatomie. Trop tard.

Finalement, il s'écarta et, le souffle court, la fixa. Elle paraissait aussi abasourdie que lui. Quelque part, il avait menti. A elle, mais aussi à lui-même. Le baiser n'avait rien à voir avec le travail, et ce n'était pas du cinéma : c'était du plaisir à l'état pur. Si c'était une question de compatibilité entre yin et yang, il ferait bien d'avoir une petite conversation avec son yang.

— Très bien, dit-elle au bout d'un moment, d'une voix un peu rauque. Maintenant que vous avez vu, nous voilà débarrassés. Mais entendons-nous bien. Une telle scène ne devra pas se reproduire. A l'avenir, nous n'aurons de contact physique que dans le cadre de notre petite comédie… c'est-à-dire en public.

Mitchell ne put s'empêcher de sourire à cette déclaration. Elle le réprimandait alors que, tout autant que lui, elle avait été gagnée par la magie de l'instant. Quel que fût le plan qu'elle avait en tête, cet air guindé et professionnel cachait une femme ardente qui n'attendait que d'être libérée. Peut-être ne le savait-elle pas encore, mais lui le savait. Deux options s'offraient à lui, en conséquence : s'esquiver ou prendre du bon temps.

Pour le moment, il allait se contenter de laisser faire le destin, et voir comment les choses tournaient.

— J'apprends vite, Anne. Quand nous aurons fait une ou deux fois l'amour, toutes les personnes présentes à ce mariage poseront sur nous des regards d'envie. Vous voulez un week-end fantastique, vous allez en avoir pour votre argent…

— Nous ne ferons *pas* l'amour, Mitchell Dane ! Rien de tout ceci n'est réel.

Il afficha un large sourire.

— Pas encore, mais nous allons y travailler. Dans l'intervalle, et pendant que nous roulerons, vous me raconterez comment nous sommes tombés amoureux l'un de l'autre.

Toujours sous le coup du baiser de Mitchell, Anne chaussa ses lunettes de soleil, mit une casquette, et démarra.

Vingt minutes plus tard, elle s'engageait sur l'autoroute, en direction du nord. Depuis qu'ils avaient quitté Atlanta, elle n'avait pas prononcé un mot, ni regardé son « fiancé ». Elle n'en avait nullement besoin. Le seul fait de le savoir assis à côté d'elle était assez perturbant. Quelles que fussent les raisons qu'il avait de l'aider, Mitchell Dane représentait le fantasme de toute femme. Mais les fantasmes étaient dangereusement troublants. Et, ces cinq dernières années, elle avait passé sa vie à affronter la réalité, et elle seule.

Elle ne comprenait pas l'attitude de cet homme. Au début, il avait paru croire qu'il s'agissait d'une plaisanterie. A présent, il donnait l'impression d'avoir une idée derrière la tête, quelque chose comme une stratégie. Seulement, elle n'était pas certaine que ce plan fût le même que le sien. Pourtant, Mitchell semblait déterminé à satisfaire ses exigences — peut-être même un peu trop. Traiter avec lui aurait été plus facile s'il n'avait pas été aussi… *viril*, et s'il n'y avait pas eu des semaines qu'elle rêvait de lui. Tout, en lui, était synonyme de danger. La façon désinvolte, et cependant totalement contrôlée, qu'il avait de se mouvoir. La manière dont il inclinait légèrement la tête, attendant sa réaction. Quel genre d'homme louait ses services à une agence comme celle de Bettina ?

Le baiser avait été inattendu, bien que logique, si Mitchell avait vraiment l'intention de prendre son rôle au sérieux. M. Jacobs n'était pas stupide, en effet. S'ils ne se montraient pas convaincants, son patron aurait tôt fait de percer à jour sa supercherie, et il n'apprécierait pas ce qu'elle avait fait. Elle-même n'appréciait guère, d'ailleurs, d'être réduite à une telle extrémité. Mais elle y avait été contrainte.

Elle ferait bien d'expliquer à Mitchell qu'elle avait effectivement prévu des contacts physiques, en dressant un inventaire des situations qui appelaient baisers chastes et autres démonstrations d'affection. S'il comprenait cela, il coopérerait. La bonne nouvelle, s'ils parvenaient à se montrer convaincants, c'est qu'elle obtiendrait sa promotion. La mauvaise, c'est qu'elle serait à cran. Le tout était de le contenir — et il fallait pour cela qu'elle-même parvînt à se maîtriser.

Pour le moment, elle se sentait un peu dépassée par les événements. Elle s'était déjà abandonnée au vertige de l'amour, et l'expérience s'était soldée par une catastrophe. Elle ne pouvait se permettre de la réitérer. Pour le moment, elle devait se concentrer non pas sur un regard langoureux, mais sur l'avenir. Se concentrer sur ce qu'elle faisait le mieux : son travail. C'était à la concentration qu'elle devait d'occuper le poste qui était aujourd'hui le sien. Et c'était grâce à cette même concentration qu'elle arriverait au bout des deux prochains jours.

Ils feraient donc bien de s'y mettre sans tarder.

Le problème était qu'elle ne savait pas par où commencer. Son corps semblait résolu à contrecarrer ses pensées. Même ses cuisses la picotaient. « C'est le soleil… », décida-t-elle. Elle se trémoussa sur son siège et tira sur les jambes de son short.

La chaleur ne fit que s'intensifier.

— Vous allez bien ? demanda Mitchell, comme s'il lisait dans ses pensées, et savait être la cause de son agitation.

— Parfaitement bien… Je suis juste un peu sensible au soleil.

— Je peux ôter ma chemise et vous en recouvrir les jambes, proposa-t-il avec un sourire.

— Surtout pas ! Mes collègues croient que nous nous sommes rencontrés à Hawaii, alors que j'y étais en vacances…, poursuivit Anne après quelques secondes de silence.

— Hawaii ?

Il ne s'attendait pas à cela. Il ne s'était pas trompé en ce qui concernait Anne Harris. Bettina connaissait son amour pour les îles. Il ignorait encore si l'arrangement visait réellement l'intérêt d'Anne, ou si c'était une sorte de traquenard destiné à les mettre en présence. Mais en tout cas, sa sœur avait bien choisi.

— Je leur ai dit que nous avions gagné en bateau une petite crique isolée, et que vous aviez demandé ma main sur la plage de la photo…, continua Anne.

— Celle que vous a envoyée Bettina ?

— Oui. Lorsque je l'ai reçue, j'ai dit que c'était moi qui l'avais prise.

Le scénario était à fendre le cœur.

— Et ils vous ont crue ?

La question était stupide. Il allait de soi que ses collègues l'avaient crue. Elle n'était pas le genre de femme dont on doutait.

— Certainement. J'ai pris quelques cours de photo afin de pouvoir en parler. J'essaie toujours de parer à tout. Pour votre gouverne, sachez que je suis très méticuleuse, ajouta-t-elle. C'est la raison pour laquelle j'excelle dans mon travail… et la raison pour laquelle je vais être la première vice-présidente de Bout de chou. J'attends de vous que vous accordiez le même soin aux détails.

Mitchell fit un petit salut moqueur.

— Oui, capitaine. Je fais toujours du bon travail, Annie.

— Ne m'appelez pas Annie ! C'est sérieux !

— L'amour est toujours sérieux, ma*'ano'i pua.*

— Qu'est-ce que ça veut dire ?

— C'est l'équivalent hawaïen pour chérie.

— Où avez-vous appris à parler hawaïen ?

— Quelqu'un me l'a enseigné. Mais je ne connais que quelques mots — les plus intimes.

Il posa la main sur son bras, attirant son attention, puis ajouta :

— Tout va bien. Je vous promets que vous en aurez pour votre argent.

Mitchell défit sa ceinture et se pencha pour écarter une mèche rebelle qui balayait sa joue.

— Ne vous inquiétez pas, Anne, dit-il en la glissant derrière son oreille. Je suis vraiment photographe. Et en y mettant du nôtre, il ne devrait pas être bien difficile de convaincre votre employeur que nous sommes fiancés. Nous pouvons y arriver. Faites-moi confiance. Si vous avez réellement besoin de ce poste pour veiller sur votre mère, je vous aiderai. Je sais ce que le mot « responsabilité » signifie.

Ses doigts remontèrent vers sa joue, et Anne frissonna imperceptiblement.

— Je vous saurais gré d'ôter votre main, Mitchell. Je déteste être distraite quand je suis au volant.

— Excusez-moi… D'ordinaire, je répugne à monter avec une femme qui appuie sur le champignon, mais vous conduisez bien.

— J'ai pris des cours à Atlanta. J'ai même piloté une Formule 3000. La vitesse est l'une de mes passions. J'aime sentir le vent me fouetter le visage. Cela me remet les idées en place.

— Pilote de course, hein ? Je suis là à essayer de nous imaginer mariés, et je découvre que ma future femme est Mario Andretti.

— Femme ?

— Et autre chose, au fait… Je ne m'assiérais pas si loin de ma femme ! Elle ne le tolérerait pas.

— Je ne suis pas votre femme.

— Non, mais j'ai lu que certains acteurs se mettaient dans la peau du personnage des mois avant le premier tour de manivelle.

— Je ne pense pas que j'aspire à être une aussi bonne actrice…, objecta Anne.

— Bien sûr que si.

A l'expression de son visage, Mitchell décida que, malgré ses efforts pour le cacher, elle était troublée. Elle ne comprenait pas encore que ce qui se passait entre eux les avait également affectés.

— Hé, j'ai une idée ! s'exclama-t-il alors. Faisons comme si nous tournions un film. Et distribuons nos rôles. Qui verriez-vous pour interpréter Mitchell Dane ?

— Facile. Richard Gere.

— Richard Gere ? Je ne suis pas d'accord. Je pense que le seul qui conviendrait serait Arnold Schwarzenneger. Vous voulez voir mes muscles ?

Pour fascinante qu'elle fût, cette facette espiègle de Mitchell Dane était autrement moins inquiétante que la caresse de ses doigts sur la peau sensible de ses cuisses.

— Alors, Arnold, à qui donneriez-vous le rôle d'Anne Harris ? demanda Anne.

— Eh bien, il y a Melanie Griffith… Non, elle est trop maigre. Arnold la casserait en deux… Sharon Stone ? Non, trop âgée. Que diriez-vous de Sandra Bullock ?

« Ne me touchez plus », avait-elle envie de crier. Au lieu de quoi, elle lui prit la main et la reposa sur son genou à lui. Même sa paume était chaude au toucher.

— Laquelle a votre préférence ? demanda-t-il.

— Du moins Arnold a-t-il votre couleur de cheveux. Attendu que je ne suis pas filiforme, va pour Sandra Bullock.

C'était celle qu'il aurait choisie. D'immenses yeux sombres et doux, entourés de longs cils, des cheveux noirs et une branche d'orchidée derrière l'oreille.

— Et vous iriez pieds nus, et porteriez un sarong rouge...

Son pied ripa sur l'accélérateur et la voiture fit une embardée.

— Un sarong ? Comment avez-vous su ?

— Su quoi ?

— Que la réception avait pour thème le Pacifique et que le banquet serait un *luau*.

Il ne manquait plus que ça ! En plus de Bettina qui complotait contre lui, les dieux insulaires étaient sur sa piste.

— Je l'ignorais, avoua-t-il. Si j'ai parlé de sarong, c'est uniquement parce qu'à mon avis, ça vous irait à merveille...

— J'en doute. Je n'en ai jamais porté. Outre que je n'ai pas le genre exotique, ma peau ne supporte pas le soleil.

— Forcément, elle ne le voit jamais. Sandra Bullock ne serait jamais couverte comme vous l'êtes.

— Je vous rappelle que les règles, c'est moi qui les édicte, monsieur Dane ! Il s'agit là d'un marché, pas d'une course à l'Oscar. Tout ce que je vous demande c'est de m'aider à convaincre mon patron que vous êtes mon fiancé. Dès que ce sera fait, nous romprons discrètement nos fiançailles et vous pourrez vous en aller.

— Pourquoi attendre six mois ? Enfuyons-nous tout de suite.

— Oh, vous êtes impossible !

Son coup de frein délibéré projeta Mitchell en avant.

— Un peu plus et vous vous écrasiez contre le pare-brise, fit-elle remarquer. Un accident étant vite arrivé, je ne saurais trop vous conseiller de boucler votre ceinture.

— O.K., O.K., dit-il en obéissant. Nous attendrons que j'aie terminé ma mission, et ensuite, nous nous envolerons pour les mers du Sud. Je vous emmènerai à un véritable *luau* et vous prendrai en photo sur la plage au coucher du soleil.

— Vous êtes vraiment photographe ?

— Oui.

— En ce cas, pourquoi jouez-vous les mannequins pour Bettina ?

Il aurait pu lui dire la vérité, mais il s'amusait trop.

— C'est un service que je lui rends. Bettina est une femme très convaincante. Je ne peux jamais rien lui refuser.

— C'est un euphémisme, acquiesça Anne. Parlez-moi de votre travail. Quel genre de photos faites-vous ?

— Cela va de l'art calendaire à la forêt tropicale. J'immortalise ce qui frappe mon imagination. Hawaii vous a-t-il plu, Anne ?

— Non. Tout y était trop cher. Je crains de n'avoir pratiquement pas quitté ma chambre.

Il s'esclaffa.

— Vous plaisantez ! N'importe quelle autre femme se serait installée sur la plage ou au bord de la piscine pour se dorer au soleil et draguer.

— Je vous l'ai dit, je suis allergique au soleil, et « draguer » ne m'intéressait pas.

Elle ne pouvait pas lui dire qu'elle avait espéré que Philip l'accompagnerait. Et que cela aurait dû être leur voyage de noces. Elle avait perdu Philip et son emploi, pour découvrir ensuite que leurs billets n'étaient pas remboursables. Jamais elle ne s'était sentie plus seule qu'à Hawaii.

— Annie, vous n'espérez tout de même pas que je vais croire qu'une femme aussi superbe que vous est restée dans sa chambre à compter ses sous ! Il est clair que je vais devoir vous apprendre les comportements amoureux. Je parie que vous n'avez même pas acheté de sarong !

La gorge serrée, Anne ne répondit pas. Elle avait acheté un sarong. Rouge. Et elle ne l'avait simplement jamais porté. Il était soigneusement plié au fond de sa valise, pour le *luau* que M. Jacobs avait prévu, après la répétition de la cérémonie de mariage.

Elle se sentait de plus en plus mal à l'aise.

— Entendons-nous bien, Mitchell…, balbutia-t-elle. Nous sommes seuls. Alors, inutile de me parler comme le ferait un amant. Et vous n'avez pas été engagé pour m'enseigner quoi que ce soit. L'élève, ici, c'est vous. Si vous êtes incapable de le comprendre, rentrez chez vous ! Je trouverai une excuse à votre défection. Ne vous inquiétez pas : vous serez payé, de toute façon.

Mitchell s'aperçut subitement qu'il n'avait aucune envie de rentrer chez lui. Le week-end s'annonçait bien. Outre que Anne Harris lui plaisait, il la respectait. Mais il l'avait involontairement effrayée. Il n'imaginait pas que ses taquineries la troubleraient à ce point.

— Je vous promets que je vais être le fiancé dont vous avez besoin, dit-il. Vous ne serez pas déçue, Anne. Je vous en fais le serment.

Anne ne fut guère rassurée par cette réponse, mais il était trop tard pour changer de fiancé.

— Très bien. Revenons-en à votre passé… Nous devons nous mettre d'accord sur le reportage qui vous a tenu six mois éloigné de moi.

— Eh bien, j'ai accompagné une mission scientifique internationale au Mexique pour photographier des ruines mayas. Nous avons sillonné le Yucatan pendant presque six mois.

— Parfait, acquiesça Anne, attentive aux panneaux indicateurs.

Ils devaient approcher de la sortie du lac Lanier, à présent.

— Nous dirons que vous avez rallié le Mexique sitôt après votre retour d'Afrique du Sud, enchaîna-t-elle. De la sorte, si quelqu'un vous pose des questions, vous n'aurez qu'à parler de ce que vous avez réellement fait. Il vaut toujours mieux coller le plus possible à la vérité.

— Est-ce que nous nous téléphonons régulièrement ?

— Non. Je veux dire… Vous appelez la plupart du temps en PCV, et je dois surveiller mes dépenses.

— Annie, tous les frais d'un photographe sont payés par son employeur. Je n'ai pas à me soucier de ça.

— Eh bien, cette fois, si. Je suis l'employeur, et notre budget est limité.

Dommage que sa mère n'eût pas d'employeur, songea-t-elle. Mais il n'en existait aucun, sur tout le continent nord-américain, qui serait capable de payer à la veuve dépensière qu'était Faylene le salaire qui lui permettrait de vivre.

— Appelez-vous souvent les personnes qui vous sont chères ? demanda-t-elle.

— Non. Mon père est mort alors que j'étais encore au lycée. Il s'est tué à la tâche. Ma mère est décédée six ans plus tard.

— Où avez-vous appris votre métier ?

— Sur le tas. J'avais un petit boulot d'appoint chez un photographe. A la mort de mon père, j'ai demandé à le transformer en emploi à plein temps.

— Vous avez arrêté vos études ?

— Non. J'allais au studio après les cours. Je travaillais le soir et les week-ends.

— Quel âge aviez-vous ?

— Quatorze ans. Mais j'étais très mûr. Qu'en est-il de votre famille ?

— Mes deux sœurs sont mariées et, à elles deux, m'ont donné cinq neveux et nièces. Nous n'avons plus grand-chose en commun, à supposer que cela ait jamais été le cas. Elles ont un mari et des enfants. Moi, j'ai Faylene et mon travail.

Elle doubla un 4x4, ignora le coup de Klaxon amical du conducteur, et reprit sa vitesse de croisière. Ses sœurs étaient mariées. La sœur et les frères de Mitchell étaient célibataires. Compte tenu de son passé, cela signifiait probablement que mariage et enfants ne l'intéressaient pas non plus. Ils avaient davantage de choses en commun qu'elle ne s'y attendait. La vie de Mitchell avait été bouleversée par la mort de son père. La sienne aussi.

Sans qu'elle sût pourquoi, cette similitude la contrariait. Tant qu'elle ne voyait en lui qu'un célibataire qui louait ses services, elle n'avait pas à le considérer comme une véritable personne, avec de vraies phobies — telles que la crainte de s'engager. C'était ce qu'il avait fait. Il s'était engagé à aider les siens. Pour ce qui la concernait, elle n'envisageait pas de se marier, pas même dans un avenir lointain. En revanche, son cœur se serrait à l'idée de ne jamais être mère. Elle adorait les enfants. C'était d'ailleurs la raison pour laquelle elle rendait si rarement visite à ses sœurs. Elle leur enviait leurs enfants.

— Votre mère et votre travail..., reprit Mitchell avec sérieux. J'aurais pensé que votre patron apprécierait un tel dévouement. Il n'en demeure pas moins que l'on devrait être jugé sur son travail, non sur son statut marital.

— J'aimerais bien. Ne vous méprenez pas, cela dit. M. Jacobs, mon patron, est un homme adorable, mais il n'accorde sa confiance qu'aux employés ayant charge de famille.

— N'est-ce pas illégal ?

— Il n'enfreint pas la loi. Le statut marital n'est même pas mentionné sur le formulaire d'embauche. Après tout, il m'a engagée et je ne suis pas mariée. C'est un homme charmant qui se soucie réellement du bien-être de son personnel, mais, à l'instar de ma mère, il croit dur comme fer que le mariage et des enfants apportent maturité, stabilité et toutes sortes de joies. Et d'aucuns prétendent qu'il est difficile d'obtenir une promotion si l'on est célibataire. D'où votre présence.

— Je comprends pourquoi l'agence de Bettina vous est apparue comme étant la solution à vos problèmes. Si c'est important pour vous, sachez que j'aime les enfants. J'aime également travailler avec eux. Sans doute parce que, en règle générale, les enfants sont naturellement bons et purs, pas encore contaminés par les adultes. Et ils sont coriaces. Même quand la vie leur joue des tours, ils continuent de sourire. Il m'arrive parfois de penser que le monde se porterait mieux si nous en confiions les rênes aux enfants et livrions les parents à la rue.

Anne fronça les sourcils.

— Quel cynisme ! Avez-vous jamais été marié, Mitchell ?

— Non. J'ai bien failli une fois, mais… cela ne s'est pas fait. Et vous ?

Elle eut un petit rire cassant.

— Moi ? Non. J'ai bien failli une fois, mais, comme pour vous, cela ne s'est pas fait. Je… je ne suis simplement pas très douée pour les relations — durables ou non. Je préfère ma calculatrice et mes bilans. Ils sont ce qu'ils sont. Ils ne mentent pas et ne se servent pas de vous.

« Voilà qui en dit long ! » songea Mitchell. Le passé de Mlle Harris la poussait à se tourner vers les chiffres et les machines. Elle puisait assez de satisfactions dans son travail pour fuir toute relation avec un homme de chair et de sang, et pourtant elle engageait un fiancé fictif. Elle le sidérait ! Il l'avait embrassée, et ce baiser lui avait appris que c'était une femme passionnée. Sa déclaration catégorique selon laquelle elle ne voulait pas d'homme dans sa vie sonnait faux.

— Et votre mère ? Que fait-elle quand elle n'est pas en train de compter les doigts des chats Hemingway ?

— Elle chasse le mari. Pour elle-même *et* pour les autres. Prenez garde. Si elle vient au mariage, il est probable qu'elle n'aura de cesse que notre relation devienne permanente. Elle a une vocation de marieuse.

Mitchell sourit.

— Laissez-la essayer. Nous nous protégerons mutuellement. Imaginez que nous les convainquions, ce vieil Alvin et elle, que nous sommes éperdument amoureux l'un de l'autre ?

— Mais nous ne le sommes pas !

— En ce cas, que nous nous vautrons dans la luxure... C'est assez proche.

— A condition que vous compreniez que c'est pour rire.

— Parlez pour vous, Anne Harris. Je me charge de parler pour Mitchell Dane.

— Mais Mitchell Dane n'est pas réel, lui rappela-t-elle, presque avec nostalgie. Ce n'est qu'un fantasme — comme Bettina qui refuse de révéler son nom de famille...

Bettina ne le donnait jamais, en effet. Etre connue sous le seul prénom de Bettina ajoutait une certaine touche bien dans l'esprit de son entreprise.

— Il va être réel, le temps du week-end, promit Mitchell. Et il sait ce qu'il veut.

C'était simple : il la voulait, *elle*.

- 4 -

— Que sommes-nous venus faire ici ? s'enquit Mitchell quand, après avoir quitté l'autoroute, Anne arrêta le cabriolet sur le parking d'une grande surface.

— Des courses. A moins que vous ne vouliez répéter l'estomac vide… Vous m'accompagnez, ou vous m'attendez là ? demanda-t-elle en ouvrant la portière.

— Je pense que je vais vous accompagner. Outre que cela contribuera à créer des liens entre nous, mon aide vous sera peut-être précieuse.

— Pourquoi ? Vous avez peur que je ne sache pas cuisiner ?

Anne fourra les clés dans son sac, sortit de la voiture, et se dirigea d'un pas vif vers l'entrée du magasin. A l'intérieur, elle prit un Caddie et le poussa en direction du rayon des produits frais, y jetant salade, tomates et fruits.

— Absolument pas, répondit Mitchell en trottinant derrière elle. D'après moi, quand vous n'êtes pas certaine de bien faire quelque chose, vous vous abstenez. Mais où est votre liste ?

— Ma liste ?

— Une femme qui emporte dans une mallette le plan de son week-end romantique fait probablement une liste de courses, non ?

Cela la fit s'arrêter net. Elle avait bien une liste, mais il n'y était pas question de provisions. Et elle était loin d'être aussi organisée qu'il le croyait.

— Eh bien, en temps normal, je dresse effectivement une liste… Aujourd'hui, néanmoins, j'ai estimé que c'était inutile. Faites-vous une liste, vous ?

— Non. Pour être franc, être à ce point raisonnable doit être ennuyeux à mourir. J'achète ce qui me fait envie. Comme cette grenade, dit-il, la soumettant à son approbation. Le fruit des dieux de l'Olympe… Vous n'improvisez jamais, n'est-ce pas ?

Elle tiqua à cette remarque. Outre qu'elle était un peu trop proche de la vérité, elle laissait entendre qu'elle était incapable de spontanéité. Or, c'était faux.

— Je ne peux pas me le permettre, rétorqua-t-elle d'un ton cassant. J'ai des responsabilités.

— Nous en avons tous, Annie. Et nous les assumons tous différemment. Il se trouve que j'ai le goût du risque… maintenant.

Elle avait du mal à croire que tel n'avait pas toujours été le cas.

— Je parie que vous faites de la moto et de l'escalade.

— J'ai escaladé un ou deux sommets. Parfois, la vue que l'on a de là-haut vaut le risque encouru. Parfois, non. Qu'en est-il des ascensions que vous avez faites ? Valaient-elles le coup ?

— J'ai dû travailler dur pour arriver où je suis. Le sommet de ma montagne ? Je n'y suis pas encore, mais prendre un risque pour obtenir ce que je veux ne m'effraie pas. A part ça, je m'efforce de faire en sorte que ma vie soit aussi ordonnée que possible. Je ne peux tout simplement pas courir le monde comme vous. Je dois rester concentrée.

Il ouvrit la bouche pour protester, mais se ravisa. Elle avait raison, après tout. Il était un éternel nomade, évitant tout ce qui était synonyme de permanence.

— Eh bien, dit-il, il faut reconnaître que le statu quo a du bon. C'est confortable, rassurant… Une fois que vous avez fait de votre vie ce que vous vouliez qu'elle soit, vous n'avez plus qu'à vous laisser porter. J'ai regardé mon père faire ça. Je m'y suis même essayé, à une époque. Mais c'est terminé.

— Mener une vie aussi excitante doit être agréable.

— Je suppose. Mais même ça finit par lasser. A force de se réveiller dans un lit étranger, on ne sait plus trop où l'on est. Il faut se montrer prudent avec les défis. Ils vous procurent du plaisir, mais quelquefois je me demande…

— Oui, que vous demandez-vous ?

En cette minute, il se demandait ce qu'il faisait là… pourquoi il avait l'impression d'avoir la peau à vif… pourquoi il lui semblait naturel de prendre sa main… Ses doigts graciles étaient légers, contre sa paume.

— Je m'interroge sur votre bague. Est-ce moi qui vous l'ai offerte ?

Elle baissa les yeux et fit un signe d'assentiment.

— Attendu que j'étais censée être fiancée, elle… elle m'a paru appropriée.

Il prit la monture entre le pouce et l'index et l'examina.

— Elle est très simple. J'aurais pu la choisir.

— C'est du toc, dit-elle avant de se dégager et de reprendre son Caddie.

Tandis qu'elle s'éloignait, il regarda autour de lui. Anne et lui étaient le seul couple. Il avait toujours considéré les courses comme une corvée, mais les faire en compagnie d'Anne rendait l'exercice incroyablement stimulant. Il se dépêcha de la rejoindre.

— Et maintenant ? questionna-t-il en même temps qu'il agrippait la barre du Caddie. Où allons-nous ?

Elle s'immobilisa et croisa les bras sur sa poitrine.

— Au rayon traiteur.

— C'est comme si nous y étions ! dit-il en se remettant en marche.

Elle ne bougea pas.

Il se retourna, avisa à quelques mètres une cliente qui musardait, et dit :

— Viens, chérie, il ne faut pas traîner ! Les enfants sont affamés.

Anne tressaillit.

— Ne plaisantez pas, Mitchell, l'admonesta-t-elle à voix basse. Nous faisons seulement mine d'être fiancés. Il n'y a pas d'enfants. Et nous ne sommes pas mariés.

— Dommage. Nous aurions de magnifiques bébés.

Elle inspira profondément et se dirigea vers le comptoir vitré où elle prit jambon, fromage, plusieurs canettes de soda light, pain et chips.

Dix minutes plus tard, leurs achats réglés, ils reprenaient la route.

Elle avait cru que la halte au supermarché dissiperait la tension, croissante, qui s'était installée entre eux. Elle s'était trompée. Des enfants ? Elle essaya d'imaginer ce que ce serait d'avoir des enfants de cet homme. Avec la logique qui la caractérisait et la créativité de Mitchell, leur progéniture ne pourrait être qu'extraordinaire. Elle se demanda à quoi il pensait et lui coula un regard à la dérobée.

Il avait les yeux rivés sur la route, mais, à son expression fermée, il était clair qu'il avait l'esprit ailleurs.

— Dans la réalité, nous ne nous serions probablement jamais rencontrés, dit-il. Pour ce qui est d'être mariés, j'ai l'impression que nous pensons la même chose. Mais allez savoir pourquoi, je doute que M. Jacobs approuve que nous vivions dans le péché.

Tant son père que Philip étaient des hommes hermétiques à la plaisanterie. Elle n'avait pas souvenir qu'aucun d'eux l'eût jamais taquinée. Etrangement, elle trouvait ce genre de badinage, nouveau pour elle, très excitant.

— Vous avez raison, dit-elle à contrecœur. Nous ne pouvons pas vivre dans le péché. Ni vivre ensemble du tout. En fait, dès que j'aurai obtenu ma promotion, nous devrons rompre nos fiançailles. Avec un peu de chance, je n'aurai plus à produire de fiancé.

— Vous n'avez pas l'intention de vous marier un jour ? s'enquit-il, soudain sérieux.

— Non.

— Pourquoi ? Une femme peut travailler *et* avoir un mari et des enfants.

— Je sais. Ma mère l'a fait. Elle n'arrête pas de me tanner pour que je suive son exemple, mais il n'en est pas question.

— Pourquoi ? Regrette-t-elle de vous avoir eues, vos sœurs et vous ?

Anne ne put cacher sa surprise à cette question.

— Si elle regrette… ? Non, je ne pense pas. A l'entendre, sa vie a été formidable.

— Alors, pourquoi ?

— Parce qu'elle a donné une partie d'elle-même à chacun de ses maris, persuadée qu'il s'occuperait d'elle, et qu'aujourd'hui elle est seule. Je… je ne veux pas finir comme elle et devoir, à soixante ans, me chercher un homme qui prenne soin de moi. Le sexe n'en vaut pas la peine.

— Le sexe seul, non, mais que diriez-vous d'avoir un compagnon avec qui échanger des idées et sortir ? Quelqu'un qui vous aimerait vraiment ?

— Est-ce ce que vous envisagez pour vous ?

— Avec le planning que j'ai ? Aucune femme ne supporterait mes absences répétées.

— Vous pourriez l'aménager.

— Et prendre un travail de bureau ? Sûrement pas. Je deviendrais fou.

— Avez-vous jamais aimé une femme, Mitchell ?

— J'aime ma sœur, mais elle n'a plus besoin de moi à présent. J'ai aimé ma mère, mais, accablée par la vie, elle a fini par baisser les bras. A la fin, j'ai dû me résoudre à la mettre dans une maison de retraite… Mais parlons de choses plus gaies… Ce chalet que l'on vous a prêté possède-t-il un bateau ?

— Je l'ignore. Attendu que je fuis le soleil comme la peste, il y a un certain temps que je n'y suis pas allée. Pourquoi cette question ?

— Je ne sais pas, Annie. Appelez ça du sentimentalisme. Ou de la nostalgie. Puisque c'est en voilier que nous avons rallié la crique où je vous ai demandé de m'épouser, je me disais qu'une virée sur le lac pourrait nous remettre dans l'ambiance, et donc nous aider à rendre notre supercherie plus convaincante.

— L'ambiance ? Nous jouons la comédie, vous vous rappelez ? Vous ne m'avez pas demandée en mariage… Tout ce scénario n'est qu'invention de ma part.

— Je sais, et j'avoue ne pas comprendre ce qui a pu vous pousser à inventer une telle histoire. Si vous aviez besoin d'un fiancé, n'aurait-il pas été plus simple de vous trouver un homme, un vrai, plutôt qu'une photographie ?

— Je vous l'ai dit. Je ne veux pas d'un homme de chair et de sang.

— Eh bien, vous en avez pourtant un. J'ai juste un peu de mal à entrer dans la peau de mon personnage. Il est difficile de faire mine d'être intime avec une femme qui refuse de jouer le jeu. Je ne fais pas les choses à moitié. Si nous voulons être des fiancés crédibles, je pense qu'il serait temps que nous prenions notre rôle au sérieux. En commençant, ajouta-t-il avec un large sourire, par la nuit où je vous ai emmenée dans cette crique et où je vous demandée en mariage… Vous vous souvenez ?

— Comment pourrais-je me souvenir d'un événement qui n'a jamais eu lieu ? De toute façon, nous ne quitterons le chalet que pour nous rendre à la réception. Il s'agit d'un cours d'entraînement, pas de comédie. Ne comprenez-vous pas ? Ce sera comme à l'école, et je vous paie pour avoir de bonnes notes.

— Et telle est mon intention ! J'espère bien être le chouchou du professeur. Les chouchous ne sont-ils pas récompensés ?

Une fois au chalet, Anne sortit de la voiture, mit son sac en bandoulière, et alla ouvrir le coffre. Elle était comme étourdie, et elle savait que le soleil n'était pour rien dans l'accélération de son rythme cardiaque.

— Je n'ai besoin que de mon attaché-case, dit-elle d'un ton cassant quand Mitchell, qui l'avait rejointe, voulut prendre le plus grand de ses deux sacs. Et des provisions.

Mitchell recula, paumes en l'air.

— Très bien. Ma maman m'a appris à être poli et à aider les dames, mais si vous tenez à vous débrouiller seule, cela ne me gêne pas.

Il prit son sac marin et attendit.

Anne regrettait déjà ses velléités d'indépendance. Maintenant, elle allait devoir porter son attaché-case et deux pochons remplis de provisions, descendre le sentier accidenté qui menait à la porte du chalet, et l'ouvrir en tâchant de ne pas s'étaler les quatre fers en l'air. Elle ferma les yeux et prit une profonde inspiration. Pourquoi cet homme lui donnait-il l'impression d'être une écolière timide et maladroite ? Cela aurait dû être facile… Tout ce qu'elle avait à faire, c'était se souvenir que Mitchell Dane était son employé. Que ceci était un stage d'entraînement. N'en avait-elle pas organisé des dizaines ?

Sauf que ces séances s'étaient déroulées dans un bureau, et qu'elle n'avait pas eu, six mois durant, la photo du stagiaire devant les yeux. Cet homme lui avait soi-disant envoyé des cadeaux et des fleurs. Il lui avait même téléphoné à plusieurs reprises. Mais Mitchell Dane n'était pas vraiment son fiancé. Il ne l'avait jamais appelée, et il ignorait quelles fleurs elle aimait. Son soupirant fantôme se heurtait à la réalité, et elle était ébranlée par l'onde de choc.

— Allez-y, dit-elle finalement à Mitchell. Je vous suis.

« Reprends-toi ! », s'intima-t-elle. Elle coinça la mallette sous son bras et, les sacs de provisions dans les mains, elle entama la descente du sentier derrière Mitchell.

« Reprends-toi, Anne. » Plus facile à dire qu'à faire. Avoir un postérieur aussi attirant devrait être interdit par la loi. A la vision, quelque peu déstabilisante, du côté pile de Mitchell, s'ajoutait l'impraticabilité du sentier. Voulant jouer les paysagistes, le propriétaire du chalet l'avait parsemé de petits galets bruns — certains pointus, d'autres lisses — qui rendaient la prise de pied malaisée.

Anne allongea le pas, marcha sur une pierre qui s'était détachée, et poussa un cri.

Mitchell se retourna. L'instant d'après, elle le percutait, l'envoyant à terre, et retombait sur lui.

Il n'émit pas un son.

— Mitchell !

Elle se souleva légèrement et le regarda. Il avait les paupières closes.

— Bon sang !

L'avait-elle assommé ?

— Réveillez-vous !

— Je vais dire à tout le monde que vous m'avez frappé, gémit-il.

Il cligna des yeux puis les referma.

— Ouvrez les yeux, Mitchell, ordonna-t-elle en le secouant. Arrêtez de me faire marcher.

La nuque confortablement appuyée sur un tapis de mousse, Mitchell obéit.

— J'ai tout de même bien le droit de jouer, non ? dit-il avec un large sourire. Jouez avec moi, Annie — juste le temps du week-end... Lundi, vous retournerez à vos occupations de jeune cadre dynamique, et moi, je retrouverai mes appareils photo.

Elle sentait la chaleur de son souffle sur son oreille, le battement de son cœur contre ses côtes. Jouer avec Mitchell Dane constituait un incroyable fantasme, de ceux qu'elle entretenait chaque fois qu'elle regardait sa photo. Elle sentit son corps se tendre sous le sien, et se raidit.

— Jouer avec vous m'est impossible, Mitchell. Même si j'en avais envie. Nous ne pouvons pas être amants... J'aurais trop peur.

— Anne peut-être, mais pas mon Annie.

— Mais je ne suis pas votre Annie !

— Vous pourriez l'être. Si M. Jacobs est aussi malin que vous le dites, il flairera la vérité. Laissez-moi vous aider, Annie.

Sa proposition était assurément alléchante. Qu'avait-elle à perdre ? Rien. Elle avait même tout à gagner, et si elle s'autorisait cette petite fantaisie, qui le saurait ? Elle pouvait être Annie et feindre d'être amoureuse de Mitchell Dane le temps d'un week-end. A condition qu'il comprît bien que cela ne durerait pas.

Tout ce qu'elle avait à faire, c'était de garder le contrôle de l'attirance irrésistible qu'elle éprouvait pour lui.

— Je ne sais pas..., répondit-elle. Attendons de voir comment va se passer l'après-midi, Mitchell. Ensuite, j'aviserai.

— Vous êtes très belle,*'ano'i*, murmura-t-il en l'enlaçant. Ce week-end sera inoubliable. Laissez-vous simplement aller.

— Je préférerais, lorsque nous sommes seuls, que vous évitiez de m'appeler ainsi, protesta-t-elle avant qu'il ne s'empare de ses lèvres.

L'espace de quelques secondes, elle s'abandonna au délicieux frisson du désir.

Et puis, brusquement, elle s'écarta et se mit debout. Il l'imita aussitôt. Ses provisions ramassées, elle resta un long moment à le dévisager.

— Vous êtes un homme séduisant, Mitchell Dane. Jouer les amants est très tentant, et je suis disposée à me prêter au jeu en public. Mais je n'ai pas de temps à consacrer à une aventure. Ma vie est déjà assez compliquée… Trop de choses pourraient mal tourner.

Là-dessus, elle tourna les talons.

« L'une d'elles, et non des moindres, serait que je m'éprenne de vous. »

Le chalet était petit mais confortable. Les murs, recouverts de pin, étaient mis en valeur par l'imprimé jaune vif de deux canapés disposés de part et d'autre d'une cheminée de pierre. Anne adorait l'atmosphère chaleureuse qui se dégageait des lieux.

Posant provisions et mallette sur le comptoir, elle alla ouvrir les portes-fenêtres. Une terrasse surplombait le lac et le ponton.

— Un ponton ! s'exclama Mitchell dans son dos. Il doit y avoir un bateau ! Allons voir…

— Il n'y a pas de bateau, rétorqua-t-elle, espérant qu'il ne remarquerait pas le mât au-dessus de la cime des arbres, à l'extrémité du ponton. Nous n'avons pas vraiment le temps de nous amuser, Mitchell… Nous devons répéter notre histoire.

— Annie, une promenade sur le lac m'occupera les mains. Si nous restons ici, je vais devoir vous toucher de nouveau. A vous de choisir.

Puisqu'il formulait les choses ainsi, il n'y avait pas à hésiter.

— Vous avez apporté un maillot de bain ?

— Bien sûr… Je vais jeter un coup d'œil au bateau, ajouta-t-il en sortant sur la terrasse.

— Entendu.

Elle le regarda s'éloigner. Son maillot se trouvait dans sa valise. Après un rapide aller-retour à la voiture, elle l'enfila. Elle commettait une erreur, et elle le savait. Mais il était plus simple de tomber d'accord avec Mitchell Dane que de discuter avec lui. Elle jeta une serviette sur son épaule et se dirigea vers la cuisine. Dans le cellier, elle trouva une petite glacière dans laquelle elle mit plusieurs canettes de jus de fruits. Elle les recouvrait d'un plateau de glace prise dans le réfrigérateur quand elle entendit la porte-fenêtre s'ouvrir.

— Le bateau est en parfait état ! cria-t-il. Je vais me mettre en maillot.

Elle essaya de chasser la vision de son corps dénudé et se concentra sur la préparation de sandwichs, qu'elle enveloppa dans du papier alu. Elle y ajouta pommes, raisin, bananes et fromage, et rangea le tout dans la glacière.

Enfin, elle chaussa ses lunettes de soleil, se coiffa d'un chapeau de paille de jardin accroché à la patère de l'entrée, et prit la direction de la terrasse, la glacière à bout de bras.

— Donnez-moi ça, dit Mitchell, qui l'avait rejointe, en s'en emparant. Du moins… si vous n'avez pas peur que cela jette un doute sur vos capacités physiques !

Elle lâcha la poignée, se retourna et retint son souffle. Le maillot de bain de son « fiancé » était un short, le même que celui qu'il portait sur la photo. Seulement, ce n'était plus une photographie qu'elle avait devant les yeux… Dans la lumière du soleil, le regard bleu rivé au sien était bien réel. Voir l'homme de ses fantasmes prendre vie était confondant.

Et cet homme l'avait embrassée. Il était probable d'ailleurs qu'il avait embrassé des centaines de femmes. Des centaines de femmes qui devaient savoir qu'un baiser n'avait pas grande signification. Mais Anne Harris n'avait jamais été du genre à donner dans la désinvolture. Quoi qu'elle fasse, elle le faisait avec intensité. En ce moment, elle avait l'impression d'être sur les pentes d'un volcan en éruption, sans océan à proximité pour refroidir le feu.

— Prête ?

— Bien sûr, parvint-elle à répondre.

S'il lui était resté un brin de jugeote, elle aurait annulé cette sortie ridicule et imposé à son « fiancé » de travailler à l'intérieur. Au lieu de quoi, elle fit descendre son regard vers les bords effilochés de son short. Une pensée lui traversa l'esprit : Mitchell était aussi beau côté face que côté pile…

Il avait eu raison sur un point : un bateau ferait une bien meilleure salle de classe que le chalet. Du moins le pensa-t-elle jusqu'à ce qu'elle vît l'embarcation. Elle n'y connaissait pas grand-chose en matière de voiliers, mais celui-ci était minuscule. Partager un espace aussi restreint avec Mitchell Dane allait être dangereusement intime.

Mitchell regarda le bateau puis se retourna vers elle.

Il souriait.

- 5 -

Après qu'elle eut brièvement, et sans succès, essayé de s'imaginer au siège de Bout de chou derrière son bureau — n'importe où sauf sur ce bateau exigu ! —, le soleil et le clapotis de l'eau contre la coque eurent raison de la vigilance d'Anne. Elle ferma les yeux et céda à la beauté de la journée. Mitchell lui avait demandé si elle était déjà venue ici. Oui, mais pas depuis l'université. Elle travaillait trop pour cela. Du temps libre ? Elle ne s'accordait que quelques heures par-ci par-là, jamais un après-midi entier… jusqu'à aujourd'hui. Finalement, elle décida de faire quelque chose qu'elle ne s'autorisait jamais : rien.

Cela ne marcha pas. Le manque d'habitude, sans doute. Dans l'incapacité de se détendre, Anne songea à Hawaii. Elle n'avait pas apprécié son séjour, mais cela n'avait pas été à cause de ce qu'il lui avait coûté. En fait, elle aurait fort bien pu profiter de la mer et de la plage. La vérité, c'est qu'elle avait été trop furieuse et trop blessée dans ses sentiments — sans parler de son amour-propre ! — pour quitter l'hôtel. Philip aurait dû être avec elle. Au lieu de quoi, il lui avait volé son idée et s'en était servi pour décrocher un nouveau poste au Texas. Comme il lui avait « généreusement » laissé les billets d'avion et le récépissé de réservation de leur suite nuptiale, elle avait décidé de les utiliser. Après tout, le voyage était payé, et il n'était pas remboursable. Elle avait donné sa démission et s'était rendue seule à Hawaii. Même Faylene ignorait qu'elle avait été abandonnée au pied de l'autel. Encore qu'elle dût s'en douter…

Le claquement de la voile la ramena au présent et à cet homme qui n'avait pas caché avoir envie d'une aventure. Puisque, pour son employeur, ils étaient amants, il ne voyait pas pourquoi ils ne le deviendraient pas. Anne ne put réprimer un frisson. Force lui était d'admettre qu'il l'excitait. Il lui rappelait que, même si elle refusait toute idée d'une relation, faire l'amour lui manquait.

Elle avait fait une croix sur cette partie de sa vie jusqu'à ce que Bettina lui envoyât la photo de Mitchell. Elle y avait alors souvent pensé — beaucoup trop souvent ! Aujourd'hui, l'objet de ses pensées était assis en face d'elle. Mais faire l'amour avec Mitchell Dane était interdit. Pour grande que fût la tentation, elle ne s'y aventurerait pas. Mitchell était bien plus que ce qu'il avait reconnu être. Il parcourait le monde, mais il avait secrètement veillé sur sa mère, et ce jusqu'à sa mort. Il avait aidé sa sœur. Et, à la façon dont il en parlait, il était manifeste que le sort des enfants perdus de la planète lui tenait à cœur. Elle respectait cela. Respect et attirance formaient une dangereuse combinaison. Deux jours d'intimité avec un homme qui mettait sa maîtrise de soi en péril étaient un risque qu'elle ne pouvait guère se permettre de courir.

Le voilier virant de bord et ralentissant, elle ouvrit les yeux. Mitchell descendait la voile et guidait le bateau vers le rivage.

— Je croyais que vous dormiez.

— Je réfléchissais… Pourquoi vous arrêtez-vous ?

— Il m'a semblé que cette crique serait idéale pour répéter.

Quand elle vit l'endroit qu'il avait choisi, elle crut qu'elle allait s'évanouir. Ce n'était pas la plage de la photo, mais avec les rochers gris qui la bordaient, elle y ressemblait fort.

— Par ailleurs, j'ai une faim de loup.

— Très bien, bredouilla Anne, espérant que la voracité qu'elle lisait dans son regard se limiterait aux seuls sandwichs.

— Détendez-vous, Annie, dit-il en sautant sur le sable et en lui tendant la main. Nous irons doucement. Je me rends compte que c'est difficile, pour vous. Vous m'avez engagé pour un travail précis, et je ne vous facilite pas les choses.

— Merci de votre compréhension, Mitchell, dit-elle en acceptant la main offerte. Croyez bien que j'apprécie.

— Oh, j'ai simplement dit que je ferai mon travail ! poursuivit-il en s'emparant de la glacière. Je n'ai pas dit que j'étais d'accord avec votre plan, ni même qu'il me plaisait. Pour être franc, j'ai des doutes quant au résultat. C'est comme lire un bouquin sur le sexe et s'exercer avec une poupée gonflable. A mon avis, la seule manière de régler votre problème, c'est la pratique.

« La pratique ? » Elle ne voulait même pas y penser…

— Mais c'est vous qui décidez, enchaîna-t-il. A propos, avez-vous pris une couverture ?

— Une couverture ? Certainement pas ! Nous sommes là pour travailler, Mitchell, pas pour nous livrer à une orgie.

— Pour nous asseoir, Annie. Relax ! Nous sommes toujours dans la réalité, encore que le fantasme aurait été beaucoup plus drôle.

— Oh… Désolée, je ne suis pas aussi organisée que je le croyais. Ne pouvons-nous pique-niquer sur le bateau ?

— L'eau est trop agitée. Aucune importance… Ces rochers devraient faire l'affaire.

Il choisit une grande pierre plate, et y posa la glacière.

— Vous voulez vous charger de nous servir ? interrogea-t-il en l'ouvrant.

— Non, allez-y.

Anne avait l'impression d'avoir les pieds soudés au sol. Elle hocha la tête, s'obligea à aller de l'autre côté de leur table improvisée, ôta son chapeau, et regarda Mitchell sortir les canettes de jus de fruits. Il en ouvrit une, la lui tendit, puis en prit une autre pour lui.

— De nos jours, si vous avez de l'argent, vous pouvez vous procurer ces boissons n'importe où dans le monde, dit-il après en avoir bu une gorgée. Mais sans glace, le goût n'est pas le même.

Il s'essuya le front avec la manche de sa chemise.

— A certains moments, la glace est indispensable.

Anne le fixait. Elle sentit un filet de sueur descendre entre ses seins, tandis qu'elle l'imaginait marchant dans la brousse africaine, son attirail sur le dos. Sa respiration s'accéléra, et elle déglutit péniblement.

— Jambon ou dinde ? s'enquit-elle d'une voix mal assurée, tout en sortant les sandwichs.

— L'un ou l'autre, ça m'est égal. Je suis facile à contenter.

Il en prit un, le déballa, et y mordit à pleines dents.

— Un fruit ? demanda-t-elle quand ils eurent fini, elle-même s'emparant d'une banane.

Elle regarda le fruit ferme, songea à sa forme, et, rougissante, le lâcha. Si son geste ne lui avait pas échappé, Mitchell ne fit aucun commentaire. Au lieu de quoi, il prit une grappe de raisin.

— Alors, racontez-moi encore une fois comment vous en êtes venue à engager un fiancé fantôme, dit-il. N'avez-vous aucun ami qui aurait pu se charger de cela ?

— Evidemment, si. Mais il se serait fait des idées.

— C'est certain !

— Avoir recours à l'agence de Bettina était plus pratique.

— Et cela n'exigeait aucun engagement de votre part. Je peux comprendre ça.

Elle leva les yeux, surprise.

— Vraiment ?

— Bien sûr. Ces dernières années, j'ai exclu de ma vie toute forme d'engagement. Je n'ai même pas d'appartement. Bettina garde mes affaires, et mon agent s'occupe de mes contrats.

— Comment vos… amis vous joignent-ils ?

— Par l'intermédiaire de Bettina. Encore qu'il ne soit pas facile d'avoir des amis, quand on est toujours parti.

— C'est tout aussi difficile quand on travaille beaucoup, que l'on bouge ou que l'on soit sédentaire, fit observer Anne. Vous et Bettina devez être très proches.

— Je dirai que nos rapports tiennent à la fois de l'amour et de la discorde. Elle m'aime, mais désapprouve mon style de vie.

— Oh… Vous et Bettina êtes… Vous vous fréquentez ? interrogea Anne d'une voix mal assurée.

Comment n'y avait-elle pas pensé ? Etant donné le choix qui s'offrait à elle, il était logique que Bettina fût tombée amoureuse de l'un de ses mannequins. C'était la raison pour laquelle, quand Anne avait téléphoné chez Bettina, c'était Mitchell qui avait répondu. Et la raison pour laquelle Faylene savait tant de choses sur Mitchell. Si elle avait jamais sérieusement caressé l'idée de devenir la maîtresse de Mitchell, il n'en était plus question…

— Dommage, dit-elle distraitement. Je ne me vois pas faire ça à Bettina, mais il est certain qu'une aventure avec vous aurait été pratique.

— Très pratique, renchérit Mitchell, l'air solennel. Vous êtes donc en train de me dire que s'il n'y avait pas Bettina, vous seriez partante pour un véritable week-end en amoureux ?

Anne tressaillit.

— Peut-être… Si le mariage ne m'intéresse pas, je ne suis pas une nonne pour autant.

Il expira profondément et hocha la tête.

— Annie, ma chérie, je crois qu'il faut que vous sachiez que Bettina est ma sœur.

Anne fut d'abord étonnée d'en éprouver un immense soulagement.

— Votre sœur ? Je pensais…

— J'aurais dû vous le dire plus tôt.

Puis elle se figea. Elle venait d'avouer à cet homme que s'il avait été libre, elle… Elle ignorait ce qu'elle avait promis, mais elle savait que tout était différent, à présent.

— Oui, vous auriez dû, avant que je ne me ridiculise, dit-elle, retrouvant sa voix de femme d'affaires.

« Avant que je n'admette qu'un week-end avec vous ne serait pas pour me déplaire. »

— Je croyais sincèrement que vous le saviez, dit Mitchell. Bettina m'a laissé la boutique, et j'ai pensé qu'il m'incombait de régler le problème. Puis j'ai commencé à me demander si ce n'était pas un traquenard. Si elle n'avait pas tout prévu depuis le début, n'attendant que l'opportunité de nous mettre en présence. Réfléchissez… Ne croyez-vous pas possible qu'elle et votre mère aient souhaité que cette parodie de fiançailles devienne réelle ?

Anne fit un signe de dénégation.

— Je peux croire que ma mère l'aurait aidée, si elle en avait eu l'occasion. Mais voilà des mois que je me suis adressée à votre sœur. Comment Bettina aurait-elle pu savoir que vous seriez en ville le week-end où aurait lieu le mariage ?

— Elle ne le savait pas. Mais elle savait que, tôt ou tard, je reviendrais. Je reviens toujours. Et, connaissant Bettina, elle aurait organisé un mariage s'il l'avait fallu.

Anne fronça les sourcils.

— Elle s'appelle donc Bettina Dane… Et votre nom est réellement Mitchell Dane ?

— Oui. Vous venez d'accepter d'avoir une aventure avec Mitchell Dane.

— Ce n'est pas possible…, répliqua-t-elle dans un souffle. Je… ne suis pas douée pour les liaisons.

— Je vous apprendrai.

— Pourquoi le feriez-vous ?

— Je ne sais pas. Et rien ne nous y oblige, si vous ne le voulez vraiment pas. Je me débrouillerai autrement. J'entends vous donner entière satisfaction.

Elle perçut une certaine tension dans sa voix.

— Et puisque nous sommes ici pour apprendre à nous connaître, poursuivit-il, je pense que vous devriez me confier certains détails intimes de votre vie. Comment dormez-vous ? Avec une chemise de nuit affriolante ou dans le plus simple appareil ?

Anne sentit sa gorge se serrer. Elle retrouvait le Mitchell taquin du supermarché. Eh bien, elle allait lui montrer qu'elle aussi était capable de plaisanter.

— Ni l'un ni l'autre. Je dors avec un T-shirt orné d'un énorme scorpion.

— Un scorpion ? Cela signifie-t-il que vous aimez faire le mal ?

— Non. Cela signifie que je suis née en novembre. Le scorpion est mon signe astrologique.

— O.K. Vous dormez en T-shirt et vous êtes née en novembre. Qu'en est-il de vos ex-petits amis ?

— Comment cela ?

— Eh bien, vous avez dû en avoir… ou avaient-ils trop peur des scorpions ?

Après chaque question, Mitchell mangeait un grain de raisin. Non, « manger » n'était pas le terme qui convenait. Il prenait le grain entre ses lèvres, le suçait doucement quelques secondes, puis fermait les yeux et l'écrasait avec sa langue.

— Mon expérience en la matière…, commença Anne.

Elle n'alla pas plus loin. Le voir attraper le jus du grain de raisin avec sa langue était si érotique qu'elle avait du mal à réfléchir. Elle éprouvait une envie irrationnelle de faire courir ses doigts sur sa lèvre inférieure et d'en goûter l'essence.

— Oui… ?

Elle secoua la tête et prit une inspiration tremblante.

— J'ai eu ma première relation sérieuse à la fac, et une autre… plus tard.

— Plus tard ? Voilà une réponse qui manque singulièrement de précision. Quand cela, « plus tard » ?

— Il y a deux ans. C'était un collègue. On nous avait affectés à une campagne publicitaire destinée à présenter un nouveau produit. Il s'est servi de notre idée pour décrocher un nouveau poste, et j'ai quitté la société.

— Oh ! Et je suppose que l'idée était la vôtre. Pourquoi n'avez-vous rien dit ? Vous ne me donnez pas l'impression d'être timide !

— C'était trop tard. Par ailleurs, j'avais besoin de me rapprocher de ma mère. Depuis lors, j'ai découvert que je travaillais mieux seule.

Il faillit prendre sa main, mais un coup d'œil à son front plissé l'en dissuada.

— Et où habite votre mère ?

— A Atlanta. Du moins y a-t-elle un petit appartement. C'est en grande partie à cause d'elle que je suis revenue en Géorgie.

— Quel est le problème, avec votre mère ?

— Le problème ?

— Vous avez dit dans l'un de vos messages que c'était une question de vie ou de mort. Je pensais qu'elle était malade.

Anne s'esclaffa.

— Si se ruiner dans tous les magasins de la planète est une maladie, alors, pas de doute qu'elle est en phase terminale. Non, la surveillance que j'exerce sur ma mère est d'ordre économique, pas médical… J'avais espéré que le fait de vivre près d'elle me permettrait de juguler sa fièvre acheteuse. Mais je me faisais des illusions. Quand la croqueuse de maris qu'est Faylene s'est acheté un nouveau camping-car rose et blanc, afin d'étendre son terrain de chasse, j'ai compris qu'elle était incurable.

— Votre mère cherche les vrais maris et Bettina les fiancés imaginaires. Je ne m'étonne plus que ces deux-là s'entendent si bien ! Je crois que je préfère l'approche de Faylene. C'est plus honnête. On ne peut rien partager avec un fantasme.

— Mais vous ne demeurez pas assez longtemps au même endroit pour vous enraciner. Vos relations ressemblent davantage à celles de Bettina — deux bateaux qui se croisent dans la nuit… Et votre bateau ne jette jamais l'ancre.

« Alors que le mien reste en cale sèche », ajouta-t-elle mentalement. Elle n'imaginait pas Mitchell dans sa vie, mais, pour être franche, il y avait des moments où elle regrettait de ne pas être aussi libre que Faylene. Pouvoir aller compter les doigts des chats Hemingway chaque fois que l'envie l'en prenait ne lui aurait pas déplu — du moins, pendant un certain temps. Mais il y avait cette promesse qu'elle avait faite à son père de veiller sur Faylene. Et elle était en train d'essuyer un échec. Les dépenses maternelles laissaient à peine de quoi rembourser le prêt qu'elle avait dû contracter.

Anne fit passer la dernière bouchée de son sandwich avec une gorgée de jus de fruits. Elle l'avait mangé sans s'en rendre compte.

— Etes-vous certaine que Bettina n'était pas au courant, pour ce mariage ? demanda Mitchell. Elle est partie bien soudainement.

— Je ne sais pas. Pour ce qui est de ma mère, je pense que si elle l'avait été, elle ne serait pas allée en Floride. Elle n'aurait jamais manqué pareille occasion d'assister à un beau mariage.

« Ou de voir M. Jacobs », songea Anne.

— Donc, à votre avis, ce week-end n'est pas un coup monté de leur fabrication ?

Mitchell prit la banane qu'elle avait si brusquement abandonnée un peu plus tôt. Il haussa les sourcils et la lui offrit.

— Non, merci.

— Vous êtes sûre ?

— Absolument.

Ce dont elle était le plus sûre, c'est qu'elle ne verrait plus les bananes et le raisin de la même manière.

— Je pense qu'il n'est pas impossible que Faylene et Bettina aient eu l'espoir de trouver un moyen de nous présenter l'un à l'autre, reprit Anne. Ma mère est une éternelle optimiste. Mais même elle ne pourrait organiser un mariage à seule fin de nous réunir. Et si Bettina était dans le secret, elle ne pouvait pas être certaine que vous seriez là, n'est-ce pas ?

Mitchell secoua la tête. Anne avait probablement raison. Bettina avait simplement pris ses désirs pour des réalités quand elle avait envoyé sa photo à Anne. Il n'en demeurait pas moins qu'elle n'avait pas le droit de révéler sa véritable identité.

— Nous attribuerons donc tout ceci à la destinée. A présent, dites-moi, est-ce que nous nous connaissons bien ?

— Pas très. Enfin, nous n'avons pas passé beaucoup de temps ensemble.

— Dommage.

L'image d'Anne Harris en sarong, une orchidée derrière l'oreille, s'imposa une nouvelle fois à lui. Son imagination l'entraîna plus loin, jusqu'à une plage isolée où ils pourraient s'étendre après un bain de minuit et faire véritablement l'amour. Le genre d'endroit qu'il avait fui.

Un bruit d'éclaboussure — probablement un poisson qui sautait hors de l'eau pour attraper une mouche — ramena Mitchell sur terre. A quoi diable pensait-il ? Soudain, il était devenu une partie consentante du fantasme d'Anne Harris, et l'avait fait sien. La facilité avec laquelle c'était arrivé avait quelque chose d'effrayant, et la pensée que Bettina et Faylene puissent avoir le destin de leur côté était pire encore.

— Donc, j'ai été le parfait futur mari, vous envoyant fleurs et cadeaux, mais demeurant hors de vue. Est-ce que je connais votre mère et vos sœurs ?

— Eh bien, non. Je veux dire, ma mère est au courant de votre existence. Pas mes sœurs. Je ne leur ai pas dit que j'étais fiancée, parce que je ne le suis pas. Elles ressemblent assez à ma mère pour commencer à préparer mon mariage.

— Parlez-moi de vos sœurs.

— Eh bien, Betty Lou est mariée avec un professeur d'université. Ils ont deux fils qui pratiquent tous les sports connus. Elle passe son temps à les conduire d'un entraînement à un autre. L'époux de Mary Sue est médecin. Elle a trois filles qui font de la danse, du piano, et Dieu sait quoi encore. Elle est plus ou moins logée à la même enseigne que Betty, sauf qu'elle monte à cheval. Je les vois rarement.

— Mary Sue, Betty Lou et Annie ? Comment se fait-il que vous n'ayez qu'un prénom, Annie ?

— Je ne m'appelle pas Annie, et j'ai également un prénom composé. Mais inutile de me demander la seconde partie. Je ne vous la dirai pas. A vous, maintenant, parlez-moi de vos frères.

— Je crois qu'ils vous plairaient. Ran dirige un ranch dans le Wyoming. Jess a commencé dans les marines. Aujourd'hui, il est Texas ranger. Nous nous voyons une fois l'an, peut-être, mais nous nous téléphonons fréquemment. Tous deux sont célibataires. Pour en revenir à votre mère, pourquoi l'appelez-vous aussi souvent « Faylene » que « maman » ?

— A la mort de mon père, elle a décidé qu'une page de sa vie se tournait. Elle a changé son prénom de Frances Jean en Faylene, et a décrété que tout le monde devait l'appeler ainsi — moi y compris. Mais parfois, il m'arrive d'oublier.

Mitchell sourit.

— A-t-elle aussi changé de métier ?

— Oh, oui ! Elle a été mère et épouse pendant quarante ans.

— Et maintenant ?

Anne laissa échapper un soupir.

— Maintenant, elle donne la chasse aux hommes. Dans un camping-car.

Mitchell éclata de rire.

— Je l'imagine, fonçant à travers champs, la main droite sur le volant et la gauche maniant un lasso.

— Vous ne trouveriez pas ça drôle si vous étiez l'une de ses proies. Non, je retire ce que j'ai dit… Tous les hommes après lesquels elle court paraissent apprécier la traque.

— Mais elle ne s'est pas remariée ?

— Pas encore. Elle est bien décidée à me voir convoler d'abord.

— Et vous ne lui facilitez pas les choses, hein ? Dommage que Bettina ne vous ait pas collée avec un homme prêt à se ranger !

Il y eut un long silence. La conversation devenait beaucoup trop personnelle.

— Mitchell, je commence à croire que vous seriez meilleur si vous improvisiez, plutôt que de suivre un script… Je pense que nous devrions partir, à présent.

— C'est vous qui décidez, répondit-il.

Il prit la glacière et se dirigea vers le bateau, Anne sur ses talons.

— Vous ne m'avez pas du tout interrogé sur ma vie de tous les jours. Sur ce qui constitue mon ordinaire.

« Parce qu'il n'y a rien d'ordinaire chez vous », faillit-elle répondre.

— J'aime les pâtes, la viande rouge, les caramels mous et les bonbons à la gelée, reprit-il. Pas un seul aphrodisiaque dans le lot.

— Il y a une chose que j'aimerais savoir… Comment êtes-vous devenu un photographe de renommée mondiale ?

Mitchell eut un petit rire cassant. Pour une raison qu'il ignorait, il avait cru qu'elle connaissait toute la vérité à son sujet.

— Un coup du destin… Ainsi que je vous l'ai dit, je travaillais le samedi chez un photographe. Je nettoyais les cuves, je triais les négatifs. Parfois, Walt, mon patron, me laissait l'accompagner. Il ne s'était jamais marié et semblait aimer m'avoir avec lui. Le photographe de la faune et de la flore qu'il avait été, avant que sa mauvaise santé ne l'empêche de voyager, voulait garder la main. C'était un génie. Je ne m'en suis rendu compte que plus tard.

— On dirait qu'il vous considérait comme un membre de sa famille.

— Oui. J'ai fini par apprendre à me servir d'un appareil photo. Photographier les enfants était ma spécialité — j'avais le chic avec eux. La disparition de mon père m'a contraint à travailler à plein temps. Toujours chez Walt. Je devais subvenir aux besoins de mes frères et sœur.

— Et votre mère ?

— Ma mère était contente de me voir tout assumer. Elle n'était pas robuste.

— Combien de temps y êtes-vous resté ?

— Presque dix ans. Mais quatre ans après la mort de mon père, Walt est décédé à son tour en me laissant le studio. J'allais avoir dix-neuf ans. Ran a terminé ses études au lycée et intégré le circuit du rodéo. Jess a rejoint les marines. Une fois Bettina à la fac, j'ai vendu le studio et je suis parti à Hawaii, chez un photographe professionnel, et ça n'a fait qu'aller de mieux en mieux pour moi.

— Vous avez vécu à Hawaii ?

— Pendant quelque temps.

— Et votre mère ?

— A cette époque, elle jouait au bingo dans une maison de retraite. Alors, vous voyez, j'ai connu vie de famille et responsabilités, et je m'en suis sorti. Aujourd'hui, je vais où ça me plaît. J'aime ma vie de célibataire. Les amours de week-end sont ce en quoi je suis le meilleur. Quand la sensation de bien-être a disparu, moi aussi…

Anne hocha la tête. Il avait raison. Faire l'amour était simple aussi longtemps que cela n'allait pas plus loin. Des amis devenaient amants, et leur amitié en était gâchée. Et les bons maris demeuraient un rêve impossible. Restait encore à lui prouver qu'un seul homme pouvait être tout ça.

— Vous avez raison, Mitch. Etre amants est mieux.

La voile claqua, et elle le regarda.

— Eh bien, alors, dit-il, si vous le pensez vraiment, votre promotion est dans la poche.

- 6 -

Le retour vers le chalet était long et frustrant. Et il faisait terriblement chaud. Anne avait presque dit à Mitchell qu'elle coucherait avec lui. Force lui était, maintenant, de s'avouer qu'elle avait espéré qu'il l'embrasserait encore. Or, il ne l'avait pas fait. Elle ne pouvait pas retirer ce qu'elle avait dit, et elle éprouvait une certaine difficulté à rester tranquille. Sa peau la picotait.

Elle regarda ses bras, et comprit. Les picotements n'étaient pas uniquement dus au désir qu'il éveillait chez elle. Elle avait oublié son chapeau sur la plage. Et elle n'avait pas pensé à prendre d'écran total. C'était la première fois depuis des années qu'elle passait autant de temps au grand air, et il ne lui était même pas venu à l'esprit qu'un tour en bateau provoquerait chez elle une telle réaction.

— Mitchell, dit-elle finalement, je crois que j'ai abusé du soleil…

Il l'étudia quelques secondes et sourit.

— Désolé. J'ai tellement l'habitude d'être dehors que je ne sens pas la chaleur. Mais vous allez être l'invitée la plus intéressante du mariage si nous ne vous mettons pas à l'abri, et vite !

« Sandra Bullock » allait faire sensation, si elle se présentait devant son patron avec une peau de la couleur d'une voiture de pompiers !

— Je vous en prie, dépêchez-vous.

Mitchell vira de bord. En milieu de journée, les courants atmosphériques étaient faibles et sporadiques. Il regarda une nouvelle fois Anne et s'aperçut qu'elle avait plus qu'un simple coup de soleil : elle était véritablement en perdition. Tout à l'aveu qu'elle lui avait fait d'envisager de lui appartenir, il n'avait même pas remarqué son malaise. Elle avait dit être allergique au soleil, et il n'y avait pas pris garde.

— Je suis désolé, Annie. Je n'aurais pas dû vous imposer cette sortie. Je n'ai jamais rencontré personne qui brûle aussi rapidement…

— D'ordinaire, je m'enduis d'écran total et je reste couverte. Mais, aujourd'hui… j'ai oublié.

Ils approchaient du chalet.

— Comment avez-vous fait, à Hawaii ?

— Je vous l'ai dit. Je n'ai pratiquement pas quitté l'hôtel.

Elle avait l'impression d'avoir le corps en feu. Même ses seins étaient douloureux quand le tissu de son maillot frottait sur sa peau sensible. Elle s'assit sur ses mains pour empêcher le vêtement de plisser. Sitôt débarquée, elle se rua vers le chalet, Mitchell dans son sillage.

— Prenez une douche froide, lui conseilla-t-il. Moi, je vais chercher ma trousse de premiers secours. Elle contient un onguent qui atténuera peut-être la sensation de brûlure.

Anne commençait à trembler.

— Vous avez apporté une trousse de premiers secours ? Pour vous rendre à un mariage ?

— Non, j'ai pris mon sac marin. Ma trousse est toujours dans le fond. On dirait que le soleil ne vous a pas ratée…

Anne ne répondit pas et se rendit dans la chambre. Elle ouvrit la douche et entreprit d'ôter son maillot.

— Aïe !

Le moindre mouvement lui était pénible et douloureux.

— Attendez, laissez-moi faire.

Mitchell l'avait suivie.

— Je peux me débrouiller seule…, protesta-t-elle.

La dernière chose dont elle avait besoin, en cet instant, c'était qu'il la touche. Prenant une profonde inspiration, elle tira sur une bretelle.

— Allez-vous en, Mitchell, je vais y arriver…

Quelques secondes plus tard, elle entendait la porte de la chambre se refermer. Elle fit glisser le maillot sur ses pieds et s'examina. Ce n'était pas aussi grave qu'elle l'avait craint. En tout cas, pas encore.

Il n'en demeurait pas moins qu'elle se sentait un peu étourdie. Elle ignorait si cette sensation était due au soleil ou à l'après-midi lourd de tension sexuelle. Agrippant le bord métallique de la porte, elle entra dans la douche. L'eau froide la frappa, tels de minuscules tessons de glace, lorsqu'elle referma la porte et s'obligea à rester sous le jet.

— Besoin d'aide ? cria Mitchell.

— Non, répondit-elle, claquant des dents.

Elle lava et rinça ses cheveux, puis ferma le robinet et tendit le bras pour prendre une serviette.

Un drap de bain blanc se matérialisa sous ses doigts. Mitchell était de l'autre côté de la porte.

— Tout va bien ? demanda-t-il.

— Allez-vous-en, gémit-elle, je veux sortir…

— En ce cas, couvrez-vous et sortez.

— Mitchell, même avec une serviette, je suis toujours nue !

— Ne vous inquiétez pas, Annie, j'ai photographié plus de corps dénudés que vous n'en verrez jamais.

— C'est possible, mais aucun d'eux n'était le mien ! rétorqua-t-elle en s'enroulant dans le drap de bain.

Elle était consciente de la sensualité de sa voix. Elle avait dépassé le stade des regrets, de la honte et de la gêne. Elle avait d'abord eu chaud, puis froid… A présent, elle avait le souffle court. Et même si elle mettait cette indisposition sur le compte de son intolérance au soleil, elle la savait amplifiée par sa réaction à la proximité de Mitchell Dane.

— Sortez de là, Annie, dit ce dernier.

Elle ne pouvait pas se cacher indéfiniment. Rassemblant son courage, elle poussa la porte de la douche.

Un coup d'œil suffit à Mitchell pour comprendre qu'il aurait dû lui donner un drap de lit. Elle avait les jambes les plus longues qu'il eût jamais vues, et, à l'exception de la serviette, elle était nue. Des images érotiques défilèrent à toute vitesse dans sa tête. Il eut la vision d'un bain de minuit avec Annie, puis celle de leurs deux corps enlacés sur le sable chaud.

— Allongez-vous sur le lit…, dit-il d'une voix étranglée. Je vais mettre un peu de cette pommade sur vos brûlures.

Anne ne bougea pas. Elle se tenait au mur, d'une main, pendant que l'autre agrippait la serviette. Finalement, elle cligna des yeux, abandonna le mur et tendit la main.

— Donnez-moi la pommade, et je me la passerai.

— Annie, ma douce, vous ne pouvez pas vous en mettre dans le dos…

— Ne m'appelez pas Annie.

— Entendu, mademoiselle Harris, mais vous ne pouvez même pas marcher. M'autorisez-vous à vous aider ?

Comme elle ne répondait pas, il entra dans la douche, enlaça sa taille et, sans toucher ses bras ni ses jambes, il la souleva et la porta jusqu'au lit. Il l'y déposa, à plat ventre. Elle avait un joli dos… un *très* joli dos.

— Que faites-vous ? questionna-t-elle, inquiète.

— Je vais vous sécher, puis vous passer cette pommade.

— Comment s'appelle-t-elle ?

— Elle n'a pas de nom. Un… médecin indigène me l'a confectionnée un jour que je souffrais d'urticaire géant. Elle est censée guérir tout ce qui va de l'allergie au coup de soleil. Vous allez être rapidement soulagée, je vous le promets.

Du moins l'espérait-il. Si l'onguent avait eu un effet presque instantané sur sa réaction allergique, il ignorait celui qu'il aurait sur Anne.

— Je vais avoir du mal à vous appliquer la pommade : vous êtes couverte telle une momie dans un mauvais film d'horreur !

Elle frissonna et repoussa le drap de bain.

— Allez-y, Mitchell, vite, avant que je meure…

Armé d'une serviette sèche, il l'essuya d'abord avec soin puis, ouvrant la boîte en fer-blanc, il prit une noisette de la crème parfumée à la menthe. Il l'étala avec douceur, insistant sur les zones enflammées. Après la contraction provoquée par le contact de ses mains sur sa peau douloureuse, les muscles d'Anne commencèrent à se détendre. Mais il ne s'attendait pas à ce qui se produisit quelques minutes plus tard. Lentement, comme si elle se réveillait d'un profond sommeil, elle se mit à remuer et à émettre des petits bruits ressemblant à des ronronnements.

Le remords le saisit lorsqu'il comprit ce qui lui arrivait. Le vieux sorcier qui avait confectionné l'onguent l'avait prévenu qu'en de rares occasions, il agissait comme un alcool ou même comme un aphrodisiaque. Il pouvait atteindre très rapidement le cerveau et libérer les inhibitions, voire amplifier une réaction sensuelle. Apparemment, il ne s'était pas trompé. Cela tournait aux préliminaires érotiques. Anne réagissait à la pommade sans en être consciente. Et cela l'excitait.

Il devait en finir au plus vite, sans quoi il ne répondrait plus de rien. Il avait envie de faire l'amour à Anne Harris, mais certainement pas dans ces conditions. Il voulait qu'elle fût consentante… et en pleine possession de ses moyens.

— Voilà pour le dos, Annie. A présent, tournez-vous.

Elle obéit avec un gémissement.

— Est-il normal que j'aie chaud et froid en même temps, Mitchell ? demanda-t-elle dans un souffle.

Tout à la contemplation de son corps magnifique — la serviette avait glissé quand elle s'était retournée, dévoilant des seins ronds et fermes et un ventre plat — Mitchell ne répondit pas. Les yeux clos, elle faisait courir ses doigts de bas en haut et de haut en bas de son cou gracile. Elle n'avait manifestement pas conscience de ce qu'elle était en train de faire. Une vague de désir irrépressible le submergea.

— Je crois que vous devriez rester tranquille un moment, Annie, dit-il, la gorge serrée. Il n'est pas impossible que la pommade ait sur vous un effet étrange, mais elle apaisera la douleur et atténuera votre couleur homard.

— J'ai mal, mais c'est bon…, murmura-t-elle en ondulant du bassin et en frottant sa jambe contre la sienne.

Mitchell étouffa un grognement.

La très réservée Anne Harris était partie pour un voyage érotique. Sa « fiancée » était au bord de la volupté.

Avec désespoir, il lui écarta les mains et remonta la serviette sur ses seins, évitant de toucher les mamelons dressés. Rapidement, il lui enduisit les épaules, le cou et les cuisses.

Il avait presque terminé quand Anne lui agrippa la main et, gémissante, la posa en coupe sur son sein.

— Annie, cria-t-il en se reculant, arrêtez ! Je vous dois des explications à propos de cette pommade.

— Mais, Mitchell, chuchota-t-elle, je me sens si bien, si libre… Quelle qu'elle soit, nous devrions renoncer à vendre des articles pour bébés et la commercialiser. Imaginez le bien que nous ferions.

Elle l'attira à elle, parvenant à glisser sa jambe entre les siennes lorsqu'il tomba en avant.

— Embrassez-moi, Mitchell, susurra-t-elle en se frottant contre lui.

L'excitation de Mitchell était telle qu'il avait l'impression que son short avait rétréci de deux tailles. Puis il sentit la fermeture Eclair descendre, et cette partie de son anatomie qui aspirait tant à la liberté fut capturée et pressée contre l'intimité soyeuse d'Anne. Dieu sait qu'il n'avait jamais autant désiré une femme, mais il ne pouvait pas abuser d'elle alors qu'elle nageait dans une extase artificielle.

— Il n'en est pas question, déclara-t-il.

— S'il vous plaît, Mitchell, supplia-t-elle, j'ai envie de vous…

Elle ouvrit les yeux — des yeux sombres et brûlants de désir.

— Mitchell, je suis Annie et vous êtes mon amoureux. N'était-ce pas ce que vous vouliez ? Faites-moi l'amour !

Elle noua les bras derrière son cou et, l'attirant à elle, l'embrassa. La pénétration de sa langue brisa le dernier espoir d'arrêter la vague de sa propre passion. Il fallait réagir maintenant, ou jamais.

Il se redressa et roula sur le côté.

— Annie chérie, dit-il d'une voix hachée, écoutez-moi. C'est à la pommade que vous devez d'être à ce point… excitée.

— Non. La pommade m'a simplement débarrassée de mes inhibitions. Je suis libre. Enfin moi-même ! Je sais ce que je fais. Du moins, *Annie* le sait.

- 7 -

Anne avait le corps en feu. Et puis, soudain, l'urgence de son désir s'estompa jusqu'à ce que, finalement, elle se sentît légère comme l'air et eût l'impression de flotter. Elle savait qu'elle devait avoir glissé dans une espèce de rêve, mais elle s'en moquait. Rien d'autre n'importait que cet état de calme satisfaction. Elle sourit et ferma les yeux.

— Mitchell, murmura-t-elle à l'homme étendu à côté d'elle, je ne sais pas comment vous avez fait, mais vous devez avoir des mains de magicien. Le soleil, la chaleur… tout ça a disparu.

Puis elle frissonna.

— Je n'aime pas ça, Mitchell… J'ai froid, à présent, dit-elle, la voix basse et rauque. Qu'est-ce qui ne va pas chez moi ?

— C'est la pommade, expliqua-t-il d'un ton rassurant. Cela va bientôt passer.

Il remonta le couvre-lit sur son corps dénudé. Mais ses tremblements étaient plus marqués, maintenant. Elle semblait réellement avoir froid. Avec un soupir, il remonta la glissière de son short et l'enlaça.

— C'est mieux, chuchota-t-elle.

Mitchell pesta intérieurement. A la seconde où il avait entendu sa voix, il avait su que l'aventure dans laquelle il était sur le point de se lancer comportait des risques, mais il ne s'était pas attendu à cela. Traquenard ou destin, la jeune femme était passée sous sa responsabilité. Ce qui venait de se produire avait tout changé. Il était pris à la toile de son propre désir. Anne était devenue l'araignée, et lui la proie.

— Quand j'ai vu votre photo, dit-elle en se pelotonnant

contre lui, j'ai su que vous étiez dangereux. J'ai fantasmé sur vous dès le départ, et ce, malgré mes efforts pour n'en rien faire. Votre photo avait déjà perturbé ma vie d'une façon inadmissible pour moi. Et maintenant vous êtes là, en chair et en os. Mais ce n'est qu'un fantasme… Je ne peux pas vous laisser devenir réel. Est-ce que vous pouvez le comprendre ?

Il hocha la tête.

— Oh, oui !

— Je commence à avoir chaud de nouveau, Mitchell. C'est si bon d'être dans vos bras !

— Annie, il faut que je vous explique, au sujet de la pommade… Il y a un effet secondaire qui vous rend…

— Plus tard. En ce moment, Annie met son âme et son corps à nu…

Elle glissa la main à l'intérieur de son short.

— Ma mère prétendait que je ne trouverais jamais Mitchell Dane. Elle ne m'a pas crue quand je lui ai dit que je l'avais déjà trouvé.

Mitchell grogna. Sa « fiancée », la très réservée Anne Harris, était toujours au septième ciel. Toutes ses inhibitions avaient été libérées.

— Annie ! Ne m'avez-vous pas entendu ? Vous ne savez pas ce que vous faites…

— Oh, mais si, et il est probable que demain je le regretterai ! Mais en cette minute, je m'en fiche complètement…, ajouta-t-elle avant de lui ôter son short et de s'allonger sur lui.

— Annie, non…

— Ne soyez pas stupide, dit-elle, le guidant vers son intimité. Je sais que vous avez envie de moi, Mitchell Dane. Autant que moi de vous.

Mitchell gémit. Il était perdu.

Au moment où, à bout de résistance, il allait capituler et la faire sienne, elle s'effondra sur lui avec un petit cri de plaisir… et s'endormit comme une masse.

Mitchell inspira et expira à fond. Plusieurs fois. Aucun amant ne devait jamais avoir vécu ce genre de situation. Annie et lui étaient soudés l'un à l'autre, et elle se trouvait dans une

espèce d'état comateux. Bouger lui était tout aussi impossible que rester immobile. « Un membre n'entre en action que si le cerveau lui en donne l'ordre. Tu as une volonté de fer. Tu peux te maîtriser. »
Cinq bonnes minutes lui furent toutefois nécessaires pour y parvenir. L'instant d'après, les tempes bourdonnantes et le bas-ventre douloureux, il se dégageait et se mettait debout.

Annie allait-elle bien ?

Il s'agenouilla à côté d'elle et posa la main sur sa carotide. Son pouls et sa respiration semblaient être ceux de toute personne dormant profondément. Il la secoua. Elle se tourna de l'autre côté et geignit doucement, comme si elle ne voulait pas être dérangée.

Il ne lui était jamais rien arrivé de tel. Qu'avait-il fait ? Il s'était laissé prendre au fantasme d'Anne, et maintenant, il y était totalement immergé. N'aurait-il pas mieux fait de fuir tout de suite, de refuser de souscrire à ce plan stupide ? Au lieu de quoi, il était là, avec une érection de tous les diables et une femme qui, à son réveil, serait morte de honte.

Il baissa les yeux sur Anne, ou plutôt, sur Annie. *Son* Annie. Elle paraissait si innocente, si vulnérable, dormant de ce sommeil tranquille qui suit l'amour. Mais ils n'avaient pas fait l'amour. Pourtant, plus rien n'était pareil. La ligne qu'ils venaient de franchir leur interdisait tout retour en arrière. Non, il n'était pas vraiment son fiancé. Certes, il s'agissait d'une ruse pour asseoir une carrière qui lui permettrait de prendre soin de sa mère. Mais d'après ce qu'il avait compris, Faylene préférerait le faire elle-même. Et il était prêt à parier, s'il lui posait la question, qu'elle prétendrait que c'était Anne qui avait besoin qu'on s'occupe d'elle.

Il exhala un soupir, les yeux toujours rivés sur cette femme qu'il avait choisi d'épouser — du moins en théorie. Cette Anne-là n'avait rien à voir avec la femme qui dressait listes et autres organigrammes. C'était Annie, faite pour l'amour et la maternité, non pour vendre des articles pour bébés.

Il jeta un coup d'œil à sa montre. Il n'était que 15 heures. Que diable devait-il faire ? Comme c'était la première fois qu'il constatait une telle réaction au remède que lui avait concocté son guide indigène, ce qui s'était produit l'avait pris au dépourvu. Même le sourire du « médecin » ne l'y avait pas préparé. Et il ignorait combien de temps dureraient les effets de l'onguent. Il allait devoir attendre.

Il ne savait pas ce qu'elle ferait si, à son réveil, elle se rappelait la façon dévergondée qu'elle avait eue de se conduire. Il l'aurait bien emmenée à l'hôpital, mais qu'aurait-il raconté ? Et elle ne le lui pardonnerait jamais.

Anne poussa un soupir et se retourna, les genoux ramenés sur sa poitrine. Il se pencha pour la recouvrir. Au sourire qui flottait sur ses lèvres, il décida qu'elle ne souffrait pas. Le mieux était de la laisser dormir. Mais qu'adviendrait-il si, son somme s'éternisant, ils ne se présentaient pas chez M. Jacobs ?

C'est alors qu'il se souvint qu'il avait le téléphone d'Anne. Il pouvait appeler quelqu'un. Mais qui ?

Il fouilla dans son sac. La dernière personne qu'elle avait appelée était sa mère. Peut-être… Il appuya sur la touche bis. Il y eut une réponse.

— Coucou, chérie ! Où es-tu ? J'espère que tu t'en donnes à cœur joie.

Mitchell déglutit.

— Madame Harris ?

— Qui voulez-vous que ce soit ? Evidemment, je suis Mme Harris ! Mais vous, qui êtes-vous ? Le numéro qui s'affiche est celui d'Anna Belle.

— Mon nom est Mitchell Dane.

— Le Mitchell Dane fiancé à ma fille ? Où êtes-vous ?

— Nous sommes au chalet de son ami, sur le lac.

— Hmm… Y a-t-il un problème ?

— Non. Simplement, il est possible que nous arrivions en retard à la réception de ce soir, et je me demandais si vous saviez comment joindre M. Jacobs.

— Il se trouve que j'ai son numéro. Mais pourquoi est-ce vous qui appelez et non Anne ?

— Eh bien, Anne est… Elle fait un petit somme.

— Ma fille dort ? Voila qui ne lui ressemble guère.

— Je crains qu'elle n'ait abusé du soleil.

— Je sais qu'Anne y est sensible, mais j'ai du mal à croire qu'une trop longue exposition la ferait se coucher au beau milieu de l'après-midi, monsieur Dane. Je pense que vous feriez mieux de tout me dire.

— Très bien. J'ai traité son érythème avec un onguent que j'ai rapporté du Congo. On m'avait prévenu qu'il pouvait y avoir des effets indésirables, mais je ne m'attendais pas à ça.

— Elle a fait une réaction ? Laquelle ?

— Eh bien, cela l'a rendue... somnolente.

— Anne, somnolente ? Ce n'est pas son genre.

— Et pourtant... C'est l'un des effets secondaires de la pommade.

— Je connais ma fille, Mitchell, et je vous garantis qu'elle va être furieuse. Ecoutez, la cérémonie n'a lieu qu'à midi, demain. Prenez votre temps. Dites-lui que je vais m'occuper d'Alvin Jacobs. Et qu'elle n'a pas à s'inquiéter.

— Nous y serons, affirma-t-il avec une assurance qu'il était loin d'éprouver. A ce propos, madame Harris, j'ai une question à vous poser... Une question à laquelle j'espère que vous répondrez franchement.

— Essayez toujours.

— Est-ce vous et Bettina qui avez monté toute cette histoire ?

— On m'a accusée de beaucoup de choses, monsieur Dane, parfois à juste titre. Mais m'arranger pour que vous accompagniiez Anne à ce mariage n'en fait pas partie... Encore que je ne m'en serais pas privée, si je l'avais pu ! A ce soir, si notre Belle au bois dormant se réveille. Ou à demain, si elle fait le tour du cadran. Ne vous en faites pas. Je vous couvre !

Disait-elle la vérité en prétendant ne pas être impliquée dans l'organisation de ce week-end ? A ce stade, cela n'avait pas réellement d'importance. Son unique souci devait être d'expliquer ce qui s'était passé. Non content d'avoir à affronter Annie quand elle se réveillerait, il allait aussi devoir convaincre son employeur qu'ils étaient amoureux l'un de l'autre, alors qu'ils ne l'étaient pas... A moins qu'ils ne le fussent ? Il ne savait plus trop à quoi s'en tenir.

Mitchell tâta le front d'Anne, puis sa joue. Elle reposait calmement, et elle souriait dans son sommeil. Il aurait volontiers pris sa place ! Pour l'instant, il n'y avait rien d'autre à faire qu'attendre.

Il souleva le couvre-lit et se coucha à côté d'elle.

Lorsqu'il se réveilla, Anne dormait toujours. Elle ne paraissait pas être en détresse, ni dans un état particulier d'extase. Mitchell se glissa hors du lit et regarda sa « fiancée ». La chaleur, sinon la réaction érotique, était passée de sa peau à la sienne, et il brûlait encore de l'empreinte de sa tête sur son épaule. Il avait envie d'elle, terriblement, mais le fait de savoir que son désir était accru par le remède indigène lui interdisait toute initiative. Il ne pouvait que la regarder.

Anne remua, exposant sa jambe nue et des orteils rosés. Cette fois, ce fut Mitchell qui frissonna. Que n'avait-il partagé la réaction d'Anne à la pommade ! Du moins aurait-il eu une excuse pour lui faire l'amour…

Il consulta alors sa montre. L'heure était venue pour la Belle au bois dormant d'ouvrir les yeux. Mais comment la réveiller sans la gêner ? Sans se mettre lui-même dans l'embarras ?

Elle remua de nouveau. Un bain était ce dont il avait besoin. Quelques brasses lui remettraient les idées en place et, surtout, apaiseraient le désir qui le tenaillait. Il allait siffler, jeter son sac marin contre le mur, claquer la porte en sortant. Si elle était simplement endormie, le vacarme devrait la réveiller, et elle serait seule pour affronter sa gêne.

Cinq minutes plus tard, après avoir fait un bruit d'enfer, il fendait l'eau glacée.

Anne Harris était une femme qui avait un objectif, se dit-il. Un jour, nul doute qu'elle serait directeur général d'une société. Elle ébauchait les grandes lignes de sa vie et s'en servait comme d'un support autour duquel elle s'organisait. Il n'était qu'une partie infime de cette ébauche, une partie temporaire, conçue pour ne durer que le temps d'un simulacre. Avec un peu de chance, elle ne se souviendrait jamais de ce qui s'était passé.

Une pointe de regret le saisit. Il préférait Annie à Anne Harris. Il avait raté l'occasion qui lui avait été offerte de vivre un après-midi de folles étreintes avec une sirène. A cette idée, il ne put réprimer un juron. Il avait été stupide ! Mais il avait son propre code moral ; il avait promis de tenir un rôle devant le patron d'Anne, et il le tiendrait.

Finalement épuisé, il regagna la terre ferme et le chalet.

A son entrée dans la chambre, il s'arrêta net. Le lit était fait, et Anne n'était plus là. Il jeta un coup d'œil par la porte ouverte et la vit. Pâle et les lèvres pincées, elle chargeait la voiture. Il enfila un jean et une chemise, et se passa la main dans les cheveux. La boîte en fer-blanc contenant la pommade était posée bien en vue sur la trousse de premiers secours, à côté de son sac marin. Le message était clair.

Il rangea boîte et trousse dans le sac et sortit.

— Donnez un tour de clé, je vous prie ! cria-t-elle en même temps qu'elle se glissait derrière le volant.

Mitchell s'exécuta.

Mlle Anna Belle Harris contrôlait de nouveau la situation.

Et Mitchell mesura à quel point Annie lui manquait.

La maison d'Alvin Jacobs n'était pas une simple résidence secondaire. Elle était tout bonnement gigantesque, avec ses deux étages de pierre recouverts de lierre et ses grandes baies vitrées. On y accédait par une allée gravillonnée bordée d'arbres centenaires au feuillage touffu.

Anne la remonta jusqu'au bout, coupa le moteur, et, prenant une profonde inspiration, se tourna vers Mitchell. Depuis leur départ du chalet, c'était la première fois qu'elle daignait lui adresser la parole.

— Je… j'ai des doutes quant à ce qui s'est passé cet après-midi…, dit-elle. Ai-je rêvé ou me suis-je réellement allongée sur vous ? Si ça s'est effectivement produit, j'espère que vous vous dépêcherez de l'oublier !

— Il n'y a rien à oublier. Je vous ai enduite de pommade et vous vous êtes endormie comme une masse. Désolé, Annie, j'étais prévenu qu'elle pouvait avoir un effet bizarre sur certaines personnes, mais je ne m'attendais pas à me retrouver en compagnie de la Belle au bois dormant.

— Alors, je n'ai... je ne vous ai pas embrassé ?

— En aviez-vous envie ? demanda-t-il, éludant la question.

Il vit un soulagement — teinté de regret ? — se peindre sur son visage.

— Hé, reprit-il aussitôt, ça me rappelle que nous n'avons jamais eu l'occasion de répéter les scènes de baiser. Nous pourrions le faire maintenant, non ? Qu'en dites-vous ?

Elle eut quelques secondes d'hésitation. Puis une porte s'ouvrit et une voix familière cria :

— Anna Belle, ma chérie ! Amène cet homme superbe que tu as pour fiancé et entrez.

— Anna Belle ?

Le sourire aux lèvres, il sortit de la voiture pour aller à la rencontre de la femme aux cheveux argentés qui venait dans leur direction. Cette femme n'était pas seulement extravagante, elle était splendide. Sa robe pourpre, qui lui descendait jusqu'aux chevilles, était rehaussée de rangs de cristal assortis à ceux qu'elle avait entrelacés dans ses cheveux. Mitchell avait lu quelque part qu'un homme devait regarder la mère de la femme qu'il aimait pour savoir à quoi elle ressemblerait dans trente ans. Si Annie ressemblait à cette femme pleine de vitalité, son mari ne serait pas déçu.

Elle regarda Mitchell et sourit.

— Vous êtes mieux qu'en photo.

— Je vois que rien ne t'arrête, maman, dit Anne. Comment as-tu pu venir sans avoir été invitée ?

Faylene fronça les sourcils.

— Allons, Anne, tu me connais ! Jamais je ne m'incrusterais comme ça. J'ai reçu une invitation. Bonjour, Mitchell.

— Vous devez être la célèbre Faylene, dit Mitchell, tout sourires, quand elle lui présenta sa joue.

Faylene s'esclaffa.

— Célèbre ? Ou tristement célèbre ? rétorqua-t-elle, tandis que la lueur malicieuse dans son regard s'accentuait. Mitch, prenez les bagages d'Anne. Elle pourra déballer ses affaires pendant que vous et moi ferons connaissance.

— Je suis parfaitement capable de..., commença Anne.

Mais aussitôt elle renonça et ouvrit le coffre.

— On vous a logés dans une partie inoccupée de la maison, dit Faylene avec un air de conspiratrice. Vos chambres sont attenantes, ajouta-t-elle, radieuse, avant d'entraîner Mitchell à l'intérieur. Je couche dans mon camping-car, aussi ne serez-vous pas dérangés.

Elle se pencha vers Mitchell et chuchota :

— J'espère que vous saurez tirer parti de mes arrangements.

— Je ne suis le fiancé qu'en public, rétorqua-t-il sur le même ton. Par ailleurs, c'est un mariage, pas une orgie.

— Parlez pour vous.

— Je ne sais pas ce qu'elle est en train de vous raconter, Mitchell, dit Anne, résignée, mais je vous conseille de ne pas en tenir compte.

Faylene lâcha Mitchell et longea le corridor.

— Toi et Mitchell êtes dans la suite Aloha. Voici ta chambre, Anne.

Elle ouvrit la première porte et s'écarta afin de laisser entrer Anne. Mitchell la suivit et posa ses bagages sur le lit.

— Et voici la vôtre, Mitchell, poursuivit Faylene en poussant la seconde. J'ai dit à Alvin que c'était une perte de place, mais il est un peu vieux jeu.

Cette fois, elle pénétra à l'intérieur. Mitchell lui emboîta le pas.

— Je vous remercie, Mitchell Dane. Ce week-end est important pour ma fille. Encore que j'ignore pourquoi elle croit essentiel d'impressionner un homme déjà conscient de l'atout qu'elle représente pour sa société.

— Vraiment ? Elle semble penser que sa promotion est loin d'être acquise.

— Je sais. Elle n'est pas mariée, elle n'a pas d'enfants. Et Alvin Jacobs est, à certains égards, un homme bourré de préjugés. Mais j'y travaille... Vous intéressez-vous à Anne ?

— Je mentirais si je prétendais le contraire, mais je ne suis pas certain que ce soit une bonne idée. Pas plus pour l'un que pour l'autre. Anne paraît avoir des projets bien arrêtés quant à son avenir, et un mari n'en fait manifestement pas partie.

— Je sais. Mais elle a tort. Je vais vous dire : donnez-lui ce dont elle a besoin, et elle changera d'avis. Si elle vous intéresse vraiment, ce week-end pourrait être comme une robe que je souhaitais acquérir jadis. Tout ce que je savais, c'était que si je l'avais, l'homme qui m'avait demandé de sortir avec lui ne verrait plus que moi.

— L'avez-vous eue ?

— Oui, et l'homme aussi.

— Et vous ne pensez pas que vous auriez rencontré le même succès si vous lui aviez simplement dit qu'il vous intéressait ?

— Je ne sais pas. Cela n'a d'ailleurs aucune importance. C'est ce que vous croyez qui détermine votre destinée, pas ce qui est. La réception est un *luau* autour du lac, et elle commence à 20 heures.

Elle fixa son jean élimé et sourit.

— J'ai toujours eu un faible pour les jeans ajustés, mais peut-être pourriez-vous vous habiller un peu, pour impressionner M. Jacobs ?

Elle sortit sur ces mots. Un *luau*… C'était fichu. Il avait envisagé de déposer Anne puis, sous prétexte d'une urgence, de prendre congé. Mais il ne pouvait pas faire ça. Que tout cela fût le fait du destin ou de Bettina et Faylene, il devait aller jusqu'au bout.

Un bruit de voix lui parvint de la chambre voisine. Il tendit l'oreille. Anne disait à sa mère que quelque chose ne se produirait « jamais ». Apparemment, Faylene ne la croyait pas. Pas plus que son corps brûlant de désir ne croyait qu'Anne et lui ne seraient *jamais* amants.

- 8 -

— J'ai simplement trop pris le soleil, dit Anne à sa mère en se laissant choir dans le fauteuil.

— Dommage, repartit Faylene. Si tu veux mon avis, tu as raté une belle occasion d'occuper sainement ton après-midi.

— Je me demande comment j'ai pu te laisser m'embringuer dans cette histoire ! J'aurais dû être franche avec M. Jacobs dès le départ. A présent, je suis en plein… je ne sais trop quoi ! Mitchell n'est pas… Oh, c'est simplement trop compliqué !

— L'amour n'est jamais simple, fit observer Faylene d'un ton sentencieux.

— Ce n'est pas de l'amour, maman. Ce n'est… rien !

— Je crois que si. Allons donc, voilà six mois que tu fantasmes devant sa photo ! En tout cas, c'est l'homme le plus sexy que j'aie jamais vu. Il a un regard terriblement expressif. Ne viens pas me dire que tu n'y es pas sensible !

Anne laissa échapper un profond soupir.

— Etre sexy n'est pas tout. Par ailleurs, ce n'était qu'une photo. L'homme auquel je me retrouve aujourd'hui confrontée est bien réel. Ce n'est pas du tout la même chose, que je sache ! J'admets que Mitchell Dane est séduisant, voire qu'il m'attire, mais ce n'est pas de l'amour…

— Peut-être pas, mais c'est un bon début. Et à voir ta tête, il est évident que tu es perturbée. Je ne t'ai jamais vue aussi… aussi *bouleversée*.

Anne était trop fatiguée pour poursuivre la conversation. Elle savait que sa mère ne baisserait pas les bras.

— Anne, dit-elle doucement, apprécier Mitchell Dane est

une bonne chose. Etre attirée par lui est encore mieux. Pour une fois, oublie ton travail et laisse parler la femme qui est en toi.

— Je l'ai déjà fait, et on ne peut pas dire que cela m'ait réussi. Je ne sais manifestement pas choisir les hommes de ma vie.

— Et peut-être ne le sauras-tu toujours pas dans quarante ans d'ici. Lâche-toi, Anne ! Vis pleinement !

— Ce que j'aimerais réellement savoir, dit Anne en jetant un coup d'œil à sa montre, c'est comment, venant de Key West, tu as pu rallier le lac Lanier en six heures.

Faylene esquissa un sourire.

— Lorsque tu as téléphoné, j'étais déjà en route pour le mariage. J'ai quitté Key West avant le lever du soleil. J'aime conduire la nuit, quand il n'y a personne sur la route excepté les camionneurs et moi. T'ai-je dit que je m'étais acheté un poste de CB ?

En d'autres circonstances, Anne aurait demandé combien il avait coûté, mais vu tout ce qu'elle avait en tête, les dépenses de Faylene lui paraissaient presque insignifiantes.

— J'ignore ce qui s'est passé entre toi et Mitchell, reprit Faylene, mais j'y réfléchirais à deux fois avant de rompre avec lui… du moins aussi vite. Aucun célibataire de ma connaissance n'arrive à la cheville de Mitchell Dane.

— Crois-moi, maman, Mitchell Dane est vraiment dangereux. Il ne joue pas franc-jeu. Il semble prendre son rôle de fiancé très au sérieux.

Faylene éclata de rire.

— Et jouer n'est pas ton fort, Anne ! Tu ne sais que planifier. La vie va te passer sous le nez, et tu seras toujours à dresser des listings ! Pour une fois — juste une ! —, prends du bon temps…

— Outre que tu le fais pour deux, j'ai des responsabilités.

Anne se leva pour aller ouvrir la porte-fenêtre, et s'immobilisa, le souffle coupé. Alvin Jacobs avait fait construire un solarium de toute beauté, un véritable petit coin de paradis. Des orchidées tombaient des arbres telles des larmes de pluie colorées, et des oiseaux aux couleurs vives voltigeaient entre les branches au doux son d'une cascade artificielle.

— Mon Dieu…, murmura-t-elle.

— Je devine qu'Alvin ne t'a jamais parlé de son hobby.

— « Alvin » ? J'aimerais que tu m'expliques comment il se fait que tu appelles mon patron par son prénom, et comment tu étais au courant…

Elle désigna d'un geste le jardin luxuriant en contrebas.

— … pour tout ça.

— Eh bien, pour être franche, c'est la première fois que je le vois, mais il me l'avait décrit. Je ne te l'avais pas dit, mais j'ai acheté un ordinateur portable. Je suis connectée à internet. Et je trouve ça génial ! On peut discuter avec des gens de tous pays et de tous horizons, même voir des photos de leur jardin. J'ai même créé mon propre forum de discussion.

L'idée effraya Anne. Faylene était déjà difficile à suivre quand elle se contentait de sillonner le pays au volant de son camping-car, mais maintenant qu'elle avait la possibilité de voyager — fût-ce virtuellement — n'importe où, elle allait devenir incontrôlable.

Et voilà qu'elle correspondait avec Alvin Jacobs !

— Alvin a la passion des fleurs, poursuivit-elle. Sa maison est bâtie comme une roue de chariot coupée en deux. Chaque rayon est une suite de chambres reliées entre elles par un jardin ou une serre. Le centre de la roue est le lac où va se tenir le *luau* de ce soir. J'espère que tu as apporté un sarong.

— Je ne suis pas certaine d'aller au *luau*, Faylene. Je ne me sens pas dans mon assiette.

L'inquiétude se peignit instantanément sur le visage maternel.

— Qu'y a-t-il, chérie ? Il faut que tu sois réellement malade, pour ne pas aller à la réception. Mitchell Dane t'a-t-il fait du mal ? Si c'est le cas, il va entendre parler de moi !

— Il ne m'a rien fait, maman. J'ai juste un début de migraine. Vraisemblablement due au soleil.

Faylene jeta un coup d'œil à sa montre et hocha la tête.

— Eh bien, prends ton temps. La répétition a lieu à 19 heures et durera probablement une heure. Nous sommes censés nous réunir autour du lac vers 20 heures. Veux-tu de l'aspirine ?

— Non, j'ai simplement besoin de défaire mes bagages et de me reposer un moment.

Anne se frotta les bras. Malgré la douche prise au chalet, elle avait l'impression que la pommade n'était pas complètement partie.

— Si je n'avais pas dit à Alvin que tu étais fiancée, rien de tout ceci ne serait arrivé. Je suis désolée, chérie… Aucun poste ne vaut que tu sois à ce point bouleversée. Veux-tu que nous sautions dans mon camping-car et mettions le cap sur la Floride ? Tu n'as qu'un mot à dire. Je t'emmènerai voir les chats Hemingway, et il y a ce petit bar sur la plage qui fait des cocktails de la couleur du coucher de soleil. Alors, qu'en dis-tu ?

— J'en dis que c'est autant ma faute que la tienne, maman. J'aurais pu dire à M. Jacobs que je n'étais pas fiancée, mais j'ai laissé mon ambition me détourner du droit chemin. Et, ce n'est que pour deux jours. Inutile de gâcher le mariage.

Anne parvint à sourire et étreignit sa mère.

— Tu es sûre ? Cela ne me gêne pas d'avouer à Alvin que je suis à l'origine de ta situation délicate.

« Délicate » n'était pas le qualificatif qu'aurait employé Anne. La frustration, qui semblait aller croissant, correspondait bien plus à ce qu'elle ressentait.

— Non, maman, dit-elle en refermant la porte-fenêtre et en revenant dans la pièce. Surtout, ne fais plus rien. A présent, laisse-moi, que je puisse récupérer.

— Comme tu veux, chérie, répondit Faylene en se dirigeant vers la porte. A tout à l'heure…

Restée seule, Anne s'allongea sur le lit et ferma les yeux pour réfléchir.

L'épisode du chalet était encore flou dans son esprit. On aurait dit un rêve brumeux. La femme de ce rêve était incroyablement excitée, exubérante de désir… Il n'y avait aucun doute quant à l'identité de l'homme : c'était bien Mitchell. Anne ne put réprimer un gémissement. Si l'homme était Mitchell et la femme Annie, que s'était-il réellement passé ?

Quand elle s'était réveillée, elle avait éprouvé… quoi donc, au juste ? Elle fouilla sa mémoire, essayant de trouver un point de comparaison. Et puis elle sut. A Hawaii, alors qu'elle était allée marcher seule sur la plage, le dernier soir, décidée à ne plus jamais s'engager, elle avait vu une étoile filante. Dans une traînée de lumière argentée, celle-ci avait traversé le ciel et terminé sa course au large, happée par l'obscurité — la laissant fascinée, le cœur battant à tout rompre, le souffle court, la peau hérissée, comme si elle avait été éclaboussée par des grains de lumière tombés de l'étoile. Anne avait été troublée. Et un peu effrayée, aussi. Mais elle savait qu'elle avait éprouvé quelque chose qui ne reviendrait peut-être jamais plus.

A son retour à l'hôtel, elle avait fait ses bagages et pris le premier vol en partance pour Atlanta, résolue à bannir ce genre de fantasme de son existence.

Elle n'avait jamais oublié cette expérience, mais jusqu'à cet après-midi, elle n'avait plus jamais ressenti une telle chose. Se réveiller avait été comme regarder cette étoile. Et soudain, elle se rappela ses rêves, des rêves érotiques, des rêves d'amant merveilleux et de forêt tropicale embaumant l'orchidée, de couple faisant l'amour. Elle avait ouvert les yeux à contrecœur pour se découvrir couchée — seule. Elle n'avait cependant pas dormi seule. L'oreiller à côté du sien portait encore la marque d'une autre tête. Mais elle était incapable de faire la part du rêve et de la réalité.

Et elle en connaissait maintenant la cause : la pommade de Mitchell… La médication semblait avoir soigné son érythème solaire, mais elle n'était pas certaine que le remède ne fût pas pire que le mal.

Mitchell entendit la porte d'Anne se refermer, et un bruit de pas indiquant que Faylene s'éloignait. Du moins ne viendrait-elle pas frapper chez lui pour exiger une explication. Apparemment, Anne ne lui avait rien dit de l'autre effet de la pommade.

Il ne put réprimer un juron.

« Mitchell, se dit-il sans aménité, peut-être ignorais-tu l'effet qu'aurait sur elle cette pommade, mais tu n'es pas innocent pour autant ! Dès que tu l'as vue à travers la porte de la douche, tu n'as eu de cesse de la toucher. Reconnais-le. Tu étais excité comme jamais… Si tu n'avais pas eu cette pommade, tu aurais utilisé du dentifrice. Une fois que tu l'as eu touchée, tu n'as plus eu qu'une envie : continuer. Tu as bouleversé la vie d'une femme honnête, une femme qui a été déçue par un père aussi aimant qu'irresponsable, et trahie par un collègue indifférent. Où cela te mène-t-il ? »

Il se dirigea vers la porte de communication… et s'immobilisa.

Qu'est-ce qui faisait qu'il était différent des deux premiers hommes de sa vie ? Son honneur ? Sa parole ? Peu importait la façon dont les choses avaient commencé : leur arrangement n'était plus le même. Soit Annie ne se rappelait pas ce qui s'était passé entre eux, au chalet, soit elle faisait semblant. Peut-être valait-il mieux laisser les choses en l'état. Dans deux jours, tout serait terminé.

Laisser les choses en l'état… Ces dernières années, c'était devenu son leitmotiv. Après les plages de Hawaii, il avait arpenté les quartiers déshérités de la planète, photographiant des mendiants, des enfants des rues au regard désespéré et à la main tendue. Au début, il avait laissé tomber quelques pièces dans ces paumes ouvertes, puis il avait compris que l'argent qu'il leur donnait ne changerait rien à leur expression. A chaque enfant croisé, il avait pensé à ses frères et sœur, se disant que, dans d'autres conditions, leurs yeux auraient pu être emplis du même désespoir. Et il avait songé à son enfant, celui qu'il n'aurait jamais.

Il était temps, à présent, de passer un coup de fil à Bettina. Il avait besoin de savoir si elle était pour quelque chose dans ce week-end. Une chose était claire : il devait se trouver un appartement. Bettina était beaucoup trop impliquée dans son existence. Il sortit sa carte téléphonique et composa le numéro de Bettina.

Pas de réponse. C'était normal. Le vendredi, son agence fermait à 17 heures.

Il laissa un message :

— Bettina, c'est Mitchell. Je suppose que tu sais maintenant — ton amie et complice, Faylene Harris, a déjà dû te mettre au courant — que j'assiste au mariage de la petite-fille de

M. Jacobs en compagnie de ma « fiancée », Mlle Anne Harris. J'aimerais juste que tu confirmes la part que tu as prise dans cette conspiration, avant que je ne te désavoue publiquement et que je ne t'écharpe. J'escompte aussi que tu compléteras le salaire qui m'est versé et qui est loin de correspondre à mes honoraires habituels. Dès mon retour à Atlanta, je récupérerai le chèque que tu m'auras signé, toutes les photos de moi encore illégalement utilisées par Célibataire à la carte et ma malle. J'ai l'intention de me retirer dans une île des mers du Sud et d'y rester.

S'il s'était attendu à ce que Bettina décroche, il en fut pour ses frais. Il n'en était pas étonné. Si c'était lui qui avait monté ce canular, il ne l'aurait pas davantage avoué. A supposer qu'il s'agisse d'un canular. Pour l'instant, cela l'arrangeait de croire qu'il avait été piégé. Cela lui évitait d'avoir à s'interroger sur son subit sentiment de responsabilité envers une étrangère et son empressement à changer ses propres projets — fût-ce le temps d'un week-end. Il y avait belle lurette qu'il avait décidé de vivre ses rêves. Et il ne l'avait jamais regretté. Il n'arrivait simplement pas à décider si Annie Harris était synonyme de rêve — ô combien tentant ! — ou d'obligation morale.

A quelques mètres, derrière ce mur qui les séparait, Annie était assez éloignée pour qu'il pût garder la tête froide, mais trop proche pour qu'il ne fût pas conscient de sa présence. Il n'en demeurait pas moins qu'elle lui manquait. En voyage, il avait souvent souhaité avoir des murs. Cet après-midi, il regrettait qu'il y en eût un. Il aurait aimé être au chalet avec la femme que ces murs tenaient éloignée de lui.

« Bigre ! Tu t'aventures là en eaux profondes, mon vieux. Mieux vaut rester au bord, où c'est plus sûr… »

Mais voilà qu'il alluma la télévision et tomba sur la fin du film *Casablanca*. Les yeux baignés de larmes d'Ingrid Bergman étaient rivés sur Humphrey Bogart. A ce moment-là, Mitchell sut que la traînée grise qui tourbillonnait autour de l'avion n'était pas du brouillard : c'était de la fumée. Ils étaient amoureux. Leur univers était en flammes.

— Tu t'es fait avoir, Dane, et en beauté ! marmonna-t-il dans sa barbe. Non seulement tu la désires, mais elle te plaît…

- 9 -

Les yeux rivés au plafond, Anne exhala un soupir. Elle avait dit à sa mère qu'elle avait la migraine, mais ce qu'elle éprouvait ressemblait davantage à une sensation de flottement. Elle n'était pas désorientée, et son pas était sûr, mais depuis son réveil, elle sentait monter en elle une étrange impatience. Soit l'effet de la pommade se faisait encore sentir, soit le lien qui l'unissait à Mitchell Dane devenait plus fort.

Elle devait se ressaisir avant que la situation ne lui échappe complètement. Le problème, c'est qu'elle ne savait pas comment s'y prendre. Aucun de ses stages ou séminaires ne l'avait préparée à Mitchell Dane. Elle s'aventurait là en terrain inconnu. Son objectif initial était de persuader son patron que Mitchell et elle s'aimaient, et il lui fallait arriver au terme de la soirée qui s'annonçait sans laisser le fantasme devenir réalité.

Elle ne devait pas seulement feindre d'être gagnée par l'ambiance idyllique du week-end, elle devait aussi s'occuper de la fusée toujours prête à décoller qu'était Faylene. Il y avait d'abord eu le camping-car. Aujourd'hui, c'était une CB et internet. A chaque nouvelle fantaisie, Anne avait l'impression d'entendre le cliquetis d'une caisse enregistreuse. Il ne lui restait plus qu'à espérer que la prochaine lubie de sa mère ne serait pas un voilier.

« Voilier »... Le mot la ramena automatiquement à Mitchell. Or, elle ne le voulait pas. Secouant la tête, Anne essaya de mettre un semblant d'ordre dans le chaos de ses pensées. En vain.

— Fais une liste, ma vieille, marmonna-t-elle au bout de quelques minutes, ou tu ne t'en sortiras pas.

Alvin Jacobs ayant fort obligeamment doté la chambre d'un bureau — avec bloc de papier à lettres et stylo —, elle alla s'y asseoir et se mit au travail.

« 1. Convaincre M. Jacobs que Mitchell Dane est ton fiancé.
2. Faire montre d'efficacité, de raffinement, de charme, et d'une totale décontraction (tu dois prouver à M. Jacobs que tu sais te tenir en société).
3. Convaincre Mitchell Dane que sa prestation ne lui rapportera pas d'Oscar.
a) Limiter les contacts.
b) Aucun baiser.
c) Oublier Richard Gere et éviter le maquillage. La dernière chose dont tu aies besoin, c'est d'avoir les lèvres de Sandra Bullock. »

Elle biffa les points a, b et c, et écrivit :

« 4. Etre Anne, pas Annie.
5. Ne pas m'endormir. »

Mais elle arracha la feuille du bloc, en fit une boule, et la jeta à la corbeille. Une demi-heure et une corbeille à moitié pleine plus tard, Anne se levait et allait coller l'oreille au mur. Rien. Pas un bruit. Mitchell ne se trouvait probablement pas dans la chambre. A cette pensée, l'inquiétude la saisit. Pourvu qu'il n'eût pas pris sur lui d'aller trouver M. Jacobs ! Non… Il n'aurait pu faire une telle chose…

Pas très rassurée, Anne alla se rasseoir et commença une autre liste qu'elle intitula :

Ce que j'aimerais vraiment.

« 1. J'aimerais être Annie.
a) J'aimerais que Mitchell Dane soit mon amant.
b) J'aimerais oublier tout ce qui a trait à Faylene et à l'argent.
2. J'aimerais… »

Elle déchira le feuillet, qui alla rejoindre les autres. Elle faisait trop de listes… Très vite, avant de changer d'avis, elle marcha vers la porte de communication. Celle-ci s'ouvrit avant même qu'elle eût eu le temps de frapper, et elle se retrouva nez à nez avec Mitchell.

— Il faut que nous parlions, dit-elle tout de go.

Il s'écarta pour la laisser passer.

— Entrez.

Elle jeta un coup d'œil derrière lui, vit le grand lit recouvert de brocart, et hésita.

— Ne pourrions-nous pas aller dehors ?

Mitchell hocha la tête et fit coulisser la baie vitrée donnant sur le jardin. Il portait toujours son vieux jean, mais il avait ôté sa chemise et s'était déchaussé. Elle se détourna et commença à descendre l'allée, presque confondue par la luxuriance de l'endroit.

— C'est si beau…, murmura-t-elle, respirant à pleins poumons. Jamais je n'avais vu autant de fleurs.

Au bout du jardin se trouvaient une porte et, derrière cette porte, un sentier qui traversait la pelouse impeccable menant au lac. Des tables étaient déjà dressées pour le *luau*. Le soleil de fin d'après-midi filtrait à travers un plafond de verre si habilement élaboré que l'on n'avait même pas conscience de se trouver dans un espace clos.

— Je pense qu'il est évident que votre mère s'intéresse à Alvin Jacobs, dit Mitchell. Et je comprends pourquoi. Il est rare de tomber sur un homme qui aime la nature au point d'en recréer la beauté sans faire plus de mal que de bien.

— Oui. Et vous avez raison, en ce qui concerne ma mère. Alvin Jacobs l'intéresse certainement. Mais même si elle a des vues sur lui, il est impossible qu'il s'intéresse à elle. C'est mon patron.

— Vous pouvez dire ce que vous voulez, mais après avoir rencontré Faylene, je crois que n'importe quel homme s'intéresserait à elle. Aimez-vous les fleurs ?

— Beaucoup. Mais je préfère les admirer comme ça, dans leur élément naturel, plutôt que dans un vase.

Anne reporta son attention sur l'essaim de serveurs qui s'affairaient autour des tables, les recouvrant de nappes blanches. D'immenses torches étaient déjà plantées le long des sentiers menant au lac et sur le ponton. Une telle débauche de luxe était une facette de M. Jacobs à laquelle elle ne s'attendait pas. L'idée que Faylene pût user de son charme sur cet homme sans méfiance était effrayante. Plus effrayante encore était la perspective de le voir y succomber.

— Et j'espère que vous vous trompez, à propos de ma mère et de M. Jacobs…, murmura-t-elle. Mais je crains que vous n'ayez raison. Et que, tôt ou tard, elle ne se livre à l'une de ces excentricités dont elle a le secret. Je ne pense pas pouvoir expliquer le fonctionnement du cerveau de Faylene. Je ne veux même pas essayer — du moins pas tant que nous… pas avant que je n'aie… Il faut que nous parlions.

— Une minute, Annie. D'abord, je tiens à vous présenter des excuses pour ce qui s'est passé cet après-midi. Je vous aurais mise en garde si j'avais su que vous seriez à ce point sensible à la pommade. Je vous garantis que personne ne le saura.

— *Moi*, je le sais. J'ai essayé de prétendre que je rêvais, mais ce n'était pas le cas ! Si vous l'aviez voulu, vous auriez pu me faire l'amour. En fait, il me semble me rappeler vous l'avoir demandé.

— C'est exact. J'ai refusé. Ce n'était pourtant pas l'envie qui m'en manquait… Mais je ne pouvais pas. Vous n'étiez pas responsable de votre désir.

— Je me souviens… vous avoir caressé. Le reste est un peu confus. Nous n'avons pas… Je veux dire…

— Nous n'avons absolument rien fait, soyez-en bien certaine. Je suis allé piquer une tête dans le lac pour ne pas abuser de vous. Mais nous ferions bien d'avertir les riverains qu'il pourrait y avoir abondance de poissons morts. Je suis certain que la température de l'eau a monté de façon spectaculaire ! Je suis désolé, Annie.

— Rien de tout ceci n'est de votre faute — ni même de la pommade. Vous essayiez seulement de m'aider.

Elle s'arrêta, se tourna vers lui et croisa les bras sur sa poitrine.

— En fait, vous ne faites que ça depuis le début : essayer de m'aider. J'aimerais… que nous oubliions ce qui s'est passé.

— L'oublier ? répéta Mitchell.

« Pas pour tout l'or du monde… » Et à l'attitude d'Anne, il était clair qu'elle non plus ne parvenait pas à effacer certains détails de sa mémoire. Elle était simplement résolue à ne pas le lui montrer.

— Je sais…, reconnut-elle. Il semble que je ne sois pas plus capable que vous de chasser cela de mon esprit. Ça ne serait peut-être pas arrivé si je n'avais pas rêvé pendant des mois de l'homme sur la photo. Mon amoureux imaginaire… Sauf qu'aujourd'hui, vous êtes bien réel. Et c'est pour moi un dilemme. Je ne pense pas que le citoyen du monde que vous êtes puisse comprendre de quoi je parle…

Il le comprenait, même si les ennuis qu'il avait anticipés étaient réels et si, debout à côté de lui dans son short froissé et son chemisier à manches longues, elle était toujours Annie, celle qu'il avait visualisée sur une plage, au coucher du soleil, portant un sarong, une orchidée derrière l'oreille. Même Bettina et Faylene n'auraient pu imaginer ce jardin. Il ignorait ce qu'en pensait Annie, mais ce fantasme, après le genre de stimulant physique de leur étrange après-midi, avait quelque chose de réel.

— Je pense que nous avons une bonne chance de convaincre votre patron que nous sommes fiancés. Impossible de prétendre qu'il n'y a rien entre nous.

— Je crains malheureusement que vous n'ayez raison.

— N'était-ce pas ce que vous vouliez ?

— Si seulement je ne voulais pas que ce soit vrai…, avoua-t-elle d'une voix douce.

— Vous avez conscience que ça va être de plus en plus dur, je suppose ?

— Comment ?

— Il y a un banc un peu plus loin, reprit-il au bout d'un long silence. Allons nous y asseoir pour en discuter.

Elle le suivit jusqu'au banc et s'assit.

— Faylene me paraît être une femme intelligente, Anne. Pourquoi ne pas lui dire exactement ce qu'il en est ? Si Jacobs ne joue pas franc-jeu, j'ai dans mes relations quelques personnes que je pourrais appeler. Elles sauraient apprécier vos talents, et vous n'auriez pas à mentir.

Anne fronça les sourcils. Sa proposition l'étonnait. Elle avait dit à Faylene que Mitchell ne jouait pas franc-jeu. Peut-être qu'elle non plus. Il méritait de connaître la vérité.

— Je n'ai pas été entièrement honnête avec vous, Mitchell. Faylene aimait mon père. Il lui avait promis qu'elle ne manquerait de rien si, par malheur, il lui arrivait quelque chose. Je ne voulais pas qu'elle sache qu'il n'était pas l'homme qu'elle croyait. Je ne voulais pas qu'il soit inférieur à ce que je croyais.

— L'était-il ?

— Oui et non. Le premier mari de Faylene était, pour parler poliment, un minable doublé d'un paresseux. Mon père était tout le contraire ; simplement, il n'avait pas ce qu'il fallait pour nous faire vivre comme il l'aurait voulu. Quand il a acheté sa seconde librairie, il a dit à Faylene de se montrer patiente, et que, sous peu, ils verraient le bout du tunnel. Il a tout mis en œuvre pour tenir sa promesse et ne pas la décevoir. Mais c'était un rêveur. Lorsque ce supermarché a ouvert, il n'a pas pu se maintenir à flot. Ensuite, il est mort. Je voulais la protéger.

— Faylene ne me donne pas l'impression d'être le genre de femme à ne pas s'informer de l'état de ses finances.

— Elle m'a posé des questions. Je lui ai montré la police d'assurance. Je n'ai cependant pas pu me résoudre à lui dire que la quasi-totalité de la somme avait servi à régler les dettes laissées par mon père. Et il n'y a pas que ça. Quand j'ai… perdu mon emploi et emménagé à Atlanta, j'ai dû emprunter l'argent du déménagement. Je n'ai toujours pas fini de le rembourser.

Mitchell était touché. En dépit de ses dires, il avait cru qu'Annie était guidée par l'ambition. Il s'était trompé. Elle visait les sommets afin de pouvoir protéger sa mère.

— Et quand avez-vous l'intention de la mettre au courant ?

— Je ne sais pas. Je m'attendais à ce qu'elle se trouve un autre mari. Mais elle s'est mis en tête de me caser d'abord. Il est évident que je vais devoir lui dire ce que j'en pense. J'ai été à deux doigts de le faire quand nous bavardions dans ma chambre, tout à l'heure, mais pourquoi lui gâcher son week-end ? Je lui parlerai après le mariage.

— A votre guise. Et si, pour que vous ayez votre promotion, il suffit que nous convainquions Jacobs que nous sommes ensemble, convainquons-le !

— Mon obtention de ce poste ne dépend malheureusement pas uniquement de nos fiançailles, déclara Anne, le front barré d'un pli soucieux. Il y a un autre petit problème dont je ne vous ai pas parlé. Millie, ma rivale immédiate, a proposé plusieurs idées que M. Jacobs a déjà mises en pratique, parmi lesquelles la crèche pour les enfants des employés. Et elle a déjà un mari et deux enfants parfaits. Cela fait d'elle sa favorite.

Mitchell commençait à saisir. Un fiancé n'était que le moyen, pour Annie, de rester dans la course.

— Vous avez donc besoin d'un fiancé *et* d'une idée massue ? Très bien. Une chose à la fois. Je ne suis pas un homme d'affaires, mais je suis assez créatif. Sitôt que nous en aurons terminé avec le mariage, nous réfléchirons à un concept révolutionnaire.

Elle exhala un soupir.

— Le marketing n'est pas si simple. Je sais que j'ai été trop préoccupée par ma mère pour être productive. En tant que photographe, ce que vous faites est visible. Ce que je fais ne passera pas à la postérité. Je veux dire qu'après ma mort, personne ne se souviendra qu'Anne Harris a monté une formidable campagne publicitaire qui a fait vendre des millions de chaises-pots. Mais il suffira de regarder l'une de vos photos pour savoir que ce que vous avez photographié est réel.

— Annie, je ne suis plus certain de savoir ce qui est réel… Une chaise-pot est une chaise. A moins qu'elle ne soit cassée, ça reste une chaise. Certaines choses que je photographie ne sont qu'une illusion. Des femmes anorexiques deviennent top models parce que je les fais paraître belles. Disons simplement que je ne suis pas certain que ce que je vends soit le reflet de la réalité.

Elle se leva et passa devant lui pour rentrer.

— Bien sûr que si ! Et vous êtes un excellent vendeur. Ce soir, nous devons vous vendre comme l'homme que je vais épouser. La semaine prochaine… Eh bien, la semaine prochaine, à moins que je n'y mette le holà, Faylene sera libre d'aller à La Nouvelle-Orléans pour se faire tirer les cartes, vous serez en route pour de nouveaux horizons, et j'aurai retrouvé mon bureau.

Il lui attrapa la main, l'obligeant à s'arrêter.

— Mais ce soir, Anne Harris, je suis l'homme qui vous aime. Ce soir, vous devez me rendre mon amour.

Le souffle court, elle se dégagea et se rua vers la maison.

— Je serai prête dans une petite demi-heure ! cria-t-elle par-dessus son épaule.

Anne se regarda dans la glace. Avec ses cheveux noirs et le sarong rouge qui la moulait comme une seconde peau, elle aurait pu être la fille des îles que Mitchell avait évoquée. Il ne lui manquait plus que la fleur derrière l'oreille. Et un peu de courage… C'est alors qu'on frappa à sa porte.

Elle alla ouvrir. Mitchell se tenait sur le seuil, et il avait à la main un hibiscus de la couleur de sa robe.

— L'hibiscus est la fleur de Hawaii, dit-il en le lui glissant derrière l'oreille gauche. Quand une femme arbore une fleur derrière son oreille droite, cela signifie qu'elle a un amoureux.

— Et qu'est-ce que cela veut dire, lorsque la fleur est derrière l'oreille gauche ?

— Cela signifie que la dame a envie qu'on lui fasse l'amour, répondit-il, épousant des doigts le contour de sa joue.

— C'est vrai ?

Il sourit. L'image de Melia commençait à s'estomper dans son esprit et, pour la première fois depuis bien longtemps, il se sentait léger.

— Je l'espère, répondit-il. A condition que je sois le seul célibataire présent à cette fête. Si Faylene s'avise de vous présenter à quelqu'un d'autre, je la noie !

— J'en déduis que ma tenue vous plaît.

— Oh, oui ! Je savais que vous étiez faite pour le sarong. Et il ne pouvait être que rouge. Il est parfait. Vous êtes très belle.

— Merci.

Si elle était très belle, il n'avait rien à lui envier. Ce soir, il portait une chemise de soie imprimée rouge et un pantalon crème. Ses pieds nus étaient chaussés de mocassins marron en cuir tressé. Ses cheveux fauves étaient tirés en arrière, et retenus par une lanière du même cuir que ses chaussures.

— J'ai peur, Mitchell…, murmura-t-elle, ignorant le contact de ses doigts sur son visage. Je ne sais pas ce qui nous arrive, mais il est hors de question que j'éprouve quoi que ce soit pour vous…

— Pourquoi ?

— Les sentiments sont très dangereux. Vous ne savez jamais où ça peut vous mener.

— Peut-être avez-vous raison, mais il est trop tard,*'uno'i*. Nous avons passé un accord. C'est dans le contrat. Ce soir, Annie Harris et Mitchell Dane sont fous amoureux l'un de l'autre. Quant à Anne… Eh bien, oublions-la ! ajouta-t-il avant de pencher la tête vers elle.

Ses lèvres étaient douces. Elles effleurèrent les siennes avec la légèreté d'une aile de papillon. Puis il se redressa et la dévisagea.

— *Khe po ho'oipoipo*, ma princesse des îles.

— Qu'est-ce que cela signifie ?

— Que cette nuit est faite pour l'amour.

- 10 -

— Je suis enchanté de vous voir, Anne. Est-ce l'heureux élu ?

— Oui, monsieur. Permettez-moi de vous présenter Mitchell Dane, mon… fiancé. Mitchell, voici M. Jacobs, mon employeur.

Les deux hommes échangeaient une poignée de main quand Faylene les rejoignit. Elle salua Mitchell, puis se tourna vers Anne.

— Ta robe est superbe, ma chérie. Plus osée que celles que tu portes ordinairement, mais superbe. Et l'hibiscus derrière l'oreille te donne un petit air exotique qui te sied à ravir. Où l'as-tu trouvé ?

— Bonsoir, Faylene, dit Mitchell. Je crains qu'il ne vienne du magnifique jardin de M. Jacobs. J'espère que vous ne me tiendrez pas rigueur de l'avoir cueilli, monsieur.

— Mes jardins sont faits pour qu'on en profite. Encore qu'ils soient loin de valoir toutes les merveilles que vous avez dû voir au cours de vos voyages. Avez-vous visité Versailles ?

— Oui. Mais je préfère la beauté naturelle de la forêt tropicale que nous venons de traverser. Le jardinage est-il votre hobby ?

— Non, c'était la passion de ma défunte épouse, répondit M. Jacobs. Je me suis contenté d'achever ce qu'elle avait commencé. Je regrette seulement qu'elle ne soit pas là aujourd'hui pour voir le bonheur de notre petite-fille. Rien de tel que la famille, Mitchell. Quoi que vous fassiez dans la vie, si vous ne le faites pas par amour, cela n'a aucun sens.

Le sourire que M. Jacobs adressa à sa mère n'échappa nullement à Anne. Non plus que l'éclat inhabituel des yeux maternels. Elle frémit intérieurement. M. Jacobs était à la fois fortuné et veuf, et Faylene ne cachait pas que ces deux qualités arrivaient en tête de celles qu'elle recherchait chez un mari. Mais en l'occurrence, il s'agissait de son patron. Elle sentit une boule se former dans sa gorge. Une boule de la taille d'une grenade, prête à exploser…

Comment diable avait-elle pu croire qu'elle et Mitchell réussiraient leur coup ? Faylene pouvait à tout moment décider de…

— Oh, à propos, Anne, je savais que tu n'aurais probablement pas le temps de courir les magasins pour trouver un cadeau de mariage. Je suis allée à l'Atelier de Lana, et j'ai commandé une sculpture. La petite-fille d'Alvin va l'adorer. J'ai fait mettre la facture à ton nom, chérie. Il semble que je sois une fois de plus à découvert… Oh, regardez là-bas ! On a dressé un arbre de mariage. Alvin a expliqué que les hôtes sont invités à parer ses branches d'argent — de préférence, des grosses coupures — et que la somme ainsi récoltée ira, non pas aux mariés, mais au service pédiatrique de l'hôpital local. Je vais tout de suite y accrocher notre contribution.

— Laissez, s'interposa Mitchell, je m'en charge. En notre nom à tous les trois. Après tout, en tant que votre futur gendre, je ne tiens pas à ce que les femmes de ma vie travaillent trop dur. Economisons donc *votre* argent et dépensons le mien.

Anne observait, stupéfaite. Avant que Faylene eût compris ce qui se passait, Mitchell était allé accrocher un billet à une branche basse. La promptitude de sa réaction avait empêché Faylene de dépenser un argent qu'elle ne possédait pas. Anne ne voulait pas songer à sa visite à l'Atelier de Lana, où la moindre sculpture coûtait une petite fortune.

Faylene, qui avait suivi Mitchell jusqu'à l'arbre de mariage, revenait avec lui en bavardant.

— Il n'y a pas meilleure femme que votre mère, dit M. Jacobs. Toujours à songer aux autres. Je sais maintenant de qui vous tenez votre nature généreuse.

— Ma nature généreuse ?

Anne n'osa pas demander ce qu'il entendait par là.

— Je faisais allusion à toutes ces heures que vous consacrez à votre travail, et ce, très souvent, jusqu'à une heure tardive de la nuit. A en croire votre mère, vous êtes en train d'imaginer un concept original qui fera date dans l'histoire de notre société. Quand comptez-vous m'en parler ?

Anne eut l'impression que la grenade logée dans sa gorge tombait dans le fond de son estomac et explosait.

— Bien… bientôt, bafouilla-t-elle. Il n'est pas encore tout à fait au point.

Faylene, qui, avec Mitchell, les avait rejoints, vint se placer à côté d'Anne.

— Tout n'est-il pas merveilleux ? lui souffla-t-elle à l'oreille. Mitchell vient de me dire que si un jour l'envie me prenait d'acheter un objet particulier, il s'arrangerait avec ses collègues pour que nous obtenions une remise. N'est-il pas extraordinaire ?

Il l'était, en effet. Il avait trouvé le moyen de contrôler les dépenses de Faylene. Il y avait longtemps que nul n'avait ainsi essayé de lui faciliter les choses.

A cet instant, l'orchestre se mit à jouer, et la mère de la mariée déclara le buffet ouvert.

— Allons nous restaurer, dit M. Jacobs, entraînant Faylene. Il faut que vous me racontiez vos voyages, ajouta-t-il à l'adresse de Mitchell. J'espère que, pour le moment, vous ne songez pas à nous enlever Anne. J'ai de grands projets pour elle, après le mariage.

« Après le mariage… » Anne gémit intérieurement.

— Nous n'en avons pas vraiment discuté, n'est-ce pas, Anne chérie ? dit Mitchell.

— Oh, non… En fait, il est probable que vous devrez me supporter encore quelque temps. Mitchell ne tient pas en place ; il est toujours par monts et par vaux, en reportage. Il n'est pas homme à se fixer, n'est-ce pas, mon amour ?

— Qui sait ? rétorqua Mitchell avec un large sourire. La vie réserve parfois des surprises.

— Je suis bien placée pour le savoir, dit Faylene tout en se servant copieusement d'une appétissante salade hawaïenne. Venez, allons nous asseoir à cette table, là-bas… Je veux, moi aussi, entendre Mitchell nous narrer ses aventures.

— Et moi j'aimerais que vous me parliez des chats Hemingway, dit Mitchell, suivant Faylene et Alvin.

Il posa son assiette sur la table, prit deux verres de vin sur le plateau d'un serveur qui passait et tira une chaise à l'intention d'Anne.

— Je sais que tu aimerais que ce mariage soit le nôtre, lui dit-il, mais, rassure-toi, tu n'auras plus longtemps à attendre…

Quand Anne s'assit, il se pencha vers elle et ajouta :

— *Khe po ho'oipoipo.*

Elle s'empourpra.

— *Khe po ho'oipoipo* ? répéta Faylene. Je ne crois pas savoir ce que ça signifie.

— Et j'espère que tu ne le sauras jamais, répliqua Anne avant de vider son verre d'un trait.

— Ne sois pas ridicule, chérie, dit Mitchell, prenant place à côté d'elle. C'est la façon qu'ont les Hawaiiens de dire…

— Bon appétit, coupa Anne. Va me chercher un autre verre de vin, veux-tu, *chéri* ?

Mitchell sourit et se leva.

— Tes désirs sont des ordres.

Quelques secondes plus tard, il était de retour avec le verre demandé.

— Ne force pas sur la boisson, lui dit-il en le posant devant Anne. Je n'ai pas envie que tu sois trop éméchée pour danser avec moi.

— Eméchée, moi ? Ce n'est pas mon genre !

— C'est vrai, renchérit Faylene. Anne est la bienséance incarnée. Jamais elle ne s'amuse… Je le regrette suffisamment !

— Arrêtez ! intima Anne entre ses dents. Vous en faites trop.

— Oh, je ne suis pas d'accord, Faylene, dit Mitchell comme s'il n'avait pas entendu. Il arrive parfois qu'Anne ronronne de plaisir… Dites-moi, est-ce que les chats Hemingway ronronnent ?

Anne feignit de ne pas savoir à quoi il faisait allusion. Mais elle se rappelait clairement les petits bruits qu'elle avait émis, quand, au chalet, il avait enduit de crème son corps brûlant — dans tous les sens du terme. Elle avait indéniablement ronronné. Et bel et bien de plaisir…

D'un air de défi, elle vida son verre, puis celui de Mitchell, et arbora un sourire. Mais le cœur n'y était pas. Un prétendu fiancé résolu à convaincre tout le monde qu'ils s'aimaient pourrait bien se révéler incontrôlable.

— Venez, Annie, dit Mitchell. Faisons comme Faylene et M. Jacobs, et allons danser.

— Pourquoi ?

— Parce que ça va paraître étrange, si vous ne dansez pas avec votre fiancé !

Il lui prit la main et l'obligea à se lever.

— Par ailleurs, j'ai envie de vous toucher.

— Ce n'est pas… dans le contrat.

— Vous n'avez pas lu toutes les clauses, rétorqua-t-il en l'entraînant sur la piste artificielle.

Ses genoux étaient si raides qu'elle parvenait à peine à marcher. Et lorsqu'il l'enlaça, ce fut son cœur qui manqua un battement, et sa respiration qui s'altéra.

— Je vous remercie, dit-elle dans un souffle, essayant de penser à autre chose.

— Pourquoi, grands dieux ?

— Pour le billet que vous avez accroché à l'arbre de mariage. Il va de soi que je vous rembourserai.

— Il n'en est pas question. Cela fait partie de notre plan. Il faut qu'elle me croie inquiet de vous voir travailler autant. Il faut qu'elle fasse la relation avec ses dépenses, et qu'elle ralentisse un peu.

Il resserra son étreinte.

— Détendez-vous, chérie… Qu'y a-t-il donc ? Vous n'aimez pas danser ?

— Oh, si… Beaucoup.

— Je dois vous dire qu'adolescent, je ne voyais pas l'intérêt qu'on pouvait avoir à danser, reprit Mitchell. Jusqu'à ce que DeeDee Dixon emménage dans la maison voisine. Elle avait seize ans, et c'était une véritable bombe. Un jour qu'elle s'exerçait à danser avec ses amies, j'ai décidé qu'elle s'en sortirait beaucoup mieux avec un homme. Et quel homme ! Je n'avais que quatorze ans, mais j'étais précoce. Mes copains se sont moqués de moi, mais c'était la seule façon que j'avais trouvée de l'approcher.

— Que s'est-il passé ?

— Eh bien, ça a commencé ainsi…

Il tortilla des hanches, et plaqua une évidente érection contre ses jambes.

Elle eut un haut-le-corps.

— Mitchell ! Je ne suis pas DeeDee Dixon !

— Et je n'ai plus quatorze ans.

— Les gens nous regardent…

— C'est ce que nous voulions, non ?

— Oui… Ou plutôt, non. C'est-à-dire…

Elle avait autant de mal à respirer qu'à suivre le rythme imposé par les tambours de l'orchestre hawaïen. Deux pas en avant, un petit mouvement latéral, et il la soulevait contre lui, puis la laissait de nouveau glisser sur le sol.

Faylene et Alvin passèrent devant eux en tourbillonnant.

— Je crois que nous donnons des idées à Alvin, murmura Mitchell, la voix maintenant rauque d'émotion contenue.

Anne avait vu, en effet, les paupières closes de sa mère et l'expression satisfaite de M. Jacobs.

— Moi aussi. Mais je ne suis pas certaine qu'aucun d'eux se soucie de nous.

Le soleil disparut finalement derrière les arbres, cédant la place à la lune.

— Venez, dit Mitchell, glissant un bras autour de sa taille. Descendons au bord du lac. Nous y serons plus tranquilles. M. Jacobs nous observe. Nous sommes un couple amoureux, vous vous souvenez ?

Elle ne répondit pas.

— Savez-vous pourquoi les femmes des îles portent le sarong ?

— Par tradition ?

Ils avaient atteint le rivage.

— Parce qu'il est plus facile pour faire l'amour. Il suffit de tirer, comme ça…

Soudain, elle se retrouva en petite culotte et soutien-gorge.

L'instant d'après, elle était allongée sur le sable fin de la plage aménagée, nue — ils l'étaient tous deux — et, éperdue, elle découvrait la morsure du désir, le doux vertige de la volupté. Son corps était en feu. Un authentique volcan en éruption… Et cette fois, aucune pommade n'en était responsable.

Au loin, le slow langoureux, sensuel, avait été remplacé par une musique plus syncopée. Anne avait perdu la notion du temps et de l'espace. Et puis, tout à coup, entre deux baisers, elle sentit le sexe de Mitchell s'insinuer entre ses cuisses.

Des frissons la parcoururent de part en part, comme au chalet. Sans doute l'onguent avait-il libéré ses inhibitions, mais à présent, c'était son partenaire qui enflammait ses sens, et elle sut qu'elle avait envie qu'il lui fasse l'amour. Elle noua les bras autour de son cou et poussa un gémissement. Sa mère avait raison. Pour une fois, elle pouvait oublier sa course à la promotion. Le décor se prêtait à un interlude romantique. Une nuit, rien qu'une, et ce serait terminé… Elle pouvait bien s'octroyer ce plaisir.

— Non, murmura Mitchell lorsqu'elle s'arqua pour le recevoir. Je n'ai pas de protection.

Et elle-même ne prenait pas la pilule. Mais au diable la prudence ! Elle allait devenir folle s'il ne la prenait pas ici, sans plus tarder…

— Je m'en fiche, rétorqua-t-elle en le guidant vers l'intimité des plis de sa chair.

Il la pénétra d'un coup de reins, lui arrachant un cri d'extase, et c'est ensemble qu'ils atteignirent l'orgasme.

— Désolé, dit-il, un peu plus tard, quand ils eurent recouvré leurs esprits. J'aurais dû être capable de me contrôler. C'est juste que… il y avait si longtemps que je n'avais connu une étreinte aussi passionnée. Cela étant, je ne le regrette pas.

— Moi non plus.

Avec un sourire, il prit la fleur d'hibiscus, dont la tige était toujours coincée dans ses cheveux, et la fit passer de l'autre côté.

— Un amoureux, un vrai, ne la laisserait pas terminer sa courte vie ici.

— Mais tu n'es pas réel, chuchota-t-elle. Tout ceci n'est que fantasme.

— Je suis réel. Et ça aussi.

Il effleura ses lèvres d'un baiser, puis la dévisagea.

— Tu m'as engagé pour deux jours. Et cette nuit n'est que la première.

Faylene regarda Anne et Mitchell sortir des bois, et esquissa un sourire. Bettina ne s'était pas trompée. Ils étaient faits l'un pour l'autre, de toute évidence.

— Vous souriez, dit Alvin. Vous avez l'air heureuse.

— Je n'en ai pas seulement l'air. Pour la première fois depuis des années, je suis *vraiment* heureuse.

— J'espère y être un peu pour quelque chose.

Faylene rougit. Anne la croyait désespérément frivole, et la tenait pour une flirteuse invétérée qui passait son temps à courir après les hommes. Elle se trompait. Cette perpétuelle fuite en avant ne visait qu'à lui faire oublier la perte de l'homme qu'elle avait aimé.

Sa rencontre avec l'employeur d'Anne lui avait fait l'effet d'un coup de massue. Son premier mari n'avait certes pas été un mauvais bougre ; il avait simplement manqué d'ambition. Mais William, le père d'Anne, lui avait prouvé qu'une femme pouvait être chérie, et il n'avait eu de cesse de la protéger. A sa mort, elle avait cru ne plus jamais connaître un tel bonheur. Puis elle avait fait la connaissance d'Alvin Jacobs.

Elle était encore impressionnée par ce qui avait suivi. Il l'avait d'abord invitée à l'accompagner à une soirée dansante, destinée à récolter des fonds pour une association caritative. Mais ils n'y étaient restés que le temps d'une danse. Ils s'étaient alors éclipsés, et elle s'était retrouvée chez lui, dans sa résidence du centre-ville, où il lui avait montré sa galerie de portraits de famille. C'était sous le grand lustre qu'il lui avait déclaré qu'il allait l'épouser.

Ils se tenaient sous le réverbère à côté duquel elle avait garé son camping-car, quand elle lui avait dit que la seule chose qui le séduisait, chez elle, c'était l'idée qu'elle emportât sa maison partout avec elle, telle une tortue.

Il avait rétorqué qu'il n'était pas homme à baisser aussi facilement les bras, mais Faylene avait admis qu'elle avait peur.

Une semaine plus tard, elle avait été abasourdie quand il lui avait demandé de l'aider à chaperonner un groupe d'enfants des quartiers défavorisés qui n'étaient jamais allés au cirque.

Anne n'était pas au courant de leur relation. Faylene avait suggéré la discrétion, afin que ses employés n'imaginent pas que leur amitié conférait des privilèges particuliers à Anne. Alvin lui avait encore une fois demandé de l'épouser.

Et elle avait refusé — encore une fois. Ils se connaissaient à peine.

Il s'était comporté en parfait gentleman, proposant qu'ils correspondent par e-mail lorsque ses affaires l'appelaient à l'autre bout du pays, offrant même de lui faire cadeau d'un ordinateur, de façon qu'elle pût se connecter à internet. Bien sûr, elle avait refusé. Pour Faylene, la fuite était synonyme de liberté. C'était alors qu'elle était partie pour Key West.

Faylene avait vite découvert que taper sur un clavier d'ordinateur était plus aisé qu'un face-à-face. Elle avait appris beaucoup de choses sur Alvin Jacobs — elle en était arrivée à mieux le connaître que ses défunts maris — et elle lui avait confié, en retour, des choses qu'elle n'avait jamais dites à personne, sauf à William. Elle avait rapidement eu l'impression de le connaître depuis toujours, de l'avoir toujours aimé. Et surtout, elle n'avait pas à faire semblant.

La seule chose qu'elle ne lui avait pas encore dite, c'est qu'elle n'avait quasiment plus un sou vaillant.

La soirée s'écoula dans un tourbillon de danses, de toasts et de rires. Les futurs mariés étaient radieux. Alvin Jacobs et Faylene l'étaient tout autant. Anne ne pouvait pas se voir, mais elle savait que son visage devait rayonner de la même façon. Ce soir, elle était Annie, et Annie traversa la soirée comme dans un rêve. Elle flottait sur son petit nuage, refusant de songer au lendemain et aux conséquences possibles de son interlude amoureux avec Mitchell. Elle aurait tout le temps de s'en inquiéter le moment venu.

Vers minuit, Alvin Jacobs annonça que l'heure avait sonné, pour le vieil homme qu'il était, d'aller se coucher.

— Mais vous, les jeunes, continuez de vous amuser. Un brunch sera servi à partir de 9 heures, demain, et jusqu'à midi, et la célébration du mariage aura lieu à 14 heures. Bonne fin de soirée à tous ! ajouta-t-il avec un sourire avant de s'éloigner, Faylene à son bras.

Anne se leva d'un bond.

— Où vas-tu ? s'enquit Mitchell.

— Avec ma mère.

— Pourquoi ?

— Parce que… parce qu'elle est…

— En âge de savoir ce qu'elle fait. Et toi aussi. Allons nous mettre au lit, avant que tu ne te transformes en conque.

— Tu veux dire en citrouille…

— Il n'y a pas de citrouille à Hawaii,*'ano'i.* Une conque est une coquille. Il y a une légende à propos de deux amants maudits, des créatures marines qui vivaient de chaque côté d'une magnifique barrière de corail. Un jour, ne supportant plus d'être séparés, ils ont plongé vers les profondeurs de l'océan qui leur étaient interdites. Mais elle avait peur. Elle a paniqué et nagé trop près d'un poisson venimeux. Ses branchies ont été endommagées. La seule façon de la sauver était de trouver un endroit où elle pourrait respirer. Il a choisi une coquille fixée à la barrière et l'a attirée à l'intérieur, se servant de son propre corps pour en condamner l'ouverture. Puis il a soufflé l'air de ses poumons dans ceux de sa belle. Elle a survécu, mais lui était devenu partie intégrante de la coquille. Jusqu'à la fin de leur vie, elle a dû remonter en surface pour aller y chercher l'air qui lui était nécessaire.

— Tu as tout inventé, dit-elle d'un ton accusateur avant de s'immobiliser.

Elle venait de s'apercevoir qu'ils étaient arrivés devant la porte accédant à la forêt tropicale.

— Bien sûr. Il fallait que je t'empêche de me quitter.

— Mais qu'adviendra-t-il si Faylene… ? Je veux dire, je ne veux pas qu'elle souffre.

Mitchell poussa la porte et s'effaça.

— Après toi… Ta mère me donne l'impression d'être parfaitement capable de prendre soin d'elle-même. Ne m'as-tu pas dit qu'elle avait eu deux maris ?

— Je t'ai également dit qu'elle s'était mis en tête d'en trouver un troisième.

— Et peut-être est-ce déjà fait. Cesse de t'inquiéter pour Faylene. Ce soir, c'est à moi que je veux que tu penses.

— Tu as raison, reconnut Anne. Je ne veux pas penser du tout. Je veux seulement sentir.

Mitchell lui caressa l'épaule.

— Nous sommes juste deux êtres se perdant l'un dans l'autre. Pour ce soir, je suis même prêt à être Richard Gere… Richard Gere *jeune*.

Elle se pressa contre lui, puis releva la tête et esquissa un sourire hésitant.

— Je ne suis pas certaine de pouvoir être Sandra Bullock.

Il se pencha pour prendre ses lèvres.

— Alors, sois mon Annie. Libère-la afin qu'elle puisse jouer.

— Annie ne sait pas jouer.

— Je lui apprendrai.

A cet instant, une petite pluie fine se mit à tomber sur eux. Il fallut à Anne quelques secondes pour comprendre : l'arrosage automatique s'était mis en route, aspergeant le jardin. Elle leva les yeux vers Mitchell. Les spots disséminés — et dissimulés — un peu partout éclairaient ses longs cils dorés et humides. Un petit son avait dû sortir de ses lèvres, car il hocha la tête. Comme en réponse, elle ouvrit le sarong et le laissa glisser sur le sol.

— Très bien, Mitchell, murmura-t-elle, tu as gagné. Aime-moi…

- 11 -

Mitchell la déposa doucement sur le lit, ôta chemise, pantalon et caleçon, et lui fit face, splendide dans sa nudité.

Plusieurs minutes s'écoulèrent pendant lesquelles Anne se borna à le contempler, fascinée par son excitation évidente. Puis elle lui tendit les bras.

— Il est encore temps de me demander de partir, murmura-t-il, la voix rauque d'émotion contenue, en s'allongeant sur elle et en caressant le triangle soyeux de son pubis.

— Tu pourrais t'en aller, riposta-t-elle. Je le comprendrais. Tu es un guerrier valeureux qui vole au secours des demoiselles en détresse…

— Et toi une femme qui prend soin de sa mère…

— T'avouerais-je qu'en cet instant, c'est le cadet de mes soucis ? chuchota-t-elle contre son oreille. Et que ma seule préoccupation, c'est toi ?

— Ce n'est pas moi qui m'en plaindrais…

Elle fit courir ses doigts vers son bas-ventre, s'y attarda quelques secondes, puis les referma autour de sa mâle turgescence, lui arrachant un petit cri de plaisir.

L'intensité du désir qu'elle le voyait éprouver l'effrayait, mais à un certain moment, entre le pique-nique et le *luau*, elle avait pris la décision de s'abandonner à la passion que cet homme avait fait naître en elle. Cela n'avait rien à voir avec sa promotion, et elle n'était plus certaine de pouvoir affirmer qu'elle satisfaisait simplement un fantasme.

Demain, la semaine prochaine, dans un an, elle le regretterait peut-être, mais elle s'en moquait. Elle refusait de songer à l'avenir. Le moment présent était le seul qui importât.

Elle gémit lorsqu'il la pénétra — protégé, cette fois — et se mit à aller et venir en elle, lentement d'abord, puis de plus en plus vite.

L'orgasme vint, subit, violent, les laissant tous deux tremblants et haletants.

Mitchell se laissa glisser sur le côté et serra Anne contre lui.

— J'ai envie de ça depuis le jour où j'ai reçu ta photo, dit-elle en souriant.

— Vraiment ?

— Oui. Je passais mon temps à la regarder. Et à rêvasser. Au point que j'ai fini par la ranger dans un tiroir. Pour moi, tu étais bien plus qu'un homme « à louer ». Tu représentais la promesse défendue de ce que l'amour... non, le désir, pouvait être. Je ne m'attendais simplement pas à le connaître un jour. Merci.

Il ne s'y attendait pas davantage. Ce qu'ils venaient de vivre était unique. Jamais il n'avait rien éprouvé de tel, avec aucune femme. Pour Annie, c'était du désir — et uniquement cela —, mais lui-même, de son côté, n'en aurait pas juré.

— Magnifique Anna Belle, susurra-t-il.

— C'est mon véritable prénom. Jc t'ai dit que mon père avait une librairie. Les livres étaient sa passion. Il adorait la poésie, et en particulier Edgar Allan Poe. Quand je suis née, il m'a prénommée Anna Belle Lee.

— Mais tu te fais appeler Anne... Pourquoi ?

— J'étais furieuse. Sa première librairie marchait bien. Il s'était juré de prendre soin de ses belles-filles et de ma mère, et c'est ce qu'il a fait, mais cela nous a coûté cher. Ma mère le tenait pour un homme merveilleux. Afin de ne pas la décevoir, il a hypothéqué notre maison et ouvert la deuxième librairie. Et puis, il y a eu l'implantation du supermarché, et les deux magasins ont périclité. Je savais qu'il nous aimait, ma mère et moi, mais il n'a jamais pu se résoudre à nous l'avouer. Il pensait qu'il était de son devoir de faire ce dont son premier époux s'était montré incapable : prendre soin de sa famille.

Faylene l'aimait. Je l'aimais aussi. Nous aurions été heureux avec moins d'argent, mais il a travaillé plus dur encore. A la fin de mes études secondaires, il avait fermé l'une des librairies. Quand il est décédé, l'année suivante, j'ai trouvé la lettre.

— La lettre ?

— Celle dans laquelle il me demandait de m'occuper de Faylene. Il laissait assez d'argent pour financer mes études et une police d'assurance. J'ai vendu la librairie, mais il y avait tellement de factures à régler que j'ai dû me servir de l'argent de l'assurance pour payer ses dettes. Maman ne méritait pas cela. Je devais être ce qu'il n'avait pas été.

— Tu as donc choisi de remplacer ton père. Tout le contraire de moi. J'ai vu mon père se ruiner la santé dans un emploi de bureau alors que son rêve était de parcourir le monde. A sa mort, il n'y avait pas de librairie à vendre et aucune assurance sur laquelle compter. Je n'ai pas eu le choix. Afin de subvenir aux besoins de mes frères et sœur, et leur permettre de terminer leurs études, j'ai pris un emploi à plein temps. Ensuite, j'ai mis les voiles. Je voulais voyager, voir tout ce qu'il n'avait pas pu voir. Je suppose que chacun de nous a, à sa manière, vécu la vie qu'aurait souhaité vivre son père. Et j'imagine qu'à une époque, moi aussi je l'ai haï de nous avoir abandonnés.

Il écarta une mèche qui balayait la joue d'Annie et la glissa derrière son oreille. La fleur d'hibiscus s'y trouvait toujours, flétrie. Il l'enleva et la posa sur la table de chevet.

— A propos de ce qui s'est produit dans les bois… Je ne regrette rien, sinon la façon dont c'est arrivé.

— Comment cela ?

— Je veux simplement dire que, d'ordinaire, je ne suis pas si… si irresponsable avec les femmes. Je n'ai pas d'excuse.

— Je ne suis pas *les femmes*, Mitchell, et j'ai pour habitude d'assumer la responsabilité de mes actes.

Elle se redressa, se mit à califourchon sur lui, et se pencha pour butiner sa clavicule. Dans la manœuvre, l'extrémité de ses seins effleura son torse, le rendant à moitié fou de désir.

Il était en réel danger, et il le savait. Jamais il ne s'était montré aussi ouvert avec quelqu'un, pas même avec ses frères.

Comment aurait-il pu imaginer que le fait de révéler à Annie la femme sensuelle qui se cachait en elle l'affecterait autant ? Son dos cambré était infiniment doux, sous ses doigts. Son postérieur ferme et satiné. Il ferma les yeux, et songea qu'il ferait bien de réfléchir. Où tout cela allait-il le mener ? Et qu'adviendrait-il si leur histoire devenait sérieuse ? Mais il était trop tard pour se poser de telles questions… Beaucoup trop tard. Il ouvrit le tiroir, et prit un autre préservatif.

A son réveil, bien plus tard, Anne ne savait plus où elle en était. Pour le bien de Faylene, elle avait refusé de donner libre cours à ses sentiments, elle s'était même interdit d'aimer. Aujourd'hui, pour une nuit d'exquise passion, son cœur se trouvait menacé.

Elle ne regrettait certes pas les étreintes que Mitchell Dane et elle avaient partagées, mais elle devait voir la réalité en face. Demain, à la même heure, elle ne serait pas plus avancée : il lui faudrait toujours affronter M. Jacobs avec le mensonge de ses fiançailles et essayer de préserver son avenir.

Quant à Mitchell, il aurait tout simplement plié bagage.

Pour l'instant, elle devait songer au mariage à venir.

Pendant qu'elle dormait, Mitchell avait rangé ses vêtements dans son sac marin, lequel était posé, béant, sur le bureau. Sans faire de bruit pour ne pas le réveiller, elle se glissa hors du lit, enfila le sarong froissé, et se dirigea vers la porte de communication accédant à sa chambre. Au passage, elle remarqua un album de photos sur la coiffeuse de Mitchell. Poussée par un mouvement de curiosité, elle l'ouvrit. Toutes représentaient des visages d'enfants aux yeux immenses. Des enfants dont l'expression désespérée n'était pas sans lui rappeler celle qu'elle avait d'abord cru voir dans les yeux de Mitchell. Des yeux tristes, presque éteints.

Sauf que ces yeux étaient maintenant fermés, et qu'elle avait envie de retourner se glisser dans le lit — et dans ses bras. Mais ce n'était pas possible.

Elle avait été stupide de céder à ses désirs. L'album sous le bras, elle regagna sa chambre, prenant soin de verrouiller la porte de communication derrière elle. D'un pas mal assuré, elle alla dans la salle de bains, tourna le robinet et fit couler l'eau pendant qu'elle ôtait le sarong et le rangeait dans le fond de sa valise. L'instant d'après, elle offrait son corps luisant — et encore vibrant des étreintes de la nuit — au jet glacé de la douche.

Elle en ressortit une dizaine de minutes plus tard, enfila un peignoir, prit l'album photo de Mitchell et alla le feuilleter sur le lit.

A 10 heures, elle avait fini de le regarder. Elle le déposa dans sa valise, s'allongea, et ferma les yeux. Elle le lui rendrait plus tard. Regarder ces photos lui avait permis de pénétrer l'âme de Mitchell Dane. Sans doute n'avait-il pas voulu s'encombrer d'une famille, mais tous ces petits visages qu'il avait photographiés avaient trouvé leur place dans son cœur.

Quel homme extraordinaire c'était !

Si Anne gagnait sa vie grâce aux enfants, elle n'avait jamais beaucoup réfléchi au profit qu'ils tiraient des produits de Bout de chou. Et moins encore à ceux qui n'en tiraient aucun. Mitchell avait photographié la dure réalité : l'absence irrémédiable de joie.

Cette pensée était si affligeante qu'elle avait du mal à se concentrer. Asseoir sa carrière afin de préserver l'avenir de Faylene lui semblait moins admirable, à présent. Mitchell avait fait irruption dans son existence et était devenu une partie intégrante de cet objectif, mais le plan avait changé. Elle ne pouvait tenir Mitchell pour responsable de ce qu'elle faisait. Ce week-end de fantasme, c'était elle qui l'avait voulu, et elle en avait pleinement profité. Mieux, elle l'avait vécu avec abandon. Mais, aujourd'hui, elle devait y mettre un terme.

Elle était revenue à son plan initial. Après le mariage, elle paierait son dû à Mitchell. La semaine prochaine, elle romprait leurs fiançailles. Une fois ce problème réglé, elle proposerait une idée de vente si géniale que M. Jacobs ne pourrait que lui accorder sa promotion. Même si elle n'était pas mariée. Et ainsi, elle reprendrait le contrôle de sa vie.

*
* *

Quand, un peu plus tard, Mitchell frappa à sa porte, Anne l'ignora. Mais il insista.

— Je sais que tu es là, Annie. Ouvre-moi tout de suite ou j'enfonce la porte !

Il en était bien capable.

A contrecœur, elle la déverrouilla et recula d'un pas.

— Je craignais que tu n'aies des regrets, reprit-il, mais je ne pensais pas que tu me fermerais ta porte.

— Je n'ai pas le choix.

— Et tu ne veux pas en parler ?

— Non. Je t'ai engagé pour le week-end, Mitchell. Nous sommes presque au bout. Dans une heure, deux tout au plus, chacun de nous pourra retourner à ses occupations ; toi à tes voyages, et moi à la commercialisation d'articles pour bébés.

Elle prit des billets dans son sac et les lui tendit.

— Voilà ce que je te dois.

— Je ne veux pas de ton argent.

— S'il te plaît, Mitchell… Je t'ai engagé pour un travail précis. Tu t'en es acquitté, et très bien. Tu as donc mérité cet argent.

— Le travail n'est pas terminé. Il nous reste à assister à un mariage. Faylene et Alvin nous attendent. Cette robe te sied à ravir…, ajouta-t-il, le regard admiratif. Elle est vaporeuse, sensuelle, et sa couleur bleu-vert fait ressortir tes yeux. Tu es si belle que, pour un peu, on te prendrait pour la mariée.

— Non !

— Non quoi ?

— Epargne-moi ce genre de discours. Et éloigne-toi de moi.

Elle jeta un coup d'œil dans la glace. Son regard s'attarda sur l'homme en veste crème qui se tenait à côté d'elle, mais ce qu'elle vit était un dieu insulaire au torse nu, dont la place était sur une plage, au bord de l'eau.

Des amoureux. On aurait dit deux amoureux. Et elle eut l'impression que chaque parcelle de son corps se mettait à vibrer.

— Nous ferions mieux de partir, dit-elle.
— Comme tu voudras.

Le marié et son témoin prirent place sur les marches devant l'autel, et le pasteur, resplendissant dans sa chasuble blanche, alla se placer au centre du chœur. Au son de trompettes, les demoiselles d'honneur, toutes vêtues de longues robes vert pâle, et les garçons d'honneur, impeccablement sanglés de noir, firent leur entrée. Vinrent ensuite des petites filles blondes aux bras chargés de fleurs et un garçonnet portant les alliances. Et enfin, la mariée.

Anne sentit une boule se former dans sa gorge. En dépit de ce qu'elle clamait à tous vents, elle n'était pas différente de la plupart des autres petites filles. Elle avait toujours rêvé d'un mariage comme celui-ci. Des années durant, elle avait été demoiselle d'honneur, pour ses sœurs d'abord, et ensuite pour tous ses amis. Elle avait ensuite cessé d'être demoiselle d'honneur. Puis elle avait cessé d'assister aux mariages. Jusqu'à aujourd'hui.

Le jeune couple prononça ses vœux avec joie et amour. Ils se promirent fidélité et assistance, jurèrent de donner sans espoir de retour, de traverser ensemble les épreuves de la vie, et de rester à jamais liés.

Anne vit sa mère se pelotonner contre M. Jacobs. Elle espérait que Faylene n'allait pas tout droit vers une déception. Anne ne s'attendait pas à être aussi émue par la cérémonie. Elle ne se savait pas à ce point romantique. Et le bras de Mitchell s'enroula possessivement autour de son épaule, comme s'il y était à sa place.

Quand, pour finir, la mariée ajouta qu'ils promettaient de partager leur amour avec ceux qui en étaient dépourvus, Mitchell resserra son étreinte.

« Partager leur amour avec ceux qui en étaient dépourvus. »

Ils avaient déjà commencé avec l'arbre de mariage. Sans qu'elle sût pourquoi, ces paroles allèrent droit au cœur d'Anne. Après la cérémonie, il y eut les toasts, puis la réception, pendant laquelle Mitchell ne la quitta pas d'une semelle, attentif à ses moindres désirs. Faylene, elle, semblait être sur un petit nuage. Quand, après les slows, l'orchestre attaqua un rock endiablé, elle et Alvin quittèrent la piste improvisée et, main dans la main, s'éloignèrent d'un pas vif, probablement en quête d'un peu d'intimité.

— Elle ne mérite pas d'être encore une fois déçue…, murmura Anne en les suivant des yeux.

— Ne t'inquiète pas pour Faylene, dit Mitchell. Je la crois parfaitement capable de faire face à n'importe quelle situation. Et Alvin Jacobs est manifestement sous le charme.

Anne exhala un soupir.

— Parfois, on croit avoir pensé à tout… et puis, on se réveille brutalement. Je ne veux pas que leur histoire se termine mal.

— Est-ce ce qui s'est passé, ce matin ? Le réveil a été brutal ?

— Eh bien… Je croyais qu'il serait simple, une fois mon fantasme assouvi, de tourner la page. Mais je me trompais.

— Non, ce n'est pas simple. Alors, quels sont tes projets, maintenant ? Tu as dressé une liste ?

— Non.

Mitch ne savait pas pourquoi il se montrait aussi cruel. Mais quand il s'était réveillé, ce matin, et avait découvert qu'elle était partie, il s'était levé d'un bond, prêt à forcer sa porte et à la ramener.

Pourtant, il ne l'avait pas fait.

C'était à ce moment-là qu'il avait compris. Aux yeux d'Annie, la soirée avait été vouée à l'amour, mais elle était incapable d'affronter la réalité de la lumière du jour. Elle l'avait engagé pour être son fiancé le temps d'un week-end, et elle considérait que son rôle était presque achevé.

Elle le regarda alors droit dans les yeux, comme si elle s'était préparée à la bataille.

— Merci, Mitchell. Et lorsque tu verras Bettina, remercie-la pour moi. Tu as joué ton rôle à la perfection… En fait, tu as été l'amant idéal. Et si je cherchais un époux, j'aimerais qu'il te ressemble.

— Et c'est tout ?

— Je crois que oui.

— C'est fini ?

— Oui.

Le froncement de sourcils de Mitchell s'accentua. Derrière eux, la musique se fit plus douce. Il posa son verre sur une table toute proche et l'enlaça.

— Alors, je suppose que cette danse sera la dernière. Souris, Annie, car ta mère et ton patron viennent vers nous.

Il n'avait pu résister à l'envie de prendre une dernière fois Annie dans ses bras, de la serrer contre lui. Elle tenta quelques secondes de se dégager puis, avec un soupir, elle capitula. Lorsque la musique s'arrêta, trop vite, Faylene invita Mitchell à danser. Anne le lui abandonna et se coula entre les bras de son employeur.

— Votre fiancé me plaît, dit M. Jacobs. Vous l'avez bien choisi.

— Je… Il part demain. En reportage.

— L'essentiel est qu'il revienne. Votre mère semble inquiète à ce sujet. Mais j'ai vu la façon dont il vous regarde. Je connais ce regard. Il vous aime, de toute évidence.

Anne ne pouvait pas continuer sur ce registre… Elle ne pouvait dire la vérité, et elle en avait assez de mentir.

— Excusez-moi, monsieur. Ayez l'amabilité de dire à Mitchell que je reviens tout de suite, ajouta-t-elle avant de disparaître dans la foule.

Cinq minutes plus tard, elle avait regagné sa chambre.

Là, elle griffonna un mot à l'intention de Mitchell, lui demandant de ramener Faylene ; puis, sans prendre le temps de se changer, elle attrapa valise et sac et prit la direction de sa voiture. Cette fois, elle remonta la capote. Elle ne voulait pas qu'on la vît pleurer.

— Navrée de vous déranger, monsieur, mais… pouvez-vous m'accorder quelques instants ?

Alvin Jacobs leva les yeux du dossier qu'il était en train de parcourir et sourit.

— Vous savez bien que la porte de mon bureau vous est toujours ouverte, Anne, répondit-il en désignant un siège. Alors, comment allez-vous, depuis hier ? J'avoue que votre départ précipité nous a tous surpris. Et quelque peu inquiétés.

— Je m'en doute, et je vous présente mes excuses.

— Excuses acceptées. Puis-je néanmoins savoir ce qui l'a motivé ?

— Certainement, monsieur. C'est d'ailleurs la raison de ma venue.

— Je vous écoute.

— Eh bien, je… Je vous ai menti, monsieur.

— Comment cela ?

— Mitchell n'est pas mon fiancé. Je l'ai engagé pour tenir ce rôle, afin d'avoir une chance d'être nommée à la tête du département marketing.

— Je suis peiné que vous ayez pu croire que je vous refuserais cette chance si vous étiez célibataire, dit M. Jacobs. Et je suis déçu que vous m'ayez trompé. J'attends avant tout de mon personnel qu'il soit loyal.

— Je comprends, dit Anne, et j'ai déjà libéré mon bureau. Mais avant de partir, j'aimerais essayer de me faire pardonner.

M. Jacobs la regarda avec curiosité.

— Vous faire pardonner ?

— Bout de chou est une société merveilleuse. Les employés y sont heureux. Les articles que vous vendez sont très bons. Mais il manque quelque chose.

— Je ne vois pas où vous voulez en venir.

— Votre petite-fille l'a compris. Hier, lors de l'échange des vœux, elle a exprimé le souhait de partager son amour avec ceux qui en sont dépourvus. Les enfants des rues font partie de ces déshérités. C'est cette cause que Bout de chou devrait défendre.

Anne sortit l'album photo de Mitchell et le lui tendit.

— Ces enfants-là ne connaissent ni la joie ni l'amour. Bout de chou pourrait les aider.

M. Jacobs le feuilleta, l'expression de plus en plus sévère.

— Quel est votre plan ?

— Faites éditer un recueil de ces photos et utilisez le produit de sa vente à la création d'une fondation — vous pourriez la baptiser : Un enfant, un sourire — parrainée et gérée par Bout de chou.

— Ces photos sont émouvantes. Où les avez-vous eues ?

— Mitchell en est l'auteur. Il ignore qu'elles sont en ma possession.

— Oh… Comment cela se fait-il ?

— Cela n'a pas d'importance. Attendu que je les détiens par… « erreur », vous devrez obtenir son autorisation.

— Très bien. Je vous propose un marché. J'accepte d'étudier cette idée de fondation si vous-même acceptez de revenir sur votre décision de nous quitter. Je vais avoir besoin de vous pour chapeauter le projet.

Elle allait protester quand il l'arrêta d'un geste.

— Non, ne me donnez pas votre réponse maintenant. Prenez quelques jours de congé. Trouvez-vous un endroit tranquille pour réfléchir à votre avenir. Ensuite, nous parlerons.

- 12 -

Lorsque Anne arriva chez elle, il y avait six messages sur son répondeur. Deux émanaient de Bettina, dans lesquels elle reconnaissait qu'elle et Faylene étaient à l'origine de la rencontre d'Anne et de Mitchell.

— Quand Faylene m'a parlé du mariage de la petite-fille de M. Jacobs et que j'ai su que Mitch serait en ville, nous avons décidé que c'était le moment idéal pour vous réunir, expliquait Bettina. Comme Faylene et Alvin Jacobs étaient déjà « amis », le reste a été facile. Tout ce que Faylene avait à faire, c'était lui suggérer de vous dire d'amener votre fiancé. Je savais que Mitchell volerait à votre rescousse. Il n'a jamais été capable de résister aux appels d'un enfant ou d'une femme en détresse. Il m'était impossible de préjuger de votre réaction, mais j'espérais que vous appelleriez. Je suis sincèrement désolée si j'ai fait quoi que ce soit qui vous ait blessés, vous ou Mitchell.

Les deux premiers messages de Faylene étaient inquiets, puis positifs et rassurants. Le troisième trahissait son désarroi. Alvin Jacobs venait de lui apprendre l'intention d'Anne de donner sa démission.

— Tout est de ma faute... Excuse-moi. Je me moque que tu restes célibataire. Et si tu ne veux pas que je revoie Alvin, je ne le reverrai plus. S'il te plaît, Anne, appelle-moi... Où es-tu ?

Le dernier message était de Mitchell.

— Annie, disait-il d'une voix dangereusement basse et mesurée, je nous ai octroyé quelques jours pour réfléchir à notre... à ce qui s'est passé entre nous. Il faut absolument que nous parlions.

A ces mots, Anne s'empara du sac de voyage qu'elle avait emporté pour le mariage — et abandonné dans l'entrée, tel quel —, puis fonça vers sa voiture.

Vingt minutes plus tard, elle s'engageait sur l'autoroute et prenait la direction du sud. Au crépuscule, fatiguée, elle s'arrêta, juste après le panneau indiquant qu'elle venait d'entrer en Floride, et prit une chambre dans un motel miteux.

Elle se coucha immédiatement. Mais le sommeil la fuyait. Chaque fois qu'elle fermait les yeux, elle se revoyait avec Mitchell dans le chalet au bord du lac…

Elle ne pouvait pas se permettre de penser à lui. Elle ne le *voulait* pas. Il avait simplement fait ce pour quoi elle l'avait engagé, puis ce dont elle avait eu envie. Il ne pouvait être tenu pour responsable de son manque de discernement. Elle devait l'oublier, et comme chacun sait, l'oubli commençait par l'éloignement. Elle devait cesser de s'appesantir sur tout ce qu'était Mitchell Dane.

Et s'il était l'homme dont elle avait toujours rêvé ? Physiquement, il était beau, certes, mais il n'y avait pas que cela… Mitchell aimait les siens, leur sacrifiant plusieurs années de sa vie avant de songer à lui-même et de choisir une profession qui l'entraînait aux quatre coins de la planète. Il essayait de satisfaire ses besoins en photographiant les merveilles du monde. Sauf que ces instantanés d'enfants ne cadraient pas tout à fait avec le reste de son travail. Ces photos donnaient la mesure de l'homme, et elle devinait qu'il serait furieux qu'elle se fût ingérée dans ce qu'il devait considérer, à juste titre, comme sa vie privée.

L'idée du livre était excellente, mais elle n'aurait pas dû remettre les photos à M. Jacobs sans l'autorisation de Mitchell. Il n'en demeurait pas moins que cette idée de fondation Un enfant, un sourire était importante. Elle espérait seulement qu'elle deviendrait réalité.

Au bout d'une heure passée à tourner et à retourner dans son lit, elle se leva, s'habilla, et alla jusqu'à un restaurant de routiers ouvert vingt-quatre heures sur vingt-quatre. Là, elle commanda un sandwich et un café — de toute façon, elle ne serait pas plus énervée qu'elle ne l'était — puis, sortant un stylo de son sac et prenant une serviette en papier, elle se mit à dresser une liste.

« Projets à court terme :

1. Actualiser C.V. Omettre toute mention “statut marital” ou “responsabilités familiales”.

2. Chercher job via Internet. Accorder préférence aux pays froids.

Projets immédiats :

1. Acheter chapeau à larges bords, T-shirts à manches longues et écran total.

2. Jeter tout médicament au ginseng ou autre drogue développant mémoire.

3. Vendre le camping-car de Faylene et, avec l’argent, organiser un petit voyage au Congo pour Faylene et Bettina. Préciser qu’il doit être dirigé par des chasseurs de têtes. Destination ? Le village du sorcier ayant fourni l’onguent à Mitchell. »

Anne raya cette dernière rubrique. Elle ne pouvait pas en vouloir à Bettina et à Faylene. C’était elle qui avait transformé un simple marché en fantasme, pas elles.

Elle baissa les yeux sur le zyrcon qui brillait à son annulaire gauche, l’ôta, et le glissa dans sa poche, la serviette en papier par-dessus. Prochaine étape ? Jeter la fausse bague de fiançailles dans l’océan. Avec un peu de chance, un poisson affamé l’engloutirait et l’emporterait avec lui dans les mers du Sud. Elle paya sa note et regagna son lit.

Au lever du soleil, elle renonça à dormir, enfila le short qu’elle portait le jour où elle avait fait la connaissance de Mitchell et reprit la route. Toujours en direction du sud. Dans l’après-midi, après avoir dépassé Miami, elle quitta l’autoroute pour s’engager sur une nationale à deux voies qui serpentait à travers les marais. Elle roulait depuis un moment quand elle aperçut l’océan et un pont.

Au loin, l’immensité bleue était parsemée de petits points

blancs. Des voiliers. Elle accéléra pendant que, de nouveau, les souvenirs affluaient en masse. Mitchell et le vent ébouriffant ses cheveux dorés… Mitchell la taquinant alors qu'ils pique-niquaient sur la plage… L'inquiétude de Mitchell à la vue de son coup de soleil… Les bras de Mitchell autour d'elle quand il l'avait portée de la douche au lit… A ce stade, elle s'obligea à baisser le rideau de fer de son esprit, tentant sans grand succès de refouler ce qui s'était passé ensuite.

Elle conduisait depuis des heures dans une sorte de brouillard, évitant de s'interroger sur des événements qu'elle essayait de prétendre avoir rêvés, sur l'étrange libération d'inhibitions qui avait suivi l'application de l'onguent, et sur ce qu'elle ressentait. Mais là, avec le reflet aveuglant du soleil sur l'océan, elle se sentait prise de panique.

Un gigantesque panneau orné de dauphins et de palmiers annonçait le Seven Mile Bridge, le pont long de plus de onze kilomètres. Le manque de sommeil, la faim — elle n'avait rien avalé depuis le sandwich et le café de la veille au soir — ainsi que l'épuisement la firent se figer, et elle se gara sur le bas-côté, juste en dessous d'un panneau « INTERDICTION DE STATIONNER ».

Le moteur tournant toujours, elle appuya le front sur le volant, et affronta la vérité. Elle ne pouvait pas fuir Mitchell et ce qu'elle éprouvait. Le diable l'emporte ! Il l'avait poussée à tomber amoureuse de lui…

Elle éclata en sanglots.

On frappa à la portière. Elle releva la tête. Un policier en uniforme la fixait d'un air inquiet. Il lui fit signe de baisser la vitre.

— Si vous ne vous sentez pas capable de traverser le pont, je vais vous trouver un chauffeur, dit-il.

— Traverser le pont ?

— Vous n'avez pas à avoir honte. Des tas de gens, angoissés par sa longueur, en sont incapables.

Elle se redressa et partit d'un petit rire sans joie.

— Vous allez bien ? s'enquit le policier.

— Oui… Non. Je ne sais pas.

— Puis-je voir votre permis de conduire ? demanda-t-il.

— Bien sûr, répondit Anne en fouillant dans son sac et en le lui tendant. Je suis juste un peu… contrariée. Mais rassurez-vous, je suis parfaitement à même de conduire. Je vais bien, vraiment… J'apprécie votre sollicitude.

L'agent examina la photo sur le permis, puis la regarda.

— Et cette voiture est la vôtre ?

— Oui. Tenez, ajouta-t-elle, prenant dans le vide-poches carte grise et attestation d'assurance. En voici la preuve.

L'agent les parcourut, les lui rendit, et se pencha vers elle.

— Vous ne semblez pas aller si bien que ça, mademoiselle Harris. Avez-vous un parent, un ami, que vous voudriez que j'appelle ?

— Non, personne. Et à moins que je ne sois en état d'arrestation, je vais repartir. Oh, attendez… C'est bien l'océan Atlantique ?

— Certainement.

— Bien !

Elle plongea la main droite dans sa poche.

La réaction du policier fut instantanée. Il fit un saut en arrière, dégaina son revolver, et le pointa sur elle.

— Otez la main de votre poche, madame, et levez-la bien haut, que je puisse la voir.

— Non, vous ne comprenez pas… Je veux seulement me débarrasser de quelque chose.

— Veuillez sortir du véhicule, madame.

— Mais…

— Descendez, tournez-vous et mettez les mains sur la tête.

— Oh, pour l'amour du ciel ! dit Anne en s'exécutant. Je ne suis pas une criminelle. A moins que démissionner de son poste, rompre de fausses fiançailles et se séparer de sa mère ne constituent un délit ?

— Non, madame, pas que je sache. Vous ne dissimulez pas d'arme ?

Cette fois, elle éclata carrément de rire.

— Dissimuler quelque chose, moi ? Je ne dissimule rien du tout ! Excepté le fait que je suis tombée amoureuse d'un homme qui ne tient pas en place. Et que, comme ma mère, j'ai pris la fuite.

— Vous n'avez pas l'intention de sauter du pont, n'est-ce pas ?

Anne le regarda.

— Sauter du pont ? Non, monsieur l'agent. Les responsabilités que j'ai me l'interdisent. Je voulais juste jeter ceci aux poissons, conclut-elle en exhibant sa fausse bague de fiançailles. Puis-je partir, à présent ?

— Oui. Une dernière chose. Où allez-vous ?

— Voir les chats Hemingway.

Il était tard quand, le lendemain après-midi, Mitchell raccrocha le téléphone.

— On l'a retrouvée.

Sa sœur, Faylene Harris et Alvin Jacobs — ce dernier avait mis son bureau à leur disposition — poussèrent un soupir de soulagement.

— Dieu soit loué ! dit Faylene. Elle va bien ?

— Selon l'officier de police qui l'a contrôlée, elle paraissait confuse. Il croyait qu'elle pleurait parce qu'elle avait peur de traverser le pont.

— Quel pont ? interrogea Bettina.

— Le Seven Mile Bridge, au sud de Miami.

— Miami ? répéta Faylene, interdite. Anne est en Floride ? C'est bizarre… Elle n'a jamais rien fait de tel — à l'exception de la fois où elle s'est rendue à Hawaii. Evidemment, je ne crois pas qu'elle s'attendait à être seule, alors.

Alvin se laissa choir sur le canapé à côté de Faylene.

— Je suis désolé, Fay. J'aurais dû voir qu'elle était bouleversée… Mais elle avait l'air si calme ! Lorsqu'elle m'a annoncé qu'elle donnait sa démission, je lui ai suggéré de prendre un peu de temps pour réfléchir. Je ne me doutais pas qu'elle quitterait l'Etat.

— Si vous avez refusé sa démission, dit Bettina, pourquoi est-elle partie ? Mitchell, je pense que le moment est venu de nous raconter ce qui s'est passé entre vous.

— Nous avons feint d'être amoureux, comme convenu. Nous avons bien donné le change… Trop bien, sans doute. Annie et moi n'imaginions pas que nous ferions jaillir un feu qu'aucun de nous deux ne serait capable d'éteindre.

— Un feu peut être étouffé ou alimenté, intervint M. Jacobs. Tout dépend de ce que vous voulez, mon garçon.

— Si je le savais ! Me marier et fonder une famille n'a jamais compté au nombre de mes objectifs. J'ai travaillé dur pour me bâtir une existence différente.

— Tout comme Anne, dit Faylene, mais j'ai toujours eu la certitude que ce n'était pas vraiment un choix. Depuis la mort de William, elle ne vit que pour sa carrière. Comme si elle s'était donné pour mission de réussir contre vents et marées. Rien ni personne ne saurait la détourner de son but.

— Si, moi, affirma Mitchell d'une voix douce. Je croyais savoir ce qui était le mieux pour elle… Elle était vulnérable, et je le savais.

— Vous feriez bien d'aller la chercher, Mitchell, dit Alvin au terme d'un long silence. J'ai réfléchi à cette idée qu'elle a émise après l'annonce de sa démission — la création d'une fondation pour les enfants malheureux —, et je pense qu'elle tient là une piste intéressante. Vos photographies devraient nous permettre de vous donner à tous les deux ce que vous désirez.

— Mes photographies ?

M. Jacobs tendit la main vers la table derrière lui.

— Elle a bûché sur ce projet. Elle a laissé ces photographies, suggérant d'en faire un livre traitant des enfants malheureux. Nous collectons des fonds, créons une fondation et mettons un peu de vie dans ces yeux vides. Elle ne vous en a rien dit ?

Le choc laissa Mitchell sans voix. Ainsi, elle avait vu ses photos, et compris aussitôt le parti que l'on pouvait en tirer.

— Utiliser mes photographies pour apporter du bonheur aux enfants ? Sapristi ! Pourquoi n'y ai-je pas pensé ? Oh, Annie, j'étais la clé de ton avenir depuis le début, mais pas de la façon que tu croyais…

— Vous n'étiez pas au courant, n'est-ce pas ? demanda doucement Faylene.

Non. Mais l'idée est excellente. Et elle a donné sa démission avant de vous remettre les photos ? Ce n'était donc pas à sa carrière qu'elle pensait, mais aux enfants.

« Et à moi. Elle m'offre bien plus que ce qu'elle me doit. » Là encore, Annie se révélait être une femme d'action. Elle n'avait jamais joui de la liberté qui avait été la sienne, mais peut-être n'était-il pas trop tard. Mitchell ignorait de quelle façon ils parviendraient à régler les détails, mais son esprit s'activait déjà.

— Ce projet est bon, Mitchell, reprit Alvin. Aussi bien pour vous que pour Anne. Elle a sa promotion, et votre travail touchera le cœur de tous ceux qui verront les photographies. Quelque chose d'excellent sortira de tout ceci, même si vous ne vous mariez pas.

Mitchell fut étonné de la douleur que provoqua en lui la dernière phrase de M. Jacobs.

— Cela reste encore à établir… Je parle de notre mariage. Mais la suggestion d'Anne ne me surprend pas. Anne Harris mérite de devenir votre vice-présidente, monsieur Jacobs, et elle est déterminée à obtenir ce poste, même si elle n'en veut pas !

— Comment cela, « même si elle n'en veut pas » ?

— Je pense qu'elle tient beaucoup plus à sa famille qu'à sa carrière. Elle est résolue à veiller sur Faylene. Faylene est sa motivation pour réussir à tout prix.

— Il a raison, Alvin, dit Faylene dont le visage s'était décomposé. Tout est de ma faute. Je n'ai jamais eu d'argent, et brusquement, je touche le pactole. Enfin, c'est du moins ce que j'ai cru. Mais je pense que vous vous trompez, Mitchell. Ce n'est pas à cause de moi qu'elle est partie. Si vous l'aimez, Mitchell, allez la retrouver.

— Sais-tu où elle se trouve en ce moment ? questionna Bettina.

— A en croire l'officier de police, mon ex-fiancée est allée voir les chats Hemingway, répondit Mitchell.

*
* *

Ce même soir, Mitchell s'envolait pour Miami. Il avait gardé pour lui une partie de ce que lui avait révélé le policier. A savoir qu'elle fuyait l'homme dont elle était tombée amoureuse. *Annie l'aimait.* Bien sûr, elle ne le lui avait pas dit, mais ce qu'elle avait fait avec ses photos était plus éloquent que tous les mots du monde.

Il reconnaissait, certes, qu'ils se connaissaient à peine. Il ignorait quels plats elle aimait, quels films avaient sa préférence, ou quelles étaient ses lectures… Que faisait-elle le dimanche matin ? Pour Mitchell, les matinées du dimanche donnaient la mesure d'un individu.

Il savait qu'elle travaillait d'arrache-pied. Lui aussi. Qu'elle était économe. Ce n'était certainement pas son cas, encore que… Il avait un compte en banque confortable. Il avait mené la grande vie jadis, mais au cours de ces dernières années, il s'était nettement calmé. Annie aimait sa mère. Il gardait toujours un œil sur Bettina, et s'il ne voyait pas souvent ses frères, il les appelait régulièrement.

En dépit de ce qu'elle prétendait, Annie ne pensait pas uniquement au travail. Il ne put réprimer un sourire. Au vu de sa maison, elle appréciait la chaleur et la douceur. Ou, du moins, elle les appréciait avant qu'il ne fît irruption dans sa vie. Mais sa décapotable et son approche de la conduite témoignaient qu'Annie aimait enfreindre les règles.

Parce qu'ils avaient fait l'amour, l'existence d'Annie avait changé à jamais. Mais la sienne également. Il était devenu un autre homme. Lequel ? Il l'ignorait encore. Tout ce qu'il savait, c'était que son cœur battait à tout rompre.

Annie l'aimait.

- 13 -

— Le mariage était magnifique. Votre famille me plaît beaucoup, Alvin, dit Faylene.

Alvin hocha la tête.

— Et c'est réciproque, même si vous les avez quelque peu surpris…

— Je l'espère bien, reprit Faylene alors qu'ils se tenaient dans la partie salon de son camping-car. Mais ma petite personne n'a aucune importance. C'est à Anne que je dois penser. Croyez-vous qu'il la ramènera ?

— Je l'espère bien !

Faylene se laissa choir sur le minuscule canapé et ferma les yeux, s'efforçant de refouler ses larmes.

— Je n'aurais pas dû m'en mêler…, dit-elle. Je voulais juste qu'elle ait quelqu'un avec qui partager ses rêves.

Alvin alla s'asseoir à côté de Faylene et l'enlaça.

— C'est un souhait qui vous honore, ma chère. Je suis bien placé pour savoir ce que le mot « solitude » veut dire.

— Pensez-vous que mon intervention ait tout gâché ? demanda-t-elle avec anxiété.

— Seulement s'ils n'étaient pas faits l'un pour l'autre. Et, d'après ce que j'ai vu, ni vous ni moi n'aurions pu les arrêter.

Faylene se dégagea et dévisagea l'homme qui lui était devenu si cher.

— Alvin, je crois honnête de vous avouer qu'à la seconde où je vous ai vu dans le bureau d'Anne, j'ai décidé de tout mettre en œuvre pour vous séduire.

— Et je pense qu'il faut que vous sachiez que cela ne me déplaisait pas !

— Ce n'était pas parce que vous aviez de l'argent. Mais j'ai été d'une stupidité rare, et j'ai dépensé la plus grande partie de mon héritage, ajouta-t-elle avec un petit sourire malicieux.

— Je sais. C'est à cause de vous qu'Anne a accepté de travailler pour moi, plutôt que de donner suite aux autres propositions qui lui avaient été faites.

— J'ignorais qu'elle avait reçu d'autres propositions, dit Faylene, étonnée.

— Certains de mes concurrents m'ont félicité d'avoir eu sa préférence. Quand j'ai découvert ce qu'ils lui avaient offert, j'ai compris que c'était pour vous qu'elle restait à Atlanta. Maintenant que je connais son éthique du travail et son engagement envers sa mère, la promotion est à elle, qu'elle soit ou non mariée. Mais ce poste, il faut qu'elle le veuille pour elle-même, non pour prendre soin de vous. Pour ce qui est de ce dernier point, je suis prêt à m'en charger. Si vous voulez de moi.

— Vouloir de vous ? demanda innocemment Faylene. Anne est persuadée que je vous ai déjà séduit ! Elle me tient évidemment pour une femme très audacieuse…

— J'espère que vous l'êtes.

Les yeux d'Alvin pétillaient lorsqu'il se leva et aida Faylene à se mettre debout.

— Ce canapé est-il convertible ?

— Certainement.

Elle tendit le bras en direction du mur derrière elle et éteignit la lumière. Dans l'obscurité, elle entendit le bruit d'une fermeture à glissière et le cliquetis de clés tombant sur le sol.

— Etes-vous sûr, Alvin ? Je ne suis pas femme à coucher à droite et à gauche…

— Oh, absolument sûr, Faylene. De toute ma vie, je n'ai jamais été plus sûr de quelque chose. J'ai envie de vous…

*
* *

La carte situait Key West à deux cent cinquante-cinq kilomètres au sud-ouest de Miami. Ce qu'elle ne disait pas, c'était que la route était longue et difficile.

Quand Mitchell arriva à destination, à plus de minuit, la bande de terre de presque cinq kilomètres, connue sous le nom de Key West, était tout illuminée et manifestement en fête. Il s'arrêta et étudia la carte. Si Annie avait suivi l'artère principale jusqu'à Whitehead, elle devrait être tout près de la maison de Hemingway. Elle avait beaucoup d'avance sur lui, mais il espérait avoir comblé un peu de son retard en atterrissant à Miami. Même s'il sentait qu'il ne serait pas aisé de la trouver, sa décapotable blanche devrait être facile à repérer.

La maison de Hemingway était fermée pour la nuit. Il fit demi-tour et réfléchit. Où avait pu aller Annie en découvrant porte close ? La chance était avec lui. Il avisa en même temps l'enseigne du *bed and breakfast* et la décapotable blanche. Il se gara à côté et descendit examiner le véhicule. Il était immatriculé en Géorgie, et l'hibiscus rouge flétri, abandonné sur le siège avant, ne laissait aucun doute quant à l'identité de la conductrice.

Les propriétaires du gîte ne furent pas particulièrement ravis d'être tirés du lit. Il ne leur restait qu'une chambre, dans le cottage réservé aux jeunes mariés. Celui-ci aurait dû être occupé, mais le couple qui l'avait retenu s'était décommandé. Une jeune femme s'était présentée, assez tard, et s'y était installée, mais comme elle estimait n'avoir pas besoin d'un logement aussi luxueux, ils avaient fermé la chambre attenante et lui avaient consenti un prix spécial. S'il acceptait de partager le cottage, la chambre était à lui.

Mitchell suivit son hôte à travers un jardin qui aurait fait pâlir d'envie Alvin Jacobs, passa devant une piscine en forme de haricot, et arriva devant un cottage jaune en bardeau, niché au milieu d'un bouquet d'arbres en fleurs.

— Le petit déjeuner est servi à partir de 8 heures, dit le propriétaire d'une voix endormie. La chambre doit être libérée à 11 h 30, à moins que vous n'envisagiez de rester.

— Je vous le dirai au petit déjeuner, répondit Mitchell,

tout en remarquant que l'autre partie de la suite était plongée dans l'obscurité.

Deux minutes plus tard, il posait son sac de marin sur le lit et allumait la lampe de chevet.

— O.K., Mitchell, tu l'as trouvée… Et maintenant ?

Il arpenta la pièce un long moment, puis alla s'asseoir derrière le bureau en osier et sortit feuille de papier et stylo.

— Prends modèle sur Mlle Harris et fais une liste.

« 1. Pourquoi suis-je ici ? Réponse : pour ramener Anne.
2. Pourquoi ? Pour faire de nouveau l'amour avec elle et connaître l'extase ? Réponse : non. Plus de sexe. Cela complique les choses.
3. En ce cas, pourquoi ? Réponse : parce qu'il le faut.
4. Pourquoi ? »

A cette question, il s'arrêta. Pourquoi Annie retournerait-elle à un emploi qui exigeait toute son énergie si ce n'était pas ce qu'elle avait vraiment envie de faire ? Allait-elle veiller sur sa mère jusqu'à la fin de ses jours ?

« 5. Pourquoi t'en soucies-tu ? Réponse : parce que… parce qu'elle m'aime et qu'elle compte pour moi. »

L'heure de vérité avait sonné. Au cours de son existence, il avait rencontré peu de gens qui faisaient passer le bien-être des autres avant le leur. Annie honorait la promesse faite à son père. Elle l'avait manifestement beaucoup aimé. Et elle se tenait pour responsable de sa mère. Mitchell avait également assumé ses responsabilités, mais sitôt ses frères et sœur sortis d'affaire, il avait pris le large. Hawaii, c'était la liberté. Même Melia avait fait partie de cette liberté. Il avait cru que les racines, c'était pour les autres. Il était devenu un rêveur. La vie qu'il menait lui donnait entière satisfaction. Et puis, Melia était morte et il avait repris la route. Depuis lors, il était sans cesse par monts et par vaux. Jusqu'à sa rencontre avec Annie. Il avait tout de suite su qu'elle n'était pas comme les autres, et qu'il se leurrait en prétextant protéger Bettina. Même quand il avait décidé qu'elle avait organisé leur rencontre, il s'était abandonné au fantasme. Il avait fait l'amour à Annie parce qu'il ne pouvait pas ne pas le lui faire. Lorsque, le lendemain matin, à son réveil, il avait découvert qu'elle était partie, il s'était dit que c'était mieux ainsi. Il n'était pas intéressé par le mariage. Anne ne l'était pas davantage. Mais *Annie* ?

Annie lui appartenait.

Il fit une boule du feuillet, le jeta à la poubelle, et sortit dans le jardin. Un bain apaiserait ses frustrations. Ensuite, au matin, il ramènerait Anna Belle chez elle et prendrait la direction de la Caroline du Nord, où un phare attendait d'être immortalisé.

Dans l'autre partie de la suite nuptiale, Anne contemplait sa main gauche d'un air rêveur. A son annulaire, brillant de mille feux dans la lumière de la lampe de chevet, la fausse bague de fiançailles semblait la narguer. Après l'intervention de l'officier de police, qui l'avait empêchée de la confier aux eaux de l'Atlantique, elle l'avait remise à son doigt. Outre qu'elle y était davantage à sa place qu'au fond d'un sac, elle lui rappelait Mitchell et les moments merveilleux qu'ils avaient partagés.

Un frisson la parcourut à l'évocation de l'homme le plus incroyable qu'il lui eût été donné de rencontrer. Il lui avait fait l'amour, et éveillé en elle des sensations dont elle n'imaginait même pas l'existence.

Anne secoua la tête. Comment, après l'expérience fabuleuse qu'elle venait de vivre, allait-elle pouvoir retourner à sa vie d'antan ? Si elle l'ignorait, elle savait qu'elle devait trouver un moyen d'apaiser le feu qui brûlait toujours dans ses veines.

La piscine… Elle drapa le sarong fripé autour de son corps dénudé, et sortit dans la nuit embaumée.

Elle remontait l'allée fleurant bon le jasmin quand elle entendit le bruit d'un plongeon. Quelqu'un d'autre avait manifestement eu la même idée : un bain de minuit. Elle fit halte derrière un laurier-rose et fixa la silhouette dorée qui fendait l'eau transparente. C'était un homme. Arrivé au bout de la piscine, il s'arrêta et se mit debout.

Mitchell ?

Comme se sentant observé, il se retourna.

— Annie…

— Est-ce vraiment toi ? demanda-t-elle, le cœur battant la chamade.

— Oui, c'est bien moi.

— Comment m'as-tu retrouvée ?

— Alvin Jacobs a tiré quelques ficelles. La police de la route de cinq Etats était sur les dents et guettait la jeune et jolie femme à la décapotable blanche.

— Le policier du pont ?

Il hocha la tête.

— Je ne peux pas te laisser me toucher, reprit-elle dans un murmure. Car alors, je n'aurai plus la force de partir…

— Je ne peux pas ne *pas* te toucher, dit-il en lui tendant la main.

— Cela ne fait pas partie de notre marché. Le travail pour lequel tu as été engagé est terminé.

— Cela n'a jamais été véritablement un travail, objecta-t-il. Par ailleurs, je n'ai pas été payé. Je reste dans le coup. Ta promotion est dans la poche. « Un enfant, un sourire »… Excellente et belle idée, Annie ! L'utilisation de mes photos à des fins charitables ne m'avait jamais traversé l'esprit. Il n'y avait que toi pour y penser.

— Je n'ai pas l'intention d'accepter la promotion. Mais j'espère que M. Jacobs donnera suite au projet. Peut-être cela contribuera-t-il à atténuer la tristesse dans leurs yeux et dans les tiens.

— La tristesse ?

— Sur la photo que Bettina m'a envoyée, tu avais le regard perdu au loin et triste. Que voyais-tu ?

— Mon enfant. Ou plutôt l'enfant que j'aurais pu avoir. J'étais amoureux d'une jeune Maori. Elle voulait que je l'épouse. Je n'en voyais pas la nécessité. Nous étions très bien ainsi. A l'époque, je ne voyais dans le mariage qu'une entrave à ma liberté.

— Qu'est-il arrivé ?

— Elle a eu un accident. Fatal. Je n'ai su qu'après qu'elle portait mon enfant. J'ai compris alors que j'avais perdu quelque chose d'irremplaçable. J'ai quitté Hawaii et jamais plus je n'ai posé mes bagages.

— L'amour… et la mort. C'était donc ce que tu voyais au loin. Tu n'es pas un rêveur. Tu vois simplement le monde tel qu'il est — cruel, sans pitié —, et ton impuissance à soulager les maux de tes semblables t'attriste. Je pense que c'est pour cette raison que tu as la bougeotte. Eh bien, tu as aujourd'hui l'occasion de faire quelque chose. Peut-être est-ce ta chance. Saisis-la.

— Et peut-être est-ce *notre* chance, Annie. Je croyais avoir changé ta vie.

— C'est vrai.

— Et tu as changé la mienne. La femme d'action et le rêveur. Nous sommes complémentaires. Ensemble, nous accomplirions de grandes choses.

Les spots autour de la piscine s'éteignirent. Anne sentit son cœur s'emballer et ses jambes mollir. Elle avança d'un pas, irrésistiblement attirée par cet homme qui avait fait irruption dans son existence et l'avait changée à tout jamais.

Il avait raison. Elle n'avait pas besoin de liste ni de diagramme pour comprendre que lorsque la magie opérait entre un homme et une femme, ils ne pouvaient pas l'ignorer. Elle se débarrassa de son sarong et descendit les quelques marches qui la séparaient des bras de Mitchell Dane.

— Tu as gagné, dit-elle en se lovant contre lui.

Mitchell prit une profonde inspiration et resserra son étreinte.

— Tu es sûr de toi, Mitchell ? reprit-elle.

— Comme jamais je ne l'ai été.

— Crois-tu à la magie ?

— J'ai vu se produire des choses pour lesquelles il n'y avait aucune explication logique. J'ai senti le vent au milieu d'une accalmie, la chaleur en pleine tempête de neige, et j'ai vu des morts renaître à la vie.

— Crois-tu que c'est ce qui nous arrive ? Que nous renaissons à la vie ?

— Peut-être. Je suis disposé à repartir de zéro, Annie. Apprenons à nous connaître. Ne parlons pas avenir, ni carrière… Soyons deux êtres humains honnêtes avec eux-mêmes et l'un envers l'autre.

Elle leva les yeux vers lui. Le pli soucieux qui barrait son front avait disparu, et un sourire hésitant retroussait ses lèvres. Le Mitchell qu'elle connaissait avait laissé la place à un homme différent — un homme qui attendait d'elle quelque chose, quelque chose qu'en retour il était prêt à lui donner.

Annie sourit.

— Hmm… Apprendre à nous connaître ? N'est-ce pas par là que nous avons commencé ?

— Eh bien, je n'ai pas de liste. J'en avais fait une, mais je l'ai jetée.

Elle haussa un sourcil sceptique.

— Qu'y avais-tu noté ?

— Pas de sexe.

Elle s'esclaffa.

— Tu penses que c'est réaliste ?

— J'ai arrêté de penser quand tu as laissé tomber ce sarong. J'ai su, à la seconde où je t'ai vue, que cela allait être difficile…

Elle plongea le regard dans l'eau claire, vers la partie basse de son anatomie.

— Ça l'est déjà, dit-elle avec un large sourire. Déshabille-toi, Mitchell Dane.

Il faisait grand jour lorsque Anne ouvrit les yeux. Une odeur d'iode et d'algues flottait dans la pièce, mais quand elle se pelotonna contre Mitchell, ce fut son odeur qui vint chatouiller ses narines — une odeur virile dont elle savait qu'elle ne se lasserait jamais. Anna Belle Harris était enfin amoureuse. Eperdument.

Il était venu à sa rescousse sans savoir qui elle était. Ni à quoi elle ressemblait. Ensuite, il s'était pris de sympathie pour Faylene, voyant immédiatement ce à quoi était confrontée Anne en essayant de garder sa mère sous contrôle. Et il s'était occupé d'elle avec une gentillesse et un tact tels qu'Anne avait compris qu'il se sentait profondément concerné. Mais, surtout, Mitchell avait veillé sur les siens de la façon dont il tentait de veiller sur elle.

Il ne lui avait pas dit qu'il l'aimait. Philip le lui avait dit — encore et encore. Ce n'était pas ce qu'on disait qui comptait, c'était ce qu'on faisait. Le rêveur était devenu un homme d'action, et dès qu'elle avait vu sa photographie, elle avait commencé à rêver.

Elle poussa un soupir et se tourna vers Mitchell.

— Tu es réveillé, chéri ? demanda-t-elle en faisant courir ses doigts sur la toison soyeuse de son torse.

— Maintenant, je le suis, dit-il, l'embrassant sur le front et la serrant contre lui.

— Tu avais raison, tu sais. Nos étreintes sont fabuleuses, mais nous ne pouvons pas rester au lit jusqu'à la fin des temps. J'ai ma carrière… Du moins, j'en *avais* une. Et, pour l'instant, je suis toujours responsable de Faylene. Quant à toi, tu as ton travail. A ce propos… J'ai fait quelque chose de totalement contraire à l'éthique en te chapardant tes photos. C'était mal de ma part de les proposer à M. Jacobs sans ta permission.

— C'est aussi mon avis. Mais la fin justifie les moyens. En fait, peut-être y aurais-je songé moi-même, si je n'avais pas été à ce point ensorcelé par une certaine beauté aux yeux noirs.

— Sans nul doute. Je t'ai juste devancé. Mais il y a autre chose dont je veux te parler, une chose pour laquelle je vais avoir besoin de ton aide…

— Toi ? Avoir besoin de mon aide ? Laisse-moi rire !

— Ne plaisante pas, c'est sérieux.

— D'accord. Je t'écoute.

— Je t'aime, Mitchell Dane. Je ne sais pas où cela mènera, mais j'ai pensé que tu devais le savoir.

— Faut-il que nous en décidions, là, tout de suite ?

— Oui, je le crois.

— Parfait, dit-il avant de se lever et de se diriger vers le bureau.

Anne eut l'impression que son cœur se brisait. Il s'en allait.

Elle l'avait forcé à prendre une décision pour laquelle il n'était pas prêt. Elle le regarda fouiller dans le bureau, y prendre un stylo et une feuille de papier, et revenir s'asseoir dans le lit à côté d'elle.

— Très bien, faisons une liste.

— Une liste ? J'attends que tu me dises que tu m'aimes, et tout ce que tu trouves à faire, c'est une liste ?

— Un : dire à Annie que je l'aime.

Il se tourna vers elle.

— Annie Harris, je t'aime… Deux : l'épouser. Trois : l'emmener dans les mers du Sud pour une très longue lune de miel. Quatre : fonder une famille… Si ce n'est pas déjà fait.

Anne était trop abasourdie pour songer même à prononcer un mot.

— Voyons… quoi d'autre ?

Mitchell tapota le feuillet avec le stylo et attendit. Tout dépendait d'elle, à présent. Soit elle lui faisait une place dans sa vie, soit elle l'envoyait au diable.

— Mais il n'y a pas que ça…, dit-elle d'une voix plus rauque que d'habitude.

— Non ? Oh, oui, il reste encore la question de mes honoraires.

— Nous pourrions nous en servir pour payer notre voyage de noces, fit-elle remarquer.

— Ce n'est pas très sérieux, rétorqua Mitchell d'un ton solennel. Nous devrions les investir.

— Ou les mettre de côté pour financer la prochaine escapade de Faylene.

— Tu sais, je crois que tu n'auras plus ce souci à l'avenir, dit Mitchell d'un air pensif. Si ce que je suspecte est vrai, Alvin Jacobs sera très heureux de s'en charger.

— J'espère que tu as raison, au sujet de M. Jacobs et de ma mère… Mais tu sais quoi, Mitchell Dane ?

Elle s'empara de la liste et la déchira en menus morceaux.

— Je ne suis pas certaine d'aimer ça, quand tu joues les hommes d'affaires. En fait, je pense que désormais nous nous passerons de listes. Qu'en dis-tu ?

— Je vote pour… Que fais-tu le dimanche matin, Annie ?

Il fallait qu'il sache.

— Le dimanche matin ? répéta-t-elle, perplexe. Eh bien, le dimanche matin est habituellement consacré à ma petite personne. Je me prépare un plantureux petit déjeuner que je déguste dans mon patio. Ensuite, je marche jusqu'à un petit lac voisin et je regarde les enfants nourrir les canards, ou bien je pousse jusqu'à la librairie et…

— Tu penses à ton père ?

— Parfois.

— Tu ne vois pas Faylene ?

— Faylene fait la grasse matinée et ne vient que plus tard. Le soir, quand elle est en ville, nous allons au théâtre ou dîner chez des amis. Et toi ?

— Lorsque c'est possible, j'achète un journal américain et je vais m'asseoir à la terrasse d'un café, d'où je peux observer les passants tout en buvant un cappuccino.

— Observer les passants n'est pas une occupation bien folichonne… Tu ne te sens pas un peu seul ?

— Si, dit-il en même temps qu'il prenait Annie dans ses bras. Et je ne veux plus être seul. Je veux passer mes dimanches avec toi, Annie. Je t'aime.

— Moi aussi, je t'aime.

Trois jours plus tard, une fois sa voiture de location rendue, Mitchell ramenait Anne à Atlanta. Elle lui avait cédé le volant de bonne grâce, préférant se blottir contre son futur époux et câliner le chaton à six doigts qu'ils rapportaient de la maison de Hemingway.

— Tu comptes le donner à Faylene et Alvin ? s'enquit Mitchell. En cadeau de mariage ?

— Peut-être, répondit Anne, malicieuse.

Il était trop tôt pour lui dire que leur chaton était en réalité une chatte adulte, et qu'à en juger par les rondeurs de son ventre, leur famille allait s'agrandir plus vite qu'il ne s'y attendait. Il ferait bien de s'habituer au ronronnement. D'une façon ou d'une autre, il allait beaucoup en entendre.

Épilogue

Anne prit une fraise dans le compotier posé entre ses jambes croisées et en mordilla l'extrémité.

— Je ne parviens pas à croire que ma mère se soit enfuie avec Alvin. La Faylene Harris d'antan — maintenant Faylene Jacobs — aurait insisté pour se marier en grande pompe…

Anne et Mitchell étaient installés sur le lit de la jeune femme, lisant le journal du dimanche et mangeant des fraises à la crème. Allongé entre eux, leur chat dormait profondément.

— J'ai une sainte horreur des grands mariages, mais j'adore les lunes de miel, dit Mitch avant de cueillir, d'un coup de langue délicat, le jus de fraise perlant sur la lèvre de sa compagne.

— Tu n'es pas obligé de m'épouser, Mitch. Tu as la chance de pouvoir faire ce que tu veux, d'aller où bon te semble. Je m'en voudrais de te voir renoncer à tout cela pour moi.

— Tu veux donc que nos enfants soient illégitimes ? demanda Mitchell avec une petite moue.

— « Nos enfants ? », répéta-t-elle.

Il était encore beaucoup trop tôt, mais, au fond d'elle-même, elle savait qu'elle portait leur enfant.

— Bien sûr. Je suppose que nous en aurons un ou deux à nous… plus, peut-être, trois ou quatre autres que nous adopterons. Faylene fera une grand-mère parfaite.

Anne rit. Elle se sentait si bien qu'elle refusait de penser à autre chose qu'à l'instant présent.

C'est alors qu'ils entendirent un Klaxon, puis, quelques secondes plus tard, la sonnette de la porte d'entrée.

— Qui cela peut-il être ? dit Anne en se levant pour aller ouvrir.

Personne ne venait jamais la voir le dimanche, sauf…

— Maman ! s'exclama-t-elle. Il n'est même pas midi !

— Bonjour, ma chérie. Je suis contente de te trouver chez toi. J'espère que tu ne nous en veux pas de nous être enfuis, mais Alvin et moi avons décidé que ce serait beaucoup plus simple. Entre, Alvin… Mitch ? Enfilez un pantalon et venez nous rejoindre !

— Me voici, Faylene… Bonjour, et félicitations.

Mitchell entra dans le salon, torse et pieds nus.

— Bonjour, monsieur Jacobs. Etes-vous satisfait de votre… équipée ?

— Voyager avec Faylene est toujours une équipée, répondit-il avec un large sourire. Désolé de venir ainsi à l'improviste, mais j'ai convoqué une assemblée demain afin de discuter du projet « Un enfant, un sourire ». Tout d'abord, voici votre album. J'espère que vous allez nous vendre les photos, mais si vous refusez, je le comprendrais parfaitement.

Mitchell se plaça à côté d'Anne et la prit par la taille.

— Je ne veux pas les vendre…

Anne ne s'attendait nullement à cela.

— Mais je vous les offre volontiers. Et… Alvin, que diriez-vous de transformer le poste d'Anne en un poste de consultante ? Elle pourra revenir à Atlanta aussi souvent que nécessaire… Avec l'avion, les liaisons sont faciles. Pour le reste, nous travaillerons sur ordinateur.

— Excellente idée, acquiesça Faylene. Je vais te donner mon camping-car, Anne. De la sorte, tu auras un bureau chaque fois que tu voudras suivre Mitchell dans ses déplacements. Tu es d'accord pour accéder à la demande de Mitchell, Alvin ?

— Evidemment, ma chérie.

Ils passèrent les quelques minutes qui suivirent à se féliciter les uns les autres. Jusqu'à ce que Mitchell s'aperçoive qu'Anne restait à l'écart.

— Un moment… Que veux-tu, Annie ? Si tu souhaites que je cesse de voyager, tu n'as qu'un mot à dire.

— Je ne sais pas, répondit-elle doucement. Je n'ai pas de liste, et j'ai dit que nous n'en ferions plus.

Mitchell esquissa un sourire.

— Mais j'en ai déjà une ! Attends, je vais la chercher…

Il disparut dans la chambre, revint avec un morceau de papier froissé, et le lui tendit.

« 1. Acheter alliance.
2. Me procurer licence de mariage.
3. Prendre billets pour Maui.
4. Réserver chapelle et pasteur.
5. Epouser Annie. »

Elle leva vers lui un regard émerveillé.

— Quand as-tu fait ça ?

— Il y a plusieurs jours.

— Tu veux vraiment m'épouser ?

Il hocha la tête.

— A Maui ?

— Oui. *Aloha au io'oe*, mon *ipo*.

Elle haussa un sourcil interrogateur.

— Je t'aime, mon amour, traduisit-il. Mais la décision t'appartient. Alors, ta réponse ?

— C'est oui, mille fois oui !

Aidée de belles jeunes femmes vêtues de couleurs vives, Anne quitta sa frêle embarcation décorée de fleurs et sauta à terre. Mitchell l'attendait. Main dans la main, et au son de l'envoûtante musique d'un orchestre hawaïen, ils remontèrent lentement le sentier illuminé par une rangée de torches.

— J'ai l'impression de rêver…, murmura-t-elle.

— Tout est pourtant bien réel, répondit Mitchell sur le même ton. A propos, j'ignorais qu'il existait des sarongs de cérémonie.

Elle ne put réprimer un sourire. Il ignorait également… qu'elle ne portait rien dessous.

— Merci pour la couronne d'hibiscus, reprit-elle. Je ressemble à une princesse.

— Tu *es* une princesse.

Ils arrivèrent bientôt devant une chapelle faite d'orchidées et de verdure. Debout à côté de la structure ouverte, se tenaient Faylene et Alvin, Bettina, et deux hommes — un brun et un blond — très séduisants.

Mitchell s'arrêta et fit un signe de tête.

— Salut, Jess… Salut, Ran… Heureux que vous ayez pu venir.

— Nous n'aurions manqué ça pour rien au monde, mon vieux, répliqua l'homme brun, avec une lueur malicieuse dans les yeux. Encore que je ne comprenne pas pourquoi elle t'a choisi, quand elle aurait pu avoir un Texas ranger ! Sais-tu combien de femmes ont essayé de capturer Jessie James Dane ?

Ran ôta son Stetson blanc et s'empara de la main d'Anne.

— Lorsque Bettina a débarqué au ranch, j'ai su que vous deviez vous attendre à des ennuis. Pourquoi ne pas oublier ces deux-là et venir avec moi dans le Wyoming ? J'y élève du bétail et une douzaine de chevaux exceptionnels.

— Taisez-vous un peu tous les deux, intima Bettina. Vos plaisanteries sont aussi mauvaises que votre réputation. Et profitez bien de votre célibat. Je m'occupe de vous. Faylene et moi finirons par vous faire rentrer dans le rang.

Jess et Ran échangèrent un regard faussement horrifié.

— Toi *et* miss Faylene ? Nous sommes fichus ! dit Ran.

— Ouais, je me demande si nous n'aurions pas intérêt à décamper tout de suite, repartit Jess d'une voix traînante.

— J'espère que vous courez vite, les gars.

Mitchell dégagea la main d'Anne de celle de son frère et fit un pas en avant.

— Ne prête pas attention à eux, Annie. Marions-nous.

Et c'est ce qu'ils firent.

Mitchell tourna la tête vers la femme — *sa* femme — allongée à côté de lui et, l'estomac noué par l'émotion, remercia silencieusement le ciel de l'avoir placée sur sa route. Une brise légère s'engouffrait par les fenêtres ouvertes de leur bungalow, porteuse d'une enivrante odeur de jasmin.

La nuit qu'ils venaient de vivre avait été… magique. Les étreintes qu'ils avaient partagées n'avaient pas seulement vu l'union de deux corps, mais aussi celle de deux cœurs et de deux âmes. Et il en éprouvait un sentiment d'humilité.

— Tu es réveillé ? demanda Anne d'une voix endormie.

— Oui.

— A quoi penses-tu ?

— Je pense que j'ai envie de te prendre en photo. Tu es si belle, avec ton regard voilé et sensuel, tes lèvres encore gonflées de mes baisers…

— Maintenant ?

— Oui, répondit-il avec un sourire. Et je te veux nue. Viens…

Anne ne se le fit pas répéter deux fois.

L'instant d'après, ils foulaient le sable de leur plage privée. Mitchell la fit asseoir à côté d'un immense rocher, à deux mètres du rivage, dos à l'océan. Puis il installa le trépied et colla son œil au viseur. La mise au point effectuée, il la regarda.

— Souris, mon amour, et tends les bras vers moi.

L'aube offrait un spectacle splendide, avec le ciel paré de rose et le soleil qui pointait à l'horizon. Le déclencheur se fit entendre.

— Maintenant, je sais, dit-il simplement. Je t'attendais.

Au même moment, à Atlanta, dans un carton installé sous le bureau de Bettina, la chatte donnait naissance à trois adorables chatons. Tous trois à six doigts. Bettina envoya un e-mail à Mitchell et à Anne pour les prévenir qu'ils étaient grand-père et grand-mère. Mitchell répondit par retour que, sitôt les chatons sevrés, ils s'en sépareraient. L'un irait chez Jess, au Texas, un autre chez Ran, dans le Wyoming, et le troisième resterait chez Bettina.

Deux semaines plus tard, Anne et Mitchell étaient de retour dans la petite maison de la jeune femme, à Atlanta. Ils avaient retrouvé leur lit, et s'amusaient des facéties des chatons maladroits et câlins qui l'avaient investi.

Ils avaient découvert que la liberté et les racines constituaient les deux moitiés d'un tout, et que ce tout avait nom « amour ».

Les chatons ronronnaient de bonheur.

Et Anne aussi.

Passions

Le 1er avril

Passions n°319

La promesse d'un amant - Barbara Dunlop

Alors que les lèvres de Mitch Hayward se posent enfin sur les siennes, Jenny sent son cœur se serrer de bonheur. C'est elle que Mitch a choisie. Parmi toutes les séduisantes jeunes femmes présentes au gala de charité du Texas Cattleman's Club, c'est vers elle qu'il s'est dirigé, le regard brillant d'un désir sauvage. Jamais pourtant, même dans ses rêves les plus fous, elle n'aurait imaginé pouvoir attirer l'attention de cet homme d'affaires. Mais alors qu'elle s'abandonne à l'étreinte passionnée de Mitch, une douloureuse certitude la frappe : aussi intense que soit son bonheur, il n'est, hélas, qu'éphémère. Demain, elle redeviendra une simple petite assistante, et Mitch, le célibataire le plus riche et le plus convoité de toute la ville…

Un secret entre nous - Karen Rose Smith

Même si d'ordinaire elle se méfie un peu de ce genre d'homme, bien trop ténébreux et séducteur à son goût, Jean est incapable de nier l'attirance que Zane Gunther éveille en elle. Tout chez lui la fascine : son regard sombre et si sexy, son allure à la fois virile et élégante, sa générosité un peu brusque… Le désir qui brûle entre eux est si puissant qu'elle n'hésite pas un instant à y succomber. Pourtant, très vite, elle prend conscience que quelque chose ne va pas et qu'elle commet sans doute une erreur en s'attachant à Zane. Car en dépit de l'intensité de leurs étreintes, Zane se montre parfois étrangement distant. Comme s'il lui cachait un secret…

Passions n°320

La femme d'un Westmoreland - Brenda Jackson

C'est avec soulagement que Bella accepte l'aide que lui propose son voisin, Jason Westmoreland. Car depuis qu'elle a décidé de s'installer dans le Colorado afin de reprendre le haras de son oncle, c'est la seule personne à ne pas lui avoir manifesté de l'hostilité et du mépris. Mais c'est surtout l'homme le plus beau et le plus séduisant qu'elle ait jamais rencontré et, très vite, leur relation de bon voisinage se transforme en une liaison aussi torride que troublante. Mais alors qu'elle s'apprête à accepter la demande en mariage de Jason, Bella fait une terrible et humiliante découverte : Jason ne l'a séduite que pour mettre la main sur sa propriété…

Un sentiment inoubliable - Heidi Betts

Lorsqu'elle découvre que l'homme d'affaires censé sauver son entreprise de la faillite n'est autre que Marcus Keller, son ex- mari, Vanessa sent une immense panique l'envahir. Jamais, même dans ses pires cauchemars, elle n'aurait imaginé le revoir. Mais ce qu'elle craint le plus, en réalité, ce n'est pas tant de se retrouver face à cet homme qu'elle aimait plus que tout et qui n'a pas hésité à lui briser le cœur. Non, ce qu'elle redoute, c'est que Marcus ne découvre le secret qu'elle a emporté avec elle lorsqu'ils se sont séparés près de deux ans plus tôt…

Passions n°321

Une scandaleuse héritière - Day Leclaire

En dépit de tous ses efforts, Emma n'a jamais vraiment oublié le troublant inconnu dans les bras duquel elle a passé une nuit merveilleuse, quelques semaines plus tôt. Elle est donc d'abord persuadée que c'est son imagination qui lui joue des tours lorsqu'elle croit le reconnaître parmi la foule des invités qui se pressent à la garden party donnée par son père. Mais, hélas, lorsque l'homme s'approche d'elle et se présente, Emma comprend qu'elle ne rêve pas. Mais ce qu'elle comprend surtout, c'est l'ampleur du scandale qui ne va pas tarder à éclater. Car son amant d'une nuit n'est autre que Chase Larson, le pire ennemi de son père, celui qui a juré de ruiner sa famille...

La fiancée d'un autre - Jennifer LaBrecque

Colton Sawyer revient à Savannah... Sous le choc, Andi tente de se persuader que son trouble n'est dû qu'à la stupéfaction d'apprendre le retour de cet homme qu'elle a follement aimé, jadis, et qu'elle n'a pas revu depuis des années. Pourtant, à mesure que la date de l'arrivée de Sawyer approche, elle doit se rendre à l'évidence : son trouble va bien au-delà de la simple surprise, et les sentiments qu'elle éprouvait pour Colton n'ont pas totalement disparu. Une découverte qui la bouleverse, mais contre laquelle elle va devoir lutter de toutes ses forces. N'est-elle pas sur le point d'en épouser un autre ?

Passions n°322

Un petit jeu si tentant - Sandra Hyatt

Riche, arrogant et bien trop sûr de lui, Logan Buchanan est bien le dernier homme dont Rebecca aurait souhaité devenir la femme. Si elle accepte sa demande en mariage, c'est uniquement parce qu'il s'agit d'un arrangement pratique : elle lui apporte le carnet d'adresse de son illustre père et il lui offre en échange la possibilité de se libérer du joug de son envahissante famille. Un plan idéal, sans le moindre risque. C'est du moins ce qu'elle croyait. Car alors que la date du mariage approche, elle doit bien se rendre à l'évidence : Logan, cet homme qu'elle prétendait détester, est en réalité incroyablement prévenant et surtout dangereusement sexy...

La maîtresse de Damien Medici - Leanne Banks

Afin de prouver la mauvaise réputation du célèbre homme d'affaires Damien Medici, Emma est prête à tout. Même à jouer de ses charmes et à tenter de le séduire. N'est-ce pas la solution idéale pour entrer dans l'intimité de cet homme aussi séduisant qu'arrogant, et de collecter ainsi toutes les preuves de sa culpabilité ? Sûre d'elle et de sa réussite, elle ne tarde pourtant pas à s'apercevoir qu'elle est sans doute en train de commettre une terrible erreur. Car, non seulement, elle ne trouve pas le moindre indice permettant d'affirmer que Damien est un chef d'entreprise corrompu, mais, surtout, elle est de plus en plus troublée par son charme mystérieux et viril...

Troublant corps à corps - Kathy Lyons

Quand, la cabine de l'ascenseur s'arrêtant brutalement, Amber se retrouve projetée contre la poitrine de l'homme terriblement sexy qui lui fait face, elle n'ose croire à ce formidable coup du destin. Elle qui cherche depuis des semaines à se rapprocher de Roger Martel, l'un des deux patrons de l'entreprise où elle effectue un remplacement, la voilà servie. Car si cet homme d'affaires a sans doute les moyens de l'aider dans son projet professionnel, il est surtout l'incarnation parfaite de son idéal masculin. Alors, se retrouver coincée dans un espace exigu avec lui représente sans doute une chance unique de réaliser ses rêves, y compris les plus audacieux...

Un défi délicieux - Lisa Renee Jones

En acceptant de sauter en parachute pour prouver à sa meilleure amie qu'elle est capable de lâcher prise, Sabrina n'imaginait pas que le véritable défi tiendrait moins au fait de sauter dans le vide depuis un avion en vol que de résister à l'affolant désir qu'elle éprouve dès le premier instant pour son instructeur, le bien trop sexy Ryan Walker. Un homme terriblement viril, manifestement conscient du pouvoir qu'il a de lui faire perdre tous ses moyens... et à l'évidence décidé à en jouer.

A paraître le 1er mars

Best-Sellers n°502 • suspense

Je ne t'ai pas oublié - Karen Harper

Deux ans ont passé depuis que Tara Kinsale, détective privée, est sortie de longs mois de coma. De ces mois d'inconscience, elle n'a conservé que le souvenir vague d'un voile blanc. Et au réveil, ce terrible choc : pendant ce temps, son mari avait obtenu le divorce. Alors qu'elle reprend à peine le fil de sa vie, elle se retrouve de nouveau en état de choc quand un médecin lui annonce qu'elle a mis au monde un bébé pendant son coma. Un enfant ? Impossible. Et pourtant, le doute s'insinue dans son esprit. Pourquoi ses proches refusent-t-ils de répondre à ses questions s'il n'y a rien à cacher ? De son chalet perdu au cœur de la luxuriante vallée de Shadow Mountain, épaulée par Nick MacMahon, un homme qu'elle connait depuis peu mais en qui elle a spontanément eu confiance, Tara se lance dans une enquête sur ce long coma au cours duquel l'impensable s'est produit.

Best-Sellers n°503 • suspense

Le cercle brisé - Nora Roberts

Emma a trois ans quand elle est arrachée par son père, riche et célèbre musicien de rock vivant à Los Angeles, aux bas-fonds de Londres ainsi qu'aux mauvais traitements d'une mère alcoolique et droguée. Alors que la vie paraît enfin sourire à la petite Emma, c'est le drame : elle assiste, impuissante, au meurtre de Darren, son demi-frère de deux ans. Sous le choc, Emma enfouit au plus profond de sa mémoire le souvenir du visage du ravisseur, tandis que grandit en elle un terrible sentiment de culpabilité : elle n'a pas su protéger son petit frère adoré. D'autant que, malgré une longue enquête, le meurtrier n'a jamais été retrouvé. Adulte, Emma devient une photographe célèbre. Mais la petite fille en elle n'a jamais oublié le drame. L'image imprécise du meurtrier hante ses cauchemars. Pour vivre enfin en paix, Emma va devoir le démasquer. Mais pour y parvenir, il lui faudra provoquer un scandale retentissant, et mettre en danger sa propre vie…

Best-Sellers n°504 • suspense

L'île du mystère - Heather Graham

En décidant de racheter le musée Beckett de l'île de Key West, en Floride, pour le restaurer et le rouvrir au public, Katie O'Hara s'apprête à réaliser l'un de ses souhaits les plus chers, dans ce lieu auquel elle reste profondément attachée. Un attachement que le crime commis là dix ans plus tôt ne peut en rien diminuer. Mais rapidement, un obstacle inattendu se dresse devant elle : le propriétaire, le photographe David Beckett, décide soudainement de s'opposer à la vente, et de revenir s'installer à Key West. Malgré le choc que lui cause cette nouvelle, Katie décide de convaincre le séduisant David du bien-fondé de son projet. Jusqu'à ce qu'elle apprenne qu'il a lui-même été soupçonné du meurtre dix ans plus tôt…

Best-Sellers n°505 • féminin

L'enfant du scandale - Barbara Delinsky

Hugh et Dana forment un couple harmonieux malgré leurs différences. Si Dana vient d'un milieu modeste et n'a jamais connu son père, Hugh, issu de la bourgeoisie bostonienne, a dû lutter pour faire accepter son épouse dans sa famille. Alors que l'arrivée d'un enfant semble apaiser les passions, c'est un véritable scandale que déclenche la naissance de la petite fille. Car, alors que rien ne le laissait prévoir, la fillette a la peau noire. Abasourdis, déchirés entre la joie et la soif de réponses, les jeunes parents décident d'explorer leurs racines… au risque de déterrer les secrets du passé…

Best-Sellers n°506 • féminin

Jusqu'au bout du rêve - Sherryl Woods

Bouleversée par sa rupture douloureuse avec Connor O'Brien, Heather Donovan quitte Baltimore pour s'installer à Chesapeake Shores avec Mick, leur petit garçon de un an. En choisissant de vivre dans ce petit paradis en bordure de mer, elle espère se reconstruire, et surtout, permettre à son fils de s'épanouir au grand air. Mais rien ne se déroule comme Heather l'avait prévu. Car Connor, qui a toujours refusé avec entêtement de se marier avec elle, lui préférant sa brillante carrière d'avocat, cherche désormais à la reconquérir. Déstabilisée par cette attitude, mais déterminée à se tenir aussi loin que possible de celui en qui elle n'a plus confiance, Heather se consacre entièrement à son fils et à la petite boutique qu'elle vient d'ouvrir. Jusqu'à ce qu'un choc violent et inattendu vienne à nouveau bouleverser sa vie…

Best-Sellers n°507 • suspense

La mémoire volée - Beverly Barton

Quels secrets se cachent entre les murs de l'imposante demeure de la plus ancienne famille du Mississippi ? Missionné par G.W Wesbrook, le patriarche du clan, pour retrouver sa petite fille Leslie Anne qui vient de fuguer, Dante Moran a la sensation gênante de faire intrusion dans une affaire de famille complexe, douloureuse. Une histoire à laquelle il se sent complètement étranger, jusqu'au jour où il rencontre Tessa, la mère de Leslie Anne. Troublé d'abord par la beauté fragile de Tessa, Dante reçoit un choc lorsqu'elle plonge ses yeux dans les siens. Car ce regard réveille en lui l'éclat d'un autre regard, le souvenir d'une autre femme, perdue il y a longtemps…

BestSellers

Best-Sellers n°508 • historique

La princesse celte - Helen Kirkman

Angleterre, Royaume de Northumbrie, 716

Après avoir échappé au mariage que son père, le roi des celtes, voulait lui imposer, Alina s'est réfugiée dans un couvent isolé où elle mène une existence simple, au mépris de son titre de princesse. Mais sa vie est bouleversée lorsqu'un matin, un sombre guerrier fait irruption dans le couvent, l'épée à la main et l'éclat de la vengeance dans les yeux. Car cet homme, cet être d'ombre et de lumière, n'est autre qu'Athelbrand le saxon avec lequel elle s'est enfuie la veille de son mariage et qu'elle a ensuite quitté sans explications, le condamnant au déshonneur et à l'exil. Brand, qu'elle a aimé de tout son cœur et de toute son âme mais qu'elle a trahi malgré elle…

Best-Sellers n°509 • historique

Le secret de lady Scarlet - Nicola Cornick

Fortune Folly, Yorkshire, 1810

Pour empêcher Nat Waterhouse, son ami d'enfance, de faire un mariage d'intérêt avec une riche héritière, lady Elizabeth Scarlet est prête à tout. Y compris à élaborer un plan aussi audacieux que scandaleux pour y parvenir : kidnapper et enfermer Nat dans un manoir désert la veille de la cérémonie.

Et tout se déroule comme prévu jusqu'au moment où Nat comprend qu'il a été piégé. Furieux, il l'accuse de se comporter en petite fille gâtée et capricieuse. Pis encore ! il sous-entend qu'elle est amoureuse de lui depuis toujours et qu'elle jalouse sa fiancée. Blessée dans son orgueil, profondément gênée par les insinuations de Nat, Lizzie décide de lui prouver qu'elle ne le laisse pas aussi indifférent qu'il veut le faire croire…

Composé et édité par les

éditions HARLEQUIN

Achevé d'imprimer en France (Malesherbes)
par Maury-Imprimeur
en février 2012

Dépôt légal en mars 2012
N° d'imprimeur : 170139